星尾獸探險隊

草山萬兔
松本大洋

DOEKURU Expedition Party

ドエクル探検隊

星尾獸探險隊

目次

第一部 風叔叔一家

第二部 巨型哺乳類滅絕之謎

故事角色登場

八咫烏建角
古代神明使者的後代

雪丸
聖德太子愛犬的第六代子孫

黑駒
聖德太子愛馬的
第五代子孫

山路龍二
十二歲少年

藤野小百合
十二歲少女

風叔叔

風深荒野，人稱「太子博士」

龐貝諾與龐貝娜

狸貓夫婦

荷拉吉

日本水獺

黑頭鬼鴞
神祕鳥類
丘治
野兔
貝卡哈雅
紫綬帶
馬馬
矮黑猩猩
熊左
亞洲黑熊
奇奇
日本獼猴
葛佩
鼬鼠

第一部

風叔叔一家

第一章

八咫烏

釣竿的前端正在微微抖動。

龍二以右手握住釣竿，神情緊張的看著釣竿的前端。如果垂入水中的釣魚線被往下拉，釣竿彎成大大的弧形，一定要立刻拉起來。

這種釣魚法稱作「投釣」。

另一種較常見的釣魚法是「浮釣」。如果是浮釣，當魚兒咬住釣鉤上的魚餌時，魚漂就會往下沉。趁這個時候拉竿，就能將魚釣起。

但投釣不使用魚漂，而是將略重的鉛錘掛在釣鉤上方約十五公分處，將釣線的前端拋進河裡，然後將釣竿靠在棒頭雙叉的架竿棒上。當魚兒咬住餌拉扯時，釣竿會彎成大大的弧形，這時就要趕緊拉竿。投釣可用來釣棲息在水底的大魚，例如鯰魚或長吻似鮈，有時甚至還可以釣到鰻魚或鯉魚。

龍二目不轉睛的看著釣竿的前端，但釣竿再也不動了。

「唉……」龍二張大了嘴，長嘆一聲，張開雙臂仰躺在草地上。

此時已是三月底，初春的風還帶著一點涼意，但讓人感到神清氣爽。堤防邊上數不盡的毛茛花苞正隨風搖曳。只要再過半個月，整片堤防應該會布滿金黃色的花朵吧。

「龍二，今天真糟糕，完全釣不到。不曉得魚兒都跑到哪裡去了？」手握釣竿的同學小百合坐在稍遠處這麼說著。小百合是採用浮釣的方式，但也只釣到了一尾小的特氏東瀛鯉。

「抱歉、抱歉，果然還是要用紅蚯蚓才行。都怪我偷懶，沒去抓，只用了後面田裡的一般蚯蚓當餌。」

龍二滿臉歉意的向小百合道歉。

「我如果沒有特別餓，也不愛吃不喜歡的食物，魚兒應該也一樣吧。」

小百合將釣竿擱在草地上，走到龍二身旁坐下。此時，突然有什麼東西像箭一般飛過小百合的眼前。

「哇，那是什麼？好像是蝴蝶？」

龍二坐起上半身說道：「那是『長鬚蝶』，有尖尖的嘴巴，臉長得很有趣。」

「不愧是『昆蟲少年龍二』，看一眼就知道。天氣還這麼冷，怎麼會有蝴蝶？」

「嗯，這種蝴蝶會以成蟲的模樣度過寒冬，等春風一起，牠們就出來了。因為已經活了大半年，翅膀大都帶傷，不適合製成標本，但我很喜歡這種蝴蝶。」

小百合也像龍二一樣躺了下來。清澈的藍天上，孤零零的懸掛著一片白雲，宛如一艘緩緩向東流動的帆船。

「差不多十點了吧？我們該回去了。龍二，你阿姨或許正在擔心呢。」

小百合一面確認太陽的位置一面說道。龍二失去了雙親，從小與阿姨兩人相依為命。

「不用緊張，阿姨跟朋友旅行去了。」

「這樣呀……虧我們特地起了個大早，幾乎什麼也沒釣到。」

最適合在河邊釣魚的時間是一大清早或傍晚，因為魚兒通常會在這個時候覓食。

「嗯，運氣有時候好、有時候壞，人生就是這樣。不過，今天也是因為當魚餌的蚯蚓用得不對啦。」龍二以有點自暴自棄的口吻說道。

接著兩人沒再開口，只是看著天空發愣。

龍二與小百合在今年三月初就從小學畢業了。他們住在笹川町，是一座人口僅六千多人的小村子，周圍受平緩的山巒環繞，屬於盆地地形。村裡大多數孩童會在小學畢業後立刻出社會工作。這一年是一九三五年，相當於日本的昭和十年。當時義務教育只到小學為止，孩童就讀小學不必花錢，但升上中學或女子中學之後，就得付學費了。只有出生在富裕家庭的孩子才能夠升學，一般家庭的孩子即使成績再優秀，小學畢業後就沒辦法升學了。

龍二的父母在他年僅三歲時離了婚，母親獨力扶養龍二長大。但龍二六歲時，母親因為過度操勞而病逝。母親有個單身在外工作的妹妹，名叫純子，她代替姊姊肩負起了照顧龍二的責任。

龍二將來的夢想是當一名動物學家，要實現這個夢想，首先必須升上中學，接著還要進入專門學校或大學就讀才行。但儘管龍二的成績再好，付不出學費，就不可能升學。

從四月起，龍二必須前往位於大阪的舅舅家。舅舅經營一家相當大的米穀批發店，龍二會在店裡當學徒。他原本暗自打算努力存錢，到夜間部的學校讀書，但聽說米店的工作相當忙碌。龍二身為學徒，主要的工作多半是搬運稻米及雜糧，平日除了跑腿之外，大概還得做家裡的各種雜事。而且既然住在舅舅家裡，恐怕從早到晚都得工作。

舅舅免費供龍二吃住，大概不會給多少薪水。純子阿姨常說舅舅是個親切又慈祥的人，但也不知道是不是真的……龍二心想，既沒時間又沒錢，上夜間部學校的夢想恐怕是難以實現了。

龍二愈想愈憂鬱，心中充滿了不安。

小百合或許是為了給龍二打氣，特意用開朗的口氣說：「龍二，你要搬到大阪的舅舅家了？」

「嗯，是啊。我其實不想去，好想上夜間部的學校，但大概沒辦法吧……」

「龍二的夢想是當動物學家，我能體會你的心情。我也要到信州的紡織工廠當女工了，下次不知道什麼時候才能見面……今天是我們最後一次比賽釣魚，本來期待釣到大魚。沒想到成果這麼差，簡直觸霉頭。不過，不管發生什麼事，船到橋頭自然直嘛。」

小百合以自嘲的口氣笑了起來。龍二吃驚的說：「妳要去當女工？那很辛苦耶。妳讀過《女工哀史》這本書嗎？聽說女工都被當成奴隸使喚，很多人營養失調或罹患肺結核……小百合，妳撐得住嗎？」

「那是從前的事了。現在的女工雖然也很辛苦，但已經不像過去那麼可怕。別擔心，我撐得住。」

「唔……但是……小百合，妳的夢想是什麼？」

「夢想？我沒有什麼夢想，只是走一步算一步。就算再怎麼拚命努力，做不到的事情還是做不到。俗話不是說緣分天注定？」小百合露出笑容，說得輕描淡寫。

龍二歪著腦袋說：「唔……我有點不太懂……只能說是時運不濟嗎？」

「不是啦。我媽媽常說……每個人身上都有一個看不見的大齒輪，齒輪的上頭有著各種幸運或不幸的事情……你可以想像成一座非常大的摩天輪，這一角可能坐著幸福的女神，那一角可能坐著惡魔。每個人會遇上的都不一樣，可能有些人運氣總是很好，有些人運氣總是很差。

媽媽還說，當好運來的時候，一定要好好把握，千萬不能慌張。有些人明明遇上了很多次好運，卻沒能好好抓住，也有些人苦苦等不到好運，因為太過焦急而跳進了壞運的圈套裡。每個人的情況都不相同，但感嘆運氣太差的人，有可能只是沒有把握住好運而已。

我也不打算一輩子當女工。如果好運來了，我也會努力把握。但是現在的我，還是只能走一步算一步。」

小百合的最後一句話，彷彿是對著天空抒發情緒。

「小百合，妳真有想法。我雖然也很喜歡想事情，但我總是往壞處想，搞得自己心情煩悶。妳剛剛那些話，給了我很大的啟發。不過，我能問一個問題嗎？」

一陣早春的涼風拂來，龍二打了個哆嗦，才接著說道：「如果發生了大地震，可能會受重傷，甚至可能會死。又例如遇上大洪水，可能房子跟家人都被沖走了，只有自己獨活下來。像這種不幸，既不是自己跳進壞運的圈套裡，也無關有沒有掌握好運，這又該怎麼解釋呢？」

「呵呵……」小百合噗嗤笑了起來。「這麼說也對，沒有人會故意讓自己遭遇那種不幸吧。不過發生那種大災難的時候，除了自己之外，還會有非常多人遭遇相同的不幸。可能是好幾十人、好幾百，甚至是好幾千人……像這種自己沒辦法決定的事，就叫作『天運』或『天命』吧。我剛剛說的那些，只是指個人的運氣吧。我那座看不見的命運大齒輪，不曉得現在轉到哪裡了……」

兩人再度安靜下來，各自陷入了沉思。

小百合真是個不可思議的女孩。龍二心中不禁回想起當初與小百合的第一次相遇。

小學四年級時，小百合轉學到龍二就讀的學校。當時的小學是男女分班，龍二在只有男生的禮班，小百合在只有女生的愛班。由於兩個人都喜歡動物，說話很投緣，一下子就成了好朋友。小百合經常能注意到別人沒想到的事情，說起話來也頭頭是道，總是讓龍二佩服不已。明明很少看小百合複習功課，但她的成績常在班上名列前茅，而且她很喜歡讀書，知道很多事情。

小百合的家裡只有她跟父親兩人，家事都由不住在一起的幫傭打理。小百合的母親是去世了還是離婚了，龍二並不清楚。父親聽說是貿易商人，經常在外經商，有時甚至兩、三個星期都不回家。龍二曾問過小百合「會不會寂寞」，小百合滿不在乎的回答「只要有書看，就不寂寞」。小百合的父親姓藤野，聽說他不是小百合的親生父親，但這些對龍二來說一點也不重要。在龍二眼裡，小百合就是個聊得來的好朋友。如今兩個人都即將出社會工作，心情上也有些同病相憐。

龍二躺在草地上，隨手扯起了地上的嫩草，放在嘴裡咀嚼。略帶甜味的草汁在口中擴散開來，雖然有些青草的苦澀，但那正是春天的味道。

「小百合，教妳一個我很喜歡的遊戲。」

「什麼？快教我！」

小百合抬頭看龍二。

「眼睛半開半闔，隔著睫毛看天空，就這麼簡單。睫毛就像一道門簾，可以看見白雲在門簾後頭飄過，而且白雲還會變幻成各種不同的形狀。啊，那是恐龍……現在尾巴又變成蛇了。小百合，妳也試試看。」

小百合闔上眼皮，只留下一點細縫。隔了宛如門簾的睫毛，外界的一切景色都變得朦朦朧朧。將視線移向藍天，可以看見浮雲緩緩向東飄。平常看起來一片雪白的雲，以這種方式看，竟出現了不少陰影，就好像在白色畫布上畫出了各種紋路。

「真的好有趣……啊，我看到一隻捲著身子的老鼠，不曉得附近有沒有貓……」

就在這時，附近樹梢上的一隻日本樹鶯發出了叫聲。

「叫得真難聽，是在練唱嗎？」小百合笑著說道。

呵喀啾、喀啾喀啾、喀啾喀啾、喀啾——

樹鶯叫個不停，小百合忍不住笑了出來，順勢睜開了雙眸。清澈的藍天彷彿正不斷滲入自己的體內。

「我最喜歡像這樣躺在草地上，微微睜著眼睛看天空，胡思亂想。還有一個更有趣的玩法，那就是先在睫毛上沾一點水，再看天空，會發現眼前飄浮著彩虹！非常美麗。這是媽媽教我的。」龍二說道。

「龍二，我記得你說過，你媽媽在你六歲的時候就過世了？」

「嗯，媽媽還沒生病以前，教了我這個遊戲。媽媽剛過世不久，有一次我像這樣微微睜著眼睛看天空，因為眼裡含著淚水，我看見了彩虹，而且媽媽就站在彩虹上。那時候，媽媽一直用溫柔的眼神凝視著我。我一個忍不住，眼淚滾滾流出，沖走了彩虹。後來我又試了好幾次，雖然每次都出現了彩虹，但再也沒看到媽媽。不過我想開了，反正像這樣想像也很好玩。」

小百合露出垂頭喪氣的模樣，顯得相當悲傷。其實小百合的母親也在她就讀二年級時過世了。

我也要找一天獨自一人躺在草地上，讓睫毛浮現彩虹，好想見到媽媽……小百合有了這樣的念頭，頓時感覺充滿暖意，彷彿心中也架起了一道彩虹。「謝謝你，龍二，我也要試試看。」

接下來有好一會兒，兩人不再說話，只是仰頭望著天空。

太陽的位置比剛才更高，風也變得溫暖了些。在草葉香氣環繞之下，今天起了個大早的兩人都有些昏昏欲睡。

兩人的右手邊有一棵巨大的朴樹，矗立在天空下。朴樹是落葉樹，必須等到五月之後才會冒出嫩葉。

這棵大樹上經常聚集了許多小鳥。小百合甩掉腦中的睡意，轉頭朝樹上望。今天樹上有什麼樣的鳥呢？

你們就是小百合與龍二吧？

「咦？」小百合彷彿聽見誰叫了自己的名字，內心有些震驚。

高高的樹梢上，停著一隻烏鴉。那烏鴉的體型比一般烏鴉大得多，全身泛著黝黑的光澤，彷彿塗上黑漆後打磨過一般。

小百合坐了起來，想要看清楚。那隻大烏鴉輕輕振翅，飛到了附近的樹枝上。

這隻烏鴉的喙比一般常見的烏鴉大得多，看起來相當醒目，就像是經過淬鍊的鋼鐵。喙的兩旁生著數根鬍鬚，寬厚而漆黑的胸口有著一片白毛，看上去有如星星的模樣。

不知道為什麼，小百合的心頭驀然湧起一股虔誠的敬意，彷彿看見了來自神祕國度的使者。更奇妙的一點，她不僅不害怕，反而還感到幾分親切。

那隻烏鴉好像叫了我們的名字？

但那聲音似乎並非鑽入耳中，而是直接在心裡響起。

「烏鴉先生，你是不是叫了我的名字？你怎麼知道我的名字呢？」小百合起身對著大烏鴉說。

「小百合，怎麼了？妳在說什麼？」原本半睡半醒的龍二驚訝的睜開眼睛，坐起了上半身。

「你看那隻烏鴉。」

龍二照著小百合的話，抬頭往朴樹的樹枝上望去，著實嚇了一大跳。那隻從未見過的大烏鴉，也正朝龍二望來，一雙瞳孔有如黑曜石，散發著詭異的光澤。

你是龍二吧？

彷彿自內心深處響起的聲音，聽起來竟一清二楚。

龍二驚愕的凝視大烏鴉，吞吞吐吐的說道：「我……我是……」

「我替主人捎了信來。」大烏鴉跳至地面，沒有發出一點聲響。牠慢條斯理的來到龍二及小百合面前，深深鞠了個躬。

龍二也趕緊鞠躬回禮。

烏鴉的眼神似乎帶了一點笑意。

我怎麼會對一隻烏鴉行禮？龍二不禁莞爾，原本緊張僵硬的身體也放鬆了不少。

「這是我主人給兩位的招待信。」大烏鴉將一隻腳從胸前的白毛內伸出，腳爪上抓著一枚綠色的信封。

龍二忍不住揉了揉眼睛。低頭一看，大烏鴉的兩隻腳都好端端的站在地面上。

「三隻腳的烏鴉……牠是八咫烏！」身旁的小百合低聲呢喃。

龍二受到烏鴉胸前星形白毛吸引，竟不自覺的伸出手，接下了綠色信封。信封的正面以紫色的字寫著「山路龍二先生、藤野小百合小姐啟」，背面則寫著「風叔叔緘」。

「啊！是風叔叔寄來的！」龍二忍不住大喊。

「我們能打開嗎？」

「請吧。我會等待你們回覆。」三隻腳的大烏鴉點頭說道。

龍二、小百合：

好久不見，恭喜你們順利從小學畢業了。我最近很好，每天都和動物過著快樂的日子。

再過不久你們就要出社會工作了。我想邀請你們來我家，為你們舉辦一場壯行宴。

如果你們願意，擇日不如撞日。今天下午一點二十三分，有一班從笹川開往八州的大和線列車，請你們搭上這班列車，在故里野站下車，接著在車站前搭上開往大杉谷的黃色公車，在竹柏站下車，我已安排好在那裡迎接你們。

如果你們答應，請撿起一顆綠色的小石子，高高拋上天空。

期待能與你們相見。

風叔叔

讀完信，龍二不禁做了一次深呼吸。一時之間感覺春天的風充盈於胸口，心情雀躍不已。但另一方面，也有種彷彿正在做夢的不安。

「小百合，去不去？」

「當然去，好像很有趣。」小百合笑臉盈盈的說。

「不過細節得向烏鴉先生問個清楚才行……烏鴉先生？」

兩人這才發現，那隻大烏鴉早已消失無蹤。

「啊……不見了。綠色的小石子也不知道在哪裡。我總覺得很可疑，要是隨便答應，可能會惹上麻煩。說真的，世界上哪有什麼三隻腳的烏鴉。小百合，我們應該好好想清楚。」

「哪有什麼可疑？我已經決定了。」小百合說得斬釘截鐵。

龍二愣了一下，趕緊又說道：「什麼故里野站，聽都沒聽過，搞不好是狐仙、狸精要騙我們去牠們的巢穴呢。」

「龍二，你的疑心病太重了。這封信確實是風叔叔寫的沒錯。雖然我們不太了解風叔叔在做什麼，也不知道他住在哪裡，但他是個很溫柔的人，跟我們說了很多有趣的事，不是嗎？我們已經有好一陣子沒見到他，他精通動物的語言，派隻麻雀、烏鴉什麼的來問我們的近況，也不是什麼難事。何況以三隻腳的八咫烏當作傳信的使者，確實很像風叔叔的作風。不然的話，怎麼可能有會說人話的烏鴉？」小百合興高采烈的說。

「唔……妳這麼說也沒錯，但是……」

「你想太多了啦，龍二。一定是幸運的齒輪轉到我們身邊了。龍二不是想當動物學家嗎？既然如此，你應該趁這個機會拜託風叔叔收你當徒弟。好了，快把你的優柔寡斷扔進河裡，緊緊抓住幸運齒輪吧。要是錯過了這次，以後不知道何年何月才能再遇上這樣的機會。」小百合的雙眸閃爍著興奮的光芒。

龍二想了一下，說道：「好，我去！小百合，妳說的沒錯。就算真的是狐仙或狸精的巢穴，去玩一趟也不錯。可是……去哪裡找綠色的小石子？」

「不就在你的眼前嗎？」

「咦？好奇怪，剛剛明明什麼也沒有……」

龍二趕緊拾起綠色小石子，奮力扔向天空。那綠色的石子畫出了一條高高的拋物線，在最高點吸收滿滿的陽光，突然釋放出耀眼的美麗光芒。就像火山噴發岩漿一樣，石子將一大片鮮豔的金色及綠色光點灑向藍色天空，接著完全消失無蹤。躲在不知何處的八咫烏一定看見了，將兩人的答覆回報給風叔叔。這些光點同時也象徵著兩人的冒險就在此刻正式揭開了序幕。

「好，我們趕快出發吧。笹川車站距離這裡四公里，就算騎腳踏車也只能勉強趕上。」

小百合將水桶裡的魚倒回河裡，迅速收拾起了釣具。「糟糕，釣鉤勾住衣服了。」

龍二努力想將釣鉤從衣服上取下來，但是釣鉤的上頭有倒刺，要取下沒有那麼容易。「沒時間了，先用剪刀剪斷釣線，鉤子晚點再來處理。」

小百合聽起來很心急，龍二趕緊將釣線剪斷。

兩人各自扛起了釣具，頭也不回的拔腿奔跑。

「我們突然不見，阿姨可能會擔心。要是她報警，該怎麼辦才好？」龍二邊跑邊問。

「那你在桌上放張字條，上頭寫『我和小百合到三島找朋友玩，可能會比較晚回家，不用擔心』，我也會在家裡留一張這樣的字條。」

小百合說到這裡，突然哈哈大笑，接著說道：「只是出去一下，應該不要緊。我們才剛小學畢業，不會有人以為我們私奔了。龍二，這趟旅行一定很有趣！」

故里野車站

兩人各自回家，寫下簡單的字條後，便急忙收拾行李。將必要的物品塞進背包裡，往肩上一背，跳上腳踏車拚命踩動，朝著車站前進。

來到車站後，兩人將腳踏車胡亂停進腳踏車停放場，接著奔向購票窗口。

「兩張到故里野站的車票，請問多少錢？」

「故里野？呃，在哪裡呢……那站很少人去，好像是藍本的前一站吧？等等……怎麼找不到？」

站務員以手指指著排列在壁掛上的車票，一張張檢視站名。

就在這時，火車發出了「嗚——」的汽笛聲。

「叔叔，拜託你，我們一定要搭上這班車。」小百合大喊。

「呃……啊，我想起來了，應該是在戶谷站跟藍本站的中間。不然我賣你們到藍本的票，你們到那邊再辦理退錢吧。來，一人一圓二十錢。」

火車帶著轟隆聲進入車站，乘客紛紛下車。兩人趕緊付了錢，走進車站內。

火車頭噴出蒸汽，準備要發車。

「發車！」站務員大喊，一面高舉白旗。

龍二與小百合有如遭到驅趕的野豬，慌慌張張的衝進了車廂裡。

火車的兩側不斷發出激烈的「咻——咻——」聲響及白色蒸汽，車頭緩緩向前移動。

車廂裡沒什麼人，龍二與小百合「哇」一聲，跳上面對面的四人座位，各自雙手一攤，仰躺在座位上。此時龍二早已上氣不接下氣，有如不斷吞吐蒸汽的車頭。

幸好終於趕上了火車，接下來還會遇上什麼事？龍二有些期待，也有些不安。至於小百合，似乎連一絲一毫的懷疑也沒有。每次與小百合在一起，龍二總是有種莫名的安心感。

一想到馬上就能見到風叔叔，龍二的心頭更是湧起一陣暖意。龍二告訴自己，或許就像小百合所說的，命運的齒輪正要把自己帶向光明的未來吧。龍二深信，想要實現動物學家這個夢想，拜風叔叔為師是唯一的一條路。

風叔叔這個人到底是誰，他與龍二、小百合是怎麼認識的呢？

那件事發生在龍二升上小學四年級不久。當時是四月中，有麻雀在龍二家的屋簷下築巢，養育起雛鳥。龍二家是一棟小小的平房，屋簷並不高，正好適合觀察親鳥養育雛鳥的過程。

於是龍二找了同樣喜歡動物的小百合，一同觀察麻雀雛鳥。

雛鳥總共有五隻，剛出生時全身光溜溜，一根羽毛也沒有。緊閉著眼睛，鳥喙特別大，模樣相當古怪。每當親鳥帶回食物，雛鳥就會將嘴張得大大的，發出吱吱喳喳的叫聲。

長大後的麻雀是以穀物為主食，但雛鳥的食物都是昆蟲之類的小動物。親鳥帶回的食物大都是菜青蟲，也就是隨處可見的白粉蝶幼蟲。不過有時也會帶回蚯蚓、蜘蛛、蚰蜒或小型的蜈蚣。龍二經常擔心雛鳥吃那種東西會不會中毒，但雛鳥總是若無其事的一口吞下小蟲子，接著黃色的鳥喙還會一開一闔，顯得心滿意足。

「牠們把蜈蚣吞進肚子裡，蜈蚣在胃裡應該還活著吧？要是喉嚨被抓傷或咬傷怎麼辦？」小百合露出不敢置信的表情。

龍二想也不想就知道答案：「據說胃液的消化能力很強，不管是蜈蚣還是蜘蛛，都會馬上溶解，就像是被淋上鹽酸一樣。人類的胃液已經很強了，野生動物的胃液更強。像蛇吃東西都是一口吞下，就算是老鼠也照樣吞下肚。」

龍二只要對任何事情產生疑問，都會立刻到圖書館查資料，所以曉得很多知識。

雛鳥一天比一天長大，但五隻雛鳥中有一隻發育得特別慢。親鳥餵食並不依照順序，而是先搶先贏。最小隻的雛鳥總是吃不到，只能發出微弱可憐的鳴叫聲。

某一天，龍二從學校回來，發現其中一隻親鳥正倒在地上掙扎。龍二走了過去，親鳥拚命拍動單邊的翅膀，龍二將牠驅趕至牆角，順利抓住牠。

親鳥的左邊翅膀動也不動。

剛開始，親鳥拚命想要逃走，但半晌之後不再掙扎，似乎放棄了抵抗。

龍二將左手手掌蓋在親鳥身上，輕輕撫摸親鳥的背部。

「龍二，你在做什麼？」就在這時，小百合跑了過來，低頭望向龍二的手。

龍二將親鳥的事說了。就在這時，雛鳥們忽然大聲鳴叫，原來是另一隻親鳥帶著食物回來了。麻雀的性別無法靠外觀判斷，所以難以得知帶著食物回來的是父親還是母親。但可以確定的是：以後雛鳥們的食物會變成過去的一半。爭奪食物的情況將更加嚴重，最小的雛鳥要填飽肚子肯定更加困難。

「唔……好可憐，這樣下去，小雛鳥可能會餓死。」龍二憂心忡忡的說。

小百合立即提議：「我們趕快帶牠去獸醫那裡。如果不快點治好，雛鳥可能會死一半！」

就在這時，背後突然傳來明朗的說話聲：「怎麼了？」

原本正看著麻雀的兩人同時驚訝的回頭。眼前站著一個身材高挑、削瘦的男人，臉上漾著微笑。那男人看見蜷曲在龍二左手裡的麻雀，說道：「好可憐，看來是受傷了呢。來，讓叔叔看一下。」男子突然伸手抓住麻雀，放在左手的手掌上。

龍二原本急著要搶回麻雀，但是看那麻雀竟然一點也不抵抗，又縮回了手。

真是個奇妙的男子。年齡應該在三十歲左右，從耳朵下方到下巴留著一大片黝黑的鬍鬚。整個人看起來精神奕奕，表情帶著精悍之色，卻又笑容滿面，給人一種親切感。

「牠的左翅膀受傷了，我來問牠遇上了什麼事。」

那叔叔突然噘起了嘴，發出尖銳的聲音，彷彿在和麻雀說話。

接著麻雀也發出了聲音，叔叔靜靜的聽著。在龍二及小百合聽來，那就只是吱吱喳喳的聲響，但那叔叔一面聽一面頻頻點頭，似乎聽得懂。

叔叔等麻雀說完了之後，轉頭望向錯愕不已的兩人，笑容滿面的說：

「牠的左邊翅膀關節脫臼了，應該可以治好。

事情是這樣的，今天早上十點左右，有一條日本錦蛇想要吃牠的孩子。那些孩子們聞到了蛇的獨特氣味，本能察覺到危險，全都縮在一起。孩子們的身體才剛長出短毛，只會勉強搖搖擺擺的走路，根本還不會飛。

這時，母鳥咬著蛾的幼蟲回來了……對了，牠是母鳥。一看見孩子有危險，立即扔下幼蟲，朝著錦蛇的頭部飛撲過去。

錦蛇沒料到母鳥敢攻擊，完全沒有防備。母鳥成功啄中了錦蛇的頭，但就在這一瞬間，錦蛇用力一甩，母鳥撞上屋簷，接著墜落地面。

蛇的頭很硬，被麻雀的喙戳一下幾乎沒有受傷，所幸母鳥豁出性命的攻擊讓錦蛇心生懼意，倉皇逃進了天花板裡。

但母鳥也傷了左邊翅膀，飛不起來了……就是這麼回事，得趕快幫牠治療才行。」

叔叔說完之後，輕輕拉起母鳥的翅膀。母鳥既沒有逃走也沒有掙扎，只是靜靜待著不動。

龍二及小百合嚇傻了，只能屏注呼吸看著。

母鳥的翅膀似乎發出了細微聲響。

原本在叔叔的掌心動也不動的母鳥忽然站了起來，拍動翅膀兩、三次。

「治好了。果然沒錯，只是關節脫臼而已，真是太好了。來，飛飛看吧。」

叔叔喜孜孜的說完之後，將掌中的麻雀推向空中。

麻雀在空中繞了兩個大圈子，回到叔叔的肩膀上，將喙貼近叔叔的耳畔，輕輕叫了兩聲。接著麻雀朝叔叔鞠躬行了一禮，再次振翅起飛，鑽進了雛鳥們正瑟縮不安的鳥巢裡。

龍二及小百合一面大聲拍手，一面歡呼。

蛇是一種不容易死心的動物，一定還會再度來襲。叔叔教導兩人摘取一些蛇討厭的雞屎藤的藤蔓，圍繞在鳥巢旁邊保護雛鳥。除此之外，叔叔還說了許多關於麻雀的有趣知識。

在那之後，叔叔就常來拜訪兩人，說一些關於世界上各種動物的趣聞。由於叔叔總是來去如風，從來不曾告知去向，所以兩人為他取了「風叔叔」這個綽號。

風叔叔不僅能與動物對話，而且學識淵博。除了鑽研動物學之外，對於植物、礦物、地質、化石及天文都瞭如指掌，是個在世界各地旅行的博物學家。他的本名是風深荒野，但他笑著說這個名字實在太難念，還是叫他風叔叔就好。

但不知為什麼，從某一天起，風叔叔就再也不曾來訪。由於兩人不知道他住在哪裡，所以完全無法與他聯絡。原本還擔心風叔叔是不是在世界上的某個角落遇上了危險。沒想到今天竟然收到了風叔叔的來信，而且還是一封邀請函。

絕對不能錯失這個機會。龍二彷彿看見眼前原本緊閉的大門突然開啟，出現了一條通往動物學家的道路。

無論如何一定要成為風叔叔的徒弟！

龍二壓抑下浮躁的心情，再次確認了自己的意志。

「簡直像在做夢，沒想到會遇上這種事……我帶了不少零食，你要嗎？」

小百合從背包中取出仙貝，吃得喀喀作響，也遞了一片給龍二。

「我就說會很有趣吧。」小百合說得樂不可支。

放眼窗外，是一大片綠油油的麥田。每年農夫收完稻米後，會將水田變為旱田，開始種植小麥。這種一田兩種的作法，讓農夫們一年到頭忙得沒時間休息。對於沒有種植小麥的田地，農夫則是會將水引入其中，讓泥鰍、田螺、鯽魚、暗色頜鬚鮈及其他各種小魚在裡頭生長。除了可以食用之外，泥鰍之類的魚還可以拿到村裡販賣，賺點小錢。

兩人原本聊得正開心，但驀然間，龍二的心頭閃過一抹不安。

「關於那個故里野站，還是讓我有些不放心。怎麼會連車站的站務員都搞不清楚在哪裡。」

「唔……要疑神疑鬼，可是會沒完沒了。總之是戶谷站的下一站就對了，我們千萬不能睡過頭。話說回來，這真是一趟神奇的旅行。信中說會安排在公車站牌迎接我們，不曉得會是誰，不曉得還有沒有機會見到那隻八咫烏？龍二，你別想太多，不會有事的。」小百合說得信心十足。

不一會兒，兩人都有了睡意，不由得沉沉睡去。

小百合做了一個夢，夢見自己正搭著火車旅行。火車在一座靜謐的小車站停了下來。往車窗外一看，白色看板上寫著「故里野」三個大字，底下的右側方框寫著「藍本」，左側則寫著「戶谷」。小百合大吃一驚，嚇得整個人彈跳起來。一顆心撲通亂跳，劇烈的心跳聲不斷鑽入耳中。

「糟糕！故里野站到了！」小百合看向窗外，慌張的拍打坐在前方的龍二的膝蓋。兩人慌忙抓起背包，奔向車廂出入口。

小百合跳下車廂，來到月臺上，緊接著龍二也跳了下來。

火車靜靜的往前發動，既沒有鳴汽笛，也沒有噴出白色蒸汽。這是一座無人車站，並沒有站務員。下車的乘客共有三、四人，每個人都腳步匆忙的走向剪票口。

兩人才剛出剪票口，剛剛一起下車的那些人早已不知去向。龍二心裡有種說不出的古怪，轉頭望向小百合，她的表情也有些緊張，似乎在擔憂著什麼。

黃色公車

兩人來到車站外，環顧周圍，並沒有看到黃色公車。車站前的廣場甚至連公車站牌也沒有。

「小百合，好奇怪。怎麼沒有黃色公車？」

「是啊……不曉得在哪裡。你看，那邊有棵大樹……那是櫟樹嗎？樹的另一頭好像有路，我們去那邊看看吧。不過在那之前，我想先去廁所。」

「啊，我也要。上了火車之後，連一次廁所也沒去過，好急啊。太好了，幸好這裡有廁所。」

兩人同時奔進公共廁所，然後同時走出來，而且同時發出驚呼。眼前赫然停著一輛引擎蓋向外突出的黃色廂型公車，車上坐了四、五名乘客。

兩人於是趕緊奔過去，跳上了公車。

「你們要去哪裡？」胸口掛著小皮包的車掌問道。

「竹柏。」兩人回答。

「一人二十錢。」車掌取出兩枚寫著竹柏的車票，在票上打了小孔後遞給兩人。

公車的行駛速度快得令兩人咋舌不已。路面當然是沒有鋪柏油的砂石路，公車的後頭揚起了大片沙塵，完全掩蓋了剛剛通過的道路。

公車不時會停下來讓乘客上下車。兩人都感覺有點暈車，一句話也沒說，只是看著窗外發愣。

不知從何時開始，車上除了兩人之外已沒有其他乘客。

公車不知行駛了多久，小百合忽然湊到龍二的耳邊，說道：「你不覺得那個車掌的臉有點像狐狸嗎？」

車掌一直目不轉睛的望著兩人。龍二其實也正這麼想，趕緊輕輕點頭。如果那車掌真的是狐狸，搞不好背後會露出狐狸尾巴。龍二內心暗忖，可惜車掌一直面對著兩人，所以看不到他的背後。這反而引起了龍二心中更大的懷疑。

至於公車司機是什麼樣的人，兩人更是一無所知。因為那司機總是看著前方的路，從來不曾轉頭望向乘客。

公車搖搖擺擺的行駛在山路上，速度非常快。司機真的會在竹柏站停車嗎？自己會不會被載往狐狸的國度？龍二愈想愈惴惴不安。

龍二將心中的擔憂小小聲告訴了坐在旁邊的小百合。「我猜應該是狐狸吧。看來逃不了，只能做好心理準備了。」

「叔叔信中寫明了是黃色公車，而且車掌也給了我們竹柏的車票，應該不會有錯，放心吧。」

小百合信心十足的低聲說道。

就在這時，車掌突然裝模作樣的咳了兩聲。或許兩人的對話全都被他聽得一清二楚。一想到這點，龍二更是感覺一顆心七上八下。一旦心中有了疑慮，就再也難以釋懷。疑心病會愈來愈強，形成黑色的漩渦，讓自己陷入其中，難以自拔。龍二做了一次深呼吸，決定拋開那些念頭，相信風叔叔不會傷害自己。

公車在顛簸崎嶇的碎石路上快速行駛，產生劇烈搖晃。兩人的身體一下子彈起，一下子橫倒，簡直像是遇上了地震一樣。兩人都嚴重暈車，忍不住想要嘔吐。

車上除了龍二與小百合之外沒有其他乘客，於是公車就算經過站牌也不停車，彷彿成了特快車。

公車行駛在森林裡的道路上，朝著大杉谷的方向前進。兩旁盡是巨大的日本柳杉與日本扁柏，樹齡恐怕都接近百年。嚴重的暈車讓兩人無法再說悄悄話，只能拚命強忍著胸口的嘔吐感。

這條道路在巨大的柳杉與扁柏的森林之中，僅能容公車勉強通過，連陽光在這裡都遭到阻隔，顯得相當陰森。車子彷彿行駛在永無止境的黃昏時分。

所謂的黃昏，就是當太陽西墜之時，形成白天與黑夜交界的短暫時刻。據說這個時刻特別容易遇上妖魔鬼怪，所以又稱作「逢魔之刻」。陽光愈來愈微弱，黑夜逐漸降臨，天與地不再有明顯的分界。地面的妖魔在這時全都會甦醒，並且因邂逅天上的妖魔而狂熱的手舞足蹈。每到了這個時刻，總是會發生許多不可思議的事情。據說，孩童絕對不能在逢魔之刻逗留在戶外，因為可能會被妖魔鬼怪抓走，從此下落不明。就連一些有能力化為人形的動物，也會在這時興高采烈的加入天地妖魔的行列。河童、狐仙、狸精、獺妖、貉怪……種種靈異動物都會跟著妖魔一起舞蹈，並且以迷惑凡人為樂。

搭著公車行駛在深邃森林的羊腸小徑上，長時間置身在有如逢魔之刻的環境裡，兩人不由得更加懷疑那公車司機及車掌是不是狐狸幻化而成。

就在這時，公車突然停了下來。已經抵達目的地竹柏站了嗎？臉色蒼白的兩人面面相覷，內心多少有些鬆了口氣。

不過，要是已經抵達竹柏，車掌不是應該大喊「竹柏站」嗎，怎麼會默不作聲？龍二心中納悶，轉頭朝駕駛座的方向望去，才發現司機及車掌都不見蹤影。龍二與小百合再次互相對望，不知如何是好。

這到底是怎麼回事？回想起來，公車飛也似的行駛在路面狀況極差的森林小徑，整個車身不斷劇烈搖晃。就算造成螺絲鬆脫或拋錨故障，也是理所當然的事情。這麼說起來，司機與車掌會不會是出去修車了？

「我們也出去看看吧。呼吸一下新鮮空氣，就不會暈車了。而且我全身上下痠痛得不得了。」

龍二起身高舉雙手，伸了個大懶腰。

小百合搶先龍二一步走向車門，卻在這時發出了尖叫。

「門被鎖上了！而且外頭一個人也沒有！」

小百合緊緊抓著車門把，一下往前推，一下又往後拉。

原本因暈車而天旋地轉的腦袋瞬間清醒，龍二霎時臉色發白。

「小百合，我們慘了！那兩人果然是狐仙和狸精！」

小百合離開門前，回到龍二的身邊說道：「唔……該怎麼辦？得想辦法逃出去才行。」

「可是……」龍二結結巴巴的望向車窗外。

窗外依然是一片黃昏景色。不管往哪個方向看，全都只能看見柳杉。愈往深處夜色愈濃，形成一大片連樹也看不清楚的漆黑世界。

「我早就覺得黃色公車不太對勁了。黃色不就是狐仙的顏色嗎？不過信上這麼寫，我們不該多疑。龍二，借我看看八咫烏帶來的那封風叔叔的信。」

龍二於是將手伸進了放著信的衣服內側口袋。

什麼也沒摸到。

龍二又仔細找了一次，還是找不到，一張臉頓時轉為慘白。

「怎麼了？」小百合不安的問。

龍二慌張的解開制服上衣的五顆鈕扣，在內側口袋仔細翻找。

口袋裡空無一物。

「是不是掉了？」小百合問。

「不可能，坐上公車前還在的。那時我把手伸進口袋裡，確認信還在後，還小心的扣上了內側口袋的鈕扣。如果鈕扣開了，或許有可能掉了，但我剛剛摸的時候，鈕扣還好好的扣著呀……真是奇怪。」

龍二的腦海驀然浮現了車掌的臉。該不會是那個狐狸車掌搞的鬼？

「剛剛車子那麼搖，從內側口袋掉出來也不奇怪。我們先找找看座位底下吧。」

兩人於是翻過身，彎腰仔細查看座位底下。

突然間，龍二察覺背後好像站著一個人，趕緊站了起來。

那個人正是身穿制服、頭戴制服帽的車掌。

「你們在找這個吧？」

車掌遞出一枚綠色信封。

「啊，就是這個！謝謝你！請問……這是在哪裡發現的？」

龍二接過信封，一時有如丈二金剛摸不著腦袋。

「車門邊。差點就掉到車外去了，你們運氣不錯。」

龍二將信封放回內側口袋，心裡對車掌說的話抱著幾分懷疑。畢竟內側口袋的鈕扣還扣得好好的，而且除了這重要的綠色信封之外，內側口袋裡並沒有放其他任何東西。

「太好了。會不會是買票的時候掉了？」

「不可能，票是放在右邊的外側口袋，妳看。」

龍二從右側口袋取出了前往竹柏的公車車票。

「坐了這麼久的車，你們一定渴了吧？我跟司機也覺得口好渴。附近有一道山泉水，我們每次都會在這裡暫時停車，喝點水再出發。來，這給你們。」

車掌遞過來兩管裝著山泉水的竹筒。

「如果暈車想吐，可以吐在皮袋裡，會比較舒服點。竹柏離這裡不遠了，你們再忍耐一下。」

車掌將兩只皮袋放在座位上，便回到了自己的位置。

公車引擎聲再度響起，開始往前行駛。

小百合低聲問道：「你剛剛看到他的手了吧？那是狐狸的手嗎？」

「他戴著白色手套，我看不出來。我想不通的是，信怎麼會掉在車門邊呢？」

龍二感覺腦袋一片混亂。

「冰冰涼涼的，好好喝。感覺舒服多了。龍二，你也快喝吧。」

龍二於是拔開竹筒上的栓子，喝了裡頭的水。

鼻子首先聞到了青竹的獨特香氣。那泉水確實相當美味，龍二一鼓作氣喝了好幾口，感覺到沁涼的泉水沿著喉嚨進入食道，又從食道進入胃裡。

全身頓時感覺清涼多了。簡直像是魔法之水。龍二忍不住這麼想。

「別一下子喝那麼多。到竹柏還要不少時間，得節省點喝才行。」

龍二聽小百合這麼說，拿起竹筒搖了搖。

竹筒裡一點聲音也沒有。裡頭的水減少了，照理來說搖晃時應該會聽見水聲才對。

好奇怪！龍二納悶的重新拔開栓子，往竹管內望去。只見竹筒裡的水依然滿到筒口，一滴也沒有少。

龍二忍不住捶打自己的肚子與胸口。

看來真的是魔法之水。裡頭搞不好攙了強效的安眠藥，或是喝了會肚子痛，痛到暈倒也不一定。難怪車掌給我們皮袋，原來是知道我們會肚子不舒服，想要把胃裡的東西吐出來。那個司機跟車掌果然是狐狸變的，這根本是一輛狐狸公車，這下子該怎麼辦。對了，那隻烏鴉或許也不是什麼八咫烏，第三隻腳搞不好是假的。沒錯，那隻大烏鴉和狐狸是一夥的，聯合起來欺騙我們……

龍二抬頭望向車掌，發現車掌也正對著自己微笑。那張臉若說像狐狸，確實有那麼一點像；但若說不像，確實也沒那麼像。那不是看的角度問題，而是心態問題。龍二只覺得思緒亂成一團，而且不知道該從何整理。

公車的速度愈來愈快。在森林小徑裡以這樣的速度行駛，實在令人難以置信。或許司機認為只要不發生事故，能開多快就開多快。一想到如果前面突然出現急轉彎會有什麼後果，龍二便感到不寒而慄。不過或許司機相當熟悉這條路，所以才敢開這麼快。

兩人心裡有很多話想說，這時卻一個字也說不出口。只能緊緊抓著前方的座椅，不讓自己的身體被甩出去。但也因為這個緣故，龍二沒有再繼續胡思亂想。

不知又開了多久，公車終於離開了深邃的柳杉林，進入另一片闊葉樹林。龍二心裡不由得鬆了口氣。雖然道路的上方完全遭鬱鬱蒼蒼的枝葉覆蓋，但每一棵巨大的櫟樹、椴樹及橡樹之間的間隔較寬，因此比起柳杉林要明亮得多。

公車放慢了速度，在吱嘎聲響中停了下來。

「竹柏站！竹柏站到了！各位乘客，竹柏站到了！」

車掌高聲大喊。龍二這時才吁了一口氣，卸下心中的大石。

「小百合，我們終於到了。」

「太好了，原本正擔心呢。我們快下車吧。」

兩人趕緊背上背包，快步走向前方車門，將車票交給車掌。

「謝謝你，泉水好好喝，簡直救了我一命。」

龍二如此告訴車掌。本來還想補上一句「對不起，我不該懷疑你」，但最後還是沒說出口。

小百合也連說數次謝謝，才精神抖擻的走下階梯。

車門關閉，公車在吱嘎聲響中再度出發，兩人對著公車的背影奮力揮手道謝。

公車通過一棵巨大的槲樹旁，揚起大量塵土，以猛烈的速度向前行駛，轉眼之間，已消失在煙沙之中。

飛天的黑駒

公車站牌上寫著「竹柏」兩字，站牌的後方有一棵需要兩人才能環抱的大樹。

「就是這裡了。這棵大樹應該就是竹柏吧。這趟路程真遠，你累不累？」

小百合是個天性善良的女孩子，不在乎自己累，反而擔心起了龍二。

「還好，並不特別累，只是遇到這麼多怪事，心裡有些吃不消。找不到綠色信封的時候，真的嚇死我了，還想過乾脆回家算了。幸好車掌幫我找回來，我才鬆了口氣，差點整個人坐倒在椅子上。不過現在回想起來，這件事情還是很古怪。」

龍二露出了如釋重負的笑容。「不過到目前為止，風叔叔的指示都沒有錯。我們已經到竹柏站了，應該可以安心了吧。這棵樹叫作竹柏嗎？我第一次看到這種樹，有種說不上來的奇妙感覺。」

「你知道古代有一本書叫作《古事記》嗎？我看過這本書的兒童故事版。裡頭有些內容看不懂，我還到圖書館查資料。這本書裡就提過『竹柏』。這個名稱聽起來很怪，對吧？其實是有理由的。你看看這棵樹的樹葉，上面的葉脈是許多條直線，並沒有分岔，看起來是不是有點像竹葉呢？這種樹其實是羅漢松科的裸子植物，算是松樹的親戚吧。」

小百合摘下一枚竹柏的葉子，放在手裡撫摸，「這種樹的葉片很厚，表面很光滑。對了，我想到一件有趣的事了。跟八咫烏有關，原本我已經忘得一乾二淨，現在才想起來。」

「什麼事？」龍二問。

「龍二，你剛剛不是說，這棵樹給你某種奇妙的感覺嗎？它確實不是一般的樹，竹柏原本是熊野神社的神木，後來逐漸流傳開來，許多神社都模仿熊野神社種植竹柏當成神木。」

「這跟八咫烏有什麼關係？」龍二取過竹柏葉子，拿在手裡仔細打量。

「古代神武天皇東征的時候，有一隻烏鴉帶領神武天皇從熊野前往大和，那隻烏鴉就是八咫烏。據說當時八咫烏的嘴裡叼著竹柏的樹枝，樹葉上的筆直葉脈指出了正確的前進方向。八咫烏是熊野的神明使者，所以是一種有靈性的神聖之鳥。送綠色信封給我們的那隻八咫烏，當然不可能是古代那隻八咫烏……我猜，也許是牠的後代吧。」

「妳知道得真多，不愧是愛讀書的小百合，真了不起。」龍二感到由衷佩服。

「現在我們平安抵達竹柏的公車站牌了。信上叫我們在這裡等，但是……」小百合憂心忡忡的環顧四周。

突然，傳來了一陣烏鳴聲，彷彿在回應小百合。

「午安。龍二、小百合，我一直在等你們。」

兩人心中響起了熟悉的聲音。

抬頭一看，日本榖樹的樹枝上停著一隻有著長喙及漆黑羽毛的大烏鴉。在兩人望向烏鴉的同時，烏鴉朝兩人點頭示意。胸口的星形白毛閃爍著銀色光輝。

「太好了，終於安心了。這一路上，我真的七上八下。發生了太多稀奇古怪的事情，讓人搞不清楚是真是假。尤其是那輛黃色公車，竟然在狹窄的小路上開那麼快，真是嚇死我了。直到現在，我還感覺身體在搖晃呢。而且不曉得會被載到哪裡，心裡怕得不得了。」

龍二一臉無奈的對著大烏鴉訴苦。

「一路上辛苦了。」大烏鴉對龍二這麼說，然後又呢喃說道：「呵呵，那傢伙老是愛惡作劇。」

「肚子餓了吧？我這裡有七葉餅，你們多吃一點。」大烏鴉取出一個袋子，從袋中掏出褐色的餅遞給兩人。

龍二的肚子發出了咕嚕咕嚕的聲響，這才想起還沒吃午餐。於是龍二毫不客氣的接下了餅，張口大嚼。

「哇，好好吃，我第一次吃到這種餅呢。嗯！有種獨特的香味。」龍二吃起了第二個。

「餡料也很好吃，應該是使用了很好的紅豆。這種高雅的甜味，是不是丹波的大納言紅豆？」

小百合也吃起了第二個。

「七葉餅是用七葉樹的果實做成的？」

「是啊，沒錯。」大烏鴉說道：「七葉樹的果實要去除澀味可不容易呢。如果是橡實，只要泡一下水就可以了，但七葉樹的果實要先用熱水燙過，製作起來相當麻煩。七葉餅一定要當天吃完，放過夜會變硬，滋味也會變差。」

「今天的午餐，就吃七葉餅了。」

龍二將第三個七葉餅塞進嘴裡，忽然瞪大了眼睛，發出「嗚」的呻吟。

「龍二，你老是這麼不小心。吃太大口了，喝點水吧。」小百合笑著遞出裝有泉水的竹筒。

「啊，真好吃。小百合，謝謝。我噎到了……這水好像有把餅化開的效果呢。唉喲，我是不是喝太多了？」

龍二喝了一大口，拿起竹筒搖了搖，竹筒發出了「嘩啦嘩啦」的清亮水聲。

「咦？真奇怪，不管怎麼喝，裡面的泉水都不會變少……難道這竹筒有魔法？」

「龍二，我看看。」

小百合接過竹筒，同樣搖了搖。

竹筒再次發出「嘩啦嘩啦」的清澈水聲。

兩人面面相覷，露出懷疑的表情。那個司機和車掌果然是狐狸……兩人心中都有了這樣的念頭。

「大烏鴉先生，風叔叔的家離這裡很遠嗎？走得到嗎？」龍二問。

「這個嘛……大概三十公里吧。」

「哇，這麼遠？看來走不到……有腳踏車嗎？」

「一來沒有腳踏車，二來這裡也沒有腳踏車能騎的路。」

「看來只能走路了。我很喜歡走路，但三十公里實在太遠了。如果一大早就帶著飯糰出發，或許沒問題……現在開始走，抵達的時候都已經是深夜了……」

好不容易才來到了這裡，卻遇上了最後的難關。龍二一臉不知如何是好的望著大烏鴉，期盼牠能給個好點子。

「不用擔心，我們才不會讓重要的客人走那麼遠的山路。交通工具早已經準備好了。」

「哇，太好了，可是……我不想再搭那輛黃色公車了。」

「哈哈哈，不是公車啦。在森林裡，也沒有公車能夠通行的路。請稍微等一下。」

大烏鴉笑嘻嘻的說完，跳上巨大竹柏的樹梢，將長喙朝向天空，發出了尖銳高亢的鳴叫。

過了一會，不知從何處冒出了一匹體格壯碩的黑馬，站在兩人面前。

那匹馬有著修長的四條腿，肌肉有如賽馬般結實，身上的黑毛宛如塗了黑漆般油亮而深邃。耳朵又尖又長，從額頭到鼻端垂著一絲絲柔順的白毛，四肢自腳踝以下也是一片雪白。這種外觀的馬，就是所謂的「四白流星」。

更特別的是這匹馬有著茂密的金色鬃毛，以及蓬鬆而大量的褐色尾毛，優美的外型散發出一股名門貴族的高雅感。

「牠是風深荒野先生的愛馬『黑駒』，長得很帥氣吧？」大烏鴉以自豪的口吻說道。

這時黑馬也說話了：「龍二、小百合，午安。博士在等著你們。」

「午安。」兩人跟著打了招呼，目不轉睛的望著黑馬。

龍二心想，黑馬口中說的博士，指的應該就是風叔叔吧。這匹黑馬不僅會說人話，而且還如此俊美、壯碩，龍二看得陶醉不已。

「黑駒會帶你們過去。牠背上沒有馬鞍，為了避免你們屁股痛，我們事先鋪上了三條毛毯。請龍二坐在前面，小百合坐在後面。牠身上也沒有韁繩，請龍二抓著牠的鬃毛，小百合抓著龍二的腰帶。還有，最重要的是腳。你們的雙腿一定要緊緊夾住牠的身體，就好像雙腿連在牠身上一樣。」大烏鴉說道。

「我明白了，我們會努力不摔下去。不過牠沒有馬鐙，我們要怎麼上去？」

龍二說完之後左右張望了一下，接著說：「那根樹枝的高度剛剛好。我們爬到那根樹枝上，請黑駒先生到樹枝底下來，好不好？」

黑駒冷冷的反駁道：「不用那麼麻煩，看我的。」

接著黑駒突然張口咬住了龍二的肩膀。

龍二還來不及喊叫，已被拉上了半空中。

黑駒一扭脖子，下一秒龍二已坐在馬背上。

「接著是小百合。」

黑駒以同樣的方法，讓小百合坐在龍二的背後。

不過一眨眼工夫，兩人都已經上了馬背，甚至還來不及吃驚。龍二揉了揉被黑駒咬過的肩膀，竟然一點也不痛，不曉得牠是怎麼辦到的……

「小百合，妳還好嗎？」

「我很好。」小百合簡短回答了，緊緊抓住龍二的腰帶。

「來，要出發了。為了不從馬上摔下來，龍二一定要緊緊抓住鬃毛，小百合則是要緊緊抓住龍二的腰帶。當速度愈來愈快，馬身會劇烈搖晃，這時小百合就改成緊緊抱住龍二的腰。龍二，你的腳這樣不行。騎馬的時候，腳是最大的重點。一定要緊緊夾住馬的身體。沒錯，就是這樣。」

大烏鴉指導完之後，便振翅飛上了高空。

就在這個時候，黑駒也開始往前跨步。

森林裡到處是巨大的柳杉，地面上則零星長著一些較低矮的樹木及野草，完全看不到人走過的痕跡。黑駒以靈巧的動作在柳杉之間穿梭。

周圍一片昏暗，夜晚已近在咫尺。黑駒的速度愈來愈快，逐漸變成了小跑步。每踏出一步，都感受到震動。兩人各自以雙腿用力夾緊黑駒的身體。

一縷縷微光自枝葉之間灑落地面。兩人看見了一株碩大的日本山茶，上頭開滿了花。鮮紅色的山茶花宛如在陰暗的森林裡點亮了一盞盞燈火。兩隻看起來應該是一對的棕耳鵯，一邊發出刺耳的叫聲一邊吸著花蜜。那尖銳的鳥鳴彷彿撕裂了混濁的空氣。龍二家中庭院的山茶樹也經常看到類似的景象，他頓時湧起一股熟悉感，心情變得沉穩許多。

黑駒突然出現，棕耳鵯嚇得慌忙逃竄。

黑駒開始加快速度了。兩人感受到的搖晃愈來愈大。龍二緊緊抓住黑駒的鬃毛，小百合環抱龍二的腰，以右手緊握左手。

與其說那是奔馳，不如說是飛翔更加貼切。黑駒以驚人的速度在柳杉之間穿梭，兩側的樹木不斷向後流逝。過了一會兒，由於速度太快，樹木與樹木彷彿連在一起。在兩人的眼裡，黑駒宛如馳騁在貼上了柳杉皮的木板之間。

空氣的流動速度太快，令兩人沒有辦法抬起臉。龍二緊緊抓著馬的脖子，小百合則緊緊抓著龍二，將臉貼在龍二的背上。小百合的鼻中聞到了龍二的汗味，但這時已無法在意這些小事。為了不從黑駒身上掉下來，兩人都使盡了力氣。

穿過了森林之後，前方出現一條河。黑駒毫不猶豫的縱身一躍，便跳到了對岸。

接著前方又出現了一座湖，湖面上浮著許多野鴨及白鷺鷥。由於這時還是三月，既沒有蘆葦也沒有水草，水面有如鏡子般泛著白光。

快停下來！龍二在心中祈禱。就算速度再怎麼快，也不可能跳過這座湖。途中要是掉進湖裡，兩人就死定了。不要逞強，從湖邊繞過去吧！

「停下來！」就在龍二這麼大喊的瞬間，黑駒跳了起來。

與其說是跳，不如說是飛過湖面。黑駒簡直像是長了翅膀，以驚人的速飛過湖水上方。

為了不掉下馬背，龍二幾乎用了要扯斷鬃毛的力氣緊抓不放，雙腿緊緊夾住馬的身體。由於一直維持著緊貼馬背的姿勢，龍二根本沒辦法看清楚。當黑駒飛越湖面的時候，他只知道銀色的水面不斷飛向後方，卻不清楚黑駒是以什麼樣的姿態飛在空中。黑駒沒有翅膀，或許牠是在空中奮力踢動四蹄前進，也或許牠只是把前腳往前伸，再把後腳往後伸，輕鬆的在空中滑翔。

黑駒放慢速度，回到了地面上。周圍是一大片受枯草覆蓋的平原，看起來似乎是座牧場，有五隻牛正在吃著剛長出的嫩草。

「龍二，你還好嗎？」背後傳來小百合的聲音。

「我也搞不太清楚，但既然還在馬上，應該還好吧。小百合，妳呢？」

「你看，我還緊抓著你的腰帶呢。嚇得六神無主，大概就是這種感覺吧。腦袋一片空白，不知道自己在哪裡，連是在地上還是在空中都搞不清楚。尤其是穿過柳杉林的時候，那景色可真不得了，每棵樹好像都黏在一起似的。」

前方出現了一片菜田，裡頭長著一株株碩大的菠菜與小松菜。

那應該是風叔叔的田吧？他種了那麼多菜，看起來並不是一個人住。他和家人住在一起嗎？我記得他說過，他沒有結婚，也沒有家人……

龍二看來看去，總覺得風叔叔並不是一個人住在這裡。

周圍附近連一戶人家也沒有。

這一帶只有風叔叔一家？唔……這就是所謂的隱居嗎？龍二愈看愈納悶，宛如來到了奇幻國度。

黑駒一步步踩著地面前進。附近有栗樹林及胡桃木林，龍二心想，到了秋天應該採得到很多果實吧。

一片松樹林的後頭，隱約可見藍色的瓦片屋頂。地面上是一條經過長年踩踏所形成的小徑。黑駒沿著那小徑進入了松樹林。這裡的松樹是高聳的赤松，樹幹較細的約相當於龍二的大腿，較粗的約相當於龍二的腰腹。樹皮並非紅褐色，而是接近朱色的深紅色，不禁聯想起某種景色。

對了，很像稻荷神社的那一大排鳥居！

龍二看著一棵棵赤松，內心忽然有這種感覺。

村子的後山上有一座春日神社，以及祭祀稻荷神的稻荷神社。山道上沿路排列著一座座紅色的鳥居，階梯共有七百級，龍二經常和朋友比賽看誰先爬到山頂。稻荷神以狐狸為使者，龍二不由得回想起了那輛奇妙的狐狸公車。該不會真的被狐狸迷惑心智了吧？他心中再度閃過一抹不安。

「龍二，好壯觀的赤松林。」背後傳來小百合的聲音。

「秋天應該會長出很多松茸吧？我最喜歡松茸了，一天三餐都吃松茸也不會膩。」小百合興高采烈的說著。

「嗯，是啊。」龍二漫不經心的回答。天性樂觀開朗是小百合的優點。相較之下，龍二不僅愛胡思亂想，而且經常杞人憂天。這樣的性格令龍二自己也不禁苦笑。

離開了赤松林後，前方出現一棟圍繞著枳木籬笆的大房子。

「啊，那就是風叔叔的家吧？看起來真是氣派。」小百合忍不住呢喃。

「哇啊，這是枳木的籬笆！我最喜歡枳木的白色花朵了。而且這種植物會吸引黑鳳蝶、柑橘鳳蝶的幼蟲呢。我愈來愈期待了！」喜愛昆蟲的龍二眉飛色舞的說。

龍二的興趣是採集昆蟲，標本箱裡蒐集了各種不同種類的昆蟲。五年級暑假的自由研究作業，龍二還曾以昆蟲為題材，拿到了全校第一名的成績。

穿過了蔓薔薇拱門，前方是一片花壇。但這時是三月底，蔓薔薇上一片綠葉也沒有，看起來像是一條條帶刺的藤蔓纏繞在鐵製的拱門骨架上。

花壇裡種著不少春季花朵的球根，有鬱金香、銀蓮花，以及葡萄風信子等等，但都只長出了小小的結實花苞。再過不久，這些花苞就會開出美麗的花朵，讓整座花壇變得美不勝收吧。

小徑自花壇之間穿過，直達前方的石造三層樓西洋建築。西洋建築的另一頭還有一棟氣派的日本建築。那就是剛剛自松樹林外看見的那棟有著藍色瓦片屋頂的房子。

這麼大的房子，裡頭不曉得住著什麼樣的人？那棟日本建築裡，是不是住著風叔叔的爸爸、媽媽？龍二天馬行空的想著。

風叔叔一家

八咫烏蹦蹦跳跳的過來，後頭跟著笑臉盈盈的風叔叔。

龍二與小百合急忙跳下黑駒，正想奔上前去，卻感覺兩腿痠軟，不約而同坐倒在地上。他們一直以雙腿緊緊夾住黑駒的身體，用盡了力氣。

黑駒一一銜著他們的肩膀，將他們拉起，並且以臉頰在兩人身上溫柔撫摸。原本疲軟無力的雙腳，竟然在轉眼之間恢復了力氣。

風叔叔帶著滿臉笑容走近兩人。

小百合突然抱住了風叔叔，滾滾淚珠自臉上滑落。

「終於……終於到了。好、好開心……」

小百合太高興了，這句話不僅說得結結巴巴，而且充滿了稚氣，自己也忍不住笑了出來。她放開風叔叔的腰，恭恭謹謹行了一禮。「風叔叔，謝謝你的邀請。」

「歡迎你們。來，快進屋裡喝杯熱騰騰的飲料吧。」風叔叔說道。

不知從何時開始，風叔叔的身旁多了一隻全身雪白的大狗。

咦？這隻狗剛才就在這裡了嗎？龍二不禁瞪大了眼睛。剛剛風叔叔走過來的時候，應該還沒有這隻狗才對。難道是幻覺？龍二忍不住轉頭望向小百合。

「這隻狗什麼時候來的？」小百合低聲問。她也正感到納悶。「牠白得像雪一樣，如果伸手摸，那些毛搞不好會因為手的溫度而融化呢。」

雪白的狗突然回過頭，彷彿聽見了小百合的自言自語。牠的兩隻耳朵筆直豎立，溫和中帶著一股高雅的氣質。或許這隻雪白的狗就跟八咫烏一樣，是來自神國的生物。龍二不禁對牠點點頭，牠的臉上似乎漾起了淡淡的笑意。

龍二與小百合跟著風叔叔走進了西洋建築裡的起居室。

房間正中央有一張木桌，黑褐色的木頭表面布滿了有如漩渦般的奇妙紋路。龍二看得目瞪口呆，說道：「風叔叔，這張桌子上的紋路真是稀奇。是什麼樹做成的？我看來看去，這桌子不像是拼湊起來的，難道是一大塊原木？也太厲害了。」

那張桌子光是厚度就超過一公尺。

「嗯，你觀察得很仔細。這只是一般的柳杉材，但樹齡超過一千年。這種千年老杉又稱作神代杉，如今除了屋久島及一些神社所供奉的神木之外，在一般山上的天然柳杉林裡大概已經看不到了。我父親很喜歡蒐集美術品及骨董，不曉得從哪裡取得這張桌子。在這張桌子上頭喝茶或吃飯，有一種特殊的感覺。上千年的歲月，不曉得在這木頭裡藏入了多少祕密。」

「來，坐吧。咖啡應該快好了。」雪白的大狗竟然在風叔叔身旁的椅子坐下，而且開口說話了。

「嚇了一跳吧？這隻狗是我們的大當家，會說人的語言，有什麼問題都儘管問牠。牠的名字叫『雪丸』，雪是白雪的雪。」

雪丸挺直了腰桿，朝兩人微微點頭，沉著嗓子說道：「請多關照。」

小百合正經八百回了一禮，說道：「我們才要請你多多照顧。」

畢竟還是小百合比較擅長應付這種場面。龍二暗自佩服，同時也胡亂回了一禮。

此時傳來敲門聲，一隻狸貓走了進來。這隻狸貓的腰上整整齊齊綁著圍裙，手上端著咖啡。

「龐貝娜，辛苦了。今天的咖啡好香，是什麼豆子？」

名叫龐貝娜的狸貓動了動嘴唇，發出幾聲略顯高亢的叫聲。

「原來如此，真是好咖啡。牠說，這咖啡使用了產自衣索比亞卡法地區的摩卡類咖啡豆。卡法地區是全世界的咖啡原產地，那裡的咖啡雖然帶有一點酸味，但美味極了。尤其是一股獨特的香氣，嘗了一口就讓人永難忘懷。對了，咖啡（coffee）這個詞就是從卡法（kaffa）變化來的喲。」

「真的好香，光是香氣就令人著迷。不過我想加一點牛奶跟砂糖。」小百合興奮的說著。

龍二卻一點也開心不起來。仔細想想，自從兩人出了故里野車站後，不知遇上了多少匪夷所思的事情。光是平安抵達這裡，就已經是萬幸。

一聞到咖啡的香氣，龍二更是感覺置身在《一千零一夜》的故事裡。那香氣確實帶了點酸味，但他很喜歡。

「風叔叔，我一直感覺這一切彷彿是一場夢。自從搭上了黃色公車，實在

發生太多難以理解的事情，我已經搞不清楚是真實還是夢境了。」

龍二與小百合你一言我一語，將抵達竹柏站前後遇到的事情說了一遍。

「哈哈，」風叔叔笑得合不攏嘴。「那是狐狸金巴蘭在捉弄你們。牠的本性不壞，只是愛惡作劇，哈哈哈。」

「果然是狐狸！我就覺得那個人長得很像狐狸。牠叫『金巴蘭』？真是個古怪的名字……」

小百合還沒說完，龍二搶著說道：「泉水真的很好喝，讓我整個人感覺重新活了過來呢。不過公車開得這麼快，竟然沒有翻車，真是不可思議。」

風叔叔啜了一口咖啡，說道：「那泉水具有靈力，平常絕對不會給外人喝，可見牠沒有把你們當外人。」

龍二聽了，不禁有些開心。就連那輛原本發誓絕對不再坐的黃色公車，也有種特別的親切感。

「風叔叔，那匹黑馬也讓我們嚇了一跳呢。牠一奔馳起來，完全讓人搞不清楚是在地上跑，還是在天上飛。簡直像一道閃電，一下子就穿過了柳杉林。請問牠到底是什麼樣的馬？」

龍二問出了另一個心中的疑惑。

「哈哈哈，你們應該很吃驚吧？牠其實不是馬，是駒。馬只能在地上跑，駒可以飛上天。」

「就像希臘神話裡面的飛馬？」小百合問道。

「牠的名字叫『黑駒』。黑駒是聖德太子的愛馬，剛剛載你們來的是黑駒的第五代直系子孫。對了，聖德太子的愛犬叫『雪丸』，你們身邊這位正是第六代子孫。」

雪丸原本坐在風叔叔的旁邊，正啜飲著咖啡。一聽到自己的名字，便移開咖啡杯，輕咳了一聲。

風叔叔撫摸著雪丸的頭，說道：「你們知道聖德太子嗎？」

「歷史課有教。他在西元六、七世紀的推古天皇時代，以攝政的身分參與政治，訂定了《憲法十七條》。」

小百合說完之後，龍二緊接著說道：「聽說他能同時聽懂十個人說的話，是真的嗎？」

「嗯，或許吧。相傳他的耳力很好。以現代人的觀點來看，他應該是個蒐集資訊的高手。他還有另一個名字，叫廄戶皇子，廄是馬廄的意思。當時養在太子的馬廄裡的馬，指的就是黑駒。聽說太子經常乘坐黑駒飛來飛去，到全國各地視察。有時看看各地方有沒有企圖造反的貴族，有時看看施行的政策是否落實到各鄉鎮。相傳他能夠同時聽十個人說話，應該是指他擁有過人的資訊蒐集能力。黑駒跟雪丸一樣，通曉人話。」

「哇，太了不起了！黑駒是聖德太子愛馬的後代。我也騎過了黑駒，有種當上了太子的感覺。」

龍二眉開眼笑的喝光了杯裡的咖啡。

小百合仔細打量坐在前方的雪丸。雪丸不發一語，只是一臉嚴肅的慢慢啜飲咖啡。小百合不禁心想，雪丸到底幾歲呢？聖德太子是西元六、七世紀的人，雪丸是第六代……這樣算起來是幾歲？雖然不知道怎麼算，但想必雪丸的年紀一定很大。牠住過哪裡？有過什麼樣的經歷？黑駒也是，實在很想問個清楚……

小百合轉念又想，雪丸雖然看起來相當親切，也帶著一種令人難以靠近的威嚴。不愧是曾經受聖德太子疼愛的愛犬後裔，擁有無法想像的高貴品格。

「對了，差點忘了最重要的一件事。恭喜你們小學畢業了。你們出社會前，我想為你們加油打氣，所以今天邀請你們前來，舉辦一場宴會。雖然你們遇上了很多荒誕不經的事情，但你們沒有懷疑我，依然願意依約來到這裡，我真的非常高興。我要送你們一樣非常特別的禮物，幫助你們邁向充滿夢想的未來。」

風叔叔取出兩個以神代杉製成的小木盒交給兩人。

「謝謝你，風叔叔。」兩人同時道謝，收下了木盒。

「我能打開來看嗎？」小百合的眼神閃爍著期待的光芒。

「請打開、請打開。小心別掉出來喲。」

風叔叔一邊說，一邊笑著撫摸黝黑的鬍鬚。

小百合的木盒裡放著一枚紅色的勾玉，龍二的木盒裡則放著一枚綠色的勾玉。

「哇啊！好漂亮。我好喜歡這個顏色，可以做成項鍊。風叔叔，謝謝，我好開心。」小百合以興奮的語氣笑著說道。

龍二的眼睛被盒裡的勾玉深深吸引，愣愣看著，一動也不動。

好一會兒之後，龍二才抬起頭來，一臉嚴肅的說

道：「風叔叔，謝謝你，我會好好珍惜的。未來遇到什麼煩惱，只要握著這枚勾玉，似乎就能產生勇氣。」

「嗯，我很高興你能這麼想。這兩枚勾玉可不是從遺跡挖出來的，是從前聖德太子交給雪丸祖先的一條項鍊上的勾玉，是非常獨特的寶物。雪丸將勾玉項鍊交給我保管，但後來串起勾玉的繩子因為年代老舊而斷裂，勾玉散了開來。這兩枚勾玉就是其中的兩枚。只要帶著這個勾玉，將來遇上困難的時候，一定能派上用場。詳細的故事，等以後有機會，再請雪丸告訴你們吧。你們兩人擁有非常優秀的資質，我很期待你們將來的表現。但未來會遇上什麼樣的危險或困難，沒有人知道。畢竟人生這麼長，總是會遇上一、兩次，甚至是好幾次困難。到那個時候，我相信這個勾玉會幫助你們。這兩枚勾玉，就象徵著我們之間的信任。」

風叔叔說完這些話，目不轉睛的看著兩人的臉。

「謝謝你，雪丸先生。這麼珍貴的寶物，我一定會隨時帶在身上。但是，我認為不管遇上多麼艱難的事情，都應該靠自己的力量克服，我會努力不依賴這枚勾玉。」小百合的雙眸閃爍著光輝，精神奕奕的說道。

接著，龍二也向雪丸道了謝。

雪丸依然默不作聲，只是輕輕點頭，以充滿暖意的視線看著兩人。

「來，吃晚餐吧。你們應該都餓了。」風叔叔一說出這句話，狸貓龐貝娜端著托盤小跑步走上前來，後頭還跟著一隻野兔。托盤裡放著鹽烤的魚料理。

「啊！兔子跟狸貓！」龍二忍不住大喊。這裡到底住了多少動物？簡直像童話世界。龍二的好奇心燃燒著。

「龍二，你嚇了一跳吧？這隻兔子叫『丘治』，牠的耳朵很靈。就算站在房間的角落，也能聽見桌上一滴水落下的聲音。牠說自己是因幡兔的後代，但不知道是第幾代。」

「好驚人，我跟小百合說悄悄話也會被聽見嗎……哇，好豐盛！」

看到桌上的餐點，龍二忍不住吞了口唾沫。

杉菜炒蛋、汆燙芹菜、醋味噌拌韭菜與田螺、白蘿蔔泥配鹽烤紅點鮭、蟾蜍卵三杯醋……菜色相當豪華。

「再過一段日子，就能採到蕨菜、楤木芽等各式各樣的山菜。可惜現在還是初春，就只有這幾種而已。簡單來說，這些都是繩文人的料理。我想來一點葡萄酒，這可是使用了一種名叫紫葛的山地葡萄釀成的自製葡萄酒呢。你們還未成年，不能喝酒，就用紫葛果汁來乾杯吧。乾杯的號令就麻煩雪丸了。」

雪丸以右手舉起了裝著紫葛葡萄酒的酒杯。那酒杯上刻著美麗的幾何圖案，葡萄酒的深紫紅色透過反射，鑽石切割圖形的部分散發出豔麗、鮮紅的光輝，有如墨西哥火蛋白石。

「恭喜兩位畢業，邁向嶄新的未來，乾杯！」

雪丸以清澈宏亮的聲音高喊，高舉酒杯後送到嘴邊。

紫葛果汁好喝極了，不僅有淡淡的香氣，而且酸甜適中，令人陶醉。

這是一場非常快樂的餐宴。風叔叔說了許多關於動植物的趣聞。龍二趁著偶然間的沉默，鼓起勇氣說出了一直深藏心中的疑問。

「風叔叔，你懂那麼多，請問你讀的是哪一間學校？大學是動物系嗎？還是獸醫系或畜產系？」

風叔叔笑著說：「我沒讀過大學。或者應該說，我沒讀過任何學校。」

「咦？連小學也沒有嗎？」

龍二大吃一驚，差點打翻了杯子。

「是啊。」

「那你怎麼會知道這麼多事？」

風叔叔一邊往杯裡倒葡萄酒，一邊笑著說：「知識不能靠別人教，應該要自己想、自己學。幸好我很愛看書，書庫裡蒐集了很多書，之後有機會可以讓你進去看看。書就是我的老師，另一個老師則是大自然。不管是動物、植物、地質，還是礦物，大自然中總是充滿了不可思議的現象。而且雪丸、黑駒和建角……對了，八咫烏的名字是『建角』……牠們都很博學，尤其是雪丸，知道很多歷史典故。從前有很多大學者都沒有上過學，例如有位叫牧野富太郎的人物，他連小學也沒畢業，但靠著自學成為植物學家，大家尊稱他是『植物分類學之父』。又例如，古代有一位國文學家兼歷史學家叫塙保己一，七歲就失明了，後來到了江戶努力自學，花了四十年的時間出版了多達五百三十卷的《群書類從》。

說穿了，就是要找出自己想做的事，並且擁有朝著目標努力、排除所有困難的堅強意志力與行動力。想要成為大學者，或許需要一些與生俱來的資質，但如果是我這種程度，應該每個人都能做到吧。」

風叔叔淡淡說完之後，喝光了杯裡的葡萄酒。

「我懂了。自己的未來掌握在自己手裡，是這個意思嗎？我會努力的。」

長久以來對未來的擔憂與不安都消失了，龍二霎時感覺舒暢又快活。靜靜在一旁聽著的小百合，也露出了豁然開朗的表情。兩人都暗自下定決心，要好好守護剛在心中萌生的希望之芽。

風叔叔獨自一人住在這棟大房子裡，與動物一同生活嗎？他的爸爸媽媽為什麼不在身邊？他沒有兄弟姊妹嗎？

小百合心中湧起了種種疑問，但一句也沒有說出口。想著之後再找機會問問無所不知的雪丸。

小百合比以前更加喜歡風叔叔了。就好像受到強力磁鐵吸引一樣，而且她漸漸感覺這裡是自己唯一的棲身之所。

用完了餐點，接下來是點心與咖啡時間。不知從什麼時候起，黑駒、兔子丘治及八咫烏建角也都來到了桌邊。除此之外，還有一隻名叫「彥子」的日本獼猴。建角將彥子介紹給兩人，彥子發出「嘰嘰」叫聲，朝兩人致意。

「牠說請多指教。」建角將彥子的叫聲翻譯成人類的話。小百合與龍二也各自起身，笑著回應：「請多指教。」

此時，彥子突然往前翻了一圈，以倒立的姿勢又向兩人打了一次招呼。

「啊，我還以為牠是女孩子……」龍二脫口說出這句話，趕緊摀住了嘴巴。聽到彥子這個名字時，龍二以為這隻猴子是母的，但牠倒立時，龍二偶然看見牠的兩腿之間，發現牠是公猴。

「抱歉、抱歉，是我誤會了，對不起。」龍二紅著臉連聲道歉。

「經常有人這麼誤解呢。其實『彥子』這個名字是有來歷的。牠的祖先是猿田彥，所以牠才取

名叫作彥子。在『天孫降臨』的傳說中，天照大神的孫子瓊瓊杵尊來到高千穗的山巔時，有一位當地的神祇為祂帶路，那就是猿田彥。」

「啊，我知道，日本史的課有教到。」龍二嘴上這麼說著，心情卻相當複雜，彷彿來到了神話世界。

龍二偷偷朝風叔叔瞥了一眼。雖然風叔叔的臉上總是堆滿笑容，整個人卻帶著一種讓人不敢放肆的威儀。

搞不好風叔叔也是神明的後裔呢。龍二感覺風叔叔的身上散發出一種神祕的氣質。

風叔叔啜了一口咖啡，接著說道：「彥子的個性有點冒失，又愛惡作劇，卻相當聰明機靈，是個有趣的孩子，也是這個家裡的開心果。牠的名字是彥子，但因為牠總是『嘰嘰』叫個不停，所以大家給牠取了個綽號叫『奇奇』。」

奇奇突然嘰嘰叫了兩聲，彷彿是在回應風叔叔的介紹，牠爬到了柱子上，對著眾人扮鬼臉。所有人都笑了出來。

接著奇奇爬下柱子，從花瓶裡抽出兩朵香豌豆花，一朵藍色、一朵粉紅色，送給龍二和小百合。

「謝謝你。」龍二跟奇奇握了手。

「感謝。」小百合則摸了摸奇奇的頭。

奇奇突然跳上了小百合的膝蓋，小百合不禁抱住牠。

這個舉動引來了眾人的掌聲。

決心

小百合心裡覺得好幸福。擁抱奇奇的時候，感受到了奇奇的體溫。奇奇將臉埋進了她的胸口，小百合心裡有種彷彿成了母親的錯覺。沒錯，我應該留在這裡，當大家的媽媽。小百合如此告訴自己。但轉念又想，自己才十二歲，當媽媽可能不太適合。不然當姊姊好了？小百合想到這裡，又忍不住笑了出來。當奇奇的姊姊或許沒問題，但雪丸和黑駒各自是第六代及第五代的後代，想必年紀都一大把了。至於八咫烏建角，雖然不知道牠是第幾代，但牠的祖先也是源自傳說中的神話時代，年紀多半也是大得難以想像。自己就算是當牠們的姊姊，也太勉強了……算了，只要在這，不管是當女傭，還是當雜役，總比當工廠女工有意義得多。想著想著，小百合感覺自己彷彿已是這個家的一分子。

「小百合，妳在笑什麼？」龍二問。

「沒什麼，因為太開心，忍不住笑了。龍二，這咖啡好好喝！」

小百合趕緊岔開話題，順手拿起了點心。

餐後的點心是烤餅乾，上頭抹著懸鉤子果醬及越橘果醬。聽說越橘果醬還是第一次出現在餐桌上。

「秋天時，紅色的越橘葉子非常漂亮，枝節也很有美感，我常拿來插花呢。」小百合說道。

「是啊，叔叔小時候到山上的松樹林採松茸時，也常摘越橘的果實來吃。不過吃越橘果醬倒是第一次。」

風叔叔說完，將抹著濃紫色果醬的餅乾放進嘴裡。

「嗯，好吃。雖然很酸，但這種酸味相當獨特。或許有些人會無法接受，但我很喜歡。龐貝諾，這是你的新傑作嗎？」

龐貝娜的背後，突然有另一隻狸貓探出頭來。那隻狸貓的長相很討人喜歡，臉頰上長著數根又粗又長的茶褐色鬍鬚。這隻名叫「龐貝諾」的狸貓，害羞的應了一聲「沒錯」，在額頭上輕輕拍了一下。

龍二、小百合不懂狸貓語，聽起來只像是「嗚嘎」的低鳴聲。

「我來向你們介紹，牠是龐貝娜的丈夫，名叫龐貝諾。牠可是大廚師，不過個性有些害羞，不喜歡拋頭露面。龐貝諾，過來打聲招呼吧。」

龐貝娜的背後傳出了細小的叫聲。

「什麼？你說見過面了，這樣就可以了？好吧，總之越橘果醬很好吃。接下來你想挑戰什麼果醬？噢，寒莓果醬？雖然要把籽去掉很麻煩，但是滋味很棒。對了，下次我到北美旅行的時候，帶些藍莓種子回來好了。現在日本還沒有進口藍莓，但藍莓做成的果醬真的很美味呢。好了，你先去休息吧。」

龐貝娜背後的那道影子突然一溜煙的逃走了。

「哈哈哈……牠很擅長利用變幻之術製作料理，而且生性非常靦腆。」

風叔叔開朗的笑了起來。

這是一段非常快樂的咖啡時光。龍二心裡不禁想要學習動物語。雖然住在這裡的動物都聽得懂人話，但只有單方面的溝通實在很沒意思。

龍二遲遲無法入眠。自己即將前往大阪的米店當學徒，這件事一直在腦海揮之不去。舅舅雖然人很好，但有些總管非常壞心眼。聽說大總管善體人意、刻苦耐勞，而且是個做生意的高手，但是負責管帳的總管卻喜歡打著教育的名義欺凌學徒，已經有好幾名學徒逃走了。自己就算能忍受欺壓，努力工作，也不可能實現夢想。如果非常順利，幾年後當上總管，將來舅舅應該會讓自己獨立開一家米店。但一輩子賣米穀的人生，實在不是自己所嚮往。

龍二左思右想，難以入眠。旁邊的另一張床上，小百合正睡得香甜。剛剛她才一躺下，馬上就發出了鼾聲。小百合就是這麼一個沒有煩惱的人。聽說當女工的生活就跟奴隸沒有兩樣，為什麼她可以滿不在乎的跳進那樣的世界？真是樂天開朗。龍二看著小百合那無憂無慮的睡相，不禁嘖嘖稱奇。

突然間，一個想法浮上腦海，讓龍二霎時有如遭到當頭棒喝。

我這個傻蛋，竟然忘了最重要的事！來到這裡的路上，我不是已經下定決心了嗎？我要拜託風叔叔收我當徒弟！真是的，我怎麼會忘了！龍二忍不住拚命敲打自己的頭。

火車抵達故里野站之後，遇到了太多不可思議的事，龍二感覺有如置身在夢境之中。如今躺在床上，他才彷彿從夢中驚醒，開始為現實感到不安。

風叔叔說的那番話，有如上天的啟示一般浮上心頭——找出想做的，決定目標，努力實現吧！沒錯，我的夢想是當動物學家。來到這裡之前，不就已經下了這樣的決心嗎？真是的！傻瓜！我真是個大笨蛋！

原本籠罩心頭的烏雲瞬間散去，龍二感覺豁然開朗，忍不住在額頭上輕敲了一下。這不是那個龐貝諾的動作嗎？龍二嗤嗤一笑，鑽進了棉被裡。

一看時間，已經是半夜兩點二十五分了。龍二終於沉沉睡去。

「龍二，七點多了，快起來。」小百合拍拍棉被，叫醒龍二。這一覺睡得真舒服……龍二高舉雙手伸了個懶腰，接著便迅速跳下床。

龍二來到屋子後頭的小河洗臉。一將手掌伸進水裡，忽然有隻吻鰕虎魚從河底的小石塊下方跳了出來。水流平緩的區域，還看得見一大群青鱂魚在游泳。這河裡的魚真的非常多，抓魚是龍二的看家本領，若能在這條河裡抓魚，就算一整天也不會膩。

吃早餐時，雪丸與八咫烏建角也來到了桌邊。龍二一直坐立難安。該如何向風叔叔說出自己的決心呢？風叔叔聽了之後，會不會很驚訝？要是被拒絕，該怎麼辦？就算拚命拜託風叔叔，雪丸牠們會不會反對？一個個煩惱浮上心頭，龍二完全沒有辦法專心享用餐點。

「龍二，怎麼了？是不是沒睡好？還是身體不舒服？」小百合憂心忡忡的低聲問道。

「我沒事，只是感覺好像還在做夢……」龍二急忙低頭扒飯。

吃完了早餐，接著是喝茶時間。紋路複雜的竹編杯碟上，放著美麗的青瓷茶杯。茶的顏色是比黃綠色還要淡一點的淡黃色。過去只喝過粗茶的龍二，從來沒見過如此美麗的色澤。

才喝一口，龍二就嚇了一大跳。實在太香醇了。龍二將茶含在嘴裡好一會兒，捨不得吞下肚。

「好好喝。我只喝過粗茶，從來沒喝過這麼美味的茶。幸好我沒有像平常一樣，拿起茶就大口灌下去。」

「很高興你喜歡。這裡的後山有茶園，這些茶葉都是我們親手摘來製成的。既然要喝，當然就要喝美味的茶。」風叔叔輕輕一笑，接著說道：「我想抽個菸。喝完茶之後抽菸，滋味特別好。」

風叔叔取出菸斗，塞入菸草。

喝了茶，龍二原本亢奮的情緒逐漸恢復了平靜。

龍二起身面對風叔叔，像當初從校長手中接下畢業證書時一樣立正站好，以穩重的步伐走到風叔叔面前，對著風叔叔行了十五度的鞠躬。

「龍二，怎麼了？這麼慎重。」風叔叔取下口中的菸斗，表情有些錯愕。

「風叔叔，我想請求一件事。未來我想當個動物學家。你昨天說過，就算不上學，只要有心讀書，不論到了哪裡都能鑽研學問。但我如果到舅舅的店當學徒，可能就沒有時間讀書了。風叔叔，請收我當徒弟。我想在這裡一邊工作，一邊努力學習。我想要學會動物的語言。還有，風叔叔，你說過這裡的書庫有很多書。不論是歷史、數學，還是其他科目，除了學校教的之外，我還想學得更深。風叔叔，拜託，請答應我。」龍二非常認真的一鼓作氣說完這些話。

風叔叔不發一語，只是默默吐著淡紫色的煙霧。一縷輕煙緩緩上升，散入空氣之中。餐桌上維持了片刻的沉默。

可能會被拒絕……龍二感覺到原本如烈火般燃燒的希望，此時只剩下一丁點的餘煙。八咫烏建角在一旁輕輕頷首，龍二見狀，心中再次萌生了勇氣。就在龍二下定決心無論如何一定要堅持到底的時候，小百合也站起來說道：「風叔叔，我也想拜託你，讓我留在這個家。我一點也不想當女工。我也很喜歡動物、植物，雖然我不像龍二那樣把成為動物學家當目標。不過只要能幫上大家的忙，不管什麼事，我都願意做。當雜役，甚至是擔柴挑水，我都不會有怨言。雪丸先生、建角先生，我應該幫得上大家的忙，我很會做菜，可以當龐貝諾先生的助手。我已經下定決心了。這裡是我唯一的去處，就算你們把我趕走，我還是會回到這裡。雪丸先生、建角先生，拜託幫我說說話吧。」

雪丸與建角的眼神似乎都帶著一點笑意。

龍二心裡大叫不妙。沒想到小百合竟也抱著這種念頭，昨晚小百合睡得那麼香甜，原來是因為她的心中沒有一絲一毫的迷惘與困惑。如果只有自己一個人，或許還能設法說服風叔叔收留。但現在變成兩個人，恐怕就沒有那麼容易了。

風叔叔取下嘴邊的菸斗，緩緩開口說話。一縷淡淡的紫色輕煙，自菸斗上方裊裊飄升。

「龍二、小百合，我明白了。你們即將出社會當學徒、當女工，本來我就有些捨不得。當然這些工作並沒有什麼不好，我沒有貶低的意思，但我認為你們是有資質的孩子，我希望你們有更多成長的機會。如果你們的才能就這麼埋沒，實在是太可惜了。」

風叔叔說到這裡，稍微停頓了一下，吸了口菸。整個空間瀰漫著一種難以形容的香味。

龍二此時才有些鬆了口氣。回想起剛剛自己的擔憂，不由得感到相當慚愧。

「其實，建角早就跟我提過這件事。牠說『龍二與小百合沒辦法升學，實在可惜，不如留他們在這裡工作，這裡剛好有很多事需要幫忙』。我聽了之後，詢問雪丸的意見，雪丸也跟我說『這樣很好，但是得尊重他們的意願。如果他們想留下來，我很贊成』。

聽到你們兩個這麼說，我真的很開心。我正在規畫一件非常重要的工作，過一陣子或許會需要你們幫忙呢。不，與其說是工作，不如說是探險。當然這得等你們學完了所有的基礎知識之後再說……」

風叔叔最後含糊其辭，沒有說個明白。他只是面帶笑意看著兩人。

「哇，好開心！」小百合攤開雙手大喊，一邊繞過桌子撲向風叔叔，緊緊抱住風叔叔。

小百合撲得太猛，風叔叔一時招架不住，往後退了一、兩步。

「唉喲，嚇了我一跳。妳這麼一撞，我還以為是山豬撞過來了。」風叔叔笑著說道。

小百合放開風叔叔，握起了龍二的手。

「真是太好了，龍二。我這輩子第一次遇到這麼開心的事，從前的忍耐全都值得了。其實我遇過很多悲傷的事情，甚至一度想要死掉算了，我從來沒有告訴任何人……不過現在我沒事了，因為我實現了這個夢想……」

小百合凝視著龍二，眼眶中滿是淚水。

雪丸不知什麼時候來到了小百合的身邊。「小百合，妳忍耐到今天，真的很了不起。生命畢竟是美好的。接下來的人生，妳一定能體會到這點。以後就跟我們一起快樂的生活吧。」

小百合望向雪丸。那溫柔的眼神訴說著雪丸內心的寬大，彷彿能夠包容一切。

於是小百合收起了感傷的心情，拭去淚水，目不轉睛的望著風叔叔說道：「原本籠罩在我心頭的烏雲都散去了，現在我的心情就像是春天的陽光一樣燦爛。這種幸福的感覺，過去我從來不曾體會。我要以現在的心情重新出發，開拓完全不同的人生。雪丸先生、建角先生，真的很謝謝你們。風叔叔，我還什麼都不懂，要請你多多照顧。如果我有做得不好的地方，請儘管嚴厲的告訴我吧。」

小百合對著風叔叔及房間裡的其他伙伴由衷的道謝。

學習動物語

龍二與小百合各自在日式建築的二樓分到了一間六張榻榻米大的和室房間。兩人原本住的家都相當狹窄，光是能擁有自己的房間，對兩人而言就已經像在做夢了。

房間裡的南側有扇窗戶，玻璃窗的內面還有一枚紙窗，能夠讓射入房間的光線變得柔和。房間內有一格小小的壁龕，上頭擺著花瓶。北側則有壁櫥，被蓋都收納在裡頭。出入口為紙拉門，門上畫著秋天的花草圖案。小百合很喜歡花，特地摘了一根枝葉茂盛的連翹花，插在花瓶裡。再過不久，鬱金香、銀蓮花、葡萄風信子等春季花卉陸續開花之後，房間裡應該會變得更加色彩繽紛吧。

每天上午是學習的時間。首先要學的是動物語。每種動物的語言都不相同，而且除了發出聲音之外，還有不少是透過表情及動作來表達。要學好動物語，最重要的是不能死背，必須實際與動物對話，藉由真實的經驗來學習溝通。

兩人除了個別動物的獨特語言之外，還必須學習所有動物的共通語言。但要理解共通語言，必須仰賴身為動物的獨特直覺，不能僅憑單純的學習。所有動物與生俱來都有這樣的本能，可惜人類並沒有。所以人類要獲得這種直覺，就必須與動物親密相處，將自己視為動物的一分子，與動物建立真正的伙伴關係。當然共通語言只能傳達大致的意念，如果要傳達複雜的訊息或細微的情感，還是必須使用每種動物獨有的語言。

龍二與小百合原本就喜歡動物，很快就與動物打成一片，獲得動物直覺的速度也快得驚人。尤其是奇奇，因為都是靈長類，與兩人特別合得來，兩人學會猴子語的速度也特別快。身為動物的感受能力當然也跟著與日俱增。

兩人都只有小學畢業，想要繼續自修中學課程，因此上課的內容也包含許多不同的學科。龍二對幾何學相當感興趣。他從來不知道，原來三角形、四角形及圓形裡頭藏著數也數不清的祕密。畢達哥拉斯定理也相當有意思，原來直角三角形的斜邊長的平方，必定等於其他兩邊的平方和。不管是什麼樣的直角三角形，必定符合這個規則，這是多麼奇妙。龍二最喜歡的例子，就是以三、四、五為邊長的直角三角形。因為龍二對寫俳句也相當感興趣，還把自己的筆名取為「三四五」。

但比起這些，更令龍二感到有趣的是輔助線。很多原本想破了腦袋也想不出答案的圖形問題，只要加上一條輔助線，答案就會變得非常簡單。那種快感實在是難以言喻。而且龍二認為這也是人生中相當重要的真理。就算遇上了困境，也不必唉聲嘆氣，因為有時只要一條輔助線，就能解決所有難題。

上午的學習時間結束，到了下午就是自由活動的時間。這一天，龍二到屋子後頭的田地散步，看見了一個全身黑漆漆的男人，正拿著鋤頭在耕田。龍二心想，這個人多半是穿著黑色的工作服，才會看起來一身黑吧。在春天陽光的照耀下，那男人的漆黑身軀閃耀著銀色光輝。

「叔叔，午安。」

龍二精神抖擻的打了招呼。

那位叔叔取下原本包在頭上的毛巾，轉頭望向龍二。龍二一看見那叔叔的臉，霎時吃了一驚。

那叔叔的黑色頭頂長著兩隻耳朵，體格魁梧壯碩，一對眼珠子卻圓滾滾的，相當可愛。而且更重要的是，叔叔脖子下方的胸口有一片明顯的白色彎月圖騰。沒錯，那是一隻亞洲黑熊！

「我叫龍二，是風叔叔的助手。」

這時龍二的動物語已說得非常好，所以不會感到害怕。

「我知道，你是和那個叫小百合的女孩子一起來的。我的名字是足柄熊左衛門助，但是大家都叫我『熊左』，你也可以這麼叫我。我的祖先住在足柄山，就是古代常和金太郎比賽相撲，還不時載著金太郎東奔西跑的那隻熊。我不知道我是第幾代，因為我對那種事沒什麼興趣，不過我老婆倒是很清楚。什麼？你問我老婆在哪裡？待在她的洞穴裡沒出來。最近我們生了兩個孩子，她在洞穴裡照顧。對，我跟我老婆沒有住在一起。在熊的社會裡，就算是夫妻，也不會住在一起。我們都想過自由自在的日子，不想互相束縛對方。」

哇……連熊也是童話故事裡的熊。我竟然能跟牠們交朋友，真是太神奇了。會不會我的祖先也是神話或童話故事裡的人？但就算是，大概也是低階的士兵或身分低微的人吧……

龍二胡思亂想著，一邊忍不住唱起了歌：「足柄山的金太郎啊，黑熊當馬騎。快快跑啊快快停，快快跑啊快快停。」

龍二唱完了歌，聳了聳肩膀，問道：「熊左叔叔，你在播種嗎？播的是什麼種？」

「還沒到播種的時候。現在得先養土，把土養得肥沃一點，才能種出好吃的蔬菜。我要播的種可多著呢，茄子、小黃瓜、番茄、芋頭、辣椒……」

「叔叔，讓我幫你的忙，好不好？我從以前就很想學種菜，但家裡沒有田，只能找一些原本裝石炭的箱子，在裡頭裝土，種一些茄子或番茄……」

「當然，非常歡迎。猴子奇奇、兔子丘治的體力都太差，總是幫沒兩下就玩起來了。那一頭還有果樹園呢，雖然沒什麼照顧，但總是能結不少果實，等等你可以去看看。好了，我要繼續工作了。」

「打擾了，那我從明天開始幫忙吧。」

龍二想著可以找小百合一起來耕種，一面繼續前進。

熊左叔叔說得沒錯，前方出現了各式各樣的果樹。有桃子、梨子、葡萄、栗子、李子、柿子等等。而且光是柿子就有許多不同的品種，例如富有柿、御所柿、次郎柿，以及拿來做柿乾的澀柿等。桃樹上結滿了粉紅色的花苞，等到櫻花凋謝時，桃花應該會同時盛開吧。當桃花凋謝，再過不久，就輪到梨樹綻放出雪白的花朵了。這裡就像傳說中的桃花源，龍二的心中有種難以形容的充實與平和感。

後來龍二才知道，果樹園的管理者是猴子奇奇，牠常會找山上的猴子們來幫忙照顧果樹。以這果樹的數量來看，不管風叔叔的家裡住了多少成員，都不用擔心不夠吃。

每天一到自由時間，龍二就會幫忙耕種或劈柴，但大部分的時候，龍二都在看書庫裡的書。到了晚上，龍二還會點起煤油燈，一直讀到深夜。住在這裡不僅有時間看書，而且還有看不完的書，這是最令龍二開心的一件事。

愛吹牛皮的荷拉吉

住在風深家的每一天都充滿了新奇。每個同伴都很親切，吃飯時間總是熱鬧滾滾、笑聲不斷。大家每天吃的魚，都是水獺荷拉吉從河裡捉來的。荷拉吉也是風深家的一分子。牠捕來的魚有大有小，大的如鯉魚、鰻魚、鯰魚，小的則有頜鬚鮈、鰁魚、日本溪哥等等，有時還會帶回從山上的河谷裡捉到的日本櫻鱒及紅點鮭。至於餐桌上的海水魚，則是風叔叔騎著黑駒到遠地辦事情時，順便買回來的。因此待在風深家，能夠吃到各種不同種類的美味魚肉料理。

龍二最愛在河邊抓魚，因此很快就與水獺荷拉吉成了好朋友。進入陽光愈來愈耀眼的季節後，龍二常常會在下午跑到河邊抓魚。當然有時遇到下大雨的日子，河水高漲而且變得混濁，沒辦法抓魚，只好休息一天。但即使是這樣的日子，荷拉吉還是能帶回非常多的魚，而且鰻魚、鯰魚、鱈魚之類的大魚數量甚至會比平常還要多。有一次，龍二問荷拉吉，這些魚到底是怎麼抓到的。

水獺荷拉吉伸出手指，在牠那強韌有彈性的鬍鬚上輕輕一彈，笑著回答：「靠這個。」

「靠鬍鬚怎麼抓魚？難不成是用鬍鬚把魚捲起來？還是靈巧的晃動鬍鬚，讓鯰魚誤以為是食物，引誘過來後抓住？唔……怎麼想都想不透。」

荷拉吉呵呵一笑，說道：「我問你，為什麼河水混濁就無法抓魚？」

「因為在水裡什麼也看不見，而且魚會跑到別的地方去，不會待在原本生活的地方。」

「就算眼睛看不見，我還是能把魚的動作掌握得一清二楚，靠的就是鬍鬚。」

「鬍鬚讓你在混濁的水裡看得見？」

「不，我看不見魚。但魚一動，水也會跟著動；水一動，我的鬍鬚就會感受到。所以我能夠掌握魚的一舉一動，甚至比用眼睛看還清楚。另外還可以靠氣味。只要聞了味道，我就能分辨是鯉魚、鰻魚還是其他魚種。」

「哇，太厲害了。」

龍二對荷拉吉投以佩服的眼神。

「這就跟貓在黑暗中也能捉老鼠是一樣的道理。貓的鬍鬚也相當敏感，就算在一點光線都沒有的地方，貓也能靠鬍鬚感受空氣流動，掌握老鼠的動靜，精準的捉住老鼠。」荷拉吉說道。

「等我長大之後，也要留鬍子。對了，只要留了像風叔叔那樣的鬍子，我也能在黑暗中察覺動物的動靜吧？」龍二說道。

「哈哈哈，人類的鬍子才沒有這種能力。不過人類的皮膚感覺非常敏銳。只要吹來一陣初春的涼風，人類的身體就會抖一下，對吧？那正是因為皮膚感受到了空氣的微妙變化。尤其是人類的指尖特別敏感，你可以試著在指尖吹氣看看，不管吹得多輕，指尖都能感受得到。」

龍二於是在指尖輕吹一口氣。

「真的耶！我感覺到了！」

龍二接著嘗試一邊吹氣，一邊將手指拉近或拉遠。

「那麼，在混濁的河水裡，我也能靠指尖感覺到魚的動作？」

「這個嘛，恐怕不容易。但如果訓練個兩、三年，或許能做到。」

「原來如此，我明白了。不過你在混濁的河裡反而更容易抓到大魚，這又是怎麼回事？」

「嗯，那是因為當水量變多時，過多的河水會衝擊河底或沖刷河岸，把原本躲在這些地方的蟲子給逼出來。如此一來，魚能夠吃的食物就會變多。原本躲在石頭底下或靠近岸邊石塊區的鰻魚、鯰魚就會為了吃這些蟲子出來，我就趁機把牠們抓起來。」

「原來是這麼回事。不愧是水獺荷拉吉，知道這麼多，而且抓魚的技巧好高明，真令我欽佩。」

原本龍二對於抓魚很有自信，以為絕對不會輸給任何人，這時才發現水獺擁有自己完全比不上的抓魚工夫。

「呵，家常便飯。我跟你說，我曾經同時捉到一隻大鰻魚、一隻大鯰魚，以及一隻大鰖魚呢。那次就連我也嚇了一大跳。原本是鰻魚捉到了小蝦，正打算要好好享用，一時疏於提防，鯰魚趁機跳出來咬住牠的尾巴，接著又有一隻鰖魚跳出來咬住鯰魚的尾巴。我荷拉吉雙手一撈，就把牠們全撈上岸了。那次的經驗可真讓我感動。」

「太驚人了……你說的是真的嗎？」

「水獺荷拉吉不吹牛皮不吹牛皮。」

荷拉吉一邊說，一邊朝龍二擠了擠眼睛。這句話要是將標點符號標在不同的地方，意思就會完全不同。有可能是：「水獺荷拉吉，不吹牛皮、不吹牛皮。」也可能是：「水獺荷拉吉，不吹牛皮？不，吹牛皮。」

龍二忍不住笑了出來，荷拉吉也跟著哈哈大笑。

荷拉吉經常像這樣，把其他人唬得一愣一愣的。雖然牠說的都是無傷大雅的話，但這也讓牠得到了「愛吹牛皮的荷拉吉」的稱號。

荷拉吉還說過一個故事……

「龍二，你曾經沿著河童川逆流而上嗎？上游有一座很大的瀑布呢。」

「我只往上游走了大概一公里……好想看看那座瀑布。」

「那瀑布非常壯觀，距離這裡大約六公里，高達七丈（約二十一公尺），所以稱作七丈瀑布，也有人稱不鯉登瀑布。你聽過瀧太郎的傳說嗎？」

「沒聽過。」

「真是孤陋寡聞，每天只會讀死書。在山形縣的朝日連峰，有一座稱為大鳥池的湖，裡頭有一隻體長約二到四公尺的大魚，那就是瀧太郎。有人說那是特大號的紅點鮭，也有人說是新種的淡水魚。總之在所有的淡水魚裡，瀧太郎可說是最大等級的怪魚。在我們這裡的不鯉登瀑布底下，也有一尾大魚。那是一尾體長一點二公尺的黑鯉。我一直在盤算著要抓這尾大魚。只要能成功，不管是做成生魚片，還是跟味噌一起煮，所有風深家成員都可以吃個飽。不過我沒有告訴熊左夫妻，因為牠們的食量實在太大了，光是熊左一來，恐怕就不夠吃了。你不覺得光是想像要抓這條大魚就很興奮嗎？對了，我模仿瀧太郎這個稱呼，給我們這裡的大黑鯉也取了個名字，叫瀧鯉郎。鯉是鯉魚的鯉。」

「噢，好有意思，我也想見識這條魚。但如果這條魚有一點多公尺長，那不是比你的身體還大嗎？你要怎麼抓？」龍二問。

「嗯，問得很好。魚類雖然也是脊椎動物，但跟我們哺乳類動物可是不能比。說穿了，就是夠不夠聰明囉。每種動物都有自尊心，只要使個激將法，大部分都會上當。你應該也聽過有句話叫『鯉魚躍龍門』吧？由此可知，鯉魚擁有能夠從瀑布底下游到瀑布上頭的能力。但一般來說，鯉魚能游上去的瀑布高度，大概只有四點五到六公尺而已。能夠成功游上九公尺的瀑布，就已經算是鯉魚界的冠軍了。而我們這裡的不鯉登瀑布，卻足足有二十幾公尺高。所以這座瀑布才會叫作『不鯉登瀑布』，意思就是『鯉魚絕對游不上去』。

於是我這麼對瀧鯉郎說：『人家都說鯉魚擅長游上瀑布，但遇上了不鯉登瀑布，就算是你也沒轍吧。』瀧鯉郎聽了之後默不作聲，並沒有答腔。畢竟不鯉登瀑布不是叫假的，牠也不敢隨便亂開口。但我看得出來，牠已經氣到鬍鬚微微顫抖了。接著我又假裝若無其事的對牠說：『我跟你不一樣，我游得上去。』

瀧鯉郎一聽，以非常不屑的口氣對我說：『別說夢話了，你以為這是松鼠爬樹嗎？從那個瀑布上頭落下來的水壓有多麼強大，你應該沒有感受過吧？這跟一般在水裡游泳可是天差地別，你要用什麼方法從那瀑布底下游上去？』

於是我轉過了身，將尾巴像螺旋槳一樣轉動，對牠說：『你應該很清楚，鯉魚要游上瀑布，靠的是以尾巴產生推進力。但你們鯉魚在游泳的時候，尾巴只會左右甩動，而我的尾巴能像螺旋槳一樣轉動，產生的推進力是鯉魚完全比不上的。如果把你們鯉魚的推進力比喻成腳踏車，我的推進力就是螺旋槳飛機。就連駕駛螺旋槳飛機的我，要游上那座瀑布都有點吃力，像你這種騎腳踏車的鯉魚根本是想也不用想。』

瀧鯉郎氣得全身發抖，對著我大吼：『你說我是腳踏車？太瞧不起我了！如果你是螺旋槳飛機，那我就是噴射客機。不管是推進力還是速度，你都完全比不上。像你這樣旋轉尾巴，能產生多少推進力？想要游上那座瀑布，根本是說夢話。』

『你是噴射機？難不成你要從屁股噴水出來？』

『沒錯，這個技巧是我族的不傳之祕，只要施展出來，幾乎沒有游不上去的瀑布，想要到達上游的任何地方都沒問題。只是我們從來不曾給別人看，所以沒人知道。我教你一件事，放屁的時候，氣體從屁股噴射出來的力量可是很強大的。鼬鼠就很會利用這一招，將空氣經過腸子壓縮之後，再從肛門噴射出去。所以人家才會說，放屁是鼬鼠的保命絕招。啊，不過，你現在可別施展這一招。你們水獺雖然不是鼬鼠，但也算是鼬鼠的親戚，我想你多半也辦得到吧。我的火箭推進技巧，就跟鼬鼠放屁的原理是一樣的。你看看我的嘴，能張得這麼大，看起來是不是很像接水的漏斗？當瀑布的水沖下來，我就用這張嘴去接。水落下的力道是很強大的，如果是一般的鯉魚，喉嚨應該會被水撕裂吧。但我可是活了兩百年的鯉魚，早已練就了一身厚皮。連口腔跟食道也是一般鯉魚不能比的。瀑布的水落入我的嘴裡後，會經過胃流進腸子，在九彎十八拐的腸子裡受到壓縮。接著我會使用一種名叫肛門括約肌的特殊肌肉，這種肌肉有很強的承受力，能夠在水壓最強的時候將水噴射出去，靠著反作用力產生推進力。這一招我到目前為止只施展過兩次，每次施展後都會有好一陣子累到動彈不得，就像耗盡了生命能量一樣。但我也是有尊嚴的，如果輸給一隻水獺，那可是整個鯉魚族的最大恥辱。』

『你真有自信啊。但我要告訴你，自信是自大的根源。可別小看那座瀑布，要是你施展出那一招，食道大概會被扯斷吧。我們在這裡繼續吵下去，也只是紙上談兵，不如來一場真正的比賽。』

『有意思。既然是比賽游瀑布，為了男人的尊嚴，我接受你的挑戰。但你要拿什麼來賭？』

瀧鯉郎搖晃著牠最自豪的鬍鬚，看著荷拉吉。

『我拿僅次於生命的寶貝來跟你賭，那就是我的鬍鬚和尾巴。如果我輸了，就把我的鬍鬚和尾巴切掉。這麼一來，我就沒辦法在水裡游泳，也沒辦法抓魚，以後只能吃老鼠、青蛙或蝗蟲，過著悲慘的日子。你呢？瀧鯉郎，你拿什麼跟我賭？』

『真是有意思，我好想看看沒尾巴的水獺抓蝗蟲的模樣。但我告訴你，切斷尾巴和鬍鬚對我來說，還是不夠豪氣。好歹我瀧鯉郎也是長久以來君臨這條河童川的霸主，總得拿出氣魄來。人家說人為刀俎，我為魚肉。如果我輸了，我就是魚肉，要煎要煮隨便你。這場賭局就這麼說定了，你先游還是我先游？』

『我先吧。你可別被我的高超技術給嚇昏了……』」

「等等、等等……」龍二忍不住插嘴說道：「雖然故事正精采，但我想打個岔……荷拉吉，你真的有把握能贏？你說尾巴可以像螺旋槳一樣旋轉來產生推進力，但真的有辦法頂著垂直落下的水流往上游？現在回頭還不晚，我勸你還是乖乖跟瀧鯉郎低頭道歉吧。一隻不會游泳的水獺，怎麼可能靠吃蝗蟲過活？」

龍二聽得太入迷，還以為比賽才正要開始。

「哈哈哈，早就比完了。你看我的鬍鬚和尾巴好好的，就知道是我贏了吧？老實告訴你，其實我使用了一招密技。瀑布左側後方的斷崖，水面下的岩石凹凸不平，就好像是階梯一樣。我假裝游泳，其實是從那裡爬了上去。我故意轉動尾巴，是為了激起水花，讓牠看不清楚。這麼一來，牠才會以為我真的游上了瀑布。我事先練習過兩、三次，完全沒問題！如果不是有十足把握，誰會下那樣的賭注？這就叫藝高人膽大。而且為了抓住牠，我還事先安置了一個厲害的陷阱。其實我向牠挑戰游瀑布，正是為了把牠做成魚串。」

「做成魚串？」

「我先賣個關子。總之我跟瀧鯉郎說：『今天我身體狀況不太好，我們三天後決一勝負吧。時間就訂在下午三點，也就是太陽走到了那棵合歡樹的大樹枝分岔出來的位置，沒問題吧？』

『當然。哼哼，我勸你還是先練習吃蝗蟲跟青蛙吧。』瀧鯉郎露出勝券在握的表情。我永遠忘不了牠當時的嘴臉。趁著這三天的時間，我安排好那個萬無一失的陷阱。

終於到了正式比賽的時候。由我先上，我努力游到了瀑布底下，接著一面爬上岩石階梯，一面努力旋轉尾巴。我表現得非常好，連我也不禁佩服自己。但是就在快要爬上頂點的時候，我遇上了始料未及的麻煩。那就是水壓實在太強猛，讓我沒辦法鑽出瀑布。原來練習的時候能夠很順利，是因為水量不多，但就在比賽前一天，上游處下了一場雨，讓水量增加了。我完全沒有察覺，是我的疏失。於是我的腳努力踢著岩石，想要讓頭鑽出水面，但頭頂上的水簡直像是一面石頭蓋子，可怕的水壓幾乎要壓扁我的腦袋。於是我使盡了吃奶的力氣，點燃體內的生命之火，儲存足以讓身體燒焦的能量，發揮最大的爆發力，以火箭噴射的方式躍出了水面……什麼？聽不懂我在說什麼？你每天讀那麼多書，難道不知道水獺也是鼬科動物？其實我也是後來才知道……當我們水獺在幾乎用盡所有生命能量的時候，慈悲的造物主會基於同情，而賜給我鼬鼠的能力。沒錯，說穿了就是放屁的能力，我只是用比較具有文學氣質的方式來形容而已。

接著輪到瀧鯉郎了。老實說，那副景象實在讓人驚嘆。瀧鯉郎先游到了瀑布底下，奮力甩動尾巴，讓身體呈現垂直，接著張開大口，讓落下的河水灌入嘴裡。過了一會兒，牠的身體膨脹。就在我以為牠的身體要炸開的時候，牠突然開始抖動身體，一對眼珠子紅得彷彿要噴出血來。我愈看心裡愈是發毛，忍不住想要逃走。但就在下一個瞬間，我瞪大了眼睛，嘴裡發出驚呼。原來牠的屁股竟然開始噴水，而且噴射的速度是瀑布水流的好幾倍。牠在這一瞬間，放鬆了牠的肛門括約肌。我看得魂不附體，差點就要仰天昏厥。你應該能體會我當時有多麼吃驚吧？瀧鯉郎竟然在瀑布的猛烈水壓中逆流而上，身體不斷往上攀升。這正是貨真價實的鯉魚躍龍門！瀧鯉郎這傢伙，實在是太厲害了！我打從心底佩服得五體投地。以後這座瀑布不該叫不鯉登瀑布，應該改名叫瀧鯉郎瀑布了。

但就在瀧鯉郎即將抵達瀑布頂點的時候，驚人的事情發生了。瀑布的水流在一瞬間被染成了鮮紅色。我一看見這一幕，忍不住跳起來拍手叫好。沒錯，我設置的陷阱派上用場了。於是我趕緊跑到瀑布的上頭，把陷阱往上拉。那是一根大約兩公尺長的超大竹籤，從瀧鯉郎的嘴直插到尾巴，奪走了牠的性命。你想想，牠張大了嘴巴，以火箭噴射的氣勢往上升，遇上我在半夜偷偷藏好的超大竹籤，當然是難逃一死。於是我扛起了那根插著大鯉魚的竹籤，一路走了回來，大家看見都嚇傻了。猴子奇奇那時說了一句『從前只聽過熊扛鮭魚，從來沒聽過水獺扛鯉魚』，說完還朝熊左看了一眼。熊左羞得不敢見人，跑到柱子後面躲了起來。當天晚上，晚餐當然就是鯉魚的生魚片。大家都嘖嘖稱奇，直說從來沒吃過這麼美味的生魚片。這也是理所當然，這條鯉魚一開始就完成放血

了。不然，瀑布的水流怎麼會在一瞬間染成紅色？早在那個時候，牠身上的血就幾乎流光了。

不過，我其實很擔心，那就是……聽說在不鯉登瀑布的底下，還住著一條身長超過一公尺的紅鯉發誓要為瀧鯉郎報仇。是真的，我也瞥到了一眼，嚇得我直打哆嗦，趕緊轉身逃走了。這暫且不提，總之我永遠忘不了那天扛著大鯉魚回家的心情。我感覺自己彷彿成了英雄呢。」

剛開始，龍二原本抱著景仰的心情聆聽，到後來腦袋卻愈來愈混亂。荷拉吉的故事似乎經過加油添醋，但牠本人說起來嚴肅又得意，實在不像說謊。直到最後荷拉吉說完大紅鯉的事時，龍二忍不住問了一句：「你說的是真的，還是假的？」

荷拉吉氣呼呼的鼓起了臉頰，瞪著龍二說道：「你敢不相信我，小心我把你也串起來。」龍二擠了擠眼睛，以食指在荷拉吉的臉頰上戳了一戳。荷拉吉笑了出來，也學龍二擠了擠眼睛，說道：「水獺荷拉吉不吹牛皮不吹牛皮。」

兩人同時哈哈大笑。荷拉吉倒在地上打滾，一邊咳嗽一邊大喊：「笑死我了。」

除了這個，水獺荷拉吉還跟龍二說了很多牛皮故事。說完了之後，荷拉吉總是會在龍二的耳邊偷偷說一句「這個祕密不要告訴別人」。但所有故事中，還是瀧鯉郎的故事最讓龍二捧腹大笑。

龍二與荷拉吉愈來愈要好。深愛抓魚的龍二，原本以為只要是和抓魚有關，自己是無所不知、無所不會。直到遇上了荷拉吉之後，龍二才發現自己不管是抓魚的知識還是技術，與荷拉吉相比都是遠遠不及。龍二從荷拉吉身上學到了很多河川、魚的學問，同時也獲得了許多寶貴的體驗。

太子博士

入秋之後，龍二每到下午的自由時間，都會待在書庫裡看書。此外，龍二也經常到熊左叔叔的蔬菜田裡幫忙，與熊左叔叔建立起了深厚的友情。小百合每天也會來摘取當天的料理需要用到的蔬菜，兩人都非常喜歡熊左叔叔。

這一天，三位在休息的時候坐著喝茶聊天，小百合說出了深藏在心中的疑問。

「請問風叔叔的父母在哪裡？屋子裡那些書及美術品都是風叔叔父親的收藏嗎？風叔叔的母親又是個怎麼樣的人呢？」

「這個嘛……」熊左叔叔突然陷入沉默，沒有再說下去。這個時候的熊左叔叔看起來比平常老了一些。

「好吧，應該可以告訴你們了。」

於是，熊左叔叔慢條斯理的說起了風叔叔的過去……

「風叔叔的母親是個美麗又善良的人，但生下風叔叔後，身體變得很差，不久就過世了。那時候，大家都難過得不得了，好一陣子沒辦法重新振作。

雪丸扛起了母親的職責，努力照顧生下來的孩子，大家也都在旁邊盡一己之力。正是因為這個緣故，風叔叔的動物語說得非常好。至於風叔叔的父親，失去了妻子之後，簡直變了一個人。該怎麼說呢……他變得相當孤僻，不與任何人親近。原本開朗樂天的他，變得很少露出笑容，也不太愛說話，還改掉了經常到國外旅行的興趣，整天關在房間裡看書。而且，他還很專注的畫著一幅曼荼羅圖。

曼荼羅圖完成的那天是十月十三日，我記得很清楚。風叔叔的父親將曼荼羅圖放進桐木盒子裡，將一把備前長船光忠所打造的短刀插在腰際，帶著盒子出門去了。光忠的名刀據說擁有斬妖除魔的法力，戰國時代的織田信長也有一把。但風叔叔的父親出門之後，竟然就此音訊全無。我們一直等，但他從此再也沒有回來。大家心裡都抱著一絲希望，期盼他還活在這世界上的某個角落……」

說到這裡，熊左叔叔眼中已帶著淚光。

「你們沒出去找他嗎？」小百合問。

「當然找了，連地底下也沒放過。田鼠、鼴鼠、愛嚼舌根的松鴉……我們向各種動物打聽，卻什麼線索也沒查到，說起來真是不可思議。」熊左叔叔回憶著往事，臉色異常沉重。

「我們總不能一直唉聲嘆氣下去。必須負起責任，將太子養育成一個了不起的人。啊，『太子』是博士小時候的綽號。他現在雖然自稱風深荒野，但那不是他的本名。他的本名只有他自己及雪丸知道。因為雪丸懷疑他是聖德太子轉世，所以在他小時候，我們不知不覺都習慣稱呼他為太子。為什麼呢？因為他擁有相當驚人的記憶力，不管什麼樣的書籍，只要讀過一次，裡頭的內容都會烙印在腦海裡，一個字也不會出錯。就算是圖畫也一樣，他的腦袋裡彷彿有一本圖典，保存所有過目的圖像細節。

他大概就是所謂的神童吧。世界上偶爾會有這樣的人，簡直像是神的孩子。例如音樂家莫札特，你們應該聽過吧？據說莫札特小時候，任何音樂只要聽過一次，就能夠譜得出來。在日本的和歌山，也有一位了不起的人物，名叫南方熊楠。他的名字裡頭有個『熊』字，所以我向來對這個人有印象。他在世的時候被稱為『會走路的百科全書』。據說他少年時期，曾到某個愛收藏書的人家作客，讀了一套江戶時代的百科全書，名叫《和漢三才圖會》。這套書共有一百零五卷，熊楠像拍照一樣全部記在心裡，回到家之後，將這套書連字帶圖全部抄寫下來。熊楠尤其對生物學特別感興趣，受尊稱為大博物學家。太子的聰明程度，並不亞於熊楠，甚至可以說超越了熊楠，因為熊楠不會說動物語。其實我心裡一直猜想熊楠應該會說熊語……

總而言之，太子就是這麼厲害的人物。他什麼事情都知道，而且全都是靠自學。尤其在語言方面，他真的是個天才。他會說數十國語言，所以在世界上不管到了哪裡都通行無阻。他小時候，我都叫他太子，但他現在長大了，為了表示尊敬，我改叫他『太子博士』或『博士』。你們兩個真的很幸福，一定要跟著博士好好學習。博士邀請你們來到這裡，是因為他想要執行一個非常特別的計畫。我相信他一定正在策畫一場驚天動地的任務。要實現這個計畫，必須借助你們兩人的力量。你問我是什麼計畫？我不知道，我只是有這樣的預感而已。好了，休息夠了，該回去田裡工作了。現在是洋蔥的季節，幼苗都長得很好呢。」

熊左叔叔慢條斯理的站了起來，回到田裡去了。

看起來總是無憂無慮的風叔叔，有時會流露出些許落寞的感覺。此時兩人聽了熊左叔叔這番話，才明白原來風叔叔的心中有著孤獨的陰影。龍二心想，同樣失去了父母的自己會來到這裡，應該也是一種極深的緣分吧。

「風叔叔……不，或許以後我們應該叫他太子博士……熊左叔叔說太子博士有個驚天動地的計畫，不曉得是什麼。龍二，我們有機會參與，真是開心。我感覺整個精神都振作起來了。我一定要努力學習，而且每天做最美味的菜餚給大家。龍二，我們一起加油吧。」小百合說得眉飛色舞。

「現在高興還太早了。熊左叔叔只是說有這個預感而已，何況風叔叔也沒有明確答應要收我們當徒弟呀……」

「這麼說也對……但我還是很期待。好了，龐貝娜阿姨在等我呢。先走了，拜拜。」

小百合蹦蹦跳跳的離開了。光看她的步伐，就知道她多麼雀躍。

「唉，她總是一興奮起來就得意忘形。」龍二低聲咕噥。

貝卡哈雅返鄉

一年就這麼過去了。這一天，太子博士家的所有成員齊聚一堂，在盛開的山櫻樹底下舉行了一場賞花宴。

熊左叔叔的妻子原本還在冬眠，聽到了賞花宴的消息，說什麼也要參加，所以睡眼惺忪的來到了會場。水獺荷拉吉為了今天的宴會，抓來了一大堆美味的魚。有鰻魚、鯉魚、紅點鮭、櫻鱒等等。牠大剌剌的坐在椅子上動也不動，彷彿在強調自己的工作已經完成，接下來只等著料理端上來後張口大嚼。

今天太子博士再三強調「希望所有家庭成員都要到場」，所以就連平日極少露臉的鼬鼠葛佩也出現了。葛佩的祖先曾受伊賀忍者飼養，相當擅長忍術，葛佩本人也很拿手。牠不喜歡出來拋頭露面，平日住在石牆的縫隙裡，除了被召喚的日子之外，一直過著無拘無束的生活。但只要博士或雪丸請牠做事，牠一定會盡全力完成，所以深得大家的信賴。

用餐時間結束，進入了咖啡時間。大家都吃了一肚子美味料理，露出心滿意足的表情。山櫻的紅色樹葉看起來彷彿更加美麗動人了。

太子博士喝了些葡萄酒，臉色特別紅潤。他以右手端起咖啡杯，起身說道：「請聽我宣布兩件重要的事。」

所有成員都緊張的豎起了耳朵，不知道博士想要講什麼。博士先啜了一口咖啡，才緩緩開口。

「第一件事，龍二與小百合從現在起，正式成為我們家的成員。他們相當努力學習，動物語也有了非常大的進步，與大家溝通都不成問題了。大家以咖啡來乾杯，歡迎他們的加入！」

各式各樣的拍手聲此起彼落。黑駒的拍手方式是以前腳踩踏地面，聲音相當冷硬，雪丸則是以多肉的腳掌拍打地面，聲音相當輕柔。八咫烏建角沒辦法拍手，所以是將上下兩片喙不斷咬合，發出喀喀聲響。各種大相逕庭的聲音交雜在一起，既非和音，但也不會感到不和諧，真是奇妙的聲響。

龍二與小百合從不曾體會過如此強烈的喜悅與感動。兩人同時激動的站了起來，大聲說道：

「謝謝大家，這是我人生中最開心的時刻，我覺得好幸福。從今以後，我一定充滿希望，繼續努力下去，請大家多多指教。」

接著兩人朝大家深深一鞠躬。抬起頭來的時候，兩人不約而同的互看了一眼。下一瞬間，同時笑了出來。明明沒有事先約好，卻像是同樂會上的表演一樣，在同一時間做出相同的舉動，說出了相同的話。察覺到這點，兩人忍不住互相對望，一股笑意湧上心頭。

猴子奇奇突然以古怪的嗓音發出「嘰嘰嘰」的笑聲，所有成員都跟著笑個不停。

太子博士也笑了兩聲。但他立即斂起笑容，心滿意足的看著大家的臉，吸了一口氣後說道：

「接下來，我要宣布另一件非常重要的事。」

聽到這句話，大家都不再發笑，神色緊張的等著博士繼續說下去。龍二感覺心跳加速，猜不出博士到底想說什麼。

「大家應該知道，昨天紫綬帶貝卡哈雅從蘇門答臘島回來了。牠沒有參加今天的宴會，是因為

牠一路上只在呂宋島及奄美大島稍作休息，飛回這裡時已經很累了，所以今天躺在床上休養。牠這次歸來，帶回了南美安地斯山脈的黑頭鬼鴞所寫的信。」

說到這裡，博士又喝了一口咖啡。

紫綬帶的叫聲聽起來像是在說著日文發音的「月、日、星」，所以有「三光鳥」的別稱。那是一種候鳥，每年到了五月，就會從中南半島或蘇門答臘飛到日本。牠們每年都會到這附近的柳杉林，築巢並生育後代。到了十月初，又會飛回南方島嶼。

貝卡哈雅是在附近的柳杉林出生的紫綬帶。「貝卡哈雅」這個名字，是馬來語中的「光」的意思。貝卡哈雅在三歲的時候，曾經因翅膀受傷而無法飛行，所幸獲得太子博士的幫助，才平安治癒。從此之後，貝卡哈雅就成了風深家的一分子。每年到了秋天，貝卡哈雅會飛往南方，但啟程之前，總是住在博士專門為牠建的屋子裡，為風深家盡一己之力。

博士津津有味的喝了一口咖啡，接著繼續說明。

「黑頭鬼鴞是非常罕見的鳥類，只有十八世紀的文獻記錄到外觀的圖繪及簡單的說明，到目前為止幾乎沒有人實際目擊。這種鳥類有著雪白的羽毛，但頭頂是黑色，看起來像是戴著一頂黑色的貝雷帽。此外從頭頂到後頸、背部及尾巴的前端皆有著一絲絲黑毛，看起來像是一滴滴墨水從頭頂往下流。一般的貓頭鷹是夜行性鳥類，但黑頭鬼鴞在白天和晚上都會活動，眼睛一到晚上就會變成金色。

有一次，我前往鄰近安地斯山脈的亞馬遜旅行，偶然看見五、六個原住民孩子圍在一起，不曉得在做什麼，走近一看，原來他們抓到了一隻大鳥，正以繩索纏繞在那隻鳥的身上。

我一看見那隻大鳥，忍不住發出了驚呼，那正是傳說中的神祕之鳥『黑頭鬼鴞』。牠的外觀就跟古老文獻中的描述一模一樣，但是鳥喙的形狀相當奇特，不僅長達十公分以上，而且宛如鋼鐵一般漆黑。鳥喙的前端彎成鉤狀，相當尖銳。如果遭到這種鳥攻擊，一定會受重傷吧。

『真稀奇。』我說。

一名少年回答我：『我們也沒看過，應該是貓頭鷹吧。我們想賣給街上的動物商人，可惜牠有一隻腳受傷了，沒辦法飛，也沒辦法站。』

『你們要賣多少錢？』我問。

『這隻鳥傷了一隻腳，算你半價就好，秘魯幣六百索爾。』少年回答。

六百索爾可不是一筆小錢，我知道他是在獅子大開口。但我心想他們有五、六個人要分，就照那個金額買下了。

我為黑頭鬼鴞的左腳塗上藥，架上輔助棍，以繃帶緊緊綁好，牠才終於能夠站立。

那隻鳥真的非常巨大，身高至少超過七十公分。美麗的外觀散發出一股令人不敢褻玩的莊嚴感，一看就知道原本生活在某種非常神聖的場所。

『放心，你的腳一定能夠康復，但在斷骨密合之前，不能亂動。只要你痊癒，我一定會放你走，不會把你賣給商人。不過我想問，你過去應該不是住在森林裡，而是在某個地方被身分尊貴的人飼養，對吧？不僅如此，而且曾經在某種宗教儀式上擔任某種工作？當然這些都只是我的想像。如果你願意的話，能不能告訴我？』

黑頭鬼鴞瞪大了眼睛看著我。過了一會兒，牠低著頭說道：『過一陣子再說。』

牠的恢復能力相當驚人。我原本以為牠的腳傷至少要一個星期或十天才能痊癒，沒想到第五天牠就已完全康復，不僅能站、能走，而且還能飛到樹上以腳趾抓住樹枝。

『太好了，你已經沒事了，腳傷完全好了。依照約定，我現在就放你走。你想去哪裡，就去那裡吧。』我笑著對黑頭鬼鴞這麼說。

『謝謝，我真的很開心。現在輪到我實現諾言了。你上次問我的問題，還沒有回答呢。你的直覺及觀察力非常敏銳，讓我很吃驚。但你的問題攸關一個重大的祕密，所以我不能輕易告訴你。現在我已經確定你是一個可以信賴的人了。為了報答救命之恩，我決定告訴你這個祕密。說來話長，我一直生活在一座神廟裡……』

於是黑頭鬼鴞娓娓道來。相當不可思議，令人難以置信。」

黑頭鬼鴞的話

納斯卡王國的後裔

黑頭鬼鴞長年居住在納斯卡王國的亡者神廟之中。南美洲的印加帝國世界聞名，但聽過納斯卡王國的人並不多。印加帝國的首都是庫斯科，一座位於現在秘魯境內安地斯山脈區域的都市，印加帝國是北至今天的厄瓜多、南至今天的智利中部的巨大帝國，但在十六世紀中期遭到西班牙人消滅。

納斯卡王國的歷史比印加帝國更悠久，誕生於西元前兩百年左右，在秘魯西方的土地上延續了大約一千年的歲月。其王國的後代子孫，如今依然在亞馬遜以西的安地斯山脈附近，維持著一個小小的王國。

黑頭鬼鴞在亡者神廟裡工作，負責將男性王室成員遺體的心臟挖出來。牠的喙又長又尖，正適合執行這個任務。至於女性王室成員的遺體，則由另一隻黑豹負責。

管理亡者神廟的是一個名叫瑪瑪科娜的女人。從遺體挖出來的心臟，正是由她負責後續處理。沒有人知道她的年紀，從外表看不出來她是年輕，還是年老。除了處理心臟之外，她還負責管理一支合唱隊伍。這支合唱隊伍的成員全是稱為「阿庫拉科娜（太陽處女）」的年輕女性。

瑪瑪科娜依慣例必須將國王的心臟放進金壺，大王子，也就是王世子的心臟放進銀壺，二王子以下的心臟放進銅壺，其他王室成員的心臟放進鉛壺。如此一來，就能永遠保存王室成員的靈魂。

某一天，王世子的遺體被送進了亡者神廟。黑頭鬼鴞取出了王世子的心臟後，瑪瑪科娜將心臟放進了銅壺裡。黑頭鬼鴞只是輕輕瞥了一眼，就將頭轉向另一邊，假裝沒看見。但黑頭鬼鴞感覺到了瑪瑪科娜的銳利視線，彷彿刺在自己的左側臉頰上。顯然瑪瑪科娜正在懷疑黑頭鬼鴞已經目擊了這一幕。

事實上，瑪瑪科娜及黑豹所盤算的陰謀，黑頭鬼鴞可說是掌握得一清二楚。因為黑頭鬼鴞聽見他們躲在柱子後面低聲討論。一般來說，貓頭鷹都是在夜晚捕捉獵物，因此擁有夜視能力，只要有一點月光或星光就能將獵物看得一清二楚。若是在完全沒有光的地方，還可以仰賴聲音來判斷。即便是一般動物絕對聽不見的細微聲音，貓頭鷹也能聽出那是出自什麼樣的動物，並且掌握其行蹤。正因為黑頭鬼鴞擁有這樣的聽力，所以就算瑪瑪科娜的聲音再小，黑頭鬼鴞也聽得明明白白。

瑪瑪科娜與黑豹策畫的詭計非常可怕。首先暗殺王世子，讓二王子成為王世子。接著將瑪瑪科娜的女兒嫁給王世子，然後找機會殺死國王。如此一來，當王世子繼位為國王時，瑪瑪科娜的女兒就能成為王妃。

黑頭鬼鴞驚恐得全身羽毛直豎，不停打哆嗦。如今瑪瑪科娜已執行了計畫的第一步，也就是暗殺王世子，並且為了貶低他的地位，而將心臟放進銅壺裡。

黑頭鬼鴞暗自下定了決心，要殺死瑪瑪科娜及黑豹。但聽說瑪瑪科娜能夠施展妖術，如果不小心謹慎，她很可能會察覺自己的殺意。

這一天，瑪瑪科娜不知為何看起來心情特別好。一定又在盤算著什麼吧。

黑頭鬼鴞認為這是個好機會，於是恭恭敬敬來到瑪瑪科娜的面前，懇求瑪瑪科娜收自己為徒。

瑪瑪科娜沒有料到黑頭鬼鴞會說出這種話，並沒有立即回答，只是默默凝視著牠。她似乎正在判斷黑頭鬼鴞到底是真心，還是另有圖謀。

黑豹靜悄悄走了過來。

瑪瑪科娜轉頭朝黑豹看了一眼。

就在這一瞬間，黑頭鬼鴞奮力朝瑪瑪科娜撲了過去，以強而有力的腳爪攻擊瑪瑪科娜的胸口。同一時間，黑豹也撲上前來，咬住了黑頭鬼鴞的左腳。黑頭鬼鴞立即反擊，以鋒利有如尖刀的喙在黑豹的背上割出一道極深的傷口。

瑪瑪科娜的身上不斷噴出鮮紅血液。她嚇得像一根離弦的箭，以極快的速度倉皇轉身逃走。背上皮開肉綻的黑豹也趕緊追了上去。

黑頭鬼鴞的左腳此時已經骨折，但還是忍著痛楚展翅高飛，繼續追擊瑪瑪科娜。雖然她已受了重傷，但如果沒殺死她，一定會回來報仇、奪取王位。

黑頭鬼鴞不分晝夜的在空中盤繞，尋找瑪瑪科娜及黑豹的身影，但沒有發現任何蛛絲馬跡。

筋疲力竭的黑頭鬼鴞降落地面稍作休息，一不小心睡著了，竟在這時落入了原住民孩子的手中。

黑頭鬼鴞的話

地面畫之謎

黑頭鬼鴞的骨折一痊癒，就急著想要回到納斯卡王國。如果不趕快將瑪瑪科娜的陰謀告訴國王，不曉得那個女人還會做出什麼事來。黑頭鬼鴞朝博士深深一鞠躬，表達了謝意之後，轉身就要展翅高飛。時間耽誤得愈久，局勢就愈危險，因此黑頭鬼鴞此刻實在是心急如焚。

但黑頭鬼鴞忽然想起了一件事，再度回過頭來，斂起了翅膀，說道：「我沒有辦法報答你的救命大恩，但如果你真的想知道納斯卡王國在哪裡，我可以給你一個謎題。只要能解開，你就能夠抵達那個花朵盛開、有如寶石的智慧花園。你聽過『納斯卡地面畫』嗎？」

博士回答：「我聽過納斯卡這個國家，但從未聽過地面畫。」

「我想也是。沒有其他人類知道這件事。在距離西海岸約五十公里處，有一片廣大的臺地，稱作納斯卡臺地。那是一片沙漠地帶，地面上有著各式各樣的線條圖案，有蜂鳥、猴子、虎鯨、狐狸、三角形等等，那就是納斯卡地面畫。每一幅畫都非常巨大，例如鷺鳥的圖畫就長達三百公尺。人類走在地面上，只會以為那些線條是在大地上挖掘出來的溝渠。唯有我們鳥類從空中俯瞰，才看得出那是一幅幅的圖畫。」

「嗯，聽起來很不可思議。為什麼要在地上畫出這麼大的圖畫？」博士問。

「我可不知道。思考這種不知道的事情只會讓自己頭痛而已。再過一陣子，應該就會有人類發現這些畫吧。人類最喜歡思考沒有意義的事情，一定會有人拚命開始研究古代人為什麼要畫，以及如何畫。到時候一定會出現很多不同的論點，每個人都會認為自己的論點才是正確的，最後掀起口角，甚至大打出手。但是就算知道答案，又能有什麼幫助？我覺得人類真是莫名其妙的生物……啊，抱歉。博士，我可不是在說你。

在這些地面畫裡頭，有一幅特別有意思。那是個半徑五十公尺的半圓形，在距離這個半圓形約三十公尺的地方，還畫著一根棍棒，棍棒的前端有很多尖刺。這幅畫的主題到底是什麼？將來一定會有很多人類針對這一點議論紛紛吧。你問這幅畫能不能從空中看得出來？很抱歉，沒有辦法。不管是從空中，還是從地底下，永遠不可能看得出來，呵呵呵……」

「既然看不出來，你怎麼會知道有這幅畫？」

「人類看這幅畫的時候，只能看到未完成的畫面，所以僅能靠想像力來解釋這幅畫。但我能夠看到完整的圖，所以不必靠想像。不，不只我，所有鳥類都看得到。」

「什麼意思？難道你們戴上了特殊的眼鏡？」

「你說對了一半。不是眼鏡，而是我們的眼睛比較特殊。你們人類只能靠光來觀看，而我們鳥類還可以仰賴紫外線。只要能看見紫外線，就會發現半圓形的右邊還畫著一個王冠。博士，就算你是千里眼，也看不到，但若能看見紫外線，就能把王冠看得一清二楚。還有，半圓形圖案與棍棒圖案之間不僅連在一起，而且半圓的另一側也有圖案。」

「我聽不懂，完全不知道你在說什麼。」

「我畫出來給你看。」

博士趕緊遞上一張紙、一枝鉛筆。黑頭鬼鴞以尖喙叼住鉛筆，首先畫出了半圓形及一根棍棒。

「你看得出這是什麼嗎？」

黑頭鬼鴞以試探的口氣詢問博士。博士感覺似乎有某個深藏在記憶深處的圖案被喚醒了。

黑頭鬼鴞繼續動筆，畫出了圖案的其他部分。在離棍棒最遠的半圓形另一側，畫出了一顆動物的頭部，看起來像烏龜的頭。接著在半圓形的底邊下方，又畫出了短短的腳，腳上長著巨大的尖爪。

博士一看到這個完成圖，立即驚呼：「星尾獸！」

星尾獸，是一種曾經生存在南美洲的動物，距今約一萬年前滅絕，目前世界上只剩下星尾獸的化石。這種動物是犰狳的親戚，身上有著硬殼，全長超過四公尺，看起來就像是巨大的犰狳。在犰狳科的近親之中，有一種名為雕齒獸亞科的動物，星尾獸就是雕齒獸亞科底下的一個類群。星尾獸的屬名是*Doedicurus*。*Doedicurus*是希臘文，doedi的意思是研杵（攪拌用的棍棒），curus的意思是尾巴。這種動物的尾巴相當奇特，所以才取了這樣的學名。問題是，如果在納斯卡時代還有星尾獸尚未滅絕，那簡直是奇蹟。

難道有星尾獸存活了下來，一直延續到現代？沒錯，一定是這樣。博士的直覺如此告訴自己。

安地斯山脈地區曾有著相當繁榮的安地斯文明。一九一一年，美國的探險家海勒姆．賓厄姆發現印加帝國的馬丘比丘遺跡，震驚了全世界。由此看來，就算在安地斯山脈的深處，還埋藏著其他不為人知的印加帝國遺跡，或是存在著由納斯卡的後裔所組成的王國，也不奇怪。

安地斯山脈的東側，是一大片無窮無盡的廣大熱帶雨林。若能在這之中找到與世隔絕的小規模納斯卡王國，那可算是世紀大發現。

身為博物學家的太子博士，更關心星尾獸的存續問題。如果星尾獸真的存活到今天，或許以此為線索，甚至能夠發掘出比找到納斯卡王國更加驚人的重大發現。目前的科學界無法解釋的生物演化之謎，或許全都能夠在此找到解答。而揭開神祕面紗的關鍵線索，只有生存於納斯卡王國亡者神廟的黑頭鬼鴞才知道。

博士興奮得全身顫抖，以微微顫動的聲音朝黑頭鬼鴞問道：「現在還有存活的星尾獸？」

黑頭鬼鴞閉上雙眼，微微低著頭，好一會兒沒有說話，似乎陷入了沉思。半晌之後，牠緩緩抬頭，輕聲說道：「博士，你一看我畫的圖，立刻就猜到那是巨大犰狳類動物『星尾獸』，我非常佩服。比起納斯卡王國，你竟然對毫無價值的化石動物更感興趣。真不愧是博士。人類是一種充滿欲望的動物，從前消滅了印加帝國的西班牙人，發現了皇宮裡那些美麗的黃金工藝品時，他們決定把工藝品全部熔解，重新鑄成金塊後帶走。他們像發了瘋一樣到處尋找黃金，就連亡者神廟裡頭收藏歷代君王心臟的金壺，也被他們打開，拋棄裡頭的神聖君王心臟，重新鑄成了金塊。那些人比地獄的惡鬼更加貪婪、殘酷，如果讓他們那種人知道納斯卡王國如今依然存在於世上，他們一定會為了尋找財寶而大舉湧入安地斯地區吧。我一想到那地獄般的景象可能重新上演，就忍不住氣得直發抖。博士，但你跟那種人完全不一樣。你不僅是一位科學家，還是一位追求夢想的浪漫主義者。好了，我得趕緊出發了。

瑪瑪科娜是個貪婪且不擇手段的人，她可能會做出危害國王性命的舉動。如果國王有什麼三長兩短，我就算回去也沒有任何意義了。我愈想愈忐忑不安。博士，我要走了。你幫了我很多忙，將來我一定會報答。再見了，請你多保重。」

黑頭鬼鴞奮力振動雙翅，一轉眼間已消失在天空中。

巨型動物滅絕之謎

「黑頭鬼鴞的故事令我非常吃驚。首先，納斯卡王國誕生於兩千年前，大約延續了一千年就滅亡了。如果這個王國的後代還活著，而且依然維持著王國，那可是不得了的事情。但每當我問到王國的確切位置，黑頭鬼鴞的回答總是『我絕對不會說。而且就算我說了，也絕對沒有人到得了』。還有，星尾獸是否依然存活至今？關於這點，黑頭鬼鴞也沒有給我明確的答案。我深信星尾獸一定還活著，但就算見到了星尾獸，我們不會說古代犰狳語，無法和星尾獸溝通。如果黑頭鬼鴞在場，或許牠有辦法為我們翻譯。要向黑頭鬼鴞進一步問清楚的事情還像山一樣多……」

博士說到這裡，點起了菸斗，吸得津津有味。從菸斗冒出的紫色輕煙帶著一種難以形容的香氣。大家彷彿都被帶進了幻想的世界裡，一臉認真的等待著博士進一步說明。

「在更新世的時代，新大陸……也就是南北美洲，棲息著各種大型的哺乳類動物。例如在北美有『哥倫比亞猛獁象』——體型最龐大的猛獁象，體高四公尺，重達八噸，象牙長度可達四公尺。除此之外，馬、駱駝這些動物也都源自於北美洲。例如有一種名叫『古代駱駝』的單峰駱駝，四肢很長，體高有四公尺，而且頭部巨大。另外還有尖牙長達二十公分的劍齒虎。

在南美洲，則有巨型的雕齒獸亞科動物，屬於犰狳的親戚，跟犰狳一樣擁有堅硬的背甲，但牠們的背甲無法彎曲，這點與犰狳不同。例如其中的雕齒獸，體長有三公尺，背甲的厚度有兩、三公分，就好像身上穿著鋼鐵鎧甲。但同為雕齒獸亞科的星尾獸更加巨大，體長足足有四公尺，特徵是有如棍棒一般的尾巴，以及尾巴前端的許多粗大尖刺。

從來沒有一種哺乳類動物能夠像星尾獸這樣擁有全副武裝的身體。那尾巴有如地獄惡鬼手上的武器，只要一甩動，任何肉食性猛獸都無法靠近。就連當時著名的猛獸劍齒虎，多半也不敢招惹星尾獸吧。

更令人難以置信的是當時還存在好幾種巨型的樹懶。例如體型最龐大的『大地懶』，體長可達到五、六公尺，擁有又長又尖的爪子，簡直像是特別巨大的棕熊。

類似的例子，多到講不完。但是到了更新世的末期，也就是大約在一萬三千年前至一萬一千年前之間，發生了一個非常奇怪的現象，那就是生存於新大陸的巨型動物竟然都消失了。原本持續了很久的最後一次冰河期終於結束，氣候變得愈來愈溫暖，本來這時應該是生物蓬勃發展的時期，為什麼這些動物會突然全部滅亡？這真是不可思議。

很多學者提出了各種不同的主張，引發熱烈討論。其中最多人支持的主張，是牠們可能都被人類殺死了。這個主張的最大證據是：根據研究，人類在一萬三千年前至一萬一千年前之間，渡過白令海峽抵達新大陸。這個時期剛好與巨大哺乳類動物滅絕的時期重疊。

抵達新大陸的這些人類，就是現在美洲原住民的祖先，屬於蒙古人種，跟日本人在人種上的關係很近。他們過著狩獵與採集的生活，一邊捕獵猛獁象之類的大型動物，一邊自西伯利亞往東遷徙，最後越過了當時與陸地相連的白令海峽，進入阿拉斯加地區。

接著這些人類一邊捕獵野獸，一邊南下，在短短一千年內就抵達了南美洲最南端的巴塔哥尼亞地區。當時新大陸上棲息著許多性情溫馴的巨大哺乳類動物，人類獵捕這些動物獲取大量資源，人口迅速增加，成為一個嗜血好殺的集團。

如果是為了獲取每天的生活食糧而獵殺動物，這無可厚非。但當時的人類在長期過度獵殺的行為中，逐漸養成了殘虐的性格，開始藉由殺害動物來得到快感，彷彿把殺害巨大動物當成了一種遊戲。這會造成什麼樣的結果，是可以預見的。許多人認為那些巨大動物全部滅絕，正是人類持續過度獵殺的結果。

但我個人並不認同這個『人類的獵殺造成巨大動物滅絕』的主張。首先，當初渡過白令海峽的蒙古人種應該人數不多，再者，就算獵物資源再怎麼豐富，一邊增加人口一邊南下這種觀點實在太過輕率。當時的人類以石器作為武器，雖然北美的克洛維斯文化發明了石製矛頭，大幅提升了長矛的威力，讓獵殺大型動物變得容易許多，但石器畢竟是石器，在威力上無法與鐵製的刀劍、箭鏃相提並論。

現代的非洲森林裡依然有一些俾格米人過著獵殺非洲象的生活。他們不僅使用鐵製的長矛及刀子，還會利用陷阱等工具。但即使如此，他們要獵殺一隻非洲象，還是需要好幾個人同心協力，不但費時費力，而且相當危險。古代的哥倫比亞猛獁象比現在的大象還要巨大，當時的人類僅憑石器就殺光全部的猛獁象，應該不太可能。更何況還有兇猛的劍齒虎、動作敏捷的原始馬類等等，主張這些動物都因古代美洲原住民的獵殺而滅絕的論點，幾乎是無稽之談。

然而，大量的哺乳類動物在當時滅絕，卻是不爭的事實。科學家根據化石進行統計調查，北美洲的大型哺乳類動物，四十五屬中滅絕了三十三屬；南美洲的大型哺乳類動物，五十八屬中滅絕了四十六屬。南北美洲滅絕的屬竟然都高達百分之七十以上，想起來就讓人毛骨悚然。姑且撇開遭人類消滅的理論，至少可以肯定當時絕對發生了某種衝擊所有動物的可怕事件。如果星尾獸真的存活到今天，將會是解開這場生物浩劫之謎的重要見證。

話說回來，星尾獸雖然身上穿著全副武裝，但動作頗為緩慢。如果發生了某種災難，大部分動物都滅絕了，卻只有星尾獸存活下來，那也相當奇怪。這一點，或許正是找出滅絕原因的關鍵線索。

自從遇見了黑頭鬼鴞，我就一直對星尾獸的事情牽腸掛肚。難得有了黑頭鬼鴞的幫忙，我無論如何都想要與星尾獸見上一面。

我一直在盤算，等龍二與小百合來到我們家之後，只要時機成熟，我們就一起出發，尋找那巨大的犰狳類動物。如今時候到了。不久前，我寫了封信給黑頭鬼鴞，請牠為我們帶路。我相信不用多說明，黑頭鬼鴞也很清楚我們的目的。

但是，要把信件從這裡送到南美並不容易。如果要把信送到地球上南北相隔的遠地，只要委託候鳥就行了。因為不論任何候鳥，都會在南方與北方之間反覆往來遷徙。像北極燕鷗，甚至會在南極與北極之間來回移動。然而，並沒有任何一種候鳥的移動路線是與赤道平行。例如有些候鳥會在日本與西伯利亞，或是日本與泰國、蘇門答臘來回移動，但沒有候鳥會在日本與夏威夷之間移動，那正是因為從日本到夏威夷的路線幾乎與赤道平行。同樣的道理，要拜託候鳥將信送到南美，實在有些困難。

但有一個方法，那就是請紫綬帶貝卡哈雅幫忙。貝卡哈雅會在蘇門答臘與日本之間往來，每當日本進入冬季，牠就會飛到蘇門答臘避寒。牠告訴我，有一條郵送路線可以將信件從蘇門答臘送到南美。這條路線稱為跳島路線，從蘇門答臘出發，途經大巽他群島的爪哇島、小巽他群島的帝汶島，以及新幾內亞島、太平洋上的斐濟群島、大溪地島，跟以摩艾石像著稱的復活節島，最後抵達南美，並循原路回來。

但是大溪地島與復活節島的距離約四千公里，從復活節島到南美的秘魯也有三千八百公里，能夠進行如此長程的飛行而不用休息的鳥類並不多。

這次為我們送信的是居住在南半球的『漂泊信天翁』。這種海鳥能夠在海面上滑行非常遠的距離。由於不想耽擱，我請對方以限時信處理，但還是花了兩個月。

漂泊信天翁在飛行途中可能會遭遇猛禽攻擊、遇上暴風雨或是抵達後找不到收信者，所以成功送達的機率一般來說只有六成左右。而且信的大小必須在長兩公分、寬三公分之內，所以內容必須寫得相當簡潔。

大家應該都知道，昨天貝卡哈雅平安帶著回信歸來了。這也代表我送出的限時信順利送到了黑頭鬼鴞的手上。黑頭鬼鴞在回信上寫道：『可帶路。納斯卡王國危險。我也是。速來。』

看來黑頭鬼鴞願意為我們帶路，但是，與世隔絕的納斯卡王國正陷入危機之中，甚至連牠自己也有生命危險，因此我們要迅速採取行動。星尾獸是否存活至今，牠在信中依然沒有提及。如果得不到黑頭鬼鴞的幫助，我們要找出神祕的納斯卡王國及星尾獸，可說是相當困難。換句話說，一定要設法找到黑頭鬼鴞，否則我們的全盤計畫很可能都會化為泡影。事不宜遲，明天就要開始進行出發前的準備工作。我們將搭乘『廄戶號』出發，由雪丸擔任總指揮。熊左負責留守家園，其他成員全部隨行前往。水獺荷拉吉、鼬鼠葛佩，你們能配合嗎？一路上不曉得會遇上什麼難題，所有成員的專長或許都有派上用場的時候。對了，我還要向大家介紹一個家庭新成員。

這次的探險範圍，是黑頭鬼鴞所棲息的環境。換句話說，我們勢必得進入熱帶雨林。但所有家人之中，只有我及貝卡哈雅曾經待過熱帶雨林。我希望至少能再增加一名對熱帶雨林生活有經驗的成員，所以我邀請住在朋友家的矮黑猩猩一同前往。

『矮黑猩猩』是居住在非洲剛果叢林裡的一種黑猩猩。事實上黑猩猩有兩種，一種是大家在動物園裡常見的黑猩猩，另一種就是矮黑猩猩。矮黑猩猩是一種比較罕見的類人猿，日本的動物園還沒有飼養過。

矮黑猩猩的性情相當溫馴，喜歡群居生活，很少與同伴發生爭執。不僅如此，矮黑猩猩的智商相當高。現在，我要向各位介紹這名五歲的矮黑猩猩少年，一歲就來到了日本，所以能夠聽得懂大部分的日語。牠的本名是恩潘帕拿，個性隨和，很多事情都是馬馬虎虎，所以有個綽號『馬馬』。來，馬馬請出來吧。」

博士這句話一出口，旋即有一隻矮黑猩猩出現在大家眼前。

牠以雙足步行的方式走到前方，以略帶靦腆的態度說道：「我叫馬馬，希望能加入大家的行列，請多指教。」

龍二心想，馬馬的身高雖然和自己差不多，看起來力氣似乎不小。或許是態度內向害羞，馬馬給人一種和善的印象，應該能和自己成為好朋友。

「來，龐貝諾，再幫所有人倒一杯咖啡。出發前，就以咖啡來乾杯吧。乾杯的號令就麻煩雪丸了。」

太子博士說完了這一長串話，津津有味的吸起了菸斗。

一場大冒險即將展開，大家都感到興奮不已。

每個成員都拿到了咖啡，雪丸站了起來，正準備要舉杯時，博士突然笑著說道：「等等，我忘了一件重要的事，那就是為探險隊取一個名字。既然我們這趟探險的最大目標是尋找星尾獸，不如就叫『星尾獸探險隊』吧。」

雪丸緊接著舉起手中的咖啡，說道：「預祝我們星尾獸探險隊馬到成功，大家平安出門，快樂回家，乾杯！」

雪丸以沉穩、有魄力的聲音說完之後，將咖啡湊到嘴邊喝了一口。

所有同伴一起舉杯，大喊：「乾杯！」

巨大的聲響引起空氣振動，令山櫻樹上的花瓣紛紛跌落，形成了繽紛的花雨。數枚花瓣落在咖啡杯裡，龍二將咖啡連同花瓣一起喝下。

這一天目睹的景象及心中的感受，龍二一輩子也不會忘懷。胸中充盈著如夢境般的希望，臉頰因興奮而泛紅。這天的咖啡美味極了，即使是神仙甘露也不過如此吧。龍二陶醉在幸福的滋味中，久久不能自已。

回房間的路上，小百合說道：「這將是一趟不得了的冒險之旅。解開大型哺乳類動物滅絕、納斯卡王國的謎團，還有黑頭鬼鴞提到的紫外線地面畫，真是令人驚訝。為什麼納斯卡人能畫出那樣的地面畫？難道納斯卡人看得見紫外線？還有，那些地面畫那麼巨大，必須要從空中才能看見全貌，問題是納斯卡國王要怎麼飛上天？還有一個更根本的問題，畫出那些巨大地面畫的目的是什麼？想不透的疑點簡直像山一樣多，博士似乎對地面畫不太感興趣。我心裡有好多問題想要問個清楚。」

「只要見到星尾獸，這些謎自然就會解開了。」

龍二簡單回了這句話，就沒再說些什麼。小百合繼續絮絮叨叨的說個不停，龍二只是微微點頭，沒再開口。現在，龍二一句話也不想說，只想好好沉浸在解開生物學之謎的幻想裡。

第二章

啟程

就在出發之日逐漸逼近的某一天，太子博士從一大早就帶著雪丸，騎著黑駒到城鎮裡買東西。航海期間的糧食及必需品等等，還有很多東西尚未備齊。

龍二在小河邊洗了臉，伸了個大大的懶腰。一想到即將出發前往南美探險，胸中就充塞著興奮與希望。

小百合也走了過來。平時她總是比龍二早起，今天卻睡晚了。

「小百合，早安。妳還好嗎？臉色有點差呢。」

「早安，對不起，我睡過頭了。只是有點睡眠不足而已。昨晚失眠了，一直到天亮才睡著。不過放心，我很好。」

「是不是在擔心什麼？」

「不是，剛好相反。我整個晚上都在想像納斯卡的地面畫，以及印加帝國的古老遺跡，愈想愈興奮，睡意都沒了。說真的，我做夢也沒想到自己能參與探險隊。真的覺得好幸福，好開心、好開心……」

「我也這麼覺得。不過仔細想想，我們這趟旅行唯一的線索只有黑頭鬼鴞留下的謎題，甚至不知道最重要的星尾獸是不是還活著。這樣就出發冒險，不會太草率嗎……當然，我還是很期待。」

「博士畢竟是來去如風的風叔叔，永遠都在追逐夢想。現在我們可是他的徒弟了……啊，對了。我還沒洗臉呢。先讓我把睡眠不足的憔悴臉色洗掉吧。」

小百合說完後，朝著小河的上游小跑步而去。

過了一會，小百合跑了回來，以激動的語氣說道：「嚇了我一跳！我用兩隻手掬水要洗臉，竟然看見水裡有小魚，形狀看起來像是迷你的鰕虎魚，那是什麼魚啊？」

「依妳的冒失個性，該不會是洗臉的時候小魚跑進嘴裡，妳急著想吐掉，卻把小魚吞下去了吧？」

「我就算再怎麼冒失，也不會那樣啦。那到底是什麼魚？」

「吻鰕虎魚的小孩吧。抓一些大隻點的跟蛋一起煮，很好吃喲。」

「龍二、小百合，早安。」

小猴子奇奇跑了過來，以尖銳又可愛的聲音打了招呼。

「聽說廄戶號已經準備好了，你們要不要去看看？」

兩人一聽，立即大聲叫好，跟著奇奇朝廄戶號出發。

一行人沿著狹窄的山中小徑快步走了四個半小時，便看到一處小港灣。周圍圍繞著青剛櫟、山茶、海桐等樹種所組成的照葉樹林，灣內停泊著一艘船。那是一艘木造船，長度約二十多公尺，豎著兩根船桅。

「就是這艘船？這麼小一艘木船，真的有辦法橫渡太平洋，到達秘魯嗎？」

那船的規模與原本的想像實在差距太大，龍二不由得感到錯愕。

小百合一看見那艘船，便覺得從前似乎看過類似的船。在哪裡？小百合努力回想。從外型來看，一定是古代船，但看起來不像是日本江戶時代的北前船……

「有點像遣唐使的船……」小百合最後這麼低聲呢喃。

「答對了！小百合，妳真厲害。這艘船是雪丸先生模仿遣唐使的船設計的。當然在設計上加入了許多現代船舶的風格。例如遣唐使的船是平底船，遇到橫向的大風浪很容易翻覆。所以雪丸先生在設計船底時，依照現代船舶的概念，將船底的龍骨往下移，使船身形成倒三角形。除此之外，還有很多特別的設計呢。在大家眼裡，雪丸先生就像個魔法師，牠的神機妙算，一般人是不會懂的。」

小百合點了點頭，說道：「雖然我的記憶有點模糊了，但我依稀記得遣唐使的船有著很長的紅色龍骨，從船首向外突出。但廄戶號的龍骨沒有突出船首，而且整艘船塗成了淡藍色，就連船桅及船帆也是淡藍色。是因為雪丸先生喜歡這個顏色嗎？」

「不，塗成淡藍色是為了不被發現。從遠處看，船的顏色與大海的顏色融為一體，就不容易被人發現。這就叫『隱蔽色』，或叫『忍者色』。」

聽著小百合與奇奇的對話，龍二忍不住說道：「奇奇，我對你刮目相看了。沒想到你知道這麼多事情。」

「嘰嘰嘰！嘿嘿，其實都是八咫烏建角先生告訴我的啦！嘰嘰！嘰嘰！」

「哈哈哈……對了，我還有一個問題。沒有風的時候，誰要負責划船？力氣最大的熊左叔叔並沒有跟我們一起去……」

「嘰嘰嘰嘰！這艘船上配備了特殊的生物引擎！船身愈輕效率愈好，所以才會採用木造船！」

「生物引擎？」

龍二聽得一頭霧水。

「再過不久，你們就會見識到了。我說過，雪丸先生的安排，一般人是不會懂的。」

出發的日子終於來了。所有成員都在做最後的準備，一大早就忙得暈頭轉向。

食物方面，由於每個探險隊隊員的喜好都不相同，所以較特殊的食物必須自己準備。例如鼬鼠葛佩最愛吃鮒壽司，準備了一大堆放在船上。據說牠一星期不吃一次鮒壽司，就會感覺提不起勁。問題是鮒壽司的味道非常刺鼻，說是世界上最臭的食物也不為過。然而對葛佩來說，鮒壽司並不單純只是好吃的食物，還具有實質上的功效。因為鼬鼠在遭遇危險時，會放出臭屁來驅趕敵人。只要吃了鮒壽司，屁的惡臭程度就會加倍。

除了葛佩，博士與雪丸也認為鮒壽司是很美味的食物，但其他隊員可就不這麼認為了。為了不給其他隊員添麻煩，博士再三叮嚀葛佩，要吃的時候一定要挑選風大的日子，而且要待在甲板的角落吃。

值得慶幸的是，航行的過程可以靠釣魚來補充食物，至少動物性蛋白質不虞匱乏。

蔬菜就比較麻煩一點。船上不僅準備了大量的蘿蔔乾及紫萁乾，而且船底還設計了一間新鮮蔬菜儲藏間。儲藏間內完全不透光，還可以藉由海水來降低溫度。航行的途中也可以停靠一些有人類居住的小島，從島上補給食物。

除此之外，水也是不可或缺的必需品。船上準備了五個大汽油桶，及十個一斗罐（可容納十八公升的方形罐），裡頭裝滿了水。但令龍二吃驚的是，船上另外還準備了五個空的大汽油桶，及十個空的一斗罐。

為什麼要準備這些空的桶罐？龍二想來想去，實在想不出個所以然來。詢問奇奇，得到的答案依然是那句「雪丸先生的神機妙算，一般人是不會懂的」。

航海的必需品都搬上了船，終於到了要啟航的時刻。星尾獸探險隊的隊員們陸續上船，聚集在甲板上。太子博士、雪丸、黑駒、八咫烏建角、水獺荷拉吉、猴子奇奇、鼬鼠葛佩、兔子丘治、矮黑猩猩馬馬、狸貓龐貝娜與龐貝諾，以及龍二、小百合。最後紫綬帶貝卡哈雅也飛上船，星尾獸探險隊的十四名成員便到齊了。

海面上風平浪靜，三隻海鷗沿著海面飛行。

「嘎！呱！」八咫烏建角站在船桅的頂端大喊。

過了一會兒，原本平靜的海面上突然隆起了五座小山丘，而且不斷朝著船靠近。

那小山丘上的海水散去，露出了底下的巨大黑色物體。

龍二霎時感覺心臟撲通亂跳。那是鯨魚！五座小山丘赫然是五隻鯨魚！

游在最前面的鯨魚抬起了頭。「馬克！」猴子奇奇突然叫道。

名叫馬克的鯨魚突然躍出水面，在空中翻了半圈後倒立跳回海裡，激起了大量閃耀著銀色光芒的白色水花。

馬克的兩側和後方分別跟著兩隻鯨魚。在馬克的帶領下，五隻鯨魚排成了三角隊伍，朝著廄戶號而來。

繼馬克之後，兩側的四隻鯨魚也同時躍起。那副景象實在非常壯觀。龍二心中感動莫名，全身一動也不能動，只能站在甲板上發著愣。

馬克及其他四隻鯨魚在船的前方停了下來，分別將頭露出海面。所有鯨魚的頭頂都非常平整，簡直像是以巨大的刀子水平切割過一樣。

龍二心想，是抹香鯨！

馬克將身體高高浮出水面，說道：「我們依照吩咐前來了。這次的任務，建角跟我們說明過了。雖然不輕鬆，但我們會盡力。」

太子博士站在船首的甲板上，俯瞰著海面說道：「謝謝你，馬克。這次的旅程很長，請你們輪流休息及用餐，不要累壞了。那麼，就麻煩你們了。」

博士舉起右手，船身突然彈出數條粗大的繩索，沿著海面向前飛射。

鯨魚們各咬住一條繩索，在船首的前端排列成三角形。

啊，原來如此！龍二恍然大悟，原來這就是當初奇奇所說的「特殊生物引擎」。所謂的引擎，其實就是這群鯨魚，牠們會拉著廄戶號前進。鯨魚比誰都清楚大海的變化，船上的隊員什麼也不用做，只要放心交給牠們就行了。

船長雪丸站在船首大喊：「出發！」

廄戶號以輕盈的姿態滑出海面，速度逐漸提升。

一場航海之旅，就這麼愜意的揭開了序幕。

暴風雨

隊員們慢慢適應了船上的生活。氣溫逐漸上升，似乎已進入了熱帶。某天，遠方出現一座島嶼。

「雪丸先生，請問這裡是哪裡？那是什麼島？」龍二問雪丸。

「密克羅尼西亞島。」雪丸只說了這麼一句話，便默默凝視著天空一角。

雪丸壯觀的積雨雲，自地平線層層疊疊向上延伸。一會兒之後，天空的顏色逐漸轉成了灰色。雪丸扯開喉嚨大喊：「張開帆布！準備儲水罐！驟雨要來了！」

所有隊員都動了起來。就連廚師龐貝諾、愛偷懶的水獺荷拉吉，以及平常總是不知道躲在哪裡的鼬鼠葛佩也不例外。大家一起從船艙裡將帆布與儲水罐（就是那些空的汽油桶及一斗罐）搬到甲板上。在這種時候，龍二、小百合及矮黑猩猩馬馬成了主要的勞力提供者。猴子奇奇、水獺荷拉吉光是抬動一個空的一斗罐，便已累得氣喘吁吁。龍二卻能將四個罐子以繩索串起，一次拖上甲板。

就在所有的帆布及儲水罐都搬上了甲板的同時，碩大的雨滴開始自天空跌落。那雨滴大得嚇人，打在身上會有些疼痛。不過一眨眼的工夫，雨勢轉變為傾盆大雨，雨水如瀑布般從天而降。

雨水落在攤開的帆布上，迅速流進儲水罐內。罐內的水位上升速度非常快，每隔一小段時間就必須趕緊替換成空罐。龍二與小百合早已淋成了落湯雞，卻一點也不敢鬆懈，雙手的動作從來沒有停過。

十個一斗罐及五個汽油桶終於都裝滿了雨水。雪丸道了一聲謝，儲水作業終於告一段落。驟雨迅速遠去，頭頂上再度出現了耀眼的藍天，強烈的陽光迎面射來。

龍二的心中充滿了順利完成任務的安心感，一面喝茶一面問雪丸：「因為是雪丸先生的命令，我相信一定是非常重要的工作，所以二話不說的照做了。但老實說，我不太懂，請問裝那些雨水要做什麼？」

雪丸笑著回答：「剛剛來不及向你們說明。有時驟雨一下子就離開了，所以一定要把握時間才行。這些雨水都可成為飲用水。氣候愈來愈熱，水的消耗量會愈來愈多，如果不預先準備，飲用水一定會不夠。趁現在多儲點水，將來才不會傷腦筋。辛苦了，你幫上了大忙。好好休息一下，讓肌肉放鬆吧。」

龍二心想，*原來是這麼回事。*

又過了兩天，海面上的波浪愈來愈高。廄戶號劇烈的上下搖擺，如果不抓住東西，甚至連站也站不穩。

太子博士凝視著東方天空，嘴裡咕噥道：「糟糕，恐怕會有暴風雨。」於是他找了雪丸討論。

海風愈來愈強勁，整艘船上下翻舞，緊接著便下起了滂沱大雨，一滴滴雨水無情的撞擊船身。廄戶號進入了暴風圈的範圍，遭逆向的巨浪衝撞，在波濤洶湧的海面上受波浪無情擺弄，隨時可能會翻船。如果繼續前進，暴風雨只會愈來愈強，最後整艘船勢必會遭大海吞噬。但如果趁現在立刻退後，接著迅速掉轉船首，與暴風雨的前進方向呈直角前進，或許就能避開這場暴風雨。就算沒辦

法完全避開，至少也能躲到風雨較小的地方。為什麼不這麼做？龍二實在是百思不得其解。

龍二按捺不住，正準備要把這個建議告訴雪丸，沒想到就在這時，雪丸說出了驚人之語。

「準備揚帆！黑駒，扣板麻煩你了。」

「萬無一失。雪丸，隨時可以開始。」黑駒氣勢十足的說道。

為什麼會下這種決定？龍二心中充滿了疑惑。此時揚帆會有什麼後果，是顯而易見的事情。猛烈的狂風撲向帆面，肯定會將整艘船連同五隻鯨魚一起捲上天空。

「揚帆！」雪丸大喊。

黑駒接到指令，以前蹄朝著扣板奮力踢出。

「砰」的一聲巨響，兩片船帆分別升上兩根船桅。

鯨魚馬克所拉的粗繩，是先以扣板扣住，接著通過船桅的頂端，與船帆相連。因此只要一鬆開扣板，船帆就會被馬克拉扯繩子的力量拉撐至船桅頂點。

就在揚起船帆的同時，雪丸以宛如要驅散暴風雨的氣勢大喊：「下潛！」

馬克與其他四隻鯨魚同時放開粗繩，一眨眼間已不見蹤影。

牠們都潛入了海中。

抹香鯨是潛水的高手，能夠潛至水下一千五百公尺，而且能在深海中待上兩個小時。只要潛水深度達到兩、三百公尺，不管海面上的風雨再怎麼大，也不會受到影響。因此對抹香鯨來說，要逃離暴風雨並不是難事。

廄戶號以驚人的速度在海面上滑行。船帆因承受了狂風而高高鼓起，似乎隨時會遭到撕裂。

在狂風巨浪的推送下，船身並非筆直前進，而是畫出了巨大的圓弧線。這似乎意味著廄戶號正從龐大的漩渦外側迅速捲入內側。一旦抵達漩渦的中心點，船身肯定會被漩渦帶入深海之中。

一定要想辦法脫困才行。再這麼前進下去，大家都難逃一死。龍二在心中如此吶喊。雪丸到底打什麼主意？太子博士，快想個辦法！

龍二在東搖西晃的船上早已頭暈眼花，只能拚了命在心裡如此祈禱。噁心感一次次湧上心頭，已不知嘔吐了多少次。吐到胃裡已經沒東西可吐了，還是止不住吐意。再這麼下去，搞不好連胃袋都會吐出來。不僅如此，腦袋更是劇烈疼痛。龍二滾倒在地上，矇矓的意識中依然擔心著廄戶號的安危。

因暈船而倒地不起的隊員不只有龍二。狸貓夫婦、鼬鼠葛佩躺在地上動彈不得，猴子奇奇、矮黑猩猩馬馬躲在船室角落縮成一團。小百合則躲進了被窩裡，從外頭看得出被窩的隆起處不時蠕動，可見她也很不舒服。

水獺荷拉吉、紫綬帶貝卡哈雅沒有暈船。荷拉吉或許是習慣了水中生活，對搖晃有著很強的忍受力。太子博士、雪丸、黑駒及八咫烏建角則待在甲板的指揮室，隨時注意船上狀況。

廄戶號在巨大的漩渦中，以畫著大圓的移動方式逐漸朝中心點靠近。龍二一顆心七上八下，擔心船隨時會沉沒。

前進路線的圓弧愈來愈小，而且速度愈來愈快。整艘船的唯一希望，正是待在指揮室的那四名智者。他們應該很清楚船快要被捲入漩渦的中心了。既然如此，應該要相信他們的判斷，不必擔無謂的心。龍二試著如此說服自己，頓時感覺輕鬆不少。

驀然之間，原本速度像暴風一樣快的戽戶號，竟然放慢了。天空依然一片漆黑，可見並沒有脫離暴風圈的範圍。既然如此，為什麼速度會減慢？龍二完全無法想像到底發生了什麼事，但至少不必再忍受暈船的痛苦，光是這點就已值得慶幸。

龍二坐起上半身，重重吁了一口氣。小百合依然躲在棉被裡。奇奇則站了起來，走上通往甲板的階梯。

龍二雖然還有些頭痛，但已大致恢復了精神，趕緊跟著奇奇登上了階梯。

就在握住通往甲板的艙門把手時，龍二的內心突然萌生一陣懼意。猴子奇奇在一旁也面露擔憂之色。在拉開艙門的瞬間，不曉得會發生什麼狀況？海水會不會突然灌進來？還是會有大雨灑進船艙？龍二豎起耳朵聆聽，聽不到半點擊打在艙門上的雨聲，或是波浪的衝撞聲。於是龍二戰戰兢兢的推開艙門。

外頭只有毛毛細雨。雖然有風，並不強勁。儘管是白天，天空卻像傍晚一樣昏暗。海面上依然有著大浪，到處濺起白色水花，但還不到波濤洶湧的程度。明明還在暴風圈的範圍內，為什麼會有這樣的變化？龍二彷彿置身在幻境之中，早已將輕微頭痛拋到九霄雲外。

就在這時，指揮室的艙門開啟，黑駒走了出來。牠輕輕跳了兩下，彷彿想要放鬆僵硬的肌肉。

「黑駒先生，請問這裡是哪裡？我們應該還在暴風圈裡頭才對，為什麼會有這樣的變化？」

「嘶嘶！你們一定嚇了一跳吧？這裡是颱風眼。在大約半徑三十公里的範圍之外，就是狂風暴雨，風速至少有每秒五十公尺吧。」

「啊，原來如此！但我們總不能一直待在裡面吧？」

「沒錯，只是暫時在這裡避難而已。颱風正以時速四十五公里的速度往北移動，如果我們要一直待在颱風眼，就必須跟著颱風往北走。但這麼一來，距離我們的目的地就愈來愈遠了。」

「但要怎麼樣才能離開這裡？一離開颱風眼，馬上就得面臨大風大浪，不是嗎？」

「這個嘛，時候到了你就知道了。我們有妙計，放心吧。」

黑駒如此說完後，開始在甲板上繞起圈子，發出橐橐蹄聲。

小百合搖搖晃晃的走了出來，臉上慘無血色。

「喝點水會舒服些。」龍二遞過一杯水，小百合接過一口氣喝光。

「嚇死我了，還以為要沒命了呢。胃袋好像快從肚子裡跳出來似的。真是古怪，我們不是還在暴風雨裡頭嗎？」

龍二將黑駒說的話告訴了小百合。至於那妙計是什麼，龍二也不清楚。

潛水船

太子博士、雪丸及建角也陸續走出了指揮室。龍二見他們神色有些緊張，也不敢上去搭話，只是在一旁守候著。

八咫烏建角飛上了船桅，在風中一面拍動翅膀，一面發出奇妙的聲音。

過了一會兒，海面高高隆起，有東西朝著船游了過來。那是馬克，牠噴出了高高的水柱。緊接著其他四隻抹香鯨也在大浪中現身了。

「大家都平安無事，真是太好了。接下來還要麻煩你們。」太子博士朝鯨魚們說道。

不知不覺所有隊員都聚集到了甲板上。

太子博士站在號令臺上對大家說道：「剛剛大家一定都搖得暈頭轉向吧？所幸所有人都平安無事，真是太好了。進入颱風眼的策略相當冒險，幸好我們順利成功了，但接下來才是最大的難題。要離開颱風眼，只有一個辦法，這個辦法相當危險，而且我們從來沒做過。那就是讓廄戶號變成潛水船，經由深海離開暴風圈外。如果失敗，大家都會葬身海底。」

太子博士說到這裡，停頓了片刻。他環顧四周，彷彿是在確認每個隊員的決心。

潛水船？那是什麼意思？龍二左思右想，還是不明白。太子博士輕撫著鬍鬚，接著說道：「或許有些人不知道潛水船是什麼，其實說穿了就跟潛水艇一樣。只是這艘船不是軍事用的艦艇，所以才不稱為潛水艇，而稱為潛水船。簡單來說，就是讓船沉入海面下。抹香鯨都是潛水高手，牠們可以為我們在海中拉著船前進。但有一點必須注意，那就是絕對不能讓海水進入船艙內。雖然這艘船在建造時為了因應各種特殊狀況，理論上可以完全防水，但有句成語說『百密一疏』。深海的水壓相當強，只要有一道縫隙讓海水進入，馬上就會被撞成大洞，海水會像瀑布一樣灌進船艙裡，想擋也擋不住。所以現在請大家分頭去找可能進水的地方，把所有的縫隙都堵起來，開始行動！」

太子博士以宏亮而激昂的聲音下令。

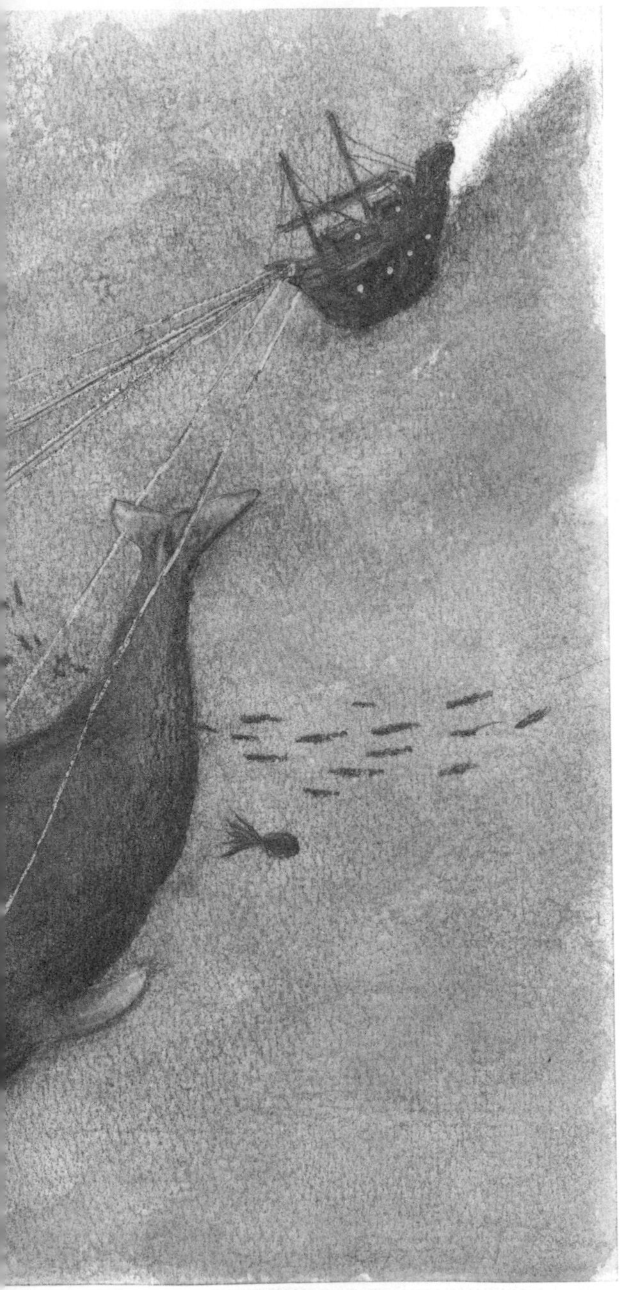

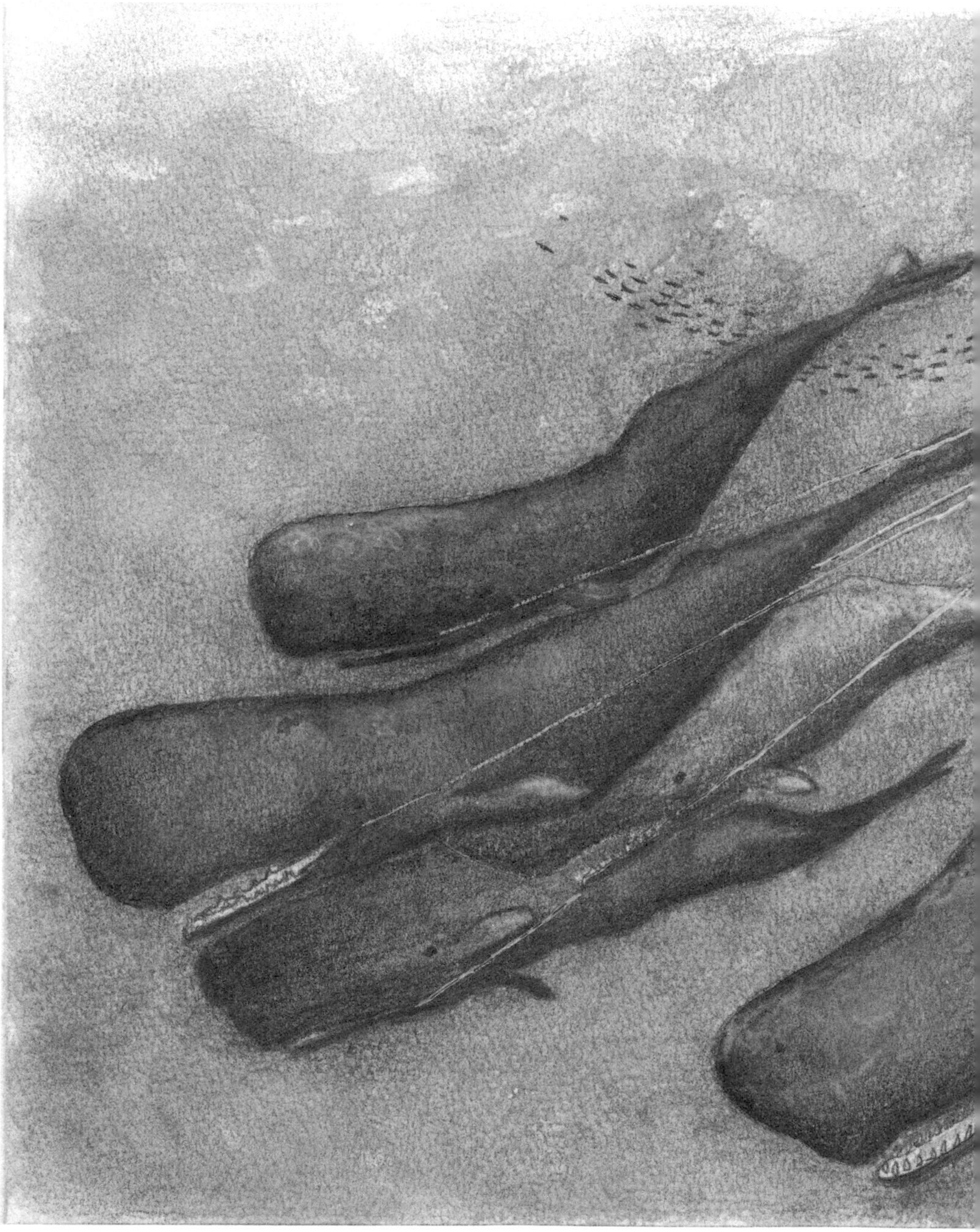

在這次的行動中，功勞最大的是鼬鼠葛佩與水獺荷拉吉。船內再狹小的角落，葛佩都能夠鑽進去仔細檢查。至於水獺荷拉吉，則對水的特性瞭如指掌。牠找出了船上所有防水強度可能不夠的位置，一一加以補強。

檢查完成後，雪丸對馬克喊道：「檢查完畢，出發！」

所有鯨魚同時咬住繩索。雪丸趕緊拉開艙門，從甲板鑽進了船艙內。

馬克以四十五度的角度朝著海中潛行，其他四隻鯨魚也緊跟在後。

廐戶號一眨眼間從海面上消失，沉入了海中。

到達約水深三百公尺處時，馬克改為水平往前游。廐戶號無聲無息的在深海裡破水前進。

從窗戶望出去，外頭的海底世界一片漆黑。所有的光線都遭到了阻隔，令人心底發毛。在如此漆黑的海中，難道也棲息著生物？龍二的心中忽然有股強烈的孤寂感。

矮黑猩猩馬馬取來了一支強效手電筒，龍二才鬆了口氣。這次的經驗，讓龍二深深感覺到自己是活在光明世界的動物。

「原來海裡這麼黑。一想到此時自己置身在一片漆黑的世界裡，就覺得好孤獨，簡直連內心也變成了灰色。」

「別這麼沮喪。來看看這個，打起精神吧。」

馬馬將手電筒照向窗外。

光線照出了一隻半透明的水母，在海水中懸浮著。那水母似乎不喜歡光，搖搖擺擺的逐漸遠離視線範圍。緊接著是一隻從未見過的魚兒自窗外輕盈的游過。

「哇啊！太厲害了！」龍二忍不住大喊，將臉貼在玻璃上細看。就在這個時候，一尾大鯊魚自船的附近通過。

「那叫『皺鰓鯊』，模樣很有趣吧？」

太子博士不知從何時開始，竟來到了龍二的身邊。

「相當神奇。不僅頭特別大，而且長得好可怕。要是張開嘴，一定很嚇人吧？」龍二轉頭問。

「嗯，就算是大魚，也會被牠一口吞下。通常這種魚只棲息在水深五百公尺以下的深海，但有時也會游到較淺的地方來溜達。目前我們對深海的生態幾乎一無所知，就像個廣大的神祕世界。」

「我好想見識一下。太子博士，能不能讓船潛得更深一點？」

「我也很想，但廐戶號是一艘木造船，這個深度已經是極限了。要是潛得更深，水壓會把船壓扁。龍二，你要是有興趣，將來可以把深海當成研究主題。」

太子博士和顏悅色的說完，吸了一口菸斗。

各式各樣的深海生物陸續通過窗外，那景象有如介紹神奇國度生物的電影畫面。

「好了，就看到這裡吧。我要關掉手電筒了。」馬馬說道。

「馬馬，再開一會嘛。搞不好會有什麼新發現呢。」

「不行，不能浪費電力。我們不知道會在海裡潛行多久，要是電池沒電可就麻煩了。」馬馬說完之後，果斷的關掉了手電筒。

眼前瞬間變得一片漆黑。

就在這時，猴子奇奇拿著一盞提燈走了過來，周圍再度變得明亮。

「馬馬好嚴格。來，用這個吧。」奇奇一面說，一面將提燈湊向窗邊。

「謝謝你，奇奇。有光讓我安心不少。我很感謝你的好意，可是……」

提燈的光雖然朦朦朧朧的照亮了窗外，但深海的黑暗實在太過深邃，僅憑一盞提燈的微弱光芒根本什麼也看不到。

龍二在黑暗中靜靜的坐著不動，不久後就睡著了。

不知過了多久，周圍的嘈雜聲響讓龍二從睡夢中醒來。

「浮上海面！」不知何處傳來雪丸魄力十足的指令聲。

鯨魚們同時放開嘴裡的繩索，來到了廄戶號的下方。如果讓鯨魚們拉著船急速上升，船身會嚴重傾斜。如此一來，船上囤積的貨物都會滑向同一邊的角落，讓船身的重量失去平衡。在這樣的狀態下浮出水面，船身將無法維持正常的懸浮姿態。雖然海面上的風雨應該已經減弱，但偶爾還是會有突如其來的大風浪。如果運氣不好，要是有大浪撞上船身，廄戶號可能就會翻覆。為了避免這個危險，個性謹慎的雪丸指示鯨魚，從船底將船水平往上抬升。

隨著廄戶號在海中緩緩上升，窗外透入的亮光也逐漸增加，船艙內漸漸變得明亮。那感覺彷彿是揮別了黑夜，迎接黎明的到來。唯一的不同點，是看不到東升的旭日。

不一會兒，廄戶號的船身完全露出水面，平安完成了上浮的過程。雖然海面上的浪頭依然不小，但暴風雨已朝著北方逐漸遠去。

所有隊員都來到了甲板上，開心的手舞足蹈。小百合激動的抱著博士，一滴滴眼淚自臉頰滾落。

鯨魚馬克再度引領著左右兩側的四隻鯨魚緩緩拉船前進。牠們同時噴出了水柱，彷彿也在為平安度過危機感到開心。

甲板上的所有隊員依著雪丸的號令，同時高舉雙手大聲歡呼。

「我們現在在哪裡？」龍二以望遠鏡望向遠方，一面問博士。

「美拉尼西亞區域，索羅門群島的東方一帶。原本以為航行計畫已經被颱風打亂，如今看來還在預定的航線上。」

「到南半球了？這麼說來，我們已經通過赤道了？」

「沒錯，在深海潛行時，船已經通過了赤道。接下來我們會一口氣南下，通過復活節島附近，然後一路朝著秘魯前進。放心吧，一定會很順利。」

龍二放下了心中的大石。雖然很想見識一下復活節島上最著名的巨大摩艾石像，但現在可沒有時間。

突然間，廏戶號停了下來，馬克的身影也消失了。

其他鯨魚也放開繩索，各自休息去了。

這裡的位置幾乎是在赤道上，太陽不斷自頭頂正上方灑下灼熱的光線。藍色的天空萬里無雲，唯有極遠處的北方水平線附近可看到小小的積雨雲。那一帶想必正下著劇烈的驟雨吧。

隔了一會兒，馬克回來了，身旁還帶著一隻陌生的抹香鯨。馬克不斷對著博士說話，博士認真聆聽，頻頻點頭。

隨著馬克前來的抹香鯨，名叫沙珊凱夏羅。經馬克介紹之後，牠將身體垂直抬出水面，發出有如吹口哨般的尖銳聲音，向太子博士打招呼。

「馬克應該告訴你目的地了吧？那就萬事拜託了。」

博士向沙珊凱夏羅客客氣氣說完話之後，對所有隊員說：「從這裡到秘魯，將由居住在南半球的抹香鯨沙珊凱夏羅為我們帶路。因為接下來的航海路線將進入南半球，原本為我們拉繩子的馬克及其他四位同伴都屬於北半球的抹香鯨，牠們對南半球的海洋並不熟悉。全世界許多海域都有抹香鯨的蹤影，甚至連北極海及南極海也不例外。就親緣關係來看，北半球共有六群抹香鯨，南半球在太平洋和大西洋則各有一群。就像人類社會包含各種不同的民族，抹香鯨的群體也有著『支序群』的差別。每個支序群的語言都有一些微妙的不同，但這方面的研究還不夠充分，詳情我也不太了解。

南北兩半球的成員雖然不時有跨越赤道的行為，但不同群絕對不會混雜在一起生活。話雖如此，族群之間也不會鬥爭，而是維持著非常和平的往來。相較之下，經常因民族、國家問題而發生爭執的人類，實在應該向這些鯨魚看齊。

馬克經常跨越赤道進入南半球，所以與沙珊凱夏羅成了好朋友。沙珊今年五十歲了，對南半球的地理環境非常熟悉。只要有牠帶路，我們一定能平安抵達秘魯。而且牠還擁有豐富的氣象知識，能夠事先預測暴風雨並巧妙避開。來，大家在甲板上排成一列，好好向沙珊凱夏羅打個招呼吧。」

大家照著博士的吩咐向沙珊凱夏羅打了招呼，牠對著排列在甲板上的隊員們再度吹起口哨，意思是「請多多指教，放心交給我吧」。

龍二與荷拉吉並肩站在船首，眺望著大海。這時風平浪靜，整個海面一直到水平線就像一大片經過打磨的光滑鏡面。

「船真的在動嗎？」龍二問荷拉吉。

「你往下看，船頭有水花，不是嗎？」

龍二照著荷拉吉所說的低頭一看，船頭的前端確實不斷冒出破浪的白色水花。

相較之下，拉著船的鯨魚卻有如在海面上滑行，沒有濺起一點水花。

接下來的航程，多虧了沙珊凱夏羅，一路非常順遂。牠不時與遠方的同伴聯絡，打探天候，確保航海的過程安全無虞。

沙珊凱夏羅與同伴聯絡時，使用的是抹香鯨專屬的特殊遠距離通訊技術。簡單來說，就是利用一千公尺深的特殊海層「深海聲道」來傳遞聲音。一般情況下，在海中發出的聲音會往四方分散，因撞擊海面或海底而減弱，但在一千公尺深的特殊海層裡，聲音能夠朝著發出的方向集中前進，完全不會分散，所以能夠傳遞到很遠的地方。如果是低頻的聲音，傳遞距離甚至可以達到數百至數千公里。抹香鯨在通訊的時候，使用的是八赫茲的低頻聲音。就算是耳力再好的人類，也沒辦法聽見十赫茲以下的聲音。所以抹香鯨發出的那些訊息，人類是聽不見的。

潛入水下一千公尺的深海，對抹香鯨來說並非難事。因此特殊海層「深海聲道」成了抹香鯨的專用遠距離通訊裝置。

有沙珊凱夏羅領航，廄戶號再也不曾遇上暴風雨，平安抵達了秘魯海岸。

納斯卡臺地

廏戶號抵達了位於秘魯西海岸的柯佩拉村。在這個村子附近，有一間郵局，是從蘇門答臘到南美的飛鳥郵件跳島運送服務的其中一站。

博士派出八咫烏建角與紫綬帶貝卡哈雅先前往查勘。這一天非常炎熱，就算什麼也不做，也會直冒汗。兩隻鳥卻似乎對炎熱絲毫不以為苦，精神奕奕的展翅高飛。

兩天後，建角與貝卡哈雅回來了。

根據牠們的描述，飛鳥郵局的位置在距離柯佩拉村約五十公里遠的森林之中。郵局的局長是一隻金剛鸚鵡，底下有一群鳥兒負責將一封封小信運送至各地區。近距離的郵件由虎皮鸚鵡負責，遠距離的郵件則由金剛鸚鵡負責。

建角問局長關於黑頭鬼鴞的住處，局長歪著腦袋回答：「唔……黑頭鬼鴞啊？那是安地斯地區的高處森林的鳥……啊，對，我想起來了。不久前我曾經送過牠寄出的限時信，經由蘇門答臘，送到遙遠北方一個叫日本的國家。那是我第一次聽到日本這個國名，所以留下了深刻的印象。至於詳情，可能要問負責安地斯地區的托托才知道。安地斯地區的信每星期只收一次，托托剛好今天傍晚會回來，你們稍微等一下吧。」

探聽到了關於黑頭鬼鴞下落的線索，建角不禁鬆了口氣。到了這天傍晚，金剛鸚鵡托托回來了。建角立即問牠黑頭鬼鴞的住處，牠這麼回答：「唔……好一陣子了。有一次，我經手了一封要寄到遙遠北方國家的限時信。平常很少有這樣的信，我不知不覺就記住了。我是郵差，只負責送信，關於寄信人的事是不太過問的。等等，你說黑頭鬼鴞嗎？我記得，牠的郵件都是由越過了安地斯山脈的庫魯魯村森林郵局負責代收。那是個很小的村子，連我也很少去。那裡的郵局局長是一隻紫藍金剛鸚鵡，外表看起來英氣挺拔。別的不說，光是那體格就壯碩得嚇死人。我在鸚鵡中也算是大隻了，跟牠比卻是小巫見大巫。我真的搞不懂，到底要吃什麼東西才能長成那樣。你只要見了牠，應該能打聽出黑頭鬼鴞的住處吧。那裡可是窮鄉僻壤，像我們做鳥的只要飛飛就到了，你那些朋友如果只能用走的，那可累人了。還有，這裡的村子是會遷移的，飛鳥郵局的位置當然也會跟著改變，而且說變就變，沒什麼規則可言。

紫藍金剛鸚鵡那傢伙，好像連腦袋的構造也跟我們不同。有一次，牠竟然一口氣交給我差不多等於我體重一半的信。當然憑我的能耐，勉強還拿得動，但如果我是虎皮鸚鵡，豈不是被牠累死了。重量違反規定就罷了，你聽了可別吃驚，那傢伙交給我的運費竟然只有兩條小魚。兩條小魚在這裡連兩根辣椒也換不到。我向牠抱怨運費不夠，牠竟然要我自己補足……」

「謝謝，我完全了解了。」

八咫烏建角趕緊道謝，沒有再讓金剛鸚鵡托托繼續抱怨下去。中途打斷別人的話雖然很失禮，但如果不這麼做，托托不知道還要說多久。

建角咕噥道：「唉，那個托托真是讓我開了眼界。牠的話匣子一開，好像永遠不會關上。雖然我很想再問清楚，但實在不想再跟牠糾纏下去，反正該知道的都知道了，趕緊告辭離開吧。」

建角說完之後，轉頭望向貝卡哈雅。牠只是輕輕點頭，說了一聲「嗯」。

「建角，謝謝。既然查到了黑頭鬼鴞的下落，下一步就是調查納斯卡的地面畫。想要印證黑頭鬼鴞說的話，最好的方法就是親自找出巨大星尾獸的地面畫。當然我相信牠不會騙我……」

太子博士一臉嚴肅的環視所有隊員，彷彿想要提振大家的士氣。

如果太子博士的推測出了錯，這些日子以來大家的努力都會化成泡影。何況黑頭鬼鴞說的那幅巨大地面畫就算真的看起來像是星尾獸，也不代表星尾獸到今天依然存活著。龍二的內心閃過了一抹不安，但轉念又想，既然風叔叔這麼肯定，應該不會有錯才對。於是龍二重新打起精神，將憂慮拋到腦後。

「現在我們出發前往納斯卡！」

太子博士信心十足的說道。由於對當地的環境不熟，他又請了金剛鸚鵡托托帶路。

納斯卡臺地位在一片名為「彭巴平原」的荒涼地區。這裡的土地寸草不生，只有石塊與沙粒，與沙漠非常接近。黑頭鬼鴞所說的那些巨大地面畫，就是畫在這片荒地上。這些由古代納斯卡人所繪製的巨大圖畫，能夠流傳到今天而沒有遭到破壞，是因為這片荒地平常人跡罕至，只偶爾有商人騎著大羊駝經過。

一陣陣熱風迎面拂來。

就算站著不動，全身也會冒出涔涔汗珠。

龍二滿懷期待的在荒地上左顧右盼，卻看不到任何圖案。

「小百合，妳有沒有看到什麼圖案？我好像什麼也沒看到……」

「我也努力在找……但沒找到。我們問問博士吧。」

太子博士正跨坐在黑駒上，以彷彿要貫穿一切的銳利視線凝視著這片荒地。龍二與小百合受到那股氣勢震懾，不敢輕易上前搭話。

博士跳下黑駒，跨出大步緩緩走入荒地之中。龍二與小百合默默跟在後頭。

最後博士在一條石溝旁停下了腳步。那石溝寬約一公尺，深約三十公分。博士仔細觀察石溝的走向。

「龍二、小百合，你們來看看，這個溝應該就是地面畫的一部分。黑頭鬼鴞說納斯卡的地面畫非常巨大，要從空中才能看清全貌，我們沿著這道溝走一走，或許能猜出這個圖案是什麼。」

博士說完再度邁步，兩人繼續跟在後頭。

大約前進了二十公尺，那道溝忽然轉了一百八十度，回頭與剛剛的溝呈平行，再前進了一段，又轉一百八十度。像這樣的線段重複了五次，就好像沿著人的五根手指外側邊緣畫一條線。如果要一筆畫出手的模樣，大概就會畫出像這樣的線條吧。但這個圖相當於中指的部分特別長，幾乎是其他手指的兩倍。

博士走到了第五根手指，也就是相當於小指的位置，停下了腳步，說道：「這部分似乎是某種動物的前肢，但這道溝還在繼續延伸，光是沿著溝走，要猜出這幅畫的主題還是有些困難，果然還是得從空中看才行……」

博士說到這裡，八咫烏建角忽然從空中飛了下來，彷彿聽見了博士的召喚。

「好神奇！好神奇！附近到處都有地面畫呢！」建角興奮的說道。

「你來得正好，我正想找你幫忙呢。我們剛剛試過沿著這條溝走，推測這應該是某種動物的前肢，但這畢竟只是畫的一部分而已。建角，你從空中看，應該能看出整體吧？」

「是啊，從空中往下看，可以看到好多圖案，真是太令我吃驚了。博士，你剛剛說看起來像動物前肢的部分，其實是鳥類的尾巴。這幅畫就好像是從正上方往下看一隻鳥，可以說是名副其實的地面畫。雖然看不出來這是什麼鳥，但牠有著很長的鳥喙，可能類似吸花蜜的蜂鳥吧。但如果只是沿著溝走，感覺只會像是走進了迷宮裡，根本無法分辨那是什麼圖案。例如這隻鳥，光是從鳥喙到尾巴的前端就有一百公尺，即使繞一圈也要花上不少時間。」

「建角，我明白了。可惜除了你與貝卡哈雅之外，其他隊員都不會飛。若能仔細研究這些地面畫，一定很有意思，但我們現在沒有時間。得趕緊找出黑頭鬼鴞說的那幅星尾獸的圖畫才行。建角，請你辛苦點，快幫忙找出星尾獸。」

建角點點頭，振翅沖上了天空。

不知從什麼時候開始，包含雪丸在內的所有成員都來到了博士的身邊。沒有人開口說話，就連平日個性急躁的猴子奇奇，此時也一臉嚴肅。

所有隊員心中都在想著同一件事。八咫烏建角的回報結果，將決定「星尾獸探險隊」的命運。大家實在不願意想像……如果建角找不到星尾獸的圖畫，該如何是好。

到時候就算是踏遍這片荒地的每個角落，也要找出星尾獸的圖畫。因為照理來說，黑頭鬼鴞實在沒有理由說謊。

建角遲遲沒有回來。難道真的找不到嗎？所有隊員的心中都蒙上了一層陰影。就在這時，忽然傳來了一陣彷彿要折斷翅膀的強烈振翅聲。建角全力朝著隊員們的方向疾飛而來。

「找到了！我找到了！」建角以沙啞的聲音嘶喊著。

隊員們同時高聲歡呼，臉上喜形於色。

「水、水……先給我水！」

雪丸遞出水壺，建角咬著水壺連灌了好幾口水，才說道：「我找到了，跟黑頭鬼鴉描述得一模一樣！那幅畫被一塊紅褐色的石頭遮住了，不太容易找，而且我又另外辦了件事情，所以回來晚了，真是抱歉！」

猴子奇奇以尖銳的聲音大喊：「搞什麼，原來你跑去摸魚了！一定是找到了什麼好吃的東西吧？虧我們在這裡等你這麼久，真……真是太可惡了！」

奇奇想要跳出去跟建角理論，水獺荷拉吉趕緊拉住牠。

又過了一會兒，貝卡哈雅也飛了回來。牠在空中翻滾了一圈，大喊：「我也看到了！真的跟黑頭鬼鴉說的一模一樣！」

綽號「三光鳥」的貝卡哈雅，以宛如女高音般的高亢音色發出了獨特叫聲。

「月——日——星！月日星！啾啾啾！月日星！」

貝卡哈雅搖擺著長長的尾巴，在空中手舞足蹈。

「很好！那幅畫在哪裡？」

「在對面那座小山丘的山腳下！」建角大聲說道。

「但從這裡什麼也看不到。」

「請放心，我安排好了。等等你們就知道！」建角自信滿滿的說道。

過了一會，西方的藍色天空上竟然出現一些黑點。仔細一數，共有六點，而且愈來愈明顯。竟然是六隻神鷲。

六隻神鷲愈飛愈近，隊員們才發現牠們大得嚇人，翅膀的長度至少超過七公尺。而且在六隻神鷲的底下，還垂吊著一個僅能容得下一個人的籃子。

「那是什麼？」博士問。

「納斯卡國王上天空的特製交通工具，納斯卡語稱作『奎特』。」

「那些巨大的神鷲是……？」

博士的口氣也顯得異常興奮。建角舉起了牠的第三隻腳。每當牠心中得意的時候，就會做出這個動作。

「是帕烈歐大神鷲，居住在安地斯的高山上。平日絕不在人類面前露臉，所以沒人知道。我剛剛說去辦事，其實是去找了脖子上有白色彎月圖案的安地斯渡鴉，請牠幫忙叫喚這些帕烈歐大神鷲。牠們這麼快就到了，真是太好了。」

大神鷲們無聲無息的降落在地面上。

站在最前頭的一隻大神鷲微微張開翅膀，「咕咕」叫了兩聲，朝博士等人點頭行禮。緊接著其他五隻也低聲鳴叫，微微點頭。不愧是納斯卡宮廷之鳥的後代，非常彬彬有禮。

「謝謝，那就麻煩你們了。」

太子博士笑臉盈盈的坐上了籃子。

領頭的大神鷲一下指令，六隻帕烈歐大神鷲同時張開巨大的翅膀，飛上了天空。

籃子的高度愈來愈高，到達了大約三百公尺的高空中，大神鷲們慢慢轉變為水平移動。

從高空中可以將地面畫看得一清二楚。圖畫的主題五花八門，有鯨魚、蜻蜓，還有類似狐狸的圖畫。此外還有猴子，也是相當清楚易辨。乍看之下毫無關聯的動植物，雜亂無章的散布在各處。為什麼要畫蜘蛛及那些三角形？雖然想不透原因，但當初的繪製者一定有理由。當時的納斯卡國王應該就是像這樣乘坐在由帕烈歐大神鷲所拉的籃子上，從空中觀賞著地面畫吧。雖然非常耐人尋味，但現在沒有時間一一細看。總而言之，必須先找出星尾獸的圖畫。

「就在那裡，應該看得見了吧？」八咫烏建角說道。

「啊，我看到了。那幅圖真大，半圓形的直徑應該有五十公尺以上吧。跟黑頭鬼鴞畫給我的圖一模一樣。半圓形的左上角缺了一塊，看起來像是坡度平緩的丘陵。嗯，沒錯，那邊有棍棒，棍棒的前端有很多粗大的尖刺。數量不少，大概有十幾根吧。真是太好了。」博士不禁大為感動。

「但這幅畫真的是星尾獸嗎？」

「跟星尾獸一模一樣。只不過其他線條使用了紫外線的顏色，只有鳥類看得見，人類看不見。」

「這麼說來，連納斯卡國王也看不見？為什麼他們要畫一幅連國王也看不見的圖畫？」

「這就是最難以理解的地方。我猜納斯卡國王可能擁有看見紫外線的能力。」

「為什麼有這樣的推論？納斯卡人沒有文字，當然也沒有留下任何能當作證據的文獻。」

八咫烏建角輕咳一聲，高高舉起從胸口露出的腳，說道：「不，應該有。那就是曾經繁榮於中美洲的馬雅文明所使用的文字。那是一種像圖畫一樣的圖形文字。其實附近有很多看起來跟馬雅文很像的字……與其說是字，不如說是記號更貼切。但這些字都是以紫外線的顏色所寫成，所以一般人類看不見。我猜納斯卡的王室成員應該擁有看得見紫外線的視覺能力。為了讓那些文字永遠只有王室的後代子孫能看見，古代納斯卡人才會以紫外線的顏色書寫。

王室的祖先可能有某個成員突然出現視覺系統的基因突變，獲得了看得見紫外線的能力，這個能力遺傳給後代子孫，所以王室成員都看得見紫外線。那些紫外線的圖形文字多半寫著一些王室的祕密。」

「很有趣的推論，而且很可能說中了真相。但最重要的是這幅星尾獸的圖畫，你能不能畫出來讓我看看？我想確認紫外線的部分是不是也跟黑頭鬼鴞畫的一樣。」

博士拿出筆記本跟鉛筆。八咫烏建角以腳爪靈巧的抓住鉛筆，依著地面上以紫外線的顏色所畫的線條，畫出了地面畫的圖案。

「嗯，真的一模一樣。星尾獸是近代學者以挖掘出來的化石所取的學名，這幅圖裡的動物是不是跟星尾獸屬於同種生物，我也不敢肯定。但至少一定是某種類似犰狳的雕齒獸亞科動物。」

博士請建角讓籃子回到地面，想要趕快宣布這件事，好讓大家安心。

回到地面後，太子博士把天空上看見的情況告訴了隊員。接著他陷入了沉思，所有隊員都沒有開口說話，靜靜的等博士進一步說明。

龍二從來不曾見過博士露出這樣的表情。平常的博士總是非常開朗，但認真思考某件事情的博士，卻給人一種難以形容的嚴肅。

「嗯，很多事情都釐清了。至少在畫這幅畫的時代，星尾獸一定還存活著，而且很可能被視為具有靈力的神明使者，受到納斯卡國王的重視與保護。星尾獸不僅代表古代納斯卡的歷史，更是解讀古代納斯卡圖形文字所不可缺少的神獸。

如果真的是這樣，那麼還有兩個疑點。第一，巨大樹懶之類的哺乳類動物，都在大約一萬一千年前滅絕了，為什麼星尾獸能存活下來？第二，黑頭鬼鴞所生存的王國，真的是納斯卡王國的後代所組成的王國嗎？全世界都以為納斯卡王國大約一千年前就滅亡了，如果這個國家真的在與世隔絕的情況下殘存著，身為納斯卡神獸的星尾獸依然存活到今天的可能性也很高。當初，我問黑頭鬼鴞，星尾獸是不是還存活著？黑頭鬼鴞並沒有否認，只說要我自己去證實。牠沒有否認，我將牠的反應解釋為星尾獸確實還活著，所以才組成了這支星尾獸探險隊……

但要解開這些疑點，我們就得找出黑頭鬼鴞才行。雖然我很想好好研究那些納斯卡的地面畫，但我們沒有那麼多時間。黑頭鬼鴞現在似乎正處於生死交關的危險狀態，一分一秒都不能浪費。好了，快離開這裡，出發尋找黑頭鬼鴞吧。」

太子博士恢復了開朗的神情，精神奕奕的下達指示。

小百合問博士：「全世界沒有人知道這些納斯卡的地面畫？」

「住在附近的人，或許知道大地上有些圖案，但沒有人仔細調查過那些圖案到底是什麼。至於不住在這裡的人，當然對這些地面畫更加不感興趣了。」

「如果是這樣的話，光是這些地面畫，就是了不起的大發現吧？我們回去之後只要發表出去，全世界的人應該都會嚇一跳。」

博士一臉嚴肅的搖頭說道：「不能為了得到讚美而輕易洩漏這個消息。一旦這麼做，媒體記者及看熱鬧的人都會湧進這個地區。如此一來，這些地面畫就會遭到破壞。我們一定要謹慎，確實建立起了調查與保護的制度之後，才能對外公布。何況我們現在並沒有時間處理關於地面畫的事。雖然目前還不知道納斯卡的後代及黑頭鬼鴞到底遇上了什麼危險，但我們一定要盡早幫忙才行。這趟探險的目的打從一開始就不是地面畫，而是找出存活的星尾獸。」

「我知道了……」小百合停頓了一下，接著以斬釘截鐵的語氣說道：「等到這趟探險結束之後，請允許我繼續留在這裡，我想好好研究這些地面畫。我已經下定決心了。過去我一直想不到未來該做些什麼樣的工作，我不像龍二那樣很早就決定要當動物學家……我一直覺得自己太優柔寡斷，所以有點羨慕龍二。但現在我看了那些地面畫，又聽了博士的解釋，我心裡的迷惘逐漸消失，看見了未來該前進的方向。請讓我留在這裡，我會一邊工作一邊學習這個國家的語言，之後進入大學好好學習考古學的基礎，未來當個考古學家。不管再怎麼辛苦，我都有信心能夠堅持下去。比起小時候吃的那些苦，我不害怕未來的艱辛。」

小百合的臉上帶著充滿希望的樂觀表情。她凝視著太子博士的眼睛，一鼓作氣說完這些話。

「妳能下這樣的決心，我很高興。但這件事，等我們要回國的時候再來討論吧。在那之前，我會把妳的話牢牢記在心裡。總而言之，我們先達成這次探險的任務。」

博士恢復了風叔叔的表情，臉上帶著溫柔的微笑。

荷拉吉不吹牛皮不吹牛皮

太子博士聚集了所有隊員，說道：「黑頭鬼鴞說得沒錯，我親眼看到納斯卡的地面畫中有一幅星尾獸的圖畫。由此可知，星尾獸一直存活到了那個時代。但問題在於星尾獸至今是否依然存活著。要找出這個問題的答案，我們必須與黑頭鬼鴞見上一面。只要到庫魯魯村的飛鳥郵局，應該就能問出黑頭鬼鴞的下落。所以我們的下一個目的地是庫魯魯村，托托應該能為我們帶路。」

八咫烏建角將擔任嚮導的托托帶來與隊員們見面。

博士問托托：「庫魯魯村大約在安地斯山脈的哪個位置？」

金剛鸚鵡托托歪著腦袋想了一會，說道：「唔……有點難解釋。我們飛鳥郵局的郵差都是從庫斯科的中央郵局領取郵件，然後配送到散布於安地斯山脈各地的村落。只要從空中往下看，要找到目的地的村落一點也不困難。

但唯有庫魯魯村，實在讓我很頭大。我曾經到處問，卻打聽不出確切的地點。為了找到庫魯魯村，我可不知吃了多少苦頭。原因就在於庫魯魯村實在太難找了。從這裡越過安地斯山脈之後，大約從海拔一千五、六百公尺的範圍開始，就會進入熱帶雨林，庫魯魯村就在那一大片雨林裡。從空中根本看不出藏在原始森林裡的村落，好在我那次相當幸運，剛好遇到庫魯魯村的郵局局長紫藍金剛鸚鵡飛在森林上空。」

「以方向來看，庫魯魯村在庫斯科的哪個方向？距離大概多遠？既然是在熱帶雨林，應該已經進入了巴西的領地了吧？」

「方向在庫斯科的北北東，距離的話……大概五、六百公里吧。是不是巴西領地，我並不清楚。國界這種東西是人類自己認定的，跟我們鳥類無關。」

「哈哈哈，這麼說也對。」博士哈哈大笑，接著說道：「嗯，我大概知道庫魯魯村的位置了。那一帶都是原始森林，在地圖上屬於什麼都沒有的無人地帶。托托是從空中前往，畢竟容易尋找，而且也容易抵達。如果要靠走路，中間可是有高山、深谷和斷崖，恐怕會很辛苦。而且不知道得走上幾天，食物及物資都得準備充足才行。不如我們先到庫斯科補充物資吧。那是一座大城市，大部分的東西都買得到。」

從納斯卡臺地往東登上安地斯山脈，就會抵達從前的印加帝國首都庫斯科。這是一座位在海拔約三千五百公尺高地上的大都市，市區裡還保留著大量印加帝國的遺跡。每一座遺跡都讓小百合看得兩眼發亮，但現在沒有時間讓她慢慢觀察。接下來探險隊將展開一場遙遠的旅行，除了食物之外，還得準備好帳篷之類的用具，以因應有時可能要露宿野外的情況。當然安地斯的山區到處都有村落，要補給食物及尋找過夜處應該不算太難。大羊駝幫忙搬運所有物資，隊員各自分配到負責管理的項目。

準備工作花了比預期更多的時間，費了好一番工夫才終於出發。

在金剛鸚鵡托托的嚮導下，探險隊騎著大羊駝朝庫魯魯村前進。大羊駝是南美的特有種，屬於駱駝科，生活在海拔二千三百到四千公尺的高地草原上。牠們沒有像駱駝一樣的駝峰，卻有著長長的脖子及細長而優美的四肢。身高平均約一百一十五公分，體重約一百四十公斤，自古以來就被人類當成家畜，用來搬運物品或當作座騎。即使到了現代，在一些交通不便的地區，大羊駝依然是重要的代步動物。

探險隊的隊員們都是第一次接觸大羊駝語，完全聽不懂牠們在說些什麼，唯有語言天才雪丸很快就能夠與大羊駝溝通了。

隊員們都是騎茶褐色的大羊駝，雪丸為了讓隊員們能隨時找到自己，所以騎的是一身雪白的大羊駝。

至於八咫烏建角，則肩負起傳令員的職責，與博士一同坐在黑駒上。

一行人在海拔約三千公尺的山區地帶不斷前進。周邊一帶的高地草原上，散布著一群群野生的小羊駝家族。小羊駝也是駱駝科的植食性動物，大致上來說和大羊駝算是親戚，但體型比大羊駝小巧、纖細，動作也比較輕盈。

不久，隊伍進入了一處陡峻的斷崖，崖面幾乎與

地面垂直，通道是從崖面的巨石上切削出來的。若往崖下俯瞰，可看見遙遠的崖底有一條閃爍著銀色光輝的溪流。天空萬里無雲，卻呈現深邃的靛青色，太陽不斷釋放出灼熱的光芒，彷彿正在燃燒一般。

這條路平常似乎很少有人通行，路面上不時有大小石塊阻礙前進。大羊駝們似乎對這些石塊早已司空見慣，總是以腳抵住石面，輕輕巧巧的縱身一跳，就跳過了石塊。然而一旦著地失敗，恐怕就會墜入萬丈深谷。因此每次大羊駝一躍起，龍二總是忍不住捏一把冷汗。

通過了碎石遍布的荒地之後，隊伍又進入了草原之中。從前的印加帝國，應該有不少人背著沉重的行囊，在這條路上往來吧。印加帝國的君王，不曉得都是些什麼樣的人？還有，納斯卡王國的後代，真的祕密維持著王國一直到今天嗎……就在龍二胡思亂想的時候，背後突然傳來了一聲慘叫。

轉頭一看，水獺荷拉吉竟然摔倒在地上。龍二趕緊跳下大羊駝，跑到荷拉吉的身邊，抱起牠問道：

「怎麼了？大羊駝把你甩下來嗎？」

荷拉吉以有氣無力的撒嬌聲音說道：「奇奇突然推我！我什麼事也沒做，牠竟然這樣對我，真是太過分了！」

荷拉吉所乘坐的那隻大羊駝，背上兩側各背著一個籃子，一邊坐著猴子奇奇，一邊坐著水獺荷拉吉。天性好動的猴子奇奇似乎很享受這趟大羊駝之旅，正在高聲唱歌。

「奇奇，怎麼了？為什麼要推荷拉吉？」

龍二以略帶指責的語氣問奇奇。

「我才沒有推牠呢。我怎麼可能做那麼粗魯的事？是荷拉吉嫌我唱歌太吵，我故意唱更大聲，牠突然伸手摀住我的嘴巴，我撥開牠的手，牠就自己掉下去了。牠的反應實在是太誇張了，你不用理牠啦！」猴子奇奇若無其事的看著天空說道。

龍二決定先把荷拉吉帶回自己的大羊駝上，接著才問：「荷拉吉，剛剛到底發生了什麼事？你要實話實說，不能只想著要為自己脫罪。現在不是吵架的時候，大家正朝著重要的目的地前進，一定要好好相處。只要你說出真話，心裡應該會覺得好過點吧。荷拉吉，老實告訴我，你是不是吹了什麼牛皮，惹奇奇生氣了？」

荷拉吉一臉沉重的想了一會兒，忽然像是下定了決心，抬頭說道：「我想喝水。我的水壺空了，喉嚨好乾，沒辦法好好說。」

聽荷拉吉這麼說，龍二拿出水壺。荷拉吉接過水壺，朝嘴裡猛灌，轉眼間就喝光了壺裡的水。

「呼，舒服多了。事情是這樣的……我的身體已經好幾天沒泡水了，太陽又這麼大，晒得我皮膚好乾，喉嚨也好渴。我的心情愈來愈煩躁，奇奇那傢伙卻開心的唱起歌來。我想說稍微吹點牛皮，心情應該會好一些，所以就主動向奇奇搭話了……」

「奇奇，看你現在唱歌唱得這麼開心，但我心裡有個疑問。在納斯卡臺地發現猴子的圖畫時，你原本很高興，後來卻臉色發青，看起來很沮喪，那是怎麼回事？」

「你少騙人了，我的臉是紅色，怎麼可能變成青色？」奇奇說道。

「唉，沒知識的小子，我真是服了你。臉色發青是人類經常使用的形容詞，意思是在臉上表現出驚訝或害怕。如果人類的臉變成像天空一樣的青色，那不就成了妖怪嗎？」

「是嗎？你這個解釋，我也不太相信。等等我會向雪丸先生確認，人家可是聖德太子的高徒。」

奇奇似乎不想理會荷拉吉的糾纏，故意冷冷的看著天空。

荷拉吉看了奇奇那愛理不理的態度，心裡更是冒出怒火。其實打從一開始，荷拉吉就想要打壞奇奇的好心情。

發現納斯卡的地面畫時，所有隊員都顯得既關心又興奮，唯獨荷拉吉的內心充滿了煩躁。因為陽光實在太強，自己又好幾天沒有泡水，體毛變得又乾又硬，全身好像要燒了起來，哪還有心思欣賞什麼畫。就在荷拉吉好不容易壓抑下鬱悶的情緒時，奇奇卻因為發現了類似猴子的地面畫，而露出得意洋洋的表情。荷拉吉見了奇奇那副模樣，更是怒火中燒，決定要挫挫牠的傲氣。不久後，荷拉吉和奇奇剛好乘坐同一隻大羊駝，荷拉吉心想這正是大好機會。

「喂，奇奇，怎麼不好好聽我說話？真是太任性了。你看見地面畫的猴子圖案，原本手舞足蹈，後來卻又臉色發青，露出沮喪的表情，一定是因為你發現自己的尾巴太短，覺得很不甘心，對吧？我可是看到了，你那時候摸了一下自己的屁股。不過你放心，從前的日本獼猴也是有著非常方便的長尾巴。你知不知道，為什麼現在日本獼猴的尾巴變得這麼短呀？」

奇奇露出了好奇的表情，轉頭望向荷拉吉，嘴上卻說道：「你別亂猜，我哪有不甘心。那時候我只是覺得尾巴有點癢，所以伸手抓了抓。你說日本獼猴以前尾巴很長，一定又是騙人的吧？你這個傢伙最會吹牛皮了。」

荷拉吉輕咳一聲，說道：「現在的孩子真是一點常識也沒有，不曉得從小都在做些什麼，真想看看你父母的臉……啊，抱歉，是我失言。我忘記你的父母在你很小的時候就過世了。聽說你那時候還是嬰兒，一直哭個不停。熊左發現了你，覺得很可憐，所以把你交給雪丸，對吧？你從小由龐貝娜扶養長大，龐貝娜知道的事情不多，應該沒跟你說過什麼傳說故事吧？來來來，我跟你說一個。

你聽過猴子、河童與馬的傳說嗎？一定不知道，對吧？我告訴你，河童最喜歡馬了。總是把馬拖進河裡，然後將手從馬的屁股洞伸進去，把尻子玉摘出來。尻子玉是什麼，我也不知道，我問過雪丸先生，牠說很可能是『肝臟』，因為聽說馬的肝臟是治百病的良藥。

河童最害怕的動物是猴子。因為猴子最喜歡喝河童頭頂盤子裡頭的水，聽說那簡直像甘露一樣好喝。傳說中甘露是一種又甜又好喝的仙藥，喝了能夠長生不老。但是河童一旦頭頂盤子裡的水沒了，不僅會失去神奇的力量，還會乾枯而死。所以河童總是怕猴子怕得不得了，很想讓猴子吃吃苦頭，有一天，河童想出了一個詭計，你知道是什麼嗎？」

奇奇聽得入神，忍不住將身體湊了過來。

＊＊＊

這一天，河童約猴子比賽釣魚。猴子很會釣魚，所以打算答應。猴子心想，河童雖然很會在水裡捉魚，卻不見得擅長在河邊釣魚。不過猴子也經常看見河童拿著釣竿在河邊釣魚，既然敢相約比賽，應該很有自信，所以猴子也不敢大意。

「要比賽可以，但要賭什麼？」猴子問。

「如果我贏了，你從今以後不能再喝我頭頂盤子的水。如果我輸了，以後，每個月可以讓你喝一點。當然不能喝太多，不然我會乾枯而死，但即使只是喝一小口，也能讓你變得精力充沛。」

猴子這時終於明白，為什麼河童要約自己比賽釣魚了。原來是為了保護盤子裡的水。不過，河童心裡可能還打著其他鬼主意，千萬不能掉以輕心。猴子雖然這麼警惕自己，但最後還是受不了甘露的誘惑，答應與河童比賽了。

那時是八月初，耀眼的夏季陽光讓天空閃閃發亮。河童在頭頂上鋪了一些草，因為如果受到太陽直射，盤子裡的水會乾掉。

前一天的傍晚下過一場雨，所以河水有點混濁。這種日子通常能釣到很多魚，而且大魚會從藏身處游出來吃小魚，所以釣到大魚的機會也會提高。

河童與猴子說好了，這場比賽比的不是魚的數量，而是魚的大小。

河童使用的是非常粗的釣線及釣鉤，掛上特別粗大的蚯蚓，讓釣鉤垂入柳樹底下的深水處。

猴子在一旁看了，只是呵呵一笑，接著就走向岸邊一處長著茂盛竹叢的地方，將長長的尾巴垂入竹叢底下。原來那竹叢底下有個大洞，與河水相通。但因為竹子的根部互相糾纏在一起，有如一片蓋子，蓋在大洞的上方，所以猴子不會掉下去。

那個大洞裡棲息著不少巨大的鯉魚、鯰魚及鱈魚，正是猴子的目標。

猴子的釣魚方式相當獨特，是讓尾巴的前端在水裡一邊搖晃一邊畫著小小的圓圈。如此一來，看起來就會像一條正在游泳的泥鰍。鯰魚最愛吃泥鰍，當泥鰍躲在泥巴裡，鯰魚也拿牠沒轍，但是當泥鰍跑出來游泳，就會被鯰魚一口吞下。

不管是特別粗大的蚯蚓，還是假裝成泥鰍的尾巴，都不是小魚能夠吃得下的食物。猴子與河童都相當有自信，認為自己贏定了。

河童釣起了一尾約二十五公分長的大鯽魚。這麼大的鯽魚實在很少見。

猴子也釣起了一尾差不多大的鱈魚。為了將魚拉起，猴子奮力甩動尾巴，讓魚掉進岸邊的草叢上。這一招可是必須經過長時間的訓練，並非輕易可以學會。

猴子與河童對看一眼，各自露出笑容。看來這一回合不分勝負。

沒想到就在這時，猴子感覺到有一股強大的力量把自己往下拉，差點就要掉進河裡，趕緊抓住了竹子。

竹子逐漸向下彎曲，猴子的屁股已浸到了水裡。

猴子使盡力氣踢了一腳，想要利用竹子的彈力讓身體像弓箭一樣彈回岸上。

就在這時，忽然傳來「啪」的一聲古怪聲響。猴子的尾巴竟然斷了，只剩下大約十公分的一小截。而且竹子的彈力讓猴子遠遠飛出，一頭栽進了竹叢裡。

猴子重重的撞了一下腦袋，昏倒在竹叢之中。

原來水裡有一尾體長超過一百五十公分的大鯰魚，咬住了猴子的尾巴。那條大鯰魚是河裡的老大哥，河童事先跟牠串通好了，要給猴子一個教訓。

從那天之後，猴子的尾巴就變短了。而且猴子非常在意自己的短尾巴，經常抓自己的屁股，所以屁股總是紅通通的。

＊＊＊

「大家常說猴子像人一樣聰明，但也不過如此嘛，嘻嘻嘻！」

荷拉吉開了奇奇這個玩笑，露出一副樂不可支的表情。但就在這時，荷拉吉突然感覺背上被人用力推了一把，下一秒已跌下了大羊駝。

以上，就是荷拉吉被奇奇推下大羊駝的來龍去脈。

「真是太過分了。奇奇那傢伙，真是一隻暴力猴子，難怪大家都喜歡捉弄牠。」

荷拉吉看著龍二，彷彿在尋求龍二的認同。

「唔……荷拉吉，這是你不好，難怪奇奇會生氣。我認為你應該向奇奇道歉。話說回來，你這次的故事有點缺乏原創性。『日本獼猴的尾巴為什麼特別短』是相當有名的民間故事，你只是稍微改編了一下吧。」龍二數落起了荷拉吉。

「我只是、只是……因為天氣實在太熱，才想搗蛋……奇奇，對不起啦……」

荷拉吉的最後兩句話說得特別小聲。牠抱住自己的頭，縮起身子，躲進了龍二的雙腿之間。

荷拉吉突然變得垂頭喪氣，剛剛的氣勢早已消失無蹤，龍二不禁覺得牠有些可憐，於是趕緊安慰道：「不過，你的故事其實也滿有巧思的。原本的版本中，欺騙猴子的是熊，而且劇情非常簡單，沒什麼意思。你將角色改成了河童、馬跟猴子，變得有趣多了。長時間處在乾燥的環境下，我知道你一定很不舒服。下次休息之前，你就坐在我的大羊駝上吧。」

荷拉吉輕輕點頭，或許是感到安心，不過一眨眼工夫，竟睡著了。

隊伍進入了一條下坡路。路面不僅狹窄，而且布滿了大大小小的碎石，只能勉強稱為「路」。如果是馬，走在這樣的地方一定會頻頻打滑吧。但大羊駝不愧是生長在安地斯高原的動物，下坡時顯得輕輕鬆鬆，一次也不曾打滑。

荷拉吉立大功

深谷底部的水流有如融化的水晶一般清澈透明，岸邊放眼望去盡是綠油油的青草。長時間旅行在荒蕪的茶褐色高地上，這裡的風景為探險隊帶來了如獲生機的安心感。

水獺荷拉吉一抵達谷底的河邊，立刻恢復了活力，歡天喜地的跳下大羊駝，衝進了水裡。

這一帶的空氣實在太乾燥，每個人都感到皮膚粗糙、喉嚨乾渴。大家也都紛紛從大羊駝身上下來，到河邊喝水。這裡的河水比任何飲料都美味，沁涼的河水從喉嚨經食道流進胃袋的感覺，帶給龍二一種渾然忘我的舒暢。

荷拉吉從水裡探出了頭，嘴裡咬著一尾貌似紅點鮭的魚，體長約有二十公分。

荷拉吉故意甩了甩嘴裡的魚，彷彿要吸引大家注意。水花飛濺開來，在陽光下閃閃發亮。接著荷拉吉一個使勁，將魚拋上了半空中，魚鱗反射出寶石般的銀色光輝。荷拉吉巧妙的張開嘴，讓落下的魚兒前半段滑入嘴裡。接著將整條魚吞下肚，露出心滿意足的表情。

「荷拉吉這傢伙真是自私，只會自己享受。」鼬鼠葛佩不禁咕噥。這時正好接近中午時分，大家都已飢腸轆轆。愛炫耀、不顧他人感受是荷拉吉的壞毛病。因為這種性格，大家常常覺得跟牠相處不太愉快。龍二心想，等荷拉吉上岸之後，一定要好好告誡牠。

就在這時，荷拉吉從水裡探出頭，嘴裡又叼著一條魚。龍二心想，荷拉吉這傢伙，竟然想要吃

第二條！這下子連龍二也不禁動了怒氣。

荷拉吉的下一個動作，卻是奮力甩頭，將魚拋向岸邊。魚摔在草地上，不斷彈跳著。

接著荷拉吉繼續潛入水中，一尾又一尾的將魚拋上岸。成果相當豐碩，轉眼間岸上已有三十二條魚。

「大家烤來吃吧！我已經試吃過了，沒有毒，而且很好吃喲！」

捕完了魚，荷拉吉笑嘻嘻的對大家說。

龍二原本以為荷拉吉只是在炫耀，但完全不是那麼一回事。牠故意先吃掉一條魚，也是為了試毒。龍二不禁對自己錯怪荷拉吉感到有些慚愧。

荷拉吉從水裡爬上岸，快速甩動身體，無數水珠向四周飛散，宛如一顆顆閃亮的珍珠。

鼬鼠葛佩趕緊拿著一條毛巾奔上前去，為荷拉吉擦乾身體。

「怎麼了？為什麼突然對我這麼好？」

荷拉吉忍不住扭來扭去。葛佩笑臉盈盈的擦一擦荷拉吉的臉。嘴角還沾著一點魚血的荷拉吉，一時摸不著頭緒，也靦腆的笑了起來。

其他隊員趕緊撿來枯樹枝，生起了火。大家將魚一尾尾串起，接著撒上適量的鹽巴，放在火上烤。每個隊員喜歡的熟度都不同，適合吃的魚隻大小也不一樣。紫綬帶貝卡哈雅的體型較小，荷拉吉特地為牠準備了三條小魚。龍二不禁感慨，原來荷拉吉這麼貼心。

「在這麼短的時間裡，能夠捕到這麼多魚，不愧是荷拉吉。嗯，魚真是好吃。」

雪丸難得稱讚了荷拉吉。

「蒙雪丸先生讚美，真是不敢當。這一帶大概沒有會捕魚的動物，水裡那些魚一點戒心也沒有，誰下水都能捕到這麼多魚啦。」荷拉吉說得輕描淡寫。

就在這時，忽然傳來「嘩啦」一陣水聲。大家轉頭一瞧，原來是猴子奇奇跳進了河裡。牠數次將頭探出水面呼吸，馬上又再潛入水中。但忙了半天，一條魚也沒抓到。

最後奇奇筋疲力竭的爬上岸，氣呼呼的對荷拉吉說：「荷拉吉，你又騙人。說什麼這裡的魚沒有戒心，明明我一靠近，牠們就逃了。動作這麼敏捷的魚，用手哪能抓得到，害我累了個半死。」

「會不會是你的表情太可怕，嚇跑了魚？」葛佩取笑道。

「什麼嘛，你自己下去抓抓看，日本的河裡才沒有動作這麼靈敏的魚！我真是笨蛋，竟然會相信荷拉吉的牛皮！」

奇奇一臉不甘心的說完，忽然迅速伸出手，抓住了空中的蜻蜓，塞進嘴裡。

「荷拉吉，這一招你會嗎？安地斯的蜻蜓都很遲鈍，難不倒你吧？」

大家聽牠這麼愛逞強，都忍不住笑了出來。

龐貝娜夫婦將魚精心調理，製作成美味的三明治。配上沁涼的河水，大家都感覺精力恢復了不少。提振了士氣後，隊伍再度出發前進。這裡的高山約有三千五、六百公尺高，不僅坡面陡峻，而且道路狀況極差。大羊駝以輕盈的步伐踏在布滿了岩塊及碎石的路面上，兩旁長滿了荊棘灌木，盛開著類似野玫瑰但尺寸稍大一些的白色花朵。

龍二見了那些花，有些想念家鄉，忍不住摘了一朵。荊棘上的刺扎傷了龍二的手指，他將手指放在嘴裡吸吮，伸手又摘了一朵。然後將其中一朵花插在自己的帽子上，另一朵送給了小百合。

「好開心，好像回到了日本的山上。」

小百合將花朵拿到眼前聞了聞，接著說道：「沒什麼香氣，但是形狀好可愛。對了，也給奇奇摘一朵吧。」小百合又摘了一朵白花，送給奇奇。

「小百合，謝謝，我最喜歡這種花了。」奇奇眉開眼笑的說著，將花兒連枝帶葉夾在耳朵上。

消失的庫魯魯村

負責在前方打探的貝卡哈雅突然飛了回來，停在一塊岩石上，高聲唱起了歌。

「月日星！啾啾啾！月日星！」

「發現黑頭鬼鴞的蹤影了嗎？」雪丸大聲問。

「不是，不是！但我發現了好驚人的東西！我也不知道該怎麼說，總之快來看！」

貝卡哈雅說完後，又飛上天空，翻轉一圈後像箭矢一樣疾速飛向前方。

隊員們被激起了好奇心，紛紛加快腳步。

前方是一條下坡路，前進了大約兩百公尺後，又轉變為陡峻的上坡。走在最前頭的雪丸不斷催促大羊駝前進。

抵達斜坡頂端的瞬間，每個隊員都看得目瞪口呆，一時連呼吸也忘了。

一座莊嚴肅穆的印加帝國遺跡，就這麼出現在眾人眼前，而且幾乎沒有毀損或崩塌。

所有隊員都拉住了腳下的大羊駝，目不轉睛的看著眼前有如幻影一般的古代遺跡。

龍二等人跟隨著博士，登上了一座能夠看清全景的山坡。

博士說明：「那一座是神廟，下面那一座特別氣派的石造建築是宮殿，圍繞在四周的建築物是兵營，更外圍的那些是民宅。那一條是渠道，此外還有一片墓園。看得出來，這是一座相當完善的都市。周圍有不少梯田，梯田裡種植的多半是馬鈴薯或玉米吧，看來已經建立起自給自足的制度了。來，我們到裡頭瞧瞧。」博士的語氣充滿了感慨，臉色因興奮而變得有些紅潤。

在博士的帶領下，大家快步走向遺跡。

「你們看這座石臺，每一塊石頭都切割成精準的矩形，堆在一起幾乎沒有縫隙，連一張紙也插不進去。當時的人到底要怎麼切割及搬運這些石頭呢？日本古代城堡的砌石技術也很了不起，但可沒辦法堆得像這樣一點縫隙也沒有，真是太驚人了。博士，他們怎麼能夠搬起這麼重的石頭？」

小百合一邊說，一邊感動的凝視石臺。她伸手撫摸石臺表面，彷彿在摸著某種珍貴的東西。

「當時的人如何做到，目前還是個謎。這裡可以研究的題目多得數不清呢。」

就連博學多聞的博士，也沒辦法光靠想像就猜出答案。

早一步進入宮殿中的雪丸，此時突然以略微高亢的聲音大喊：「這裡有五根奇妙的石柱！我才看了一眼，就感覺天旋地轉！這些石柱似乎會放射出帶有魔力的磁力線，讓人暈頭轉向！」

博士等人也急急忙忙奔進宮殿。雪丸指著一根石柱上的雕像，向博士問道：「這座雕像刻的是什麼？」

「看起來是美洲豹。牠露出了兩根尖銳的牙齒，代表要將敵人撕咬成碎片，我想應該是古代所信仰的一種豹神吧。剛剛在觀察石臺及建築物的形狀時，我就已經察覺了，這座遺跡根本不是印加帝國的遺跡，而是屬於某個比印加帝國更古老的王國。美洲豹是棲息在森林裡的動物，可見建立這個王國的民族，原本應該住在山下的森林地區。或許是這個王國的勢力愈來愈龐大，領土才逐漸延伸到了安地斯高地上吧。真是有趣又神祕的民族。話說回來，這個民族能夠在南美建立起獨特的安地斯文明，完全沒受到歐洲或亞洲文化的影響，實在很驚人。」

太子博士以讚嘆的眼神看著石柱上的美洲豹雕像。

「不知還有什麼東西，去神廟那邊瞧一瞧吧。」

大家聽了博士這麼說，都興奮的在遺跡裡到處觀察。此時負責擔任嚮導的金剛鸚鵡托托卻以高亢的聲音大喊：「現在可沒時間！不快點趕路，就沒辦法抵達今天的目的地！快出發吧！等回程的時候再回到這裡就好了！」

雪丸於是高聲下令：「全隊出發！」

隊員們只好帶著依依不捨的心情離開，繼續朝庫魯魯村前進。

「咦？那是什麼？」猴子奇奇突然發出了錯愕的聲音。

有一隻黑色的野獸正靜靜的躲在石柱後方，觀察著探險隊的一舉一動。那隻野獸有一對藍色的眼珠，散發著異樣的光芒。

野獸察覺自己的形跡被發現，迅速一個翻身，躲進了石柱後頭。探險隊竟然再也找不到了，簡直像是在空中蒸發了。龍二甚至懷疑自己只是看見了一團黑色的幻影。

黑駒想要跟野獸一較高下，正準備要追趕，卻被雪丸攔了下來。

雪丸呢喃說道：「唔……那傢伙很有一套。利用石柱遮蔽我們的視線，逃得不留一點蹤跡。」

雪丸想起了那隻效命於瑪瑪科娜的黑豹，頓時大感不安。照理來說，那隻黑豹的背部遭黑頭鬼鴞撕裂，應該已經傷重不治，不太可能還活著。雪丸拚命想要拋開不安的情緒，但一團不祥的烏雲籠罩在心頭，說什麼也揮之不去。

雪丸悄悄將心裡的擔憂告訴了博士。

「嗯，其實我也正想著同一件事。」博士憂心忡忡的回答。

「會不會是瑪瑪科娜與那隻黑豹？逃亡了一陣子之後，躲進了這座遺跡裡……」

「嗯，不是不可能。不過還是先別對大家說。畢竟這只是我們的想像，沒有什麼證據。」

「你們還在磨蹭什麼？這些石頭到底有什麼好看？再不快點趕路，就要在山上過夜了。」金剛鸚鵡托托不耐煩的大喊。

「大家出發！回頭再來慢慢研究這裡吧！」雪丸再度大聲下令。

一行人走下陡峻的斜坡，來到高度約兩千公尺的位置，眼前是一座綠意盎然的森林。

大羊駝在森林前方停下了腳步。

大羊駝的領袖向隊員們說道：「我們是居住在空曠地區的動物，不擅長在森林裡行動，所以要在這裡向大家道別了。」

隊員們不禁面面相覷。突然聽到大羊駝這麼說，感覺好像遭到了拋棄。

「什麼，你們就這麼撒手不管了？大羊駝，實在太不負責任了！就算要走，也該早一點告訴我們，讓我們有心理準備嘛！真是太過分了！」

猴子奇奇大聲抱怨，伸出手掌在大羊駝的腳上拍打。

大羊駝歉疚的低頭說：「我們認識住在這附近叫作『原駝』的親戚，牠們可以自由自在的在草原及森林之間往來。就算要進森林，對牠們來說也是家常便飯。可惜原駝屬於野生動物，性情較狂野，要騎乘沒那麼容易。你們所有隊員之中，看起來有資質駕馭原駝的並不多……」大羊駝環顧隊員們。

奇奇搶著說：「一定是我，對吧？不管是什麼馬，都會乖乖聽我的話，原駝也沒問題……」

大羊駝說：「不，要馴服原駝沒那麼簡單。你要是騎上去，可能馬上會被甩下來。而且原駝還會故意挑選石頭最多的地方，以最痛的方式把你甩在地上。牠們會耍一些小聰明，不管是誰騎在牠們身上，都會暫時不動聲色。表面上服從，其實是在觀察騎乘者的技巧。例如兩腿夾緊時的身體姿勢、韁繩的握法、鞭子的使用方法等等，從這些就能看出騎乘者有多少能耐。不過有一點很有趣，那就是即使騎乘技巧很差，只要騎乘者跟原駝合得來，讓原駝產生好感，或是外貌讓原駝一見鍾情，原駝也有可能乖乖聽話不反抗。好了，該說的都說完了，大家再見。你們都是好人，這趟旅行相當開心。

雖然無法騎乘原駝，但是請原駝搬搬行李是沒問題的。我已經跟幾頭有交情的原駝約好了，牠們會來幫你們搬運行李。牠們不喜歡受指使，個性有些孤僻，但本性不壞，而且相當值得信賴。我已經給了牠們相當多的謝禮，所以不用擔心。總而言之，請不要試圖干涉牠們。你們不必吩咐任何事，牠們就會跟在後頭。」

大羊駝的領袖說到這裡，突然發出「嘶嘶」的尖銳叫聲。不一會兒，出現了五隻原駝，走在最前頭的原駝朝著隊員們打了個照面。探險隊的糧食及其他行李都掛在原駝們的背上了。

「森林裡視線不佳，可能會有些意料之外的危險，請務必小心。再見了，祝你們一路順風。」說完了這些話，大羊駝們便轉過身，以輕盈的步伐奔馳而去。

這時托托又高聲大喊：「不快點走，就要天黑了！庫魯魯村已經離這裡不遠了，大家加把勁，今天應該就能抵達！」

沒有時間繼續耽擱下去，於是隊伍派熟悉森林環境的矮黑猩猩馬馬、猴子奇奇帶頭，繼續前進。馬馬與奇奇在樹枝之間跳躍前進，其他隊員則是徒步行走。大約從海拔兩千公尺起，便進入了熱帶山地樹林。這裡的森林景象與日本的森林並沒有太大差別，但是樹種非常多，隨處可見胸徑超過兩公尺的巨木。

「果然還是森林裡最舒服，給人一種安心感。我最喜歡森林了，馬馬，你呢？」奇奇問道。

「嗯，我也是。不過……奇奇，除了我們兩個，大家都只能徒步，所以你別露出太開心的表情。你看看荷拉吉，牠走得好辛苦。」矮黑猩猩馬馬皺著眉頭回答。

「活該。那傢伙老是自以為是，還喜歡說謊騙人，偶爾也該讓牠吃點苦頭。」奇奇一面說，一面抓著樹枝翻轉了一圈。

「這也算是你的壞毛病。剛剛你們不是已經和好了，還開開心心的一起騎在大羊駝上？」

馬馬用力搖晃奇奇身體底下的樹枝。

「馬馬，別搖了！是我說得太過分了！荷拉吉其實沒那麼壞啦！」

奇奇害怕得緊緊抓住劇烈搖晃的樹枝，發出了尖叫聲。

此時的荷拉吉確實相當不好受。如果是在水裡，就算游泳一整天也不會累，但陸地上的長途移動實在讓牠吃不消。

黑駒來到荷拉吉的身旁，彎下了身子，說道：「上來吧。博士說要和大家一起走路，所以我背上空著。我載你，但你不要再亂說話囉，大家現在都急著趕路呢。」

荷拉吉開心得全身微微打顫，牠道了一聲謝，便跳到黑駒的身上。為了不引起其他隊員注意，牠將身體緊緊貼在黑駒的背上。

隊伍朝著庫魯魯村的方向，不斷往山坡下前進。

森林裡愈來愈昏暗，龍二不禁擔心今晚可能要睡在森林裡了。

就在這時，在前方探路的托托突然回來了。

「前面就是庫魯魯村。但是……可惡！我們撲了個空！」托托發出哀嚎般的叫聲。

大家心裡明白一定是發生了什麼不好的事情，不約而同的加快了腳步。

來到托托所指的地點，大家都愣住了。眼前是一座荒蕪的廢村。

「我早就有預感村子已經遷移了，果然不出所料！不曉得遷去哪裡了，希望能找到一些線索。」托托一邊嘆氣一邊說道。

整個村子只有四間房舍，看起來相當簡陋，只是在木頭骨架上鋪了一些枯草及帶葉的枯枝而已。不僅如此，大半的房舍已經坍塌。

托托環繞著房舍飛行，試圖找出遷移地點的線索。

「好奇怪，一般來說遷村都會留下一些記號才對呀……」托托歪著腦袋說。

奇奇與葛佩也在一旁瞪大了眼睛幫忙搜尋。

「真是古怪，什麼也沒留下。看來村人離去得很匆忙。難道是受到周邊其他部落的攻擊？你們在這裡等我一下。」托托說完之後，便飛得不見蹤影。

過了一會兒，托托氣喘吁吁的回來了。牠上氣不接下氣的說：「飛鳥郵局被毀得一塌糊塗，完全看不出原本的模樣。看來是某個心懷怨恨的傢伙幹的好事。」

博士遞給托托一杯水，撫摸著牠的背部說：「謝謝你，托托。辛苦了。」

托托的紅色羽毛伏貼在背上，在夕陽照耀下宛如熊熊燃燒的紅色火焰。全神貫注的喝光了杯裡的水之後，托托吁了口氣，對博士說：「博士，謝謝，這杯水讓我整個精神都恢復了。你們接下來有什麼打算？我可要回去了，沒辦法繼續幫忙。」

「接下來該怎麼辦，我們也沒有什麼好主意，只能仔細找一找庫魯魯村到底遷移到哪裡去了。托托，能不能憑你的優秀直覺，給我們一些建議？」雪丸回答。

「這個嘛……村子毀成這樣，大概找不到線索了。不過，我想村民們應該是躲到安全的地方去了吧。」

「安全的地方？」

「要先知道攻擊這個村子的敵人是誰，才有辦法推測哪裡安全。如果我猜得沒錯，敵人應該是黑森林裡面那些傢伙吧。黑森林那個地方，從以前就傳聞躲著很多可疑的人物，平常不會有人願意接近。除此之外，我也想不到別的可能了。各位朋友，謝謝這陣子的照顧。你們都是好人，這趟旅行相當愉快，再見了。」

托托說完之後，張開閃耀著紅色光芒的翅膀，飛上了天空。

「大家應該都累了吧？我們先吃飯，好好休息一下再說。幸好這裡的屋子雖然坍塌嚴重，至少能遮風蔽雨。大家先睡一覺，養足了精神，才能想出好點子。」雪丸為了給隊員加油打氣，故意說得輕鬆開朗。

到了隔天，探險隊開會討論接下來的計畫。博士率先開口：「大家早安，恢復精神了嗎？現在請大家盡量發言，不管什麼樣的意見都沒關係。不過在此之前，我想提醒一下在森林裡生活要注意的事。森林跟寬廣的草原不同，必須特別小心危險的動物及地方性傳染病。畢竟森林裡視線不佳，有可能會突然遇上美洲豹，甚至遭到攻擊。還有，這裡毒蛇很多，甚至還有全世界體型最大的蛇類『蟒蛇』。傳說中這種蛇連馬也能一口吞下，這當然有些誇大其詞，但如果是人類的孩童遇上了，大概難逃被吞下肚的命運。這一帶剛好是熱帶雨林與熱帶山地樹林的交界處，熱帶山地樹林一年到頭都類似日本十月左右的氣候，相當涼爽舒適，但熱帶雨林可就像地獄了。不僅氣溫非常高，溼度也高達百分之九十以上，簡直是黴菌、細菌及病毒的溫床。森林裡很可能存在著某種不為人知的傳染病，熱帶雨林的動物可能會把病毒、寄生蟲帶進熱帶山地樹林來。總而言之，這裡的河水絕對不能生飲。有時清澈的河水裡含有的寄生蟲比汙濁的泥水更多，反而更加危險。好了，接下來我們來討論如何找出庫魯魯村，請大家盡量發表意見吧。」

聽完博士這番話，隊員們心裡都有股莫名的緊張。大家很努力思考對策，但一直沒有誰想出好辦法。最後博士開口說道：「至少有一條線索，那就是托托提到的黑森林。看來我們必須查清楚黑森林的底細，而問題就在於該怎麼查……」

就連探險經驗豐富的博士，似乎也有些拿不定主意。

食夢貘

就在這時，矮黑猩猩馬馬突然舉起了手。馬馬向來低調，牠會主動舉手，應該是有相當的自信。

「我小時候曾經住在非洲的大森林裡。原本這段往事早已埋藏在記憶深處，但這次探險讓我想起來了。在森林裡，有一些大樹比其他樹木高得多。熱帶雨林的樹冠——也就是森林裡的樹木平均高度，大約是四十公尺，但特別高的樹木可以達到六十公尺，甚至是八十公尺。只要爬上這種樹，就可以看得很遠，不被其他樹擋住。我回想起小時候，總是喜歡爬上特別高大的樹，遠眺整座森林的美景。這座森林裡也有一些樹特別高，既然能夠看清楚四面八方所有遠方景色，或許能找出黑森林的位置，我想試試看。」

馬馬說完，便朝著遠方一棵特別高大的樹奔去。

過了一會兒，大家便看見馬馬爬上了大樹。牠爬到大樹的頂端，將手掌放在額頭上，仔細觀察每個方向。

不久，馬馬跑回來，說道：「找到了。東北方有一片森林，顏色接近黯淡的灰色，那應該就是黑森林吧。不過距離很遠，走路可能要花好幾天。」

「謝謝你，馬馬。童年記憶的力量真大。既然這樣，那就請熟悉森林的馬馬、奇奇到黑森林打探吧。其他隊員先留在這裡養精蓄銳。既然庫魯魯村的村民曾在這裡住過一陣子，附近應該很安全才對。雖然有點擔心喝生水的問題，但這裡的河川是村民賴以維生的水源，應該不會有寄生蟲。馬馬、奇奇，等你們的好消息，一路上務必謹慎小心。」

博士帶著滿臉笑容，送馬馬、奇奇出任務。

矮黑猩猩馬馬、猴子奇奇利用樹枝之間的跳躍移動，靈巧的朝黑森林的方向前進。在樹上移動比在地上走路快得多，而且不太會遇上毒蛇、毒蟲、大山貓之類的危險動物。

大約中午的時候，馬馬與奇奇發現了一棵無花果樹。樹上滿是黃色的成熟果實，每一粒都有高

爾夫球那麼大。

牠們開心得不得了，這天的午餐當然就是美味的無花果了。

「好了，該出發了。奇奇，別再吃了，快下來。無花果吃太多會拉肚子。你總是這麼不知節制，真拿你沒辦法。」

心地善良的馬馬見奇奇吃個不停，不禁又好氣又好笑，趕緊拉住牠的手。

「我再吃三粒就好。現在我的身體從胃到喉嚨都是無花果，再也塞不下了。」

貪心的奇奇又摘下三粒無花果，硬擠進嘴裡。

牠們雖然都很習慣在森林裡生活，但畢竟從來沒到過南美的熱帶雨林，還是發現了許多新鮮事。最特別的是，這裡的樹種實在太多，放眼望去全是不同種類的樹木，光是要找出一棵能作為路標的樹木都相當困難。就算是在日本的闊葉林裡，除了思茅櫧櫟之外，不外乎就是麻櫟、栓皮櫟、楓樹、青剛櫟、山茶樹等等常見的樹種，裡頭夾雜著少數幾棵連香樹或柳杉之類的高大樹木。因此只要提到「柳杉林」或「連香樹林」，馬上就能知道大概在哪個位置。

但是，這裡的熱帶雨林很難看出森林的全貌，簡直就像走在迷宮裡頭一樣。有時甚至連方向也會搞不清楚，必須靠太陽的位置及移動角度來判斷，不時得找出一棵較高的樹木，爬到樹頂確認黑森林的方向。

因為這個緣故，馬馬與奇奇實際走的距離，比當初所估計的還要遠。

牠們就這樣在樹上前進了好幾天，每天都抱著今天一定要到的心情。因此每到太陽下山，馬馬和奇奇都累得筋疲力竭。

這一天，馬馬累得趴坐在大樹的樹枝分岔處，奇奇則靈巧的把一根粗枝當成了椅子。就在馬馬快要睡著的時候，忽然傳來一陣粗重的呼吸聲，讓馬馬霎時完全沒了睡意。

馬馬往下望去，看見了一隻體態類似山豬的大型動物，也正朝著自己看過來。那動物的身體雖大，一對眼珠卻相當小，腿也很短，長相非常奇特。頭部有點像馬，上下顎向前突出，前端有兩個鼻孔。

這古怪的傢伙，該不會在打什麼壞主意吧？馬馬在心裡警惕。但自己在高高的樹上，那隻動物不可能爬得上來。想到這點，馬馬才感覺放心了些。仔細看牠的臉，可能不是什麼善類，卻帶了幾分喜感。

奇奇在旁邊低聲說：「這傢伙不太對勁，我們朝底下扔些枯樹枝，把牠趕走吧。」

「笨蛋，要是惹火了牠，誰知道牠會做出什麼事。你仔細看牠的臉，不覺得長得很怪嗎？」馬馬低聲回應。

就在這時，樹下的奇怪動物開口說話了，「我從沒見過像你們這樣的猴子。你們是哪裡來的？叫什麼名字？」

那動物的聲音比馬馬、奇奇原本想像的要溫柔得多。

「生在非洲，長在日本，矮黑猩猩，名叫馬馬。」馬馬不敢示弱，故意說得相當高傲。

「在下奇奇，雖是一介泛泛之輩，然生於丹波國，長於大和國，稱得上是土生土長的日本獼猴兒，在家鄉還算是小有名氣。」奇奇模仿戲劇裡的臺詞，努力擠出裝酷的聲音，馬馬在一旁忍不住嗤嗤笑了起來。

「日本？我從來沒聽過，在哪裡呀？矮黑猩猩也是第一次看到，應該算是一種猴子吧？我是貘，正式名稱叫『南美貘』。生在安地斯，也長在安地斯。雖然長相有些嚇人，但性格就像個慈祥的阿姨。你們別再用那種咬文嚼字的方式講話了，大家交交朋友吧。我實在很好奇，日本到底在哪裡呀？」

奇奇與馬馬見貘那一對圓滾滾的眼珠子流露出親切的神情，說話的語氣也相當和善，都有些鬆了口氣。馬馬說：「這個……有點難解釋，總之是在大海的另一頭。那是個四季景色如畫的美麗國家。」

貘以一對小小的眼珠子凝視著奇奇與馬馬，說道：「什麼是大海？什麼是四季？嗯……雖然聽不懂，但似乎很有意思。我最喜歡聽些異國趣聞了。你們從日本千里迢迢來到安地斯，是為了什麼事？如果不介意，願不願意告訴我？對了，我的名字叫可妮樂賓卡耶。」

奇奇在馬馬的耳邊說道：「這阿姨雖然有點古怪，但似乎不是壞人。我們不如問問她，庫魯魯村遷移到哪裡去了。」

「嗯，好主意，試試看吧。」

於是馬馬向貘說：「妳的名字好難記，如果我念錯了，請多見諒……可樂果阿姨，我們在找庫魯魯村附近的飛鳥郵局，妳知道他們遷移到哪裡去了嗎？就算再小的線索也沒關係，請告訴我們吧，可樂果阿姨。」

「我叫『可妮樂賓卡耶』，不叫可樂果。你們要找庫魯魯村嗎？我看見他們一村子的人都背著生活必需品，往黑森林的方向走去了。至於飛鳥郵局那些鳥，也都一邊閒聊一邊跟在村人的後頭。

對了，紫藍金剛鸚鵡那個大塊頭的美女也在裡頭，我最喜歡她了。」

「這麼說來，只要進入黑森林，就能找到村民了？好，我們明天馬上出發。」

「等等……那可是惡魔森林，別說是進去，最好別靠近。我曾經因為好奇，想要去看看裡頭到底有什麼古怪，沒想到才踏進一步，馬上就嚇得兩腳發軟。該怎麼形容呢……裡頭充滿著一股讓人很不舒服的沉重空氣，幾乎讓我無法呼吸。我想整座森林一定都被下了魔法吧。那次我嚇得拔腿就跑，還一直感覺有人在後面追趕……當然這也可能只是錯覺吧。還有，我只是說村民往黑森林的方向走，但他們是不是真的進了黑森林，我就不知道了。」

馬馬與奇奇對看了一眼。一想到必須靠近那麼危險的地方，兩人都不禁打了個哆嗦。

「我很喜歡你們兩個，快下來吧。睡在那種地方，晚上會著涼的。我幫你們鋪床，下來跟我一起睡，我想聽聽關於日本及大海的事。你們等我一下……」

可妮樂賓卡耶這句話剛說完，突然以驚人的速度奔進樹叢裡。

過了一會兒，可樂果阿姨（可妮樂賓卡耶這名字實在太難記，奇奇與馬馬決定叫她可樂果阿姨）回來了，嘴裡及手上都是枯草。她來回奔進樹叢裡三、四次，每次都不知道從何處蒐集來大量的枯草，一下子就鋪好了一張軟綿綿的草床。

「來，我還幫你們準備了很多水果跟嫩葉當晚餐，一起吃吧。我想繼續聽你們說故事。」可樂果阿姨一邊說，一邊在地上擺出了許多看起來新鮮美味的水果。

馬馬與奇奇此時早已不再抱著戒心，聽話爬下了樹。

肚子餓了，雖然地上的水果大都沒看過，牠們還是毫不猶豫的拿起來張口就咬。

「啊，好好吃！可樂果……不，可妮樂賓卡耶阿姨，謝謝！雖然都是些沒見過的水果，但每一樣都很好吃！真的太感謝了！」奇奇一邊抹嘴一邊道謝。

「接下來這個水果，給你們當點心。這可是很難找到的珍貴水果，甜得不得了，只要吃一口，一定會愛上的。」

可樂果阿姨接著又取出兩顆水果，給了奇奇與馬馬各一顆。

「看起來有點像石榴。」

奇奇將手指插進果皮裡轉了一圈，挖出幾粒紅色的小果肉，放在手掌心，正要將這些一粒粒的小果肉放進嘴裡，可樂果阿姨突然說道：「等等，不能這麼吃。這叫『葛紐克』，可是非常珍貴的水果，應該要一粒一粒慢慢品嘗。」

奇奇急忙鬆手，只把一粒果肉放進嘴裡。

「真好吃！有種讓人陶醉的奇妙滋味。馬

馬，你也快吃吧！」

馬馬也放了一粒紅色果肉到嘴裡。

「真的好好吃，但有點奇怪。一般石榴的果肉裡頭會有一顆很硬的籽，果肉並不多，但這水果的果肉整粒都很軟……」

「嗚……我怎麼突然好想睡……」

奇奇露出睡眼惺忪的表情，匆匆鑽進了枯草床裡。

「我也是……」

馬馬也像喝醉了酒一樣臉色紅潤，扔下一句「晚安」，就跟著鑽進了枯草床。

馬馬與奇奇一直睡到隔天中午。

「呼……這一覺睡得真久。咦？怎麼覺得頭昏腦脹？」

馬馬高舉雙手，伸了個大大的懶腰，忍不住敲了敲腦袋。奇奇此時還在呼呼大睡，馬馬卻一點也不打算叫醒牠。

不久之後，奇奇也醒了。牠先像馬馬一樣敲敲腦袋，接著以雙手手掌在臉上用力搓揉。下一秒，牠突然又躺了下來，以茫然的眼神左右張望。

馬馬也重新躺回枯草床上，仰望枝葉縫隙間的天空。總覺得提不起勁。雖然肚子餓了，但什麼也不想吃。明明知道該做點什麼事，但什麼也不想做，連移動身體都覺得很麻煩。不知道為什麼……總覺得身體裡好像少了某個重要的東西。

驀然間，腦袋浮現了博士的臉孔。如果這時候博士能在身邊，責罵自己幾句就好了。腦袋裡的博士突然露出了無奈的表情。

接著腦袋裡又浮現了雪丸的臉孔。雪丸的表情好可怕。雪丸先生！馬馬在心中吶喊。我到底怎麼了？為什麼突然變得好慵懶，什麼事也提不起勁？

馬馬驟然覺得好害怕，不由得眼眶含淚。

至於坐在一旁的奇奇，則是帶著空洞的眼神，無意識的玩弄著身邊的枯草。如果是平常的馬馬，一定會問「奇奇，你怎麼了」，但此時的馬馬一點也不想說話。雖然感到有些困惑，卻絲毫提不起勁。什麼事都覺得很煩，什麼事都不想做。為什麼會這樣，馬馬自己也覺得很不可思議。

馬馬與奇奇就這麼無所事事的待到了晚上，甚至連「晚安」也沒說，再度鑽回了枯草床裡。

黑夜逐漸籠罩，頭頂上出現了滿天星辰。這裡的空氣不像日本那麼汙濁，因此星光異常明亮，就算看書也不嫌暗。然而熱帶雨林遮蔽了所有來自天上的光芒，彷彿在整個世界倒入了黑色油漆，讓一切顏色都被黑色覆蓋。馬馬與奇奇在黑暗中睡得非常熟，身體連動都不動，簡直像死了一般。

過了不知多久，頭頂上射來耀眼的太陽光，奇奇精神奕奕的跳了起來。

奇奇伸了伸懶腰，轉了轉手臂，感覺全身充滿了活力。

哇！竟然這麼晚了！得趕緊出發才行！奇奇的心裡不禁有些著急。但是馬馬在哪裡？奇奇慌張的左顧右盼。

「搞什麼，原來你還在睡？」奇奇一發現馬馬，嘴裡不禁咕噥。「馬馬，快起來！沒時間睡覺了！」奇奇用力搖晃馬馬的身體。

馬馬也朝氣十足的跳了起來。

「奇奇，早安。這一覺睡得真飽。我做了好多夢，過了一個快樂的晚上。可是昨天什麼也沒吃，肚子好餓啊。」

「馬馬，沒有時間說這些了。我們已經浪費了昨天一整天的時間，得趕快出發才行。可是我也好餓，先找點東西墊墊肚子吧。」

轉頭一看，地上還有很多前天吃剩的水果。

「馬馬，我們吃那些水果吧！」

奇奇說完，跑過去撿起一顆看起來鮮嫩多汁的水果，咬了一口。

馬馬也一起吃了起來。一邊吃，一邊看著地上那顆長得像石榴的鮮紅色水果。

「這水果一定有問題。那隻貘說它叫『葛紐克』？我猜一定有催眠的效果吧。不，不只催眠。昨天白天我明明醒了，卻什麼也不想做，簡直就跟睡著沒兩樣。真是太古怪了。話說回來，為什麼可樂果阿姨要故意讓我們睡著？奇奇，你覺得呢？」

「我也想不出個所以然來。但是還有一點很奇怪，前天晚上剛睡著的時候，我還做了一點夢，但後來就什麼也沒夢到了。我本來最喜歡在半睡半醒的時候到夢境裡玩耍，但那一晚的夢竟然就這樣不見了。馬馬，你呢？」

「被你這麼一說，我前天晚上好像也完全沒做夢。啊……我想起來了，雪丸先生說過『貘』會吃夢！雪丸先生還說，最好讓貘吃掉噩夢，留下好夢，但實際上並不容易做到，有可能好夢一直被吃掉，最後留下的都是讓自己痛苦的噩夢……後來雪丸還說了什麼我也忘了，但我原本以為那只是傳說中的動物！沒想到在安地斯的森林深處，真的有會吃夢的貘！原來我們的夢都被那隻可樂果貘吃掉了。牠用枯草幫我們鋪床，還拿那麼多水果給我們吃，我本來就覺得牠不懷好意，看來我的懷疑是對的。我們就這麼傻傻的上了當。」

「是啊，真是太丟臉了，這件事可不能傳出去。這個叫『葛紐克』的紅色水果……吃了可能會催眠之外，還會變得容易做夢。」奇奇自顧自的解釋。

這時馬馬又歪著腦袋說：「但這只能說明我們為什麼沒做夢，沒辦法解釋昨天那種懶洋洋的感覺。簡直就像是沒有魂魄的布偶，根本不能算是活著。明明知道不能繼續下去，想要恢復正常，卻提不起勁。就好像電池沒電了，想想真是窩囊。你那時也一樣，簡直就像是一隻以稻草做成的假猴子。兩眼無神，魂魄好像都出竅了，看了真讓人搖頭。你別誤會，我不是在數落你，因為我自己也一樣。為什麼會那樣？該不會是『葛紐克』的副作用？總而言之，我們已經浪費了一整天。不過，幸好昨晚睡得很飽，現在精力很充沛。」

「而且我昨晚做了不少夢……啊，我知道了！一定是因為做了夢，所以今天早上才這麼有精神。這麼說起來……」奇奇遲疑了一會，敲敲自己的腦袋，接著又說：「晚上一定要做夢，白天才會有精神，是嗎？夢到底是什麼……我真是糊塗了。」

馬馬跑過去緊緊抱住了奇奇，說道：「奇奇，你是個天才！這個想法很驚奇！想要好好活著，就不能不做夢，一定是這樣。就像每天都有白天與黑夜，生命的一天是由現實跟夢境所組成……但為什麼會這樣，我也說不出個道理來。回去之後，我們再請教博士吧。我愈來愈覺得這趟旅行很有意思了。」

奇奇聽了馬馬的讚美，既害羞又尷尬，趕緊跳上旁邊的樹枝，對馬馬扮了個鬼臉。

「好了，我們該出發了，得補回一天份的行程才行。」

馬馬精力十足的跳上樹，催促著奇奇。

褐捲尾猴保羅

黑森林的位置比原本預期的更遠。馬馬與奇奇從這根樹枝跳到那根樹枝、從這棵樹跳到那棵樹，明明應該已經前進了許多，卻一直沒有辦法抵達。

馬馬在特別高的樹上確認了黑森林的位置後，溜下樹對奇奇說：「好奇怪，黑森林依然在東北角的遠方。我們不是已經前進了好幾天了嗎？大家應該都開始為我們擔心了吧。簡直像是被施了某種魔法一樣。難道那座黑森林只是海市蜃樓，不管怎麼前進也無法抵達？看來我們得討論一下對策。照這樣下去，我們可能永遠也到不了。」

馬馬愁眉苦臉，額頭上出現了皺紋。

「但是……我們還有什麼辦法？根本沒有任何線索呀！」

奇奇有氣無力的坐了下來。不管怎麼前進都無法抵達目的地的焦躁，讓牠失去了幹勁。

「馬馬，休息一下吧。我好累，一步也走不動了。我們好好休息一晚，或許能想到什麼好主意。」平常總是樂觀的奇奇，這時卻說出了悲觀消極的話。

「好吧，我贊成。你先休息一下，我去附近看看有沒有什麼不對勁。」

馬馬爽快的答應之後，獨自進入了森林深處。

過了一會兒，馬馬回來了，懷裡還捧著許多無花果。馬馬的背後，竟然跟著另一隻猴子。那隻猴子的臉周圍覆蓋了一圈白毛，尾巴非常粗，而且長度比身體還長。那隻猴子的懷裡也捧著不少無花果。

奇奇接過無花果，先保存了幾顆在嘴巴兩側的寬大頰囊裡，接著又在嘴裡放了兩、三顆，津津有味的吃了起來。一邊吃，一邊以警戒的眼神看著馬馬身後的猴子。

馬馬說：「我來介紹，牠叫保羅，是一隻褐捲尾猴。我在附近繞來繞去的時候，剛好遇上了這隻好猴子。當時有一大群褐捲尾猴，聚集在一棵無花果樹上。牠們一看見我，都露出警戒的表情。因為南美並沒有像我這樣的大型類人猿，所以牠們都有點害怕。保羅也在那一群褐捲尾猴裡頭，但牠不僅不怕我，還朝我走了過來。牠告訴我，牠曾經被庫魯魯村的村民飼養過，因為很會表演才藝，所以就像日本的猴子劇團一樣，到處表演賺錢。因為有這樣的經驗，所以聽得懂不少人類的語言。牠問我來這座森林做什麼，我告訴牠在尋找庫魯魯村。聽說村民都往黑森林的方向走了，所以也想前往黑森林，但走了很久都走不到。不知道該怎麼辦才好，所以停下來休息。聽我這麼說，保羅竟然笑了起來。」

馬馬說完，保羅跟著開口解釋：「我看你們一直在繞著圈子，還以為你們在找東西呢。」

「我們一點也不覺得自己在繞圈子呀。我們每次都先爬到高高的樹上，確認了黑森林的位置後才前進，沒想到只是在繞圈。我剛剛才跟奇奇說，感覺簡直像被施了魔法呢。」

「沒錯，你們被施了魔法。」

「是誰？為什麼要對我們施魔法？」

「那座黑森林裡，有個會妖術的巫婆。聽說她年輕的時候長得很美，但現在成了可怕的老太婆。任何人被她一瞪，都會嚇得直打哆嗦。她知道你們想進黑森林，所以故意對你們施魔法，讓你們不斷繞圈子。」

「但她怎麼知道我們想進黑森林？」

「她可是巫婆。你們的心裡一定有著想要前往黑森林的強烈念頭，對吧？這個念頭可能會在行動時散發出來，或是在夢境裡流露出來，讓巫婆察覺到。」

「啊！」馬馬與奇奇同時發出驚呼，接著對看了一眼。

「可惡的可樂果阿姨！」

馬馬忍不住咕噥。沒錯，牠一定是巫婆的手下。故意讓馬馬與奇奇吃下會做夢的神祕水果「葛紐克」，然後把夢都偷走，拿去向巫婆通風報信了。

「什麼可樂果？」保羅問。

奇奇與馬馬你一言我一語的說明，不久前遇上一隻自稱名叫可妮樂賓卡耶的貘，因為名字太難念，所以兩人給牠取了個綽號叫「可樂果阿姨」。

保羅笑了起來，「我明白了。可妮樂阿姨並不是壞人，牠只是禁不起誘惑。幫巫婆做事，巫婆會送牠很多謝禮，而且還可以吃到你們這兩隻異國猴子的夢。總而言之，勸你們不要輕易接近黑森林。」

「我們知道了。謝謝你。保羅，能不能告訴我們，庫魯魯村現在到底在哪裡？」奇奇問。

「離這裡不遠。以你們的速度，如果早上出發，應該傍晚就能到。」

「飛鳥郵局也在附近嗎？」

「是啊，別擔心。庫魯魯村的飛鳥郵局局長是一隻美麗的紫藍金剛鸚鵡，大家都很喜歡牠呢。這種窮鄉僻壤的飛鳥郵局，沒什麼郵件要處理，聽說牠們都閒得發慌。不管你們想問什麼，牠們一定都會熱心解答。如果不知道路，我可以帶你們去。」

「謝謝你，保羅。真是太好了，聽到你願意幫忙，我整個精神都來了，一點也不感到疲累。奇奇，你沒問題吧？」

「那當然，我剛剛吃了那麼多無花果。」

「好，那我就幫你們這個忙吧。事不宜遲，現在就出發。中途找個地方過夜，等到天亮繼續前進，應該明天下午就能抵達庫魯魯村的飛鳥郵局。」

說完這些話，保羅就轉頭在樹枝之間擺盪前進。褐捲尾猴是一種幾乎整天都待在樹上的猴子，平常沒事絕對不會離開樹木，所以保羅在樹上移動的速度非常快。牠能巧妙的利用尾巴保持平衡，在樹枝之間以類似滑行的動作前進。而且更令奇奇與馬馬吃驚的是，保羅可以跳得非常遠。就算兩棵樹之間距離將近四公尺，保羅也可以毫不猶豫的跳過去。如果是奇奇，還得先下樹，走到另一棵樹再爬上去，保羅卻可以從頭到尾都跳著前進。

奇奇畢竟是日本獼猴，日本獼猴的尾巴很短，而且平時待在地面的時間與待在樹上的時間差不多長。因此奇奇在樹上的移動速度比不過保羅，也是理所當然。每當與保羅拉開距離，奇奇就會跳下樹，在地面上奔跑前進。若是在地面上奔跑，奇奇就比保羅快得多。

太陽下山之後，周圍變得一片灰暗，三隻猴子都在樹上找地方休息。等到天亮之後，保羅才繼續帶領奇奇與馬馬，朝庫魯魯村的方向前進。

炙熱的陽光從正上方的頭頂上灑落。完全沒有休息的移動，讓馬馬與奇奇都感到有些疲累。這時，保羅向牠們說道：「庫魯魯村就在前面了。你們要直接進村子，還是要先去飛鳥郵局？」

馬馬聽到即將抵達庫魯魯村，頓時放下了心中的大石。牠想了一下後說：「謝謝你，保羅。這下子我們終於能抬頭挺胸回去交差了。這段路程花了比預計更長的時間，博士他們一定都很擔心吧。我們先從村子外看一眼，既不進村子，也不上飛鳥郵局。村民們若看見從未見過的大小兩隻猴子，可能會嚇一跳。而且飛鳥郵局的那些鳥兒，一聽我們問黑頭鬼鴞的下落，也可能會以為我們是可疑分子。這些打聽的工作，還是讓博士和雪丸來比較好，我跟奇奇的任務是確認庫魯魯村與飛鳥郵局的位置。」

馬馬說完這番話，迅速爬上了附近的一棵大樹，詳細觀察周圍。

前方不遠處的森林裡有一小塊空地，裡頭有三間以枯草鋪成的小屋子，不時有村民來來去去。飛鳥郵局就在村子的東邊，可看見進進出出的小鳥。

馬馬確確實實記下了周遭的景色。此時自己所攀爬的大樹，到時候也可以當作路標。

「謝謝你，保羅。我看到村子和飛鳥郵局了。現在我們的任務完成，必須盡快趕回去。雖然我們大概知道回去的路徑，但生怕一不小心又迷路，能不能請你再帶我們回去？」

「沒問題，小事一樁。我們快出發吧。奇奇，跟好囉。」

保羅說完這句話，就像表演特技一樣，輕輕巧巧的跳到了另外一棵樹上。

身為矮黑猩猩的馬馬有著很長的手臂，所以也很擅長在樹枝之間移動。

奇奇雖然很努力跟上，但總是會漸漸落後。落後太多的時候，奇奇就會跳到地上奔跑。

到了第三天，三隻猴子都累了，因此決定今天早一點吃晚餐，好好休息一下。

保羅不知從哪裡撿來了許多有著硬殼的樹果。

「這是一種叫『盧盧』的樹果，很好吃喲！我分一半給你們！」

奇奇從保羅懷裡成堆的樹果之中，拿起一顆放進嘴裡。那樹果非常堅硬，奇奇使盡力氣想要咬碎，卻徒勞無功。「這麼硬，誰咬得動！」奇奇吐出了樹果，將沾滿口水的樹果放在掌心搓揉。

「哈哈哈，除非你是鱷魚才咬得動。這種樹果要這樣吃……」

保羅跳下樹，找來了一根形狀像杵的木棒。接著將樹果放在傾倒樹木的樹幹突起處，舉起木棒用力敲打。

一次、兩次……打到第五次，樹果的硬殼裂開，露出了白色果肉。保羅抓出果肉放進嘴裡，吃得津津有味。

接著保羅又敲出了另一顆樹果的白色果肉，遞給奇奇。奇奇一吃，真的非常美味。過去從未吃過這麼美味的樹果。由於肚子早就餓了，奇奇吃得渾然忘我，不知不覺伸出了手，向保羅再討一顆。

馬馬在一旁興致盎然的看著保羅敲打樹果，突然之間，小時候住在非洲的回憶一一浮現眼前。回憶中的母親將椰子的堅硬果實放在石臺上，一手拿著石塊用力敲打。當時馬馬窩在母親的懷裡，目不轉睛的看著，不明白母親在做什麼。如今看見保羅用木棒敲打堅硬的樹果，馬馬才理解了當年母親那麼做的用意。

馬馬立刻模仿記憶中的母親，將堅硬的樹果放在一塊石臺上，撿來一塊大小適中的石頭，對著樹果用力敲打。樹果裂了開來，馬馬取出裡頭的白色果肉，放進嘴裡。

「好好吃！」馬馬說道。

保羅嚇了一跳，這次換牠目不轉睛的看著馬馬。保羅以木棒敲打樹果，至少要敲打三、四次才能敲開硬殼，馬馬使用石塊，竟然只敲一次就開了。

「馬馬，你真厲害，在哪裡學的？」

「不是學，是想起來。小時候住在非洲，媽媽總是把我抱在懷裡，像這樣敲打堅硬的椰子果實。那時候我還是個小嬰兒，不懂媽媽在做什麼。現在看你拿木棒敲打樹果的硬殼，從前的回憶突然湧上來。真好玩，奇奇，你也快來試試看。」

奇奇也有樣學樣，將樹果放在石臺上，拿起石頭敲打。但樹果並沒有碎裂，只是彈了開來，在地上滾。奇奇將樹果撿回來，又試了一次，樹果依然只是飛了出去。奇奇總共試了五次，一次都沒有成功，不禁感到相當沮喪。

「你用的力氣不夠大，而且放的地方不夠平，所以樹果才沒有裂開。」

馬馬說著，找來一塊有一面相當平坦的大石頭，把樹果放在上面，果然成功敲碎了。

奇奇於是又試了一次，樹果依然只是彈飛，並沒有裂開。

「我知道了，只要抓緊樹果，別讓它彈走就行了。」奇奇一邊這麼低聲咕噥，一邊以左手抓住石臺上的樹果，一邊舉起右手的石塊。

奇奇用力揮右手，左手想在最後的瞬間縮回，但似乎來不及了。

「好痛！」奇奇發出慘叫，將左手無名指伸到嘴裡吸吮，一臉疼痛。

「我正要提醒，這樣會敲到手指啦，但還沒開口，你的右手已經揮下去了。來，我看看你的手指。」

淚流滿面的奇奇將手指從口中伸出來，舉到馬馬的面前。無名指的前端又紅又腫。

「一定很痛吧？你們等我一下。」

保羅說完這句話，轉身走進樹叢裡。

不久之後，保羅帶回來幾片草葉。那葉子的形狀看起來有點像是八角金盤。保羅把草葉放在石臺上，以石頭敲打，打得石臺上滿是綠色的汁液。接著保羅又將草葉放進嘴裡一會兒，然後取出沾滿唾液的草葉，包在奇奇的傷指上，再以細藤蔓綁住。

「再忍耐一下，等等就不疼了。這種草叫『柯羅班』，對治療傷口或紅腫很有效。你們最好記住，包紮之前，要在草葉上沾一些口水。嘴裡的傷口總是好得比較快，對吧？那正是因為口水有治療傷口的效用。奇奇，你剛剛把手指放在嘴裡吸，那是正確的作法。」保羅看著奇奇說道。

「謝謝你，保羅。好像漸漸不痛了呢。我沒事了，對不起，讓你擔心了。」奇奇說道。

「今晚我們早點睡，明早天一亮，我們就出發。我要上去鋪床了，晚安。」馬馬一邊說，一邊爬上了一棵大小適中的樹。

夜猿

馬馬爬到樹上，在兩根粗枝的分岔處鋪起了床。牠俐落的折斷附近的樹枝，組合成床架，看起來有點像鳥巢，而且樹枝上還帶著許多樹葉，睡起來相當舒適。

每天睡覺時一定要鋪床，是大型類人猿的共通習性。類人猿的近親，包含非洲的大猩猩及兩種黑猩猩、亞洲的紅毛猩猩，以及八種長臂猿。而中南美洲並沒有類人猿。矮黑猩猩則是黑猩猩的一種，所以馬馬睡覺時一定會鋪床，是一種與生俱來的本能行為，就算沒學過，也能鋪出漂亮的床。

或許是因為白天太累了，馬馬一躺上床，沒多久就睡著了。

馬馬做了一個夢。夢見自己置身在一片濃霧之中，什麼也看不見。驀然間，一隻巨大的鳥從濃霧之中走了出來。那正是黑頭鬼鴞。

「你是黑頭鬼鴞吧？」馬馬開口問。黑頭鬼鴞將腦袋微微歪向一邊，一臉狐疑的看著馬馬。

「大家都在找你！博士也來了！」馬馬這句話才剛說完，黑頭鬼鴞的身影突然逐漸模糊，變得有如一團雲氣，朝馬馬逐漸靠近，重重的壓在馬馬的胸口。馬馬發出呻吟，拚命推開那團雲。

就在這時，馬馬從夢中驚醒，胸口卻依然感到沉重。一種奇妙的感覺，讓馬馬忍不住坐起了上半身。

馬馬發出了一聲尖叫。竟然有一隻動物站在自己的眼前。

那動物的雙手攀著頭頂上的樹枝，兩隻腳卻直挺挺的站著。體型比馬馬還大一些，身上有著茶褐色的長毛。眼睛的比例跟臉比起來異常的大，在斜照的月光下閃耀著黑曜石般的光芒。一對大眼珠的周圍有圈雪白的毛，白毛的外圍又有一小圈黑毛。模樣與貓頭鷹十分相似，只差嘴巴不是鳥喙。

那動物對著馬馬投以有如放射線般的詭異視線，馬馬害怕得轉過了頭。原來那視線就是馬馬剛剛感到胸口沉重的原因。

「你是誰？從哪裡來？」那動物以低沉而雄渾的聲音問：「我剛好經過，看到你在樹上鋪著床睡覺。這一帶會鋪床睡覺的動物，只有我們『夜猿』一族而已。但我們是晚上行動的動物，不會在晚上睡覺。我覺得很奇怪，所以過來瞧個仔細。我從來沒看過像你這樣的黑色大型猴子。你到底是誰？從哪裡來的？為什麼來到這座森林？我告訴你，這裡是相當可怕的地方。」

「我是一隻矮黑猩猩，名叫馬馬，在非洲出生，在日本長大。搭船遠渡太平洋來到這座森林，為了找尋庫魯魯村與飛鳥郵局而來。不久前才剛找到，正要回去向博士報告。」

「我不知道你們找庫魯魯村做什麼，但那只是一個毫無特色的小村落。真是一群可疑的傢伙，雖然我不知道你們在打什麼鬼主意，但我今天有事要忙，先不追問了。對了，你叫馬馬？你能用兩隻腳站立嗎？」

馬馬雖然不知道夜猿的底細，但不想惹火對方，於是乖乖在粗枝上站起身，伸出左手抓住旁邊的樹枝。

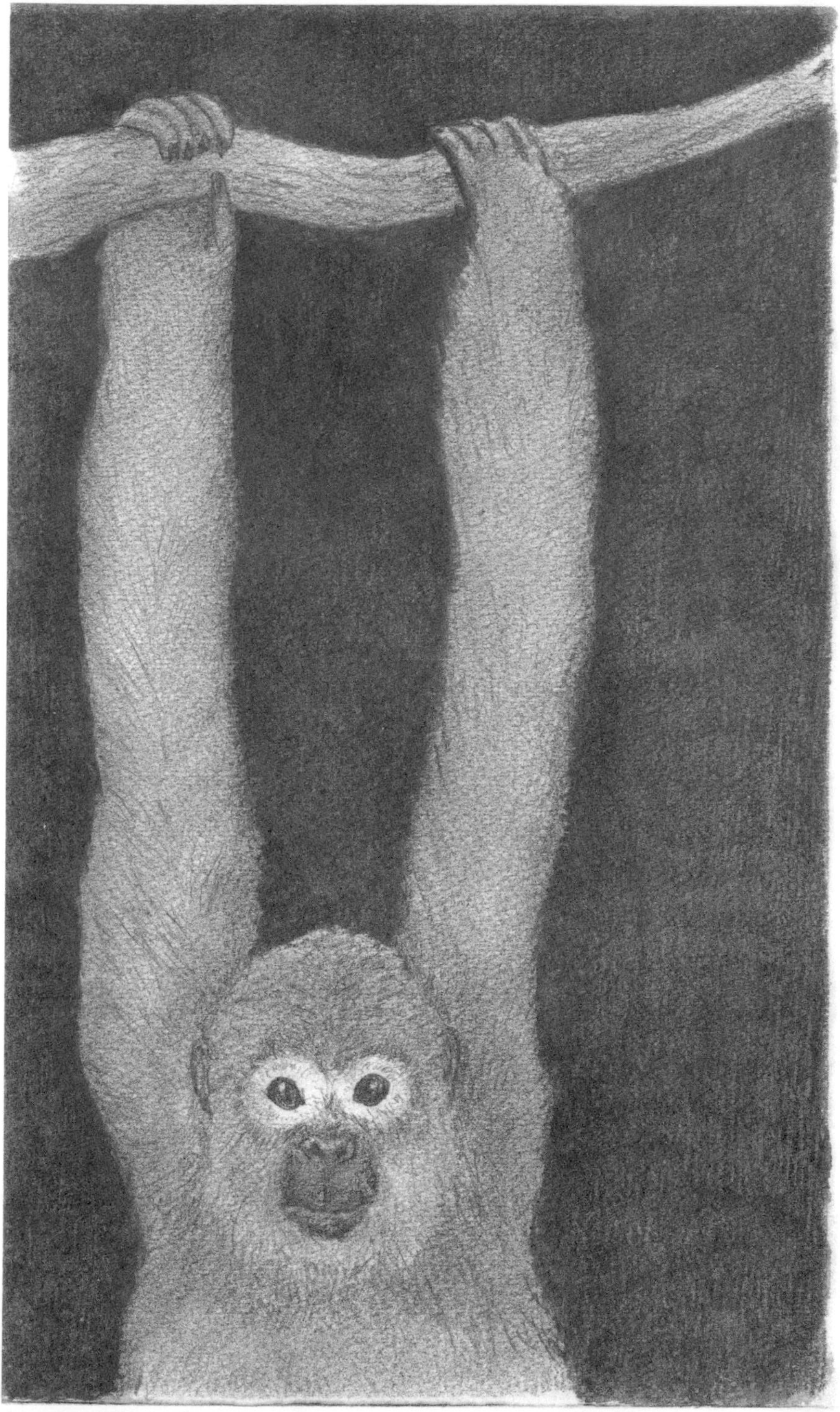

「嗯，很好。現在向後轉給我瞧瞧。」

馬馬聽話向後轉。

「果然，你沒有尾巴。這真是有趣，我太開心了。呵呵呵呵……」自稱是夜猿的動物發出了低沉的開朗笑聲。

「什麼有趣？我的屁股上黏了什麼東西嗎？」

「我不是在嘲笑你，我只是覺得很高興。

這座森林裡住著不少猴子，每一種猴子都有著又粗又長的尾巴。你看看保羅，牠的尾巴正是又粗又長，對吧？牠能靠尾巴讓身體垂吊在樹枝下，但若跟蜘蛛猴比，牠的尾巴又差得遠了。蜘蛛猴的尾巴連細小的石頭都能撿起來，簡直像第三隻手。

那些猴子們不管做什麼事，都贏不了我，所以只好拿我沒有尾巴這件事來譏笑我。牠們總是看著我的屁股，一邊交頭接耳，一邊嗤嗤偷笑。每當我問笑什麼，牠們就會裝模作樣的板起臉，對我說『沒什麼，只是覺得你的屁股很好看。我們的屁股上因為有礙事的東西，實在是很醜。我們剛剛在說，造物主真是不公平』。牠們不僅會這樣說，還會故意把尾巴互相糾纏在一起，在我面前嘻笑玩耍，我每次都看得心頭冒火。

但我今天發現，原來沒有尾巴的猴子並不是只有我。所以我真的好高興。雖然你是外地來的，但這對我來說一點也不重要。就連跟在你身邊的那隻小猴子，牠的尾巴也非常短，讓我感到更加親近。」

夜猿樂不可支的笑了起來。馬馬鼓勵牠，「就算沒有尾巴，也沒什麼可恥的。我的主人是一位動物學博士，他跟我說過，沒有尾巴的猴子叫作『類人猿』。你看看人類，他們也沒有尾巴，不是嗎？你跟我們一樣，也是類人猿。如果你不信，可以去問問博士。」

夜猿的臉孔沐浴在月光下，彷彿突然變得明亮了。

「謝謝你告訴我這麼棒的事。原來我們夜猿一族是類人猿，現在我的心情舒坦多了。我的名字叫格里恩，希望你能記住。你好像懂得不少，我再問你一件事。平常我總是自己獨來獨往，這一點也常被那些猴子拿來取笑。這座森林裡的猴子，全都是成群結隊生活，只有我們夜猿一族喜歡單獨行動。我想問你，除了我們之外，還有其他喜歡單獨行動的類人猿嗎？」

「噢，這我也曾聽博士說過。在太平洋上的婆羅洲及蘇門答臘這兩個巨大的島嶼上，住著一種名叫『紅毛猩猩』的類人猿，牠們不論雌性或雄性，都是獨居生活。對了，因為牠們的毛色接近紅褐色，所以叫紅毛猩猩。格里恩，你們或許是紅毛猩猩的近親呢。不過，夜行性的類人猿倒是很稀奇。」

「你叫馬馬？真高興多了你這個同伴。我們交交朋友吧。今天我急著要離開，下次再好好聊一聊。我正要去找我的女朋友，牠的地盤就在這附近。我會把你們的事情告訴牠。你說我們沒有尾巴是演化的結果？真是振奮人心啊。不過我告訴你，這座森林很恐怖。光是待在這裡，住在黑森林裡的巫婆就能對你們施展妖術。如果你們遇上了什麼麻煩，可以找我幫忙。」

「謝謝你，格里恩。但如果你不在附近，我們要怎麼找到你？」

「你們的同伴裡不是有一隻黑色的鳥嗎？雖然聲音在森林裡傳不遠，但如果牠飛到森林上空，以超音波大喊，除非我真的在很遠的地方，不然應該能聽見你們的呼喚。」

「唔……但是要喊什麼？」

「只要向四面八方大喊『夜猿、怕！』就行了。超音波具有指向性……也就是只能傳遞到聲音發出去的方向。因為你們不會知道我在哪一個方向，所以每個方向都要喊一次，這點非常重要。還有，『怕』這個字一定要喊得清清楚楚。我只要聽見了，一定會趕來幫忙。不過，除了那隻黑鳥之外，你不能告訴其他同伴。我看得出那隻鳥擁有超能力，尤其是牠胸口的第三隻腳，真是太帥氣了，我很欣賞牠。」

「好，我知道了，謝謝你。但你不是夜行性動物嗎？白天也能叫你嗎？」

「當然沒問題。我是夜晚和白天都能活動的生物，白天也能自由活動，只不過晚上行動感覺比較自在而已。畢竟白天不管做什麼事情，都容易遇上阻礙。而且我靠月光維持生命，必須吃月光才能活下去。」

「咦？吃月光？什麼意思？」

馬馬嚇了一跳，目不轉睛的瞪著格里恩。那沐浴在月光下的臉孔，確實帶了幾分神祕感。

「哈哈哈，我知道你一定不懂。將來有機會再解釋，我先走了。」

不過一眨眼工夫，格里恩已消失在夜色中。

這一晚，馬馬輾轉難眠，一次又一次回想著這場意料之外的奇妙邂逅，甚至不禁懷疑這一切只是一場夢。但馬馬依然清楚記得每一個細節，可見這並不是夢。然而更讓馬馬在意的是，那個格里恩似乎擁有某種超能力，並不是普通的類人猿。如果牠是敵人，肯定是可怕的對手，所幸牠似乎很喜歡自己，想跟自己當好朋友。總而言之，現在必須盡快趕回去，向博士報告這一切。馬馬不禁覺得這一晚實在好漫長。

不知過了多久，天空終於泛起魚肚白。小鳥吱吱喳喳的說起話來，森林裡變得熱鬧滾滾。兩隻有著大鳥喙的巨嘴鳥，一邊飛翔，一邊發出刺耳的叫聲。

馬馬趕緊拍醒還在熟睡中的奇奇及保羅。

「我們該上路了！」

「唔……我正做著好夢，再讓我睡一下嘛，我捨不得醒來。」奇奇揉著眼睛向馬馬抱怨。

「現在沒時間讓你做夢！快起來！快起來！保羅，如果我們用最快的速度趕路，大概什麼時候能到？」

保羅也睡眼惺忪的伸手在臉上搓揉，「呃，已經不遠了。如果用最快速度……大概今天傍晚吧。但是奇奇可能跟不上我們的速度。」

「沒問題、沒問題，你們別擔心，我最擅長跑步了。」奇奇揮舞雙手，故意說得逞強。

三隻猴子隨便吃了點東西當早餐，便精神抖擻的出發了。

但是還不到中午，奇奇已落後馬馬與保羅非常多。

「保羅，我看我們休息一下，等等奇奇好了。附近的樹上剛好有些果實，我們在這裡吃午餐吧。而且我很渴……」馬馬向保羅說道。

「沒問題。這些樹上的果實叫『皮戈』，香甜多汁，非常好吃喲！話說回來，奇奇不要緊嗎？」

過了好一會，奇奇搖搖晃晃的奔過來。

「奇奇，你還好嗎？聽說這水果很好吃，你多吃一點，補充一下體力。」馬馬憂心忡忡的說。

「沒事、沒事，我只是口渴，途中跑到別的地方找水喝，所以才落後了。啊，這個好好吃。」

奇奇咬了一口水果。

「對了，我昨晚遇上了一件很有趣的事。」

馬馬將格里恩的事情告訴了奇奇與保羅。

「保羅，你認識那個格里恩嗎？」馬馬問。

「我只聽過傳聞，但沒見過牠。有人說牠擁有很強的靈力，隨便靠近牠會非常危險。還有人說牠的力氣非常大，誰也贏不了牠。據說有一次，有條超巨大的蟒蛇將牠的身體緊緊纏住，結果牠用力一扯，就把蟒蛇撕成了好幾截。當然這些都是傳聞，我也不知道是真是假。馬馬，看來牠一定很喜歡你，才願意跟你當朋友。你真厲害，我就覺得你有一種特別的魅力。」保羅以充滿佩服的口氣說道。

「如果是我，一定能跟牠當上更好的朋友。好想見上一面……唔咕嗯嘎……」

奇奇塞了滿嘴的水果，馬馬跟保羅都聽不太懂牠在講什麼。

「好了，我們該出發了。我想在今天之內抵達。」馬馬說完這句話，忽然走向奇奇，將肩膀湊了過去。

「你坐在我的肩膀上吧。這可是超特快列車。」

奇奇本來還想逞強自己走，馬馬一把將牠抓起，放在自己的肩膀上，趕緊跟在保羅的身後。

這天傍晚，三隻猴子終於抵達了博士等人的集合地點。

「牠們回來了！」龍二大喊。所有隊員都放下手邊的事情，趕緊過來迎接。

馬馬與保羅使盡全力趕路，因此一來到隊員身邊，全都累得坐倒在地上。

唯獨奇奇依然精力充沛，牠跳下馬馬的肩膀，一面歡呼一面奔向荷拉吉。因為力道太猛，荷拉吉被牠這麼一撲，抱著牠一起向後摔倒。

奇奇迅速跳了起來，以宛如偵察隊隊長的口氣說道：「我們沒事，而且順利找到了庫魯魯村及飛鳥郵局，大家放心。」

「真是太好了，你們一直沒回來，大家都很擔心，正在討論要不要派出搜索隊呢。既然你們平安歸來，我們就放心了。奇奇，你也休息一下吧。等到馬馬牠們都恢復了精神，再跟我們說詳情。多喝些水，免得中暑了。」雪丸溫柔的說道。

荷拉吉從河邊取來了沁涼的河水，馬馬與保羅都喝了不少，這才感覺舒服多了。

馬馬開口說：「博士，抱歉，回來晚了。我們中了妖術，一直在相同的地方繞圈子。若不是遇到褐捲尾猴保羅，我們一定無法達成任務。保羅曾經被人類飼養，學會了才藝後到處巡迴表演，所以懂不少人類的語言。多虧牠幫忙帶路，我們才能完成重要的任務。

這是一座被施了妖術的可怕森林，如果不謹慎小心，不知何時又會落入敵人的陷阱。這次偵察花了那麼多時間，真是非常抱歉，但接下來有保羅帶路，應該不用幾天就能抵達。現在我鄭重為大家介紹，牠就是褐捲尾猴保羅。」

「大家好，我是保羅。很高興能夠幫上大家的忙。馬馬與奇奇都是非常親切的好猴子，我跟牠們一下就成了好朋友。我因為曾經待過猴子劇團，在我的族群裡常被取笑、欺負，能夠遇上這麼心地善良的兩位伙伴，我真的覺得心情輕鬆不少。接下來也請多多指教。」

保羅以輕盈的動作向大家打招呼。

奇奇挺起了胸膛，顯得相當高興。

荷拉吉對保羅說：「『保羅』是歐洲人的名字，應該不是你的本名吧？你的本名叫什麼？」

「你說得沒錯，『保羅』是猴子劇團的教練給我取的藝名。我原本另外有個名字，但我已經忘了，完全想不起來。或許是因為被抓住時的驚嚇，讓我忘記了原本的名字吧……」

保羅說到這裡，低頭露出悲傷的表情，停頓了片刻。

但牠馬上又恢復笑容，接著說：「剛開始，我很討厭『保羅』這個名字。但後來漸漸習慣了，不會感到不舒服。所以大家就叫我保羅吧。」

「好，我明白了。保羅，真對不起，問了讓你難過的問題。你跟我們在一起，說不定過一陣子就會想起本名。」荷拉吉老實的向保羅道歉。

馬馬接著向大家說明這一路上的遭遇。其中最讓馬馬念念不忘的是遇上了夜猿格里恩。格里恩不僅擁有超能力，而且跟馬馬一樣是類人猿。格里恩很欣賞馬馬，不僅說要和馬馬交朋友，還說如果遇上困難可以向牠求救。這些事情，馬馬都原原本本說了出來。

但馬馬沒有告訴博士及雪丸呼叫格里恩的方法，打算等等悄悄告訴八咫烏建角。

博士握著馬馬及奇奇的手，說道：「謝謝你們，做得太好了。不僅找到了黑頭鬼鴞的線索，而且還發現一種名叫夜猿的類人猿。這可是相當重大的發現，雖然一般的類人猿應該沒有超能力才對……我真想見見牠。光是這個大發現，就讓這次的探險更有意義。」

博士喜形於色的說完，荷拉吉立即開口說道：「博士，發現夜猿，一定能震驚全球學界吧。到時候一定會有一大堆記者來採訪，我們會變成風雲人物，嘿嘿！」荷拉吉一邊說，一邊拉扯豎得直挺挺的鬍鬚。

博士趕緊說：「不，這件事暫時不能向學界公布。將來若有機會或許可以，但如果現在公布，一定會引發軒然大波。一來學界多半不會採信，二來報章媒體會大肆炒作，引來數也數不清的業餘探險家。既然夜猿擁有超能力，應該不會輕易被發現……問題是那些想要一夜致富的貪婪之輩，可能會在這一帶用盡各種手段尋找夜猿。如此一來，不僅這個神祕之境很快會遭到破壞，而且原本與世隔絕的納斯卡後裔王國也可能會被發現，又引發另一場風波。這些都很可能發生。如果因為得意忘形而胡亂發表，後果將不堪設想。所以大家都聽好了，這次探險的目的，以及關於夜猿這個物種的事，全都不能任意外傳，知道了嗎？」

博士環顧所有隊員，表情異常嚴肅。

「等馬馬、奇奇及保羅休息夠了，恢復精神，我們就出發。據牠們所說，這座森林相當危險，不曉得接下來還會遇上什麼事，大家一定要提高警覺。還有一點很重要，那就是絕對不能單獨行動，以上宣布完畢。」

紫色的飛鳥郵局局長

五天後的早晨，星尾獸探險隊在保羅的嚮導下，精神抖擻的整裝出發。在這座圍繞著陌生樹木的叢林裡，不管走到哪裡，放眼望去的景色似乎都大同小異。雖然一路上偶爾會看到特別巨大的樹木、平緩的上坡或下坡，或是小河等等能夠當作標記的景觀特徵，但由於每個地點都是只經過一次就不再回頭，因此確認此刻所在位置一點幫助也沒有。唯一能夠仰賴的線索，唯有偶爾會從枝葉縫隙間露出臉的太陽。從太陽的位置，至少能夠判斷出前進的方向。

對新來乍到的探險隊員來說，熱帶雨林的景象不管走到哪裡都是一個樣，但是對於長年住在此地的保羅來說，可就完全不同了。牠對這座森林可說是瞭如指掌，哪裡可以摘到美味的水果，哪裡有水質乾淨的小河，不論是地形、林相，還是食物分布狀況，牠全都一清二楚。在中南美洲、東南亞及非洲都有熱帶雨林，每一處的熱帶雨林各有不同的特徵。這三處的熱帶雨林，博士都去過好幾次，所以博士本身對於森林的狀況有一定程度的了解。但如果沒有保羅帶路，就算是博士也沒辦法順利找到庫魯魯村。因此對探險隊來說，保羅的出現可說是意義重大。

終於來到了庫魯魯村附近。保羅突然說要先打探一下庫魯魯村的狀況，要隊員先別再前進。牠說完，便獨自消失在森林深處。

好慢啊，怎麼還沒回來？就在大家逐漸開始擔心的時候，保羅終於回來了。牠一臉緊張，走到博士面前，開始報告。

根據保羅的描述，村民們似乎正進入備戰狀態。男人都在身邊擺著長矛或弓箭，以便隨時可以戰鬥。村子可能受到敵對部族攻擊，如果探險隊捲入他們的戰爭之中，可就麻煩了。保羅決定觀望一陣子，再回報情況。

就在這時，剛好有一群認識的褐捲尾猴經過，保羅過去打了招呼，問了其中一隻名叫黑鼻的朋友。「為什麼村民們要備戰？是不是與哪個部族發生了戰爭？」一問之下，得到的答案令保羅非常震驚。

「博士，村民們所警戒的對象，竟然就是你們！村民們聽說有東方人騎著黑馬，帶著兩名孩童，以及一群從未見過的動物，到處打聽庫魯魯村的位置。他們得知之後，以為你們想要征服庫魯魯村。如果村民看到你們，可是會二話不說就發動攻擊。他們所使用的箭矢及長矛都塗了毒，而且是箭毒蛙的劇毒，就算只是劃傷一點皮膚，也會在十分鐘之內死亡。博士，我看你們最好還是別進村子為妙。話說回來，庫魯魯村的村民向來個性溫和，都是些愛好和平的人，為什麼這麼怕你們？」

保羅害怕得縮起脖子，打了個哆嗦。

「謝謝你，保羅。這真的是非常重要的消息。或許是因為我騎著黑駒，讓他們誤解了吧。」

「我不懂，為什麼會誤解？」

「這與西班牙人征服印加帝國的歷史有關。一五三一年，西班牙將軍皮薩羅率領了僅僅兩百名士兵，前往現在的秘魯。他們攻打印加帝國，在三年後將印加帝國完全征服。當時皮薩羅能夠大獲全勝，主要的原因在於鐵製鎧甲、火槍及馬匹的高度機動力。所以對庫魯魯村的人來說，『騎在馬上的人』是一種非常不吉祥的象徵，會讓他們聯想到印加帝國滅亡的噩夢。何況這個『騎在馬上的人』想盡辦法要查出庫魯魯村的下落，當然會令他們更加害怕。就算我告訴他們，我們的目的只是想尋找黑頭鬼鴞，他們也不會相信吧。若能避免無謂的爭執，當然是再好不過，我們就別靠近庫魯魯村了。反正只要能找到飛鳥郵局就行了。」

「我明白了，博士。可是飛鳥郵局那些鳥兒們也受了村民影響，非常害怕我們靠近。」保羅一臉無奈的說道。

「我們有托托所屬的飛鳥郵局的局長畢康德所寫的介紹信，就由紫綬帶貝卡哈雅與八咫烏建角擔任使者，將介紹信送去吧。這裡的郵局局長紫藍金剛鸚鵡，跟畢康德局長有親戚關係。不過聽說紫藍金剛鸚鵡的性格相當孤傲，你們得小心別惹牠生氣。還有，別忘了帶些伴手禮。」

八咫烏建角於是將伴手禮放進包袱裡，再將包袱掛在脖子上，帶著貝卡哈雅出發了。

庫魯魯村的飛鳥郵局就建在一棵大樹的橫向粗枝上。建角拉扯門上的一根繩索，門內傳出叮噹聲響。不一會兒，門開了，一隻體型碩大的鸚鵡探出頭來。牠正是局長紫藍金剛鸚鵡。看起來頗有年紀，全身都是偏藍的紫色，翅膀的羽毛帶了一點灰色。

牠上下打量建角好一會兒，以沙啞的聲音說道：「從來沒見過你這樣的鳥……有什麼事嗎？」

「我帶來了畢康德局長的介紹信。」建角恭恭敬敬的遞上那封信。

局長從鱷魚皮製的手提包裡取出老花眼鏡，仔細端詳。

「這確實是畢康德的親筆信。以羽毛筆書寫，而且有著畢康德的筆跡特色，絕對假不了。那邊那隻尾巴長長、長相逗趣的小鳥，叫兩聲來聽聽看吧。」

貝卡哈雅向來對自己的可愛眼神相當有自信，一聽局長以「逗趣」來形容自己，不禁有些生氣。但貝卡哈雅還是照樣表演了自己最拿手的空中轉圈，停在一根小樹枝上，使盡力氣大喊：

「月……日……星！月日星！啾啾啾！月日星！」

「嗯，聲音不錯。不過『月日星』是什麼意思？」

「是指在天上發光的月亮、太陽及星星。我的歌聲就是在讚美這三樣東西。」

貝卡哈雅說完之後，再度鼓起胸口，以宏亮的聲音大喊：「月日星……」

「可以了，不用再叫了。你是一隻不錯的小鳥，內心非常純淨，有資格當我的部下。輪到你了，黑烏，叫幾聲來聽聽吧。」

建角二話不說，立即大喊：「嘎！嘎！嘎！」

「真是平凡的叫聲，總覺得在哪裡聽過。沒有更有趣的叫法嗎……？」

建角覺得簡直像在接受一場莫名其妙的面試，但不敢惹火局長，於是老實扯開喉嚨，依著節拍大聲唱道：「嘎！嘎、嘎、嘎、嘎、嘎！嘎啊啊！」

「嗯，挺有意思。這叫聲又有什麼含義？」

「夕陽西下，倦烏歸巢時發出的歡愉歌聲。唱的時候要對著太陽，意思是『太陽公公，今天也謝謝你了』。」

「很好，我很喜歡。看來你的身體雖然黑，但心並不黑。」

「這是一點小小的心意，裡頭是我們從日本帶來的仙貝餅，請用。」建角取出包袱裡的一袋仙貝，交給局長。

局長扯破袋子，用鳥喙啄了一口仙貝，嚼了幾下後說道：「嗯，滋味不錯。不僅甜度適中，還加了某種我從未嘗過的香料。我很滿意，謝謝你們。」

「很高興你喜歡。我的主人想要見你一面，不曉得方不方便？」建角趁著局長心情好的時候，說出了此行的目的。

「好，沒問題。你的主人是人類，對吧？庫魯魯村的村民對他起了戒心，你帶他來的時候要小心別被看到。如果你們還有仙貝，再帶一些過來，我想搗碎後給小鳥們吃。」

建角高興得差點跳起來，但牠壓抑住興奮的心情，道了謝後轉身離開。

博士聽了建角與貝卡哈雅的回報後，也相當開心，立即決定與局長見上一面。這次博士只帶了建角、雪丸、馬馬、奇奇及保羅前往。為了怕又遭到誤解，便要黑駒負責留守。博士命令貝卡哈雅擔任傳話員，一行人帶著許多仙貝出發了。

紫藍金剛鸚鵡打扮得漂漂亮亮，脖子上圍了鮮紅色的藤蔓，率領手下的局員迎接博士一行人。這間飛鳥郵局共有五名擔任郵差的小鳥，一名負責櫃檯窗口的虎皮鸚鵡，以及一名值夜班的貓頭鷹。局長取出老花眼鏡，再看了一次介紹信，才以略微沙啞的聲音說道：「我願意見你，因為一來有介紹信，二來你的使者並沒有什麼可疑之處。但我還是忍不住想問，你遠渡重洋，來到這窮鄉僻壤，到底有什麼事？」

雪丸走上前，恭恭敬敬的說道：「我們來這裡的目的，是為了尋找黑頭鬼鴞。牠從庫魯魯村飛鳥郵局寄出一封信給我們，信裡說牠遇上了危險，希望我們盡快趕來。這邊這位是我們的主人太子博士，他是一位動物學家，會說動物的語言，經常幫助動物。我們此行的目的，純粹是基於動物學上的興趣。到目前為止，我們已經找到了不少動物學的新發現，而黑頭鬼鴞更是掌握了哺乳類演化史之謎的關鍵線索。」

「唔……演化史什麼的，對我來說太難了，我一點興趣也沒有。從前西班牙人突然闖入我們的世界，消滅了印加帝國，屠殺這裡的居民，到處搜括黃金製品，熔成金塊後，送回西班牙。直到今天，還是有不少懷抱黃金鄉美夢的貪婪之徒，在這安地斯山脈到處遊蕩，想要找出印加帝國的遺跡。我本來以為你們也是那樣的人，看來是我誤會了。

關於你提到的黑頭鬼鴞，確實是一隻相當神祕的鳥。牠到底住在哪裡，連我也不知道。好一陣子以前，牠突然來到郵局裡，說想寄一封信到日本。我問牠詳情，說是有一位叫風叔叔的動物學家，在牠腳骨折時幫助了牠，因此希望寄一封限時信，盡快與風叔叔取得聯絡。」

「那位風叔叔，就是我們的主人太子博士。」

「黑頭鬼鴞寄來的信，我們確實收到了。信中說牠效命的王國遇上危難，要我們盡快趕來相助。雖然我們不曉得到底發生了什麼事，但在那個王國裡，有某隻動物掌握了演化之謎的關鍵線索。如果這隻動物隨著王國一起滅亡，演化之謎將永遠沒有水落石出的一天。所以我們立即組了一支探險隊，到這裡來解救黑頭鬼鴞，並且幫助王國避免滅亡的危難。」

雪丸說完了這些話後，靜靜的等著局長的回應。

「我大致明白了。我們這裡有黑頭鬼鴞申請的郵箱，自從牠寄信到日本之後，每天都來這裡看有無回信。但是，大約十天前起，牠突然不再出現了。我正擔心牠是不是遇上了什麼事，就在數天前，我們收到了那個風叔叔的回信，正是黑頭鬼鴞每天引頸期盼的信，我們想要送去給牠，但不知道牠住在哪裡。你剛剛說王國遭遇危難？意思是說，從前的那個王國如今還悄悄存在於叢林之中嗎？這我還是第一次聽到，但如果是真的，黑頭鬼鴞很可能就住在那裡。或許牠生病了，所以沒有辦法前來……風叔叔從日本寄來的那封信，現在還放在牠的郵箱裡呢。如果你們不信，我可以打開給你們看。

總而言之，我不知道黑頭鬼鴞現在在哪。你們說的那個王國後裔的宮殿，或許就在那座禁忌的黑森林裡也不一定。但那裡頭可是住著巫婆，任何人一旦進去就別想再走出來，所以從來沒有人敢靠近。」

紫藍金剛鸚鵡最後輕咳一聲，為自己的一長串解釋畫下句點。接著牠打開黑頭鬼鴞的郵箱，從中取出一封信，拿到博士面前。

「這就是日本寄來的信，寄信人是風叔叔。你們看，沒錯吧？」

那確實是太子博士寄給黑頭鬼鴞的信。如此看來，局長真的不知道黑頭鬼鴞的下落，繼續問下去也無濟於事。

博士原本以為只要到了庫魯魯村的飛鳥郵局，就能夠探聽到黑頭鬼鴞的下落。如今期待完全落空，不由得大為沮喪。但畢竟費盡千辛萬苦才來到此地，絕不能輕言放棄。博士重新提起精神，不讓失望的心情表現在臉上，對紫藍金剛鸚鵡說：「謝謝。我們會在附近住上一陣子，好好思考接下來的計畫。」

博士說完之後，便帶著隊員們離開了飛鳥郵局。

小百合失蹤

博士決定在距離飛鳥郵局不遠的一條小河河畔搭起營帳，設法在附近打探消息。水是生活中不可或缺的，不管是烹煮料理還是洗滌都必須用到水。那條小河相當清澈，連魚兒的動作都能看得一清二楚。此時最開心的，就屬荷拉吉了。牠立即下水捉了許多魚，當晚餐的配菜。這裡有些魚的外型與鱒魚有三分相似。

在博士的心裡，最大的問題還是那座黑森林。據說裡頭住著會妖術的巫婆。黑頭鬼鴞或許已經被巫婆捉住了。問題是巫婆為什麼要捉黑頭鬼鴞？博士想來想去，實在想不出理由。

總而言之，進入黑森林之前，打探消息非常重要。一定要先探聽清楚那個巫婆到底是什麼來頭。第一步，博士決定先委託保羅，向住在黑森林附近的褐捲尾猴打聽消息。

保羅於是帶了負責傳話的紫綬帶貝卡哈雅，在猴子奇奇的陪同下啟程出發。

「路上小心！千萬不要逞強，也不要冒險踏進黑森林！希望你們平安！」

馬馬一邊說，一邊高舉雙手揮舞。

奇奇嘻皮笑臉的翻了三圈，貝卡哈雅也表演了最擅長的空中翻轉，說道：「月日星！啾啾啾！太陽公公會保佑我們，不用擔心！等我們的好消息吧！」

精神抖擻的說完後，牠們便出發了。

營區裡沒有廁所，大小便都是各自在草叢裡解決。上完了大號後，一定要將大便及衛生紙埋進土裡，這是每個隊員都必須遵守的生活公約。

探險隊員討論這個公約的時候，荷拉吉突然哈哈大笑，得意洋洋的說：「就算埋起來，可能還是會有臭味。如果讓別人聞到，就要處罰抬水二十次。不過你們放心，我絕對不會被處罰。因為我大小便都在河裡解決，而且魚兒還會幫我吃掉。魚兒都說超級好吃耶！只要我一大便，魚兒全都會聚集過來，簡直把我當成了聖誕老公公！這也算是一種慈善事業吧。而且這對我來說也有好處，因為只要一大便，任何魚兒都是手到擒來。你們說，我的大便是不是好處多多？」

荷拉吉愈說愈得意忘形。

「太可惡了，荷拉吉！這沒什麼好得意，而且你應該向大家道歉！原來你一直餵我們吃了你大便的魚！」鼬鼠葛佩板起了臉，責罵荷拉吉。

這時野兔丘治打起圓場，說道：「葛佩，怎麼了？為什麼突然對荷拉吉生氣？別這樣，荷拉吉常捕魚兒給你吃呢！」

葛佩反駁道：「你是植食性動物，從來不吃魚，所以根本不懂我為什麼生氣！別在那裡裝好人，當什麼和事佬！我可是為了大家好，才對荷拉吉發脾氣！愛攪局的兔子，到旁邊涼快去！」

野兔丘治氣得兩眼通紅，耳朵微微顫抖，似乎隨時會撲向葛佩。

「好了、好了，別吵架。探險隊的任務正到了重要關頭，這種時候大家應該要好好相處。」

馬馬趕緊走到牠們中間，攤開了雙臂。荷拉吉只是看著天空，一臉置身事外的表情。

就在這時，忽然傳來一陣嚴厲的斥責聲，迴盪在附近的森林裡。

「荷拉吉，你給我過來！不准再任性！葛佩為什麼生氣，難道你不懂嗎？」

那是雪丸發出的聲音。

「我不懂。」荷拉吉一臉錯愕的回答。

葛佩以欲哭無淚的表情大喊：「雪丸先生，謝謝你理解我的憤怒！荷拉吉竟然先讓魚吃牠的大便，然後才把魚給我們吃！大家聽了難道不生氣嗎？」

「葛……葛佩！你這麼說就太過分了！我怎麼可能做那麼壞的事？既然你懷疑我，以後我不捉魚給大家吃了！我都是在河川的下游大小便，在上游捕魚！」荷拉吉氣呼呼的反駁。

雪丸臉色嚴厲的瞪了荷拉吉一眼，「荷拉吉，你現在說的是真的嗎？」

「當然是真的！我怎麼可能讓博士和雪丸先生吃大便魚？我只是說說笑話而已，怎麼連雪丸先生也這麼認真！」

荷拉吉大聲抗議。雪丸的臉色登時變得溫和，柔聲說道：「既然如此，你為什麼要說那種讓大家不舒服的話？原本大家吃了你捉的魚，都很感謝你呢……」

「對不起，是我玩笑開得太過火了。剛開始的時候，我只要捉魚回來，大家都會很開心，但最近只會露出理所當然的表情。尤其是葛佩，總是沒吃兩口就說今天的魚不好吃，要我捉好吃一點的魚回來，簡直像是主人在命令僕人。大家好像都以為我捉魚很輕鬆，但要捉到足夠大家吃的魚，可不是一件簡單的事情。想到大家的態度，我才忍不住想捉弄你們。」

「原來是這麼回事。荷拉吉，跟葛佩及丘治握手言和吧。」

雪丸牽起牠們的手，讓牠們的手互握。

「荷拉吉，對不起，一直沒有注意到你的心情。你捉的每一條魚都很好吃，哪像我，連一條小魚也捉不到。我雖然是植食性動物，但還是會吃一點你捉的魚，因為實在太好吃了。」

野兔丘治垂下一對長耳朵，突然撲過去抱住荷拉吉。荷拉吉晃了兩下，與丘治一同摔倒在地上。

「荷拉吉最厲害了！以後也要麻煩你多捉些美味的魚喲！」馬馬高舉雙手大喊。

這起荷拉吉事件雖然讓大家都有些生氣，但結果反而舒緩了團隊的緊張氣氛，增進了和諧，也更加鞏固了隊員們團結合作、渡過難關的決心。

自從這起事件之後，每次荷拉吉捕魚回來，大家總是會拍手迎接。荷拉吉有時會眉開眼笑的抓起大魚的尾巴，說一些「大便魚跳樓大拍賣」之類的玩笑話，引來一陣大笑。

保羅出發的第三天，貝卡哈雅飛了回來，停在樹梢上高喊：「月日星！啾啾啾！我來傳話了！保羅與奇奇成功見到了在黑森林附近建立地盤的褐捲尾猴族！牠們對保羅及奇奇非常友善，保羅決定暫時與牠們一起行動，花些時間探聽消息。保羅要我告訴大家『請再等待幾天，應該能打聽到一些詳細的內情』。保羅及奇奇都很平安，大家不用擔心。」

「辛苦了。聽你這麼說，我們就安心了。我們這邊沒有任何異常，請告訴保羅，等牠的好消息。你今天先好好休息，明天再出發吧。」

雪丸慰勞了貝卡哈雅一番。

過了一會兒，鼬鼠葛佩偷偷告訴貝卡哈雅，「雪丸先生說這裡沒有異常，那是騙你的。其實我們這邊發生了大事呢！」

「咦？發生了什麼事？」

「你聽我說……」葛佩強忍著笑意，將荷拉吉事件一五一十說了。貝卡哈雅捧腹大笑，差一點從樹枝上摔下來。

隔天天一亮，貝卡哈雅立即啟程出發，回到保羅與奇奇身邊。牠帥氣的翻了一圈，有如箭矢一般朝著黑森林的方向飛去。

這段期間，博士模擬了各種進入黑森林的策略。等保羅牠們回來，帶來更多消息，應該就可以整合出最佳策略。

但是就在紮營的第七天，發生了一件不得了的大事。當時大家聚集在一起，準備要吃晚餐，小百合卻沒有出現。首先察覺這件事的是龍二，他問大家：「為什麼沒看到小百合？誰知道她去哪裡了？」

「真的耶，小百合怎麼不見了？我記得兩點左右還見過她……」矮黑猩猩馬馬歪著腦袋說道。

「差不多就在那個時候吧……我看見她走進草叢裡，我以為她要去上廁所……」鼬鼠葛佩接著說道。

小百合畢竟是女孩子，上廁所的時候不希望被任何人看見，所以會走遠一點。不過雪丸曾嚴格下令隊員不能獨自離開露營地，這是絕對必須遵守的生活公約。小百合也相當清楚，所以不會走到聲音能傳回露營地的範圍之外。

照理來說，如果遇上了什麼危險，小百合應該會大聲呼救，卻沒有任何隊員聽到小百合的叫聲。天色愈來愈暗，夜晚的叢林是相當可怕的。到處有毒蛇、毒蠍出沒，隨意走動實在很危險。而且暗得伸手不見五指，有可能會不小心踩到毒蛇，如果真的發生這種事，性命很可能就不保了。

「我想去找她。馬馬，你願意陪我去嗎？」龍二鼓起勇氣說。

雪丸見一旁的博士搖搖頭，於是說：「龍二，我能體會你的心情，但這件事你做不來。還是讓嗅覺靈敏的葛佩與聽覺靈敏的丘治去找吧。牠們都習慣在夜晚行動，比你安全得多。葛佩、丘治，麻煩你們了。」

鼬鼠葛佩與野兔丘治二話不說，立即奔向當時小百合走進的那片草叢。

過了一會兒，葛佩動了動鼻子，說道：「我聞到味道了！她果然是去上廁所！」

丘治聽了，也趕緊動一動鼻子，說道：「嗯，確實有一點味道……往這邊！」

葛佩挖掘地面，找到了一些痕跡，牠聞了聞，說道：「沒錯，她在這裡上了廁所……但後來又發生了什麼事？」

葛佩繼續在周圍一帶仔細聞嗅氣味。

「啊！我找到足跡了！她往露營地的相反方向去了……好奇怪，她為什麼要這麼做？」

葛佩與丘治繼續追蹤小百合的足跡。又過了一會兒，丘治大喊：「糟糕了！葛佩，你看這個！」

丘治指著地面上一個不明顯的動物足跡。

「我本來以為是美洲豹，但美洲豹的足跡應該沒這麼小。如果是在日本，我一眼就能猜出這是什麼動物，但亞馬遜的動物我就不熟了。這足跡跟貓有點像，可能是貓的近親。換句話說，是我最討厭的肉食性動物。」

丘治接著豎起耳朵，仔細聆聽周圍的聲音。

「我聽不見任何可疑的聲音。這也沒什麼不對，畢竟小百合在這裡上廁所，已經是三小時以前的事了。大家應該都在擔心，我先去回報大家。葛佩，你在這裡等我一下，我馬上就回來。」

丘治說完，轉身往露營地奔去。過了一會兒，又奔了回來。

丘治與葛佩繼續追蹤小百合和那隻野獸的足跡。牠們又發現了一件事，那就是小百合與那隻野獸之間大約有六、七公尺的距離。如此說來，小百合可能是受到了某種誘惑，才會自願跟著那隻野獸走。但是小百合向來沉著穩重，怎麼會輕易受到引誘？葛佩與丘治想來想去，實在是想不出合理的解釋。

牠們繼續聞嗅地面，尋找足跡，朝著小百合離開的方向前進。

突然間，走在前頭的丘治大喊：「這是什麼味道？好奇怪！葛佩，你來聞聞！」

葛佩急忙奔跑過來，兩手搔搔鼻頭一聞，說道：

「是蛇！這是大蛇的氣味！而且更奇怪的是……那隻大貓跟小百合的足跡都在這裡消失了！難道……」

「小百合被大蛇吃了？絕對不可能！」丘治說得斬釘截鐵。

「丘治，我們冷靜下來好好想一想……雖然博士說過，大蛇吃人的傳說都是假的，但是小百合和大貓的足跡在這裡完全消失，只剩下大蛇移動的痕跡，除了被吃掉，還有什麼原因……？」葛佩歪著腦袋，一臉納悶的說道。

「難道是騎在大蛇上離開了？實在不太可能。我們繼續追蹤大蛇的痕跡看看好了，或許能找到其他線索。」

於是，葛佩與丘治繼續發揮優秀的嗅覺及聽覺，沿著大蛇移動過的痕跡前進。

不一會兒，來到了草原上。沿路上野草都向兩側傾倒，大蛇的移動痕跡變得非常明顯。

「糟糕，丘治！答案揭曉了！是一條巨大的蟒蛇！你看看這些草的痕跡，這條大蛇的寬度可能有三十公分！」

「嗯，我也正在想著同一件事。但如果是蟒蛇，接下來的結論讓我好害怕……」丘治沮喪的垂頭說道。

「如果是這麼大的蛇，確實可能吞掉一名少女……雖然不願意承認，但除此之外，似乎沒有其他合理的解釋了……我們快回去吧，得盡快把這件事告訴博士才行！」葛佩催促丘治，一同循原路急忙奔回露營地。

此時太陽已完全下山。回到露營地時，大家正圍繞在營火邊，等著牠們歸來。這裡雖然是鄰近赤道的熱帶地區，但由於位在海拔一千五百公尺的高地上，夜晚還是頗有寒意。

葛佩與丘治你一言我一語的報告了搜查結果。不管是博士、龍二、雪丸，還是其他隊員，臉上的表情都愈來愈沉重。根據回報的結果，在疑似蟒蛇痕跡出現的同時，小百合的足跡完全消失了……雖然大家都希望小百合平安無事，但調查結果代表什麼，每個隊員的心中念頭都圍繞在這一點上打轉。葛佩與丘治又說那條大蛇的體寬大約將近三十公分，更是讓所有隊員徹底絕望。

報告結束之後，整個露營地一片寂靜，所有隊員都低頭不語。期盼小百合平安無事的心情，以及打破這個希望的種種證據，在隊員們的心中不斷撞擊。

原本一直閉著眼睛傾聽的博士，此時緩緩開口說道：「那隻足跡類似貓的動物，很可能是『細腰貓』。這種動物比一般的家貓大，身上沒有任何斑紋，體態纖細瘦長。通常是茶褐色，但也有少數是黑色的。在亞馬遜地區，細腰貓是很常見的肉食性貓科動物。至於那條大蛇，應該是蟒蛇吧。牠們很可能都是黑森林巫婆的手下，巫婆知道我們在這裡，所以故意挑釁。

小百合的安危很讓人擔心，但如果大蛇真的是巫婆的手下，應該是打算把她當作人質。若是如此，小百合一定還活著。因此我們接下來要做的，就是盡全力救出小百合。至於之後的計畫，就等到時候再說吧。葛佩、丘治，辛苦了，謝謝你們。今晚請你們好好休息，明天一大早希望你們繼續搜尋大蛇的蹤跡，查出牠到底去了哪裡。大家都辛苦了，從明天起，我們將與巫婆一較高下，晚安。」

博士說完，走進了自己的帳篷。

博士的煩惱

太子博士一走進帳篷，忽然感覺天旋地轉，連站也站不穩。博士不禁抱住了頭，搖搖晃晃的倒在摺疊床上。剛剛為了消除大家心中的不安，博士一再強調小百合還活著，但這些話一說出口，連自己也感到心虛。仔細想想，根本沒有證據可以證明小百合還活著。小百合遇上大蛇後發生了什麼事，目前沒有任何線索。唯一的希望，是那條大蛇真的是巫婆的手下，遵照巫婆的指示綁架了小百合。問題是大蛇要如何帶走小百合？

博士多麼希望是大蛇將昏厥的小百合放在背上移動。但聽了葛佩、丘治的報告，從那些野草的傾倒程度來研判，大蛇的移動速度應該非常快，不太可能將小百合放在背上。百分之九十九的機率，是大蛇將小百合吞下肚了。博士不禁暗罵自己下了如此愚蠢的決定。為了實現自己的夢想，竟然犧牲了一名少女的生命！這是多麼嚴重且無法挽回的過錯！

太子博士一下子亂扯自己的頭髮，一下子跪在地上以雙拳猛敲地面。過了一會兒，泥土的冰涼觸感讓博士逐漸恢復了冷靜。

博士坐回床上，愣愣的凝視著前方的漆黑空間，半晌沒有移動身子。眼前那片黑暗，逐漸幻化成了籠罩在心頭的陰影。那陰影之中，有一個正在緩步而行的男人，那男人的背影是如此孤獨。

那男人正是風深荒野。博士不禁感慨，那段時期真是自由自在，想做什麼就做什麼。自己從小喪母，由雪丸牠們扶養長大，所以能夠聽得懂、也會說動物的語言。經常有動物園或博物館向自己委託研究工作，因此常常需要走遍全世界，與動物溝通，或是在博物館內蒐集資料。這些工作的成果獲得了高度的評價，令自己在研究界的重要性愈來愈高。

那段日子真是快樂。往來於世界各地，品嘗當地美食，接觸不同民族，從五花八門的民族文化中感受不同的樂趣。而且經常有機會幫助動物，獲得動物的感激。每次與動物園裡的動物交談，博士總是會感慨命運的捉弄。每一隻動物都有著自己的生命尊嚴，並且維持著自己的主體性。博士時常不禁大感佩服，也漸漸感受到了一抹空虛。

自己到底在做什麼？每天隨風漂泊，過著活在當下的日子，靠著類似慈善的事業來自我滿足，得意洋洋的以為自己做了什麼了不起的好事。自己的人生難道應該這麼荒度下去嗎？人生在世，不是應該追求輝煌、從事讓更多人獲得幸福的工作？

就在心中產生這樣的念頭時，自己的人生也出現了重大轉機。有一天，雪丸勸自己，應該要好好守護祖先傳承下來的屋舍及土地，別再過這種隨波逐流的生活。雪丸告訴自己，將來有一天，一定能找到屬於自己的道路。

在那個屋子裡，住著雪丸、黑駒這兩隻與聖德太子有著極深淵源的動物，以及八咫烏建角這隻從神話時代延續血脈至今的動物。除此之外還有不少野生動物，形成一個大家庭。大家都尊稱自己為博士，對自己非常重視。在那屋子裡的生活非常快樂，沒有任何可挑剔之處。但過了一段日子之後，原本深埋在心中的夢想開始逐漸抬頭。與黑頭鬼鴞的相遇，更是讓自己下定了決心。

納斯卡王國的後代還殘存在亞馬遜森林的深處，而且建立起了一個王國。這當然也是一個相當令人感興趣的消息，但真正讓自己雀躍不已的，是世上或許還存活著某一種動物，能夠解開一萬一千年前巨大哺乳類動物的滅絕之謎。只要能與那動物見上一面，好好問個清楚，或許這演化史上的重大懸案就能水落石出。探險隊行動的開始，正是因為自己沉醉於這個幻想之中，滿心以為這正是屬於自己的道路。事實上黑頭鬼鴞根本沒有明確告知星尾獸如今是否依然存活在世上。牠只是完整畫出了以紫外線的顏色所排出的納斯卡地面畫而已，自己卻產生了星尾獸依然存活著的幻想。明明毫無根據，卻依據這個幻想建構起一套科學假說，還想要付諸行動加以證實。如此草率、魯莽，或許已經害死了一個原本有著美好未來的少女。自己雖然號稱是動物學家，但說穿了其實就只是個動物愛好者而已，根本沒有資格當個科學家。沒錯，自己根本沒資格被大家稱作太子博士。自己就只是風深荒野，只是「風叔叔」。如此魯莽的探險行動，或許應該要立刻中止，帶著大家返回日本。

博士深深吸了一口氣，接著將氣吐出，彷彿想要將所有的計畫也一併吐掉。然後博士一口喝光了杯子裡的白蘭地，腦袋一片空白的凝視著眼前的漆黑空間。

就算要回日本，在那之前，還得先完成一件事才行。那就是盡一切努力找出小百合的下落。雖然小百合確實很可能被蟒蛇吞下肚了，但那畢竟只是依照現場狀況研判的間接證據，而不是直接證據。剛剛告訴大家「小百合被當成了人質」，儘管只是安慰之詞，但可能性並不是零。就算只是千分之一，甚至是萬分之一，此時也不能放棄。

博士那原本有如墜入無盡深淵的灰暗臉孔，此刻終於閃過了一抹光明。

小百合一定還活著。一定要抱持這個信念採取行動。要加以證實，就必須進入黑森林。但那座森林受巫婆控制，裡頭不知有著什麼樣的危險陷阱。別的不說，至少必須與巨蟒直接對決。當蟒蛇攻擊的時候，隊員中有誰能抵擋得住，甚至打敗牠？最有可能做得到的隊員就是擁有超能力的雪丸、黑駒及建角了吧。但要採用什麼樣的策略，才能擊敗蟒蛇？何況就算能順利擊敗牠，也難保不會有隊員犧牲。如此想來，還是必須更進一步的了解那巫婆的來歷。保羅牠們或許會帶回來一些消息，但恐怕不能寄予太大的期望。想要獲得真正有用的消息，最好能進入黑森林的內部。要派誰負責這項任務？八咫烏建角或許是不錯的人選。

博士不斷的思考策略，不知不覺天色已經大亮。小鳥兒唱起了森林之歌，讓整座森林變得熱鬧起來。博士一夜沒有睡，沒有辦法從強烈的後悔中重新打起精神，心情再度變得陰霾不開。

「博士，早餐準備好了。」門外傳

來龐貝娜朝氣十足的聲音。

博士沒有精力開口說話，所以選擇沉默不語。過了一會兒，門外的龐貝娜又說了一次：「早餐準備好了。」博士心想，如果再不回答，龐貝娜擔心自己的安危，一定會探頭進帳篷裡來看。於是博士只好勉強擠出聲音說道：「我不餓。」

接近中午時分，負責追蹤蟒蛇下落的鼬鼠葛佩與野兔丘治回來了。根據牠們的說法，那是一條足以將活人吞下肚的巨蟒，最後進入了黑森林。

果然不出我所料。

博士只說了一句「辛苦了」，就不再開口。

胸口彷彿被惡魔緊緊壓住了，時間變得異常凝重，令博士感到痛苦萬分。博士因小百合的失蹤而墜入了後悔與悲傷的深淵，思緒完全停止，蜷曲起了身子，有如一具會呼吸的屍體。

博士清楚的感受到所有隊員都聚集在帳篷外，擔心著自己。在這種時候，絕對不能再失去任何一名隊員。博士決定要獨自一個人進入黑森林，查探小百合的下落。然而即便做出了這樣的決定，博士還是非常清楚，隊員們聽了之後，一定都會要求隨同前往。就算果斷拒絕，雪丸牠們一定也會想辦法偷偷跟在自己的身後。

博士一時不知該如何是好，強烈的悲傷再度湧上心頭，忍不住壓低了聲音啜泣。過了一會兒，博士感覺心情輕鬆不少，彷彿心靈受到了大雨洗滌一般。

這有什麼好迷惘的？答案不是很簡單嗎？我只帶雪丸、建角進入黑森林。剩下的隊員，就交給黑駒來指揮。

由於這時已是深夜，博士打算明天再告訴大家這個想法。下定了決心之後，博士感覺鬆了口氣，終於躺在床上睡著了。

夜猿、怕！

在這個時候，聚集在帳篷外的隊員也各自感到心情沉重，不知該怎麼辦才好。鼬鼠葛佩與野兔丘治說起了悄悄話：「我們兩個偷偷到黑森林去看看吧。」然而牠們的祕密盤算，都被雪丸聽見了。雪丸心想，這不太妙，要是放任不管，不曉得哪個隊員會做出什麼傻事。這時太陽已快要下山，雪丸放心不下，決定找黑駒與建角前來商量。

「只剩下最後一個辦法了。」八咫烏建角說道。

雪丸與黑駒都露出了納悶的神情。於是，建角將那隻神祕的類人猿「夜猿格里恩」的事情一五一十的說了出來。格里恩說只要在遇上危難的時候呼叫，牠一定會趕來幫忙，只是不曉得有幾分可信度。

「我認為可以相信一次看看。反正只要試試，就知道是不是真的了。」建角語氣堅定的說道。

於是牠們將馬馬叫了過來。

「牠是一隻很神奇的類人猿，捉摸不定。我也不知道牠願意幫多少忙，但森林裡發生的事情，似乎沒有一件逃得過牠的眼睛。我相信牠一定知道那個巫婆的來歷，或許還知道一些小百合的消息。建角先生，你就試試看那個神祕信號，如何？」

馬馬的說明起了決定性的作用。

雪丸毅然決然的說道：「建角，試試看吧。」

建角於是立即飛上一棵高大樹木的樹梢，首先朝著東方奮力大喊：「夜猿、怕！」

沒有任何反應。

接著建角朝著相反方向的西方大喊：「夜猿、怕！」

同樣沒有任何反應。

於是建角轉向了南方。南十字星正高掛在天空上。建角以宛如朝著那星星祈禱的心情大喊：「夜猿、怕！」

聲音消失在夜空中，同樣沒有反應，只換來一陣寂寥。這宛如白日夢一般的咒語，或許打從一開始就不該相信。建角不禁感到有些沮喪，將最後的希望寄託在北方的天空。

建角擠出了所有力氣，朝著閃爍於遠方的一顆星星大喊：「夜猿、怕！」

最後的「怕」一喊出口，建角似乎看見那星光微微搖曳了一下。

不知從何處傳來了低鳴般的重低音聲響。不，與其說那是某種動物的聲音，聽起來更像大地的震動聲。

原本趴在地上的雪丸也將身體往上彎曲，仰起頭發出類似狼嚎的叫聲回應。那是建角過去從來不曾聽過的聲音。

接著維持了好一陣子宛如寒冬一般的寂靜。

突然間，夜猿格里恩已站在馬馬的面前。長相有如貓頭鷹的格里恩，兩眼綻放著神采。

「我早就猜到你們會找我。雖然我大概知道理由了，不過還是聽聽看吧。」

雪丸走上前去，客客氣氣、正經八百的說道：「格里恩先生，謝謝你特地趕來。我叫雪丸。馬馬上次應該已經向你說明過我們此行的目的了。這裡發生了一起不幸的事件，有個名叫小百合的少女疑似被巨蟒吞下肚了。我們的主人太子博士既悲傷又沮喪，窩在帳篷裡一步也不肯出來。我們推測那條蟒蛇是棲息在黑森林的動物，而且是巫婆的手下。但巫婆是什麼來歷，我們並不清楚，而且也不知道她為什麼要阻撓我們的行動。更重要的是，我們想要確認小百合是不是還活著。即使她還活著的機率只有萬分之一……我們也不想放棄希望。格里恩先生，請幫助我們，那個巫婆到底是何方神聖？現在該怎麼做才好？」

雪丸真心誠意的懇求格里恩。

格里恩點點頭，以宏亮的嗓音說道：「首先，你們最擔心的……那個名叫小百合的少女，她還活著，而且非常平安。不過現在雖然平安，未來會怎麼樣可就很難說了。」

雪丸及其他在場隊員聽了，表情都豁然開朗，有如頭頂上灑下了陽光。馬馬一時過於激動，跳過去緊緊抱住了格里恩。接著牠放開格里恩，問道：「真的嗎？蟒蛇如果沒有把小百合吞下肚，要怎麼把她帶走？」

「看來你們並不了解那尾蟒蛇。牠的名字叫亞南皮，體長應該接近三十公尺吧。最有趣的是牠的尾巴。不管是什麼蛇類，尾巴都很重要。亞南皮的尾巴附近約有兩公尺呈現扁平狀，從扁平狀的盡頭到尾巴的尖端約一公尺長，看起來像一條細繩。那條細繩狀的尾巴有如蜘蛛猴的尾巴，什麼都能抓住，就像是大蛇的手。亞南皮正是用細繩狀的尾巴捲起昏厥的小百合，將小百合放在背上，再以尾部的扁平狀部分將小百合包起來帶走。小百合因為驚嚇而失去了意識，但這反而是件好事。這麼一來，她才能乖乖待在捲成圓筒狀的尾巴裡，毫髮無傷的被亞南皮帶進黑森林。是一隻美洲豪豬告訴我的，牠清楚看見了這一幕，應該不會錯。」

「謝謝你，這真是天大的好消息，博士聽了一定也會恢復精神的。不過亞南皮為什麼要綁架小百合？是巫婆的命令嗎？能不能告訴我們，那名巫婆到底是誰？不然，我們不知道如何從長計議。」雪丸恭敬的請教格里恩。

「我說了，你們一定會嚇一跳。那個巫婆的身分，其實你們也聽過，她就是瑪瑪科娜。黑頭鬼鴞也落入了她的手中。」

雪丸發出一聲驚呼，全身打了個哆嗦。隊員們之間傳來一陣騷動。

「聽說瑪瑪科娜的胸口曾經被黑頭鬼鴞以爪子撕裂，受了重傷。黑頭鬼鴞到處尋找，想要找出奄奄一息的瑪瑪科娜……按照常理，瑪瑪科娜應該難逃一死才對……既然瑪瑪科娜還沒死，那麼我們在古代遺跡看見的黑豹，果然是瑪瑪科娜的手下嗎？」雪丸問。

「沒錯，黑豹也沒死。這中間發生了什麼事，我並不清楚。對瑪瑪科娜跟黑豹來說，黑頭鬼鴞是最大的敵人。瑪瑪科娜應該恨不得殺死黑頭鬼鴞，但她只是把黑頭鬼鴞抓了起來。為什麼她要這麼做，我也不清楚。應該跟她下令綁架小百合有關吧……你們來到這裡的目的是為了尋找黑頭鬼鴞，因此對瑪瑪科娜來說，你們也是眼中釘。她不想讓你們進入黑森林，也是很合理的事。」

如此出乎意料的發展，令雪丸一時思緒大亂。瑪瑪科娜與黑豹都還活著，而且正計畫著某種陰謀詭計。對於想要找出黑頭鬼鴞的探險隊來說，他們確實是最可怕的敵人。不過，原本大家都以為小百合已經被巨蟒吃掉了，想不到她竟然還活著，只是被大蛇以一般人難以想像的手法帶走了，這真是最值得慶幸的事。

雪丸面色凝重的問格里恩：「你的消息讓我們十分吃驚。不過聽到小百合還活著，我們非常欣慰。找出黑頭鬼鴞當然很重要，但是在那之前，我們要盡全力救出小百合。要營救小百合，就必須進入黑森林，與瑪瑪科娜正面對決。但我們不知道瑪瑪科娜有哪些手下，也不知道她會施展什麼樣的妖術，如果可以，我們希望借助你的智慧。」

「我也想不出什麼好辦法，因為你們跟瑪瑪科娜的戰力實在太懸殊。你們之中，只有黑駒與雪丸有辦法對抗那隻黑豹。更何況瑪瑪科娜的手下還有那條大蛇亞南皮。如果跟瑪瑪科娜硬碰硬，你們一定會輸。我有個朋友，是一隻美洲獅，或許能幫上你們的忙。牠是個相當有正義感的青年，不僅能力很強，而且性格隨和又明理，我相信牠一定很樂意幫助你們。」

雪丸登時喜上眉梢，說道：「謝謝，其實我也正在為戰力不足的問題煩惱著。如果能得到那隻美洲獅的幫助，求之不得。可是……」雪丸說到這裡，忽然欲言又止。

「有什麼問題嗎？」格里恩問道。

「有個難題，那就是我們要如何對抗大蛇？就算是美洲獅，應該也很難打得過吧。」

「嗯，我正想要說這個。其實我也不是很清楚，那個……唔唔恩……」

「咦？」雪丸輕聲喊道：「抱歉，我沒聽清楚你說什麼……」

「關於黑森林，其實我也不是很清楚，但是我們最尊敬的夜猿唔唔恩……長老就住在黑森林裡頭。沒人知道牠的年紀多大，只知道牠至少已經活了數個世紀。我建議你們去找這位唔唔恩……長老求助，只要是關於黑森林的事，牠可以說是無所不知、無所不曉。但牠或許是年紀大了，脾氣有點古怪，你們可要小心一點，不要惹牠生氣。對了，我想起來了，牠非常喜歡吃甜食。不是有種叫作巧克力的甜點嗎？我也只吃過一次而已，那個真的很好吃，牠一定會喜歡。建議你們可以帶巧克力當伴手禮去找牠，對了，等等也給我一個吧。」

「這太容易了。黑駒很愛吃巧克力，我們帶了不少來。其實我自己也很喜歡。」雪丸趕緊說道。

黑駒突然聽見雪丸提起自己的名字，尷尬得臉都紅了。

「明天我就會去找那位夜猿的長老，告訴牠你們的事情。想知道如何對付亞南皮，問牠就對了。馬馬，你也是類人猿，唔唔恩……長老的心情好壞，你應該最清楚，到時候你要多費心了。」

馬馬認真的應了一聲「好」，接著揮舞雙手，朝氣十足的說道：「放心，交給我吧。」

「不過我想確認一下那位長老的名字。真的很抱歉，格里恩先生剛剛說的時候，聲音有點模糊，我聽不太清楚。」

格里恩露出調皮的笑容，說道：「哈哈哈，聽不清楚很正常。因為根本沒人知道牠叫什麼名字，搞不好連牠自己也不知道。牠雖然上了年紀，但記憶力非常好，絕不可能是忘了。然而每當我們問牠叫什麼名字，牠總是含糊發出類似『唔唔恩……』的聲音。我們怕失了禮數，不敢繼續追問，所以總是叫牠『唔唔恩』，你們也可以這麼叫牠。馬馬，你叫一次看看。」

馬馬錯愕的瞪大了眼睛，接著有些不好意思的說道：「唔唔恩……」

「嗯，很好。這麼叫就對了。好了，我該說的差不多都說完了，現在，我先去找那位叫『黑尾』的美洲獅朋友。啊，等等，我忘了一件非常重要的事情。你們只要沿著從黑森林流出來的小河往上游走，就會看到一棵特別高大的樹木。你們可以派不容易引來懷疑的保羅爬到那棵樹上，用力揮舞白色手帕。唔唔恩長老看見了，就會來見你們。好了，我的話說完了。瑪瑪科娜是個不容小看的敵人，一定要提高警覺。」

格里恩說到這裡，黑駒拿出一枚巧克力交給牠，牠一把抓住，接著迅速在樹枝上擺盪，轉眼間已消失在森林深處。

由於事態的發展實在太過突然，雪丸及其他四名隊員都有種彷彿置身夢境的感覺。為了確認剛剛的一切都是真實發生過，大家不由得互看了一眼。

「總之真是太好了，小百合還活著！」黑駒發出類似嘶吼的聲音。

「這真的是最值得慶幸的事。」其他四名隊員也跟著眉開眼笑的說道。

「這下子博士一定能打起精神了。等天一亮，我們就叫博士起床，告訴他好消息。」雪丸也顯得相當開心。

接著幾名隊員圍繞著營火，一邊喝咖啡，一邊討論接下來的行動與策略。不知不覺天空已泛出白光。

「啊！博士出來了！」

目光犀利的建角發現博士從帳篷裡走了出來。

博士的臉色變得蒼白而憔悴。他走上前來，對雪丸說：「抱歉，讓你們擔心了。立刻召集所有隊員，我有重大的決定要宣布。」

四名隊員面面相覷，心裡以為剛剛格里恩說的那些話，博士都聽到了。

不一會兒，隊員們全都到齊了。博士以堅定的語氣說：「讓大家為我擔心了，真是對不起。現在我們的當務之急，是找出小百合的下落。我們要相信她還活著，不能放棄希望。為了證實這點，我們得進入黑森林……」

博士說到這裡，雪丸突然跳了出來，以嘶啞的聲音大喊：「博士，我要報告！小百合還活著，她沒有被大蛇吃掉！」

霎時之間，整座露營地鴉雀無聲。

博士瞪著雪丸，以低沉的聲音說：「你不是在安慰我吧？有證據嗎？難道是保羅回來了，牠這麼跟你說？」

「不是，原本是黑駒、建角跟我三個在討論接下來的策略。我們想起格里恩跟馬馬說過，有事可以找牠幫忙，而且還告知了祕密的聯絡方式。我們抱著姑且一試的心情，叫來了格里恩。馬馬當時也在場。」

雪丸接著把格里恩說過的那些話，一五一十的向博士報告了。博士閉著雙眼靜靜聆聽，雙頰逐漸變得紅潤，臉色也恢復了生氣。聽完雪丸的說明後，博士蹲在地上，伸出雙手摀住了臉，以自言自語般的聲音說道：「小百合還活著……」

博士抹去開心的淚水，站起身子，以氣勢十足的宏亮聲音說：「雪丸、黑駒、建角、馬馬，謝謝你們。不管怎麼樣，我們一定要盡全力救出小百合。」

博士緊緊握住雪丸的手，雪丸也因為感動而熱淚盈眶。

「嘶嘶——」黑駒興奮的唱起了歌。紫綬帶貝卡哈雅表演了五次牠最拿手的空中翻身。鼬鼠葛佩與野兔丘治開始繞著隊員們轉圈圈。矮黑猩猩馬馬將水獺荷拉吉放在背上，也加入了繞行的隊伍。龍二抹去滿臉的眼淚，高舉雙手大喊「太好了」。龐貝諾開心的敲打鼓起的肚子，龐貝娜在一旁興奮的催促丈夫，「得幫大家泡咖啡才行。」

唯獨八咫烏建角壓抑下了亢奮的情緒，一直保持冷靜。牠飛上一棵特別高大的樹木，警戒著周遭的動靜。畢竟這次的敵人會施展妖術，一定要提高警覺。建角仔細觀察周圍，有如開啟了戒備的雷達。

這天下午，一隻美洲獅來到了露營地。那是一隻年輕的美洲獅，全身的毛色為黃褐色，有著纖細的體態。牠沒有流露出一絲一毫的懼意，昂首闊步的走到博士面前，坐下來，以宏亮的聲音說道：「格里恩要我來這裡找你們。詳情牠都跟我說了，我很樂意助你們一臂之力。」

「謝謝你特地趕來。有了你的幫助，抵得過成千上萬名援軍。請助我們一臂之力，拜託你了。」

博士完全恢復了精神，笑臉盈盈的迎接美洲獅。

美洲獅接著朝大家說：「以後我們就是好伙伴了，請多多指教。我叫普馬里昂，不過森林裡的朋友都叫我黑尾，因為我的尾巴前端是黑的。」

美洲獅豎起了長長的尾巴。整條尾巴都是黃褐色，唯獨前端帶了一點黑。

隊員們一同拍手歡迎黑尾的加入。這隻年輕的美洲獅不僅個性爽朗，而且看起來相當強悍。面對未來難以預期的戰鬥，牠一定能成為極大的戰力。

「明天一大早出發。雖然我也很想立刻前往拯救小百合，但如果打不贏敵人，可就弄巧成拙了。所以我們一定要先做好周詳的計畫。」雪丸對所有隊員說。

一想到馬上就能救回小百合，龍二便因興奮與不斷湧出的鬥志而微微顫抖著。

巫婆的真面目

接下來讓我們將時間往回拉，回到小百合遭綁架之前。小百合走進距離露營地有點遠的樹林裡，上完了廁所，正準備要回去。突然間，她聞到了一股撲面而來的香氣。

那是什麼味道？小百合轉頭望向香氣飄來的方向，看見一隻很像貓的大型茶褐色動物，嘴裡咬著一根小樹枝。樹枝上有一朵紫色的花，迷人的香氣正是從那朵花散發出來的。

「你是誰？」小百合問。大貓露出類似微笑的表情，輕輕搖晃嘴裡的花。難以言喻的芬芳瀰漫在空氣中，令小百合不禁有些陶醉。

大貓微微擺動頭部，彷彿在要求小百合跟著自己走。接著牠轉身邁步，小百合簡直像是吸了迷幻藥一樣，不由自主的跟隨在後頭。

小百合一邊走，一邊思考著眼前到底是什麼動物。小百合回想了記憶中翻過的南美動物圖鑑，推敲一會兒，有了答案。我知道了，牠是細腰貓。

「細腰貓」是一種棲息在南美熱帶雨林的肉食性貓科動物，特徵是修長的四肢，以及像海獺的臉孔。

就在花香淡去的瞬間，小百合察覺了不對勁。

糟糕！一定是巫婆的陷阱！我得趕快回頭！

就在此時，細腰貓突然轉身，甩動嘴邊的花。芬芳的香氣再度瀰漫四周，小百合又變得精神恍惚，不由自主的跟著細腰貓往前走。

類似的狀況發生了大約三次左右。

如果繼續跟著牠走下去，一定會被帶進黑森林裡。再不逃走就慘了！

小百合暗自打定了主意。一等到下次花香淡去，立即轉身拔腿快跑。細腰貓見狀，再次甩動嘴邊的花。

但是，小百合這次屏住了呼吸，繼續往前疾奔，完全沒有停步。

細腰貓從後頭追趕了上來，幸好香氣飄散的方向與奔跑的方向相反，小百合沒有再次被惡魔般的花香迷惑。

小百合使盡全力奔跑，想要循原路回到露營地，但跑沒多久，小百合不由得停下腳步，倒抽了一口氣。眼前出現了一條超乎想像的大蛇，對小百合抬起了頭，張開血盆大口，鮮紅色的長舌頭不斷甩動。那條蛇的身體是接近黑色的墨綠色，脖子的附近有兩條白線。

一條大得能將人類一口吞下的蟒蛇！原本以為那只存在於傳說中，沒想到竟然真的在眼前！

細腰貓追趕上來，再度朝著小百合搖晃花朵，釋放出濃郁的花香。小百合沉醉在芬芳的香氣中，意識逐漸變得模糊。

「這女孩子不僅性格頑強，而且還有著敏銳的直覺。如果不是你來幫忙，差點就被她逃走了。要是任務失敗，不曉得那個可怕的婆婆會怎麼處罰我。」細腰貓以帶著鼻音的難聽嗓音對蟒蛇說道。

「先把她關進我的特製籠子裡吧。小姑娘，妳可要忍耐一下。」

巨蟒露出卑鄙的笑容，以尾巴前端將小百合捲起，放在自己的背上。接著將接近尾部的平坦部分捲成圓筒狀，將小百合放進裡頭。

細腰貓也一起跳到了蟒蛇的背上。

巨大的蟒蛇以滑行的方式進入了黑森林，從頭到尾只發出了摩擦大地的細微聲響。

黑豹正在黑森林裡等著細腰貓與蟒蛇歸來。黑豹的旁邊還跟著身上有斑點的美洲豹，似乎是黑豹的手下。

「幹得好，喬魯魯，瑪瑪科娜一定會很開心。等少女醒了，就帶去見瑪瑪科娜吧。」黑豹對著達成任務的細腰貓喬魯魯這麼說。

過了一會兒，小百合恢復了意識，喬魯魯將她帶進了一棟老舊建築的謁見室，要她坐下來等待。謁見室內有一張裝飾了許多珠寶的椅子，喬魯魯告訴小百合，那是女主人的座位。

不久，女主人出現了。她穿著雪白的服裝，拖著長長的下襬。喬魯魯低聲對小百合說：「這位是瑪瑪科娜大人。」

接著黑豹也出現了，走到女主人的身旁坐下。

小百合聽到瑪瑪科娜的名字，又看到那隻黑豹，突然想起博士說過的話。難道他們就是在納斯卡王國的亡者神廟裡，受黑頭鬼鴞攻擊而身受重傷的瑪瑪科娜與黑豹？不，應該不可能吧。小百合甩甩頭，拋開了腦中的想法。

女主人的眼珠子是透明的紅色，有如燃燒的紅寶石。鼻梁高挺，嘴脣的形狀漂亮，卻是嚇人的鮮紅色。一頭黑色的長髮，每一根髮絲都像是靈活擺動的細蛇。頭上戴著冠狀頭飾，上頭裝飾著碩

大的淡紅色鑽石，與黑長髮互相輝映。看起來接近中年，是個野豔動人的美女。

小百合實在不敢相信，眼前這個美麗的女子竟然就是邪惡的巫師。但小百合馬上就改變了想法，因為當女主人轉頭傳達命令的時候，那張側臉完全就是個醜陋的老婆婆。小百合頓時感到毛骨悚然，忍不住低下了頭。

那隻黑豹有一對如綠寶石般的碧綠色眼珠。鮮豔美麗，卻綻放出令人難以捉摸的兇惡眼神。黑色的毛皮有如天鵝絨般滑順，讓人忍不住想要伸手撫摸。

「妳就是小百合吧？」

瑪瑪科娜的嗓音非常沙啞，聽起來完全就是個年事已高的老婆婆。

「對，我是小百合。請允許我問一個問題。妳們該不會是當初掌管納斯卡王國的亡者神廟，統率太陽處女阿庫拉科娜的瑪瑪科娜與黑豹？聽說瑪瑪科娜與黑豹受黑頭鬼鴞攻擊，受了很重的傷，照理來說已經死了……這麼說起來，你們應該是冒牌的吧？假冒已經死掉的瑪瑪科娜與黑豹，是不是有什麼陰謀？把我抓來這裡做什麼？博士來到安地斯的神祕之境，純粹只是為了探尋學術上的真相。而且我們的目的與歷史或考古無關，我們想要解開的是生物演化上的疑點。雖然納斯卡王國的後代悄悄延續了血脈的事實讓我們很感動，但我們並不打算對外公布這件事來博取名聲。我們只是想跟可能還存活的星尾獸見個面、說說話而已。

你們這些壞人偽裝成已經死掉的瑪瑪科娜與黑豹，應該是為了控制納斯卡王國吧？請立刻把我送回博士的身邊，不要再來妨礙我們。」

小百合挺起了胸膛，毫無畏懼的說出了這些話。

「哼——嘻嘻……呵呵呵……」瑪瑪科娜聽完了小百合的話，突然掩著嘴笑了起來。笑了好一會兒之後，她露出兇惡的表情，對小百合說：「妳這個小丫頭，膽子還真不小。一下子說我是冒牌貨，一下子說我是壞人，真是不知天高地厚。原本應該把妳綁起來鞭打一百下，但既然妳有著直話直說的勇氣，對我們來說也有一些利用價值。如果可以的話，我倒希望妳是我的手下。

妳說錯了一件很重要的事。我跟黑豹都是如假包換的真貨。妳想知道我們為什麼沒有死？我就告訴妳吧。

黑頭鬼鴞那隻笨鳥犯了一個很大的錯誤。牠撕裂了我的胸口及黑豹的背部，雖然重傷讓我們一度瀕臨死亡，但只要心臟沒事，最後我們一定會活過來。想要將我及黑豹永遠監禁在死亡的世界，就必須取出我們的心臟，放進亡者神廟的鉛壺裡，將我們的靈魂連同心臟一起封印。

因為牠沒有這麼做，我們的靈魂在死亡的世界徘徊了一陣子之後，心臟重新開始跳動，將我們帶回了人世。現在妳明白了吧？自以為是的小丫頭。瑪瑪科娜與黑豹都不是冒牌貨，嘻嘻嘻……」

瑪瑪科娜發出狡猾的笑聲，以可怕的眼神俯視著小百合，接著說道：「那隻笨鳥已經被我捉住了。我的目的是殺死國王，擁立二王子登上王位。但是要打開封印國王心臟的黃金壺，必須念出特定的咒語。這個咒語只有國王及那隻笨鳥才知道，我不可能去問國王，只好逼那隻笨鳥說出來。偏偏那隻笨鳥的嘴很硬，不管如何嚴刑拷打，牠就是不說。這麼倔強，對牠可是一點好處也沒有。小丫頭，我帶妳到這裡來，正是為了讓牠招供。」

「我以為你們是冒牌貨，是我猜錯了。現在我知道你們是真正的瑪瑪科娜與黑豹了。但要我說服黑頭鬼鴞，我怎麼可能做得到？一來我對你們的事根本不清楚，二來我也沒有那樣的影響力。」

小百合抗議。

瑪瑪科娜露出令人心裡發毛的笑容，說道：「我可沒說，要妳去說服牠。」

「不然妳要我做什麼？」

「妳馬上就會知道，妳的身體會告訴妳。嘻嘻嘻……欺負像妳這樣可愛的小丫頭，實在不符合我的風格，但也沒辦法。古尼琳，把她帶下去，戴上鐵腳鐐，帶她去見那隻笨鳥。小心別弄傷她了。」

名叫古尼琳的細腰貓將鐵腳鐐扣在小百合的右腳上，接著便趕小百合離開了房間。

鐵腳鐐非常重，拖在地上會發出叮噹聲響。

小百合回想起在電影中看過的監獄橋段。只要囚犯走得稍微慢一點，手持鞭子的獄卒就會朝著囚犯無情鞭打，簡直像在驅趕馬匹一樣。

現在，我也成了囚犯。小百合想著。在今天之前，小百合不曾想過自己會成為俘虜。當然小百合也沒有料到瑪瑪科娜及黑豹都還活著，而且正在計畫壞事。雖然很想盡快通知博士及龍二，但自己現在被抓住了，想通風報信也沒辦法。小百合心想，大家一定會為了尋找失蹤的自己，而冒險進入黑森林吧。如果這麼做，大家很可能也會被瑪瑪科娜擒住。小百合愈想愈擔心，又想到自己的遭遇，不由得打起哆嗦，心情也愈來愈沮喪。

「給我走快一點！」細腰貓以鞭子抽打小百合的腳，小百合不由自主的加快了步伐。

然而遭到鞭打之後，小百合心裡反而產生了豁出一切的勇氣。

哼，不管怎麼折磨我，我都不會屈服。博士馬上就會來救我，再忍耐一下。

「妳想見黑頭鬼鴞？」細腰貓古尼琳問。

「當然，我們千里迢迢來到這裡，就是為了見牠。」小百合毫無畏懼的回答。

「真是高傲的小丫頭。再過一陣子，妳就不敢用這種態度說話了。到了，等等見到那隻笨鳥，妳可不能隨便開口。」

古尼琳打開了一間石屋的門，黑頭鬼鴞就在裡頭。原本雪白的羽毛變得骯髒又稀疏，臉上傷痕累累，而且削瘦又憔悴，光是坐著都相當勉強。

「啊，你就是黑頭鬼鴞吧？太好了，終於見到你了。看來你受了虐待，真是可憐。我的名字叫小百合，博士也來到附近了。還有龍二及雪丸……博士一家人都來了。他們一定會來救我們，只要再忍耐一下就行了……」

「住嘴！不准說話！」古尼琳拉扯小百合身上的鎖鏈。

「小百合，謝謝妳。這些傢伙都是性情兇殘的惡徒，妳一定要好好保護自己。瑪瑪科娜她……」

「住嘴！笨鳥！我不是說不准說話嗎？」

在一旁看守的獄卒細腰貓揮出鞭子，打在黑頭鬼鴞的腳上。黑頭鬼鴞整個身體癱倒在地上，牠趕緊將頭埋進翅膀裡，避免頭被鞭子打到。

「好了，今天就到此為止。明天我還會讓你們見面，到時候妳就知道我們想做什麼了。」

古尼琳說完，拉著小百合離開了關黑頭鬼鴞的房間。

拷問

小百合被關進了另一間石造的單人牢房裡。腳上的腳鐐依然繫著。整個房間只有牆上的高處有一扇小小的窗戶，就算想逃走也沒有辦法。牆邊放著一張簡陋的床。

沉重的房門旁有一個孔洞，獄卒從那裡將小百合的晚餐推了進來。盤子裡放著三顆淋了番茄醬的水煮馬鈴薯，以及五根鮮紅的辣椒，此外還有一個裝了水的瓶子。小百合早已飢腸轆轆，但那些辣椒實在太辣，只咬一小口就整個嘴唇紅腫起來。小百合只吃了馬鈴薯，喝光了水。

夜色悄悄來臨，房間的每個角落逐漸被黑暗籠罩。小百合一個人孤零零的坐在房間裡，所幸還有一絲月光從狹小的窗戶透入，不至於伸手不見五指。

小百合的心情愈來愈不安。明天會有什麼樣的遭

遇？根據瑪瑪科娜的說法，她是為了逼迫黑頭鬼鴞說出祕密咒語，才綁架了自己。回想起瑪瑪科娜的邪惡側臉，心中充滿了不安的預感，不禁抱住了頭。一會兒之後，小百合慢慢伸出手，摸索到床的位置，在床上躺了下來。

小百合感覺全身筋疲力竭，彷彿生命的能量全都散光了。連思考的力氣也沒有，只能像屍體一樣在床上躺著不動。不一會兒，小百合便沉沉睡去。

鳥兒的嘈雜叫聲讓小百合醒了過來。房間裡依然陰暗，但陽光已從小窗戶射進了房內。

獄卒從孔洞外將早餐推了進來。有茶、硬麵包及一點水果。或許是因為昨晚好好睡了一覺，小百合有精神多了，與昨晚的情況完全不同。小百合將早餐吃得一點也不剩，接著做了簡單的體操。無論發生什麼事，絕對不能屈服……小百合感覺全身充滿了勇氣。

每走一步，腳鐐都會發出叮噹聲響，彷彿一再提醒小百合「妳是個囚犯」，但小百合並不在意。細腰貓喬魯魯打開牢房的門，將小百合帶了出來。牠在小百合的腳鐐上綁了一條繩子，拉著她往前走。

登上一排石階梯後，前方是一片小小的廣場。喬魯魯命令小百合在廣場上等著。

不久，廣場另一頭的一扇門開啟，黑頭鬼鴞被帶了進來。牠的身上也綁著鎖鏈，被要求坐在小百合前方約五公尺處。

接著黑豹也進來了，以沉重又邪惡的聲音對黑頭鬼鴞說：「黑頭鬼鴞，你今天一定要說出打開黃金壺的咒語。不然小百合就有苦頭吃了。如果你認為這可憐的丫頭不該受到這樣的對待，就說出來吧。只要說出咒語，你們兩個都可以獲得自由。知道了嗎？快說！」

黑頭鬼鴞默默搖頭。

黑豹惡狠狠的罵：「別再裝英雄了！說！快說！」

「我不說。」黑頭鬼鴞斬釘截鐵的回答。

「給我打！」

守在一旁的獄卒細腰貓舉起長鞭，朝小百合的背上揮去。「啪」的一聲刺耳聲響，小百合痛得咬緊了牙關。

「如何，黑頭鬼鴞，你明白了吧？如果繼續保持沉默，小百合就會吃更多苦頭。快招吧！」

黑頭鬼鴞再度搖頭。

啪！啪！

兩道鞭子在呼嘯聲中擊打在小百合的身上。

小百合不禁發出哀號，但還是睜大了眼睛強忍耐著。

打到第十下的時候，小百合因劇烈的疼痛差點昏厥。就在意識朦朧之際，小百合聽見了黑頭鬼鴞的悲傷吶喊。

「夠了，住手！我說，別打了！」

小百合感覺自己的意識有如瀰漫著一層雲霧般模糊不清，還是勉強擠出聲音，「不能說！這一點痛，我忍得住！絕對不能說！」

啪！鞭子的聲音再度響起。這次小百合真的昏過去了。

小百合醒來的時候，發現自己正躺在牢房的床上。腦袋還有一點昏昏沉沉，背上的傷隱隱作痛。她喝了一杯水，才終於完全恢復意識。低頭望向自己的身體，發現腰際有好幾條宛如蚯蚓般的浮腫傷痕。背部一定更怵目驚心吧。

明天又會遭遇什麼樣的凌虐呢？一想到這點，小百合便心頭發涼。但另一方面，小百合的心中依然抱著絕不能認輸的氣魄。此時，小百合已非常清楚敵人的計謀。無論如何，不能讓黑頭鬼鴞說出祕密。不論多麼殘酷的拷問，黑頭鬼鴞都能忍受。瑪瑪科娜發現沒有辦法讓牠招供，於是想出了更卑劣的手段，那就是在黑頭鬼鴞的面前虐待小百合。瑪瑪科娜認為小百合被鞭打了兩、三下，如果無法忍受疼痛，就會哀求黑頭鬼鴞說出祕密。要是小百合相當堅強，一直不肯求饒，看在黑頭鬼鴞的眼裡，也會比自己遭受虐待更加痛苦。如此一來，牠就會為了拯救小百合而說出祕密。這就是瑪瑪科娜心裡打的如意算盤。

小百合想到這裡，不禁笑了出來。瑪瑪科娜一定沒有料到自己會抱著一股不服輸的心情，在強烈的痛楚中阻止黑頭鬼鴞說出祕密。話雖如此，但敵人絕對不會就此善罷甘休。接下來，他們可能會使出更激烈的手段。到時候如果因為太過痛苦，在意識模糊的時候讓黑頭鬼鴞說出咒語，該怎麼辦？小百合左思右想，實在想不出什麼好辦法。偶然間，小百合將手伸進了口袋裡。

指尖似乎碰到了某樣東西。就在這一瞬間，小百合感覺全身一震，彷彿有股電流通過了自己的身體。手指碰到的，正是雪丸的祖先傳承下來的勾玉。風叔叔說過，遇上危難的時候，這枚勾玉一定能幫忙渡過難關。小百合仔細凝視手中的紅色勾玉，感覺整個人彷彿要被吸入玉中。

驀然間，有個念頭像閃電一樣閃過小百合的腦海。

黑頭鬼鴞如果說出祕密，自己跟黑頭鬼鴞會遭到殺害。因為敵人一旦達到目的，自己跟黑頭鬼鴞就沒有利用價值了。敵人擔心遭到報復，絕對不會依照約定釋放他們。自己還能當成逼迫博士投降的人質，或許不會馬上遭到殺害，但黑頭鬼鴞就完全沒有留下來不殺的理由了。換句話說，一旦說出祕密，黑頭鬼鴞一定會被殺。

小百合想通了這件事，也再次下定了決心。

唯一的辦法，就是我必須繼續忍耐下去……而且要警告黑頭鬼鴞，如果說出祕密，牠一定會遭到殺害。

隔天，小百合又在細腰貓喬魯魯的帶領下，來到了相同的廣場。這時黑頭鬼鴞已坐在相同的位置。牠看著小百合，眼神中流露出了無盡的悲傷。那眼神彷彿在說「讓妳受了那麼多苦，真的很對不起，請原諒我」。

小百合心想，現在是最好的時機。

「黑頭鬼鴞，無論如何絕對不能……」

一句話還沒有說完，無情的鞭子已打在小百合背上。

「我說過了，不能開口說話。妳這個頑強的丫頭，今天我要讓妳知道厲害。」

黑豹一聲令下，細腰貓再度朝著小百合揮鞭。鞭頭打在昨天的傷痕上，小百合霎時感到一陣劇痛。小百合皺起了眉頭，緊咬著牙關忍耐。

「真是倔強，繼續打！」黑豹氣呼呼的朝著細腰貓下令。

黑頭鬼鴞看見細腰貓再度高舉鞭子，忍不住大喊：「住手！快住手！我不忍心再看她受苦了！快住手！」

小百合毫不理會揮來的鞭子，用盡力氣擠出了聲音，「黑頭鬼鴞！你如果說出來，我們都會被殺！撐下去！我絕對不會認輸的！」

啪！背上再度響起鞭打的聲音。

黑頭鬼鴞將頭埋進翅膀之中，蓋住了眼睛與耳朵。小百合的警告，讓牠驚覺這是此時唯一能做的事。小百合見狀，鬆了口氣，接著摔倒在地上，意識逐漸模糊。

回到牢房之後，小百合有氣無力的倚靠牆壁坐著。

明天一定還得承受相同的折磨吧。不，或許會變本加厲。一想到這點，小百合便毛骨悚然。她努力安慰自己不要胡思亂想，努力鼓勵自己抱持著船到橋頭自然直的信念。但心情還是愈來愈沉重，不禁覺得自己實在很沒用。

啊，對了……小百合想起了勾玉，趕緊將手伸進口袋裡。從指尖傳來的冰涼觸感，似乎具有減緩身體疼痛的效果。小百合感覺一股力量自心中油然而生。對了，博士跟龍二一定會來救我。他們一定會打倒邪惡的瑪瑪科娜跟她的手下，只要再忍耐一陣子就行了。小百合如此告訴自己。

「勾玉，我想的沒錯吧？他們一定會來救我，對吧？」小百合對著勾玉問。不知道是不是錯覺，小百合似乎看見勾玉發出了一陣閃光。

獄卒將晚餐從孔洞推了進來。今天的晚餐除了蒸馬鈴薯之外，還有火腿、香腸，以及一杯熱紅茶。如此豐盛，彷彿是在暗示小百合多吃一點，才有體力應付接下來的折磨。

小百合完全沒有食欲。雖然想喝熱紅茶，卻沒有力氣走過去。只要稍微一動，全身就隱隱抽痛。

黑夜逐漸降臨，小窗戶外出現了點點星辰，那可以說是牢房裡唯一的心靈寄託。小百合獨自一人忍受著痛楚躺在床上，內心不禁感到忿忿不平。為什麼我要承受這種苦痛？小百合在心中埋怨。但負面的情緒一閃即逝，並沒有維持太久。

小百合不禁懷念起了大家。思念的心情讓她的眼眶積滿了淚水，想起了奇奇與荷拉吉，想起了牠們兩個因為荷拉吉亂吹牛皮而吵架的景象。即便是吵架的畫面，此時小百合也感到懷念不已。她告訴自己，絕對不能死在這種地方。於是她咬緊了牙關，繼續忍耐著有如置身地獄般的劇烈疼痛。

黎明來臨，晨曦自小窗戶的外頭透入，伴隨著一股清新涼爽的空氣。或許是因為整個晚上沒有移動身體，小百合感覺身上的痛楚減緩了一些。

一隻蜂鳥來到了小窗外，不斷對著窗戶鳴叫，遲遲沒有離去。牠似乎想要對小百合表達什麼，可惜她沒有學過蜂鳥的語言。

小百合對著蜂鳥輕輕笑了一下。那隻蜂鳥彷彿看懂了小百合的笑容，在空中翻了一圈後轉身飛走了。

過了一會兒，蜂鳥又飛了回來，喙裡叼著一朵白花。牠將白花從小窗戶拋進房間內，繼續使盡力氣鳴叫。

啊！這隻蜂鳥一定是代替博士來傳話！博士馬上會來救我，要我再忍耐一下！

小百合於是笑著對蜂鳥點了點頭。

蜂鳥似乎懂了小百合的意思，牠激烈的拍動翅膀，又吱吱叫了幾聲，才轉身飛走。

小百合頓時感覺心中出現了一線光明。原來擁有希望是一件這麼美好的事情。她取出勾玉，緊緊握在手裡。

接著，小百合拖著疼痛的身軀，走向放著食物的牆壁孔洞，吃起了昨天的晚餐。一定要養足體力，才有辦法應付接下來的挑戰。求生的意志力如此提醒著小百合。

第三章
唔唔恩長老

探險隊得知了小百合還活著的消息，還得到了美洲獅黑尾這個強大的生力軍。隔天早上，一隻蜂鳥來到了露營地。原來是紫綬帶貝卡哈雅請牠搜尋小百合的下落。

蜂鳥向探險隊回報：小百合被黑森林的巫婆抓住了，關在牢房裡。她似乎遭到了殘忍的虐待，虛弱得連走路也有困難。由於語言不通，蜂鳥將一朵白花從小窗外扔進房間，暗示博士馬上就會趕來相救。小百合似乎理解了蜂鳥的意思，但她的身體狀況很糟糕，如果不趕快救她出來，恐怕會有生命危險。

博士聽完，表情蒙上了一層陰影。一方面必須盡早出發救援小百合，另一方面又必須做好萬全準備，才能進入黑森林。

這時，雪丸說：「總之，我們先去找格里恩說的那位夜猿『唔唔恩長老』，問出擊敗大蛇的方法吧。」

剛好就在這個時候，負責前往打探黑森林消息的褐捲尾猴保羅及日本獼猴奇奇回來了。牠們聽到小百合被綁架，都非常震驚，主動表示願意帶領探險隊進入黑森林。

在保羅與奇奇的引路下，探險隊來到了自黑森林流出來的小河旁邊。接著探險隊依照格里恩的指示，朝著小河的上游前進。走沒多久，就發現了一棵特別高大的樹。

於是保羅爬上了那棵足足有八十公尺高的大樹，在樹梢處揮舞白色手帕。

放眼望去，全是熱帶雨林的深綠色樹冠，稀稀落落的分布著幾棵特別高大的樹，自深綠色樹冠朝著天空穿透而出。極遠處的一棵高大樹木上，停著兩隻巨嘴鳥，有著跟身體不成比例的巨大黃色鳥喙，全身都是黑色，唯獨脖子到胸口是白色。這種巨嘴鳥總是夫妻一起行動，牠們看見了保羅手中的白色手帕，也甩甩頭部兩、三下作為回應。

那位夜猿唔唔恩長老，會從哪裡看見白色手帕呢？保羅感到有些不安，所以刻意用各種不同的方式揮舞手帕，盡量讓手帕從每個角度都能看見。

一個小時後，沒有發現任何回應。保羅手痠了，於是將白色手帕綁在樹枝上，稍作休息。

「有回音了嗎？」樹下傳來雪丸的聲音。

「什麼也沒有，讓我休息一下。」保羅回答，在樹枝分岔處躺了下來。

每個隊員的心裡都有些焦躁不安。

龍二問雪丸：「揮舞白色手帕真的有用嗎？這座森林的樹木如此密集，綠色的樹冠蓋住了整片天空，根本看不見高大樹木的樹梢。除非爬到一般樹木的樹冠附近，或是其他高大樹木的樹梢，否則根本看不見白色手帕。而且聽說夜猿是夜行性動物，白天應該在睡覺吧？雪丸先生，我想格里恩應該不會騙我們，但牠真的要我們這麼做嗎？」

「絕對不會錯。除了我之外，黑駒和建角也都聽見了。這可真是奇怪。」

就連雪丸也感到束手無策。龍二的懷疑其實相當合理。為什麼不使用聲音來傳遞消息？如果是聲音的話，就算是在森林深處，應該也能聽見。

此時博士說道：「建角，你到保羅旁邊看看。或許對方用了什麼特殊的方式傳達回應。」

於是建角飛上了樹梢。

「保羅，辛苦了。再加把勁，努力揮舞看看。我會在這裡觀察狀況。」

保羅於是再度用力揮舞白色手帕。

遠方的巨嘴鳥似乎將大大的鳥喙上下擺動了一下。

「嗯……那兩隻巨嘴鳥似乎不太尋常。牠們剛剛是不是上下擺動了一下鳥喙？或許那正是回應，我來測試看看。」

建角說完，移動到另一根樹枝上，讓自己的身體能夠被巨嘴鳥清楚看見。

建角將鳥喙一開一闔，同時將頭部上下左右輕輕甩動。

巨嘴鳥竟然也做出了相同的動作。

「我知道了，原來牠們是瞭望員。牠們的意思應該是主人快到了。」

建角匆忙說完，飛回博士的身邊，再度報告結果。

「我跟遠處高大樹木上的巨嘴鳥進行了超音波通訊。牠們是唔唔恩長老的瞭望員，告訴我唔唔

恩長老就快到了。」

博士及隊員們登時鬆了口氣，卻也不禁感到有些緊張。

就在這時，附近傳來「噢、噢」的沙啞聲響，唔唔恩長老果然現身了。這個號稱無所不知的夜猿長老，不僅臉部的周圍全是白毛，而且削瘦的身體也被花白的體毛覆蓋，一看就是一隻年老的猿猴。一副睡眼惺忪的表情，任誰都看得出來牠的心情很不好。

「你們這些失禮的傢伙，竟然大白天把我叫起來。昨天我忙了一整晚，本來睡得正熟呢。到底有什麼事，快說吧。我要繼續睡覺了。」

「真是對不起，打擾了你的睡眠，請容我在此道歉。」博士走上前，恭恭敬敬的行了一禮。

「格里恩先生應該跟你提過了我們的事情……」

博士說到這裡，唔唔恩長老打斷了他的話，搶著說道：「嗯，好像有這麼一回事。格里恩那傢伙吞吞吐吐的跟我說了，但我只跟能信任的對象說話……過去有不少貪婪之輩來找我，說什麼要尋找黃金鄉。老實

說，除了貪婪之輩，也不會有什麼人特地跑到這種深山野地來。哼，你們到底是幹什麼的？竟然帶了這麼多見都沒見過的動物。」

唔唔恩長老露出一副慵懶的神態，以一對碩大的眼珠子朝著隊員們上下打量。雖然牠的嘴裡說個不停，但犀利的眼神也沒閒著，彷彿要看穿每個隊員的內心。龍二心想，那眼神宛如是在品評每個人有多少斤兩。突然間，唔唔恩長老的視線朝龍二射來，龍二不禁嚇得背脊發麻。唔唔恩長老乍看之下只是一隻年老的猿猴，但絕對不是什麼省油的燈。

此時矮黑猩猩馬馬走上前說：「唔唔恩先生，我是棲息於非洲的一種稱為矮黑猩猩的類人猿，名叫馬馬。學術界一般認為南美並沒有類人猿，因此像夜猿這樣棲息在南美的夜行性類人猿實在是相當珍貴。我今天能見到夜猿的長老，真的非常榮幸。」

原本擺著一張臭臉的唔唔恩長老聽了這番話，臉色登時變得和善了些。

「你轉過身去。」唔唔恩長老說。

馬馬乖乖照做。

「嗯，你沒有尾巴。那臀部的形狀確實是類人猿沒錯。但你既然是非洲的類人猿，怎麼會跑到日本，現在又到這種深山裡……？」

「長老，我很高興你問了這個問題。只要聽了我的故事，我相信你一定會對博士及我們的伙伴寄予信任的。

我原本居住在非洲一個名叫剛果的國家的熱帶雨林裡，我一歲的時候，森林裡來了盜獵者。他們捕捉矮黑猩猩的寶寶，高價賣給動物商人。矮黑猩猩的母親為了不讓孩子被抓走，通常會奮力抵抗，所以那些盜獵者會先射殺母親，接著才帶走寶寶。我當時生活的那個矮黑猩猩社群裡，總共有八頭正在養育寶寶的母親。

一開始，盜獵者殺了我的母親，並且抓住了我。這時，風叔叔……啊，這是博士當時的稱呼，他來到森林裡，懲罰了那些盜獵者，並且把我救了出來。如果當時風叔叔沒有出現，我們那個矮黑猩猩社群的所有母親恐怕都會遭到殺害吧。風叔叔後來把我帶回日本，將我養育長大。當時我才一歲，還沒有斷奶，養育起來非常麻煩。幸好風叔叔有個很會照顧動物寶寶的獸醫朋友，在他的協助下，我才順利長大。

在場你看見的所有動物，全都受過風叔叔的幫助。我們因為仰慕風叔叔，所以願意陪著他出生入死。現在你應該明白，我們都是可以信任的。對了，這是我們從日本帶來的伴手禮。格里恩先生說你喜歡吃甜食，所以我們帶來了一種名叫巧克力的食物。」

黑駒非常愛吃巧克力，牠偷偷帶了很多，原本只打算自己享用。沒想到巧克力竟然能在這種時候派上用場，黑駒除了苦笑之外，也不禁感到慶幸。

「看來你們帶了好東西呢。我自從吃過一次之後，就愛上這種食物了。好，拿來吧……嗯，真的很好吃，簡直像是靈丹妙藥。」

老猿猴興高采烈的吃下一顆巧克力，立刻又將下一顆塞進嘴裡。

「嗯，吃了巧克力，精神來了，腦袋裡的睡意都消失了。好吧，看來你們是好人，我就相信你們吧。我知道你們為什麼來黑森林，格里恩跟我說過了。總而言之，你們要盡快救出那個少女。她受到了殘酷拷打，身體非常衰弱。先救她，再來計畫怎麼救出黑頭鬼鴞吧。我告訴你們，那個巫師可不好惹。堂堂正正的對決是贏不了的，你們一定要發動奇襲，讓那個女人措手不及。還有，一定要速戰速決……唔……」

唔唔恩長老嘴裡一邊碎碎念著不知什麼，一邊在堆積如山的巧克力裡翻找。「啊，這是白蘭地口味的巧克力！」牠又將一顆巧克力放進嘴裡。

「真好吃，我好像有一點醉了。噢，醉意好像能讓我想出妙計，我再吃一個看看……有沒有龍舌蘭酒口味的……噢，這個……嗯，真美味。」

老猿猴張口大嚼，陶醉於巧克力的滋味，然後興奮的說：「黑駒，你立下大功了。你的巧克力讓我想出了一招妙計。雖然你們多了一隻美洲獅作為幫手，但戰力還是太懸殊，我一直在煩惱該怎麼做才能贏。直到我剛剛吃了這個……嗯，應該是加了日本酒的巧克力……日本酒呀，我還是第一次嘗試，真是奇妙的滋味……我突然想到了一招。或許是這從未體驗過的新鮮滋味，活化了我腦中的閒置區域，萌生了我過去從不曾想到的計策。

簡單來說，就是把童話故事的劇情化為現實。這個劇情僅能存在於傳說故事裡，還是能成為現實，就全看你們的能耐了。我指的是你們對傳說故事中的現實元素的理解能力。呼呼呼……愈來愈有意思了。

廢話不多說，直接進入正題吧。如果按照正常的作法，首先我們應該派出使者前往瑪瑪科娜的城堡，向瑪瑪科娜提出談判的要求。瑪瑪科娜的城堡受堅固的石牆包圍，而且還有妖術，猶如看不見的電線將城堡團團圍繞，因此想要從城堡外頭硬闖幾乎是不可能的事。使者只能從大門入城，但門口有衛兵，使者只能將我方的來意告知衛兵，並且等候瑪瑪科娜的回應。

瑪瑪科娜疑心病很重，她很可能會故意要使者等上好幾天，趁這段期間施展妖術調查你們的底細。而且她或許會以忙碌為理由，並不親自現身，只派出黑豹跟使者見面。那隻黑豹是非常狡猾的大惡棍，你們要是遇上牠，一定要提高警覺。

但我有一招妙計，可以讓你們跳過這些麻煩的過程，直接跟瑪瑪科娜見面……與其說是妙計，不如說是個訣竅。那就是由博士騎上黑駒，帶著你們所有同伴，在城堡前排成一列，大聲報上自己的名字，並且說出對方的名字，堂堂正正的要求對方開門。

這時有一點必須注意，那就是絕對不能使用『瑪瑪科娜』或『黑豹』這種稱呼。你們必須趾高氣昂的叫出瑪瑪科娜與黑豹的本名。地位高貴的人互相拜訪，必須呼喚本名才符合禮節。這麼一來，瑪瑪科娜一定也會依循迎接貴賓的禮節，將城內所有部下排列在城門後，迎接你們入城。聽說博士的祖先也是大和國的一城之君，只要你展現出祖先的威嚴與不動如山的態度，一定能讓瑪瑪科娜感到壓力。」

「我大概明白了，但我們並不知道瑪瑪科娜與黑豹的本名呀。」博士目不轉睛的望著唔唔恩長老說。

「對了，我差點就忘了最重要的事，畢竟你們對納斯卡王國的宮廷制度並不了解。納斯卡王國有一群專門在宮殿裡服侍的少女，稱為『阿庫拉科娜』，意思是太陽處女。瑪瑪科娜是負責監督這些少女的職位名稱，並不是本名。她的本名叫『娜奇麗』，那隻黑豹的本名則叫『敦卡・敦卡』，叫牠敦卡就行了。那尾巨蟒的本名則叫作『亞南皮』。」

「為什麼博士必須騎在黑駒上？地位高貴的人互相拜訪，應該下馬才符合禮節吧？」雪丸問。

「呵呵呵，只要是在印加長大的人，一定都知道……」

唔唔恩長老露出了若有深意的笑容。

「西元一五三二年，對印加人來說是永難忘懷的一年。西班牙將軍皮薩羅，僅僅率領了兩百名士兵攻擊印加帝國。印加帝國皇帝阿塔瓦爾帕幾乎毫無抵抗能力，遭到皮薩羅俘虜，支付了足以填滿一整間房間的黃金，以及更多一倍的白銀當作贖金，卻沒有獲得釋放，隔年甚至遭到殺害。

阿塔瓦爾帕皇帝當時擁有數萬軍隊，為什麼皮薩羅能夠輕易將他俘虜？答案就在於西班牙士兵擁有火槍及戰馬。印加民族有個相當古老的傳說，那就是當國家遇上危難的時候，神明會派遣一群白人作為使者，騎著馬匹前來幫助印加帝國。所以當皮薩羅騎著馬揮兵進攻的時候，阿塔瓦爾帕皇帝完全不知道該如何應對。他做夢也想不到，原本應該在國家有難的時候前來救援的騎馬白人使者，竟然抱持侵略的野心。

皇帝認為這中間一定有什麼誤會，所以他走上前，想要跟皮薩羅好好說話。就在這時，西班牙士兵舉起火槍，對著印加軍隊開槍。許多印加士兵遭到殺害，連皇帝也被俘虜。因此在實質上，印加帝國在這個時候就已經滅亡了。

印加民族的傳說直到今天依然有著影響力。雖然印加人在歷史上已吃過了苦頭，變得非常害怕騎在馬上的人，但祖先代代流傳下來的傳說，如今依然深植在印加人的血液之中。當然那個狡詐的瑪瑪科娜一定不會相信這種傳說，多半會嗤之以鼻，認為那只是迷信。但假如突然有一個異國人物騎著黑馬出現，還報出了她的本名，她應該也會瞬間陷入迷惘吧。因為只有極少數人，才知道瑪瑪科娜的本名。你們必須趁她還沒有想清楚的時刻，迅速與她一決高下。」

唔唔恩長老說到這裡，打了個大大的呵欠。

「說了太多話，又有點睏了。就這樣吧，我要去睡了……」

唔唔恩長老正要轉身離去，博士趕緊說道：「請等一下……謝謝你的指導，我們會盡全力與瑪瑪科娜速戰速決。但是我還有一點想要請教。那就是關於亞南皮……要怎麼樣才能打倒那條大蛇？請為我們指點迷津。我問格里恩，牠的回答是『你們應該問唔唔恩長老，只要是關於黑森林的事，牠是無所不知、無所不曉』。所以請你務必再忍耐一下，再教我們一些妙計吧。黑駒，你身上還有巧克力嗎？如果有，快拿出來送給長老。」

黑駒甩了甩鬃毛，從中彈出十多個巧克力。

「我原本留下了這些，當作自己的精神食糧，現在全部送給唔唔恩長老。」

黑駒一臉不捨的交出了巧克力。

「唉喲，真不好意思。這簡直就像是送我離開世間前的餞別禮。我的日子已經不長了，臨終之際能夠吃到那麼多最愛的美食，真是太幸福了。既然你們這麼有心，我就收下了。

大概是因為太久沒喝白蘭地了，我有些醉醺醺的，竟然忘了這麼重要的事。

我看你們這些同伴，沒有一個能夠對付那條有如怪獸一般的巨蟒。美洲獅黑尾的利牙雖然能夠咬碎大羊駝的骨頭，但亞南皮的鱗片簡直像鋼鐵一樣堅硬，就算是黑尾也沒辦法咬傷牠。如果雪丸擁有特殊的魔力，或許能夠對付亞南皮吧。這我就不清楚了。不過我知道一個祕密武器，能夠戰勝那條大蛇。可惜這個武器需要相當特殊的操作，並不是每個人都辦得到。」

「請讓我試試，不管多難，我一定會拚命學習。就算要犧牲自己的性命，我也要救小百合。請問祕密武器是什麼？」

龍二真心誠意的懇求長老，臉上表情既緊張又僵硬。

「嗯，你有這決心，我很欣賞。但祕密武器必須保持祕密，如果說出來，就不再是祕密，很可能會洩漏給敵人知道。而且這玩意到底能不能稱得上是武器，我也說不上來。畢竟並沒有辦法讓敵人受到傷害。還有，這玩意是沒有辦法學習的。必須具備天生的體質。你叫龍二？我感受到你的勇氣，但還是交給其他同伴吧。幸好在你們之中，確實有個傢伙能使用這個祕密武器。」

說到這裡，唔唔恩長老的目光在隊員們身上轉來轉去。大家不曉得牠指的是誰，不由得面面相覷。

沒有誰敢開口講話，只是靜靜的等著。一片寂靜之中，唔唔恩長老伸出手指，以嚴肅的表情指向一名隊員。

「就是你，小傢伙。別再露出傻呼呼的表情，只有你有這個能力。」

具備強大森林靈力、不知活了幾百年的年老猿猴，所指的隊員竟然是——葛佩。

葛佩嚇得驚惶失措，不由自主的左顧右盼，露出一副難以置信的神情，說道：「是……是我嗎？真的是我嗎？」

唔唔恩長老帶著戲謔的表情，斬釘截鐵的笑著說：「沒錯，你叫什麼名字？」

「我叫葛佩……鼬鼠葛佩。」葛佩回答得有些結結巴巴。

「葛佩嗎？你過來。其他同伴都退後，只有你能聽。」

葛佩雖然有些惴惴不安，還是精神抖擻的踏步向前。

「耳朵靠過來點，這是只有你才能知道的祕密。」

唔唔恩長老彎下腰，將嘴湊到葛佩的耳邊，說起了悄悄話。

「呼呼……呵呵呵呵呵……」

老猿猴說到一半，忽然哈哈大笑起來。葛佩一臉納悶，轉頭望向身旁的老猿猴。

雪丸忍不住問：「怎麼回事？葛佩，你是不是說了什麼奇怪的話？」

葛佩趕緊澄清：「我超級認真的聽，連一個字也沒說。」

唔唔恩長老強忍住笑意，說道：「抱歉，讓你們誤會了。我只是想到葛佩把亞南皮整得慘兮兮的景象，不禁覺得很好笑……呵呵、呵呵……」

對探險隊而言，唔唔恩長老是唯一的希望，原本大家都很怕惹惱牠。如今見到牠開懷大笑，全都鬆了口氣。

唔唔恩長老斂起了笑容，一臉嚴肅的在葛佩耳邊低語。

葛佩面色凝重的聽著，不時點頭回應。

「說完了。你聽懂了嗎？」唔唔恩長老問。

「我完全明白了。剛開始的時候，因為太突然，我有些一頭霧水。但現在腦袋裡的雲霧已經完全消散，就好像明亮的陽光露出了臉，將你告訴我的話照得清清楚楚。這個任務很有趣，而且我相信自己應該做得到。我一定會努力完成使命，不讓大家失望。謝謝你的指點。」

葛佩的臉上散發著期待的光輝，精神奕奕的鞠了個躬。

唔唔恩長老露出心滿意足的表情，對博士說：「你有這麼多好徒弟，真是幸福。我相信你們一定能團結一致、面對挑戰。但最後我要提醒你，敵人也不是泛泛之輩，她會使用什麼樣的妖術，連我也無法預測。還有，我剛剛教你的策略，老實說是一種賭注。但除了這麼做之外，我也想不到更好的辦法。不，這應該已經是最好的辦法了。一開始順不順利，可以說是整場策略的最大關鍵。娜奇麗有沒有帶著屬下開啟城門迎接，將決定你們的成敗。如果第一步失敗了，後面的計畫也都不用提了。博士，只要你一開始說的話有一個字遭對方起疑，一切就完了。所以你必須全神貫注的說出每一句話，才能取信對方。當城門開啟的時候，如果你看見敵人排列在眼前，就要秉持速戰速決的原則。一旦對決的時間拉長，一定會輸。

啊啊——我真的睏了。畢竟你們可是在我睡得正熟的時候把我叫醒，現在我要回去睡了。今晚還有很多事要忙呢。我在這裡先預祝你們馬到成功，再見了。」

唔唔恩長老的動作非常敏捷，不過一眨眼時間，就從隊員們的眼前消失了。

決戰

大家心裡其實還有很多疑問，而且也想好好再道謝一次，卻根本沒有機會說出口。不過能問到對付亞南皮的方法，可以說是大成功。畢竟那種宛如怪物的大蛇，不管是經驗老到的博士還是充滿智慧的軍師雪丸，都不知道該怎麼做才好。

探險隊立即召開內部會議。那隻脾氣古怪的年老猿猴願意提供那麼多建議，全靠巧克力擄獲了牠的心。沒想到黑駒偷藏的巧克力，竟然能在這種時候派上用場！大家異口同聲的稱讚黑駒，害牠覺得很不好意思。

唔唔恩長老想出的祕密武器，只有鼬鼠葛佩才知道。而且到底能不能成功，完全是一場賭注。每個隊員的臉上都帶著一抹不安的陰影。龍一抱著一絲期待望向雪丸，卻發現雪丸的表情相當凝重，不知在思考什麼。

雪丸審慎評估每個環節，雖然承蒙唔唔恩長老傳授了妙計，還是不能掉以輕心。每個隊員都必須盡最大的努力。但雪丸想來想去，實在想不出什麼好點子。想起神話傳說中素戔嗚尊擊敗八岐大蛇的故事。素戔嗚尊先以酒灌醉八岐大蛇，再以劍砍下八岐大蛇的腦袋。這一帶的居民向來會以王蓮的果實釀造烈酒，但倉促之間難以取得。何況就算取來了酒，亞南皮也不會乖乖喝下。牠多半會發出譏笑聲，一邊推倒裝著酒的容器吧。看來，除了倚賴葛佩的祕密武器，沒有其他辦法了……

雪丸轉頭尋找葛佩，想要給牠加油打氣，卻發現牠不在附近。

「葛佩跑去哪裡了？」雪丸心中一驚，趕緊問黑駒。葛佩剛剛明明還站在猴子奇奇的身後……難道是奇奇不斷追問祕密武器的事，把牠氣跑了？

「奇奇，你知道葛佩在哪裡嗎？」

奇奇往左右看了兩眼，說道：「我不知道。剛剛明明還站在這裡……好奇怪……」

「是不是你的壞毛病又犯了，故意捉弄牠……？」

雪丸一句話還沒說完，奇奇已紅著臉大聲抗議：「才沒有呢！怎麼老是懷疑我！」

雪丸問來問去，竟然誰也不知道葛佩去了哪裡。

「會不會是牠不曉得祕密武器的用法，所以逃走了？」

奇奇以輕蔑的口氣說道。其他隊員也各自議論紛紛，有的隊員說牠可能去上廁所，有的隊員說牠可能去拿東西。雪丸最後大聲說：「好了，大家別再說了。葛佩不是膽小鬼，牠一定會回來。但為了保險起見，我建議大家尋找一種毒菇。這種毒菇的外形類似有名的毒菇『毒蠅傘』，但毒性比毒蠅傘更強，當亞南皮張開大嘴嚇唬我們的時候，我們就把毒菇扔進牠的嘴裡。扔毒菇的工作就交給最擅長投擲的馬馬負責吧。現在立刻分頭去找。有一種相當特殊的蜜蜂，只會寄生在這種毒菇上，這種蜜蜂會快速顫動翅膀，發出一種奇妙的聲音。丘治，你負責靠聽力找出這種蜜蜂。」

「我從沒聽過那個聲音，沒有把握……」野兔丘治一邊咕噥，一邊豎起長長的耳朵，同時閉上了眼睛。周圍再細小的聲音，此時都逃不過牠的耳朵。

「啊，我聽見了。簡直像在唱歌，好奇妙的振翅聲……一定就是這個了……往那裡！」野兔丘治指著北北東的方向說。

奇奇立刻奔去，消失在樹木之間。褐捲尾猴保羅不想落後，也趕緊跑了過去。

過了一會兒，奇奇與保羅各自帶著三株顏色相當可怕的紅色傘狀毒菇回來了。

「謝謝。你們兩個就跟在馬馬的身旁，負責將毒菇交給馬馬。好了，大家拿出精神，鼓起勇氣面對強敵吧。博士，大家都準備好了。」雪丸環顧所有隊員，氣勢十足的說。

終於到了採取行動的時刻。能不能克敵制勝，只能聽天由命了。結局不是救出小百合與黑頭鬼鴞，就是探險隊全滅！如果是一般情況，實在不應該執行這種魯莽的計畫。但如今要盡快救出小百合與黑頭鬼鴞，除了冒險進攻之外，別無辦法。

博士的胸中充塞著悲壯的情緒，跨上了黑駒，在腰際插入祖先傳承下來的村正短刀。博士暗自下定決心，如果情況危急，自己就要拔出短刀，刺入大蛇的咽喉。雖然唔唔恩長老說過，亞南皮的鱗片像鋼鐵一樣堅硬，就連美洲獅黑尾的利牙也咬不穿，但這把短刀有「妖刀」之稱，或許具有某種魔力，能夠貫穿亞南皮的鋼鐵鱗片。博士決定把這一戰的成敗賭在妖刀上。

博士接著取出一條白色頭巾，綁在額頭上，插上兩根閃耀著美麗色澤的鳳尾綠咬鵑的羽毛。鳳尾綠咬鵑是一種棲息於中美洲的鳥類，有「全世界最美麗的鳥」之美譽。頭部的顏色為橄欖綠，臉部的顏色則為鈷藍色，一對圓滾滾的黑色眼珠閃爍著光澤。胸口也是鈷藍色，腹部則為鮮豔的紅色。雄鳥的尾巴有六十公分長，上方為紅色，下方為白色。自古以來只有高階的神職人員或王室成員才能以這種鳥的羽毛作為裝飾品，例如馬雅及阿茲特克的君王，都是以這種鳥的羽毛來裝飾王冠。據說秘魯也有這種鳥的亞種，同樣被使用在印加帝國皇帝的皇冠上。

隊伍進入了黑森林，不斷朝深處的城堡前進。來到了城門前，負責擔任守衛的細腰貓看見來了一隊從未見過的人類及動物，趕緊以沙啞的聲音大喊：「你們是幹什麼的？」

博士的肩膀上停著傲然睥睨的八咫烏建角，右側排列著雪丸及美洲獅黑尾，左側則排列著龍二及矮黑猩猩馬馬。至於奇奇等其他動物，則分別排列在雪丸及龍二的後方。

博士騎著黑駒往前一步，以灌注全部靈魂與魄力的氣勢大喊：「快開門！我等遠渡重洋，從日本來到貴地！我是大和國青雲城的第十三代君主風深真穗呂場守源荒野，來此會見貴城的城主娜奇麗！快開門！」

衛兵之一趕緊從小門奔進城裡通報。整座城內城外鴉雀無聲，宛如深夜。

誰也不敢開口說話。整個場面瀰漫著一股懾人的緊張氣氛。

過了一會兒，小門再度開啟，走出了一隻體型較龐大的細腰貓。牠伸直了臉上左右兩側的長鬍鬚，一臉嚴肅的說：「女王同意會見。敢問你們此行有何貴事？」

博士從馬上俯視細腰貓，臉色嚴峻的說道：「我的來意，只能在娜奇麗女王面前明言。你就這麼通報吧。」

那隻擔任使者的細腰貓行了一禮，再度走進小門內。

充滿緊張感的沉默再度籠罩。

小門內隱約傳來嘈雜的聲響。

野兔丘治豎起耳朵聆聽了一會，朝雪丸悄悄說：「城堡裡很多動物都出來了，也包含那條怪物

專家解說

南美洲的巨大哺乳類動物為什麼不見了？

文／林大利　特有生物研究保育中心助理研究員（本書審定）

《星尾獸探險隊》遠渡重洋到南美洲尋找傳說中的「星尾獸」，身為靈長類動物學家的作者河合雅雄教授在書中呈現了大約兩萬年前，南美洲哺乳類的繁盛時代，那是個沒有人經歷過的「動物王國」。可是，說到「動物王國」，多數人可能會想到的是非洲莽原上的非洲象、斑馬和長頸鹿等。為什麼是「非洲」成為動物王國，而不是南美洲呢？是的，這群大型哺乳類和恐龍一樣，大約在六千年前完全消失。

早年，科學家對南美洲大型哺乳類動物滅絕的原因眾說紛紜，最後普遍獲接受的說法是「人類過度獵捕」，導致這些哺乳類大滅絕。人類起源於非洲，經過歐亞大陸，通過接近北極的白令海峽來到美洲，將美洲的中大型哺乳類動物獵殺殆盡。

但是，這樣的說法在當年並不完全被接受，就像《星尾獸探險隊》的博士一樣，無法相信這樣的說法，難以想像嬌小的人類如何將比自己大上兩、三倍的哺乳類殺個精光。而且，如果是這樣，為什麼非洲的哺乳類動物沒有被人類殺光，反而還成為現代的「動物王國」呢？

原來，這些非洲的大型哺乳類，早就和人類共同生活和戰鬥了千百萬年，是跟人類交戰的老手，彼此都很熟悉對方的戰術和生活方式，因此沒那麼容易被消滅。然而，當人類通過白令海峽來到美洲，一切都不一樣了，美洲的大型哺乳類動物沒見過這群經驗老到的獵人，很快就被撲殺殆盡。就像現代的外來種入侵進到新環境時，導致在地的生物滅絕一樣。

不過，當年的說法只答對了一半，人類確實無法殺光這些哺乳類。二〇一六年，澳洲和南美洲的研究團隊發現，南美洲哺乳類的滅絕，不只是人類過度獵捕造成的，當時還發生嚴重的氣候變遷，在雙重威脅的衝擊之下，南美洲的哺乳類更加難以生存，因此走上滅絕一途。

《星尾獸探險隊》的時代背景是日本的大正時代（一九一二年至一九二六），當時的科學界對南美洲的哺乳類滅絕還沒有定論，書中的博士對於「人類過度獵捕論」的質疑，可說是相當契合時代背景的設計。經過了將近一百多年的研究與討論，科學界才得到比較明確的答案。

遺憾的是，曾因哺乳類稱霸而繁盛的南美洲並沒有受到太多的關注。幸好，《星尾獸探險隊》的故事，透過作者淵博的動物知識和跨越時空的想像力，讓星尾獸、劍齒虎、大地懶，以及各種哺乳類重新在南美大草原奔馳，將失落的動物王國重現在我們的腦海中。

星尾獸探險隊出任務！

前進南美洲，尋找謎樣的神獸

人物介紹

藤野小百合
十二歲少女，
開朗、樂觀的她
總是鼓舞著
探險隊的成員。

山路龍二
十二歲少年，
夢想是成為
動物學者。

風深荒野
博學的動物學者，
來去一陣風，
人稱「風叔叔」，
也有「太子博士」的綽號。

黑頭鬼鴞
來自南美洲，通報納斯卡
王國陷入危機的重要使者。

八咫烏建角
古代神鳥的後裔，
觀察入微，能先發制人。

矮黑猩猩馬馬
個性隨和，
有在森林生活過的經驗，
幫助探險隊在熱帶
雨林中前行。

日本水獺荷拉吉
愛說大話又調皮，
在關鍵時刻卻很可靠。

白犬雪丸
日本古代皇室
愛犬的後代，
性格沉穩、
擅長組織策略。

Q & A

Q. 星尾獸長什麼樣子？

A. 身上包覆著鋼鐵鎧甲般的硬殼，如棍棒一般的尾巴前端有許多粗大尖刺，全長超過四公尺。

Q. 納斯卡王國真的存在嗎？

A. 納斯卡王國誕生於西元前兩百年左右，在秘魯西方的土地上延續了大約一千年的歲月，歷史比印加帝國更悠久！

Q. 探險隊竟然搭乘由抹香鯨拉的潛水船？!

A. 抹香鯨可以潛到超過一千公尺深的海底，而且力氣很大，但抹香鯨是自由的野生動物，現實中不會為人類拉船、領航。

Q. 故事中的動物竟然會說話？

A. 作者草山萬兔寫了許多科普書籍後，希望寫一部讓動物能自由對話、用動物的立場來說故事的幻想作品，在這本書中，猿猴、黑熊、羊駝等擁有豐富感情的動物登場，親口說出牠們的故事。

Q. 書中出場的每一種動物都真實存在嗎？

A. 星尾獸、劍齒虎、大地懶等都是曾經活躍於地球上的動物。書中也會有作者想像的動物，像出沒雨林中的神祕「夜猿」。此外，作者也將神話、想像的物種寫進書中，例如有三隻爪子的八咫烏、偷吃夢的食夢貘等。

Q. 讀完這本書，還想知更多關於書中背景的故事，有什麼延伸書單呢？

入門版

《我跟地球掰掰了：超有事滅絕動物圖鑑》，丸山貴史著，遠流出版

《真實尺寸的古生物圖鑑 ‧ 古生代篇》，土屋健著，如何出版

《探索古生物的祕密》，土屋健著，台灣東販出版

進階版

《恐龍的啟示》，肯尼斯．拉科瓦拉著，天下雜誌出版

《第六次大滅絕》，伊麗莎白．寇伯特著，天下文化出版

《大崩壞：人類社會的明天？》，賈德．戴蒙著，時報出版

《失控的進步：復活節島的最後一棵樹是怎樣倒下的》，隆納 ‧ 萊特著，野人出版

《生命從臭襪子的細菌開始：給小小科學家的生物演化入門》，楊．保羅．舒滕著，小麥田出版

以上書目由本書審定林大利老師提供

大蛇。牠移動的時候，沉重的身體會在地面摩擦出聲音，相當好辨識。既然連牠也出來了，女王的手下應該一個也沒少。」

雪丸點點頭，把同樣的話告訴了博士。

八咫烏建角悄悄展翅飛起，停在城門上，觀察城內的狀況。

巫婆身穿白色的服裝，周圍跟著黑豹、大蟒蛇，以及十幾隻細腰貓。

建角高高舉起胸前的第三隻腳，向博士打了暗號。

博士也舉手擺出暗號回應。接著建角迅速躲進城門的陰暗處，在那裡監視敵人的一舉一動。

隊員們看見了建角的暗號，都緊張得全身僵硬，唯獨博士反而大大鬆了一口氣。至少到目前為止，完全照著預定的計畫發展，接下來只看如何與敵人速戰速決。

龍二見計畫相當順利，也感到安心不少。但另一方面，心情也愈來愈焦躁。葛佩到底跑到哪裡去了？城門一打開，雙方隨時會大打出手。如果那條大蛇開始發威，要怎麼制服？目前探險隊能夠對抗大蛇的手段，只有葛佩的祕密武器。

大理石材質的沉重大門，無聲無息的推開了。

眼前的景象令龍二看得目瞪口呆，有如心臟被重重搥了一拳。大門的內側，可看見一座利用印加帝國遺跡所改建的古城。城的前方有一片廣場，廣場上設置了一張黃金寶座。女王端坐在寶座上，左側站著黑豹，右側盤繞著一條超乎想像的巨蟒。那條蛇實在太巨大，看起來簡直像一條龍。在寶座的周圍，還站著十幾隻細腰貓。

娜奇麗有著一對宛如紅寶石的眼眸，正綻放出妖異的神采。龍二感覺自己的心思彷彿要被看穿，趕緊垂下了頭。

絕對不能輸！一定要救出小百合！龍二將全身的力氣集中在肚臍下方的丹田，重新抬起頭，惡狠狠的瞪著前方的一群妖魔。

博士拍馬向前，進入了城門內。其他隊員也跟著走進去。

騎著黑駒的博士走在中間，右邊跟著雪丸與黑尾，左邊跟著龍二與馬馬。至於丘治、奇奇、保羅、荷拉吉、貝卡哈雅、龐貝諾夫妻等動物，則分成了左右兩列，跟著走向女王及她的黨羽。

博士以中氣十足的宏亮聲音說：「娜奇麗女王陛下，敦卡．敦卡閣下、亞南皮閣下，感謝你們依照正式的禮節迎接。今日能夠相見，我感到非常榮幸。」

娜奇麗、黑豹及大蛇都露出了錯愕的神情。這個從東方遠渡重洋來到這裡的男人，怎麼會知道自己的本名？照理來說，自己的本名應該只有極少數的特定人士才曉得。難道這個騎著馬來到此地的東方男子，真的是從天而降的神明使者？娜奇麗及她的手下都感到相當震驚。

娜奇麗故作鎮定，以邪惡又可怕的聲音說：「我是統治這座森林的女王瑪瑪科娜。沒有我的許可，任何人都不得踏入這座森林一步。你擅自闖入，還直呼我的名諱，這可是罪該萬死的無禮行徑。你從遙遠的異國來到此地，有何目的？這座森林不是異國之人該來的地方。只要你立刻離開，我可以饒恕你的種種無禮罪行。」

龍二感受到博士與娜奇麗之間劍拔弩張的氣氛，心裡急得像熱鍋上的螞蟻。葛佩那傢伙到底跑到哪裡去了？那條名叫亞南皮的巨蟒，遠比想像中還要可怕。光是想到牠的力氣會有多大，龍二便不由得打起哆嗦。博士真的打算跟對方正面交戰嗎？唔唔恩長老說過，除了使用祕密武器之外，探險隊沒有任何勝算。這句話在龍二的腦海中不斷迴盪著。如今葛佩下落不明，是不是應該先設法與對方和平談判？如果直接開戰，那條無敵的惡魔之蛇恐怕輕而易舉就可以消滅整個探險隊。

龍二感覺胸中充塞著不安，心臟劇烈跳動，彷彿隨時會從嘴裡彈出來。轉頭一看，就連平日堅毅勇敢的雪丸，臉色也彷彿蒙上了一層陰影。龍二心想，或許牠的心中也有同樣的想法吧。

博士察覺娜奇麗的嗓音有著細微的顫動，於是使出全力，以宛如要刺穿敵人的犀利語氣說：「我問妳，為什麼要擄走一名無辜的日本少女，還對她加以拷打凌虐？這種喪盡天良的行徑，絕對無法原諒。我勸妳立刻釋放他們，否則必定會遭受天譴。」

「哼……」娜奇麗的臉上流露出了自信的微笑。「我明白了。你為什麼要冒這麼大的風險前來解救黑頭鬼鴞，現在我終於想通了。那隻笨鳥知道許多納斯卡王國的祕密，以及解開封印的咒語。你與牠聯手，是想要謀奪納斯卡的龐大金銀財寶，對吧？古代消滅了印加帝國的皮薩羅騎著一匹白馬，你故意騎一匹黑馬，是想要模仿他。這種騙小孩子的把戲，你以為能讓我上當嗎？嘻嘻嘻嘻……如果你再不離開，我就當著你的面，砍下那少女與黑頭鬼鴞的頭。呵呵，那少女挺有骨氣，我本來是有點欣賞，真是可惜了……嘻嘻嘻嘻……」

敦卡．敦卡與亞南皮同時露出了勝券在握的微笑。

博士見有機可趁，立即高喊：「大家上！」

敵人正因為過於自大而有些鬆懈，博士的攻擊命令彷彿給了他們一記當頭棒喝。

隊員們依照事先安排好的戰術，先由全身肌肉結實的美洲獅黑尾發動攻勢。牠奮力一跳，撲向了黑豹敦卡。

黑豹的動作也相當矯健，牠以百分之一秒的差距避開了黑尾的利爪，接著縱身跳起，全力向後退避。

不愧是黑尾。龍二終於感到放心了一點。黑豹一逃離，勁敵就少了一個。問題是葛佩在哪

裡？少了牠的祕密武器，要怎麼對付那條宛如巨龍一般的怪物？

就在同一時間，雪丸心中的感受卻與龍二完全不同。雪丸看見黑豹逃走，反而咬著嘴唇暗叫糟糕。因為黑豹逃進城內的目的，一定是為了帶小百合與黑頭鬼鴞出來。一旦黑豹以「如果不投降就砍掉他們的腦袋」作為威脅，博士除了投降之外別無選擇。如此一來，敵人就能不戰而勝，隊員們的努力都將化為泡影。

黑尾並沒有追趕敦卡，轉身撲向在一旁張牙舞爪的細腰貓群，驅散牠們。

娜奇麗以宛如厲鬼般的表情大喊：「亞南皮！不必手下留情！把這些傢伙全部吞下肚！不過，不要吃那個留鬍子的高傲男人，還有那個少年！他們還有利用價值！」

有如怪物般的蟒蛇露出淡淡的微笑，高高抬起蛇頭。牠的眼神宛如閃電一般犀利，血盆大口中伸出了鮮紅色的舌頭。那舌頭的前端分成雙岔，有如兩條細蛇。但最奇妙的還是牠那高高舉起的尾巴。尾部有一部分呈現扁平狀，扁平狀後頭約一公尺的長度卻又變得非常細，而且能夠靈活捲動，彷彿是另外一條蛇。

若依照原訂的作戰計畫，在黑尾擊退黑豹之後，黑尾、黑駒及雪丸就要趁機往前衝，將娜奇麗抓住。但是在那之前，必須先將負責保護主人的大蛇亞南皮誘離娜奇麗的身邊才行。

「葛佩到底跑到哪裡去了？」雪丸忍不住大喊。

每個隊員的心中都有著相同的疑問。

「我去找牠！」

野兔丘治高聲大喊，接著便跳進了樹叢裡。或許葛佩是為了尋找「祕密武器」而暫時離開了。

亞南皮輕輕抖動身體，接著張開大口，擺出恫嚇的動作。長長的尖牙泛著白光，有如小蛇一般的舌頭不停捲動，宛如在嘲笑對手。

馬馬抓住機會，趕緊用力扔出毒菇。那顆毒菇有如紅色的子彈，成功飛進了巨蟒的口中。

亞南皮瞇起了雙眼，將那顆毒菇吞下了肚子。

隊員們全都屏住了呼吸，觀察著亞南皮的反應。聽說這種毒菇的毒性發作得非常快，一吃下肚馬上就會感到四肢劇痛，全身麻痺無法動彈，而且會把胃裡的東西全吐出來，痛苦到在地上打滾。

然而亞南皮的反應完全不是那麼回事。牠說了一句「真好吃」，繼續張大嘴。

馬馬不信邪，將毒菇一顆顆扔進亞南皮的嘴裡。

亞南皮將毒菇全吞下肚後說：「太美味了，這是我最喜歡的食物。沒有了嗎？如果沒有，換我發動攻擊了。」

亞南皮一說完，立即猛然向前滑行。纖細的尾巴像另一條蛇一樣迅速擺動，轉眼間已將馬馬捲住，朝天空甩出。

馬馬不愧是矮黑猩猩，牠在空中翻轉了一圈，靈巧的抓住附近的樹枝。

「亞南皮，別再玩了，快解決牠們！」娜奇麗大喊。

亞南皮於是重整攻勢，一邊甩動尾巴一邊朝隊員撲來。

就在大家急忙逃竄的時候，突然響起了一道聲音：「抱歉，我來晚了！大家放心，我把祕密武器帶來了！」

大家轉頭一看，鼬鼠葛佩正朝著這裡奔來，後頭還有四隻安地斯臭鼬。那四隻臭鼬豎起了宛如旗幟的蓬鬆尾巴，搖搖擺擺的跟在葛佩身後。

亞南皮的臉上閃過了一抹驚愕之色。

葛佩突然厲聲大喊：「攻擊！」

四隻安地斯臭鼬一起跳上前，排成了一列，同時向後轉。接著牠們高高舉起蓬鬆的尾巴，以後退的方式逼近亞南皮。

亞南皮那有如紅色瑪瑙般的眼珠露出了難以置信的神情。在亞南皮的心中，那個東方男人雖然帶來了一些從未見過的動物，但根本不足為懼。亞南皮原本抱持著戲弄的態度，滿心以為不費吹灰之力就可以將敵人全部擊敗。沒想到竟然會在這個節骨眼，出現了自己最討厭的安地斯臭鼬……

安地斯臭鼬似乎一點也不怕亞南皮。牠們逼近到距離亞南皮約五、六公尺處，同時將一股氣體連同黃色的液體朝亞南皮猛烈噴發。

可怕的臭味迅速包圍亞南皮。

從臭鼬的肛門噴出的東西，可不是單純的「臭屁」。其實真正臭的並不是「屁」本身。臭鼬的肛門旁邊，有一個名叫肛門腺的小袋子，裡頭儲存了大量帶有惡臭的液體。當臭鼬放出「屁」的時候，會將這些液體一同噴發出去。這些液體一接觸到空氣，立刻會散發出臭味，據說就算是狗，被噴到也會昏厥過去。這種臭味可以傳到一公里外，如果順風的話，甚至在兩公里外也能聞到。

亞南皮以尾巴摀住鼻子，慢慢往後退縮。

臭鼬們第二次噴氣，亞南皮也趕緊從鼻孔噴出混合了水蒸氣與煙霧的一股氣息，將臭鼬的臭氣吹散。

四隻臭鼬繼續進擊，又一次噴射出了氣體及金黃色的液體。轉眼之間，大蛇的白色氣息與臭鼬的臭氣瀰漫在周圍一帶。幸好此時正有一道強風往大蛇的方向吹拂，將臭氣全帶了過去。如果風向相反的話，博士及隊員肯定會因惡臭而昏厥吧。

亞南皮雖然有些驚惶失措，還是不甘示弱的從鼻孔噴出強力的氣息。那帶著水蒸氣的白色氣息有如暴風一般，將臭鼬的臭氣全部吹散。

這時四隻臭鼬完全處於沒有防備的狀態。

亞南皮立即伸出尾巴，捲住一隻臭鼬，高高甩上天空。那隻臭鼬在空中往下跌落，掉進了亞南皮那有如火山口一般的血盆大口之中。

亞南皮將臭鼬吞進了肚子裡。

剩下的三隻臭鼬心中害怕，紛紛往後退縮。

龍二在心中暗叫一聲「糟糕」。看來祕密武器的威力也只能如此。一想到

接下來會發生的慘劇，龍二便不由得打起了哆嗦。

就在這個時候，勇敢的葛佩衝了過去。

葛佩毫不畏懼的靠近亞南皮，轉身向後，以所有的力氣放出了臭氣。「放臭屁」同樣也是鼬鼠的保命絕招。葛佩心裡想著只要這一發臭屁能噴中，就算死了也在所不惜。

就跟臭鼬一樣，葛佩的這一發臭屁中也包含了來自肛門腺的淡黃色惡臭液體。

那淡黃色的液體精確的命中了亞南皮的眼睛，而且有數滴飛濺開來，沾在亞南皮的鼻孔上。

亞南皮原本滿心以為贏定了，所以沒有提防。受了葛佩的臭屁直擊，亞南皮忍不住以尾巴摀住眼睛，重重打了一個噴嚏。惡臭液體一旦進入眼中，就會導致暫時性的失明。

如果是安地斯臭鼬放的屁，亞南皮雖然拙於應付，但多少還有一點抵抗力，而且也知道一些抵禦的技巧。但是遠渡重洋而來的東洋鼬鼠，卻是亞南皮從未見過的動物，所以亞南皮對葛佩的屁毫無抵抗力，也不知道怎麼防禦。

亞南皮感覺整顆眼珠從內到外都刺痛不已，而且這股刺痛馬上就轉變為更加難以忍受的抽痛。噴濺在鼻孔上的那幾滴液體所散發出的惡臭，更直接進入了氣管，令亞南皮有如吸了毒瓦斯一般呼吸困難。亞南皮摀著眼睛，痛苦的發出「嘶嘶」聲響。這時亞南皮早已失去了戰意。如果不趕快醫治，眼睛恐怕會瞎掉。幸好自己知道有種藥草相當有效。亞南皮迅速翻轉笨重的身體，為了找尋藥草而逃離了戰場。

念力與念力的戰鬥

博士沒有放過這個機會，立即指揮黑駒往前衝，撲向正想要逃走的娜奇麗。黑駒以馬蹄朝著巫婆的胸口輕輕踢了一腳。

博士迅速跳下馬，按住倒在地上的巫婆，以村正妖刀抵住她的脖子。

「投降吧。放心，我不會殺妳。妳是換回小百合的重要俘虜。」

馬馬與龍二同時拿出繩索奔上前來，以俐落的動作將娜奇麗五花大綁。

十多隻細腰貓早已逃得一隻也不剩，現場只剩下遭綑綁的娜奇麗躺在地上。

這一場戰鬥可以說是大獲全勝。沒想到速戰速決能夠發揮這麼大的效果，大家都感到又驚又喜。雖然是危險的賭注，但真的成功了。當然若沒有唔唔恩長老的指點，絕對不可能那麼順利。龍二忍不住在嘴裡默念「唔唔恩」，心中對著那年老猿猴連聲道謝。

由於戰局的變化速度實在太快，原本以為絕不會輸的亞南皮竟然倉皇逃走，娜奇麗一時慌了手腳，所以來不及施展妖術。

隊員們把娜奇麗搬到一塊平坦的石頭上，博士一臉嚴肅的對她說：「妳輸了。我們並不打算殺死妳，或把妳趕出這座城，但妳擄走無辜的少女，而且還對她濫用刑罰，此罪不能赦免。我要求妳立刻把小百合還給我們，並且釋放黑頭鬼鴞。」

娜奇麗露出獰笑，說道：「看來我上了當。本來以為你們一定對付不了亞南皮，沒想到會使出這樣的詭計！這絕對不是你們自己想出來的點子，多半是那個性情古怪的唔唔恩幫了你們的忙吧？嘻嘻嘻……」

娜奇麗停頓了一下，朝博士說：「那個小丫頭，不管我怎麼拷打，她都沒有屈服。雖然我不知道她為什麼要捨身保護黑頭鬼鴞，但她的骨氣實在讓我佩服。難道你認為我會連那個小丫頭也不如嗎？你看著好了，嘻嘻嘻……」

娜奇麗突然睜大了眼睛。紅色的眼珠綻放出妖異的光芒，宛如正在燃燒一般。美麗的臉孔逐漸變紅，變成一個醜惡的老太婆。她的嘴裡不停念念有詞，但沒有人聽得懂她在說什麼。

突然間，天空變得黯淡無光，出現了一道宛如黑洞般的烏雲，不斷釋放閃電，令大家一時眼花撩亂。

緊接著是一陣陣驚人的雷鳴，有如天搖地動。

碩大的冰雹從天而降，撞出了乒乓聲響，打在身上的感覺異常疼痛。

閃電在空中此起彼落，交織成一片令人難以置信的景象。

四周逐漸被黑暗籠罩，每個隊員的身影都像皮影戲一樣逐漸變得模糊不清。原本一身雪白的娜奇麗，身影竟然漸漸開始縮小，彷彿即將消失在黑暗之中。

巫婆想要在黑暗中趁機逃走！龍二急著想警告大家，卻發現喉嚨發不出半點聲音。

每個隊員的身體都彷彿遭到凍結一般，無法移動半分。龍二在心中大叫不妙。巫婆快要掙脫繩子逃走了。明明很想大聲斥喝，卻一句話也說不出口。

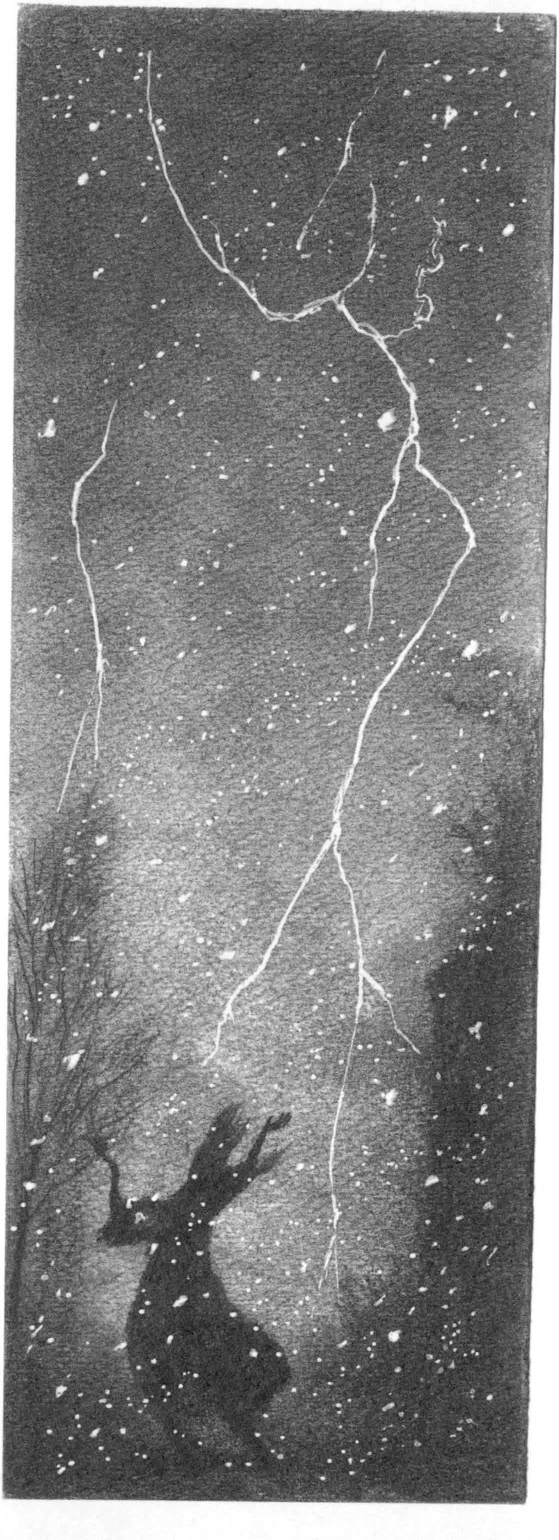

娜奇麗的身體有如白色的幻影，在黑暗中逐漸融化，轉眼就要消失無蹤。龍二拚命掙扎，急得像熱鍋上的螞蟻。

就在這時，又發生了奇妙的現象。

天空竟然又變得明亮了。

烏雲與雷鳴都散去，太陽灑下耀眼的光芒。

那種感覺就好像是突然從夜晚變成白天。龍二揉了揉眼睛，想要抹去心中的錯覺。

此時原本在巫婆的面前僵立不動的博士，突然往後退了兩、三步。

娜奇麗那一對原本綻放出妖異光芒的紅色眼珠，此刻彷彿完全失去了力量，紅色的臉孔也變成了土黃色。

坐在博士面前的巫婆，此時已是個徹頭徹尾的醜陋老太婆。原本油亮動人的一頭黑髮變成了白髮，原本圓潤滑嫩的臉頰及額頭出現了無數皺紋。巫婆緊閉著雙眼，全身疲軟無力的睡著了。

隊員們同時發出了包含驚愕與慶幸的嘆息。博士向馬馬說：「讓她睡吧。她用盡了妖力，所以變得非常憔悴。但是再過不久，她一定又會恢復精神。趁現在解開捲在她身上的繩索，用我們從日本帶來的麻繩綁在她的腰上。如果使用這個國家的繩索，就算綁得再緊，或許她都有辦法掙脫。接著，將她的雙手放在身體前方合攏，以麻繩牢牢綁住手腕，然後把麻繩的另一端綁在那棵大樹下。馬馬，你跟黑尾負責看守，千萬不要讓她逃了。我們不曉得她還會施展什麼樣的妖術。」

此時，野兔丘治慌慌張張的跑了過來，說道：「大事不妙了！雪丸先生突然倒在地上，失去了意識！」

博士與黑駒立即以狂風般的速度奔向雪丸的身邊。

龍二與葛佩也緊跟在後。

「雪丸，謝謝你。如果不是你出手阻止，那個巫婆恐怕已經逃走了。」

雪丸躺在地上，微微睜開眼睛。牠朝博士輕輕點頭，似乎感到相當欣慰。

「雪丸先生怎麼了？牠還好嗎？」龍二惴惴不安的問。

博士回答：「娜奇麗用盡最後的力氣詠唱咒語，發射出念力，企圖藉此逃走。我們剛剛動彈不得，正是受她的可怕念力形成的放射線控制了行動。如果持續下去，除了雷電及烏雲之外，接著還會下起傾盆大雨。天空會比黃昏時更加陰暗，再加上激烈的大雨，我們會什麼也看不見。而且綁住娜奇麗的繩索吸了雨水後也會變軟，只要用力撐開就能掙脫。如此一來，她就可以趁著漆黑之際逃走。

雪丸感應到空中瀰漫著詭異的念力，察覺是娜奇麗在施展妖術，所以趕緊動用神聖的念力加以對抗，阻止了豪雨的發生。牠與娜奇麗展開了一場常人感受不到的念力之戰，在激烈的戰鬥之後，牠成功破除了妖術。換句話說，我們能夠平安無事，全是雪丸的功勞。現在讓雪丸好好休息吧，晚一點牠應該就會恢復精神了。」

博士說完之後，帶著微笑向雪丸說：「雪丸，我再次由衷感謝。」其他隊員聽了，也異口同聲的說：「謝謝你，雪丸！」

雪丸微微睜開眼睛，揚起了嘴角，勉強將手掌舉起輕輕搖晃。

娜奇麗則早已睡得不省人事，看起來簡直是重傷昏厥。

這天的晚餐，荷拉吉從河裡捉來美味的魚兒。

月光與滿天的星辰將周圍一帶照得異常明亮。探險隊在娜奇麗的城堡前廣場草地上搭起帳篷，龐貝諾夫妻施展拿手絕活，烹煮了一大堆美味的料理。環繞四周的紅褐色古城牆沐浴在月光下，彷彿正訴說著古老的印加歷史。

負責看守娜奇麗的黑尾與馬馬，也輪流走過來將食物塞進嘴裡。

今天這一戰的英雄，當然是葛佩及雪丸。由於雪丸還在休養當中，因此所有的讚美都集中在葛佩身上。

猴子奇奇以充滿感慨的口吻說：「祕密武器到底是什麼，幾乎讓我想破了腦袋呢。我想過連鐵板也能貫穿的強大魔法槍或弓箭、麻醉藥噴射器、魔法網子……或是把網子罩在敵人身上，敵人的頭、手、腳就會被網子上的洞勾住，再也無法動彈之類的神奇道具。虧我想了老半天，原來答案這麼簡單，就只是帶來幾隻臭鼬嘛。剛看到那一幕的瞬間，還懷疑過葛佩這傢伙是不是瘋了呢。」

「嗯，臭鼬的登場雖然令人吃驚，但最讓我嚇一跳的還是毒菇戰術的下場。沒想到毒菇竟然是那條大蛇最喜歡的食物！當我看到牠津津有味的吞下毒菇，還以為大家都死定了呢。這麼可怕的蟒蛇，只憑我們的能耐根本對付不了！」

野兔丘治說到這裡，忍不住打起了哆嗦。

龍二接著說：「那可能是我這輩子最焦急的時刻了。我滿腦子只想著葛佩跑到哪裡去了？牠到底在做什麼？心裡害怕得不得了，卻又不想認為是葛佩逃走了，只好胡亂猜想牠是不是搞不清楚祕密武器的使用方式，只好在外頭遊蕩不敢回來。尤其是在毒菇戰術失敗之後，葛佩的祕密武器更是成了我們唯一的希望。葛佩，你到底跑到哪裡摸魚了？」

葛佩噘起了嘴，氣呼呼的說：「說我摸魚，真是太過分了。唔唔恩活菩薩指點了我這招臭鼬戰術的時候，老實說我嚇了一大跳呢。牠說成敗全看我的屁，更是讓我緊張得直發抖。

我聽完了牠的指導，馬上就出發尋找安地斯臭鼬。但要找到牠們可不容易，偏偏我們又沒有那麼多時間可以慢慢找。我問唔唔恩活菩薩該怎麼辦才好，牠告訴我『找是找不到的，要讓牠們主動來找你』。我不知道這句話是什麼意思，心裡更加焦急了，牠看了我的模樣，笑著對我說『你只要放個屁就行了。臭鼬對味道是很敏感的，只要聞到過去從未聞過的屁味，一定會前來一探究竟。但遇上牠們後，要怎麼說服牠們幫忙，就要看你自己的本事了。自己好好加油吧，再見了』。牠說完這句話，就像一陣風一樣走得無影無蹤了。」

「後來呢？你跑到哪裡去了？我們一直在等著你回來耶。」黑駒催促道。

「我當然是趕緊跑進草叢裡，在臭鼬可能出沒的地方放了一個屁。因為太久沒施展，放完之後我感覺屁股痛得不得了呢。我等了一會兒，就看見一隻臭鼬跑了過來。我繼續等下去，最後來了六隻臭鼬。這是我第一次遇上安地斯臭鼬，牠們也是第一次看到我這種茶褐色鼬鼠，似乎怕得不得了。這段相識的過程挺有意思，但說起來太花時間，以後有機會再告訴你們吧。

我告訴了牠們事情的來龍去脈，懇求牠們伸出援手。得到的回答是『我們也聽過那條怪物大蛇的傳聞，聽說牠連美洲獅也能一口吞下。我們能不能對付得了那種怪物，並沒有把握。要是屁對牠無效，就會被牠吃掉。我們不想冒這種風險』

我急得不得了，一把眼淚一把鼻涕的懇求幫忙。因為我知道要是牠們不肯幫，我們整個探險隊都會被那條怪物大蛇吞下肚子。

其中有一隻個子特別矮小的臭鼬，對同伴們說：『我爸爸說過，就連那條天不怕地不怕的怪物蟒蛇，也只怕我們臭鼬的武器。所以臭鼬是全世界最強的動物，沒有任何動物贏得了我們。我想要試試看爸爸說的那些話是不是真的。如果我們真的是全世界最強的動物，那不是很棒嗎？你們看牠這麼真心誠意的拜託，我們就幫牠這個忙吧！』

那隻臭鼬提出這個想法之後，又有好幾隻臭鼬也說出了自己的意見，但牠們一直無法達成共識。討論的時間拖愈長，我愈是焦急，最後好不容易說服了四隻臭鼬伸出援手。於是我們便一直跑，跑得上氣不接下氣，心裡好希望黑駒能前來載我們一程。最後我們終於及時趕到，但也累得筋疲力竭了。」

葛佩回想起當時的情境，眼眶再度積滿了淚水。

「葛佩，謝謝，你做得非常好。其實我見你一直沒回來，一顆心也是七上八下。當時我抱了必死的覺悟，打算如果你沒有帶著祕密武器回來，我就看準時機，騎著黑駒對大蛇發動突襲，以這把村正妖刀刺入大蛇的心臟。我也不知道這一招能不能奏效，但要化解危機，這已是我唯一的辦法了。

我看見你現身的時候，心裡真的鬆了一口氣。不過你的祕密武器竟然是安地斯臭鼬，我也嚇了一大跳。你最後放的那個屁的威力，也讓我大感佩服。葛佩，真的謝謝你。」

博士興奮得雙頰泛紅，不斷向葛佩道謝。

隊員們不約而同衝上前來，將葛佩的身體高高拋上天空再接住。

葛佩落地之後，向大家說：「謝謝各位。但是真正的功勞，應該屬於唔唔恩活菩薩。我只是照著牠指示辦而已。另外我們還應該感謝那四隻臭鼬。最大的遺憾，是有一隻臭鼬犧牲了性命。我原本邀請剩下的三隻參加這場勝利的慶祝會，但是牠們說要為犧牲的同伴舉行喪禮，不適合慶祝，所以沒有逗留就離開了。博士，下次見面，我們應該好好向牠們道謝。」

博士深深點頭同意。

菜餚全部吃完之後，博士大聲宣布：「今天的餐會就到這裡結束，大家早點休息吧。我們還沒有成功救回小百合及黑頭鬼鴞，接下來可能還有一場硬仗要打。現在就舉辦慶功宴，還嫌太早了。今天大家先好好休息，為明天之後的挑戰儲備能量。好了，大家晚安。」

博士回到自己的帳篷，在杯子裡倒了一杯秘魯特產的皮斯可酒，舉杯喝了一口。皮斯可酒在秘魯被稱為「神酒」，意思是神明賜給秘魯人的酒。這種酒是以葡萄蒸餾製成，但是味道跟一般的葡萄酒截然不同。

風深荒野向來是個孤獨的人，心中永遠吹拂著一陣陣冷風。看著燈光將自己的影子映照在帳篷上，荒野的內心充塞著灰暗的想法。自己的所作所為，或許就跟追逐影子沒什麼不同。說穿了，自己所追求的不過是一些無憑無據的想像。仔細想想，其實根本沒有必要與那麼可怕的巫婆正面對決呀。今天若不是運氣好，探險隊恐怕已經全滅了。所謂的勝利，其實就只是在賭注中押對了寶而已。在接下來的探險過程之中，一定還會遭遇許多難以預期的危險吧。能不能順利化解危機，到頭來全都是「賭注」。既然是賭注，當然不可能每一場都贏。這次贏了，只是因為運氣好，沒有人能保證下一場也能贏。

過去，自己經常在世界上到處旅行，獨自探索人類從未到過的祕境或叢林。不論遇到什麼樣的危險，都能臨機應變，成功的化險為夷。但如今自己的這項能力似乎逐漸退步。面對亞南皮的威脅，竟然會同意採用雪丸的「毒菇攻擊」那種宛如兒戲的戰術，如今回想起來，不禁心裡發毛。

荒野愈想愈後悔，不由得舉起拳頭猛敲腦袋。

一定要保持冷靜。荒野如此警惕。難道自己的危機處理能力真的退步了嗎？如果是真的，或許放棄這次的探險，趕緊打道回日本才是明智的決定。

荒野握著酒杯走出了帳篷。南十字星清晰的高掛在空中，有如浮雕一般。從雲層中露臉的弦月，在古代印加的遺跡上灑落了淡淡光輝。荒野灌了一大口杯裡的皮斯可酒，環顧周圍景色。

冰冷的平躺在地表上的印加遺跡，正散發著神祕的氣息。看著那些遺跡，荒野的心中忽然萌生一種舒暢感，似乎有一股強大的生命力自身體內湧現。

荒野，你到底在煩惱什麼？這一點也不像你的風格！心中的另一個荒野發出了宛如風聲的呢喃。

荒野又喝了一口皮斯可酒。與葡萄酒頗不相同的微妙滋味，在口中迅速擴散。

這趟旅程，不是以前那種獨來獨往的探險。此時自己的肩膀上，背負著風深一家的性命。探險隊的每一名成員都發揮了專長，為這場探險盡著一己之力。自己的職責，就是將牠們的能力凝聚在一起，形成一股強大的能量。若以數學計算方式來比喻，必須是乘法而不是加法。不，要創造出無限的能量，即使是乘法也還不夠，必須導入次方的概念。若將每個隊員的能力假設為a、b、c，則集合的能量必須是a的b次方的c次方。

想到這裡，荒野喝了一大口杯裡的酒，忍不住笑了出來。要將每個隊員的能力以次方的方式發揮出來，恐怕只有神才辦得到吧。但就算退而求其次，也應該以乘法為目標。在這方面的努力，荒野自認為還不夠。

此時的荒野恢復了原本勇敢追逐夢想的性格。勿忘初衷！荒野如此激勵自己。

驀然間，荒野察覺背後似乎有人接近。轉頭一看，龍二正一臉擔憂的站在自己的眼前。

「原來是龍二，有什麼事嗎？」

「沒什麼事，只是有點擔心風叔叔……」

月光射入印加帝國的古城中，在荒野的腳邊映照出了漆黑的影子。在龍二的眼裡，站在眼前的這個人不是深思熟慮、充滿威嚴的太子博士，而是從前的風叔叔。那個經常告訴自己各種動物的故

事，對自己非常親切的風叔叔。自己竟然與風叔叔一同站在印加帝國的古城庭院裡，這樣的場景讓龍二感覺到奇妙又熟悉，因此忍不住脫口說出了「風叔叔」這個稱呼。

「哈哈，我只是在看星星。你看，南十字星可以看得好清楚。在日本可是看不到南十字星的。我手上這杯，是秘魯人相當引以為傲的皮斯可酒，有『神酒』的美稱。自從西班牙人在十六世紀將葡萄樹帶進了南美洲之後，南美人就學會了以葡萄製酒。」

「我能看一看嗎？」龍二接過杯子。

「酒的顏色是無色透明……有一種很清爽的香氣……」

光是聞了酒的氣味，龍二就有一種飄飄然的感覺。接著龍二將杯子移到嘴邊，輕輕舔了一下。

「哇！好辣！我的舌頭好像著火了！風叔叔，這到底是什麼酒啊？」

「哈哈……」風叔叔開懷的笑了起來。

「這可是四十二度的烈酒。一般的葡萄酒，酒精濃度只有十二度左右。以酒精濃度來看，類似白蘭地吧。不，或許說是伏特加更貼切。雖然口感溫和，但是吞下去的瞬間，喉嚨會有一股灼熱感，接著身體會發燙。這就有點像是乍看之下性情溫和、其實內心相當熱情的秘魯人，難怪秘魯人都愛喝這種酒。

好了，龍二，你該睡了。戰爭才剛開始，我們無論如何都要救出小百合及黑頭鬼鴞。至於救出來之後的計畫，到時候再來討論吧。」

「晚安，風叔叔。我現在心中充滿了勇氣。等到救出小百合及黑頭鬼鴞之後，或許才要面臨真正的挑戰。現在我們確實應該多休息，好好養精蓄銳。」

龍二精神抖擻的鞠了個躬，轉身離去。

然而龍二的心中其實有著一抹不安。風叔叔的最後一句話，代表什麼意思？所謂的討論，是大家一起討論出實現目標的計畫嗎？還是討論該不該選擇最安全的一條路，也就是撤退回日本？

龍二絕對不贊成撤退。如今小百合遭遇這麼大的危險，博士身為探險隊的隊長，以隊員們的安全為優先考量並沒有錯。但就算博士打算撤退，隊員們也絕對不會贊成。龍二踩著自己的影子，走回床鋪，內心暗自下了決定。如果博士做了那種消極的打算，自己一定要堅決反對，並且盡最大能力為博士加油打氣。

巫婆的計謀

娜奇麗昏睡了整整兩天兩夜。到了第三天，她終於清醒，喝了一杯紅茶。

博士帶著雪丸來到娜奇麗的面前。「早安，娜奇麗。恢復精神了？」

「看了就知道吧？你打算拿我怎麼樣？」

「我說過很多次了，我們的目的只是希望妳把小百合與黑頭鬼鴞還給我們。請妳對敦卡．敦卡這麼下令吧。妳照做之前，我們必須拿妳當人質。」

「我知道了。距離這裡大約一公里遠的地方，有一座白霧瀑布，高度大概有一千公尺，瀑布的底下有一座水池。你們必須帶我到瀑布對面的斷崖，我會在那裡釋放他們。」

「我不明白，為什麼要去那種地方？妳只要命令敦卡．敦卡帶小百合與黑頭鬼鴞來這裡，我們就可以交換人質，不是嗎？」雪丸狐疑的問。

「只要把我帶到瀑布對面的斷崖，你們一定會明白。如果不接受條件，你們就永遠見不到那名少女與黑頭鬼鴞了。」巫婆狡獪的說。

博士與雪丸商量了一會兒，雪丸開口說：「好吧，照妳說的，我們帶妳去斷崖。但妳必須先釋放他們，等他們回到我們身邊，才會鬆綁妳。在那之前，妳的性命掌握在我們的手上。」

博士跨上黑駒，黑尾與馬馬拉著娜奇麗，隊伍開始朝著白霧瀑布前進。那座瀑布之所以名叫白霧，據說是因為瀑布的水落入水池中，飛濺起大量水花，在瀑布的中段形成濃濃的水蒸汽，宛如籠罩著一層白霧。

猴子奇奇一邊走，一邊對著鼬鼠葛佩低聲說：「怎麼沒看到荷拉吉？跑到哪裡去了？」

「剛剛明明還在呀，好奇怪……會不會玩水去了？」葛佩低聲回答。

「或許吧……」奇奇一臉納悶的低語。在這種危險的時候，怎麼會跑去玩水？真是太沒有危機意識了！等等牠回來，一定要好好教訓一番……奇奇這麼咕噥著。

隊伍來到了娜奇麗指定的斷崖邊。瀑布的豐沛水流綻放出白色光芒，不斷從對面的斷崖滾落崖底。

娜奇麗緊臨能夠俯瞰崖底水池的斷崖邊，探險隊的隊員都圍繞在她身邊。

從這一側的崖邊到對面的崖邊，大概有將近一百公尺遠。一隻黃褐色的美洲豹將小百合與黑頭鬼鴞帶到了對面的崖邊。小百合與黑頭鬼鴞不僅胸口及腰部都綁著繩子，而且顯得相當憔悴，連走路也踉踉蹌蹌。小百合原本有著豐腴的臉頰，如今卻凹陷了下去，虛弱得令人不忍多看一眼。

「小百合！」龍二忍不住大喊。

「住口！所有人都不准說話！」黑豹站在小百合與黑頭鬼鴞的背後喝斥。天空萬里無雲，他們沐浴在陽光下，身影可以看得一清二楚。

「帶他們回來的任務就交給……」雪丸這句話還沒說完，龍二急忙說：「請交給我吧！」

雪丸搖頭說道：「不，交給黑尾與馬馬。你們千萬要小心敦卡・敦卡。」

這一座斷崖的走勢是U字形，這一側的斷崖與對面的斷崖在三百公尺外相連。馬馬跳到黑尾的背上，黑尾朝著對面的崖邊全力奔馳。

剛開始，龍二覺得很不甘心。但稍微冷靜之後，自己也想通了。畢竟對岸包含黑豹在內，總共有數頭美洲豹，自己根本沒辦法應付。自己的武器只有一把短刀，對付一隻或許還勉強可以，但如果遭數頭美洲豹包圍，除非戰鬥技術非常高明，否則肯定是連逃也逃不了。

不久之後，馬馬與黑尾抵達了小百合與黑頭鬼鴞所在的斷崖邊。黑豹以綠色的眼珠使了個眼色，手下的美洲豹立刻包圍牠們。豹群似乎是打算一看苗頭不對，就要一擁而上。

博士以嚴厲的口吻對娜奇麗說：「解開小百合與黑頭鬼鴞的繩子，把他們交給馬馬與黑尾！只要他們平安回來，我立刻解開妳的繩子，將妳釋放。快下令！」

娜奇麗發出了一陣訕笑聲，接著以沙啞的嗓音說：「真是愚蠢，我很清楚你們在打什麼鬼主意。你們打算等到我釋放那兩名俘虜之後，就把我推下瀑布，讓我摔死，對吧？我要求你們必須先解開我的繩子。繩子綁得我好緊，我快喘不過氣了。反正前面是通往地獄的瀑布，後面有你們守著，我除非長了翅膀，否則根本不可能逃走，對吧？

綁住小百合的那條繩子可是施了魔法。只有我才知道解開魔法的咒語。我可以念咒將小百合絞死，也可以念咒鬆綁她。但是咒語必須配合一些手勢，你們把我綁住了，我要怎麼做手勢呢？你們可以解開我胸部及手上的繩子，只留下腰部的繩子。只要這麼做，黑豹就會帶他們過來，到時候，再來交換人質吧。」

博士一時拿不定主意。巫婆這個提議顯然對她自己較有利，但如今除了答應，似乎也沒有其他

辦法。博士轉頭望向雪丸，雪丸也露出遲疑的表情，想了一會兒後點點頭，說道：「除了腰際的繩子之外，也綁住她的雙腳。」

「好吧，你們可以綁住我的雙腳，然後把我帶到懸崖邊。如果你們見苗頭不對，可以馬上把我推下懸崖。」

於是龍二將巫婆的兩腳綁起，帶巫婆到懸崖的邊緣。只要一低頭，便可看見下方極遠處的瀑布水池。巫婆以彷彿要貫穿腦髓的刺耳聲音，朝著對岸的黑豹說了一句沒人聽得懂的話。

龍二抽出短刀，割斷了巫婆胸口及手上的繩索，接著將短刀抵在巫婆的背上。

對岸的黑豹也將小百合與黑頭鬼鴞帶到懸崖的邊緣。

巫婆以令人毛骨悚然的嗓音，高聲念出了咒語。

黑豹走到了小百合與黑頭鬼鴞的背後。大家都以為牠要解開繩子，沒想到下一秒，牠竟然以身體朝小百合與黑頭鬼鴞狠狠撞了一下。

小百合與黑頭鬼鴞不僅沒有獲得鬆綁，還掉下了懸崖。

就在同一時間，娜奇麗發出刺耳的尖笑聲，自己跳下了懸崖。她的動作非常敏捷，龍二根本來不及拿出短刀。

緊接著，黑豹也跟著跳下懸崖，宛如一顆自高空墜落的黑曜石。

博士、龍二及雪丸同時奔向懸崖邊緣，探頭往崖下望去。眼前的景象幾乎令他們不敢相信自己的眼睛。

娜奇麗身上穿的是一身雪白服裝，裙子的下襬非常長，長到令人擔心她走路會絆倒。此時那條白色長裙竟然向四周撐開且高高鼓起，形狀有如降落傘。在降落傘的中央露出的是娜奇麗的頭，整個身體隨著長裙緩緩朝懸崖下的水池飄落。

緊跟在後頭跳下的黑豹敦卡．敦卡，不久後也抓住了降落傘。牠趴在娜奇麗的肩頭，將臉頰貼在娜奇麗的臉頰上，露出一臉得意的表情。

降落傘逐漸進入濃霧之中，再也看不見了。

小百合與黑頭鬼鴞則早已墜入霧中，完全不見蹤影。

博士跪在地上，以雙手摀住了臉。

雪丸則氣急敗壞的朝地面搥了一拳，踉踉蹌蹌的走向懸崖邊緣，凝視懸崖底部的瀑布水池。牠的五官因痛苦而扭曲。接著牠慢慢走向博士，依偎在博士身旁坐下。強烈的懊悔與悲傷，令每個隊員都說不出話來。目睹小百合送命卻無力搭救的自責，讓龍二的心中有股想要跳下懸崖救回小百合的衝動。

此時黑駒突然大喊：「現在不是難過的時候！小百合與黑頭鬼鴞或許會被水流沖向淺灘！我們趕快下去救他們，沒有時間耽擱了！博士、龍二，快坐上我的背，我載你們到崖底！」

博士與龍二趕緊跨上黑駒。

從崖頂到崖底約有一千公尺。但是對動物來說，沿著崖壁往下移動並不是太困難的事情。

黑駒載著博士及龍二沿脊線奔馳，尋找下崖的路。

不一會兒，黑駒便找到了路徑，飛也似的向下狂奔，轉眼間已抵達崖底。

大水獺

猴子奇奇、褐捲尾猴保羅等隊員陸續抵達崖底。

「仔細找！有可能漂流到任何角落！如果找得到，或許還有一線生機。但如果他們還停留在瀑布的正下方，那肯定沒救了。」

黑駒高聲提醒大家。

就在這時，龍二看見荷拉吉游了過來。荷拉吉不僅笑容滿面，而且還朝著大家揮手。

龍二一看，不禁心頭冒火。荷拉吉這傢伙，一定是自己跑去玩水了。如果不揍他一拳，實在難消心頭之氣。

奇奇這時高聲大喊：「荷拉吉！大事不好了！小百合跟黑頭鬼鴞被扔到了瀑布底下！巫婆跟黑豹也用降落傘逃到了瀑布下方！荷拉吉，你有沒有在這裡附近看到他們？」

「當然看到了，真是嚇了我一大跳呢。我看到一張雪白的降落傘飄下來，上頭還載著那隻黑豹。那個長相可怕的老巫婆從降落傘的中央露出一顆頭，還發出古怪的笑聲。對了，最重要的是……小百合跟黑頭鬼鴞都獲救了，不用擔心。」

雪丸難得也動了怒氣，牠嚴厲的說：「荷拉吉，你該不會又在吹牛了吧？如果你真的看到了，就一五一十說個清楚啊。」

「我可沒有吹牛，是真的。你們等我一下……」

荷拉吉露出些許不悅的表情，沿著河岸往上游的方向奔去。

過了一會兒，荷拉吉帶回來另一隻水獺。那隻水獺的體型相當巨大，幾乎是荷拉吉的三倍。

「我來向大家介紹，牠是大水獺普提隆，牠帶領其他大水獺救了小百合與黑頭鬼鴞。」

那隻大水獺雖然有著粗獷的五官，臉上卻帶著微笑，對著大家打招呼。

博士登時喜形於色，匆匆走到大水獺面前，握住了大水獺的手。看來博士已經大致猜到了。

「謝謝你，普提隆。」

接著博士笑著撫摸荷拉吉的頭說：「荷拉吉，你做得太好了。你怎麼辦到的？」

荷拉吉得意洋洋的說：「就在大家走向斷崖的時候，我獨自來到了斷崖的底下……」

荷拉吉說到這裡，朝奇奇瞄了一眼。奇奇正羞愧的低著頭。

「當我聽到巫婆要求在瀑布邊交換人質的時候，我心裡就猜到她一定在打什麼鬼主意。當然這完全是我的直覺。這座瀑布的水池上方有著很濃的霧氣，從瀑布的頂端是看不見水池的。所以如果有誰摔下瀑布，站在崖上沒辦法看見摔下瀑布後的情況。因此我事先找了棲息在這裡的大水獺一族的老大普提隆幫忙，如果探險隊的同伴落水，才好及時出手相救。普提隆平日對瑪瑪科娜的所作所為相當不滿，所以我一拜託，牠馬上就爽快的答應了。

但我沒想到摔下瀑布的竟然是小百合與黑頭鬼鴞，而且身上還緊緊綁著繩子。光是這一幕已經嚇了我一大跳，沒想到接著又看到瑪瑪科娜與黑豹利用裙子降落傘慢慢飄下來。接下來我們可忙碌了。總共有六隻大水獺負責分頭救助小百合與黑頭鬼鴞，牠們迅速咬斷小百合與黑頭鬼鴞身上的繩子，把他們拉到岸邊的草地上，然後吸掉他們肚子裡的水。聽說要救助溺水者，必須在兩分鐘之內……不，最好是在一分鐘之內救起來，否則溺死的機率相當高。幸好大水獺很有力氣，才能順利救援。」

「荷拉吉，真的謝謝你，我打從心底向你道謝。」博士握住荷拉吉的手說。

「瑪瑪科娜與黑豹呢？逃到哪裡去了？」

「要解決他們，真是累死我們了。他們拚命抵抗，不肯輕易屈服，身強體壯的普提隆及其他六隻大水獺可是跟他們大戰了好久。當他們利用降落傘飄下來，兩腳落入水中，普提隆立刻拿著繩圈套住瑪瑪科娜的腳，另一隻年輕的大水獺普達也同樣拿繩圈套住了黑豹。聽說瑪瑪科娜懂得水遁之術，能夠潛水長達十分鐘。我們的目標是把繩子的另一頭綁在水池底部的大石頭上，只要這麼做，我們就贏了。但眼看快要成功的時候，瑪瑪科娜突然以毒液攻擊。一隻大水獺被噴中，兩眼頓時什麼也看不見。幸好普提隆趕緊用力吹一口氣，把毒液吹散，才化解了危機。我們跟瑪瑪科娜、黑豹在水中的這場大戰，以後有機會再詳細告訴你們吧。總而言之，我們成功的把繩子的另一頭綁在水底的大石頭上，徹底結束了瑪瑪科娜與黑豹的性命。所以說，大家以後不用再擔心了。全多虧了普提隆與牠的同伴幫忙。啊，博士，你帶了治療眼睛的藥水吧？等等請你幫那隻眼睛中毒的年輕大水獺治療吧。」

「我再次向你們表達感謝。如果不是你們仗義相助，我們一定再也看不到小百合與黑頭鬼鴞了。真的不知道該怎麼回報你們的大恩。」

博士朝著普提隆深深鞠躬。

這時猴子奇奇也跟著大喊：「普提隆先生！還有大水獺們，謝謝！」

緊接著包含雪丸在內的所有隊員都跟著說起了「謝謝」，聲音在山谷裡此起彼落。

博士、龍二與荷拉吉一同跳上黑駒，朝小百合休息的地點急奔。

此時小百合與黑頭鬼鴞還躺在草地上。

「小百合，妳還活著！真是謝天謝地！」龍二抱住了小百合，淚珠滾滾滑落。博士也握著小百合的手說：「小百合，謝謝妳這段期間的忍耐。現在我終於有了重新振作的力量。」接著博士為小百合測量了脈搏，說道：「看來不用擔心，她的脈搏很穩定，臉頰也逐漸變得紅潤了。」

小百合沒有力氣說話，只能露出若有似無的微笑。

過了一會兒，其他隊員也紛紛抵達，跑在最前面的是野兔丘治。

博士溫柔撫摸黑頭鬼鴞的翅膀，說道：「黑頭鬼鴞，好久不見了。你一定吃了很多苦吧？我們晚一點再聊，幸好你已經沒事了，好好休息吧。」

黑頭鬼鴞喜形於色，鳥喙上下相撞，說起了話來。「謝謝你，博士。我沒事。」

牠的聲音微弱又沙啞，必須仔細聆聽才聽得見。

耳力非常好的野兔丘治，將黑頭鬼鴞說的話大聲重複了一遍。

「哇，真是太好了！」大家異口同聲的歡呼。此時奇奇在荷拉吉的耳畔低聲說：「荷拉吉，對不起。」

博士決定先把隊伍帶回娜奇麗的城堡，直到小百合與黑頭鬼鴞恢復體力為止。由太子博士所率領的星尾獸探險隊，取代了巫婆娜奇麗、黑豹及手下的美洲豹、細腰貓，成為這座城堡的主人。

此時，原本沉重而陰鬱的氣氛已一掃而空，整座城變得熱鬧滾滾，充滿了笑聲。大家終於可以盡情快樂聊天，不用再小心翼翼。

龍二盡其所能的照顧著小百合。當初細腰貓的無情鞭打，在小百合的背上留下了一條條怵目驚心的浮腫傷痕。博士找來了治療跌打損傷非常有效的果實，搗爛後敷在傷痕上。感覺就像是貼上了冰涼的藥布，小百合覺得疼痛緩和了不少。馬馬與奇奇接下來會負責蒐集這種治療傷口用的淡紫色果實。

真是太惡毒了！簡直是地獄的惡魔！

龍二只要一想到小百合受到的對待，就忍不住氣得直跳腳。如果那隻細腰貓出現在眼

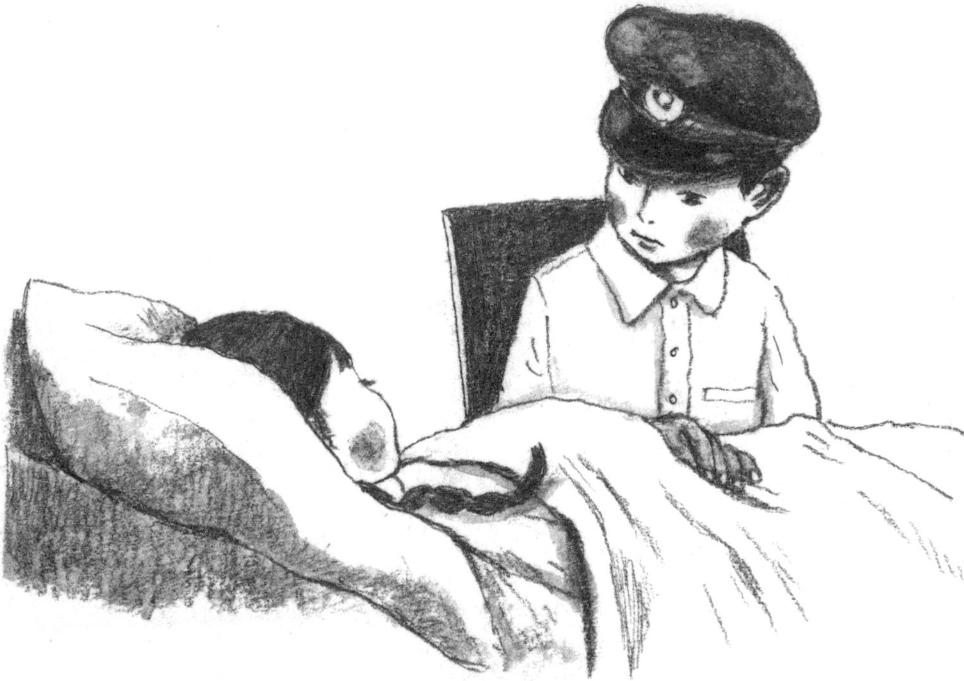

前，龍二一定會拿起棍棒，衝上去給牠一頓教訓。除了憤怒，龍二也對小百合竟然能承受得了拷打而佩服不已。一想到如果遭綁架的人是自己……龍二便感到心裡發毛，腦袋一片空白。

小百合的告白

小百合很少說出「好痛」或「好難受」之類的話。但那暗自忍耐的模樣，讓看在眼裡的龍二感到非常於心不忍。

「小百合，痛不痛？」每當龍二這麼問，小百合總是會笑著點頭。但如果龍二的問題是「一定很痛苦吧？」，小百合只會閉著眼睛低頭不語。

龍二自認為對好朋友小百合相當了解，但唯獨這個時候，龍二覺得小百合有種捉摸不透的感覺。

在大家的細心照顧下，小百合的傷勢好得比預期快許多。某一天，龍二終於問出了長久以來藏在心中的疑問。

「為什麼我每次問『是不是很痛苦』，妳總是不說話？」

「我應該跟你說過，我是藤野家的養女吧？其實藤野叔叔……也就是我現在的爸爸……我是他買來當養女的。跟那時候我承受的痛苦比起來，遭受拷打的痛還算可以忍耐。拷打雖然會帶來難以形容的疼痛，但如果下手太狠，被打的人就會昏厥，對吧？這其實是上天的憐憫呢。因為只要一昏過去，下手的人通常就不會再打下去了。當然如果拷打的日子一直持續下去，我也不知道自己能撐多久。畢竟每個人都有想要活下去的欲望，而且我還這麼小……」

小百合露出了寂寞的笑容。

「那些往事，我從來不曾告訴過任何人……龍二，但我突然想要告訴你。」

接著，小百合便說起了自己成為藤野家養女前的遭遇。裡頭包含了太多驚人的事情，龍二只能愣愣的聽著，一句話也說不出口。

小百合家原本住在中國滿洲的大連市，父親是南滿鐵路的技師。當時，小百合有著和樂融融的家庭，從小過得幸福快樂。

那一天，是弟弟和男的五歲生日。母親從早上就忙著製作捲壽司、煎蛋等晚上生日宴會的美味餐點。小百合喜歡做菜，一直跟在母親旁邊幫忙。至於弟弟和男，則是滿心期待著晚上能吃到什麼樣的美味料理。

平常總是工作到很晚才能回家的父親，今天也特別請了半天假，中午就回到家。下午三點，原本一直坐在沙發上看報紙的父親突然說：「我們來喝杯茶吧。爸爸今天買了很美味的西洋點心呢。來，大家都到桌邊坐好，爸爸幫每個人泡一杯最香的紅茶。」

小百合與和男高聲歡呼，趕緊跑到桌邊坐下。母親也擦乾了雙手，在桌邊就座。

幫家人泡紅茶向來是父親的工作。

「今天泡的是大吉嶺紅茶。這種紅茶有一種獨特的香味，和男最喜歡了，對吧？」

父親一邊說，一邊在茶壺裡注入熱水。

正當紅茶的茶葉在茶壺裡上下翻滾的時候，突然傳來劇烈的敲門聲，緊接著有五個身材魁梧的男人走進了家裡。

「你們是誰？」父親以嚴厲的口吻質問。

走在最前面的一個頭戴獵帽的男人，從外套內側口袋取出一本手冊，舉到父親面前，以低沉而可怕的嗓音說道：「我們是這個，你明白了吧？」

他們正是所謂的「特高」。

父親朝手冊瞥了一眼，突然轉身企圖逃走。

但是其他四人早已將父親團團圍住。其中一人朝父親臉上摑了一掌，接著將父親的右手折彎。

「你們幹什麼！我什麼壞事也沒做！」

父親瞪著男人高聲抗議。

「摸摸自己的良心，就知道我們為什麼要抓你了。你這個思想犯，我們國家差點被你賣了。」

「胡說八道！我只是個和平主義者！追求和平有什麼錯？」

「少說廢話，跟我們到署裡去。」

男人為父親戴上了手銬。那個男人的冷酷表情，小百合一輩子也不會忘記。

和男嚎啕大哭，撲上去大喊：「把我爸爸還給我！」男人惡狠狠的推開和男，瞪著母親說：

「真是沒有家教的小鬼，要不要把他也關進監牢？」

那陰狠的表情讓小百合不禁感到毛骨悚然。

接著男人們便轉身離開了。

西洋點心還擺在桌上，還有半涼的紅茶。

和男嚇壞了，一邊哽咽一邊抱著母親的腳。母親臉色慘白，只是輕輕撫摸著和男的頭。

原本應該是快樂的生日宴會，卻突然闖進來一群兇神惡煞的男人，以宛如捉拿重大罪犯的態度，將心愛的父親戴上手銬帶走了。小百合完全不明白為什麼會發生這種事，只能一臉茫然的看著這一幕。

「爸爸被帶到哪裡去了？媽媽，爸爸什麼壞事也沒做，對不對？」

「是啊，爸爸什麼壞事也沒做。他只是反對戰爭、追求和平而已。」媽媽說。

「既然沒做壞事，為什麼他們要抓走爸爸？追求和平有什麼不對？」

小百合完全無法理解。

「因為有人想要戰爭。」母親小聲說道。

「為什麼會有那麼奇怪的人？戰爭不是會讓很多人互相殘殺嗎？」

「噓！」

母親摀住小百合的嘴，往四周看了兩眼。

「這件事以後再說。」

母親低聲說完這句話，緊緊抱住了不斷顫抖的和男。

生活周遭似乎存在著某種不知名的危險。小百合暗自提高了警覺。當戴著手銬的父親被特高帶走的時候，曾經轉頭朝小百合望了一眼。小百合永遠忘不了當時父親的溫柔眼神。

爸爸一定沒有做壞事。不管接下來發生什麼事，我都不能認輸。

小百合的心情沮喪，卻也萌生了一股強大的求生意志。

自從發生了這件事之後，小百合的生活有了截然不同的氛圍。

原本相當親切的鄰居阿姨，如今每當看見小百合的家人，總是匆匆走遠，簡直像在害怕著什麼。就算小百合主動道早安，她也只是一臉尷尬的朝小百合瞄一眼，什麼話也不說。

父親被帶走的第二天早上，小百合看見家門外遭人張貼了各式各樣的紙張，再一次受到驚嚇。「惡國民」、「賣國賊」、「賣國的社會主義分子滾出去」……紙張上寫的都是像這樣的字眼。小百合使盡力氣將那些紙一張張撕掉，眼中淚水滾滾滑落。

「特高是什麼？」小百合問母親。母親趁四下無人，壓低了聲音說：「就是『特別高等警察』。那是一種祕密警察，專門逮捕共產主義分子、社會主義分子、無政府主義分子等等反對國家主義的思想犯。一旦被特高抓走，大部分的人都會遭判處徒刑，被關進監獄裡。這種反抗國家的罪，刑罰很重，爸爸接下來會怎麼樣，媽媽也不知道。」

更讓小百合吃驚的，是學校的同學們對自己的態度也截然不同了。就算向他們搭話，他們也不太會回應，還會故意與自己保持距離。小百合問了最要好的朋友敬子，敬子一臉無奈的說：「爸爸媽媽警告我不准跟妳說話，不然會被傳染邪惡的思想。」從這天起，小百合在班上完全遭到了孤立，簡直像是霍亂、傷寒等傳染病的病患。

「爸爸只是希望大家過和平的生活，有什麼不對？」剛開始，小百合還會這麼告訴大家。但每當小百合這麼說，總是會有四、五個人大喊「惡國民」或「賣國賊」。久而久之，小百合也失去了反抗的力氣。

在這段期間，小百合曾蒙受過一次令自己永生難忘的羞辱。當時有三名五年級的頑童，將小百合推進了廁所。「像妳這種惡國民，只適合住在這裡。」他們一邊說，一邊將廁所的門從外頭反鎖。那是小百合一生中感到最悲憤交加的時刻。小百合蹲在地上，一滴滴淚水濡溼了膝蓋。

爸爸現在一定也正受到這麼過分的對待吧。雖然聽說現在被關的人不必像古代的犯人那樣戴上腳鐐，但牢房一定沒有窗戶，而且非常狹窄吧。爸爸希望所有人都過著和平、幸福生活的想法絕對沒有錯。我也要爭氣一點，不能輸給那些人。

一股不肯服輸的傲氣，讓小百合拭去了淚水。

這天直到傍晚，老師才把小百合救出來。身心受創的小百合忍不住抱住了老師，將臉埋在老師的裙子裡。

由於少了父親的收入，母親只好外出工作。但畢竟沒有人願意雇用和思想犯有關係的人，母親要找到工作可說是難上加難。最後想盡辦法，才找到一份工地的差事。如果完全沒收入，一家三口勢必會餓死。

這份工作不僅是重度勞動，而且工資非常微薄，一家人只能勉強餬口。小百合經常餓肚子，但很清楚媽媽工作有多麼辛苦，所以總是暗自忍耐。弟弟和男雖然年紀還小，但也相當懂事，從來不抱怨。有一天，小百合看見和男偷偷拿泥土放進嘴裡充飢，忍不住掉下了眼淚。

寒冬時期在外工作，對體力是相當嚴苛的考驗。母親的工作內容是以十字鎬挖掘凍結的地面，並且將挖起來的泥土放在竹籃裡運走。長期從事這樣的工作，再強健的體魄也承受不了。某一天，母親罹患了感冒。由於每天只吃稀薄的馬鈴薯粥，再加上幾乎沒藥可吃，感冒惡化成了肺炎。小百合向住在附近的山崎醫生不斷哀求，終於讓山崎醫生答應前來為母親看診。

當山崎醫生檢查母親病情的時候，小百合與和男一直乖乖跪坐在旁邊，憂心忡忡的看著母親。

山崎醫生或許是見了兩個孩子可憐的模樣，起了惻隱之心，因此不僅不收醫藥費，而且還對兩人說：「如果母親的病情惡化，立刻來找我。」

小百合依照醫生的吩咐，白天盡量保持房間陰暗，並且在鋁碗裡裝水，放在爐子上烤，避免房間過於乾燥。兩個孩子一直強忍著飢餓，坐在枕邊照顧母親。

鄰居阿姨似乎也覺得兩個孩子真的很可憐，因此準備了飯糰及一些醃蘿蔔、梅乾給兩人當晚餐。兩人沒說話，只是默默將飯糰塞進嘴裡。這是小百合這輩子吃過最美味的飯糰。

母親臥病不起後的第三天，原本虛弱得說不出話的母親，終於能勉強擠出聲音說：「小百合、和男，謝謝你們。媽媽能有你們這麼乖的孩子，真是太幸福了。你們一定要堅強的活下去，不管遇上再痛苦的事，都要相信自己，努力渡過難關。爸爸和媽媽永遠都會在你們的身邊守護你們。」

母親說到最後一句話時，已經氣若游絲，幾乎聽不清楚了。

「媽媽！妳要撐下去！」小百合握著母親的手大喊。驀然間，小百合想起了山崎醫生，急急忙忙奔出了家門。一踏進山崎醫生的家，小百合頓時癱倒在地上，嘴裡還不斷喊著：「媽媽……媽媽……」

山崎醫生先扶起小百合，餵小百合喝了一些水，然後拿起看診用的提包，跑向小百合的家。回到家時，山崎醫生低著頭告訴小百合：「小百合妹妹，已經太遲了。我很遺憾……快和弟弟一起向媽媽道別吧……」

母親就這麼過世了。姊弟兩人一起緊緊抱住斷氣的母親。那是一個多麼悲傷的夜晚，小百合在漆黑的房間裡哭得淚水也乾了。

隔天早上，市公所派人來運走母親的遺體，不曉得搬去了哪裡。到了下午，那個人又出現了。他交給姊弟兩人一個骨灰罈，說是母親的遺骨，接著便轉身離開了。

兩天後，鄰居阿姨帶來了一個男人，對姊弟兩人說：「這個人會照顧你們，你們乖乖跟著他去吧。」

那個男人自稱姓矢內，他在兩人面前打開一個便當盒。盒裡有煎蛋、鮭魚片、梅乾及醃蘿蔔，看起來相當美味。「你們一定什麼也沒吃吧？肚子是不是很餓？來，快吃吧，多吃一點。以後就由我來照顧你們。你們搬到我家，我會好好撫養你們的。小百合，妳以後還是有機會去上學哦。」他面色慈和的告訴兩人。

小百合心裡猶豫不決，不曉得該不該答應。和男抱著小百合的左腕，一臉不安的望著她。「和男，你放心，姊姊會保護你。」小百合一邊撫摸和男的頭，一邊說道。

為了和男，我一定要堅強。這個矢內叔叔雖然看起來不像是壞人，但真的能相信嗎？為什麼他願意照顧我們？總覺得很可疑……

對當時的小百合來說，來自生活周遭的冷漠視線是最大的痛苦來源。小百合一心只想要趕快逃離這個城鎮。更何況小百合沒有自信能夠和弟弟和男相依為命獨力活下去。雖然不清楚矢內這個人到底是什麼來歷，但這是離開當地最好的機會。

於是小百合斬釘截鐵的說：「矢內叔叔，我們願意跟你走，萬事拜託了。」

接著小百合緊握和男的手說：「放心，有姊姊陪在你身邊，什麼也不必擔心。」

和男抱住小百合，以含著淚水的雙眸仰頭看著姊姊。

這就像是一場冒險之旅的起點。完全無法預測未來有什麼事情在等著自己。小百合雖然懷疑矢內的用意，但心中已萌生了不管遭遇任何危難都要努力活下去的勇氣。回想起父親從前常說「人生就是一場冒險」，不由得苦笑了起來。

填飽了肚子之後，精神也跟著來了。古人說「餓肚子的士兵無法打仗」，小百合認為這句話真是說得太好了。

和男也拍了拍小百合的背，說道：「姊姊，我們要加油。」

矢內叔叔所住的城鎮非常遙遠，必須先搭公車到火車站，接著再搭三小時的火車。

住進矢內叔叔的家裡，小百合才發現矢內叔叔很少在家。平日只有一個幫傭的伯母，負責照顧姊弟的飲食及生活起居。伯母有些重聽，必須在她的耳邊大聲說話，她才聽得見。因此她平時也只會輕聲細語的說些要交代的話，除此之外幾乎不會與姊弟閒聊。

伯母總是板著一張臉，看起來相當嚴峻，卻是個心地善良的好人。這一點讓小百合感到鬆了口氣，但由於幾乎沒有對話，因此也沒有機會問「叔叔是做什麼的」或是「他為什麼要領養我們」之類的問題。

在矢內叔叔家的生活不愁溫飽，所以剛開始，小百合已感到心滿意足。但過了一陣子之後，小百合愈來愈覺得寂寞。矢內叔叔嚴厲要求姊弟不准外出，每天除了弟弟，沒有人可以說話，實在很無聊。

某一天，小百合告訴叔叔自己很想去上學。叔叔不耐煩的瞪了小百合一眼，「我正在幫你們辦住址變更及轉校手續，還得再等一陣子。何況你們的母親剛過世不久，我忙著辦理死亡申報什麼的，麻煩得很。」

小百合的要求雖然沒有獲得應允，但也帶來了好處。隔天，矢內叔叔從中古書店買來了幾本漫畫及雜誌，送給小百合。其中有一本《安徒生童話集》特別有趣，小百合幾乎讀得滾瓜爛熟。

數天後，矢內叔叔回到家中，身旁還跟著一個中國人。那個中國人穿著寬鬆的上流社會服裝，看起來相當體面。兩人在另一間房間裡竊竊私語了好一會兒，一起走進小百合與和男的房間。

那個中國叔叔朝姊弟兩人仔細打量了一會兒，嘴裡說著「不錯的孩子」，笑嘻嘻的取出了小糕餅與糖果。不知有多久沒吃零食，小糕餅的美味令小百合感動不已。

中國叔叔見兩人吃得津津有味，露出一臉滿意的表情，接著又說要帶兩人上街買東西。從兩位叔叔的交談中，小百合得知中國叔叔姓李。

小百合早已厭倦了整天關在房間的生活，一聽到可以上街逛逛，不由得大聲歡呼。久違的街景，不管什麼都讓小百合感到新奇有趣。李叔叔買了不少東西給兩人，其中還包含一件給小百合的可愛毛衣。姊弟兩人含著甜膩的糖果，過了愉快的一天。

三人回到矢內叔叔家的門口時，有一輛汽車緩緩開了過來，停在三人的身邊。

就在這時，李叔叔突然推開小百合。小百合腳下一個踉蹌，退了好幾步，摔倒在地上。李叔叔趁機抱著和男坐上車子，車子迅速往前開。小百合站起來時，車子早已開到了遠方。

「和男！」小百合一邊呼喊一邊追，她當然追不上。車子彎過一個轉角，便再也看不見了。

小百合愣愣的看著車子消失在眼前，壓抑不住胸中的懊悔與憤怒，只能漫無目標的往前走。

接近傍晚的時候，小百合來到了一座公園，坐在長椅上，看著逐漸西墜的夕陽。多麼淒涼的黃

昏景色！家人都離開了，只剩下她孤獨一人坐在這裡。自己要不要乾脆也從世界上消失算了？就在小百合的心中萌生這個念頭的時候，不知從何處飄來了母親的叮嚀，堅強的活下去，絕對不能認輸，要相信自己！

此時，突然有一隻野狗朝小百合走了過來，經過小百合的前方，朝小百合瞥了一眼，便不再理她，繼續往前邁步。

那隻狗也是獨自活著。光是每天要找到食物，恐怕就不容易，而且還可能遭人類扔擲石塊。但不論生活多麼艱困，牠還是努力的活著……

野狗走進草叢之前，忽然停下步伐，轉頭望向小百合。

小百合朝牠揮揮手，「你要堅強活下去，加油。」

野狗似乎聽得懂小百合的話，斜斜的點了點頭，邁步鑽進草叢裡。

就在這時，矢內叔叔騎著腳踏車急匆匆的來到小百合面前。

「原來妳在這裡，我擔心死了。為了找妳，我可是跑遍了整個市區。我們回去吧。晚上很冷，要是在這種地方睡覺，一定會凍死的。唉，真是個傻丫頭。來，坐在腳踏車的後面，我載妳回去。」

小百合默默坐上腳踏車後方的平臺。

回到叔叔家裡，小百合喝了一杯熱茶。茶葉雖粗，卻好喝極了。矢內叔叔絮絮叨叨的解釋，小百合一句話也沒回應。

「小百合，我知道妳很寂寞，但一定要忍耐。再過一陣子，妳就會習慣了。和男以後就是好人家的孩子了。李先生是個大富翁，但沒有孩子，所以拜託我幫忙找個孩子讓他領養。和男很乖巧，以後一定能繼承李家的家業，過著豐衣足食的生活。到那時候，我應該也能分到一點好處吧。過陣子我也幫妳找個好家庭啊，妳再忍耐一下。老是待在我家，妳也覺得很無趣吧？」

矢內叔叔這麼說。這番話終於讓小百合摸清了矢內的底細。

這個人是人口販子！他到處誘拐孤苦伶仃的孤兒，或是向窮苦人家買下孩子，然後高價販賣出去。和男真的會像他說的那樣，成為李先生的養子嗎？太可疑了。或許等和男再大一點，就會被當成奴隸使喚。但事到如今，反抗也沒用，只能聽天由命了。總而言之，我要像野狗一樣堅強活下去。

小百合雖然年紀小，卻已經有了過人的意志力。

某一天，矢內叔叔又帶一個人回來。那個人同樣衣著氣派，聲稱來自日本。

幫傭的伯母剛好不在家，所以由小百合在門口迎接。這陣子小百合非常乖巧聽話，矢內叔叔允許她在家裡自由走動，同時也叫她幫忙做些家事。

「小百合，快去泡茶。」矢內叔叔吩咐。

小百合於是拿出招待客人用的上等茶葉，放進茶壺裡。熱水在沖泡茶葉之前，必須先倒在碗裡稍微冷卻。接著才在茶壺裡倒入熱水，等待兩分鐘後，將泡好的茶倒入茶杯。因為上等的茶葉如果直接以滾燙的熱水沖泡，會產生一股苦味，泡出來的茶就會不好喝。從前小百合的父親很喜歡喝茶，所以教過小百合泡茶的技巧。

小百合推開紙拉門，恭恭敬敬的行了一禮，將茶送了進去，「歡迎您的蒞臨，請用茶。」

「這孩子真有教養，原本應該是好人家的孩子吧？五官也很端正，長大後應該很漂亮。」

客人看著小百合，啜了一口茶，接著又說：「啊，真是香醇。矢內先生，泡茶的技巧是你教的嗎？」

「不，聽說小百合的父親愛喝茶，她從小耳濡目染，也就學會了。她的父親是滿洲鐵路的部長級技師，可惜因車禍過世。那年冬天，她的母親又因流行性感冒引發肺炎，也離開了人世。小百合與她的弟弟就這麼成了孤兒，偏偏他們的父親是家裡的長男，原本應該繼承家業，但父親年輕時為了實現夢想而離家出走，來到這裡打拚。所以這家人長年來與父親的老家斷絕了關係，與親戚也沒有聯絡，父母過世之後，孩子沒有人領養。我看他們可憐，所以把這女孩子帶回來照顧。她不僅教養好，在學校的成績也很優秀，再加上個性乖巧，要找到這麼優秀的女孩子可不容易。」

小百合心想，這個人口販子真是說謊不打草稿。但她沒有反駁，只是低頭行了一禮，默默開門走出房間。

過了一會兒，矢內叔叔又把小百合叫進了房間。

客人凝視著小百合，臉上掛著微笑。

「小百合，妳剛剛泡的茶真好喝。願不願意跟我回日本？我叫藤野隆夫，在大和經營雜貨買賣。我妻子是個很溫柔的人，可惜體弱多病，不能生孩子。小百合，妳願不願意當我們的養女？妳是個好孩子，一定能跟我妻子處得來。當然我也會讓妳上學。如果妳願意當我們的孩子，我們一定會好好照顧妳。好不好？希望妳先想一想，再說出妳的決定。」

姓藤野的客人以溫柔的眼神看著小百合，慢條斯理的說出這番話。

「小百合，妳就當藤野先生的孩子，跟著藤野先生回日本去，好嗎？我想妳住在這裡，一定也覺得日子很無趣吧？像藤野先生這麼溫柔的人，可是很難得。我相信他一定是個好爸爸。」

矢內叔叔也將身體湊了過來，積極慫恿小百合答應。

當小百合聽到「日本」這個地名的時候，內心有了莫名的感觸。因為母親曾說過，她的故鄉正是日本。而且藤野先生的嗓音帶了一點關西腔，也讓小百合相當懷念。從前母親在說話時，也會夾雜一些關西腔。

剛剛藤野先生讚美小百合泡的茶時，使用了「香醇」這個字眼。小百合雖然從未聽過這樣的形容詞，但總覺得以「香醇」來形容茶的美味實在相當貼切。

還有更讓小百合感到欣慰的一點，那就是藤野先生在下決定前，先問過自己的意願，而不是像上次那個中國人那樣，直接強行帶走弟弟。

「好，我願意跟藤野先生回日本。我看得出來，藤野先生是個好人。如果夫人同意，請讓我當你們的孩子吧。就算沒辦法收我為養女，也請讓我留下來工作，拜託你了。」

小百合跪坐著朝藤野先生低頭鞠躬。如此明確的表示決心，連小百合自己也有些嚇了一跳。但此時小百合的心情是暢快又果決的。

小百合一口氣說到這裡，停頓了片刻，接著又說：「那年的三月中旬，我跟著藤野叔叔回到了日本。藤野叔叔跟他的太太都是很好的人，他們夫妻收我當養女，所以我就改名為藤野小百合了。

到了四月，我以轉學生的身分進入了小學四年級的班級就讀。接下來的事情，你應該都知道了。龍二，包含你在內，我交到了很多好朋友，現在的我實在非常幸福。當年住在中國滿洲的那段日子，不管是在社區，還是在學校，我都遭到排擠，被認為是『惡國民』。我明明沒有做壞事，卻每天在學校遭到欺負。我實在不懂，我只是個和平主義者的孩子，為什麼會被那麼多人討厭？不管走到哪裡，我都是孤立與孤獨的，每個人看我的眼神都非常冷漠，這才是天底下最痛苦的事。沒有人可以依靠，當然也沒有人願意幫助我。痛苦讓我失去了希望與夢想，甚至連活下去的力量也像結了冰。每次一想到這些往事，我就痛苦得無法呼吸。我只希望能夠將這些回憶深埋在心底，永遠不要想起。

跟當年的痛苦比起來，忍受虐待、拷打其實沒什麼大不了。因為我有好多值得打從心底信賴的同伴，我的心中抱著隨時可能會有人來救我的希望。而且就算我死了，也會有很多人為我難過。除了龍二你跟博士之外，那些動物朋友一定也會悲傷哭泣。我將能夠永遠活在你們的回憶之中。」

小百合握住龍二的手，露出了寂寞的表情。

聽完了小百合的告白，龍二的雙眼已不知不覺積滿了淚水。龍二第一次感覺到小百合如此惹人憐愛。好不容易才壓抑下了想要緊緊抱住她的衝動。

龍二完全沒想到，好朋友小百合竟然有著如此不幸、痛苦的遭遇。因為小百合總是開朗、快樂，對誰都很親切，從不曾露出厭惡的表情。明明很少看她念書，成績卻一直名列前茅。這些都讓龍二對小百合感到有些羨慕。

誰能想得到，像這樣的小百合，竟然有過不同於一般人的不幸遭遇。過去龍二常常感到很好奇，不明白小百合為何有時會露出寂寞的神情，如今聽了她的故事，龍二終於恍然大悟了。如此一來，龍二心裡又增添了幾分對小百合的敬佩。

龍二本來想要以「希望有一天，妳能與親生父親重逢」這種話來給小百合加油打氣，但想了一下，便打消了念頭。不知道為什麼，龍二總覺得這是一句不能輕易說出口的話。

小百合說了那麼多往事，卻一句話也沒提到親生父親的消息。既然小百合如此愛著她的父親，思念的心情應該非常強烈。

但是小百合一定很想將這樣的心情偷偷藏在內心的祕密盒子裡，不讓任何人看見，甚至不讓任何人知道有這個盒子。

這一天，小百合的傷勢好多了，龍二難得沒陪在她的身邊，獨自來到了森林裡散步。當初「黑森林」受娜奇麗掌控，獨自在森林裡散步相當危險，但如今已不需要那麼提高警覺。

龍二走在森林裡，不禁感到有些吃驚。當初這座令人聞風喪膽的黑森林，一直瀰漫著一股沉重、陰暗的氣氛，而今這股氣氛完全消失。翠綠的枝葉發出清脆的沙沙聲響，陽光自枝葉縫隙之間灑落地面，似乎正在跳著充滿節奏感的舞步。

小鳥的歡樂鳴叫聲在森林裡此起彼落。頭頂上偶爾會傳來巨嘴鳥振翅高飛的聲響。遠方隱約傳來吼猴的宏亮叫聲。

回想起剛踏進黑森林時的那股陰鬱氛圍。難得才能見到動物的身影，完全聽不見小鳥的歌聲。相較之下，現在的森林有如重獲新生。娜奇麗掌控森林時的妖氣完全散去，恢復了原本屬於動物的森林面貌。如今這裡不再是充滿了神祕感的陰暗森林，而是一座適合任何動物居住的明亮樂園。

龍二來到了一條小河邊。河水清澈沁涼，他掬水洗了臉，抹去汗水，接著又喝了一口水。冰涼的水從喉嚨穿過食道的感覺真是暢快。

小河邊有一片小小的草原，龍二在草原上躺了下來。

龍二又想起了小百合。她是龍二最好的朋友，龍二原本以為自己對她相當熟悉，如今回想起來，原來一直只認識表面上的她——天真無邪、有時粗心大意的開朗少女。但在這次的事件中，小百合戰勝了對宛如巨龍般的蟒蛇及邪惡黑豹的恐懼，即使遭到慘絕人寰的殘酷拷打也沒有屈服，甚至還可以關心黑頭鬼鴞的安危。如此充滿勇氣的小百合，與她過去的形象實在差距太大，令龍二的腦袋亂成了一團。

聽了小百合兒時的不幸遭遇，龍二才感覺終於能了解她的內心世界。龍二不禁感到羞愧，原來自己過去對小百合的認識是如此膚淺。同時龍二也對能夠擁有這麼棒的好朋友，感到非常自豪。想要與小百合一同開創美好未來的決心，有如新鮮的泉水一般在心頭湧現。

到目前為止，探險隊只能說是克服了最初的難關。他們的最終目的，是與那見證演化的歷史活化石，也就是那隻有如巨大犰狳的雕齒獸亞科動物「星尾獸」見上一面，探聽古代南美巨大動物滅絕的真相。

黑頭鬼鴞因遭受殘酷拷問而消耗太多體力，虛弱得說不出話，但在雪丸及龐貝娜的細心照料下，傷口已經癒合，體力也逐漸恢復。博士見牠傷勢好轉，於是問了牠一些問題。

黑頭鬼鴞告訴博士「星尾獸依然存活於納斯卡王國內」。聽到這個答案的瞬間，博士臉上露出的興奮神情，在龍二的心中留下了深刻印象。

不論是小百合還是黑頭鬼鴞，身體都已接近完全康復。相信再過不久，探險隊就能夠朝著納斯卡王國所在的神祕地區邁進了。

龍二宛如彈簧玩具一般精神奕奕的跳了起來，帶著充盈於胸中的希望，以強勁有力的腳步踏上歸途。

黑頭鬼鴞謎一般的故事

這一帶標高一千五百多公尺，清晨總是頗有寒意。然而濃霧散去之後，耀眼的陽光自萬里無雲的藍天灑落，宛如希望的光芒。

小百合及黑頭鬼鴞在大家細心照顧下，康復的速度非常快。話雖如此，畢竟黑頭鬼鴞年事已高（至少超過五百歲），生命力不像年輕時那麼旺盛，還是多花了一些時間靜養。

如今，他們都感覺內心相當踏實，而且有著強烈的探險精神。

這天下午，博士召集所有隊員，討論接下來的行動。

剛開始，只有博士才能與黑頭鬼鴞溝通。但雪丸不愧是語言天才，在旁邊靜靜聽了一陣子，就完全學會了黑頭鬼鴞的語言。事實上，就算沒有學習語言，只要用心感受，還是能互相明白對方的想法。正因為如此，小百合當初遭受拷打時，才能理解黑頭鬼鴞想要表達的意思。同樣的，其他隊員也逐漸能夠明白黑頭鬼鴞所傳達的訊息了。

博士彙整了從黑頭鬼鴞口中探聽到的消息，向大家說明：「納斯卡王國後代所建立的王國，距離這裡約三百公里遠。單靠黑頭鬼鴞的描述，也不容易明白具體的狀況。目前只知道王國的宮殿並不是古代印加帝國宮殿遺跡那樣的城寨，而是隱藏在巨大的洞穴之中。這實在是有點難以想像，單從牠的描述聽來，簡直是一座奇幻國度。反正實際走一趟，應該就能明白了。

最重要的是——那隻星尾獸還活著，而且住在宮殿裡頭。我們千辛萬苦來到這裡，幸好這些努力都沒有白費。這隻巨大的動物在王國裡不僅是神獸，而且還是國家的守護神，受到敬重。王室成員以外的人想要見牠一面，可能相當困難。就連有資格在宮殿中自由進出的黑頭鬼鴞，也只見過牠兩次。而且只看過身體的一部分，並沒有看見全貌。

不過有一點相當耐人尋味。根據黑頭鬼鴞的描述，這神獸的鼻子有一點尖，鼻頭上方長著兩根長度約二十公分的角，而且前腳有著宛如劍一般銳利的長爪。至於牠是否有著星尾獸所特有的『前端有著尖刺、宛如棍棒一般的粗壯尾巴』，則沒有機會確認。

根據這些局部性的特徵，神獸與化石中的『星尾獸』並不完全相同。但至少我們可以肯定牠是一種雕齒獸亞科動物。

照理來說，雕齒獸亞科的種應該已經全部滅絕了才對。為什麼只有這一隻星尾獸能夠存活？除此之外，還有很多解釋不通的疑點。但只要與牠見上一面，相信能夠實現我們此行的目的。

問題在於語言。古代雕齒獸亞科使用的是什麼樣的語言，我根本沒概念，但如果無法對話，我們千里迢迢來到這裡也將失去意義。

所幸，還有一隻動物聽得懂這神獸的語言。黑頭鬼鴞告訴我這件事的時候，我打從心底鬆了口氣，還忍不住雙手合十，感謝上天沒有讓我們走投無路。

那隻動物名叫托頓，是負責照顧神獸的一隻三帶犰狳。牠的主要工作是為神獸送食物……據說神獸的食物相當特別，但連黑頭鬼鴞也不知道那是什麼。

托頓照顧神獸已有非常長的歷史。至少數十年……甚至可能是數百年。所以幾乎能夠完全理解神獸的語言。

更值得慶幸的是，我對三帶犰狳的語言頗有自信。從前我曾經幫助過一隻三帶犰狳。只要有托頓為我們翻譯，就能與那隻神獸溝通。但有一點必須注意，那就是托頓已經非常老了，性格也有些古怪。如果惹牠不開心，要再取悅牠恐怕會相當困難。這一點大家也必須謹記在心。」

博士說到這裡，稍微停頓了一下，喘了口氣。龍二看見博士臉上帶著放下心中大石的表情，也不禁感到高興。如果沒有翻譯，就算博士和雪丸都是動物語的天才，也不可能理解古代雕齒獸亞科動物所使用的古語。

大多數隊員都顯得神情緊張，心裡各自有著不同的擔憂，唯獨從角落不斷響起喧鬧聲。原來又是猴子奇奇與水獺荷拉吉，牠們正壓低了聲音在吵架。

「砰」的一聲巨響，黑駒以牠的蹄在地上重重一踏，警告牠們。

奇奇與荷拉吉趕緊住了嘴。但是下一秒，奇奇又往荷拉吉的腰輕戳一下。

「好痛！」荷拉吉低聲咕噥，接著擺出若無其事的表情，狠狠朝奇奇的腳趾用力踩了一下。

「吱吱！」所有隊員都聽見了奇奇那細微但尖銳的叫聲。

博士似乎也察覺了牠們的爭執，但只是面帶微笑，什麼話也沒說。

雪丸看不下去，指責道：「別吵了，現在正在討論重要的事，不是打鬧的時候。」

奇奇急著辯解，「是荷拉吉不好！牠說博士說最後一句話的時候瞪了我一眼！還說最會犯錯的就是我這個冒失鬼！我氣得不得了，所以忍不住反擊了。我跟牠說，博士才沒有瞪我，明明是你！」

荷拉吉也跟著辯解：「老是喜歡把自己犯的錯誣賴給別人，是奇奇的壞毛病。而且更過分的是從來不反省。人家說厚顏無恥，指的就是這種傢伙吧！」

奇奇一聽，紅色的臉孔脹得更紅了，氣急敗壞的說：「什麼？荷拉吉，你太過分了！我臉紅是天生的！你如果要抱怨，應該跟我的父母抱怨！而且你還說我沒有牙齒，真是欺人太甚！這是對我們猴子一族的侮辱！真應該叫閻羅王把你的舌頭……呃……沒有啦！」

奇奇情緒激動的跳上身旁樹木，不斷往上爬。牠似乎是覺得「叫閻羅王拔舌頭」這種話有點太惡毒，臨時又改不了口，只好激動得跳到樹上。

「好了、好了，你們別再爭吵了。大家都是好伙伴，沒有什麼誰對誰錯。好了、好了。」

矮黑猩猩馬馬當起和事佬，跳出來拉住奇奇的尾巴。

奇奇跳上馬馬的肩膀，對著荷拉吉擠眉弄眼。

「哈哈哈，看來你們的語言造詣都不錯呢。」博士開懷大笑。

「是雪丸先生教的。」奇奇搔著腦袋說。

其他隊員都露出一頭霧水的表情，不明白牠們是什麼意思。

於是，雪丸解釋：「荷拉吉說的『厚顏無恥』，意思是臉皮很厚，不知道羞恥。奇奇卻聽成了『紅顏無齒』，所以誤以為荷拉吉譏笑牠臉很紅，而且沒有牙齒。真是半吊子的成語知識，才會鬧出這樣的笑話。哈哈哈……以後我會更加用心教導牠們，免得又為這種傻事爭吵。我也應該反省反省呢！哈哈哈……」

雪丸捧腹大笑。其他隊員聽了，也都忍不住哈哈大笑起來。

奇奇似乎受了笑聲影響，突然跳下馬馬的肩膀，抱住了荷拉吉。

荷拉吉露出怕癢的表情，嘴裡小聲說：「水獺荷拉吉，不吹牛皮，不，吹牛皮……」

這句話只有野兔丘治聽見，丘治忍不住嗤嗤竊笑了起來。

等到大家都笑完了，博士朗聲說道：「荷拉吉與奇奇展現語文學習的成果，為大家帶來歡笑，紓解了我們的緊張。現在來喝杯咖啡吧。龐貝諾、龐貝娜，麻煩兩位了，請為我們泡最美味的咖啡。」

小百合立即笑著說：「我也來幫忙，報答大家照顧我的恩情。」

大家喝著咖啡，快樂的聊天。咖啡時間結束後，博士鄭重宣布：「明天我們就朝目的地出發。今天大家好好休息，養足精神吧。」

會議解散，隊員們各自回到了自己的休息處。

第二部

巨型哺乳類滅絕之謎

第一章

臨別之日

這是個清爽宜人的早晨，陣陣涼風迎面拂來。

這一帶雖然離赤道非常近，但由於地勢很高，清晨頗有寒意，令人想找一件毛衣穿上。

小百合在林間散步，嘴裡哼著小學教的兒歌〈牧場清晨〉。

朝日爬上了山頭

森林與山巒在晨曦中醒來

小百合心想，歌詞形容得真是貼切。這裡受巫婆瑪瑪科娜控制的時候，不僅陰暗，還瀰漫著沉重的氣氛。如今籠罩森林的妖術消失了，森林也宛如從噩夢中醒來，陽光從枝葉間透入，在地面上盡情舞蹈。

一隻蜂鳥正在吸食著一朵黃色蘭花的花蜜。牠懸在空中，將長長的鳥喙伸入花冠。蜂鳥的翅膀每秒鐘可以拍動五十至七十次，讓身體保持在空中靜止不動。如此高明的採蜜技巧，小百合不禁看得入神。

此時小百合驀然想起，當初自己被關在牢房裡，遭受無情拷打時，有一隻蜂鳥從小窗子拋了一朵花兒進來。當自己感到絕望的時候，那隻蜂鳥用可愛的聲音，不斷對自己說話。小百合雖然聽不懂蜂鳥的語言，但猜想那是博士捎來的訊息，因而重新燃起了希望與勇氣。

「蜂鳥，上次謝謝你。」

小百合笑咪咪的對著蜂鳥揮手。

當然這隻蜂鳥應該不是上次那隻，但小百合實在很想傳達心中的感激。

蜂鳥突然以面對花的姿勢筆直向前飛，轉了一個直角，朝著遠方飛去。如果仔細看，會發現牠身上似乎灑落了一顆顆泛著金屬光澤的藍色光粒。

如今，即使一個人走在森林裡，也不必感到不安或恐懼。小百合的心中充滿了幸福感。不管是小鳥的鳴叫聲還是昆蟲的振翅聲，聽來彷彿都在讚頌著幸福。

自從母親過世之後，這是小百合第一次感覺到人生如此愜意。光明的未來正在等著自己。而且來到了南美洲，小百合深深著迷於古文明的魅力。小百合決定，這次探險成功結束之後，要開始認真學習考古學，將來在這塊土地上全心全意探索神祕的安地斯文明。小百合的這個決心，在心靈的角落凝聚成了光彩奪目的結晶體。

小百合從森林回到城堡裡，隊員們已完成了準備工作，正在等待下一步的指示。今天探險隊終於要在黑頭鬼鴞的指引下，前往那座殘存至今的古代納斯卡王國。

褐捲尾猴保羅與美洲獅黑尾已完成了各自的使命，因此在這裡向大家道別。博上為牠們餞別：

「保羅、黑尾，真的非常感謝。如果沒有你們的協助，我們絕對無法戰勝邪惡的瑪瑪科娜。我們對這座森林一無所知，多虧了你們提供的知識，才能避開各種危險，採集到豐富的食物。

尤其是能遇上夜猿格里恩與唔唔恩長老，實在非常幸運。多虧了牠們那神祕又敏銳的洞察力及智慧，我們才能獲得今天的成功。小百合與黑頭鬼鴞能夠平安無恙，只能說是上天對我們的眷顧。

可惜沒辦法給你們什麼東西作為回報。不過我們要返回故鄉的時候，一定還會通過這座森林。到時候如果有機會重逢，你們願不願意隨我們回日本？如果願意，就能好好報答你們了。當然將來如果你們想離開，一定會把你們平安送回來。

對了，我們在行囊深處又找到了一些巧克力，雖然數量不多，能不能幫我們轉交給那兩位夜猿？還有幾塊香甜的牛奶巧克力，是送給你們的。

啊，還有一件事情。格里恩與唔唔恩長老可能會擔心我們對外洩漏夜猿存在的祕密，請幫忙轉告，我們絕對不會做這種事，當然也不會在學術研究會上發表。初次相逢，牠們卻如此信任我們，給予那麼多幫助，我們絕對不會恩將仇報。

最後，如果你們有機會見到那幾隻臭鼬，也請代我們道謝。巨蟒亞南皮是如此可怕，我如今想起來還是不禁寒毛直豎。牠們竟然能夠挺身擊退，實在太了不起了。我深深感謝牠們充滿勇氣的行動。請幫我轉告，祝牠們今後平安幸福。」

博士說完，緊緊握住黑尾與保羅的手。

保羅客客氣氣的回了一禮，說道：「不，應該是我要向你們道謝。我幾乎沒幫上什麼忙，如今要分開了，我心裡很懊悔。日本的森林跟這裡的森林很不一樣，我對這片森林的知識應該多少對你們有些幫助吧。對我來說是很有趣的經驗，也讓我學到了不少。尤其是對於人類這種奇妙的動物，我有了較深的理解。

當年我參加的那個猴子劇團的老闆，真的是個很壞的人。他詐騙、占人便宜，滿腦子只想著要發大財，而且總是把手下當成奴隸使喚。在他的字典裡，肯定沒有善良、親切這些字眼吧。我當年就是因為受不了，才偷偷逃走了。但是在這裡，不管是博士、龍二、小百合，還是其他動物，真的都很善良，與那個老闆天差地

別。我不僅佩服，也從你們身上學到了不少。真的很謝謝你們，如今要與你們分開，實在很難過……」

保羅說著說著，竟哽咽了起來。後面有好幾句話，龍二都聽不清楚。

接著輪到美洲獅黑尾了。牠也精神抖擻的說道：「老實說，我很想等到有更好的表現之後再離開。如今就這麼一走了之，我很擔心唔唔恩長老會罵我沒用。那隻黑豹……牠叫敦卡．敦卡，是嗎？原本我的任務，是將牠一擊打倒，我卻讓牠逃走了，所以才會惹出後面的風波。幸好荷拉吉有所準備，才讓小百合平安歸來。總之這是我的重大疏失，非常不甘心。

荷拉吉，謝謝。你是一隻值得尊敬的水獺。雖然你平常很愛開玩笑，到了緊要關頭，卻能扭轉局面，真是讓人佩服。你那個最有名的瀧鯉郎故事，我也懷疑是真

有其事呢。水獺荷拉吉不吹牛皮不吹牛皮……我會把這句話當成自己的守護咒語，以後每當遇上難關，就會念出這句話。話說回來，敦卡・敦卡那傢伙的動作實在很靈敏……我真的很不甘心，以後絕對不會再犯像這樣的疏失了。真的很謝謝大家這段時間的照顧。」

聽黑尾這麼說，荷拉吉眼眶紅了，害羞的躲到馬馬的背後。

龍二覺得黑尾真是個性率真，一點也不裝模作樣。所幸乾燥的微風吹乾了大家的眼淚，也讓氣氛變得不那麼凝重。

「黑尾，謝謝你。我們會把你們所教導的森林知識牢記在心。」

「啊，對了！有件重要的事忘記說了。」

保羅突然慌張的大喊。大家同時轉頭望向牠，猜不到牠打算說什麼。

「我跟黑尾討論之後，決定了一件事情。這座曾經由瑪瑪科娜統治的森林，從前叫作『黑森林』，但是從今天起，我們打算改稱為『小百合森林』。小百合那懷抱希望、忍受煎熬的強韌意志力，以及清澈而美麗的心靈，真的讓我們非常佩服。小百合是我們的典範，也為了紀念探險隊的大家。」

「太好了」、「非常贊成」等等附和的聲音此起彼落。

等到大家安靜下來之後，博士中氣十足的說：「真是個好主意。小百合森林……這名字取得真好，謝謝你們。好了，該出發了。保羅、黑尾，再會，你們要保重。」

博士拍拍黑駒的脖子，隊伍朝著未知的國度踏出了第一步。

飛在空中的黑頭鬼鴞，將銜在嘴裡的一朵白花拋向空中，接著朝白花落下的方向振翅疾飛。

桃花源

隊伍在森林裡前進的第十天，前方突然出現一排險峻的峭壁，擋住了探險隊的去路。壁面幾乎與地面垂直，這種地形就是所謂的「屏風岩」。頂端籠罩著一片不知是雲層還是霧氣的白煙，令人看不出到底有多高。

「終於抵達了，各位辛苦了。大家先在這裡稍微休息一下，我去見國王，稟報你們的到來。其實我早就跟國王提過各位的事，但如果突然見到你們，國王可能會嚇一跳，所以我得先通報一聲。」黑頭鬼鴞喜孜孜的說。

「黑頭鬼鴞，你的意思是古納斯卡王國的位置就在這座山上？這座山有多高？看來壁面很陡峭，探險隊要爬上去恐怕很不容易呢。」雪丸憂心的問。

「這與其說是一座山，不如說是一面懸崖。頂點標高將近兩千公尺，到處設置了各種令人意想不到的機關，幾乎不可能爬上去。而且不管是國王的宮殿還是庶民的屋舍，都不在崖上。」

「唔……我實在無法想像。建角，不如由你跟在黑頭鬼鴞的後頭，飛上去看看狀況吧。」

「這也不可能。」

黑頭鬼鴞斬釘截鐵的拒絕了。

「這座崖上長滿了密密麻麻的樹木，形成了一片雲霧森林。溼度一年到頭高達百分之九十至一百，樹幹爬滿了藤蔓，樹枝上掛著許多地衣類植物，長度大都有數十公分，較長的甚至超過一公尺。森林裡相當陰暗，光線無法進入，視野非常差。而且森林裡還棲息著巨大的毒蜘蛛『捕鳥蛛』，別名『塔蘭圖拉毒蛛』，任何進入森林的動物都會落入牠噴撒出的網中，成為食物。就算是八咫烏建角，要躲開那有如惡魔般的撒網蜘蛛，恐怕也相當困難。」

雪丸旋即問：「既然古代納斯卡王國不在崖頂上，會在哪裡？我們要怎麼前往？」

「到時候你們就知道了，我會帶路，請不用擔心。」

黑頭鬼鴞說完這句話後，便轉身飛走了。

就在大家等得心焦的時候，黑頭鬼鴞終於回來了。

「抱歉，讓你們久等了。國王想見見你們。至於我們王國的神獸，原本任何人都沒辦法輕易會見。但只要你們向國王提出要求，我相信國王應該會特別通融，讓你們跟神獸說說話。來，出發吧。這裡有一條祕密通道。」

大家走向矗立的崖壁，才發現壁面有一條道路。但那道路非常狹窄，只容一個人勉強通過。道路的走向是往斜上方形成平緩的坡道，雖然遠處的景象看不清楚，但應該會在適當的位置轉折，形成S型的連續彎道。

要沿著這條路往上走，有一個大難題，那就是道路實在太狹窄。人類要走在這條路上，必須像壁虎一樣緊貼著壁面，一步一步謹慎小心的往前走。如果是擁有豐富經驗的攀岩專家，或許還沒問題，但龍二根本沒有攀岩的經驗，肯定沒辦法。假如距離很短，還可以挑戰看看，但要走這麼長的路，勢必會在途中用盡力氣。對探險隊的動物來說，沿著這條路往上走並不算太困難，但龍二與小百合要跟上隊伍，幾乎難如登天。而且一旦在崖壁的中途動彈不得，其他隊員想要幫忙也不容易。最保險的方法，或許是讓龍二與小百合留在這裡等著其他隊員歸來。不過如果真的想讓他們跟著隊伍行動，還有一個辦法，那就是讓先登上崖壁的同伴拋下兩條長繩，一條綁在腰上，一條握在手裡，如此一來就沒有墜崖的危險，可以放心的慢慢往前進。但要實行這個計畫，該由誰負責登上斷崖拋下繩索……？

龍二正煩惱著，黑頭鬼鴞走了過來。

於是龍二迫不及待的說：「黑頭鬼鴞，這條祕密路徑好危險，到底通到哪裡？我可能走個兩百公尺就走不動了呢。可惜我不是壁虎，手指頭上沒有吸盤……」

「不用說了，我知道你的意思。」

黑頭鬼鴞打斷龍二的話，將上下兩片鳥喙朝著天空不斷輕輕互相敲擊。當黑頭鬼鴞做出這個動作，就代表正在笑。

「人類老是認為以直立的兩條腿走路是一件很值得驕傲的事，但遇上這種時候，可就不方便了吧？如果是像葛佩、奇奇那樣以四條腿走路的動物，爬上這樣的斷崖根本只是小事一樁。不過，龍二，你不必太早放棄。你等著，我幫你把手變成壁虎的手。」

龍二忍不住低頭望向自己的雙手。

「咦？把我的手變成壁虎的手？」

「哈哈哈，你拿著這兩塊石頭看看。」

黑頭鬼鴞不知從哪裡叼來兩塊綠色石頭，放在龍二的手裡。

「好了，龍二，現在你的手指已經變得跟壁虎一樣了。」

壁虎的手指？龍二仔細觀察手掌，內心充滿了期待。

但是看了半天，手指並沒有任何變化。

「黑頭鬼鴞，我的手指並沒有變成壁虎的手指。你該不會是在開我玩笑吧？」龍二抱怨。

「呵呵，我的意思是，這兩塊石頭就像是壁虎手指上的吸盤。你把石頭貼近崖壁試試看。」

黑頭鬼鴞笑嘻嘻的說。龍二於是拿著石頭靠近崖壁。沒想到那塊綠色石頭突然緊緊貼在壁面上，再也分不開了。

「哇，嚇我一跳。簡直像磁鐵一樣。」

「沒錯，這種石頭擁有強大的磁性，一旦附著在岩石上，就很難分開。」

「原來如此……但抓著石頭雖然不會掉下崖壁，也沒有辦法前進啊！」

「當然可以前進。首先你要像壁虎一樣，讓身體緊貼著崖面，然後左腳往前踏一步。當你踏出這一步，你的左手石頭就會鬆脫，這時你就可以將左手往前伸。當左手石頭重新貼在崖壁上的時候，右手石頭就會鬆脫，這時你就可以將右腳往前踏一步……只要重複這個動作，就可以在緊貼著崖壁的狀態下前進了。」

「唔……有點難懂……是這樣嗎？」

龍二歪著腦袋將左腳踏出一步。就在這時，左手的石頭真的鬆脫了，龍二於是趕緊將左手伸出。

「接下來就是移動右腳跟右手，對吧？現在我明白了，但是，做這個動作很花時間。」龍二說。

「習慣之後，速度會變快，就跟平常走路差不多。」

「唔……但是光要沿著這條蜿蜒的小路走上崖頂，就不容易。中途有地方可以休息嗎？」

龍二愈想愈不安。如果在崖壁的途中累垮了，那就糟糕了。想像自己摔入崖下的畫面，不禁打了個哆嗦。

「你放心吧，不用走到崖頂。聽我的準沒錯。」

「黑頭鬼鴞，我相信你。但小百合的身體還有點虛弱，不曉得做不做得來。我想讓小百合先練習看看……小百合呢？」

「在這裡。別擔心，我一定辦得到。」

小百合從後頭的岩石陰暗處跳了出來。

「我一直在旁邊聽，方法都已經知道了。黑頭鬼鴞，也給我兩塊磁鐵吧。」

小百合接下綠色石頭，面對崖壁站穩，一步步往左側移動。剛開始動作有些彆扭，但或許有天分，很快就熟練了，速度快得彷彿已經學了好幾年。

小百合退回原地，龍二對她說：「好厲害，我真是太佩服妳了。但妳走那麼快，不會覺得累嗎？」

「一點也不，我感覺身體已經好多了。只要把自己想像成一隻螃蟹，做這個動作就會感覺得心應手。剛好我的星座是巨蟹座呢，呵呵……」

小百合莞爾一笑。

隊伍於是開始沿著崖壁小路前進。過了一會兒，龍二也逐漸習慣了模仿螃蟹走路的動作。就算一時之間忘了手腳的移動順序，綠色石頭也會自然產生動作，引導身體往前。

來到了大約四百公尺高的位置，整個隊伍都進入了如雲似霧的濃煙之中。放眼望去盡是白茫茫一片，只能隱約看見眼前的岩石表面，連自己的腳也看不見。如果踩錯一步，一定會摔落崖下。龍二不斷提醒自己每一步都必須小心，千萬不能大意。

然而奇妙的事情發生了。手中的綠色石頭依然維持著原本的敏捷動作，帶動自己的手腳不斷往前進。眼前除了近距離的岩石之外，什麼也看不見。綠色石頭彷彿不再受自己控制，就好像一輛車子載著自己向前行駛。

黑駒的移動方式也非常獨特。那似乎是結合了飛天與跳躍術。首先黑駒會伸出牠那彈力十足的長腿，在崖壁小路上縱身一跳，接著施展出飛天祕術，在空中調整合適的方向，讓前腳精準落在前方的路面上。尤其是遇上急轉彎的時候，黑駒的身手更是有如特技表演，令龍二看得讚嘆不已。

穿過了煙霧地帶，眼前的崖壁出現一道巨大的岩石裂縫。

「好了，大家可以安心了。這裡就是王國的入口。就算有生人偶然發現崖壁上的小路，沿著小路往上爬，進入雲霧區域之後，大都也會失足墜落。」

裂縫的前方有一片寬闊的岩石平臺。探險隊的隊員陸續來到了平臺上。所幸一路上沒有任何隊員墜落。黑頭鬼鴞停在旁邊一棵大樹的樹枝上，開始說明。

「現在，我們已經來到了你們嚮往的神祕國度入口。接下來的道路非常平坦，不再是剛剛那種垂直斷崖上的狹窄小路，相較之下安全得多。但有一點必須特別注意，那就是接下來的路並非只有

一條，途中會遇上很多雙岔路或三岔路，每一次都必須選擇正確的道路才行。一旦選錯了路，就會走進地獄裡，再也無法生還。正確的路徑上都做了記號，但只有王國內部居民才看得懂。所以請你們一定要緊緊跟著我，千萬不能走散。這條路是守護神祕國度的最後關卡。好，我們出發吧。」

黑頭鬼鴞說完後，便轉身飛進裂縫裡，再也看不見了。八咫烏建角及紫綬帶貝卡哈雅趕緊跟上，接著是奇奇、丘治、葛佩及荷拉吉。黑駒則載著小百合，跟著進入裂縫之中。

終於要抵達目的地了。龍二的心中充滿了期待，又感到好奇。這條路到底要走多久？剛剛問了黑頭鬼鴞，牠沒有回答。如今唯一能做的事，就是努力跟在牠身後。

走著走著，龍二已無法判斷自己到底走了多遠，以及過了多少時間。

驀然間，整條道路受到深灰色的霧氣籠罩。原本龍二的前方是雪丸，後方是龐貝諾夫婦，但如今龍二完全看不到牠們的身影，彷彿全世界都變成了灰黑色。

龍二愈來愈不安，忍不住喊了一句「雪丸先生」，卻沒有聽見任何回應。

到底走了幾公里？已經走了幾小時？這裡是哪裡？這些疑問都沒有辦法獲得解答。完全聽不見一點聲音，周圍一片死寂。在時間與空間彷彿都已凍結的時空之中，龍二感覺自己宛如成了喪失存在感的精神錯亂之人。全身唯有雙腳依然以規律的節奏往前踏步，好像成了機器人。

突然間，眼前變得明亮。乳白色的霧氣散去，前方出現一大片綠油油的農田及牧場，沐浴在耀眼的陽光之下。遠方可看見兩名農夫，正拿著鋤頭在耕田。更遠處的牧場上，則有成群結隊的羊駝及大羊駝在吃著青草。龍二有種錯覺，彷彿自己一覺醒來，竟發現自己置身在仙境世界裡。古代人稱理想的國度為「桃花源」，或許就是像這樣的地方吧。

古代納斯卡王國的後代，在這個地方過著與世隔絕的生活。龍二一時情緒激動，忍不住重重吁了一口氣。

但是其他同伴呢？龍二的心頭突然閃過一抹不安，趕緊往左右張望。

左手邊可看見黑駒的身影。小百合騎在黑駒的背上，博士則在一旁拉著黑駒的韁繩。他們動也不動，宛如雕像一般。右手邊則可看見雪丸與馬馬。奇奇坐在馬馬的背上，凝視著遠方，同樣像是凍結了一樣。龍二心想，或許是突如其來的景象，讓大家都陷入了如夢似幻的錯覺之中。

就在這時，蔚藍的天空中突然出現了一粒黑點。

那黑點迅速擴大，飛到了近處，原來是黑頭鬼鴞。黑頭鬼鴞降落在博士面前，「國王正在等著你們。」

博士喜上眉梢，「黑頭鬼鴞，真是太感謝了。如果沒有你帶路，我們絕對到不了。這裡簡直就像是和平的仙境。」

「將這裡形容為仙境，確實很貼切。因為這裡沒有任何爭執與摩擦，居民的心中沒有半點嫉妒或憤恨。唯有心靈平靜的人，才有資格在這裡定居。任何侵入這個國家的人，都無法再踏出這裡一步。過去曾有三個男人進入這裡，他們的目的都是為了尋找印加遺跡中殘存的黃金。像這樣的惡人進入此地，就必須一輩子在這裡工作，直到老死。」

「既然如此，為什麼我們能獲准拜見國王？我也不是內心完全純潔率真的聖人。就跟其他人一樣，我也有欲望。」

「光是有這樣的想法，就很了不起了。博士來到這裡，不是為了黃金及財寶。名聲也不會是你

的目的，否則你應該會得意洋洋的在學會上公布南美洲有類人猿夜猿的祕密吧。博士，你沒有這麼做，可見得你屏棄了這些欲望。

還有更重要的一點，你打敗了企圖掌控這個國家的巫婆娜奇麗，保住了這裡的和平與安全。當初沒有人能夠戰勝那個無敵的萬惡巫婆。為什麼你們做得到？答案很簡單，因為你們得到了夜猿的幫助。那麼，為什麼神出鬼沒的夜猿願意幫助你們？因為你們屏棄了名聲的欲望，確保夜猿一族安全無虞。

我們國王非常賢明，什麼事情都瞞不過他的眼睛，我相信他一定知道你們是能夠保守祕密的人。為了報答你們盡全力守護我國，他一定會願意提供協助。沒什麼好擔心的，快跟我來吧。」

黑頭鬼鴞說完之後，振翅飛到了空中，催促大家啟程。等到隊伍開始往前進，牠才配合隊伍的速度緩緩向前飛。

龍二看見田裡的農作物是碩大的紅色果實，轉頭問博士：「這是番茄嗎？那邊那個長條狀的看起來像辣椒……博士，這是什麼作物？」

「沒錯，那的確是番茄跟辣椒。除了這兩種植物之外，還有常見的馬鈴薯及玉米，原產地也是南美洲。哥倫布抵達新大陸之後，將這些植物帶回了歐洲。由於它們具有高價值且容易種植，所以很快就散布至全世界了。我記得番薯應該也是吧。所以說中南美洲對人類的飲食有著很大的貢獻呢。」

「原來番薯也是美洲來的？我還以為原產地是日本呢，哈哈哈……」

龍二開心的笑了起來。

「我能不能要一顆番茄？好久沒吃番茄了，黑頭鬼鴞，可以嗎？」小百合問。

黑頭鬼鴞開朗的說：「當然可以，要吃多少都沒問題。這個國家的居民都很樂於分享，你們摘一些農作物來吃，田地的主人絕對不會生氣。」

「那我就不客氣了。」

小百合立即摘下一顆番茄，放在嘴裡咬了一口。

「哇，好好吃！真不愧是仙境的食物！」

猴子奇奇也摘下一根紅色辣椒放進嘴裡。但是下一秒，牠突然全身顫抖，臉色脹得通紅，把嘴裡的辣椒吐了出來。

「好辣！辣死我了！舌頭都麻了！嘴都歪了！」

奇奇一邊繞著圈子，一邊朝著地上吐口水。

黑頭鬼鴞笑得全身羽毛微微顫抖。

「奇奇，辣椒不能亂吃。你如果把一整根辣椒吃下肚，保證會辣得合不攏嘴，腸胃痛到送醫院。來，吃吃看那邊那一大顆黃色的圓形果實吧。很甜、很好吃喲！」

奇奇立即奔了過去，摘下黃色果實咬了一口。

「哇啊！真的好甜！」

隊員們全都開懷大笑，各自摘下番茄及甜青椒吃了起來。

隊伍越過了一片平緩丘陵，羊駝、大羊駝成群結隊吃著青草，眼前出現一面高聳的大理石岩壁。岩壁上有個寬約三十公尺的巨大洞穴，不斷有清澈的水流自洞穴內傾瀉而出。

「這裡就是王宮的入口。」黑頭鬼鴉興奮的說。

隊員們一聽，也都雀躍不已。但不管怎麼仔細查看，附近一帶都看不到任何貌似宮殿的建築。難道宮殿是隱形的，只有居民才看得見？

龍二於是朝黑頭鬼鴉問：「宮殿在哪裡？我什麼也沒看到。難道就跟地面畫一樣，只有看得見紫外線的人才能看見宮殿？」

「龍二，你再仔細看清楚。宮殿不就在你的眼前嗎？」黑頭鬼鴉帶著笑意的說。

龍二歪著腦袋，一臉納悶的說：「眼前只有岩壁跟洞穴。黑頭鬼鴉，你在開玩笑嗎？」

黑頭鬼鴉解釋：「所謂的宮殿，不見得是有高塔的石造建築。這裡可是祕密仙境，不會有任何外觀引人注意的建築物。這個洞窟就是宮殿，大家進去看看就知道了。」

隊伍繼續開始前進，荷拉吉突然從黑駒的背上跳了下來。牠奔向自洞穴流出的河水，二話不說便跳了進去。這陣子一直沒機會下水，荷拉吉的皮膚又變得粗糙乾燥。如今終於見到河川，牠再也按捺不住了。

游了一會兒之後，牠仰頭浮出水面，露出了白色肚皮。

「真的是仙境，好棒的仙境。」荷拉吉閉著眼睛歡喜讚嘆。

乍看之下，河道似乎占據了整個洞穴，但事實上並非如此。從外頭看的左手邊，河道與岩壁之間還有一條約一公尺寬的縫隙，那正是通往洞穴深處的小徑。

在黑頭鬼鴉的引導下，探險隊默默進入了洞穴內。

往洞穴深處前進，周圍愈來愈陰暗。就連河面也是漆黑一片，而且沒有發出半點水聲。雖然前方只能隱約看見大致的景色，但只要摸著左手邊的岩壁緩緩前進，就不會迷失方向。

轉了一個彎之後，終於變得伸手不見五指，沒有一絲光線。龍二將手掌緊貼在牆壁上，一步一步謹慎小心的往前走。

前方分成了兩條道路，黑頭鬼鴞的眼珠突然綻放出金色光輝。牠選擇了距離河道較遠的那一條。

又走了一會，周圍再度隱約可以看見四周景色，不再完全漆黑。隊員們才感到鬆了口氣，前方竟出現一扇石門，擋住了大家的去路。

黑頭鬼鴞站在石門前，大大的張開翅膀，慢條斯理的上下拍動。相同的動作重複了三次之後，接著牠伸長了喙，以奇妙的節奏輕啄石門。

石門緩緩開啟，門後站著一名壯年男子。

「國王等你們很久了，請進來吧。」男子說完這句話後，就轉頭朝深處走去。

探險隊跟著男子繼續前進，走了一會，又遇上一扇石門。

「這裡。」男子一邊說，一邊在石門上輕敲。石門靜悄悄的開啟，出現兩名手持長矛的男人。兩名男人將隊伍帶至一間大廳裡。

「啊！」龍二忍不住發出驚嘆，不敢再往前走。

照理來說洞窟深處應該是一片漆黑才對，這間大廳卻異常明亮，令龍二幾乎睜不開眼睛。龍二揉揉眼睛，仔細看清楚了大廳內的景象，霎時驚訝得忘了呼吸。

這間大廳的天花板及牆壁竟然都是以水晶拼接而成。透明水晶及黃水晶各自綻放出光芒，其中還夾雜了一些紫水晶的色澤，交織出光彩奪目的奇妙壁毯。原來大廳內的亮光，全是由水晶反射而來。

大廳內共有十幾根水晶柱，其中有幾根是黃水晶。每一根水晶柱的柱面上，都以黑水晶、紫水晶、紅水晶、煙水晶等不同顏色的水晶排列出鳥類、美洲豹等各種動物圖案。

大廳的深處有著王座，國王就坐在座位上，左手邊坐著王妃、兩位王子及一位公主，右手邊則坐著高官大臣。更外側的兩旁，各站著一排衛兵，每一名衛兵的腰間都佩帶長劍，手裡拿著長矛。

整個大廳迴盪著女子合唱的歌聲，曲調柔美平和。這些歌聲正是來自於一群阿庫拉科娜，也就是「太陽處女」。龍二感覺這是自己一生中心靈最純淨的時刻。不管任何煩躁情緒、深仇大恨或暴戾之氣，在此時此刻都像暴風雨過後的平靜水面一樣消失於無形，取而代之的是一股充滿於心中的安詳。不只龍二，其他隊員也這麼感受著。

星尾獸探險隊的隊伍靜靜走向王座。

隨著與國王的距離愈來愈近，龍二的心中冒出了一個疑問。原本龍二以為王座一定是黃金製成，而且閃閃發亮，但走近一瞧，完全不是那麼一回事。不管怎麼看，那都只是一張普通的木製椅子。就連王妃及王子、公主的椅子，也全都是木頭製成。尤其是公主的座椅，看起來歪歪斜斜，似乎只要坐得粗魯一點，整張椅子就會散開來。

隊伍走到了距離王座不遠處，太子博士伸手指揮隊伍停下，自己又往前走了五步，朝著國王深深鞠躬，說道：「我們從名為日本的國家，渡過了太平洋，千里迢迢來到貴國。據說貴國依慣例從不允許外人進入，我們卻以這麼龐大的隊伍前來拜訪，請原諒我們的失禮。同時我也在此感謝國王的寬宏大量，允許我們進入這座水晶宮殿，並沒有拒絕我們的拜訪。我們此行的目的，並不是為了與貴國貿易，也不是想要研究貴國的歷史，而是……」

「我知道，黑頭鬼鴞都跟我說了。」

國王打斷了博士的話。王座後方的牆壁是一大片紫水晶，深淺不同的紫色排列成了奇妙的圖案。不知道是不是錯覺，那奇妙的圖案似乎在微微晃動。國王接著說道：「你們想要跟神獸洛拉說話，對吧？放心，我會安排。」

隊員們紛紛點頭，心裡都感到鬆了口氣。

「我國向來不許外人進入。為了防止外人入侵，我們設下了不少機關。就算有人能突破那些關卡，進入我國領地，這輩子也別想再活著離開。

我這次破例讓你們進來，有兩個理由。第一個，關於你們此行的目的。你們推測納斯卡的地面畫中的巨大犰狳類動物依然存活著，而且認為只要能與神獸交談，就能解開古代巨型動物滅絕之謎。現在的世界有著金錢萬能、經濟至上的風氣，你們願意冒著生命危險組成探險隊來到這裡，唯一動機竟然只是一股單純的求知欲，讓我非常感動。

第二個理由是你們殺死了邪惡的巫婆娜奇麗，這對我們來說是天大的喜訊。娜奇麗是威脅仙境和平的罪惡根源，你們為我國斬斷了這個隱憂，為了報答你們的恩情，特別通融讓你們進入。但有幾個條件必須嚴格遵守。

你們此行的目的，是與神獸洛拉見面及交談，這點完全沒有任何問題。不過洛拉年紀大了，身體相當虛弱。牠一天的大部分時間都在睡覺，清醒的時間只有五小時左右。若再扣掉牠用餐的時間，你們每天頂多只能與牠交談兩小時。負責為你們翻譯的托頓是一隻性情相當孤僻的犰狳，如果你們惹牠不高興，牠可能會不開口說話。還有，雖然我不清楚托頓的詳細年齡，但牠也很老了。我相信你們都有著率真、善良的性格，所以一點也不擔心，只是想請你們稍加注意。

再來，你們不能問任何關於我國的問題，也不能對外洩漏我國的內情。待在這裡的期間，你們一定會目睹很多事物。但是當你們離開之後，就要把這些記憶深深埋在心底，不能告訴任何人。就連我國的存在，也不能讓地球上任何一個人知道。

不過，我會告訴你們一些關於我國的故事。除此之外，我允許你們問三個問題。在我能夠回答的範圍內，我會盡可能給你們答案。

首先，我們不是印加帝國的後代，而是古納斯卡王國的後代。

古納斯卡王國是位於現在秘魯海岸線一帶的古老國家，大約一千年前滅亡。我們有著獨特的納斯卡文化，例如那些地面畫就是其中之一。後來王國滅亡的原因，是因為新興的強國瓦里國的侵略與吞併。當年瓦里國開始入侵我們納斯卡王國時，王國內部的意見分成了兩派，互相爭吵不休。一派的領袖是當時的納斯卡國王，他主張派出軍隊對抗，保護納斯卡王國不受侵略。另一派的領袖則是國王的弟弟基奇特，他是個徹底的和平主義者，不贊成與瓦里國交戰。

基奇特早已看出納斯卡王國必定會敗北，所以他帶著三十名部下、十二名阿庫拉科娜，再加上部下們的家眷，總共一百二十二人離開了納斯卡王國。他們翻越了安地斯山脈，在這塊受廣大熱帶森林包圍的土地上定居，建立起小小的王國，一直延續到今天。如今我國人口有五百三十二人，是一座和平的世外桃源。

後來印加帝國開始崛起，在十五世紀進入鼎盛時期。印加帝國不斷吞併鄰國，吸納各國文化，成為一個巨大的帝國，也就是歷史上輝煌燦爛的印加文明。

印加帝國本來信奉的是太陽神，所以沿用了許多納斯卡王國的舊制度，例如阿庫拉科娜（太陽處女）也是其中之一。因為這個緣故，有些不知內情的人，還以為我們是印加帝國的後代。

關於我國的淵源，我只能說到這裡。或許你們心中還有一些疑問，但追究我國的歷史應該不是你們此行的目的，沒有必要把我們的來歷摸得一清二楚。幾天內，你們應該就能見到神獸洛拉了。每天兩點到五點，洛拉都會在這座宮殿裡。我會請托頓安排，讓你們在三點左右見到洛拉。我要說的話都說完了。」

國王不再說話，隊員們也因強烈的感動而無法開口，整座大廳唯有阿庫拉科娜的清亮歌聲輕輕迴盪著。

此時小百合突然打破沉默，舉手說道：「國王陛下，我想問一個問題。」

國王面露微笑，「好，妳問吧。但有些問題，我可能無法回答。」

龍二霎時感到一顆心七上八下。小百合的老毛病又犯了。不知該說她天真無邪還是不知禮數，她常常為了滿足好奇心而做出一些不按牌理出牌的舉動。不過雖然大家常為她捏把冷汗，奇妙的是，她到目前為止還沒有哪一次真正造成他人的困擾。

小百合問國王：「有一點我實在想不透，不管是國王的椅子，還是王妃的椅子，怎麼都是簡陋的木椅？尤其是公主坐的那張椅子，還有一點歪了，如果坐得太用力，搞不好會垮掉呢。在這種宛如夢境一般的水晶宮殿裡，卻用了那麼簡樸的木椅，怎麼想都不搭調。難道這是兩千年前古代納斯卡國王坐過的椅子嗎？」

龍二聽到小百合的問題，心跳更加劇烈了。要是惹國王生氣，大家長久以來的努力恐怕都會化為泡影。就在這時，不知何處傳來了「嗤嗤」一聲。仔細一瞧，猴子奇奇竟然正在強忍著笑意。要是牠笑了出來，情況一定會更加糟糕。龍二心裡真希望把小百合的嘴巴摀住。

沒想到國王竟然發出了親切的笑聲。

「哈哈哈，這個問題真有意思。很多人都想問，卻又怕失禮，不敢問出口呢。我很喜歡妳的率真，而且這個問題只關係到我自己的信念，與我國歷史無關，所以我可以回答妳。

國王的權力完全是由神所賜予，沒有人能夠違背國王的任何旨意。因為國王說的話，就是神說的話。而國王所坐的椅子，正是權力的象徵。一般來說，王座都是純金打造，上面鑲嵌鑽石、紅寶石、藍寶石等各種珠寶。但久而久之，大家開始產生了『只要能坐上王座，就能成為國王』的錯覺。就算是大壞蛋，只要坐在王座上，就是國王。

而且黃金有一種蠱惑人心的魔力，會煽動每個人心中的邪念欲望。當年的西班牙人正是被黃金蒙蔽了心智，才會欺騙純真樸實的印加帝國皇帝，侵略印加帝國，摧毀了舉世罕見的安地斯文明。在他們眼裡，再珍貴的文化也只是一塊塊黃金而已。不管是宗教儀式的道具、精美的工藝品、裝飾品或神像，只要是黃金製的東西，全部被他們熔成金塊運回西班牙。不管是宗教、文化、藝術、民族尊嚴還是歷史，都敵不過黃金的魔力。

我為了警惕自己，也為了告誡後代子孫，改用木製的椅子來當作王座。這麼說妳明白嗎？可愛的女孩。」國王笑嘻嘻的對小百合說。

「謝謝國王陛下。我明白了，而且會把這番話當作一生的信念。」

小百合雙頰泛紅，朝國王深深鞠躬。

國王緩緩起身，慢條斯理的走入大廳深處。王妃、王子及公主也緊跟在後。

阿庫拉科娜的歌聲愈來愈輕，當國王等人完全消失，整座大廳變得肅穆而寂靜。

五帶犰狳與塔蘭圖拉毒蛛

接著，一名侍女走了過來，以手勢示意大家跟著她走。於是整個探險隊由雪丸帶頭，靜靜跟在侍女身後。

侍女走出了水晶大廳，通過一條長走廊，帶大家進入一間大理石房。

「現在我要介紹一個人。」侍女如此說明後，以爽朗的聲音喊道：「塔蘭！」

不遠處傳來男人的模糊應答聲。一個男人走了過來，站在距離侍女稍遠的後方。雖然難以精確判斷年齡，但應該是個老人了。他的鼻梁不高，有一對細長的單眼皮，一頭黑髮夾雜了些許白髮。龍二不禁心想，這個人的長相和日本人有幾分相似。或許對方也跟日本人一樣屬於蒙古人種吧。龍二感覺到特別親切。

侍女接著說：「他叫塔蘭，平時務農。你們的生活起居就由他來照顧。不管有什麼需求，都可以跟他說。當然黑頭鬼鴞還是會繼續協助你們。塔蘭沉默寡言，但心地善良，相當親切。接下來你們會住進塔蘭家附近的房子裡。我們這裡沒有盜賊或小偷，所以你們不必鎖門。就算不關門，也不會有任何危險。」

塔蘭這時朝大家點頭致意。侍女繼續說：「接著我要向你們介紹一隻非常重要的動物，那就是神獸的翻譯托頓。托頓，進來吧。」

門板輕輕開啟，犰狳托頓走了進來。牠慢慢走到侍女的右側，不客氣的朝隊員們上下打量。

龍二仔細一看，不禁愣住了。托頓的背上有五層皺褶，所以應該是五帶犰狳。但根據動物圖鑑，世界上的犰狳只有三帶犰狳、六帶犰狳等等，照理來說應該沒有五帶犰狳才對。而且更奇妙的是，這隻犰狳的下巴竟然長著白鬍鬚。龍二接著又想到一件事，差點發出驚呼。如果照黑頭鬼鴞的說法，托頓是一隻三帶犰狳，博士與牠溝通當然沒問題。但假如托頓是五帶犰狳，博士還聽得懂牠說的話嗎？龍二轉頭望向博士，內心不禁有些不安。

侍女指著站在她右側的動物，「牠就是托頓。雖然年紀很大了，但是身子骨依然硬朗，記憶力也沒有衰退，所以我們都尊稱牠為『賢者』。牠非常聰明，語言能力很強，能夠與我們對話，而且還擁有看穿人心的靈力。牠有著非常旺盛的好奇心，過一陣子應該會不斷追問你們關於日本的事吧。只有牠能夠與神獸洛拉交談，希望你們跟牠好好相處。」

龍二聽侍女這麼說，鬆了口氣。

托頓的視線掃過所有隊員，開口說：「賢者與愚者無異，愚者與鈍者無異，鈍者與怠者無異。我是個怠者，我的興趣是睡覺。我的夢想是永遠在夢境中不要清醒。但是國王下令，要我在客人與洛拉閣下之間擔任口譯員。聽說你們打倒了瑪瑪科娜，讓我國恢復了和平？既然是為了報恩，不答應也不行。何況國王的命令絕對不能違背。不過你們得等個兩、三天，我先說服洛拉閣下看看。洛拉閣下年紀太大，什麼事情都懶得做。啊……我開始有點睏了。你們有沒有帶什麼能夠趕走睡意的東西？洛拉閣下說話的方式相當獨特，嘴巴不太會張開，說起話來嘴巴就像一條扭曲的蛇。到時候我一定會很想睡覺吧。唉，真是接下了一件麻煩的工作。好吧，我會盡量幫忙。今天就說到這裡吧。三天後，你們再到這裡找我。時間就約三點。好，我先走了。」

托頓吐出細長的舌頭，在空中做出宛如畫畫一般的動作，接著便轉身開門出去了。

大家心裡都感覺遭到了遺棄一般。

矮黑猩猩馬馬搔著腦袋咕噥道：「感覺真難相處，我最怕跟這種動物打交道了。」

博士笑著說：「不用擔心。牠雖然擺出那樣的態度，但看得出來相當細心，而且應該很有原則。牠故意說得冷淡，應該是為了測試我們的反應。」

「應該帶點伴手禮來討牠歡心才對。畢竟我們有事相求，兩手空空實在太失禮了。」

平常極少開口的龐貝諾突然這麼低聲說。

博士聽見了，「這我也考慮過了。但聽說牠個性孤僻，如果一開始就送東西，牠反而會覺得我們想靠送禮讓牠無法拒絕，那就弄巧成拙了。所以我才想先靠誠意溝通看看。剛剛牠雖然嘴上說得無情，但應該對我們相當認同。下次見面的時候，我們就可以送點東西給牠了。你們覺得送什麼好呢？」

奇奇擠眉弄眼的說：「唔唔恩長老那一次，我們送了巧克力，真是送到了牠的心坎裡。這次的托頓老爺爺，又該送什麼好呢……？不如再試一次如何？黑駒先生，你還有巧克力嗎？」

「早就送光了，哪還有剩。」

黑駒一臉無奈的甩了甩頭上的鬃毛。

「除了空氣之外，什麼都甩不出來了。我現在每天都想念著巧克力，可憐得不得了。不過我的巧克力偶然派上用場，也是一件很幸運的事，我並不後悔。但我現在真的一塊也拿不出來了。」

黑駒說到這裡，發出了「嘶嘶」的叫聲。

「我有個好主意。」站在門上的八咫烏建角自信滿滿的說：「送蜂蜜如何？犰狳的主食是白蟻及螞蟻，而蜂蜜是蜜蜂製造出來的食物，蜜蜂跟螞蟻在動物分類上算是近親。所以托頓應該會喜歡吃蜂蜜。」

建角將胸口的第三隻腳筆直向前伸出。每當牠志得意滿的時候，就會做出這個動作。

博士笑著說：「這是個好提議，不過我想說明一下，白蟻及螞蟻雖然都有『蟻』字，卻是各自屬於完全不同類群的昆蟲。白蟻與蟑螂較接近，在分類上與螞蟻相差很大。不過托頓同時喜歡白蟻及螞蟻，確實可能對蜂蜜感興趣。」

「太好了，終於有我表現的機會了！」紫綬帶興奮的說：「我知道哪裡可以採到美味的蜂蜜。這個國家的南方有一座原始森林，裡頭生長著不同種的蘭花。以蘭花的花蜜做成的蜂蜜，托頓一定會喜歡。我上次剛好飛過那座森林，即使在森林外也能聞到蘭花的香氣，而且森林裡隱約傳出了蜜蜂的嗡嗡聲，我相信一定有蜂巢。」

塔蘭跟著說：「沒錯，蘭花的蜂蜜又香又甜，真的很美味。我在那座森林裡也設置了兩座蜜蜂的人工蜂巢。前陣子我才剛採完，蜂巢裡目前沒有蜂蜜，但我家儲存了不少，可以分你們一些。當然你們也可以到那座森林裡碰碰運氣，那裡也是遊玩的好地方。」

聊完了森林的話題之後，大家決定先回到住處安頓下來，於是請塔蘭帶路，一行人離開了宮殿。

探險隊住在距離宮殿約兩公里遠的一座石造的獨棟房子。原本的屋主已經過世，這棟房子成了空屋，塔蘭平時將它當作倉庫，放置一些雜物。屋子旁有庭院也有農田，雖然田裡長滿了雜草，但只要拔除雜草，就可以種植番茄、馬鈴薯等農作物。大家聽到這些日本常見的蔬菜，都感覺安心不少。

在塔蘭的嚮導下，探險隊前往了南方的原始森林一遊。這座森林經常出現飽含水分的濃霧，因此溼度高達百分之百。樹枝上掛著許多地衣類植物，看起來宛如一片片淡灰色的窗簾。森林裡雖然陰暗又潮溼，但是生長著不同種的蘭花。尤其是大樹的枝幹分岔處，對蘭花來說是最佳生長環境，隨處可見爭奇鬥豔的各色蘭花。就連有「蘭花女王」之稱的嘉德麗亞蘭，在這裡也一點都不稀奇。

這座森林簡直像是蘭花的花園。放眼望去，可看見好幾種蜂鳥正在吸食蘭花的花蜜，忙著採蜜的蜜蜂也不少。

「我設置的蜂巢就在那裡。」塔蘭指著一棵大樹的樹上說道。

距離地面約二十公尺高的粗枝上，綁著一個以小樹枝捲成的圓筒狀物體，不斷有蜜蜂自一側的小孔進進出出。

「設在那麼高的地方，要怎麼採收花蜜？」龍二問。

「爬上去就行了。不過這是我兒子圖拉負責的工作，今天他剛好出門辦事，所以沒有跟來。他爬樹很厲害，簡直像猴子一樣。」

塔蘭說到這裡，朝猴子奇奇擠了擠眼睛。奇奇彷彿早就等著這一刻，迫不及待的朝大樹奔去，卻跳上了大樹旁邊一棵直徑約二十公分的小樹。

荷拉吉趕緊說：「奇奇，你搞錯了。不是那棵，蜂巢在這邊這棵樹上。」

奇奇朝荷拉吉吐了吐舌頭，動作敏捷的往樹上爬去，接著突然跳向旁邊的大樹。

塔蘭拍手說：「了不起、了不起，你也是爬樹高手。不過你最好別再爬了，否則蜜蜂感覺受到威脅，可能會攻擊你。平常我們都是從樹梢垂下一根繩索，以繩索爬上去。可惜那根繩索最近壞了，拿回家裡修理。只要有那根繩索，要爬上去就會簡單得多……當然也可以找一根較粗大的藤蔓。」

奇奇迅速回到地面，得意洋洋的朝大家揮手。

荷拉吉搞不懂牠為什麼要這麼做，納悶的歪著腦袋。

矮黑猩猩馬馬在牠耳邊低聲說：「你是水裡的動物，不懂爬樹也很正常。像這種生長在熱帶的高大樹木，樹幹的途中沒有分枝。必須到靠近頂端的高度，才會出現大小分枝，形成綠色的傘蓋。有點像是電線杆，中間部分是光溜溜的圓柱。所以若要從大樹的底部沿著樹幹往上爬，就跟爬牆沒什麼兩樣，就算是猴子也很難成功。更容易的作法，是先爬上大樹附近比較好爬的小樹，爬到夠高的位置時再移動到大樹上。這對我們猿猴類動物來說，是理所當然的常識，倒也不是什麼值得炫耀的高明技巧啦。」

荷拉吉恍然大悟，頻頻點頭。

「哇，好漂亮的蝴蝶！」

小百合指向前方，那裡有一隻鈷藍色的大蝴蝶正在翩翩飛舞。振翅時，隨著翅膀的角度改變，鈷藍色的翅膀會夾雜一些金色，看起來燦爛奪目。

「博士，這是閃蝶嗎？」龍二問博士。

向來有昆蟲少年之稱的龍二，之前欣賞圖鑑的時候，曾經驚嘆世界上竟然有這麼美麗的蝴蝶。如今親眼目睹，感動得有如置身夢境之中。

「是啊，這是南美洲最具代表性的蝴蝶，經常被製作成標本，裱框當作擺飾，或是加工製成身上的裝飾配件。」

「啊……不見了！剛剛不是還飛在那裡嗎？怎麼一眨眼就消失了？簡直像忍者一樣！」

龍二驚訝得大喊。博士旋即說：「不是就停在那裡嗎？那片看起來像葛葉的樹葉上……」

「啊，那是完全不一樣的蝴蝶吧？我知道，那叫蛇目蝶。」

「哈哈哈，你上當了。閃蝶翅膀的正面及背面有著完全不一樣的顏色及紋路。圖鑑通常只會拍出翅膀的正面，但其實背面的顏色是接近樹幹顏色的黑褐色，而且上頭通常會有蛇眼般的斑點，跟蛇目蝶非常相似。靠著這個智慧，閃蝶才能夠在大自然的環境中存活下來，不被鳥類吃掉。」

博士一邊說，一邊撿起一顆小石子，朝著那隻蝴蝶扔去。

蝴蝶振翅飛舞，再度露出泛著金屬光澤的鈷藍色翅膀，迅速飛向森林深處。

回到住處一看，塔蘭的兒子圖拉早已在屋裡等著。

圖拉先與博士握手，接著依序與龍二等人握手。

「我叫圖拉。父親跟我提過你們的事了。要是有幫得上忙的地方，請儘管跟我說。」

圖拉有一雙大眼睛，長長的睫毛往上翹，看起來是個相當聰明的少年。龍二見到與自己年紀相仿的少年，開心得不得了，暗自下定決心一定要跟他當好朋友，從他身上多學習一些知識。龍二愈想愈興奮。轉頭看看小百合，發現她也笑逐顏開，對著自己頻頻點頭，顯然與自己有著相同的想法。

住處的庭院裡有一口井，井水清澈透明。不用擔心缺水，讓隊員們大大鬆了口氣。屋裡有餐廳及廚房，寢室共有四間。生火使用的是炭及薪柴，炭以竹炭為主。屋子的周圍就有一大片竹林，不僅每年都能採收到許多竹筍，而且也不缺製作竹炭的原料。

荷拉吉喜歡住在有水的地方，因此懇求雪丸讓牠待在流經屋子附近的凱普河畔，雪丸當然不反對。

這時，奇奇突然說：「那就拜託你抓魚了，記得要抓好吃一點的喲！」

「沒問題。不過要研究出哪種魚比較好吃，恐怕得花上一些時間。龍二，能不能幫我問問塔蘭？」

龍二於是問了塔蘭。塔蘭的回答是那條河裡有很多魚，其中有種鱒魚的近親，滋味相當不錯。塔蘭還強調王國的居民主要吃的是羊駝、大羊駝等家畜的肉及其加工食品，以及奶油、起司等乳製品，並不常食用魚類，因此河裡魚量豐沛，要捉魚非常簡單。

野兔丘治與鼬鼠葛佩也覺得在狹小的房間裡與其他動物共處一室很彆扭，所以向雪丸提出想在屋子附近另覓地點築巢。就連黑駒，也因為屋子並沒有設置馬廄，所以希望在野外自由自在生活。雪丸全都同意了，但特別提醒住在屋外的隊員必須隨時與其他隊員保持聯絡，而且每天太陽下山前必須盡可能集合在屋裡吃晚餐。

龍二與小百合共用一間房間。雖然很想分開住，但畢竟房間數不多，不能提出任性的要求。

約八張榻榻米大的房間裡有兩張床，只要在房間中央吊起一根繩索，掛上布簾，還是能有屬於自己的空間。

龍二與小百合坐在房間裡喝茶，龍二說：「塔蘭的兒子不是叫圖拉嗎？我聽到這個名字時，嚇了一大跳呢。」

「為什麼？」

「塔蘭跟圖拉，讓我想到了蜘蛛。小百合，妳應該明白我的意思吧？」

「嗯，我明白。南美洲的毒蜘蛛『塔蘭圖拉毒蛛』實在是太有名了。從前我不知道在哪本書上讀過，好像是漫畫吧……上頭說如果被牠咬到，會因為太痛而甩動身體，看起來就像在跳舞一樣。」

「是啊……因為這個緣故，我聽到那對父子的名字心裡就發毛。雖然這裡應該沒有像瑪瑪科娜那樣的巫婆了，但畢竟是個充滿祕密的神奇地方，說不定這對父子是能夠操縱毒蜘蛛的巫師……」

「龍二，不能隨便懷疑他們。在我看來，他們都是好人，一點也不像巫師。我看人的眼光很準，絕對不會錯。不過，這對父子確實看起來似乎隱藏著什麼祕密。真不愧是龍二，竟然能發現，呵呵……」

兩人各自莞爾一笑。

不久後，龍二又將這個想法偷偷告訴了雪丸，雪丸說：「其實我也注意到了名字的事情。但我認為與其私底下胡亂猜測，不如問個清楚，所以我實際向塔蘭問過了，他是這麼說的……」

根據雪丸的描述，塔蘭先是哈哈大笑，嚇唬了一句：「沒錯，我就是令人聞風喪膽的毒蜘蛛，專門在獵物身上注射毒液，然後吸乾獵物的血！」

笑了一陣之後，塔蘭才說出了真正的箇中緣由：「其實『塔蘭』不是我的本名。因為我很擅長跳舞，而且很會模仿毒蜘蛛『塔蘭圖拉毒蛛』的舞蹈動作，所以朋友幫我取了個諧音的綽號，叫我『塔蘭』。後來我兒子出生了，我把他取名叫『圖拉』。這不是綽號，是本名。我跟我兒子一起跳的『毒蛛舞』，在王國內可是小有名氣，有機會一定要讓你們見識一下，哈哈哈……

啊，對了。有件重要的事忘了說。蘭花森林雖然是個玩樂的好地方，但有一點必須注意，那就是森林裡棲息著真正的『塔蘭圖拉毒蛛』。這種蜘蛛不會結網，而是躲藏在地底下的洞穴裡，等待獵物上門。一旦有獵物經過洞穴旁邊，就會突然跳出來發動攻擊。要發現牠藏身的洞穴並不容易，為了安全起見，我會先在洞穴旁的樹木上做個記號。雪丸先生，在我做好記號前，請先別讓大家接近蘭花森林。」

雪丸聽了之後，下令暫時禁止隊員到蘭花森林遊玩。

會見神獸洛拉

與洛拉相見的日子終於到來。負責跟隨博士前往會見洛拉的隊員有雪丸、建角、龍二及小百合。

一行人吃過了午餐，便在塔蘭的引領下啟程。通往宮殿的洞窟道路非常複雜，如果沒有塔蘭帶路，極為困難。塔蘭將一行人帶進大理石房間，要大家在裡頭稍等。

過了一會兒，托頓敲門後走了進來。太子博士先為前幾天的事向托頓道謝，接著送上蜂蜜作為伴手禮。

托頓眉開眼笑的收下蜂蜜，「謝謝，我最愛蜂蜜了。尤其是蘭花蜂蜜，真是美味極了。但那座森林裡有可怕的蜘蛛，被咬了可不是鬧著玩的。好了，不說閒話。我把你們的事轉告了洛拉閣下，牠說很樂意與你們見上一面。不過洛拉閣下現在正在用餐呢。牠一天只吃一餐，剛好就在這個時間。聽說很久以前發生過一次大飢荒，洛拉閣下歷經了那段時期，所以食量變小了。」

「牠都吃些什麼食物？」太子博士問。

「主食是白蟻與螞蟻，點心有水果及禾本科的草，還有大羊駝的奶。你們再稍等一下，我馬上就來帶你們。」托頓說完，便走出了房間。

龍二露出了鬆一口氣的表情，「牠喜歡蘭花蜂蜜，真是太好了。現在牠心情不錯，真是個好的開始。」

太子博士沉吟了一會兒後說：「確實是個好的開始，但也出現了疑點，那就是關於神獸洛拉所吃的食物。古代的星尾獸應該是植食性動物才對。你們想想，大象跟河馬都是植食性動物，對吧？肉食性動物的身體不可能那麼巨大。托頓卻說神獸洛拉的主食是白蟻及螞蟻，實在有點匪夷所思。或許這中間藏著什麼重要的祕密……不過，想再多也沒用，實際見了面就知道了。我們馬上就要踏入祕密的世界，真是興奮啊。」

太子博士露出了充滿期待的表情。

不久之後，托頓回來了。一行人帶著滿腔的期待與緊張，跟著托頓走出了房間。

他們被帶進一間以大理石及瑪瑙組成的房間。牆壁上以紅、綠、朱、藍等經過打磨的各色瑪瑙排列出令人印象深刻的紋路。

一隻巨大的犰狳類雕齒獸亞科動物蹲坐在他們的前方。

博士一看，便發現眼前這動物與自己心中所認定的星尾獸並不相同。當然從外觀上的差異，僅表示牠與成為化石遺留後世的星尾獸並非同種動物。但無庸置疑的一點是——這隻動物與星尾獸必定為同屬不同種。牠背上的殼約四公尺長，呈半圓形，前方高高隆起，高約三點五公尺。下巴長著茂密的灰白色鬍鬚，鼻頭有兩隻角。此外有一條約三公尺長的粗壯尾巴，那是星尾獸屬的特徵，尾巴的末端長著許多突起的尖刺。突起的部分相當光滑，宛如是經過研磨的鋼鐵。任何動物要是被敲上一記，大概都會身受重傷。

更讓太子博士感到奇妙的是牠的前腳爪。那爪子至少有二十公分長，又粗又尖銳，形狀呈圓弧形。每一種雕齒獸亞科動物都有這種長長的爪子，但長度大概只有十公分，而且形狀筆直，當然星尾獸也不例外。

太子博士試著回想，還有什麼動物擁有像這樣又粗又壯的長爪子。大食蟻獸、三帶犰狳……這些都是南美洲的動物。對了，還有非洲的土豚。這些都是以白蟻為主食的動物。

白蟻會以唾液凝結紅土，建造堅固的巢穴。因此大食蟻獸等動物必須擁有粗大又銳利的爪子，才能夠破壞巢穴，吃到裡頭的白蟻。神獸洛拉那一對又粗又長的利爪，也是這個用途嗎？

但是……為什麼會那麼彎曲？

像這樣爪子又長又彎的動物，還有樹懶。樹懶是一種南美洲特有的動物，平時生活在樹上，極少離開樹木，以樹葉及果實為食物。一天大部分的時間，樹懶都是以彎曲的長爪勾住橫向的樹枝，過著動也不動的慵懶生活。但神獸洛拉的身體太重，實在不太可能爬上樹。

驟然間，一道念頭閃過博士的腦海。博士感覺腦袋彷彿遭人重重一擊，差點發出「啊」的一聲驚呼。除了樹懶之外，還有另一種動物也擁有巨大而彎曲的爪子！

但是……那種動物與神獸洛拉實在相差太遠，很難想像牠們會有所關聯。

那是一種名為「大地懶」的動物，外觀看起來像是巨大的樹懶。如今已經滅絕，只能透過化石研究。這種動物的身長足足有六公尺，體重據推測應該超過三噸，能夠以粗壯的尾巴及後腳站立，並以彎曲的鉤爪拉扯樹枝，食用樹枝上的葉子。除此之外，這種動物對於乾燥環境也有很強的適應能力，因為牠能夠將巨大的爪子當作鏟子，挖掘深埋在地底下的植物根莖來吃。但不知道為什麼，

大約在一萬一千年前，大地懶與其他數種樹懶類動物一同滅絕了。

嗯……真是耐人尋味。太子博士想著，不由得揚起了嘴角。思緒亂成一團，不知該從何整理起。好幾個疑問在腦海裡互相激盪，碰撞出點點火花。但博士深信找出答案的線索，就隱藏在這些火花之中。

龍二見博士愣愣的站著不動，不禁有些擔心。可想而知，博士一定受到了巨大的衝擊。但至少在今天之前，龍二從不曾見過博士露出這樣的神態。

雪丸的心裡似乎也有著相同的念頭，牠代替博士開口說：「洛拉閣下，請原諒我們帶了這麼多人跟動物前來叨擾。他是太子博士，特地從遠東的日本國帶著我們橫渡太平洋，只為了與你見上一面，請多多指教。」

雪丸恭恭敬敬的敬禮，其他隊員也跟著照做。

托頓將雪丸的話翻譯了出來。洛拉瞇起雙眼，視線在隊員們身上轉了一圈，面色慈和的點頭說：「歡迎各位遠道而來。你們的來意，黑頭鬼鴞已大致跟我提過了。只要是我知道的事情，我一定不會隱瞞。我也沒料到自己會活這麼多年。但如今我的生命泉水似乎也快乾涸了。好久好久以前，發生了好多不可思議的事情，各種動物都受到影響，大型樹懶呀、雕齒獸呀，我的朋友全都死光了。那副景象真是慘不忍睹……」

托頓進行翻譯的時候，洛拉閉上了雙眼，流露出痛心疾首的神情。直到托頓翻譯完畢，牠還是沒有開口說話。沉默了好一會兒之後，牠才說：「我一直苦惱著，什麼時候才能有機會回頭審視自己。為了獨自存活下去，我捨棄了身為雕齒獸的尊嚴，以及高貴的精神。我真的沒料到，事情會演變成那樣……我一直等待有一天能夠將這些往事全都說出來，請誰為我的行為做個評斷。如果能這麼做，相信我的心情會輕鬆不少。最近這個期盼愈來愈強烈，幾乎到了坐立難安的地步。剛好就在這個時候，你們竟然出現了，簡直是上天的恩賜。只要能夠澆熄我心中的煩惱之火，我就能夠安詳的離開這個世間了……」

博士聽完了托頓的翻譯後說：「謝謝你，有機會聽到真相，是一件多麼令人雀躍的事。除了南美洲之外，就連北美洲及中美洲許多大型動物，也在大約一萬一千年前滅絕了。目前科學界的主流觀點，是認為這些動物都被當時渡過白令海峽的人類屠殺殆盡了。當時的北美洲有巨大的猛獁象、美洲野牛，以及馬、駱駝的祖先，南美洲則有大型樹懶類動物，以及巨大的雕齒獸類動物。但我認為單靠人類的力量，要全部消滅這些動物，幾乎是不可能的事。

根據推測，人類從北美遷徙到南美最南端的巴塔哥尼亞，花了一千年的時間。這段期間就算有豐富的肉類食物，人口數量也不可能出現爆發性的成長。當然還有一種說法，是人類太過殘酷，逐漸演變出了毫無目的的殺害動物的風氣……」

太子博士說到這裡，沒有再說下去。

洛拉聽著托頓的翻譯，表情逐漸變得陰鬱，緩緩搖了搖頭。

「但我認為那套理論太過牽強附會。將人類的出現視為大型動物滅絕的原因，實在難以自圓其說。當然，我的意思並不是人類沒有那麼壞。我並不是要為人類辯護。事實上，人類的確是相當難以理解的奇妙動物。人類的內心同時存在著善的世界與惡的世界，並且會因為一點小事而在這兩個世界之間來回變化。

舉例來說，一個平日善良仁慈、具同情心、感情豐富、願意捨身救人的好人，一旦參加了戰爭，可能會為了國家而殘殺敵人、摧毀敵國的城市，甚至殺害無辜的孩童……從善到惡的變化可以如此巨大。

但是另一方面，像這樣的人也可能敬畏神明，悲天憫人，抱持著人溺己溺的崇高精神……」

太子博士說到這裡，表情因承受內心的矛盾與糾葛而扭曲。等到托頓翻譯完了之後，博士接著說：「我自己也是個平凡人，同樣抱持著善惡兩極的人類基本特質。因此對於部分學者所描述的那種邪惡、殘酷的人性，並不打算加以否定。

最初來到南美洲的人類，是美洲原住民的祖先，屬於蒙古人種。他們所使用的武器，只有石器、木材或獸骨的加工品，以及豎坑式的陷阱。想要靠這樣的武器殺害數百萬頭、甚至是數千萬頭巨大動物，根本是天方夜譚。然而那些巨型動物全部滅絕是不爭的事實，目前世界上僅存在牠們的化石。

洛拉閣下，你是那場滅絕事件的唯一倖存者。你不僅親眼目睹，而且還親身經歷。你是歷史的活證人，請務必為我們解開疑惑。

我能夠來到這個神祕國度，全是動物的功勞。既然我聽得懂動物的語言，向洛拉閣下詢問真相是我的使命。在路途上，我們遭遇黑森林裡的巫婆娜奇麗阻撓，差點全滅。幸好在動物的鼎力相助下，探險隊才倖免於難。而且因為這個偶然的契機，我們也化解了古代納斯卡王國的危機。多虧了這種種的因緣際會，我們得以獲准進入這個外人禁入的國家，成功與你見上一面。我認為能遇上這麼多幸運的巧合，證明了上天要讓我完成使命。

聽說你身體欠安，我們也不敢讓你太過勞累。但在不影響健康的前提下，能不能請你告訴我們真相？麻煩你了……」

太子博士深深低頭鞠躬，雪丸及其他同伴也跟著鞠躬。

博士這段話有點長，所以途中暫停了好幾次，先讓托頓翻譯。神獸洛拉聽完了博士的話，好一會兒沒有應答，只是神色哀戚的閉上了雙眼。

房間裡的氣氛沉重得彷彿是在守護臨終前的親人。

洛拉微微睜開雙眼，語重心長的說：「那已經是很久很久以前的事了。由於那副景象實在太過悲慘，我一直試著想要遺忘，但那往事就像是流竄於記憶深處的滾燙岩漿，想忘也忘不了。

那些不知來自何處的人類，在這場悲劇裡只能稱得上是配角而已。當時滅絕的可不只有大型動物而已，還有一種名為『南蹄類』的南美洲獨特有蹄類動物，同樣也滅絕了。

當時到底發生了什麼事？我會告訴你們我所知道的一切……包含我自己的親身經歷，以及我的犰狳朋友姬兒的遭遇，毫不隱瞞。不過我今天有點累了，明天再開始吧。我得先整理一下思緒。」

神獸洛拉說完後，靜靜閉上了眼睛。

托頓翻譯完最後一段話，對大家說：「今天先到這裡為止吧。洛拉閣下似乎累了。」

「謝謝你，洛拉閣下。我們這趟冒險終於有了回報。請多多休息，保重身體。明天見。」

大家都因滿懷感激而心頭發熱，向洛拉低頭致謝。接著博士便催促其他四名同伴退出了房間。

方針會議

一行人回到住處之後，立即召開了一場方針會議。對於神獸洛拉明天會說出什麼驚人的話，大家都相當期待。

龍二的腦海浮現了洛拉無比悲傷的神情。那麼多種類的動物在同一時期滅絕，可見當時的景象一定相當悲慘，應該有許多不忍卒睹的場面吧。

太子博士等到所有隊員都在桌邊坐下後，開口說：「到目前為止，可說是相當成功。洛拉答應要說出當年的歷史了。我們冒著生命危險來到這個國家，現在終於有了回報。雖然小百合與黑頭鬼鴞曾在鬼門關前走了一遭，但所有隊員目前都安然無恙，是我最感到欣慰的一點。接下來……雪丸，你有沒有什麼計畫？」

雪丸起身說：「有的，但細節部分還得與大家討論之後才能決定。明天前往會見洛拉閣下的成員，與今天相同。請龍二與小百合負責記錄，貝卡哈雅負責傳話。留守待命的隊員則由黑駒負責管理。麻煩大家了。」

黑駒點點頭，以馬蹄在地面輕敲兩下。

雪丸接著說：「留守的隊員們向塔蘭、圖拉父子請教耕種的技巧，全都下田耕種。猴子奇奇、野兔丘治、鼬鼠葛佩負責採集山菜及樹果，有不懂的就問圖拉。至於荷拉吉，當然負責抓魚。這樣的安排，大家覺得如何？」

博士點頭說：「我所想的也大同小異。但有一個問題，那就是目前我們只能透過翻譯來理解洛拉說的話。如果是單純的溝通，仰賴翻譯並不是什麼大問題。但這次的情況截然不同，我們交談的內容可能非常多，若以字數來看，搞不好還能寫成一本書。如果每次都透過翻譯，需要花費的時間可能是直接詢問的兩倍以上。何況托頓也會疲勞，一旦勞累，翻譯的正確性可能會受到影響。所以說，如果我們沒辦法解決這個問題，很可能會在記錄的過程中遭遇困難。」

博士說到這裡，吸了一口菸斗，吐出紫色的煙霧。

「因此，我們應該積極向托頓學習洛拉所說的古代星尾獸語。雖然需要耗費不少心力，但只要努力學習，我相信不久就能理解洛拉說的話。這麼一來，不僅交談只需要一半時間，還可以直接問洛拉問題。何況使用相同的語言能拉近彼此的距離，將來我們就能更加容易理解洛拉的心情。

然而，我們沒有時間慢慢學習，必須要在最短的時間內盡全力學會洛拉的語言。有些語言很不容易，有些語言相對之下較為簡單。尤其是發音的部分，往往是最困難的關鍵。雪丸，你是語言天才，我們都把希望放在你身上了。你聽了洛拉的話之後，覺得難不難？」

雪丸輕輕一笑，「感覺不算太難，文法也相當單純。但在發音上使用了相當獨特的搭嘴音。搭嘴音又叫作咂嘴音，是吸氣音的一種。洛拉的舌頭結構似乎跟我們很不一樣，大概類似托頓，有著方便食用白蟻的長舌頭吧。雖然發音獨特，倒也不至於聽不清楚。博士，你在語言方面的資質比我更優秀，建角對學習語言也相當在行，要學會應該不是難事。但是龍二與小百合能不能跟得上，倒是讓我有點擔心。」

「謝謝你，雪丸。聽你這麼說，我放心了不少。龍二、小百合，你們覺得呢？有辦法跟得上嗎？尤其是小百合，體力可能還未完全恢復。如果有困難的話，我可以把你們轉調到耕種組或料理組。」太子博士看著龍二及小百合。

龍二站了起來，激動得滿臉通紅。

「我是以博士助手的身分加入了探險隊。如果在這種關鍵時刻沒辦法貢獻心力，那就太失職了。我一定會盡最大的努力學習，就算要昏倒也會咬牙苦撐下去。」

小百合也跟著起身說：「謝謝博士總是這麼關心我。不過請別擔心，我的身體已經完全康復了。我本來就對學習語言很有興趣，洛拉說的語言讓我感覺聽起來相當舒服。有機會學習已經消失的語言，我認為是一件很美好的事。我相信我一定能夠樂在其中，請博士給我這個機會，千萬不要把我轉調。」

博士聽了兩人充滿熱誠的發言，不禁感到相當欣慰。果然年輕就是本錢。

「既然如此，你們就留在學習組吧。對了，有一件很重要的事，忘了跟大家說。洛拉並不是我在化石中看過的那種星尾獸。身體的形狀、鼻頭的兩根角、下巴的鬍鬚，還有尾巴的尖刺，都與星尾獸不太一樣。不過牠確實是雕齒獸亞科星尾獸屬底下的生物，這點應該不會有錯。為了方便稱呼，我們還是叫牠星尾獸吧。這麼一來，我們的隊名『星尾獸探險隊』也不用變更。總而言之，雖然有點誤差，但不影響原訂計畫。

今天的會議就到此結束。

建角，麻煩到托頓的家裡，將我們的結論告訴牠，請牠教我們星尾獸語。你一定要再三懇求，直到牠答應為止。如果牠不答應，就賴在牠家不走好了。」

「明白了，我一定會達成使命。」八咫烏建角信誓旦旦的說完，就振翅飛走了。

過了非常久的時間，正當大家等得不耐煩的時候，建角終於回來了。

「如何？順利嗎？」雪丸問。

「真是累死我了。剛開始，牠臭著一張臉，一直說辦不到。我一下子安撫牠的情緒，一下子講道理。牠就是不肯點頭同意，還說『我從來沒教過，也不知道從何教起。就連當你們的翻譯，也是國王的命令，我根本一點也不想做』。後來我跟牠說，只要我們學會了星尾獸語，牠就不用再辛苦翻譯了。雖然剛開始比較麻煩，卻是一勞永逸的作法。牠聽了之後，才有點心動。最後跟我說，只要我們能想出輕鬆的教法，要牠教也不是不行。我想這樣應該算是答應了，對吧？我累死了，先讓我喝一杯咖啡吧。」

建角臉上汗水涔涔，一副如釋重負的神情。

「辛苦你了。不愧是建角，做得真是太好了。」

雪丸稱讚了建角一番，接著說：「不過，要找到快速見效又輕鬆的教法，恐怕不容易。如果像『○○語入門』之類的基礎教材一樣，從打招呼及『這是書』之類的簡單文法教起，肯定來不及。語言學習跟聽不聽明沒有任何關係。例如英國的孩童一定學得會英語，法國的孩童一定學得會法語，非洲馬賽人的孩童一定學得會馬賽語。與其說是學習，不如說是在日常生活中自然而然記住。」

博士接著說：「我想到一個可以讓托頓非常輕鬆的方法了。托頓要做的事其實就跟今天一模一樣，洛拉說話的時候，由托頓負責翻譯。但我們要做的事有些不同，首先由我跟雪丸將洛拉的發音記錄下來，不管使用什麼文字，甚至夾雜各種符號都沒關係。總之就是選擇我們自己覺得輕鬆、方便的記錄方式。至於龍二及小百合，則負責將托頓翻譯的話記下來。但是與洛拉結束談話後，必須請托頓再安排一個小時的時間，讓我們問問題。回到家裡之後，我們再來對照星尾獸語的發音及托頓翻譯出來的內容。這麼一來，應該就能逐漸理解星尾獸語了。雪丸，你覺得這樣如何？」

「嗯，這個作法很好，但龍二與小百合可能會感到有些吃力……龍二、小百合，你們做得到嗎？」

「我們一定會全力以赴。」兩人不約而同，以堅定的語氣說。

一想到能夠學會世界上沒人知道的星尾獸語，兩人就興奮得全身顫抖。

太子博士於是向八咫烏建角說：「建角，勞煩你再跑一趟，把我們剛剛的結論告訴托頓。你就跟牠說，牠只要照舊為我們翻譯就行了，我們會自己學習星尾獸語。太陽快下山了，你快出發吧。」

「好，我想牠一定會很開心。」

建角說完這句話，便振翅飛上了天空。

大家吃完了晚餐後，都各自早早回房間休息了。從明天起，大家都肩負著重要的使命，所以今晚必須好好養足精神才行。

龍二與小百合回到房間後，以茶壺泡了日本茶，各自倒了一杯。

小百合揚起嘴角說：「好好喝。雖然咖啡也不錯，但還是喝茶能讓我心靈平靜。想要品嘗好茶，就不能心情焦躁。目前為止我們的計畫進行得相當順利，真是太好了。明天終於要進入緊要關頭了，一想到就好興奮。」

「簡直像生活在夢境裡的世界。雖然我們的學歷只有小學畢業，但明天要負責的工作可是跟研究所學生或專業研究人員沒什麼不同。我很興奮，卻也擔心沒辦法勝任。」

龍二將茶含在嘴裡細細品味。小百合露出心滿意足的表情，「一定沒問題的。不過……我有時候會聽不太清楚托頓說的話。畢竟牠的舌頭結構跟我們完全不同。為了吃螞蟻，牠的舌頭長得像吸管一樣，至少有二十公分長。」

「我也正在煩惱同一件事。不過，反正我們結束後還可以互相對照彼此寫的內容，把沒聽懂或聽錯的地方補上或修正。我真的很慶幸能跟妳一起做這件事，如果只有我一個人，一定會手忙腳亂吧。」

兩人互看一眼，各自發出會心的微笑。

自隔天起，大家都變得非常忙碌。神獸洛拉似乎對這場對談也抱著特別的期待，竟然決定將時間提前至兩點開始。

一行人進入皇宮時，洛拉早已在瑪瑙的房間裡等待了。洛拉將沉重的上半身倚靠在一顆木製的大枕頭上，旁邊有一片枯草鋪成的坐墊，那是托頓的位置。洛拉及托頓的前方擺著幾張桌子，那是給太子博士及隊員們用的，方便擺放筆記本。

大家各自就座後，洛拉旋即開口說了一句話。「歡迎你們的到來，立刻開始吧。」托頓翻譯道。

博士回答：「謝謝你們，請多多指教。我們都非常期待今天的對談。不過，也請注意不要過於勞累了。」

托頓將博士的話翻譯給洛拉聽後，轉頭對博士說：「能夠有機會與你們對談，洛拉閣下非常開心。今天我們會一直談到四點，中間不休息。當然我也會盡可能做好翻譯的工作。其實有不少往事連我自己也不清楚，所以我對今天的談話內容也相當期待。如果有不明白的地方，等等我會給你們時間發問。」

「謝謝，麻煩你了。」隊員們各自表達感謝。

太子博士、雪丸及建角一方面仔細聆聽洛拉的話及托頓的翻譯，一方面勤作筆記。

龍二及小百合則忙著抄錄托頓的翻譯內容。

回到家裡後，大家也沒有閒下來。吃完了晚餐，博士繼續與雪丸、建角討論洛拉使用的語言。龍二與小百合則互相對照筆記本，務求讓紀錄正確無誤。如果遇上兩人都不明白的部分，就問雪丸。雪丸的記憶力非常驚人，總是能立即說出正確的答案。

十天之後，太子博士及雪丸、建角已大致能聽得懂洛拉說的話。但他們繼續仔細核對托頓的翻譯，努力學習星尾獸語。

兩個星期之後，已經可以由雪丸負責翻譯，托頓只偶爾修正翻譯內容，或是對雪丸聽不懂的部分進行解釋。自這個階段之後，效率開始大幅提升。又過一陣子，雪丸幾乎完美學會了星尾獸語，已經很少會遇到聽不懂的內容。就連龍二及小百合，也像大地吸收雨水一樣，逐漸開始理解洛拉所說的話。

洛拉從牠小時候開始說起。當時，這一帶放眼望去淨是草原，數種南蹄類動物與大羊駝過著和睦相處的生活。草原旁的森林裡則住著許多大地懶，洛拉在一個偶然的機會裡，跟一隻大地懶變成了好朋友。那是一個有如天堂般的和平世界，沒有任何紛爭。但自從發生了某件事情之後，這個天堂般的世界開始逐漸走樣，轉變成了有如地獄般的悲慘世界。每當洛拉提及那件事情，五官就會扭曲變形，有時甚至會眼眶含淚、深深嘆息，或是將臉埋在枕頭裡。

「那是一段多麼痛苦的回憶。如今我回想起來，也是心如刀割。為什麼會發生那樣的事情？對我來說，那就像是一場永無止境的噩夢。但就算是噩夢，只要這件事還殘留在我的心底，我就必須說出來。因為這正是我活到今天的意義。我等了這麼多年，如今命運終於為我派來了一群來自遙遠異鄉的使者。你們為了聽我說話，甘願冒著危險，千里迢迢來到這裡，我真的很開心。因為對我來說，你們是讓我能夠託付生命的對象……」

洛拉有氣無力的說完這幾句話，重新振奮精神，繼續說起了牠的故事。雖然剛開始約好四點結束，但每次總是會忍不住超過一些時間，有時甚至過了五點都還沒結束。往往洛拉還沒有喊累，托頓卻已經累垮了，把翻譯的工作全丟給雪丸，自己打起了瞌睡。

雖然內容有時會顛三倒四，洛拉還是每天努力對博士說出記憶中的往事。洛拉所描述的內容實在有些匪夷所思，但龍二與小百合還是鉅細靡遺的記錄下來，不敢有任何遺漏。這些內容經過整理，記錄於下一章。

第二章

分離與邂逅

彷彿要刺穿皮膚的強烈陽光，自遼闊無邊的蔚藍天空灑落。洛拉垂頭喪氣的走在草原上，心情鬱悶不已。

洛拉想來想去，還是不明白，母親兩天前為什麼會那樣對待自己。

當時，洛拉一如往常，想要依偎在母親身邊睡覺。但是當洛拉靠近母親那宛如小山一般的巨大背殼時，母親卻突然板著一張臉，將洛拉推開。

洛拉心想母親一定是誤會了什麼，哭喪著臉，重新走向母親，問道：「媽媽，怎麼了嗎？」母親卻惡狠狠的瞪了洛拉一眼，再度推開洛拉。

相同的狀況重複了四次，洛拉哭著說：「媽媽，怎麼了？我做錯了什麼事？為什麼妳要生氣？」母親沒有答話，將頭轉向另一邊。

洛拉又氣又急，以雙手雙腳踩踏著大地，喊道：「媽媽！為什麼……為什麼……」

母親偷偷朝洛拉看了一眼，表情相當悲傷，一滴眼淚自臉頰滑落。

洛拉難過得不得了，忍不住拔腿狂奔。心裡亂成了一團，只想拋開一切胡亂往前奔跑。洛拉不顧一切的狂跑，穿過了草原，穿過了碎石大地，穿過了茂密的灌木叢。

洛拉就這麼漫無目標的獨自在草原上前進，直到今天。整整兩天的時間，洛拉完全沒有進食。牠又累又餓，只能搖搖晃晃的走向不遠處的灌木叢。才剛抵達灌木叢，已用盡力氣，竟然就這麼睡著了。

夜色悄悄離去，大地恢復了明亮。

小鳥吱吱喳喳的喧鬧聲，讓洛拉醒了過來。眼前的灌木叢結了許多小巧的紅色果實，鳥兒們正吃著果實，開心聊著天。

洛拉伸出雙手，抓著灌木搖了搖。鳥兒們都嚇得飛走了。

肚子餓得不得了，洛拉挺直了背，摘下一些果實放進嘴裡。滋味酸酸甜甜，好吃極了。

洛拉吃了不少果實後，接著又吃了一些身邊的野草。幸好母親早已教導過哪些野草及果實可以食用，所以洛拉完全可以自己覓食。

飽餐一頓之後，洛拉沐浴著晨曦，正想要休息一下，腦袋裡突然又想起了母親。為什麼母親會那麼生氣？明明在生氣，又為什麼露出那麼悲傷的表情，還流下眼淚……？洛拉左思右想，實在是想不到答案。

就在這時，背後突然傳來了說話聲。

「那裡很危險，快到旁邊去。」

洛拉嚇了一跳，轉頭朝發出聲音的方向一看，那裡站著一隻犰狳。

「謝謝妳的忠告，請問是什麼危險？」

「呵呵，那片灌木叢裡住著一條毒蛇。雖然像你這麼大的傢伙，毒蛇一定吞不下，但被咬到了還是會中毒。而且中毒的傷口會非常痛，痛到讓你一邊繞圈子一邊喊疼。」

「原來是這樣，謝謝妳。但我沒看到毒蛇，牠還在睡嗎？」

洛拉打了個哆嗦，向犰狳道謝。

「是你運氣好，那條毒蛇昨天傍晚剛吞下三隻大青蛙，至少會在巢穴裡睡個三天三夜。你也知道，毒蛇都是懶惰鬼。好了，再見。」

那隻五帶犰狳說完之後，轉頭正要離開，洛拉趕緊大喊：「等等，我們能再聊一會兒嗎？」

「好啊，反正我不趕時間。」

犰狳停下腳步，轉頭看著洛拉。

「妳願不願意當我的朋友？我現在既害怕又寂寞。我明明沒有做壞事，卻被媽媽趕走，只能一個人流浪。我實在想不透，為什麼媽媽會那麼生氣，又露出那麼難過的表情……」

犰狳哈哈笑了兩聲，露出一派輕鬆的笑容，「你已經踏出了成為大人的第一步。依照正常的情況，你的母親一定比你早死，所以你必須有能力獨自活下去。一直待在母親的身邊，是沒辦法培養出獨立心的。你的母親一定是看你能夠獨自活得很好了，才會下這種決定吧。這就像是一

種代表從此能夠獨當一面的儀式。你的母親很了不起，這樣的作法比母子一起哭哭啼啼好多了，你要打起精神來。」

「謝謝妳，我終於明白了。但是，獨自生活真的好寂寞，妳願不願意當我的朋友？我的名字叫洛拉。」

「嗯，我的年紀比你大一些。不過當你的大姊姊朋友，似乎也很好玩。好吧，我答應了。我叫姬兒，就住在這附近。但你的身體至少超過一公尺吧？這麼大的身體，可進不了我家。」

洛拉與姬兒從此成了要好的朋友。對洛拉而言，能夠遇見姬兒實在非常幸運。姬兒彷彿成了洛拉的心靈支柱。接下來的故事，有不少內容是姬兒告訴洛拉的。

洛拉與姬兒總是玩在一起。牠們最常玩的遊戲是「踢球捉迷藏」。

姬兒的特技是把身體蜷曲在一起，變成一顆球的形狀。很多人都誤以為只要是犰狳，就會把身體蜷曲成球狀，但其實只有特定幾種犰狳才擁有這種本事。其中又以三帶犰狳的變身技術最為高明，能夠把頭、手、腳完全藏起來，變成一顆圓滾滾的球。姬兒是一隻五帶犰狳，雖然變成球的時候沒辦法像三帶犰狳那麼圓，但沿著山坡往下滾完全不是問題。

要玩「踢球捉迷藏」這個遊戲，首先第一步，姬兒必須變成球，然後由洛拉將姬兒踢出去。以洛拉的身體結構，要將球往前踢並不容易，因此洛拉總是轉身背對球，然後用腳將球奮力往後踢出。

在踢的瞬間，洛拉背對著球，看不到球往哪個方向滾動。所以洛拉必須趕緊轉過身子，才能看清楚球往哪裡滾。

但奇妙的是，球經常會憑空消失，一旦球滾進了數棵灌木形成的小小樹叢時，往往就再也找不到了。明明清楚看到球滾進了樹叢，但是不管怎麼找，就是不見蹤影，宛如被吸入了地底下一般。這個「踢球捉迷藏」遊戲的最大樂趣，就是洛拉必須想辦法找出姬兒。

姬兒經常會躲在洛拉完全料想不到的地方。有一次甚至還躲在洛拉的背後，洛拉找了老半天，說什麼也找不到，最後只好投降認輸。

洛拉問姬兒怎麼會跑到自己後面，姬兒的回答是「只要再變身一次就行了」。當一顆球在滾動的時候，任誰都能預測得出球會往哪個方向滾，這時腦海就會浮現預測的路線。因此要讓洛拉找不到，只要離開預測的路線就行了。實際的作法，就是伸出手腳，往洛拉料想不到的方向迅速移動。就算身體並沒有完全掩藏起來也沒關係，因為洛拉只會看著預測的方向，往往不會發現球的真正位置。姬兒笑著說，這說穿了其實算不上什麼了不起的技巧。

那一天，西方的天空難得出現了烏雲。青蛙「呱、呱、呱」的叫個不停。這陣子一直沒下雨，青蛙不僅皮膚變得乾燥，而且愈來愈虛弱。如果這時能來一陣及時雨，可說是靈丹妙藥。青蛙帶著雀躍的心情合唱起了祈雨之歌。不，那與其說是唱歌，其實更接近吶喊。

洛拉與姬兒約好了要玩踢球捉迷藏遊戲，但姬兒遲到了。正想著姬兒怎麼還沒來的時候，終於看見她小跑步往這裡來了。

「抱歉，我遲到了。吃早餐多花了一點時間。我在附近發現了一個白蟻窩，本來想說早餐吃一點就好，沒想到竟然找到了女王白蟻！通常女王白蟻都躲在最裡頭，沒有那麼容易發現，今天不知是吹的什麼風，竟然被我抓到了。而且那女王白蟻至少有十公分長，我已經好久沒吃到這麼豐盛的早餐啦！洛拉，真想讓你也嘗嘗看。」

「我才不要吃那種東西呢。那種像巨大蛆蟲的白色怪物，光想就覺得噁心。」

姬兒的主食是白蟻及螞蟻，洛拉則是植食性動物。洛拉一想到那巨大白蟻的模樣，不由得心裡發毛。

「我等妳好久了，快來玩吧。今天我一定會捉到妳。」

「好，今天我可是充滿了女王的能量。預備……」

洛拉轉身向後，奮力將姬兒踢了出去。

姬兒的身體以驚人的速度往前滾，不一會兒就進入一片平緩的下坡，速度更是愈滾愈快。

姬兒仔細觀察周圍，想要找個可以藏身的地方，卻找不到合適的地點。捲成了球狀的姬兒飛快的往前滾，突然感覺到輕微的震動，身體似乎撞上了某個柔軟的物體。

姬兒伸出了手腳，正想往另一個方向奔跑，突然被一隻巨大的手掌擋住了去路。

「喂，妳小心點嘛。人家正在開心睡午覺，妳突然撞上我的鼻子，真是太沒禮貌了。」

那動物一邊說，一邊將姬兒抓起，拋向空中。當姬兒落下時，又被對方接住，再一次往上拋。重複了這個動作大概十次，姬兒早已暈頭轉向，分不清東西南北了。

原來是一隻大地懶。

身長超過六公尺，全身包覆著褐色體毛，肚子高高鼓起，尾巴非常粗。但最驚人的是那四肢上的利爪。長度超過二十公分，朝內側彎曲，每一隻手掌上各有三根。

洛拉趕緊奔到那隻坐在地上的大地懶身邊，慌慌張張的道歉。

「對不起、對不起，都是我不好。是我踢得太用力，剛好又是下坡，才會沒有辦法閃避，直接撞了上去。叔叔，你還好嗎？有沒有受傷？」

大地懶笑著說：「哈哈哈，我沒事。如果是堅硬的石頭，或許有可能會受傷，但這顆球溫暖又柔軟。你放心，她馬上就醒了。喂，快起來吧，朋友來接妳了。」

大地懶輕敲姬兒的背，溫柔的喊了幾聲。

姬兒醒了過來，往左右看了兩眼，忽然跳起來拔腿奔跑。跑了大約三十公尺，才轉過頭來，露出一臉納悶的表情，似乎不曉得發生了什麼事。

「姬兒，對不起，我踢得太用力了。這位叔叔是好人，妳不用怕，過來這裡吧。」

姬兒畏畏縮縮的走了回來。

大地懶以尾巴撐起臀部，靠著兩隻腳站立起來。接著牠高高舉起手掌，以利爪勾住一根樹枝往下拉扯。

那樹枝上有不少成熟的黃色果實。大地懶叔叔摘下幾顆，放開了樹枝。樹枝一彈，又回到原本的位置。

大地懶叔叔將一顆果實放進嘴裡，接著給了姬兒跟洛拉各一顆。

「這是我最喜歡吃的水果，很好吃喲，你們也吃吃看吧。」

洛拉將果實放進嘴裡一咬，登時滿嘴甜香，美味的果汁在口中四下流竄。

「好好吃！我第一次吃到這麼好吃的樹果！這種樹實在太高了，平常我根本吃不到呢。叔叔，謝謝你。」

洛拉向大地懶叔叔道謝。

姬兒謹慎小心的朝著果實觀察了一陣子，才將果實放進嘴裡。「好吃！」她跟著大喊。

因為這起意外，姬兒、洛拉與大地懶成了好朋友。牠自稱「梅根」，是個溫柔善良的大叔。

落入坑洞

因為上回洛拉踢得太用力，姬兒的腰部受了傷，暫時不能玩踢球捉迷藏遊戲了。

雨季剛結束後不久的日子，對動物來說是最幸福的時期。草原上開始冒出嫩草，稀疏散布的灌木也熬過了痛苦的乾季，如今正甩去枯葉，長出鮮嫩的綠葉。

草原上隨處可見鹿、南蹄類動物、大羊駝之類的動物，以及大食蟻獸等等。有的在覓食，有的在休息，有的在奔馳。星尾獸及其他雕齒獸類動物走起路來就像小山在移動，犰狳及食蟻獸則忙著以利爪破壞蟻窩，或是吃著列隊前進的螞蟻或白蟻。

附近有一座小小的湖泊，如今湖水相當豐沛且清澈，裡頭游著不少雁鴨。不遠處則有一座茂密的森林，一條小河自森林中蜿蜒而出，匯入了湖泊。

森林的北側是一片莽原，森林及莽原中間還有一塊疏林地。疏林也是一種林地類型，但樹木的間距不像森林那麼密集，地面上長著灌木及各種草本植物。疏林是大地懶最喜歡的生活環境。這裡有著豐富的食物資源，而且要前往莽原或森林都很方便。

這一帶大致上很和平，偶爾會出現一隻年老的美洲豹，來此獵食鹿類或南蹄類動物。老美洲豹平常都住在森林裡，但有時為了尋找獵物，也會來到草原上。

草原上的動物大都擅長奔跑，老美洲豹跑不快，通常只能獵捕到年老或生病的動物。老鹿的骨頭和肉又硬又澀，在老美洲豹的心中留下了草原動物都很難吃的印象，所以老美洲豹並不常到草原上來。

其實洛拉並不太需要擔心遭到獵食。洛拉的全身都受堅硬的甲殼包覆，還能以尾端有尖刺的長尾巴阻撓敵人的攻擊。單以軀體的完美武裝而言，能夠比得上星尾獸的動物可說是少之又少。

好久沒見到姬兒了，不知道她最近好不好。真想玩踢球捉迷藏，不曉得她的腰痛好點了沒。早餐也吃過了，去找牠聊天吧。

這一天，洛拉哼著歌，慢條斯理的走向姬兒的家。就在即將抵達的時候，前方竟傳來了尖叫聲。洛拉停下腳步，豎起耳朵。那聽起來是姬兒的聲音。為了聽得更清楚，洛拉以尾巴撐住地面，使用後腳站了起來。這時洛拉的背殼已成長至一點五公尺左右，因此只要以後腳站立，不僅能將周圍景色看得一清二楚，也能夠更清晰聽見遠方傳來的聲音。

那宛如要撕裂空氣一般的尖叫聲……沒錯！是姬兒！

洛拉將身體往前傾，恢復四腳站立，急急忙忙的奔向姬兒家。

姬兒所居住的洞穴，位在一片平緩的斜坡上。由於這一帶的丘陵地長滿了灌木，從外頭很難發現洞穴的入口。姬兒將巢穴設置在丘陵的中腹地帶，是為了提防下雨。如果設置在坡底，一旦下起豪大雨，雨水流進了巢穴裡，馬上就會淹死。

洛拉忍不住發出「啊」的一聲驚呼。姬兒的巢穴前方有一隻動物，黃色的體毛配上黑色的斑紋……是美洲豹！

姬兒有危險了！

美洲豹將身體的前半段鑽進了巢穴裡。洛拉雖然不清楚姬兒的巢穴有多深，但應該不會太深才對。

洞穴裡正不斷傳出以爪子撥土的聲音。看來姬兒正以雙手利爪不斷挖土前進，企圖逃離美洲豹的襲擊。

洛拉急忙大喊：「姬兒！姬兒！我來救妳了！」

姬兒沒有回應。她恐怕已經被逼到洞穴的深處，根本沒辦法回答。

洛拉揪住了美洲豹的尾巴，用力向後拉扯。那尾巴相當粗，有著結實的尾部肌肉。被洛拉這麼一拉，美洲豹的屁股微微顫動了一下，黃褐色毛皮上的黑色斑紋彷彿都跳了起來。

洛拉更加使盡了力氣拉扯。

美洲豹的屁股逐漸往上隆起。牠迅速一個縮身，整個身體離開了洞穴。

「這裡是我朋友的家！你這隻貪吃的貓！」

洛拉大喊的同時，美洲豹猛然回頭，朝著洛拉撲來。

美洲豹一口咬住了洛拉的硬殼，發出「嘎嘎」聲響。但就連那宛如短劍般的利牙，也難以貫穿洛拉的背殼。

洛拉急忙以後腳站立起來，甩開了美洲豹的利牙。

美洲豹發現自己的攻擊沒有奏效，立即縮起身子，企圖重整攻勢。下一擊，牠打算撲上來咬住洛拉的喉嚨。

洛拉突然轉身向後，接著仰天倒下，企圖以背殼將美洲豹壓扁。

這個奇招讓美洲豹霎時心驚膽跳。但美洲豹畢竟是身體柔軟的貓科猛獸，趕緊閃身跳向旁邊，避開了洛拉背殼的攻擊。美洲豹倉皇想要逃走，卻沒有發現自己的尾巴被壓在背殼底下。牠只顧著拔腿狂奔，忽然「啪」的一聲，尾巴竟然斷成了兩截。

「姬兒，妳沒事吧？」洛拉朝著洞穴深處大喊。

洞穴內沒有傳出任何聲響。

難道被吃掉了？洛拉惴惴不安的朝洞穴內又喊了一次。

「姬兒，那傢伙逃走了！我本來想要壓扁牠，結果扯斷了牠的半截尾巴！其實那傢伙也不怎麼厲害嘛，不用害怕。幸好我及時趕到，真是千鈞一髮。」

洞穴內傳出了細微的說話聲。

「洛拉，謝謝你。我現在就出去。」

一陣簌簌聲響之後，姬兒探出了頭來。她面如土色，顯然害怕到了極點。

「太好了，得救了。簡直像在做夢呢。牠摸到我的殼時，我本來還以為死定了。沒想到你會在這時出現，真的很謝謝你。」

「妳為什麼不繼續往洞裡挖？難道是挖到大石頭了？妳不是常常得意洋洋的說自己是挖洞高手嗎？」

「我是啊，但今天是例外。原本我在外頭晒太陽，那傢伙靜悄悄的靠近，突然朝我撲過來。我趕緊朝牠甩了一掌，逃進巢穴裡，我的右手爪子因為這樣受傷了。那傢伙不死心，竟然不斷把洞挖大，想要鑽進來咬我。」姬兒無奈的咬著嘴脣說。

「原來如此，妳因為右手痛，沒有辦法順利挖洞逃走。還好我趕到了，真是好險呢。」

「沒錯，你要是沒有出現，我現在已經死了。洛拉，你是我的救命之神。」

姬兒對著洛拉雙手合十膜拜。她的右手手背有著明顯傷痕，還在微微滲出血來。

洛拉尷尬的說：「姬兒，別這樣。一定是妳平日做了很多好事，才能這麼幸運。我今天只是突然想來找妳玩，根本沒想到會救妳一命。現在妳的手受傷，今天不能玩了，妳就好好休息吧。那傢伙知道我是妳的朋友，應該不敢再來招惹妳才對。好了，我先走了，要保重哦。」

洛拉以輕快的步伐踏上了歸途。一路上，牠感覺內心有股莫名的雀躍。

就在通過一棵大樹旁的時候，樹幹後頭突然傳來了說話聲。

「你好像很開心呀！扯斷別人的尾巴，這麼有趣嗎？」

老美洲豹從樹後緩緩探出了頭。牠高高舉起只剩一半的尾巴，刻意在洛拉面前搖晃。接著牠擺出了撲擊的動作，可怕的尖牙在陽光下閃閃發亮。

洛拉趕緊又以後腳站立起來。

「哼，你只有這一招嗎？對我已經不管用了。」老美洲豹不屑的說。

正當洛拉想要仰天翻倒，以沉重的身體將美洲豹壓住的時候，心裡忽然察覺不太對勁。美洲豹似乎一點也不害怕，而且臉上還露出狡猾的笑容。

接著，洛拉看見美洲豹的腹部白毛底下，隱約露出了一塊尖銳的石頭。如果自己真的以背殼朝美洲豹壓下，美洲豹一定會閃身跳走，讓自己的背殼撞在尖石上。如此一來，自己肯定會受重傷。

洛拉趕緊恢復四肢站立的姿勢，轉身向後，揮出宛如棍棒般的尾巴。

美洲豹敏捷的縱身避開。洛拉趁這時趕緊拔腿逃走。

當然若要比奔跑速度，洛拉絕對比不上美洲豹。每當美洲豹逼近，洛拉就揮舞尾巴抵禦。

洛拉使盡力氣往前奔跑，美洲豹卻一直窮追不捨。只要洛拉一露出破綻，美洲豹就會毫不留情的撲上來撕咬。

「啊！」

洛拉突然發出一聲尖叫，掉進了一個巨大的坑洞裡。坑洞周圍長滿了雜草，再加上洛拉跑得太急促，竟然沒看見。洛拉一頭栽了進去，翻滾了兩圈，不斷往坑底跌落。

坑洞的深度大約有五、六公尺，洛拉就算以後腳站立起來，高度也不到坑洞深度的一半。坑洞的寬度約四公尺見方，並不算狹窄，所以洛拉的身體可以自由移動。坑洞的底部地面也長滿了野草。

跌落坑底的衝擊力，令洛拉縮起了身子好一會兒。幸好洛拉把身體保護得很好，全身上下都沒有受傷，唯獨左手的爪子有點擦傷。

頭頂上忽然傳來一陣哈哈大笑。

抬頭一看，美洲豹趾高氣揚的自坑外探出頭來。

「哇哈哈哈哈！你上當了！我本來就打算把你誘進這個坑裡，沒想到你這蠢小子非常配合，自己往這個坑的方向逃跑！我其實什麼也沒做，只是在後頭假裝要攻擊你而已。現在你就在裡頭等著餓死吧。少了一個礙事的傢伙，心情真是暢快。我走了，再見。」

美洲豹在大笑聲中轉頭離開了。

可惡，下次我一定要用尾巴好好敲牠一記。洛拉氣呼呼的想著。

但是在那之前，得先想辦法離開這裡才行。

確認身體沒有受傷後，洛拉忽然覺得肚子好餓。幸好坑洞的底部長了不少草，洛拉開心的吃了起來。但吃了一會兒之後，洛拉突然想到一件事，不敢再吃下去。

洛拉轉頭仔細查看坑洞內的景色。這似乎是一個存在已久的坑洞，底部跟壁面都長了一些草。但壁面幾乎與大地呈垂直，想來想去，實在想不出如何才能逃出坑外。

如果自己有著像鹿一樣柔軟而輕盈的身體，以及優秀的跳躍能力就好了。過去洛拉總瞧不起鹿的纖細四肢，覺得那樣的腳只要輕輕一擊就會折斷，如今卻羨慕得不得了。

星尾獸的特徵是全副武裝的身體。除了像岩石一樣堅硬的甲殼之外，還有足以將絕大部分敵人一擊打倒的尖刺棍棒。鹿的保命方法是逃走，而星尾獸的保命方法是將四肢縮進殼裡，兩者可說是截然不同。

算了，再羨慕也沒用。我就是我，只能以自己的智慧及武器來找出逃生的辦法……但就算想出了辦法，要實現恐怕也沒那麼簡單，不知得花上幾天時間。

洛拉迅速在腦中思考對策。

最大的問題在於食物。在小小的坑洞裡，自己能吃的食物只有周圍的野草而已。如果毫無節制的吃下去，轉眼之間就會吃個精光。

「呵……呵呵……」洛拉忍不住譏笑起了自己的命運。

想了老半天，最後洛拉想出的辦法是在壁面上挖出階梯。但壁面幾乎是垂直的狀態，就算挖出了能夠踩踏的階梯也沒用。因為如果太過陡峻，以星尾獸的身體結構，只要走上兩、三階，身體就會向後翻倒。

要解決這個問題，最好的做法就是先挖出一片不會讓自己的身體向後翻倒的平緩斜坡，接著才在斜坡上挖出階梯。這當然是最理想的作法，但要挖得出來，勢必得耗費龐大的時間與勞力。如果不趕快行動，就算把草都吃光了也挖不完。

洛拉規定自己一天只能吃一公尺見方的草，這已經是最低限度的量了。但即使如此，坑洞裡的草還是吃不了幾天。無論如何，必須在吃光所有的草之前，挖出逃脫通道。

問題是……真的做得到嗎？洛拉自己也不知道。牠從來沒做過，所以沒把握。但洛拉決定立即動手挖。與其東想西想，不如實際做做看。

不管做任何事情都一樣，洛拉從來不會將整個計畫從頭到尾設想妥當之後再付諸行動。只要有了大致的構想，洛拉就會馬上開始執行。當然過程中一定會遭遇困難，但是洛拉喜歡等遇上了困難再來想辦法解決。簡單來說，就是一種走一步算一步的個性。

洛拉以為自己的計畫應該可行，卻沒有顧慮到自己的左手爪子已經受傷了。開始挖掘壁面之後，左手的痛楚愈來愈強烈。到了第三天，手掌腫起，連手背也變得通紅，手指隱隱作痛，整隻左手都使不出力氣。

除了飢餓之外，更大的問題是無水可喝。唯一的水分補給來源只有當作食物的那些草。洛拉好想喝水，但沒有任何可以得到水的辦法。

這時洛拉深深感受到了太陽的殘酷。太陽總是從那萬里無雲的蒼穹之上，毫不停歇的將灼熱的光線灑落地面。幸好當太陽在天上的位置偏移之後，周圍的壁面會形成陰影。但是洛拉的背殼高度超過一公尺，必須等到太陽快要下山的時候，身體才能完全進入陰影之中。

由於太過飢餓，洛拉總是會忍不住吃掉超過一天分量的草，因此草的消耗速度比預期更快。幾天之後，坑底的野草都吃得一乾二淨，只剩下生長在壁面上稀疏的幾叢野草。

飢餓、口渴、左手疼痛，以及來自天上的無情陽光，讓挖掘效率變得非常差。雖然好不容易挖出了預定路徑的一半，但接下來的進展速度只能以龜速來形容。

所有能吃到的草，終於全吃光了。長期缺乏水分，喉嚨又乾又疼。

一天的大部分時間，洛拉都是窩著身子，靜靜的躺著不動。在半夢半醒之間，各種夢境在洛拉的腦中浮現又消失。這時的洛拉幾乎可說是存活在夢境之中。

驀然之間，背殼上傳來尖銳聲響，令洛拉驚訝得睜開了雙眼。原來是一顆跟自己的頭差不多大的石頭掉了下來，在背殼上撞了一下。

「你還活著嗎？」

頭頂上傳來難聽的聲音，同時飄來一陣腥臭味。

洛拉忍不住抬頭往上看。

坑洞旁邊有一條巨蟒，正探頭望著自己。

「嘻嘻嘻，我本來還以為有獵物掉進洞裡了，原來是頭星尾獸。我對你可是一點興趣也沒有。如果咬住你的頭，或許有那麼一點意思，但除此之外，你對我來說，就是個沒用的大塊頭。」

蟒蛇以各種酸言酸語調侃洛拉。

很久以前，這條蟒蛇曾經攻擊過洛拉。當時洛拉揮出棍棒尾巴，前端的尖刺順利擊中了蟒蛇的頭。蟒蛇仰頭翻倒，昏厥了一陣子，但馬上又跳了起來，轉眼間就溜得不見蹤影。

就算是蟒蛇，也不可能將有著硬殼的巨大星尾獸一口吞下。但如果遭蟒蛇咬住頭部，就算是星尾獸也會有生命危險。因為蟒蛇會將星尾獸的頭硬生生拉出殼外，靠著口中的強大吸力，將星尾獸的頭不斷往肚裡吞，最後經由蛇的食道進入腸胃之中。

洛拉曾經親眼目睹過一次這種駭人的景象。

因此，當星尾獸遭到蟒蛇攻擊時，第一步要試著以棍棒尾巴反擊，如果沒有奏效，第二步則要將頭及四肢緊緊縮進背殼裡，整個身體只露出堅硬的背殼，別讓蟒蛇有下嘴的地方。

自坑洞外探頭的那條蟒蛇，從前曾被洛拉的尾巴擊中過一次。牠一直懷恨在心，才會想要趁這個機會好好譏笑洛拉。

洛拉這時已經連動怒的力氣也沒有了，只能大喊一聲「隨便你怎麼說都行」。洛拉自以為喊得很大聲，但實際發出的聲音微弱得幾乎聽不見。

「嘻嘻嘻……」蟒蛇發出猥瑣的笑聲，不斷吞吐著前端分岔的細長舌頭，繼續譏諷，「別看我這樣，我也是有點同情心的。來，這原本是我的食物，給你吃吧。」

蟒蛇說完這句話，將一隻大青蛙扔下了坑洞。「波」的一聲輕響，大青蛙撞上坑底，失去了意識。

「嘿嘿，這個好吃極了。吃了之後，保證你能多撐個兩、三天。來，再給你一點配菜。」

蟒蛇說得尖酸刻薄，朝坑內扔下一些野草。

洛拉忍不住抬起頭，正想要懇求多扔一些草下來，卻聽見「颼」的一聲輕響，一條銀色的棍棒從洞穴的上方射了過去。

原來是那條蟒蛇縱身一跳，從洞外的這一頭跳到了另一頭。這一跳至少有十公尺遠吧。自坑洞上方飛越的時候，腹部的鱗片反射了銀色光輝。

洛拉愣了一下，不知蟒蛇這麼做是什麼意思。片刻之後，蟒蛇又探出了頭，嘴裡還咬著另一隻大青蛙。牠將蛇頭高高抬起，故意在洛拉面前將青蛙晃了兩下，接著突然將青蛙一口吞下。

「嘻嘻嘻，真是太美味了。你也快吃吧。尤其是肚子裡的內臟，真是極品。」

蟒蛇說完這句話後，甩了甩深紅色的舌頭，接著便轉身離開了。

牠知道我是植食性動物，故意戲弄我。我怎麼能吃青蛙？

洛拉氣得朝地上的青蛙踢了一腳。

那隻青蛙撞在壁面上，發出了「吱」一聲尖叫。

洛拉轉頭望向青蛙。那隻青蛙趴在地上，向外突出的一對眼珠含著淚水，以充滿恨意的眼神望著洛拉。

哼，我才不想管你呢。洛拉自暴自棄的閉上雙眼，將頭縮在背殼裡，自顧自的昏昏入睡。

青蛙對洛拉的戒心非常重。只要洛拉一移動身體，牠一定會趕緊逃到洞內的另一頭。

洛拉根本不在乎那隻青蛙在做什麼。比起飢餓，更讓洛拉難以忍受的是口渴。好想喝水，即使只有一滴也好。洛拉縮著身子，嘴裡呢喃著：「水……我要水……」

陰影是洛拉在坑洞裡的唯一朋友。洛拉從來不曾如此憎恨過太陽。每當太陽西斜，坑內壁面出現陰影，洛拉就會拖著沉重的身軀，躲進陰影裡。

青蛙總是待在與洛拉相對的另一頭，只要洛拉移動，牠也會跟著移動。但這也意味著牠必須一直曝晒在太陽之下。青蛙的皮膚非常害怕乾燥，一旦身體失去水分，就會活不下去。對青蛙而言，乾燥就等於死亡。

為了躲避烈陽的蒸晒，青蛙只好悄悄往有陰影的壁面移動。洛拉看在眼裡，心中的怒火早已熄滅了，所以沒有驅趕牠。最後青蛙躲進了洛拉背殼的陰影下。

不知不覺，洛拉對這隻青蛙產生了親近感。仔細想想，這隻青蛙也是無緣無故被蟒蛇扔進坑洞裡，自己根本沒有理由對牠生氣。青蛙雖然害怕洛拉，卻承受不了酷熱，只好偷偷靠近洛拉，尋找稍微陰涼處窩身。

洛拉於是說：「你在那邊應該很熱吧？來我的殼底下吧。」

青蛙愣了一下，以難以置信的表情看著洛拉。

「你放心，我不會生氣。」洛拉說。

青蛙露出如臨大赦的神情，跳到了洛拉的殼下陰影處。

「謝謝，我叫羅格。我會安分待在這裡，不會給你添麻煩。啊，有種撿回一條命的感覺。」

青蛙以微弱又沙啞的聲音說。洛拉只是點了點頭，沒有回答。

看來牠也很渴。整個身體都要晒成乾了。

洛拉努力蒐集嘴裡的口水，將黏糊糊的口水嚥下肚。

就在這時，飛來了一隻蒼蠅，停在青蛙羅格眼前約七十公分處。羅格小心翼翼

的靠近蒼蠅，大約在相距二十公分的時候，羅格迅速張開了嘴巴。驟然間，羅格的口中射出一道紅色閃光，蒼蠅就這麼消失無蹤了。

那道紅色閃光其實是羅格的舌頭。青蛙的舌頭有二十至二十五公分長，前端像鑷子，具有極強的黏稠性。青蛙能夠將舌頭像箭矢一樣發射出去，纏住獵物後送回口中。說起像這樣獵捕昆蟲的專家，大家都會想到變色龍，但其實羅格獵捕昆蟲的技巧也與變色龍不遑多讓。

久違的大餐，讓羅格興奮得不得了，忍不住想要大聲叫好。

至於洛拉，則是根本不明白發生了什麼事。只知道好像有紅色線條從羅格的口中射出，接著蒼蠅便消失了。

「剛剛是怎麼回事？蒼蠅怎麼不見了？你從嘴裡吐出了什麼？」洛拉問。

「嘿嘿嘿，我是捕捉小蟲子的高手。你看著前面那顆白色的小石子。」

羅格再度張口，發射出黏稠的舌頭，下一秒小石子也消失了。

「吞這種東西，只是增加我的體重而已。」

羅格將小石子從口中吐了出來。

「原來如此，那隻蒼蠅被你吃了。一定很美味吧？」

羅格皺著臉說：「難吃，又乾又粗，一點湯汁也沒有，我把它吐掉了。」

「噢？」洛拉歪著腦袋說。睽違已久的食物，對青蛙來說應該非常珍貴才對。洛拉心想，牠一定是知道我肚子餓，不敢說真話。看來羅格是一隻善解人意的青蛙。

接下來的日子，洛拉依然過著忍受飢渴及為了躲避日晒而追逐陰影的生活。但自從羅格來了之後，洛拉的心情踏實不少。一想到身旁有個背負相同命運的患難伙伴，內心就湧起一股強大的求生意志。

飢餓相當難受，水分不足及強烈的日晒，更是讓洛拉感覺宛如置身地獄之中。意識愈來愈模糊不清，四肢異常沉重，口腔及喉嚨都極度乾燥，說起話來沙啞得連自己也聽不懂。洛拉感覺到自己的生命力已明顯下降，如果這個狀態再持續下去，不久之後，一定會完全乾枯，變成一座木乃伊吧。

驀然間，背上傳來了輕微的震動。洛拉在朦朧恍惚的意識中，隱約感覺到有東西跳上了自己的背殼。

那東西在背上像彈簧一樣跳個不停，大概是羅格吧。

「洛拉！振作點！太陽還掛在天上，現在不是睡覺的時候！」

洛拉聽見了小鳥們吱吱喳喳的談笑聲。坑洞外充滿了無限生機，與坑洞內的情境完全不同。

洛拉不自覺的緩緩向前跨步。

繼續挖吧……要逃離這個宛如地獄般的坑洞，挖掘通道是唯一的辦法！對生存的執著不斷命令自己，即使用盡最後的力氣，也要挖下去。

洛拉搖搖擺擺的走向逃走通道。但才正要踏上斜坡，就已沒了力氣，只好稍微休息一下。

就在這時，模糊的視野中突然出現了一些陌生的小東西。

仔細一看，那是一排正在行進中的白蟻。

洛拉的腦海浮現了姬兒的臉……白蟻正是姬兒最愛的食物。

羅格從背殼上爬了下來。這時的牠也瘦了不少，已經沒有跳躍的力氣了。

羅格一看見白蟻，立即發射出舌頭，纏住兩、三隻送進嘴裡。

「好好吃……」牠一邊呢喃，一邊繼續發射舌頭，將白蟻送進嘴裡。飽餐一頓之後，牠心滿意足的舔舔嘴唇。

這時洛拉的肚子卻發出「咕嚕咕嚕」的聲響。

洛拉不自覺的將一隻白蟻放進了嘴裡。舌頭輕輕一擠，一股過去從未嘗過的液體在乾涸的口中微微擴散，滲入縫隙中。

*這是什麼味道？*洛拉遲疑了一下，但此時已沒有力氣猶豫不決。對牠嚴重乾枯的身體來說，這一滴水簡直有如靈丹妙藥。

洛拉急忙將嘴湊向白蟻的行列，將倉皇逃命的白蟻一隻隻吸進嘴裡。這時已顧不得好吃或不好吃了。洛拉胡亂咬了兩下，便匆匆將白蟻送入胃袋。

白蟻出入的小孔再也沒有白蟻爬出來。

洛拉吁了口氣，有種終於恢復了思考能力的感覺。但下一瞬間，洛拉又不禁有些擔憂。這是自己從出生以來第一次吃白蟻，真的不會有問題嗎？既然姬兒及羅格經常吃白蟻，當然是不會有毒……但自己吃了，真的沒事嗎？會不會拉肚子？

然而奇妙的事情發生了，洛拉竟感到一股生命力自體內逐漸湧現。削瘦而虛弱的身體獲得了新能量，同時，洛拉開始相信「這正是讓自己活下去的新方法」。

沒錯，我應該吃白蟻，讓虛弱的身體慢慢恢復精力。等到有了力氣，我就可以繼續挖了。洛拉

如此下定了決心。

洛拉與羅格一同回到了陰影處。羅格開心的說：「真是太好了，洛拉。白蟻很好吃，對吧？不僅營養豐富，而且含有水分，比吃草好多了。」

「嗯……我剛剛只顧著把白蟻吞下肚，也分辨不出來好不好吃。不過我很慶幸，至少我現在恢復了一點精神。總而言之，我運氣不錯。」

過去洛拉從不曾將白蟻當作食物，甚至不曾仔細瞧上一眼。如今自己卻將白蟻吞下了肚，這讓洛拉感到坐立難安。然而自己恢復了精神，卻是不爭的事實。儘管無法獲得飽足感，但畢竟白蟻的營養價值很高，而且少量的體液也能發揮補充水分的效果，算是相當好的食物。

接下來有整整三天的時間，洛拉像發了瘋一樣，拚命抓白蟻來吃。

「你吃得這麼急，會讓白蟻產生戒心。雖然這裡白蟻不少，但也不能像這樣毫無節制的吃。我建議你還是少吃一點吧。」

羅格向洛拉提出忠告。

到了第四天，從小孔中爬出來的白蟻果然大幅減少，要等上好一會兒才出現一、兩隻。

洛拉憂心忡忡的問：「真傷腦筋，白蟻變少了，該怎麼辦才好？」

「還能怎麼辦？你這個傻蛋，我不是早就說過了嗎？現在只能暫時一隻都別吃，耐著性子等上一陣子。不久之後，牠們或許會再跑出來吧。」羅格皺著臉低聲說。

洛拉照著羅格的建議，暫時遠離了那個位於逃走通道上的小孔。但那小孔依然空空蕩蕩，一隻白蟻也沒出現。

洛拉凝視著小孔約有半天的時間，依然沒看到半隻白蟻，心裡不禁懷疑白蟻是不是都搬家了。

於是，洛拉又回到了為了追逐陰影而不停繞圈子的灼熱地獄之中。太陽不斷釋放出熱能，似乎完全不在乎洛拉的痛苦。洛拉感覺全身乾粗，喉嚨痙攣，口腔黏在一起，連口水也分泌不出來。腦袋鈍重不已，思緒都變得模糊不清。

至於羅格，則一整天都躲在洛拉的背殼陰影下，再也不必忍受日照之苦。

因為待在陰影裡，羅格變得精神奕奕。洛拉看在眼裡，心中不禁燃起怒火。

洛拉忍不住伸出手，將羅格推了出去。羅格在地上滾了好幾圈，不明白發生了什麼事。為什麼洛拉要把自己推開？牠在生什麼氣？

「洛拉，我做錯什麼了嗎？」羅格問。

洛拉將頭縮進了殼裡，沒有理會羅格。

灼熱的陽光令羅格感到難以忍受，羅格又悄悄靠近洛拉，進入了洛拉的陰影之中。

驟然間，「颼」的一聲響，洛拉將尾巴揮了過來。

羅格趕緊跳起，勉強躲過了這一擊。洛拉為什麼會突然暴怒，羅格實在是摸不著頭緒。

就在這時，一隻蟲子飛了過來，停在羅格面前。羅格發射長舌頭，將蟲子纏住，迅速送入口中。

洛拉的尾巴再度揮來。

羅格趕緊閃開，躲到了坑洞的角落。在這裡，就不用擔心會被洛拉的尾巴擊中了。

「哼，我才不想看你一個人過好日子。給我在那裡好好待著吧。」

洛拉不屑的說。但嘴裡又黏又乾，這句話到底有沒有傳進羅格的耳裡，洛拉自己也沒有把握。

不一會兒，洛拉昏昏沉沉的睡著了。與其說是睡著，倒不如說是意識過於朦朧，徹底失去了思考能力。

模糊的思緒之中，隱約浮現了那條巨蟒的臉，吐著前端分岔的暗紅色舌頭，對著自己說：「喂，你爭氣點。我不是已經給了你提振精神的食物了嗎？那玩意一點也不苦，而且飽含水分，美味極了。」

洛拉轉頭望向縮著身體窩在角落的羅格，肚子再度發出了「咕嚕咕嚕」聲響。

「那就是你的食物呀，嘻嘻嘻……」

當初將青蛙扔進坑裡的蟒蛇，發出了輕蔑的訕笑聲，接著臉孔逐漸模糊，彷彿受霧氣包圍，消失得無影無蹤。

若是從前的洛拉，此刻心中除了憤怒之外，絕對不會有其他念頭。但自從吃了白蟻之後，洛拉的性情有了極大的變化。此時的洛拉，已帶有肉食性動物的狩獵及殘暴特質，不再是原本那隻溫馴的植食性動物了。

洛拉舔了舔嘴脣，兩眼散發出異樣的神采。雖然嘴裡過於黏稠，導致舌頭的動作極不靈活，情緒卻異常亢奮。

驀然間，洛拉恢復了理智。眼前所謂的食物，可是青蛙羅格呀！自己到底是怎麼了？為何會出現如此可怕的念頭？洛拉帶著強烈的懊悔之心，再度陷入了昏睡。

洛拉在睡夢中感覺身體變得好輕盈，彷彿飄了起來。仰望天空，一朵朵七彩繽紛的雲朵。難道自己已經死了，靈魂正要升上天堂？

洛拉不自覺的抓住了有如屍體般躺在自己身旁的青蛙羅格。羅格的皮膚乾燥龜裂，感覺不出來還有沒有呼吸。

不一會兒，洛拉降落在一團有如被窩般柔軟的雲朵上。

「水……水……我要水……」洛拉即使在睡夢中，也渴望著水的滋潤。

不知何處傳來了「嘩啦嘩啦」的聲響。那是瀑布的水聲。只要到那裡去，就有喝不完的水了。洛拉想要往前奔跑，身體卻不聽使喚。

洛拉拚命掙扎，四肢卻像是被人打了麻醉針一樣動彈不得。「救命啊！誰來救救我！」洛拉想要這麼大聲呼救，卻發不出聲音。全身彷彿被幽靈壓住了，洛拉使盡力氣，想要逃離幽靈的掌控。

瀑布的聲音改變了。從原本的「嘩啦嘩啦」，變成了清脆的「咚咚咚」。

就在這時，洛拉睜開了眼睛。

梅根叔叔

大地懶梅根叔叔正以溫柔的眼神看著洛拉。「咚咚咚」的聲音，其實是梅根在洛拉的背殼上輕輕敲打。

「太好了，你醒了。我原本還以為你死了呢。我正要去對面的森林，經過坑洞旁邊，看見一隻星尾獸掉在坑洞裡。我想要確認星尾獸的死活，仔細一看，才發現是你。我喊了你的名字，但你完全沒反應。我擔心你可能在坑洞裡餓死了，所以趕緊把你抓了上來。幸好你還活著。」

梅根叔叔的身長超過六公尺，像一頭巨大的怪物，將洛拉從坑洞裡抓上來並不是什麼難事。

「謝謝你，梅根叔叔。」

眼前是長滿了茂盛青草的大草原。洛拉幾乎不敢相信自己的眼睛，甚至懷疑自己是不是在做夢，彷彿來到了一個從未見過的世界，一切是如此新鮮。洛拉感受了一會兒生命的喜悅後，突然想起了青蛙羅格。

「叔叔，你有沒有看到我的朋友？」

大地懶梅根歪著腦袋說：「什麼朋友？坑洞裡只有你而已。」

「我的朋友叫羅格……牠是一隻青蛙。」

「啊，你說那隻青蛙嗎？我看你一直將牠小心翼翼抓在手裡，原來是你的朋友。我把你抓出坑洞後，牠就跳出你的掌心，鑽進草叢裡了。我猜牠肚子也餓扁了，大概是去抓蟲子吃了吧。」

「太好了……」洛拉一聽，登時鬆了口氣。當初在半夢半醒之間，受蟒蛇慫恿，差點吃掉羅格的可怕記憶，再度湧上了心頭。同時，洛拉也感受到了強烈的飢餓。

「梅根叔叔，真的很謝謝你。如果沒有你，我一定已經死了。等我長大，一定會向你報恩。我已經不要緊了，但是肚子好餓，所以……」

洛拉還沒把話講完，已經奔向草原，嚼起了地上的草。

梅根既好氣又好笑的起身說：「好，你保重。別吃得太急，不然會肚子痛喲。我先走了，再見。」

洛拉忙著吃草，甚至沒有目送梅根離開。

吃了好一會兒之後，洛拉又匆匆忙忙的走向河畔。雖然很想快跑，但四肢不聽使喚，摔倒了兩、三次。由於自己的四肢變得又細又瘦，爪子反而顯得特別巨大，跑起來相當不便。洛拉此時才明白自己的行動變得相當吃力，就算再怎麼焦急也沒用，只好改為緩步慢行，每一步都穩穩的踏在地面。

河畔在一片斜坡的下方。洛拉的腳下一個踉蹌，身體再度摔倒，沿著斜坡往下滾。這一滾就再也停不下來，最後「嘩啦」一聲，整個身體摔進了水裡，濺起不少水花。

幸好落水的地方並不深。洛拉一站起來，立即大口大口的猛灌水。直到感覺整個身體都是水，甚至變得有些浮腫，洛拉才停止喝水。

接著洛拉找了個草叢中的陰涼處，休息了一陣子，才起身前往姬兒的家。

來到了姬兒的巢穴外，洛拉對著巢穴喊了姬兒的名字，卻沒有聽見任何回應。洛拉總共喊了三次，巢穴裡一點聲音也沒有。正猜想姬兒可能出門去了，卻看見她從洞裡探出頭來。

「姬兒！」洛拉又喊了一聲，姬兒卻慌張的躲進巢穴深處。

過了半晌，姬兒才又畏畏縮縮的將頭探出洞外。

「姬兒，怎麼了？是我呀，好久不見了。」

姬兒心驚膽跳的從洞裡凝視洛拉，彷彿在看著什麼不可思議的東西。接著，她突然像子彈一樣竄出洞外，抱住了洛拉。

「洛拉，原來你還活著！我聽見你的聲音，還以為是你的幽靈在呼喚我呢！你這幾個星期到底跑到哪裡去了？我一直找不到你，都不知道我有多擔心！」

「對不起，我不是不想來，我被扔進了一個像地獄一樣的地方，差點就死了，幸好梅根叔叔把我救了出來。當時我被美洲豹追趕，掉進了一個很深的坑洞裡。坑洞底下的草都被我吃完了，我又餓又渴，還得忍受強烈的陽光，簡直像是住在火烤地獄一樣。

有一天，一條壞心腸的蟒蛇，扔了一隻青蛙下來，叫我把青蛙當成食物。妳想想，我怎麼可能吃青蛙？但是多了一個共患難的伙伴，對我也是一件好事。我跟青蛙變成了好朋友，一直互相給對方加油打氣，心情變得堅定不少。」

「真虧你能撐那麼久，好驚人的生命力……太厲害了。」

姬兒不由得大感佩服，稱讚洛拉的毅力與勇氣。

不過洛拉並沒有告訴姬兒，自己為了生存而吃了白蟻，以及曾經一度想要吃掉羅格。這攸關面子及尊嚴，洛拉實在是說不出口。

從這天起，洛拉經常拜訪梅根叔叔。每當洛拉感到心情煩躁不安時，只要看見梅根叔叔的臉，心情就會恢復平靜。

梅根叔叔總是會摘美味的果實給洛拉吃。有些果實長在高大的樹木上，洛拉根本摘不到。但梅根叔叔站立時的高度可達六公尺，只要高舉雙手，就可以輕易摘到長在高枝上的果實。而且梅根叔叔有著彎曲的爪子，適合勾住樹枝往下拉，摘取上頭的果實。

至於一些生長在更高處的果實，就要請梅根叔叔的朋友幫忙了。那位朋友是一隻二趾樹懶，既然名字裡有個「懶」字，可見一定相當懶。每當牠吃飽了樹葉，就會以手腳上的彎曲爪子勾住樹枝，倒吊在樹枝的下方，整個星期動也不動。其實靜止不動的時候，牠在慢慢消化肚子裡的樹葉。二趾樹懶的主食是樹葉，但梅根叔叔有時會請牠幫忙摘取樹上的果實。

不過，並非任何時候都能拜託二趾樹懶。如果牠倒吊在樹枝下，表示牠正在消化食物，這時的牠，不管怎麼叫都不會動。必須趁牠正在吃樹葉的時候拜託，牠才會願意幫忙。要是心情不好，牠也會不理不睬。

「你仔細看，就在那裡。」梅根叔叔說。但不管洛拉多麼努力仰頭細看，就是看不見二趾樹懶在哪裡。

「叔叔，到底在哪裡呀？我怎麼看不見？」

「哈哈哈，那是因為牠的身上有偽裝色。你看那邊的樹枝之間，不是有一大塊綠色的東西嗎？

那就是二趾樹懶。」

「噢……原來那是牠。你不說，我還真看不出那裡有動物呢。話說回來，綠色體毛的動物很罕見呀。」

洛拉以欽佩的口吻說。梅根叔叔輕輕一笑，「我說過了，那是偽裝色，並不是真正體毛的顏色。牠全身包覆著很長的體毛，但並不是綠色，而是灰褐色。看起來像綠色，是因為牠的身體上長滿了藻類。」

「藻類？」洛拉歪著腦袋說：「那不是生長在水裡的植物嗎？」

「嗯，這就有趣了。每年就算進入了漫長的雨季，二趾樹懶還是會垂吊在相同的地方，維持著一模一樣的姿勢。牠身上的長毛非常適合藻類植物生長，而且即使身上長滿了綠色的藻類，牠也毫不在意。即便雨季結束了，在這片熱帶雨林裡，溼度一年到頭都很高，所以藻類還是可以繼續生長。對二趾樹懶來說，這些藻類剛好就成了牠的保護色。」

「噢，真是聰明又古怪。」洛拉佩服得五體投地。

「哈哈哈，真巧。洛拉，你看，我們可以拜託牠幫忙摘果實了。」

梅根叔叔指著前方說。洛拉朝著梅根叔叔所指的方向望去，只見那塊綠色的物體竟然從樹上溜了下來，在樹底下的根部附近縮起了身子。

「牠在做什麼？」洛拉問。但梅根叔叔沒有回答，自顧自的朝二趾樹懶走去。

二趾樹懶蹲在地上一會兒，再度想要爬上樹木，這時梅根叔叔柔聲說：「二趾，你今天看起來心情也不錯呢。我有位訪客，想要好好招待牠，剛好『帕布爾』成熟了，能不能幫我摘一顆？下次

我會帶很多你最愛的杉菜過來。」

二趾樹懶只是停頓了一下，又繼續慢條斯理的往樹上爬，也不知聽懂了沒有。牠手掌上的銳利爪子往內側彎曲，就像岩釘一樣，能夠勾住樹幹往上攀爬。

二趾樹懶並沒有回到原本垂掛的樹枝，而是不斷沿著樹幹往上爬。

樹上的高處結了一顆紫紅色的碩大果實，牠以爪子靈巧的勾住果蒂，用力一扯，果實掉了下來，在枝葉之間碰撞，接著滴溜溜的滾至地面。

洛拉聞到甜膩的香氣，開心得不得了。

二趾樹懶默默爬下樹幹，回到原本垂吊的樹枝上，又成了一塊不動的綠色物體。

「謝謝你，我的客人一定會很開心的。兩、三天後，我會帶你最喜歡吃的嫩杉菜來當作回禮。」

梅根叔叔朝著那綠色物體喊道。

「你看，這果實相當稀有。二趾今天心情不錯，算我們運氣好。這種樹五年只結一次果，要遇上可不容易。只要吃一顆，全身就會充滿能量，就算一個月不吃東西也不會餓。」

「哇，這麼厲害？如果吃個十顆，大概可以撐一年？」

「能不能撐一年我就不清楚了，不過一次吃太多也不好吧。」梅根叔叔說。

洛拉將那顆紫紅色的果實拿在手裡，忽然想起前陣子掉進坑洞裡的事。當時如果有兩、三顆這種果實，應該就可以輕鬆完成逃脫通道了吧。想到這裡，洛拉的心頭忽然浮現了一個疑問。

「叔叔，剛剛二趾樹懶為什麼會爬下樹，在地上蹲了好一會兒？牠在做什麼？」

「噢，你說剛剛嗎？二趾樹懶其實很愛乾淨，牠會在地面上設置自己專用的廁所。每隔一星期到十天，就會到地面上大小便。結束之後，還會用樹葉蓋住排泄物。但二趾樹懶的排泄物很臭，聞了很不舒服。只要聞一次，保證忘不了。這是因為二趾樹懶喜歡過獨居生活，所以會藉由排泄物的氣味提醒同類不要靠近。」

那紫紅色果實的滋味非常奇特。除了甜味之外，還夾雜了一點刺激的辛辣味，以及一點酸味。細細咀嚼，會產生一種陶醉感，彷彿懸浮在白雲之間，徜徉在藍天之上。

「好了，今天先吃這麼多就好。要是再吃下去，你可能會在夢境裡度過一整天，想醒也醒不來了。」

梅根叔叔將洛拉吃到一半的果實拿起，以一大片樹葉包住，遞還給洛拉，「剩下的，你帶回去吃吧。記得別一次吃完。只要用這片樹葉包覆好，果實就不會腐爛。」

洛拉叼起樹葉包，帶著飄飄然的心情踏上了歸途。

回到姬兒的住處一看，姬兒的身邊竟有一隻可愛的年幼大羊駝。

「洛拉，回來得正好。我來介紹，牠是大羊駝拉比，我的好朋友，是個開朗有朝氣的孩子，而且親切又善體人意。不過畢竟正值愛胡鬧的少年時期，所以多少有些粗心魯莽。」

大羊駝少年蹦蹦跳跳的來到洛拉面前，一對圓滾滾的黑色眼珠子閃閃發亮。

「我是拉比，請多多指教。」牠對洛拉說：「洛拉先生，我聽姬兒說，你曾經掉到坑洞裡面，卻沒有死？真是了不起，我好佩服！今天能夠見到我最尊敬的洛拉先生，我好開心！」

洛拉靦腆的放下嘴裡的樹葉包，「我不是什麼值得尊敬的大人物。那次只是我運氣好，梅根叔

叔剛好經過，救了我一命。」

姬兒狐疑的看著洛拉放在地上的樹葉包，問道：「洛拉，這是什麼？看你小心翼翼的咬著。」

洛拉以雙手蓋住樹葉包，「呵呵，祕密！這是我的寶物！」

「哇！好香的味道！」拉比一邊叫，一邊輕輕抽動鼻子。

「很香吧？不能分你們吃，聞聞倒是可以。」

洛拉將樹葉包湊到姬兒的鼻子前端。

「真的好香！聞了之後，好像有種醉醺醺的感覺。這該不會是什麼可以產生幻覺的果子吧？你在哪裡撿到的？」

「不是啦，是一隻全身長滿了藻類的動物給我的。」

「全身長滿了藻類植物？那是住在水裡頭的動物嗎？」姬兒納悶的問。

「不，妳猜錯了。牠住在高高的樹枝上，哈哈哈……」洛拉故弄玄虛，不肯說出詳情。「以後有機會再跟你們說吧。我要趕快找個地方藏寶物了。先走了，再見。」

洛拉叼起包在樹葉裡的神祕果實，不再理會聽得目瞪口呆的姬兒與拉比，匆匆轉身離開。

最後洛拉來到了一棵大樹下，努力挖土，在一條粗大的樹根底下挖出一個洞，把神祕果實塞進去，最後蓋上土，並壓上沉重的石頭。梅根叔叔說過，只要包在樹葉裡，果實就不會腐爛。在坑洞裡的飢餓經驗，給了洛拉刻骨銘心的教訓。將來或許有一天，又會發生沒東西可以吃的情況。到時候只要挖出這顆果實，一點一點慢慢吃，應該可以撐過一段很長的日子。為了難以預測的未來，洛拉決定好好保存這顆果實。

歧視

這天一大早，洛拉出來找東西吃。太陽才剛升起不久，一隻南美鶉正帶著一群孩子在草原上快步前進。

洛拉撥開草葉，尋找嫩葉來吃。老葉太硬了，不像嫩葉那樣柔軟多汁。

一隻神鷲正在高空中盤旋。牠一個翻身，突然朝地面俯衝。多半是發現動物的屍骸了吧。屍骸的腐敗氣味會隨著氣流往上飄送，神鷲在高空中聞到了，就會飛下來飽餐一頓。

洛拉看見了一座白蟻窩。直徑約一公尺，以紅土築成。

看著白蟻窩，洛拉不禁想起了從前在坑洞裡的那段日子。當時自己為了維持生命，吃了好多白蟻。

幾隻螞蟻從白蟻窩的小孔中爬了出來。洛拉目不轉睛的看了一會兒，不自覺的抓起其中一隻，放進了嘴裡。一擠壓，白蟻的身體發出細微的聲響，少許體液在口中擴散。

洛拉閉起眼睛，仔細品嘗白蟻的滋味。過了一下，忍不住又吃了兩、三隻。

「喂，怪小子。那是我的食物。」

背後突然傳來說話聲，洛拉驚訝的轉頭。

不知何時，背後竟來了一隻大食蟻獸。牠拖著又長又蓬鬆的尾巴，氣定神閒的走了過來，朝著洛拉的臉仔細打量。

洛拉忍不住將頭轉向另一側。

「轉過頭來，讓我看看你的臉。是什麼樣的星尾獸，會做這麼有趣的事。別怕，我不會咬你。你看看，我根本沒有牙齒。」

洛拉並不是害怕。吃白蟻是自己的最大祕密，連姬兒也不知道。偏偏自己吃白蟻的模樣，竟然被專門吃白蟻的大食蟻獸撞見了，這是多麼尷尬呀。

洛拉感到丟臉極了，不希望讓對方看見自己的長相。

「你這小子真是古怪，我還是第一次看到星尾獸吃白蟻。好啦，我也要來享用了。」

大食蟻獸轉頭面對白蟻窩，伸出宛如長矛一般又長又銳利的爪子，在上頭挖了一個洞。接著牠將長達六十公分的圓筒狀舌頭伸進了洞裡。

大食蟻獸的舌頭上有黏液，在洞裡繞了一圈，上頭便黏了十幾隻白蟻。牠將舌頭縮回嘴裡，開開心心的吃起了白蟻。

「真美味。你也繼續吃吧，來。」

大食蟻獸將三隻白蟻放在洛拉面前。

「不用了，我吃飽了，謝謝你。」洛拉氣呼呼的用爪子將白蟻撥開。

真是愛損人的傢伙。牠明明知道我是偷偷躲起來吃，還故意說這種話。

洛拉心裡如此咕噥，接著大聲說：「我只是想知道這玩意的味道，才放了一隻在嘴裡。真是難吃，我絕對不會再吃了。食蟻獸先生，你怎麼會吃這麼難吃的東西？」

「哈哈哈，不必這麼氣。你的舌頭跟我不同，既沒辦法以舌頭捕捉白蟻，也沒辦法嘗出白蟻的真正美味。不過你的爪子挺適合在白蟻窩上挖洞，只要練習一下，捲起舌頭，就能享受捕捉白蟻的樂趣啦。我先走了，再見。」

有著宛如鳥喙般細長臉孔的大食蟻獸，睜著那細細長長的眼睛，朝洛拉瞥了一眼，接著便搖晃著又長又蓬鬆的尾巴，慢慢走開了。

前陣子洛拉去找梅根叔叔玩的時候，曾經聊到大食蟻獸的話題。洛拉相當佩服大食蟻獸捕食白蟻的方式，今天看到大食蟻獸超過六十公分的圓筒狀舌頭，也感到相當震驚。當然，洛拉並沒有告訴梅根叔叔，自己也吃過白蟻。

梅根叔叔告訴洛拉，大食蟻獸是一種非常聰明的動物。每一隻大食蟻獸都有自己的地盤，勢力範圍內通常包含好幾座白蟻窩。大食蟻獸最厲害的一點是——牠每次襲擊白蟻窩只會吃掉幾百隻白蟻，而且會依照一定的順序公平襲擊每一座蟻窩。絕對不會一直吃同一座白蟻窩，不會把裡頭的白蟻吃得一隻也不剩。靠著這個習性，大食蟻獸確保自己不管任何時候都有白蟻可以吃。梅根叔叔告訴洛拉，這相當值得學習。

寬廣的草原上稀稀落落的散布著樹木，有些區域甚至有著密集的灌木叢。雨季結束後，草原上不僅長出了大量青翠的嫩草，還開出了紅、黃、紫等各種不同顏色的花朵。

對動物來說，這是一年之中生活最愜意的時期。各種南蹄類動物在草原上形成了東一群、西一群的聚落。其中有一種體型特別大、脖子特別長的動物，名叫「長頸駝」，屬於滑距類動物的一種。這種動物的鼻子很長，垂在嘴巴的前端，約有三十公分。除此之外，還有一隻隻宛如小山般高大的動物，那都是雕齒獸類動物。

放眼望去，一片和平景象，就連拂上身來的陣陣微風也輕柔宜人。神鷲在空中盤旋飛舞，正在尋找牠們最愛吃的動物屍體。

此時，大羊駝少年拉比的心情卻憂鬱又憤怒。放眼望去淨是嫩草，但自己不管走到哪裡吃草，都會有掌管那一帶的動物奔跑過來，把自己趕走。

每一種動物都會有自己的地盤。所謂的地盤，就類似領土的概念。凡是草葉生長茂密的地點，一定會有一群有蹄類動物將該地當成自己的地盤。雖然每一群動物的地盤之間並沒有劃出明確的界線，但動物的心中清清楚楚，彷彿可以看見隱形的界線。

拉比來到了一片長著美味嫩草的地方。那是拉比最喜歡的草，上頭還長了一些可愛的紅紫色小花。

拉比試著吃了一口。好好吃！好久沒遇到這麼美味的草了。拉比明明知道這裡一定也是某一群動物的地盤，卻禁不起美味嫩草的誘惑，埋頭吃了起來。

「喂！你是誰？我好像在哪裡見過你……是誰允許你在這裡吃草？」

附近突然傳來粗聲粗氣的說話聲。

拉比吃了一驚，不敢再吃下去，抬頭望向聲音傳來的位置。那是一隻體型巨大的動物，長長的鼻頭垂在嘴巴前面，長相有些古怪。

「對不起，這裡的草實在是太好吃了……我忍不住吃了一點。」

拉比低頭道歉，接著說：「不過，媽媽跟我說過，草原是天神的恩賜，並不屬於任何動物。」

說到這裡，拉比內心突然驚覺不妙。這種時候說出這種話，實在是太傻了。

果不其然，眼前的長頸駝勃然大怒，兩眼脹得通紅，大罵：「你這不知天高地厚的小子，到底是哪裡來的？」

「我是大羊駝拉比，自由的孩子。」

「搞什麼，原來是身分最卑賤的大羊駝。骯髒的小子，立刻給我滾出去，不准再踏進這裡一步。」

眼前的公長頸駝惡狠狠的走過來，突然以牠的長鼻子朝拉比的臉上敲了一記，接著整個身體朝拉比撞來。

拉比被這麼一撞，登時摔倒在地上。

「哼，知道厲害了吧。搞清楚你的身分，這裡不是你這種卑賤動物可以來的地方，蠢小子。」

長頸駝嚴厲的說完這句話，便轉身回到同伴的身邊。

拉比覺得很不甘心。為什麼自己必須遭受這樣的羞辱？為什麼會被視為卑賤的動物？拉比一邊生悶氣，一邊將又紅又腫的右半邊臉頰埋進冰涼的土裡。

拉比忍受著臉頰的抽痛，垂頭喪氣的回到了自己群體的聚集地。

這裡共有三十四隻大羊駝，大家都在埋頭吃草。但是比起長滿了嫩草的長頸駝地盤，這一帶的土地實在相當貧瘠。放眼望去大都是碎石，草的數量不多，而且大多數是禾本科植物，纖維多、水分少。

大家都忙著低頭吃草，毫不理會緩步歸來的拉比。

拉比的母親拉絲卡一看見拉比，趕緊奔上前來，「你跑到哪裡去了？為什麼臉頰腫成這樣？一定很痛吧？等我一下……」

拉絲卡說完這句話，忽然轉身離開，不知到哪裡去了。

過了一會兒，拉絲卡銜著一片寬大的葉子回來了。她以蹄將葉子搗爛，敷在拉比的臉頰上。拉比感覺冰冰涼涼，痛楚減輕了不少。

「這種果實可以止痛，你快吃下去，等等就不痛了。」拉絲卡又拿出三粒黑紫色的小果實餵拉比吃。「這樣應該就沒事了。不過你到底怎麼了？是不是在哪裡撞傷了？」

「不是……我被一隻長頸駝打了。牠兇巴巴的罵我，說我是骯髒又卑賤的動物，叫我不准再到那裡去……牠罵我，還打我，趕我走……媽媽，我是卑賤的動物嗎？為什麼我們只能待在這種簡直像沙漠的貧瘠土地上？我覺得好難過、好難過，忍不住流了眼淚。」

「是啊，我們受到了歧視。媽媽也覺得很不甘心。」

「我們什麼壞事也沒做，對不對？」

「是啊，沒錯。我們什麼壞事也沒做。我們大羊駝一族，在很久很久以前，從遙遠的北方遷移到了這裡。這一帶不僅各種草長得非常茂盛，而且還有森林、河川，以及小小的湖泊。所以我們的祖先決定在這裡定居。剛開始，我們的祖先與原本住在這個地方的動物和睦相處，沒有發生什麼爭執。但後來出現了一些喜歡爭權奪勢的長頸駝，牠們逐漸擴張勢力，最後成為這一帶的統治者。這片地區原本居住著十多種南蹄類動物，長頸駝為所有南蹄類動物的群體規定了地盤。原本群體之間經常為了爭奪地盤而起爭執，但自從受到長頸駝統治之後，群體之間搶奪地盤的情況反而減少了。

當然長頸駝也挑選了湖畔最肥沃的土地，當作自己的地盤。那個地方長著許多一年到頭都不會枯萎的草，相當罕見。除此之外，還有各式各樣的嫩草，其他地方根本比不上。至於我們這些外來的大羊駝，則被驅趕到了這片荒地上。而且只要其他有蹄類動物之間發生爭執，就會歸咎到我們大羊駝頭上。說穿了，就是想找一些倒楣鬼來背黑鍋。如此一來，其他群體就會變得團結，不會再繼續爭執下去。

一切都是我們這些卑賤傢伙的錯！我們出生低賤，品格也很齷齪，全都是我們不好！當牠們這麼想的時候，心中的鬱悶情緒就會得到宣洩。但這麼一來，我們就成了被排擠、欺凌的對象。如今牠們對我們的欺凌雖然已經不像從前那麼嚴重，但是牠們看著我們的眼神，依然帶著輕蔑。

不過，拉比……我們沒有必要感到自卑或沮喪。我們沒有做任何壞事，被趕到這片荒地也不是罪有應得。我們的尊嚴，繼承自祖先高貴的靈魂，我們身為開拓者的精神，也不會因此而受損。最近媽媽開始覺得……如果我們的存在能夠減少動物間的爭執，讓這個地方變得和平，也沒什麼不好。我們就像是住在荒地上的和平使者，呵呵呵……」

拉絲卡的笑聲中帶著幾分自嘲。

拉比不禁覺得母親好偉大，對母親又增添了幾分尊敬。但聽完了母親的安慰之後，拉比心頭還是有種說不上來的疙瘩。「住在荒地上的和平使者」聽起來相當崇高，卻總覺得有那麼一點不對勁。拉比忍不住低聲說了一句「我不要」。雖然拉比自己也搞不清楚在抗拒什麼，但這股反抗的情緒已悄悄在心中的一角扎根了。

劍齒虎

「我已經餓得沒力氣走路了。基拉修哥哥。有沒有什麼可以吃的？自從前天我們三兄妹分著吃了一隻兔子之後，我就再也沒吃任何東西，現在已經餓到前胸貼後背了。」

「基爾帕，別再抱怨了。只要越過那座山頭，一定能找到獵食的好地方，再忍耐一下吧。」

哥哥基拉修的語氣同時帶著斥責及鼓勵。

就在這時，旁邊的灌木叢突然一陣搖曳，妹妹基璐璐探出了頭，嘴裡咬著一隻野兔。

「哇！太棒了！基璐璐，妳真厲害！」

基爾帕興奮的奔了過去。

「謝謝妳，不愧是我的妹妹。這隻野兔不僅能讓我們補充體力，還能讓我不必再聽某個傢伙哭哭啼啼的抱怨。」

基拉修朝弟弟基爾帕擠了擠眼睛。

基爾帕看著野兔，眼睛閃閃發亮，嘴角流下了口水。

哥哥基拉修於是說：「雖然我很想讓肚子最餓的基爾帕吃到最美味的部分，但依照劍齒虎的規矩，獵捕者才有這個權利。來，基璐璐，野兔是妳捉的，把最美味的內臟吃掉吧。」

「嗯……」基璐璐聽了哥哥的話，以銳利的爪子撕開野兔的肚子，拉出裡頭的內臟。牠接著卻說：「基爾帕哥哥，給你吃吧。我沒那麼餓，可以最後再吃。」

基爾帕開開心心的奔上前，吃掉了肝臟及心臟。牠心滿意足的舔舔嘴脣。

「謝謝妳，基璐璐。剩下這些，我們一起吃吧。」

基拉修於是以利爪及宛如刀子一般鋒利的尖牙，將野兔的身體分成了三份。

三兄妹開心吃起了屬於各自的野兔肉。

基爾帕一邊扯下腿肉，一邊說：「仔細想想，我們那個老媽實在是太過分了。明明知道我們都餓著肚子，卻一個人獨占了獵物，完全不分食。自己吃得那麼開心，我們只能在旁邊流口水。我走過去討，竟然只扔了一根骨頭給我。我啃著那根骨頭，肚子反而愈來愈餓，口水愈流愈多。我那時氣得不得了，還想過乾脆把媽媽吃掉算了。」

「是啊，老媽真是太過分了。」基拉修跟著附和。

「我倒不這麼認為。」基璐璐說。

「噢？怎麼說？」基拉修問。

「我認為這正是母親的偉大教誨。媽媽就是要讓我們覺得不甘心，而且要我們一輩子記住這個感覺。我們遲早有一天會長大，必須離開母親獨力生活。到時候就得靠自己的力量獵捕食物。當然我們的獵物也會拚命反抗，我們或許會因此而受傷，甚至被殺死。你們想想，那些鹿頭上的角也是危險的武器，不是長好看的。或許因為我是女生，我能體會媽媽的心情。我認為媽媽對我們雖然嚴格，卻是一個好媽媽。」基璐璐說。

基爾帕聽了之後，歪著腦袋說：「是嗎？我總覺得貪吃才是最大的理由吧？看媽媽吃東西的模樣就知道了。」

「哈哈哈哈……」基拉修開懷大笑，「母親的偉大教誨……我從來沒有這麼想過。基璐璐，妳果然是個心地善良的孩子。但在世界上，光靠善良是活不下去的。我們一定要變得更強，而且要強過其他所有動物。親切、同情、溫柔、犧牲奉獻……我一點也不想要，因為這些都只會阻礙我們變強的決心。想想老媽吧，正是最好的範本。就算孩子們在旁邊餓得哭叫不停，還是可以滿不在乎的吃著獵物。我們能分到的食物，總是只有連著一點點肉的骨頭。老實說，那也是因為我們住的那個地方實在太貧瘠了。像那種沒什麼草的荒地，獵物當然也少，而且都瘦得像皮包骨。」

「沒錯、沒錯。」弟弟基爾帕跟著說：「我還記得老媽那時候帶回來的那隻沒有角但腳很長、跑很快的獵物，雖然只有兩歲，但難得並不瘦。老媽以牠的尖銳牙齒撕裂了獵物的肚子，毫不理會我們這些飢餓的孩子，津津有味的吃了起來。我再也按捺不住，跑上去搶了一塊內臟，轉頭就跑。沒想到老媽竟然追了過來，搶回內臟，還朝我臉上揮了一掌。我摔了出去，在地上跌了個跤。那一下可真是痛死我了。那時候，我一邊將臉貼在地上冰敷，一邊流下了淚水。不過不是因為疼痛，而是因為想不通，為什麼老媽會為了一塊肉對孩子下這種毒手。」

「嗯，我看見那一幕，也忍不下去了。」哥哥基拉修接著說：「我撲了上去，咬住老媽的屁股，咬得很用力，牙齒插進了老媽的屁股肉裡。但老媽也不是省油的燈，用力一甩，我就飛了出去，仰天摔倒在地上，下巴感覺快脫臼了。

接著我看見暴跳如雷的老媽朝我衝了過來，我在千鈞一髮之際躲開了老媽的攻擊，接著我轉頭就跑，若不逃走，一定會被老媽殺死。」

原本一直默不作聲的基璐璐這時也開口說：「那時我心裡的感受不是害怕，而是難過。我以含著淚水的雙眼，看著眼前的悲劇。但說起來很不可思議，那時候我也感覺心臟愈跳愈快，有種想要跟著跳上去咬媽媽的衝動。後來我看見哥哥拔腿逃走，不知道為什麼，我也跟在哥哥身後逃走了。」

「我也一樣。那時我心想，絕不能繼續待在老媽身邊，所以我也跟著哥哥逃了。」基爾帕說。

「從那天起，我們三兄妹就過起了流浪生活，到今天已經是第四天了。漫無目標的走著，完全不知道該去哪裡。但我心裡相信一定有個美好的地方在等著我們。自從開始流浪之後，這還是我們第一次冷靜下來好好說話呢。大哥，一切就拜託你了。我們唯一的依靠就是你呀，厲害的大哥！」

「嗯，放心，看我的。只要越過那座山頭，一定可以抓到很多獵物。你問我怎麼知道？這只是一種直覺啦。有時風會送來一絲野獸的氣味，雖然微弱得讓人懷疑可能是錯覺，但我相信絕對不會錯。好了，大家再加點油吧。」

三兄妹於是再度向前邁步。

眼前的山頭雖然不算高，但愈接近山頂，岩石愈多。三兄妹只能挑岩石陰影處過夜，然而入夜之後，氣溫會驟降，只好依偎在一起取暖。

這還是三兄妹第一次將身體貼得這麼緊，基璐璐感覺這讓三兄妹的感情更加深厚了。不論發生什麼事，只要同心協力，一定能夠渡過難關。

清晨來臨，天空泛起了白光。三隻劍齒虎終於爬上了山頂。放眼望去，周圍淨是岩石。山頂上一棵樹也沒有，視野非常寬廣，但山腳下蒙著一層白茫茫的霧氣，什麼也看不見。

隨著太陽升高，霧氣終於逐漸散去。三兄妹看見山腳下的景色，不由得吃了一驚。

大地呈現一片綠油油的景象，顯然山腳下是肥沃的草原地帶。到處可見成群的動物，各自在採集清晨的食物。此外還有一些宛如巨大岩石的塊狀物體，那是雕齒獸亞科的巨型犰狳類動物，但三兄妹從來沒見過。

基爾帕的牙齒發出了喀喀聲響。牠正在以下顎的牙齒研磨上顎有如軍刀般的長牙。

「大哥說得沒錯。從今天起，我們不用再餓肚子了。」

牠一邊流著口水，一邊說：「大哥，你真厲害，我太佩服了。從今天起，大哥就是這裡的國王。我們快下去吧，我的肚子又在咕嚕咕嚕叫了。」

「別急，基爾帕。你仔細看看，發著白光的那一片是湖泊，湖泊後頭那一片灰黑色的地方是森林。換句話說，這裡同時有著生活在草原上、森林裡，以及水面上的動物，對我們來說簡直就像是天堂一樣。但絕對不能焦急，一來我們不知道這藏著什麼樣的危險，二來如果一下子吃了太多肉，身體會承受不了。畢竟我們從小到大從來沒有吃飽過，我們的胃袋、舌頭及整個身體都已經適應了挨餓的日子，所以接下來的行動一定要非常謹慎小心。」

「大哥，你看，草原上那些大石頭正在慢慢移動。如果真的是石頭，照理來說不可能會動，會動的一定是動物……」

基璐璐一臉納悶的看著基拉修。

「嗯，我也發現了。真是不可思議……總之下去看了就知道，出發吧。」

三隻劍齒虎帶著滿腔的期待與欲望，來到了山腳下。

「大哥，就以那一群為獵物，如何？」

草原上有一群鹿混雜在周圍的南蹄類動物之中，正在埋頭吃草。

「嗯，很合適。我來負責追趕，你們兩個負責埋伏。我會繞一個大圈，不被牠們發現，先跑到牠們的右邊去。你們也繞一個大圈，到左邊的灌木叢附近躲起來。我會悄悄靠近，在被發現之前撲過去，朝牠們追趕。牠們不知道你們兩個埋伏在灌木叢裡，一定會往灌木叢的方向逃。」

「等牠們靠近灌木叢，我們就撲上去。」基爾帕流著口水低聲說。

「要以哪一隻為目標？」基璐璐問。

基拉修回答：「剛開始的時候，並不特別鎖定哪一隻。我們的目的是先要讓牠們嚇得手忙腳亂。當牠們開始慌張時，就會各自往不同的方向奔跑，沒辦法再集體行動。接著我們再鎖定其中一隻，三個同時追趕。好，開始作戰。絕對不能被發現，知道嗎？」

基拉修放輕了腳步，迅速往右手邊的方向移動。基爾帕與基璐璐則前往左手邊，繞了一大圈，躲在灌木叢裡。

草原上的二十三隻鹿還在慢條斯理的吃著草，完全不知道可怕的敵人已經靠近。基拉修已經很久不曾像這樣全力狩獵，內心感到莫名興奮。來到了距離鹿群約三十公尺處，基拉修也躲進了灌木叢裡，悄悄觀察著鹿群的一舉一動。

不論是哪一隻鹿，都有著魁梧的體格及結實的肌肉，可見這一帶一年四季都有茂盛的草可以吃。在基拉修三兄妹從小生長的喀拉丘平原，根本沒有像這樣身強體壯的有蹄類動物。

鹿群開始出現了騷動。動物的本能讓牠們察覺到不尋常的危險氣氛。

就是現在！要是再不攻擊，鹿群就要逃走了！基拉修下了如此判斷，立即跳出灌木叢，使盡全力朝鹿群衝去。

一隻雌鹿發出「啾」的一聲驚呼，率領著群鹿拔腿奔跑。

突然間，基拉修心裡暗叫不妙。一般的情況下，當獵物群遭受襲擊時，一定會往相反的方向逃走。埋伏的一方也是基於這樣的預測，躲在另一隻等待奔近的獵物群發動攻擊。獵物群要是遭受前後夾攻，一定會陷入慌亂。如此一來，要伺機抓住獵物群的其中一隻，就會變得非常容易。至少到目前為止，這個戰術從來不曾失敗過。

然而，這次的情況截然不同。在鹿群中擔任領導者的帶頭母鹿，經驗老到，而且相當機靈。牠聞到了風中隱約飄來基爾帕身上的氣味，因此沒有奔向基爾帕、基璐璐所埋伏的灌木叢，而是往完全不同的方向奔跑。

基爾帕與基璐璐只好趕緊追了上去。每一隻鹿都將臀部周圍的白毛向外張開，宛如屁股開了一朵大白花，那是提醒同伴趕快逃命的信號。

基拉修使盡全力追趕鹿群，弟弟及妹妹也緊跟在後。

但這些鹿的逃命速度快得驚人，從前喀拉丘平原那些動物跟牠們完全不能比。

基拉修與鹿群之間的距離愈來愈大，看來是追趕不上了。

三兄妹只好放棄，停下來休息。牠們全都累得上氣不接下氣，好一會兒沒辦法說話。要是繼續追趕下去，恐怕會暈倒。

「這些傢伙跑得可真快。當初在喀拉丘平原，我們可是從來不曾讓獵物逃走。」

基爾帕一邊喘氣，一邊不甘心的說。

基拉修則沉默不語。原本自以為所向無敵，如今尊嚴遭到了打擊，不禁大為氣餒。看來這裡與喀拉丘平原截然不同，沒辦法採用相同的戰術。基拉修突然覺得自己好窩囊。眼睜睜看著鹿群愈跑愈遠，覺得自己實在是太沒用了。

基拉修生起了悶氣。如果是平常，一定會立即指揮接下來該怎麼做。弟弟妹妹也察覺了哥哥的心情，氣氛變得有些尷尬。再加上腹中飢餓，更是增添了三兄妹心中的煩躁。

此時妹妹基璐璐溫柔的安慰，「不是這裡的鹿跑得特別快，而是我們的速度變慢了。我們本來就因為太瘦而體力不足，再加上肚子餓，怎麼可能贏得了那些精力十足的鹿？當初在喀拉丘平原，因為草不多，動物都很瘦弱，跑也跑不快，所以我們追得上。現在來到了這裡，想要追上那些鹿，就得先恢復體力才行。」

「沒錯。基璐璐這些話，我也贊成。」基爾帕跟著附和。

基拉修重重嘆了口氣，「全身上下只有牙齒不會瘦，但就算牙齒再怎麼強壯也沒用……不，如果照基璐璐的說法，我們的牙齒大概也不行了。就算咬住了獵物的屁股，如果獵物用力一甩，或許我們的牙齒會斷掉呢。哈哈哈，一隻屁股上插著牙齒的鹿，想起來真可笑。」

基拉修苦笑了一陣子之後，以堅定的語氣說：「看來，不改變戰術是不行了。既然這裡有那麼多草，一定有很多小動物吧。我們先獵捕小動物來吃，增強自己的體力再說。恢復實力之前，不要找大型動物下手。基璐璐，妳是抓野兔的女王，妳看這主意如何？」

基拉修最後以半開玩笑的眼神看著基璐璐。

「放心，交給我吧。抓小動物是我的拿手絕活。」基璐璐嘻嘻一笑，轉身跳進了草叢裡。

就在兄弟倆等得有點不耐煩的時候，基璐璐回來了，嘴裡銜著兩隻灰色的動物。仔細一看，是兩隻野鼠，但體型都有兔子那麼大。基璐璐將兩隻野鼠放在基拉修與基爾帕面前，「這裡連野鼠也很刁鑽，一眨眼就鑽進巢穴裡，費了我不少力氣。雖然不知道滋味如何，但看起來肥肥嫩嫩，小卻很有肉。總之，先用這個墊墊肚子吧。」

三兄妹早已飢腸轆轆，立即埋頭大嚼。

「嗯，真好吃。雖然有點腥味，但吃了兩口之後也習慣了。先果果腹，增強我們的體力吧。基璐璐，謝謝妳。」

基拉修舔著嘴角說。基璐璐正忙著將肉從脊椎骨扯下來，只是默默點頭，沒有回應。

三隻劍齒虎爭先恐後的吃著，轉眼間已將兩隻野鼠吃得一乾二淨。

基爾帕喜孜孜的說：「好，現在我們分頭狩獵吧。雖然恢復了一點精神，但我還沒有吃飽呢。這次輪到我先出發！」

基爾帕率先奔出，另外兩隻劍齒虎也各自往不同方向疾奔。

不久，基璐璐抓到了一隻大野鼠，回到了原地。本來想等兩個哥哥回來再一起享用，卻遲遲不見哥哥們歸來。基璐璐忍受不住飢餓，先吃起了自己抓來的大野鼠。

又過了好一會兒，基拉修與基爾帕才回來。基拉修抓到了一隻年幼的野鼠，基爾帕則抓到了一隻鼴鼠。

基拉修咕噥，「我從來沒抓過像野鼠這樣的小動物，有點手忙腳亂。這些傢伙鑽得真快，不太好抓啊。」

基爾帕也氣呼呼的說：「那些臭野鼠，竟然把我戲耍著玩。可惡，我好想趕快挑戰大型的動物啊。倒是剛剛我亂挖鼴鼠窩的土出氣，竟然真的被我抓到一隻。唉，有總比沒有好。」

「基爾帕哥哥，我的跟你交換吧。雖然我已經咬了幾口，但我吃的都是背部的肉，最好吃的部位都還留著。我從來沒有吃過鼴鼠，想要吃一次看看。」

基璐璐拿自己吃了一半的大野鼠，交換了基爾帕的鼴鼠。

基拉修與基爾帕第一次捕獵小動物都有些不得要領，但馬上就抓到了訣竅。三兄妹靠著吃些野兔、野鼠之類的小動物，逐漸恢復了體力。

劍齒虎現身的消息，迅速在洛拉等動物生活的歌蘭高原傳了開來。傳聞說牠們殘虐成性，即使肚子不餓也會獵殺動物取樂；有傳聞說牠們露出下顎的尖牙長達二十公分，模樣兇惡可怕；還有傳聞說任何動物只要被牠們瞪上一眼，就會害怕得全身動彈不得，只能任由牠們宰割。

星尾獸洛拉與犰狳姬兒也從大羊駝拉比那兒輾轉聽到了傳聞。

歌蘭高原上原本有一隻年老的美洲豹，不久前死了，近來整座高原可說是非常和平。沒想到就在這個時候，竟來了三隻有如兇神惡煞般的劍齒虎。雖說劍齒虎的獵食對象應該是以有蹄類動物為主，但畢竟牠們的性格難以捉摸，哪一天突然獵殺起犰狳或食蟻獸，也不是什麼奇怪的事吧。

然而過了不久，竟又傳開了一個令大家都感到鬆一口氣、不再害怕的傳聞。在鹿群之中，有一隻綽號「聒噪妞」的母鹿，不管遇上任何動物，牠都會得意洋洋的描述鹿群遭劍齒虎襲擊的過程：

「一隻公的劍齒虎突然撲了過來，一時之間我還以為死定了呢。但我們的帶頭母鹿實在很厲害，立即發出警報音，帶著我們逃走。而且帶頭母鹿的經驗很豐富，早就看穿了劍齒虎的伎倆，知道一定會有好幾隻劍齒虎埋伏在前面，等著前後夾攻。所以我們往完全不同的方向逃，果然不出所料，又有兩隻劍齒虎衝了出來。牠們亂了手腳，只能窩囊的在後頭拚命追趕。」

聒噪妞說到這裡，稍微停頓了一下，忍不住笑了起來。

「那三隻劍齒虎跑得非常慢。以那樣的速度，大概只追得上犰狳吧。可惜牠們追趕的是健步如飛的鹿，真是牠們最大的失策啊。牠們追不上，好像很沮喪，後來改抓起了野鼠。但就連抓野鼠好像也不太順利。有個犰狳朋友偷偷看見了牠們抓野鼠的模樣，跟我說牠們因為抓不到野鼠，竟然又去抓起了鼴鼠。虧牠們有那麼長的尖牙，真是太可笑了，哈哈哈……」

聒噪妞這番話，在歌蘭高原上迅速流傳。動物不再害怕那三隻劍齒虎，甚至有些動物會故意走到劍齒虎的前面，跳來跳去炫耀自己的腳力。

就連聒噪妞，也曾經在三隻劍齒虎趴著休息的時候，帶著自己的一歲孩子，滿不在乎的走過牠們的前方。甚至還故意跳著輕快的步伐，對基爾帕投以挑釁的眼神。

基爾帕氣急敗壞的站了起來，想要讓聒噪妞知道厲害。

基拉修趕緊按住基爾帕的尾巴，低聲說：「現在還不是時候。再過一陣子，我們的體力就能完全恢復了。那隻潑辣的母鹿正適合當你最初的獵物，我們不會跟你搶。但你要再忍耐一段時間。」

基爾帕聽了，只好心不甘情不願的回頭趴下。

一星期過去了。這一天，基拉修從睡夢中醒來，起身大大吸了口氣。

天空正泛起魚肚白。兩隻巨嘴鳥在空中展翅翱翔。這種鳥向來是兩隻一起行動，很少會分開。與身體不成比例的巨大鳥喙，在晨曦下閃耀著金黃色光輝。

高原的清晨向來涼爽，清爽宜人的微風陣陣拂來。

基拉修輕輕拍打基爾帕的肩膀。高高隆起的結實肌肉，讓牠感覺掌心傳來了一股強勁的彈力。

「基爾帕，你的手臂變得比以前更壯了。要一掌打倒一隻鹿，已經不是什麼難事。看來我們可以出戰了。」

於是三隻劍齒虎踏著充滿躍動感的步伐，展開了獵殺行動。

實際動手之前，得先觀察敵人的虛實。

三兄妹首先看到了一群南蹄類動物。這種動物有著長長的脖子、長長的臉孔，整群約有十多隻，以一隻強壯的雄性為中心，旁邊圍繞著許多雌性及孩童。

三隻劍齒虎排成了一列朝牠們走去。眼尖的雌性領導者早已發現了三兄妹的身影，其他成員也都害怕得聚集在雌性領導者的身邊。雌性領導者緊張的望著三隻劍齒虎，內心不禁感到納悶。為什麼牠們沒有發動攻擊？難道真的就像傳聞說的，牠們只吃野鼠？

基爾帕咬著牙齒說：「大哥，你看看這些肥胖的傢伙！我感覺到自己的尖牙正在哭泣！我已經吃膩野鼠了，我想把自己的尖牙插在那些肥嫩的屁股上！大哥，我忍不住了！」

「再忍耐一下。基爾帕，我聽到了一個傳聞。你知道嗎？這些傢伙給我們取了個綽號，叫我們『劍齒鼠』。這正合我的心意！你看看，牠們都開始瞧不起我們，沒有一隻轉身逃走。既然是這樣，我們就先把整座高原繞一圈，看看這裡住著哪些動物，再從最美味的動物開始下手吧。」

基拉修制止了沉不住氣的弟弟基爾帕。

三隻劍齒虎於是繞著歌蘭高原緩緩漫步。由於這裡有著豐富的草作為食物，動物種類非常多，與三兄妹當初所居住的喀拉丘平原有著天壤之別。

「我想吃吃看那種名叫犰狳的動物。雖然我最愛吃的是烏龜，但這裡似乎沒有陸龜，我想吃看看犰狳。」

基璐璐流著口水說。基拉修回答：「但是，基璐璐，妳仔細看。牠們的背殼跟烏龜不同，似乎是硬皮。那種又硬又厚的皮，就算我們的利牙也不見得咬得穿。」

「放心吧，我有好點子。」

三隻劍齒虎走在完全沒有逃走的動物之間，自顧自的開心閒聊。

「那些傢伙好大！」

基拉修大吃一驚。

「只要能獵到一隻，至少能吃上個三、四天。看起來似乎很強壯，但只要我們三兄妹一起上，應該能打倒吧。」牠興高采烈的說。

基拉修口中所說的巨大傢伙，指的是一種名為「弓齒獸」的動物。雖然也是一種南蹄類，但外形與鹿截然不同，四肢非常粗壯，有點像是現代的犀牛。體長超過三公尺，身上的肉非常多。

三兄妹花了一整個上午觀察高原上的生態，肚子有些餓了，於是在一片草地上趴著稍作休息。

「休息夠了之後，我們就動手吧。這次不用再手下留情了。現在我們有了足夠的體力，何況動物看見我們並不會逃走，所以不必再採夾擊戰術，也不必分由誰追趕、由誰埋伏，只要盡全力攻擊就行了。」

基拉修向弟弟及妹妹說。基爾帕說：「大哥，我有一個請求。我想要幹掉那隻戲弄我的母鹿，你們可以幫忙嗎？」

「嗯，我也覺得應該先拿那一群鹿開刀，正打算要向你們提議呢。當初不管怎麼追都追趕不上的恥辱，我可沒有忘記。那是我這輩子蒙受過的最大羞辱。而且那個帶頭的母鹿也讓我恨得牙癢癢的。她竟然看穿了我的夾擊戰術，我絕對饒不了她。這次出擊，我一定要幹掉她。基璐璐，妳負責從後面撲向帶頭母鹿，將利牙插在她的屁股上。我會趁她受到驚嚇的瞬間，一口咬斷她的喉嚨。至於那隻綽號叫『聒噪妞』的母鹿，應該不難接近。基爾帕，就交給你了。」

「大哥，你放心吧。那種貨色，我自己就能解決。」

三兄妹討論完了戰術，便出發找鹿。

那群鹿正在一片平緩的丘陵斜坡上吃草。三隻劍齒虎若無其事的走近。到了差不多的距離時，基璐璐、基拉修與基爾帕便分成了兩邊，各自展開行動。

聒噪妞看基爾帕走了過來，笑著對同伴們說：「就是牠！上次我只不過瞪了牠一眼，牠竟然嚇得垂下頭。真是膽小的傢伙，連我也不敢得罪。」

圍繞在聒噪妞周圍的幾頭鹿，也看著基爾帕嗤嗤竊笑。

但帶頭的母鹿反應完全不同。雖然基拉修只是若無其事的接近，她還是敏銳的感覺到了殺氣。牠心裡想著，這些劍齒虎不是省油的燈，絕對不像聒噪妞形容的那麼窩囊。牠注視著三隻劍齒虎的一舉一動，心裡猶豫著該在什麼時候發出警訊。

驟然間，劍齒虎原本鬆弛的肌肉忽然高高隆起，體態變得緊實勻稱。下一瞬間，三隻劍齒虎同時展開了攻勢。

走向聒噪妞的基爾帕，眼中彷彿冒出熊熊烈火。牠像一顆子彈一樣朝著聒噪妞全力奔馳，接著高高跳起。

帶頭母鹿發出「啾啾」叫聲，轉身想要逃走，但已經太晚了。在那個瞬間，基璐璐已撲上來咬住了她的屁股。帶頭母鹿使盡全力甩動，想要甩掉基璐璐，基拉修看準了時機，朝她的喉嚨躍起。

從開始到結束，不過一眨眼的時間。基拉修的長牙精準的咬斷了帶頭母鹿的頸動脈。母鹿的脖子噴出大量鮮血，整隻鹿摔倒在地上。

另一頭的聒噪妞也同樣發出慘叫聲，摔倒在地上，脖子染成了鮮紅色。

其他群鹿目睹了這突如其來的慘狀，嚇得各自往四面八方奔逃。

三隻劍齒虎之中，以基爾帕最為得意。平常牠總是負責攻擊獵物的屁股，由基拉修或基璐璐咬斷獵物的脖子，但這次聒噪妞毫無防備，因此讓牠一擊成功。年輕母鹿的肉柔嫩美味，基爾帕開開心心的吃起了這些只屬於自己的肉。

另一方面，帶頭母鹿的年紀已接近中年，因此肉質較硬。但早已吃膩了野鼠肉的基拉修與基璐璐毫不在意，埋頭吃起了久違的鹿肉。

「太好吃了，我感覺這鹿肉能讓我增添壽命。」

吃得滿嘴鮮血的基拉修看著基璐璐說。基璐璐只是點點頭，忙著啃死鹿背上的肉。

這時空中正有三隻神鷲在盤旋著。牠們靠著敏銳的嗅覺，聞到了這裡的血腥味，因此趕來分點好處。

「那三隻劍齒虎吃得太久了吧？牠們到底要吃到什麼時候？」

一隻年輕的神鷲不耐煩的說。

「看牠們狼吞虎嚥的模樣，應該是餓了很久。除了嘴邊之外，連手掌及爪子也沾滿了鮮血。」

另一隻神鷲也一臉無奈的抱怨。

過了一會兒，又來了兩隻神鷲加入等待的行列。

「我們到下面等吧。看那副餓鬼般的吃相，如果不打擾牠們一下，逼牠們趕快離開，等牠們吃完，大概只會剩下骨頭。」

專門吃動物屍骸的神鷲已許久不曾吃到新鮮的肉，這時都感到興奮不已。

一隻神鷲迫不及待的降落到了地面上。其他四隻也紛紛降落，圍繞在劍齒虎三兄妹的身邊。年輕神鷲悄悄靠近，趁著基爾帕大快朵頤的時候啄走了一塊鹿肉。基爾帕氣憤的趕走神鷲，再度回頭啃咬美味的鹿腿肉。

當三隻劍齒虎離開的時候，兩隻死鹿幾乎只剩下骨頭而已。五隻神鷲早已等著這一刻，紛紛撲向屍體。幸好三隻劍齒虎眼中只有久違的美味鹿肉，對於堅硬的頭部都不屑一顧。但對神鷲來說，腦髓才是最美味的部位。神鷲爭先恐後的啄著鹿頭，擔心美味的腦髓被同伴們吃光了。

和平世界的危機

三隻劍齒虎顯露兇殘本性，突然襲擊鹿群，殺死了帶頭母鹿及聒噪妞。這起驚人事件瞬間傳遍了整個歌蘭高原。鹿群的最大敗因，是牠們太小看了這陣子只吃野鼠的劍齒虎。劍齒虎們藉由捕捉野鼠填飽肚子，恢復了體能。鹿群沒有發現劍齒虎的變化，因此招來了殺身之禍。

就連基拉修自己也感到相當驚訝。此刻自己不管是體格還是力氣，都與當初住在喀拉丘平原時不可同日而語。喀拉丘平原是個極度缺乏食物的地方，因此南蹄類動物都相當削瘦，身上的肉不僅難吃，而且幾乎沒有脂肪。靠著獵捕動物維生的劍齒虎，當然也都瘦得像皮包骨，跑得慢又跳不高。但由於獵物的體力也很差，所以平常的獵食還能勉強應付。

基拉修敲敲自己的肩膀，掌心感受到了來自結實肌肉的彈力。

突然向前疾奔，下一秒高高躍起。難以置信的強大爆發力，讓基拉修深深感受到身為肉食性猛獸的霸氣充滿全身。

從這天之後，只要以基拉修為首的三隻劍齒虎一現身，南蹄類動物必定倉皇逃命。基拉修見其他動物再也不敢掉以輕心，也開始認為必須好好研擬狩獵戰術了。

這一天，三兄妹發現了一群有著長脖子的有蹄類動物。牠們有著一片下垂約三、四十公分的粗大鼻子。更奇妙的是，牠們似乎並不特別害怕三兄妹。牠們並沒有可作為武器的長角或利牙，卻顯露出一副有能力對抗劍齒虎的自信。

「這些傢伙看起來鮮美可口。大哥，就當作下一次的獵物如何？」

基爾帕一邊走一邊說。基拉修訓誡，「既然牠們不怕我們，或許藏有什麼祕密伎倆，最好別貿然出手。基爾帕，你的老毛病就是太魯莽。」

基爾帕嘟起了嘴，快步往前走。

不一會兒，三兄妹來到了一片荒地。放眼望去盡是碎石，地上的草並不多，而且大部分是營養價值偏低的禾本科植物。隨處可見裸露在外的岩盤，幸好縫隙的土中長著一些紅紫色的可愛小花，為這荒涼的景色帶來了一絲慰藉。

「好懷念，讓我想起了喀拉丘平原。」基璐璐感動的搖著尾巴說。

「嗯，當初我們下定決心逃走，真的是做對了。雖然跨越山頭時差點沒命，但如今我們成了這個豐饒國度的國王。啊，基璐璐應該是女王。那邊有些美麗的小花，妳若摘來插在耳邊，應該很合適。」基拉修感慨萬千的深吸一口氣，環顧四周。

「啊……你們看那個……」

基爾帕突然吃驚的大喊，拔腿往前奔跑。

基拉修還沒來得及阻止，基爾帕已衝了出去。「真是的，這小子的老毛病又犯了，希望牠別出事。」基拉修不禁苦笑。

基爾帕只要內心受某件事物深深吸引，就會不管三七二十一的採取行動。這樣的壞習慣曾數次讓牠遭遇危險，但牠就是改不過來。

「真拿這小子沒轍。」基拉修咕噥。

不一會兒，基爾帕興匆匆的奔了回來。

「我太驚訝了，竟然有動物。這裡可不是喀拉丘平原，怎麼會有動物生活在這樣的荒地？如果真的有，那多半也跟我們一樣，是從喀拉丘平原遷移來的吧。為了證實剛剛沒有看錯，我忍不住跑到前面一探究竟……」

基爾帕說到這裡，先喘了口氣。牠的雙眼散發出異樣的神采。

「真的有！真是讓我大開眼界！那些動物都骨瘦如柴，一時之間我還以為回到了喀拉丘平原呢！大哥，這些瘦得要命的傢伙，根本沒有資格成為我們的獵物。但我實在想不透，為什麼牠們要住在這種荒涼的地方？」

基爾帕的臉上帶著百思不得其解的表情。

自從老美洲豹因衰老而死亡之後，歌蘭高原就再也不曾出現有能力獵食有蹄類動物的大型肉食性猛獸。雖然還有一些細腰貓，但細腰貓的主要獵食對象是野鼠，頂多偶爾追追野兔，幾乎不曾找有蹄類動物的麻煩。

然後出現了三隻劍齒虎，大家聽到來了傳說中的可怕猛獸，都過起了心驚膽戰的生活。雖然劍齒虎的攻擊能力比想像中要低得多，一度成為動物取笑的對象，但後來牠們養足了體力，如今牠們的能力已經與當初剛來時截然不同。每天都會有一、兩隻動物喪命在牠們的尖牙利爪之下。

洛拉也因為擔心自己的生命安危，平日盡可能把四肢及頭部縮在殼裡。後來洛拉發現劍齒虎只挑有蹄類動物當作獵食對象，因此決定大著膽子前往拜訪好久不見的姬兒。

洛拉對著姬兒感嘆，「姬兒，這裡已經不是從前那個和平的歌蘭高原了。不過是三隻劍齒虎，竟然讓歌蘭高原變成了腥風血雨的地方。」

姬兒也憂心忡忡的說：「雖然目前為止，我們都還算安全，但將來有一天，我們可能也成為劍齒虎下手的對象。洛拉，或許整個歌蘭高原，只有你們星尾獸有能力對抗劍齒虎。」

洛拉陷入了沉思，沒有回應。

姬兒心中的擔憂，其實也正是三隻劍齒虎之間閒聊的話題。

某一天，基爾帕說：「有蹄類動物差不多已吃過一輪，實在有點膩了。今天我想吃吃看犰狳。」

基璐璐跟著說：「好，你吃犰狳，我就吃食蟻獸。」

基拉修苦笑著說：「你們要注意安全。我在旁邊看你們的表現。」

於是基爾帕便殺氣騰騰的出發尋找犰狳了。

姬兒與朋友吉郎正開心的吃著白蟻窩裡的白蟻，完全不知道大難臨頭。

基爾帕走上前說：「你們真是奇怪，那種蟲子有什麼好吃？」

「比草好吃多了！那些只吃草的動物，才讓我們覺得不可思議呢。叔叔，你要不要吃一隻看看？」吉郎天真無邪的回答。姬兒根本來不及提出警告。

「好，那我就試吃一隻看看吧。」基爾帕走向吉郎，忽然朝吉郎揮出一掌。

吉郎被擊飛出去，重重摔在地上。牠趕緊蜷曲身體，彎成了球狀。這是犰狳感受到危險時的防

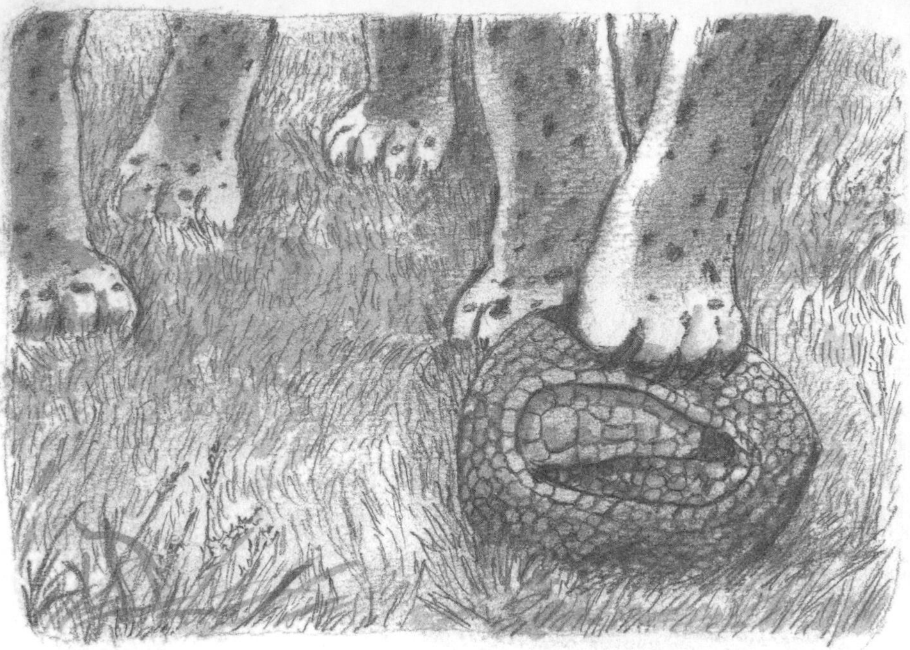

衛姿勢。

姬兒則慌忙躲進了岩石的縫隙內。那縫隙非常狹窄，應該能避開劍齒虎的攻擊。

基爾帕見犰狳變成了圓滾滾的形狀，也有些錯愕。牠靠近圓球，以手掌輕推，圓球在地上滾來滾去。基爾帕玩了一會兒，決定要吃掉犰狳。但用力一咬，才發現犰狳的皮又硬又韌，根本咬不穿。正當基爾帕決定放棄不吃的時候，基璐璐也來了。

「基爾帕哥哥，那是什麼？」

「這就是犰狳。我正想吃掉，沒想到牠竟然縮成了一團。而且皮好硬，根本咬不動，看來只能放棄了。」

基璐璐走上前，以雙手把玩了犰狳皮球好一會，突然說：「基爾帕哥哥，我有主意了。你真傻，明明有那麼長的尖牙，怎麼不當成長矛使用？你仔細看看，牠只是把自己的頭、尾巴及背部彎成一圈，變成圓球的形狀。只要從接縫處把尖牙插進去，一定能刺穿牠的內臟。」

「原來如此。」基爾帕聽了妹妹的建議，將尖牙插入頭部與尾部銜接的縫隙之間。一用力，尖牙順利貫穿吉郎的身體，噴出了鮮血。吉郎掙扎了幾下，就再也不動了。

犰狳的腹部皮膚非常柔軟，與背部完全不同。基爾帕以尖牙撕開腹部，吃起了犰狳的肉。但要將肉從骨頭上咬下來實在有點麻煩，而且不怎麼好吃。

「這種吃螞蟻及白蟻的動物，肉又臭又硬，我不喜歡。」

基爾帕朝著地上吐了好幾次口水。

「是嗎？味道確實有點怪，但我不討厭。何況這種動物能夠獨力捕捉，偶爾換換口味也不錯。」

基璐璐舔著嘴角說。

「對了，剛剛不是還有另外一隻嗎？怎麼沒看到？難道是逃走了？」

姬兒在一旁目睹了悲慘的一幕，早已嚇得直發抖。牠聽見基璐璐這麼說，趕緊躡手躡腳的鑽進岩石裂縫的深處。隨時可能會被發現的恐懼，讓姬兒怕得六神無主，全身直打哆嗦。

死裡逃生的姬兒，將吉郎遭劍齒虎獵食的可怕過程一五一十的告訴了洛拉。

洛拉聽完了之後，一方面為姬兒平安無事感到慶幸，一方面也切身感受到危機近在眼前。下一次遭獵殺的對象可能就是自己了。

「過去我們看劍齒虎只吃有蹄類動物，都以為自己不會有事，看來我們太天真了。將來有一天，殺身之禍可能會降臨到我們頭上。」

「公的劍齒虎說吃螞蟻的動物肉太臭、不好吃，但母的卻說不討厭，還說打算偶爾換換口味。何況除了這兩隻之外，還有一隻更強壯的劍齒虎是牠們的老大。牠還沒有吃過犰狳的肉，要是吃了之後覺得很好吃，那我們可慘了。我們犰狳跑得很慢，唯一的防衛手段是把身體捲成球狀，但如今這一招也不管用了，該怎麼辦才好……」

姬兒一臉焦急的說著，最後兩句話已接近自言自語。

長頸駝

草原上有一座小小的湖泊，水面上棲息著許多雁鴨。空中盤旋著雕、鷹等大型鳥類，虎視眈眈的想要捕捉小鳥為食。湖水非常淺，大概只有及膝的深度。

這裡是動物共享的飲水區，任何動物都擁有平等的飲水權利。就算是在劍齒虎的身邊，鹿也可以津津有味的伸長了脖子喝水，這樣的景象在湖畔可說是一點也不稀奇。

然而，有一種動物例外，那就是長頸駝。「任何動物都能在任何地方喝水」是動物社會的規矩，唯獨長頸駝擁有自己的飲水區，而且不許其他動物在該處飲水。

這座湖的淺灘處，長著不少蘆葦，以及覆蓋了整個水面的水草。蘆葦的嫩葉非常美味，但這裡的動物社會還有另一個規矩，那就是任何動物都不許吃蘆葦及水草。

然而長頸駝不僅吃蘆葦及水草，還會在淺灘處洗澡。因為牠們自己的飲水區沒有蘆葦，浮在水面上的水草數量也少。

長頸駝做的這些事情，原本在這湖畔都被視為禁忌。因為如果各種動物都跑到湖裡洗澡，湖水就會變得混濁。數十年之後，湖水可能就無法飲用了。自古以來，生活在附近的動物已歷經了無數次教訓，最後才會制定出不准進入水中洗澡的規矩。

南蹄類動物之中，有一種稱為「古羚」的動物。某一天，一隻公古羚因為不滿長頸駝長期觸犯禁忌，故意跑到長頸駝的飲水區喝水。

過了一會兒，成群結隊的長頸駝唱著雄壯威武的歌聲，快步朝公古羚走近。

星尾獸洛拉在一旁靜靜觀望，內心不禁佩服這隻公古羚的勇氣。

長頸駝群來到了公古羚的面前。走在最前面的公長頸駝老大走向公古羚，惡狠狠的說：「喂！滾開！這裡是我們專用的飲水區，誰准你在這裡喝水的？」

公古羚毫無畏懼的看著公長頸駝老大。

「你們專用？什麼意思？這座湖是大家共有，任何動物都有飲水的權利。我反而想問問，誰准你們擁有專用的飲水區？」

其他長頸駝頓時開始鼓譟，對公古羚口出惡言。

「快趕走這個不知天高地厚的傢伙！」

公長頸駝老大的臉色變得更加難看了。牠圓睜雙眼，甩動長達五十公分的鼻子。

「哼，身體瘦小，嘴巴倒是挺厲害。」

牠一邊說，一邊轉過身，以肌肉高高隆起的臀部對準了公古羚。

「哼，做事無法無天，屁股倒是挺強壯……」

公古羚還想繼續說下去，公長頸駝老大已奮力踢出了後腿。

勇敢的公古羚登時下顎碎裂，仰天摔倒，頭部撞在石頭上，失去了意識。

從這天之後，所有動物都對長頸駝的蠻橫行為視而不見，長頸駝也彷彿將整座湖當成了自己的地盤。

星尾獸洛拉實在看不慣長頸駝的惡形惡狀，打算找梅根叔叔出面伸張正義。大地懶梅根體型巨大無比，若要打架，絕對不會輸給長頸駝。但是梅根平時所吃的水果就含有很多水分，根本不必喝水，所以牠總是待在森林裡，從不靠近湖畔。

洛拉左思右想，又想到了另一個可以拜託的對象，那就是南蹄類動物中體型最大的弓齒獸。體長超過三公尺，四肢健壯得像犀牛，體重高達兩噸。只要猛力衝撞，就算是長頸駝也會被撞飛吧。

於是，洛拉前往拜訪弓齒獸，懇求牠好好教訓那些惡棍。

弓齒獸靜靜聽完了洛拉的話，柔聲說：「我能體會你的憤怒。任何動物看了牠們的行徑，都會感到不舒服吧。但仔細想想，如果我教訓了牠們，會帶來什麼樣的後果？倘若牠們每次都在不同的地方喝水，一定會常常與身旁的動物起爭執。湖畔一天到晚發生爭吵，原本長久維持的湖畔和平就會瓦解。到那時候，就會變成只有強者才能到湖畔喝水。所以說，讓那些惡棍擁有專用的飲水區，就像是把牠們限制在一定的範圍內，不讓牠們到處亂跑。我知道你很生氣，但仔細想想，就會發現放任牠們才是最好的作法。

更何況我實在不明白，你怎麼會來求我？我沒有巨大的牙齒，也沒有長角或利爪，只是身體稍微壯了一點而已。相較之下，你卻有一根長長的尾巴，尾巴的末端還有很多尖刺。只要甩一甩尾巴，相信沒有任何動物是你的敵手。如果你真的那麼氣憤，怎麼不使用你的尾巴作為武器，自己去教訓那些長頸駝？呵呵呵……」

洛拉豎起自己的尾巴，說道：「嗯，我也曾經這麼考慮過。但是當年我的媽媽再三告誡，尾巴只能用來保護自己，絕對不能主動攻擊其他動物。媽媽還說，如果我這麼做，賜給我們尾巴的天神一定會非常生氣，沒收我們的尾巴。」

「嗯，你的母親說得很對。到頭來，最重要的還是保護自己。我相信總有一天，你的尾巴一定會救你一命的。好了，這個給你，快回去吧。」

弓齒獸叔叔送洛拉一顆又大又香甜多汁的果實。

「大哥，我們要不要試試看？我每次看到那些高高隆起的屁股，就忍不住要流口水。」

這一天，基爾帕興致勃勃的對基拉修說。

「試什麼？」基拉修問。

「當然是那些長頸駝，獨占了最上等的草地，平日作威作福，霸道又任性。上次的事件，你也看見了。我很想給那群長鼻子的無賴一些教訓。何況你仔細看牠們的鼻子，那古怪的長鼻子可以靈活的轉來轉去，裡頭絕對有柔軟的肌肉，一定很美味，真是迫不及待想要吃吃看！那可是我們到目前為止都還沒品嘗過的大餐呢！說著說著，我的口水又快要流下來了……」

基爾帕說到這裡，嚥了一口口水。

基拉修說道：「那鼻子吃起來搞不好很噁心呢……不過那些傢伙每天都吃最上等的草，身體的肉一定很鮮美吧。而且因為我們從不攻擊長頸駝，牠們這陣子簡直把自己當成了國王。我也正想要給牠們一點顏色瞧瞧。」

原本在一旁靜靜聆聽的基璐璐，也以稍微激動的語氣說：「說到這個，我上次偶然間聽到了古羚群正在偷偷策畫一樁詭計。牠們想要拜託長頸駝打倒我們這三隻劍齒虎呢。牠們還說，長頸駝有強勁的後腿作為武器，就連我們劍齒虎也不是敵手。」

「嗯，牠們的強力踢擊也是我正在煩惱的問題。過去我從不曾挑長頸駝下手，正是因為想不到好辦法可以克制牠們的踢擊。」

「就算牠們的腿再怎麼厲害，也只能前後踢，不可能往側邊踢。只要我們從側邊攻擊，不就可以避開了嗎？」基璐璐說。

「嗯，這是個好點子。既然這樣，我們得想辦法攻擊側面……這樣好了，牠們吃草的時候，一定會有幾頭距離其他同伴較遠，我們就挑那樣的對象當目標。基璐璐從後方，基爾帕從右側……這時如果我從正面接近，目標一定會往左側逃走，所以我必須站在往左側偏四十五度的方向，同時擋住前方及左側。我們都發出低沉的恫嚇聲，擺出攻擊姿勢慢慢前進，在目標想要逃走的瞬間，基爾帕就撲到牠的背上，以尖牙攻擊，我就趁這個時候攻擊脖子，切斷頸動脈，結束牠的生命。明天的早餐時間，我們就來試試。」

基拉修愈說愈興奮，牙齒發出喀喀聲響。基爾帕聽了，也忍不住開始磨牙。基璐璐在此起彼落的磨牙聲中，自顧自的繞圈子跳起舞來。

隔天一大早，三隻劍齒虎便氣勢洶洶的出征了。

一整群長頸駝正在茂盛、翠綠的草地上吃早餐。其中有一隻年輕的公長頸駝距離其他同伴稍遠。

「就是牠。」基爾帕低聲說。三隻劍齒虎壓低了身子，以長草掩蓋住身體，朝著目標躡手躡腳的前進。幸好這時的風向為逆風。長頸駝的嗅覺非常靈敏，一旦在風中聞到劍齒虎的氣味，一定會機靈的逃走。

基爾帕向兄妹們使了個眼色。作戰正式開始。

就在這個瞬間，風向有了變化。由於只是微風，基拉修原本以為應該不要緊，但事實證明並非如此。

年輕的公長頸駝突然將長長的脖子高高舉起，轉頭環顧四方。接著牠一邊奔向同伴，一邊發出「嗷嗷」叫聲。

長頸駝的老大聽見了呼救聲，也跟著以更加高亢、宏亮的嗓音大聲呼叫。所有正在吃草的長頸駝，都同時往老大的方向奔跑。

「風向竟然變了，只能怪我們運氣不好。今天先撤退吧，盲目追趕只是浪費力氣而已。」

基拉修懊惱的咬著牙齒，氣呼呼的說。

劍齒虎原本以為長頸駝群會在老大的帶領下倉皇奔逃，結果卻出乎牠們的意料。所有的長頸駝竟然聚集在一起，排成了一個大圈子，以頭部對著圓心，臀部向外，形成了毫無破綻的圓陣。不論敵人從哪個方向進攻，牠們都能以強力的後腿進行反擊。

「真是了不起的防衛陣形。我們在周圍繞個一圈，嚇唬嚇唬牠們吧。」

於是三隻劍齒虎一面發出低吼聲，一面在長頸駝的圓陣外慢慢繞行。

不論從哪個角度看，都只能看見屁股。肌肉高高隆起的屁股，在陽光照耀下，散發出茶褐色的光芒。

基爾帕看著眼前由屁股組成的防護牆，內心感到更加焦躁難耐。如果眼前是一道石牆，還可以想辦法翻越過去。但如果想要翻越屁股牆，一定會被長頸駝的後腿踢個正著。基爾帕的心中熊熊燃燒著懊惱與憤怒的火焰。

繞了兩圈之後，基拉修下令：「今天就到此為止吧。我已經看穿牠們的戰術，也想出了一些對策，先回去重擬計畫。」

於是三隻劍齒虎在基拉修的帶領下轉身離去。但走了數公尺，基爾帕突然一個翻身，全力朝著長頸駝的圓陣衝刺。基爾帕的胸中彷彿有一座蠢蠢欲動的火山，終於在此時徹底噴發。經過快速的助跑之後，基爾帕高高跳上了半空中。既然攻擊屁股會遭受踢腿反擊，基爾帕滿心以為只要跳得夠高，直接攻擊背部，那些長頸駝的後腿就踢不到了。

但是基爾帕前方的年輕母長頸駝看準了時機，突然以前腳踏穩地面，整個身體呈倒立姿勢，後腿高高向上踢出。

母長頸駝的強勁後蹄狠狠擊中了基爾帕的大腿。

基爾帕慘叫一聲，摔倒在地上。基拉修趕緊奔上前，咬著牠的脖子全力後退。如果不立刻離開原地，基爾帕馬上就會被長頸駝的亂蹄踏死。

唉，基爾帕的老毛病又犯了，真是的。那些該死的長頸駝，我總有一天會報仇。

基拉修拖著基爾帕，思索著下一次的作戰計畫。

旱災

雨季結束後，便進入了一整天陽光灼熱耀眼的乾季。這個時期，一滴雨都不會下，地面上的植物會逐漸枯萎，原本翠綠的草原會變成放眼望去，淨是一片黃褐色的枯原。乍看之下，草似乎都枯萎了，其實枯葉底下還是藏著少許青草。只要認真尋找，要找到足以吃飽的草量並非難事。

由於這一帶鄰近赤道，四季變化並不明顯，取而代之的是差異極大的乾季及雨季。大乾季約持續五個月，結束後會進入約三個半月的大雨季。進入雨季之後，所有的草都會不約而同的萌生出嫩芽，彷彿等待著這一刻已久。大雨季結束後，緊接著就會是約兩個月的小乾季，然後是約一個半月的小雨季。當然這只是平均的長度，每一年的乾雨季都會有若干的長度變化。

這裡的森林屬於熱帶雨林，樹木一整年都不會乾枯。即使進入大乾季，也只有地面上的草會枯萎，樹木依然會維持青翠茂盛的姿態。

這陣子歌蘭高原的大乾季應該已經結束了，卻遲遲沒有進入大雨季，烈陽依然每日照耀著布滿了枯草的草原。

藏在枯草裡的青草愈來愈少了。不管是鹿群、弓齒獸，還是其他南蹄類動物，光靠自己地盤內的青草都無法填飽肚子，紛紛開始入侵其他動物的地盤，尋找那少得可憐的青草果腹。

剛開始，地盤遭入侵的群體還會努力趕走入侵者。但是過了一段時間，為了尋找青草，原本固守自己地盤的動物，也會開始入侵鄰近群體的地盤。

到了後期，各群體之間的地盤制度幾乎徹底瓦解，動物開始在草原上往來遷徙，為了存活下去而四處流浪。

同樣的事態，也發生在長頸駝群體上。剛開始，長頸駝死守著自己最上等的青草地，絕不允許其他動物進入。但過了一陣子之後，就連長頸駝也放棄了自己的地盤，開始在草原上流浪。

不過，雖說是流浪，並非每隻動物獨自行動，而是整個群體一起往相同的方向移動。

草原上偶爾還是能找到稀疏的禾本科青草嫩芽。誰先找到，誰就能先填飽肚子。就像這一天，一群古羚先找到了，開開心心的吃了起來。

然而天性狡猾的長頸駝，隨時隨地都在注意著草原上的一舉一動。牠們並不是在尋找愈來愈稀少的青草，而是在監視著有沒有什麼動物已經找到青草了。

要確認其他動物是否找到青草非常簡單。只要看一整群都聚集在同一塊地方，而且全都低著頭，那個地方一定長著青草。例如當鹿要吃地上的青草，一定會微微張開前腳，垂下脖子，將嘴湊向青草。絕大部分的有蹄類動物都是以這個姿勢吃草，即使是從遠處，也能一目了然。

長頸駝的群體只要發現有其他動物做出這個動作，就會一整群浩浩蕩蕩的衝向該地，不管三七二十一的趕走正在吃草的動物，占據該地的青草。像古羚好不容易找到了青草，也面臨被驅趕的命運。久而久之，草原上的動物變得愈來愈瘦，長頸駝卻靠著這種搶奪手法維持著精力，體型沒有變瘦太多。

然而又過了一段時期之後，族群內部的秩序也開始受到考驗。這是因為群體內也有強者與弱者的分別，當一整群動物集體行動時，強者總是搶走弱者正在吃的青草。換句話說，即使是在群體內，也是只有強者才能填飽肚子，弱者則老是遭到欺壓，過著填不飽肚子的生活。

只要是團體生活，強者永遠是得利的一方。這樣的日子久了，開始會有一些個體寧願離開團體，過起獨居生活。如此一來，團隊行動的制度也隨之逐漸瓦解。

長頸駝在所有有蹄類動物之中，算是維持群體生活較長的一群。但即使如此，集團到最後還是逐漸分化，愈來愈多長頸駝在草原上獨自漫步。

植食性動物絕大部分都過著飢餓的生活，基拉修三兄妹卻是每天不愁食物。跟前陣子比起來，現在捕捉獵物變得輕鬆許多。植食性動物都因營養不良而體能下降，奔跑速度大不如前，再也沒有辦法逃出劍齒虎的魔掌。

但對三兄妹而言，這也不是沒有缺點。因為動物變瘦了，肉也變得難吃。前陣子吃慣了肥味獵物的三兄妹，作風變得愈來愈浪費。往往只吃完最好吃的內臟及肩膀肉之後，就棄置不吃了。

草原上陸續出現了餓死的動物。一具具乾癟的屍體散布在草原上，令人看了不勝唏噓。

最開心的動物，莫過於神鷲了。草原上到處是牠們的食物。每一隻神鷲都可以自由挑選看上眼的屍體，愛吃多少就吃多少。吃完了大餐，牠們會發出奇特的叫聲，張開翅膀搖擺起舞。

「大哥，我還是嚥不下這口氣，我想報仇！但我一個人做不到，你能不能幫我？」

「基爾帕，你要報什麼仇？」

「你看看我這副德性。」基爾帕拖著行動不便的右腿說：「最近長頸駝的群體也四分五裂了，只

有親朋好友會一起行動，大部分的長頸駝都是在草原上獨來獨往。當初我因為太輕敵，右腿受了重傷，把我踢傷的那傢伙，如今也過著獨居生活。牠的尾巴斷了半截，所以我從大老遠就能認出牠的身影。牠是個非常奸詐的傢伙，只要看到其他動物正在吃草，一定會跑過去趕走對方，自己獨占青草。所以跟其他動物比起來，牠肥多了，肉一定很美味吧。我忍不住了。大哥、基璐璐，你們一定要幫我幹掉牠。」

「好吧，那些乾癟的動物，我確實也吃膩了，正想著要找一隻長頸駝下手。既然你這麼說，就先拿那傢伙開刀吧。」基拉修表示贊成。

草原上的動物都拖著衰弱無力的身子，四處尋找青草。每一隻動物都只想著自己活下去，根本顧不了其他動物的死活。許多天生瘦弱或生了病的動物，都倒在地上餓死了。

三兄妹很快就找到了基爾帕所說的那隻長頸駝。因為牠不僅身體壯碩，而且不時抬頭監視著周遭動靜。就像基爾帕所說，只要發現任何動物在吃草，牠就會奔過去驅趕，搶走對方的青草。因為牠的尾巴只剩半截，基拉修三兄妹給牠取了個綽號叫「半尾」。半尾的行徑幾乎跟強盜沒兩樣，但這並非牠的專利，事實上，每隻長頸駝都在幹類似的事情。

三隻劍齒虎來勢洶洶的朝著半尾走近。每一隻的步伐都矯健輕盈，因為不缺食物，所以體力絲毫沒有衰退。三兄妹大搖大擺的走在驚惶失措的瘦弱動物之間，那副模樣實在有些詭異。

三兄妹無聲無息的自後方靠近半尾。若是從前的長頸駝，一旦拔腿逃走，劍齒虎就再也追不上了。但如今長頸駝的體力也因為食物不足而大不如前，跑起來已遠遠不是劍齒虎的敵手。因此三兄妹決定直接襲擊，沒有安排任何戰術。

這時半尾正低頭吃著剛搶來的草，仰賴嗅覺的偵敵能力並不像平常那麼高，所以並未察覺三兄妹已悄悄靠近。

「我先上，我想把我的尖牙狠狠的插在牠的屁股上。」基爾帕低聲說。

「沒問題。」基拉修點點頭。

基爾帕勉力蹬出行動不便的右腿，朝半尾全力撲擊。

半尾一驚覺，立即全力逃走。

基爾帕使盡力氣追趕，但由於一條腿動作不靈活，非但無法拉近距離，還愈追愈遠。基爾帕氣得直咬牙，卻無計可施。

基拉修見苗頭不對，趕緊繞到前方，躲在荊棘樹叢的後頭。等到半尾一靠近，突然跳了出來。

半尾嚇得趕緊停下腳步，轉身想要往另一個方向奔跑，但這時，基爾帕已追了上來。基爾帕以不惜將行動不便的右腿折斷的氣勢縱身一跳，將長度超過二十公分的尖牙插在半尾的臀部。

半尾嚇得六神無主，一時站在原地不知如何是好。當牠踏穩了地面想要再度拔腿逃走時，基璐已撲過來咬住牠的口鼻。

半尾無法呼吸，整個身體翻倒在地。

基拉修凝神俯視半尾，簡直像在思考如何料理砧板上的一塊肉。接著基拉修舉起長牙，給了半尾最後一擊。

半尾終於動也不動了。

「基爾帕，現在你已經報仇了。嗯，剛剛那一跳實在了不起，這傢伙的肉都是屬於你的。分一點給基璐璐吃就好，我去喝水了。」

基拉修說完之後轉過身，頭也不回的離開了。

星尾獸洛拉在遠處看見了這一幕，不禁陷入沉思。

雖然是可怕的肉食猛獸，但作風真讓人敬佩。

不過……總有一天我也會成為牠們的攻擊目標。到時候面對這三隻狩獵高手，我該怎麼抵禦呢？我的身上有堅硬的甲殼，頭上也有硬皮，牠們的牙齒應該咬不穿我，但脖子是我最大的弱點。我的脖子只有一層柔軟的厚皮，恐怕沒辦法擋住牠們的利牙。當然，我可以盡量把頭縮進殼裡，但這麼一來，我就會看不見周圍的狀況。牠們精明得很，如果看我縮起頭，一定會想出辦法來對付我。可見攻擊才是最大的防禦，我必須多練習使用我的尾巴當作武器。

洛拉想著想著，忍不住揮舞起了尾巴。

天性狡猾的長頸駝自從得知有同伴遭殺害後，只要一看見基拉修等三兄妹的身影，就會馬上躲得遠遠的。吃了一次長頸駝之後，基爾帕愛上了那個滋味，想要再邀兄妹一同狩獵長頸駝。但長頸駝提防得相當嚴密，三兄妹根本沒有下手的機會。

在缺乏食物的時期，幾乎所有動物都因為挨餓而身形削瘦、面容憔悴。但還是有極少數動物過著豐足的生活。除了劍齒虎，生活過得最愜意的就是以螞蟻、白蟻為主食的犰狳及食蟻獸了。

白蟻的種類非常多，但不論是哪一種白蟻，在覓食上都有著共通的習性。白蟻是植食，而且不吃活的植物，只吃枯死的植物。白蟻不吃綠葉，只吃乾枯的落葉，有生命的樹木絲毫不感興趣，枯朽的樹木卻是眼中的美食。

大量草木因旱災而枯萎，對白蟻來說是天大的喜事。乾旱對白蟻來說，簡直就像是帶來豐富食物的豐饒女神。

大草原上陸續出現大量的白蟻窩，全都高達五公尺以上，形成一座座的高塔。而且數量還在持續增加，令整個草原有如繁榮的白蟻王國。

除了白蟻之外，草原上偶爾還可看見星尾獸的身影。星尾獸都是獨來獨往，不喜歡群居生活。

這一天，星尾獸洛拉偶然遇上了自己的叔叔。那叔叔原本個性開朗活潑，如今卻因為飢餓，只能像蝸牛一樣在草原上慢吞吞的前進。

「叔叔，午安。好久不見了。」

洛拉精神奕奕的朝著叔叔小跑步靠近。

叔叔神色恍惚的左右張望，「是誰？是誰在跟我熱情的說話？」

叔叔似乎連眼睛也看不清楚了。

「我是洛拉。叔叔，你還好嗎？你看起來好憔悴！」

「噢，原來是洛拉。太久沒吃東西，怎麼能不憔悴？倒是你，怎麼還能這麼有精神？你是不

是知道哪個地方有綠草？拜託帶我去吧……」

「我不知道哪裡有綠草。就算有，一定也會被長頸駝占領，其他動物都無法靠近吧。其實我是吃了一種特別的食物，就是那個。」

叔叔朝洛拉所指的方向望去，「或許是我眼力變差了，我只看到白蟻窩。那些小蟲子真討厭，而且最近愈來愈多了。」

「對，那些白蟻就是我的食物。白蟻很營養，咬下去會有汁液噴出來，滋味挺不錯呢。」

「什麼？你竟然吃那種骯髒的東西！真是太不知羞恥了！」

叔叔氣呼呼的朝地上吐了口口水。

「從前我曾經掉進一個深坑裡，沒有東西可以吃。就在我快要餓死的時候，有一隻青蛙朋友勸我吃白蟻。在面臨死亡的瞬間，我體會了一個道理，那就是如果想存活下去，就不能被頑固的想法或過去的習慣束縛。自從想通了這一點之後，我開始覺得白蟻也沒那麼難吃。何況我的好

朋友犰狳姬兒，她的主食也是白蟻，更讓我覺得吃白蟻也沒什麼不好。叔叔，既然你這麼餓，就不要逞強了。快學我吃白蟻吧，保證馬上就會恢復精神的！」

洛拉說出這段話的過程中，叔叔總共舉起手掌對著地面拍了三次。洛拉原本以為那是表達贊成，沒想到是完全相反。聽完了洛拉的話之後，叔叔已經氣得暴跳如雷。

「你不用再說了，我有自己的生活方式。我最重視的不是性命，而是身為星尾獸的高貴精神。如果要我吃白蟻，我寧願繼續餓肚子，變成一具木乃伊。你看看食蟻獸、犰狳那種猥瑣難看的長相，那正是心靈汙穢的證明。不過，洛拉，我不強迫你接受我的想法。你想怎麼活，就怎麼活吧。再見，我走了。」

叔叔抬頭挺胸的轉身離開。牠的態度雖然充滿了自負，動作卻非常吃力，每一步都必須咬緊牙關才能在地上踏穩。由於星尾獸的身體受硬殼包覆，從外觀難以判斷營養狀態，但那背影不知為何竟透著一股淒涼，令洛拉不禁悲從中來。

就在這時，洛拉驀然想起了當初梅根叔叔給的那顆果實。只要吃上一口，全身就能充滿能量。洛拉心想，不如把那顆果實送給叔叔吧。畢竟那是樹木的果實，叔叔沒有理由拒絕，而且吃了之後，叔叔一定會恢復精神。

洛拉打定了主意，便動身前往藏匿那長生靈藥的地點。當初自己將果實埋入地底下後，還在上頭放了石頭作為記號，應該不難找到才對。

洛拉一下子就找到了那顆當記號的石頭。但石頭的所在位置，跟記憶中的似乎不太一樣。洛拉推開石頭，試著挖掘地面，泥土非常堅實，並沒有自己當初挖的洞。

或許石頭被移動過了。洛拉並不死心，繼續挖掘。洛拉覺得某個位置愈看愈眼熟，一挖之下，果然發現了當初自己挖過的洞，但果實早已不在洞內。

一定是被偷走了。洛拉失望的轉身離開。

雨季彷彿從世界上消失了一般，再也不曾到來。灼熱的太陽每天都高掛在天上，連低矮的灌木也枯萎殆盡。動物勉強拖著削瘦而虛弱的身體，在黃褐色的枯原上尋找著那少得可憐的青草。

餓死的動物愈來愈多，枯原上放眼望去淨是悲哀的死屍。唯有神鷲群每天過著快樂逍遙的日子，牠們總是圍繞在屍體旁，一面發出古怪的叫聲，一面振翅跳舞。

枯原上稀疏的散布著一些半圓形的小山丘，每一座小丘的高度約有四公尺，而且不時緩緩移動。那正是與星尾獸同屬的近親。牠們雖是植食性動物，動作非常緩慢，沒有辦法像鹿一樣快速奔跑尋找食物。然而牠們擁有另一個不同的優勢，那就是尖銳又強韌的爪子，能夠挖開泥土，找出地底下的小球根或根莖當作食物，因此勉強還不至於餓死。

在所有的星尾獸之中，唯有洛拉依然精力充沛。當年掉進坑洞裡，生命的火焰瀕臨熄滅時，偶然間陪在身邊的青蛙，讓自己獲得了另一種能量來源。

白蟻窩形成的高塔在枯原上愈來愈多。對於食蟻獸、犰狳這類以白蟻為食的動物來說，乾旱無疑是上天的恩賜。

難對付的食蟲動物

星尾獸洛拉緩緩走在荒涼蕭瑟的枯原上，內心同時存在著對生存的喜悅，以及另一種難以言喻的奇妙心情。雖然梅根叔叔給的靈藥果實被偷了，但此時的洛拉並不感到憤怒。洛拉看著眼前飄著一股屍體臭氣的枯原，內心不禁慶幸至少那顆果實確實幫助了一隻動物。

驀然間，眼前的枯草堆動了一下，從中竄出一隻劍齒虎。

洛拉緊張的停下腳步。劍齒虎平日總是三隻一起行動，另外兩隻大概正躲在自己的側邊及後方。

洛拉觀察了一陣子，發現情況似乎不太對勁。眼前的劍齒虎一下子衝向左邊，一下子又衝向右邊，雖然很明顯是要攻擊自己，卻一直沒有朝自己撲來。另外還有一點令洛拉感到納悶，那就是襲擊自己的劍齒虎似乎只有眼前這一隻，另外兩隻都不在附近。

其實，襲擊洛拉的劍齒虎只有基爾帕。整件事情的來龍去脈是這樣的……

「大哥！」基爾帕一臉煩悶的看著基拉修。每當基爾帕露出這種表情，就表示牠又在打什麼鬼主意了。

「那些動物變得又瘦又難吃，每天吃實在很膩。長頸駝又怕我們怕得要命，根本沒辦法接近。

如今還能保持身強體壯的動物，只剩下食蟻獸、犰狳，以及神鷲了。偏偏神鷲又太難吃，我一點也不想吃。但我發現有件事非常奇怪，那就是星尾獸明明也因為食物不足而變得虛弱，那個叫洛拉的年輕小子卻總是看起來朝氣十足。我相信牠的殼裡一定有著非常扎實的肉跟美味內臟吧。這一次，我想要挑牠下手。」

「傻小子，我告訴你原因吧。洛拉那傢伙外表看起來是一隻星尾獸，但牠其實也是吃蟲子的。上次我親眼看到牠挖開一座白蟻塔，我心裡很納悶，不曉得牠想幹什麼。仔細一看，才發現牠在吃白蟻，真是嚇了我一大跳。你仔細看看牠的爪子，一般星尾獸的爪子都是筆直的，但牠的爪子卻像食蟻獸一樣往內彎曲，那正是因為挖太多白蟻塔，爪子已經變形了。

你應該也知道，我最討厭吃蟲子的動物。牠們的肉都很臭，只要吃一口，我一定會吐出來。如果你要找那個洛拉下手，就自己去吧。你可以找基璐璐幫忙，但我一點興趣也沒有。」

基拉修一臉不屑的告訴基爾帕。

這時基璐璐說：「說到這個，我從以前就想吃吃看食蟻獸，已經觀察好一陣子了。牠們的身體又大又壯，應該有很多肉吧。食蟻獸的動作並不快，我自己就能打倒。基爾帕哥哥，不如我們來比賽，看誰獵捕到的肉比較好吃。」基璐璐笑嘻嘻的說。

眼前這隻劍齒虎的動作不禁令洛拉起了疑心。對方如果要襲擊自己，為什麼不直接撲過來？牠忽左忽右的跳來跳去，到底要攻擊哪裡？

洛拉對自己身上的武裝相當有自信。除了背殼之外，還有末端有尖刺的尾巴可作為武器。尾巴在自己的身後，敵人當然會選擇從正面進攻，這是很合理的戰術。但其實自己的尾巴相當柔軟，可以自由自在的靈活甩動，就算要攻擊前方的敵人也完全不是問題。

洛拉突然想通了。自己身上唯一的弱點，就是脖子。頭部有著堅韌的頭盔，並不怕敵人攻擊，但脖子並沒有任何防衛。敵人忽左忽右的跳動，自己當然也會跟著轉頭。如此一來，自然會露出脖子。而且有時候為了看清楚敵人在哪裡，可能會將脖子伸長。敵人一定是故意想引誘自己做出這個動作，才好攻擊自己的脖子吧。

看穿了劍齒虎的詭計之後，洛拉心裡暗自竊笑。

就在這時，基爾帕突然迅速往右側移動。

洛拉故意伸長了脖子，將頭轉向右邊。

下一秒，基爾帕高高跳起，朝洛拉的脖子撲來。

但這個攻擊早在洛拉的預期之中。洛拉迅速一個翻身，將棍棒般的尾巴水平揮舞。

「砰」的一聲沉重巨響，尾巴末端的尖刺狠狠擊中了基爾帕的臉。

基爾帕登時昏厥，躺在地上一動也不動了。

洛拉自己也沒料到反擊會如此順利，只是愣愣的看著倒地不起的基爾帕，一時不知該怎麼辦。

洛拉忽然驚覺這是個絕佳的好機會。現在每天都有無辜的動物遭這三兄妹殺害，如果能夠減少一隻，對大家來說無疑是件好事。趕快把牠踩死，免得牠繼續危害草原。

然而洛拉才剛踏出一步，基爾帕就因腳步聲而驚醒。牠跳了起來，往左右看了一眼，察覺危險後，踉踉蹌蹌的逃走了。

另一方面，基璐璐正在悄悄接近一隻最近看上的大食蟻獸。

大食蟻獸的體長超過一公尺半，全身長滿了濃密的長毛，有些部位的長毛超過三十公分，而且又粗又硬。全身上下不受長毛覆蓋的部位，只有長長的臉孔。大食蟻獸的臉非常長，簡直像是巨嘴鳥的鳥喙，嘴角的附近有著小小的眼珠。

由於全身覆蓋著硬毛，劍齒虎的利牙就算咬在硬毛上，可能也會滑開。唯一可以攻擊的部位，只有臉部而已。

當三兄妹一同狩獵，基璐璐的職責通常是咬住獵物的口鼻，使獵物無法呼吸。因此這次以大食蟻獸那長長的嘴與鼻子作為攻擊目標，對基璐璐來說是相當熟悉的技巧。問題只在於該從哪個方向進攻。

三兄妹最常狩獵的對象是有蹄類動物。這類動物的最大武器是以後腿踢擊後方的敵人，因此從前方攻擊不會有任何危險，更何況三兄妹聯手出擊，當然是萬無一失。但這次是基璐璐單獨行動，而且對象還是從未對付過的大食蟻獸。

大食蟻獸沒有牙齒，不必擔心會被咬傷，但前爪的威力不容小覷。白蟻塔是以泥土混合白蟻的唾液建造而成，幾乎像岩石一樣堅硬，大食蟻獸卻能夠靠爪子在上頭鑿出孔洞。尤其是大食蟻獸的前爪，硬得有如鋼鐵，而且第二及第三根爪子的長度超過十公分，宛如鋒利的鐮刀。因此要從前方攻擊，想必相當困難。

基璐璐殺氣騰騰的走近大食蟻獸，一時想不出什麼好點子，只好故意在牠面前走來走去，想要測試看看牠會有什麼反應。

大多數動物看到猙獰可怕的劍齒虎，都會害怕得全力奔逃，但大食蟻獸沒有這麼做。

不過，從大食蟻獸那警戒的態度，可以看出牠也正在提防著基璐璐的攻勢。但牠以那小小的眼珠朝基璐璐瞥了一眼後，不僅沒有逃走，反而還走向白蟻塔，開始以鐮刀般的長爪子裝模作樣的在塔壁上挖洞。

這顯然是對基璐璐的挑釁。

基璐璐氣得咬牙切齒，打定了主意，一定要讓大食蟻獸吃到苦頭。但顯然從前方攻擊是行不通的，基璐璐想了一下，決定從後頭跳到大食蟻獸的背上，將長長的尖牙插進牠的脖子或腦袋裡。

但就在這時，大食蟻獸突然開始小跑步移動。覆蓋著長毛的尾巴不停的上下左右甩動，顯然是在防備來自後方的攻擊。

基璐璐緊跟在大食蟻獸的身後，不停思考著該怎麼發動攻勢，卻遲遲沒有下手。想了許久，基璐璐漸漸開始認為單靠自己的力量沒辦法打倒牠。

就在基璐璐打算要放棄的時候，背後忽然傳來細微的腳步聲。那個輕快又具節奏感的腳步聲……一定是基拉修！基璐璐心想，哥哥大概是擔心我的安危，所以特地前來幫忙。只要加上哥哥，對付

大食蟻獸絕對不是問題。

沒想到就在這個時候，大食蟻獸突然停步，轉身面對基璐璐，擺出了戰鬥姿勢。

基璐璐趕緊壓低身子，提防敵人隨時撲過來，同時張開大口，以長牙恫嚇敵人。

就在這個瞬間，忽然有道深紅色的閃光，朝基璐璐的雙眼射來。

那似乎是一條溼溼滑滑的細繩狀物體，輕輕擦過了基璐璐的兩隻眼珠。

眼前霎時變得一片黑暗，什麼也看不見。

基璐璐大驚失色，內心有了死的覺悟。下一瞬間，大食蟻獸的鐮刀爪子一定會把自己割得肚破腸流吧。

總而言之，一定要盡快逃走。基璐璐迅速轉身，不管三七二十一的拔腿奔跑。

猛然間，基璐璐的身體撞上了一團物體。幸好並不硬，感覺像是一團柔軟的橡皮。

「傻丫頭，我就知道妳會惹上麻煩。」

是基拉修的聲音。

基拉修將基璐璐推倒，以舌頭舔她的眼珠。基璐璐的眼珠沾上了一層濃稠的黏液。

「這玩意很黏，妳一定很痛，而且什麼都看不見吧？如果不趕快清除，妳可能會瞎掉。」

基拉修仔細的舔著妹妹的眼珠，反覆好幾次，才把黏液舔得一乾二淨。

「哥哥，謝謝你，現在我終於看得見東西了。剛剛到底是怎麼回事？怎麼會有一道深紅色的閃光，射進我的眼睛裡？」

「我也吃了一驚。剛開始，我還以為大食蟻獸從尖尖的嘴巴發射出深紅色的光線。但仔細一瞧，原來那是牠的舌頭。那舌頭好長，幾乎是妳身長的一半，從妳的眼珠子上擦了過去。大食蟻獸的舌頭上有許多像糨糊一樣的黏液，牠們靠這些黏液將白蟻黏進嘴裡。妳的眼睛看不見，正是因為這些黏液。黏液如果乾了，就再也擦不掉，到時候妳的眼睛就瞎了。幸好我及時趕到。我可不想一輩子跟一個瞎眼妹妹相處。」

「真的謝謝你，基拉修哥哥。我的眼睛恢復了光明，全是哥哥的功勞。我不該太過自負，以為那傢伙沒有牙齒，自己就能對付。」

基璐璐吁了一口氣，內心對基拉修萬分感謝。

「所以我才討厭那些吃蟲子的傢伙。一來不知道牠們會使出什麼手段，二來肉又難吃。基爾帕剛剛也被星尾獸的尾巴敲暈了呢，真是兩個笨蛋。」

基拉修板起了臉，無奈的說。

鯰魚妖怪

任何動物想要活下去，都少不了水。有著湖泊及河川的歌蘭高原，曾經是動物的天堂。但由於太久沒下雨，河川早已乾涸，就連湖泊也變成了一座小水池。當然有水總比沒水好，但水池太小，也會引發問題。

所有飢腸轆轆的動物，都會為了喝水而聚集在水池邊。若是當初的大湖泊，動物喝水時還能保持適當距離。如今水池大幅縮小，動物你推我擠，讓水池畔紛爭不斷。每一隻動物此刻都只想著如何延續自己的生命，早已喪失了禮讓之心。

任何一隻動物想要喝水時，一定會有另一隻動物從後頭推擠，因此只要能成功擠到水邊喝上兩口水，就要謝天謝地了。

池畔邊，總是有動物吵鬧不休，刺耳的喧嘩聲此起彼落。

某一天，池裡的水突然往兩側分開，出現一個大洞，一尾灰黑色的巨大鯰魚從洞中竄了出來。那條鯰魚大得有如妖怪，頭部泛著鋼鐵般的黑色光澤。牠將長觸鬚甩了出去，捲住一隻南蹄類動物，在眾目睽睽之下張開血盆大口，將動物扔進了嘴裡。

接著鯰魚妖怪又陸續甩出頭上的兩條長觸鬚，簡直像是投繩圈的高手，將動物一隻隻捲起拋入嘴裡。轉眼之間，就有六隻動物成了牠的腹中物。

當鯰魚妖怪沉入池中時，池畔變得空空蕩蕩，動物早已逃得一隻也不剩。

從這天起，鯰魚妖怪每天都會出現，吃掉五至八隻動物。誰也不曉得鯰魚妖怪何時會出現，池畔成了隨時可能送命的危險地帶。

問題是動物不喝水就活不下去。為了維持生命，動物只好躡手躡腳的靠近池畔，不敢發出半點聲音。

然而不管再怎麼小心謹慎，總有一種聲音無法消除，那就是喝水的聲音。絕大部分動物的喝水方式與人類不同，是以舌頭將水掬入口中，因此一定會發出細微的聲響。

如果只有一、兩隻動物在喝水，鯰魚妖怪絕對不會出現。但是當耐不住口渴的動物全都擠向池畔的時候，鯰魚妖怪就會探出水面，在動物逃走之前，甩出長觸

鬚，捲進嘴裡。

極度的飢餓與缺乏水分，讓枯原上的動物全都陷入了垂死狀態。原本是動物天堂的歌蘭高原，如今幾乎成為動物地獄。

如果沒有辦法對付那尾可惡的鯰魚妖怪，再過不久，歌蘭高原就會成為動物的墳場。

母鹿蔻比是鹿群的新領袖。牠召集了所有動物，討論如何打倒那尾鯰魚妖怪。許多動物都提出了自己的看法，但最後的結論，是唯有劍齒虎才能打倒鯰魚妖怪。如果劍齒虎三兄妹能夠同心協力，或許有辦法對付吧。問題是，要派誰去懇求那三隻可怕的劍齒虎？最後，這個重責大任落在母鹿蔻比的頭上。

於是蔻比單獨來到了基拉修的面前。

基拉修不禁有些驚訝。平常鹿群看到自己總是拔腿就跑，怎麼會有一隻鹿獨自朝自己走來，是不是在打什麼鬼主意？

蔻比心裡怕得不得了，但還是勉強裝出沉著穩重的態度，向基拉修表達有事相求。

「一隻鹿竟然會自己找上門來，今天是吹什麼風？難不成是要求我們離開這座高原？」

基拉修坐了起來，以睥睨群獸的高傲態度說道。

蔻比連忙搖頭說：「絕對不敢！面對天下無敵的劍齒虎三兄妹，誰會說那麼失禮的話？」

「不然想求我們什麼事？」

蔻比誠心誠意的說出了動物討論的結果——唯有劍齒虎三兄妹能夠打倒那尾鯰魚妖怪，希望牠們務必伸出援手。

基拉修苦笑著說：「這叫以毒攻毒嗎？原來這就是你們的鬼主意，真是太愚蠢了。妳倒是說說看，如果成功打倒鯰魚妖怪，能給我們什麼好處嗎？」

「如果能打倒那池裡的妖怪，你就是歌蘭高原的國王。或許我這麼說相當失禮，但如今動物對你們三兄妹只感到又怕又恨。如果你當上國王，就是高原上最崇高、最受尊敬的動物。任何住在高原上的動物，都是你的臣民。不管你下什麼命令，大家都會遵守。老實說，只要那條鯰魚妖怪活著一天，動物就沒辦法喝水。就算過陣子下了雨，大地長出綠草，只要那妖怪還在，我們就沒辦法靠近水邊。沒辦法喝水，就沒辦法活下去。我們討論之後，認為只能懇求天不怕地不怕的劍齒虎伸出援手。」

「嗯，我知道了。讓我考慮一下。」

剛開始，基拉修想不出來有什麼好方法可以打倒鯰魚妖怪，所以打算拒絕。如果是陸地上的動物，只要三兄妹聯手，應該沒有打不倒的敵人。但要對付水裡的動物，就沒什麼把握了。

然而，一聽到「國王」這個字眼，基拉修不禁又改變了心意。這是一個多麼響亮動聽的稱呼！基拉修逐漸壓抑不了內心想要挑戰的衝動。

「大哥，我看還是拒絕吧。這是那群動物的詭計。慫恿我們去對付鯰魚妖怪，是要我們被鯰魚妖怪吃掉。或是我們跟鯰魚妖怪打得兩敗俱傷，對牠們來說都是皆大歡喜。哼，好愚蠢的伎倆。大哥，我才不想上這個當！」

向來不肯吃虧的基爾帕臭著臉說：「喂！妳這隻該死的鹿，快給我滾！下次再耍這種無聊的把戲，我就咬斷妳的喉嚨！」

母鹿蔻比被基爾帕瞪了一眼，嚇得面無血色，往後退了一步。但牠鼓起勇氣說：「基爾帕閣下，我怎麼敢耍什麼把戲？國王能夠有你這麼聰明的弟弟在旁邊輔佐，真是我們的福祉。不管是智慧還是力量，我們哪能跟基爾帕閣下相提並論。今後還要請基爾帕閣下多多照顧呢。」

基爾帕受了吹捧，表情有些洋洋得意。

基拉修這時卻陷入了沉思。或許基爾帕說得沒錯，這一切都只是動物群的陰謀。更何況假如接受了這個委託，自己要如何打倒那水裡頭的鯰魚妖怪？那妖怪的觸鬚能夠將任何東西捲入水中，遇上了恐怕是凶多吉少。自己三兄妹本來就不缺食物，雖然草原上的動物都已骨瘦如柴，但讓劍齒虎填飽肚子並不成問題……想來想去，拒絕才是明智的決定。

問題是對基拉修而言，「國王」這個身分有種難以抗拒的魅力。大家對三兄妹既害怕又厭惡，這點基拉修自然是心知肚明。然而一旦成為國王，自己反而會成為動物尊敬的對象。歌蘭高原所有動物都會成為自己的臣民，必須服從自己的一切命令。

驀然間，基拉修的腦海閃過了一個點子。

於是基拉修毅然決然的說：「好，我接受，而且我會獨自出戰，打倒鯰魚妖怪。」

母鹿蔻比喜出望外，基爾帕及基璐璐則大吃一驚。基爾帕正想要勸哥哥回心轉意，基拉修忽然挺起胸膛，以全身的力氣發出了震耳欲聾的咆哮聲。這時的基拉修已經沉浸在身為國王的快感之中。

基拉修接著對蔻比說：「只要我成功打倒妖怪，從今以後我就是你們的國王，你們每天都必須向我進貢。貢品是三隻動物，作為我們王室的食物。記住，必須是有蹄類動物，不能是吃蟲子的動物，而且不能太瘦。比起被鯰魚妖怪吃光，你們不如乖乖服從。」

「謝謝，我趕緊回去告訴大家！」

蔻比立即滿臉堆笑，朝著三兄妹表達感謝，轉身逃離現場。

動物都心急如焚的等待著蔻比歸來。

蔻比匆匆忙忙的奔了過來，跳到岩石上大喊：「計畫非常成功！基拉修自信滿滿的答應了！」

凝神傾聽的動物同時高聲歡呼。

「但是大家聽我說！基拉修開出了一個條件！」

蔻比等到大家安靜下來之後，將剛剛與基拉修的對話一五一十的說了一遍。

現場先是變得鴉雀無聲，接著開始有動物竊竊私語。基拉修真的能成功嗎？動物原本過著平等的生活，怎麼能突然多個國王？如果讓基拉修當上國王，牠一定會是個殘忍的暴君吧？類似的聲音此起彼落，每一隻動物的心中都充滿了不安。

「安靜！安靜！」

蔻比在岩石上以堅毅的態度大喊：「我能體會大家的擔憂，但目前最重要的是解決鯰魚妖怪。如果沒有辦法解決這個問題，所有動物都是死路一條。」

「問題是……誰要當貢品？」動物不約而同的大喊。

「大家同時說出心中的想法，被提到最多次名字的動物就是貢品。」蔻比說。

「長頸……」大家不約而同的說出這個名字，但全都說到一半，就把話吞了回去。

因為長頸駝正以兇神惡煞般的眼神瞪著大家。

一旦有誰說出「長頸駝」，很可能會被牠們以那可怕的後腿活活踢死。更何況就算所有動物表決通過由長頸駝擔任貢品，牠們也絕對不會服從，只是徒然引起糾紛而已。

動物面面相覷，都不知如何是好。

如果沒有動物願意擔任貢品，所有動物都必死無疑。

現場頓時一片死寂，沒有任何一隻動物開口說話。

古羚的長老這時站上岩石，說道：「就派大羊駝去吧！牠們雖然瘦，但也不到乾癟的地步。更何況牠們的體型從以前到現在都沒有太大變化，應該是最能讓基拉修滿意的貢品。大羊駝的數量目前有三十多隻，一天交出三隻，可以撐個十多天。在這段期間，或許我們能想到其他辦法。大羊駝並非原本就住在這座高原，是外來的卑賤動物，正適合當作貢品。大羊駝！我建議派大羊駝去！」

動物一聽，不約而同的大喊。

「沒錯，沒錯！大羊駝！大羊駝！牠們闖進我們的地盤，最適合當貢品！」

一整群大羊駝原本都在角落聆聽，這時聽到大家的主張，身為領袖的公大羊駝拉盧高呼一聲，轉身離開現場。

所有的大羊駝也都跟著領袖離開，回到了牠們棲息的荒地。

大羊駝原本就住在沒什麼草的貧瘠荒地上，因此受乾旱的影響不像其他植食性動物那麼大。荒地的土壤本來就沒什麼水分，所以生長在此地的草都對乾旱有著較強的抵抗力。雖然這次的旱災實在很長，連這裡的草也紛紛枯萎了，但此時，大羊駝們還不至於瘦到皮包骨的地步。

原本歌蘭高原上共有十多種南蹄類動物，如今群體組織已瓦解，所有南蹄類動物都是一隻隻獨自生活，唯獨大羊駝依然維持著群體行動。

回到荒地後，領袖拉盧召集所有大羊駝。

「大家認為現在該怎麼辦才好？依目前的局勢，我們大羊駝勢必得選出犧牲者。」

所有大羊駝都低著頭不敢說話。

「有沒有哪一隻勇敢的大羊駝，願意擔任貢品？」

大羊駝們依然不發一語。

「如果大家不願意去，就我去吧。但就算加上我的妻子，也還缺一隻。

我不知道基拉修打算採用什麼戰術，但我想牠心中應該有所盤算。基拉修為了當國王，可以說是賭上了自己的性命。現在我也願意賭上我的性命，為了贏回全體大羊駝的性命及幸福。

基拉修對這一戰似乎胸有成竹。在我看來，牠成功的機率大概是一半左右。換句話說，我能活命的機率也是一半左右。

明天基拉修與鯰魚妖怪的戰鬥，可說是一場難得一見的精采好戲。一旦基拉修獲勝，我就會……算了，接下來的事情，應該不用我多說。」

拉比不由得全身顫抖。情緒激動，牠忍不住想要往前踏出一步。母親拉絲卡卻將牠緊緊拉住。

就在這時，一隻年輕的大羊駝走了出來。

「我願意當貢品。」

牠是萊特，平日敏捷矯健的身手及隨和的個性，令牠在群體中頗有人緣。

「萊特，我們是好朋友，我陪你一起去。」

體格削瘦但結實的另一隻年輕大羊駝蘭登，跟著走了出來。

「我也跟你們去！」

一隻聲音宏亮的母大羊駝也走了出來，牠是蘭登的女朋友，比蘭登小一歲，名叫蘭妲妮。

蘭妲妮站在蘭登的身邊，對著心愛的戀人露出微笑。

「謝謝你們。」拉盧對著三隻大羊駝低頭道謝。

其他大羊駝也對著牠們深深低頭鞠躬，但不再對牠們道謝，只在心中暗自期盼劍齒虎基拉修被鯰魚妖怪吞下肚。

基拉修國王

隔天清晨，動物都聚集在水池畔。

太陽自地平線緩緩探出頭來，以柔和的晨曦照耀整座草原。放眼望去，淨是一片黃褐色的乾枯草原，在陽光下宛如以黃金絲線織成的高級布匹。

聚集在池邊的動物全都身形憔悴，薄薄的毛皮隱約可見底下的肋骨形狀。從前身強體壯的時候，動物喜歡清晨是因為氣溫涼爽宜人；如今身體削瘦無力，喜歡清晨的理由反而成了帶來些許暖意的柔和光芒。

然而舒服的時刻非常短暫。一旦太陽升上了萬里無雲的藍天，朝著地表大量投射的光芒會轉變為地獄之火，燃燒動物突出於背上的脊椎骨，穿透又瘦又薄的皮膚，炙烤底下的肌肉，帶來無盡的痛苦。

水池邊是動物讓烤得發燙的身體得以稍微放鬆的唯一休憩處。若能鑽入爭先恐後的動物群，喝上一口池水，那滋味是多麼甜美。宛如唯一的靈丹妙藥，讓自己苟延殘喘的生命得以延續。然而這珍貴的空間突然出現了鯰魚妖怪，成了一旦靠近就隨時可能送命的危險場域。

劍齒虎三兄妹也來了。牠們聳著肌肉盤根錯節的肩膀，以粗壯的四肢穩穩踏著地面，在乾枯的草原上緩步而行。

基拉修打算以什麼樣的戰術對付鯰魚妖怪，基爾帕完全不清楚。

「大哥，讓我幫忙吧！無論如何，第一步必須先切斷那傢伙的觸鬚才行。大哥，我願意當誘餌，故意讓觸鬚捲住，你再跳上來咬斷觸鬚。這是我唯一能想得到的辦法了。」

基拉修沒有回答，兩眼直視前方，以強而有力的四肢向前邁步。

弟弟及妹妹感受到基拉修那非比尋常的堅定決心，不知該說些什麼，只能默默跟在大哥身後。

三隻劍齒虎一靠近水邊，動物趕緊讓開一條道路。三兄妹以英雄般的姿態，走在兩旁淨是動物的通道上，最後來到距離動物稍遠的池岸邊，坐了下來。

太陽的位置愈高，灑落的光線愈灼熱。水面沒有一絲漣漪，宛如一面銀色鏡子。

基拉修站了起來，昂首闊步的走向水邊。

大家都以為牠會擺出猙獰而勇猛的戰鬥姿勢，沒想到牠突然躺了下來，以背部貼著大地，將白色的腹部對著天空。不僅如此，還將四肢筆直舉向天空，擺出了更容易讓鯰魚妖怪的觸鬚捲住的姿勢。

基爾帕一看，不由得又驚又氣。大哥到底在想什麼？要避免不被觸鬚捲住，不是應該蹲低身子，盡量將手腳藏在身體內側嗎？為什麼大哥要做出完全相反的動作？不管牠到底在打什麼主意，一定要趕緊阻止牠……

基爾帕正要奔向基拉修，忽然聽見嘩啦聲響，原本如鏡子的水面裂了開來，鯰魚妖怪探出了頭。

下一瞬間，鯰魚妖怪的兩條長鬚飛向基拉修，一條纏住手，另一條纏住了腳。

平常鯰魚妖怪總是一條觸鬚纏住一隻獵物，也就是兩條觸鬚共能捕捉到兩隻獵物。這次牠同時以兩條觸鬚對付基拉修，可見牠面對基拉修的威脅也不敢小覷。牠大概認為只要將基拉修以肚皮向上的仰臥姿勢放進嘴裡，基拉修的長牙就發揮不了作用吧。

黑色的鯰魚妖怪張開了寬度超過三公尺的血盆大口，露出了裡頭的深紅色舌頭。那就像是即將吞噬所有生命的惡魔之穴，又像是不斷冒出熊熊赤焰的火山口。

兩條觸鬚將基拉修的身體往上拉，維持著仰臥姿勢扔進那巨大的口中。

接著，鯰魚妖怪合上了嘴。

一切都完了……哥哥，對不起……我什麼忙也沒幫上……

基璐璐難過的趴倒在地上，心中如此想著。

原本正期待著一場精采決鬥的動物，親眼目睹了這瞬間分出勝負的一幕，都有些嚇傻了。期盼飲水處能恢復安全的一絲希望徹底消滅，強烈的悲傷讓每一隻動物的內心都陷入了黑暗。但是就在下一秒……

恐怕連天神也沒有預測到的奇蹟發生了。鮮紅色的血液，自鯰魚妖怪的右眼狂噴而出，足足有五、六公尺高。鮮紅色的血柱底部，似乎有什麼銀色的物體一閃即逝。

鯰魚妖怪痛苦的掙扎，重新張開了嘴。

基拉修威風凜凜的從鯰魚妖怪的口中跳了出來。牠以鯰魚妖怪的下顎為踏板，朝著岸邊縱身躍出，全身沐浴在耀眼的陽光下，彷彿綻放著金黃色光輝。最後牠的身體畫出漂亮的弧形，輕輕巧巧的落在岸邊。

整個池岸，響起了一陣非比尋常的騷動。

遠處的洛拉與姬兒也將這一幕看得一清二楚。

「基拉修這一招真是高明。」洛拉難掩心中的驚愕。「剛剛我看牠仰天躺下、四腳朝天的模樣，本來還想著牠是不是瘋了。原來牠是故意要從那個角度進入大鯰魚的嘴裡，這麼一來就能舉起長牙，刺穿大鯰魚的上顎及眼珠。」

「沒錯，牠的膽子真大，這一招可是非常危險的賭注。洛拉，從今天起，牠就是草原上的國王了。牠賭上自己的性命，全是為了國王的寶座。雖然我猜不到牠接下來會對動物下什麼命令，但肯定不會是什麼好事。」姬兒一臉憂鬱的說。

基拉修奮力甩動全身的毛，甩去鯰魚妖怪的口水。

接著牠意氣風發的跳到岩石上，睥睨周圍的動物，張口大聲咆哮。牠最引以為傲的三十公分長牙在陽光下看起來怵目驚心。

「看啊！池水已經被鯰魚妖怪的血染成了紅色，那傢伙絕對不會再出現了！」

基拉修停頓了片刻，瞪著動物大聲說：「從現在起，我就是你們的國王！」

「國王！國王！」

動物不約而同的大喊。

「依照約定，獻出你們的貢品吧！」

基拉修這句話一出口，水池邊頓時鴉雀無聲。

一片寧靜中，以萊特為首的三隻年輕大羊駝走了出來。

萊特以毫無畏懼的宏亮聲音說：「我們就是貢品，請收下吧。」

「嗯，你們幾個很有勇氣，殺了你們太可惜了……跟我來吧！」

基拉修跳下岩石，邁開大步而行。三隻年輕大羊駝及基爾帕、基璐璐，都跟著牠離開了。

一整群大羊駝低著頭回到了荒地，途中誰也不曾開口說話。一想到勇敢犧牲的萊特、蘭登及蘭妲妮，大家的眼眶都積滿了淚水。

抵達荒地之後，大羊駝立刻召開會議，討論明天將由誰擔任貢品。

領袖拉盧站到岩石上，並沒有開口說話，只是朝著大家深深鞠躬。

拉比想要走出去，再次遭到母親阻擋。但這次拉比不顧母親的反對，奮力跳到了大家面前。

拉比跳上岩石，站在拉盧的身旁，對所有大羊駝朗聲說：「這樣下去，大羊駝一族很快就會滅絕。我們的身分一點也不卑賤，只是從別的地方遷移到了這裡，卻一直遭到其他動物欺壓，被驅趕到這種荒地。我們沒有任何理由必須成為最初的犧牲者。

誰也無法預測命運的安排。正因為生活在食物稀少的荒地上，我們培養出了強大的抗壓性，忍受長久乾旱的能力比任何動物都強。我們的身體還沒有變得衰弱，雖然比以前稍微瘦了點，但我們既沒有生病，也沒有虛弱到無法走路的地步。我認為我們應該同心協力，尋找出一條活路。唯有這麼做，才能回報早上主動犧牲的三隻勇敢大羊駝的恩情。

很久以前，我曾經遇過一隻正在旅行中的原駝。牠告訴我，在遠方隱約可見的山頭另一側的高山上，大約在山腰更上去一點的地方，有一片綠色的大草原，那裡就是牠的故鄉。一年四季都長著青草，就算乾旱持續再長的日子，青草也不會乾枯。因為山頂附近的積雪會融化，為草原帶來充沛的水分。唯一的缺點，是那個地方在入夜後會變得非常寒冷。只要我們能習慣寒冷，或是找到禦寒的方法，那裡就是最理想的生活環境。

當然，這些都只是從原駝口中聽到的。是不是真的有那麼一片草原，誰也不知道。但我已經下定決心了，我要開拓出屬於自己的命運。我打算將自己的生命賭在這個傳聞上。那個地方非常遙遠，一路上肯定會遭遇各種困難，或許全族都會送命。但我認為與其待在這裡被劍齒虎吃掉，倒不如為了追求理想而死。

我想知道大家的想法。如果贊成，請高高抬起你的頭；如果不贊成，請把頭垂下來。現在我會以我的蹄敲一下岩石，請大家在聽到聲音後，同時做出回應。」

拉比挺起胸膛，高高抬著頭，用前腳在岩石上用力踩了一下。

三十隻大羊駝全部抬起了頭。

「謝謝大家。到了明天，我們又得交出貢品，所以今晚就必須出發。大家同意嗎？」

全部的大羊駝同時以前腳踩踏大地。

拉盧以莊嚴的聲音宣布：「從現在起，拉比少年就是我們的領袖！大家都聽牠的命令！」

荒地上，再度響起撼動大地的踩踏聲。

月亮高掛在天上，照亮了荒涼的枯草高原。

在領袖拉比的命令下，三十一隻大羊駝靜悄悄的啟程出發，朝著遙遠南方的高山前進。一整群大羊駝的影子，在枯草堆上無聲無息的移動。

打倒鯰魚妖怪的隔天，基拉修坐在以石塊新堆砌而成的王座上，散發出身為國王的氣勢。

基爾帕對著聚集在周圍的動物說：「昨天的貢品滋味勉強還過得去。快交出今天的貢品吧。」

古羚領袖凱根說：「大羊駝們全都消失了，不曉得跑去哪裡了。」

「分頭把牠們找出來！如果找不到，就交出代替的貢品！快一點，我肚子餓死了！」

凱根沒有答話，嘴角卻微微上揚。

「還不快點行動！」基爾帕惡狠狠的瞪著凱根說。

凱根突然改變了態度，高傲的說：「你餓，我們比你更餓，餓到前胸貼後背了。為了活下去，我們每天拚了命，只為了找出寥寥幾根青草。我們誰也不願意被你們吃掉，而且你們就算吃了我們這些骨瘦如柴的動物，也增加不了什麼營養。我建議你們去吃長頸駝吧。身為國王，應該要為百姓謀福利，不是嗎？如果你們打倒鯰魚妖怪之後，又能吃掉大家討厭的長頸駝，那才是真正的國王。讓我們看看你們的表現吧。好了，我先告退了。」

凱根嗤嗤一笑，轉身就要離去。

「吼——！」基拉修大吼一聲，縱身朝凱根撲去，咬斷了牠的脖子。

「我是你們的國王！誰敢不聽國王的命令，就是這個下場！」

原本聚集在四周的動物，霎時往四面八方逃竄，宛如狂風下的枯草。

基爾帕與基璐璐同時追了出去。

過了一會，兄妹倆悻悻然的走了回來。

基璐璐咕噥：「牠們雖然瘦，跑起來還是挺快。哥哥，現在該怎麼做？我肚子好餓呀！」

基拉修板著臉坐在王座上，半晌後突然跳下來，一腳將石頭堆成的王座踢碎。

「那些傢伙竟然敢誆我。牠們若以為我會摸著鼻子自認倒楣，那就大錯特錯。我是國王！不聽命令的傢伙，全部處死！」

大地懶的巨變

這天之後，動物的生活再度陷入了恐懼。三隻劍齒虎有如惡鬼般到處虐殺動物，不再是以填飽肚子為目的。

所有動物只要一看見劍齒虎，總是二話不說便拔腿逃命。即使如此，還是有很多動物遭到殺害。

某一天，三兄妹在岩石陰暗處趴著休息，基爾帕抱怨：「追殺動物的遊戲實在有點玩膩了。而且那些傢伙都瘦得像骷髏，吃了也沒辦法填飽肚子。好想找美味一點的動物來打打牙祭。」

基璐璐說：「不如試試看森林裡的大地懶吧。最近森林裡的枯樹愈來愈多，我想大地懶的日子應該也不好過，但還是有一些長著綠葉的樹木，不至於像草原上的動物這麼慘。雖然有點遠，但應該可以去碰碰運氣。」

「我也正這麼盤算。好，我們走吧。」基拉修起身說。

這天一大早，星尾獸洛拉就出發前往森林，想要拜訪大地懶梅根叔叔。雖然洛拉靠著吃白蟻延續了生命，但每天都吃白蟻畢竟會膩，因此洛拉滿心期待著能從梅根那裡得到一些美味的食物。

通過草原時，洛拉看見一隻隻有蹄類動物都像亡魂一樣，在乾枯的草原上漫無目標的走著，尋找那少得可憐的青草。

除此之外，草原上亦散布著一些宛如巨大岩石般的物體。那些正是有著半圓形背殼的雕齒獸亞科動物，主食也是草類的牠們，同樣處於極度飢餓的狀態。

但牠們有個辦法可以抵禦飢餓，那就是讓身體進入半冬眠狀態，盡可能降低體溫，以及減少身體的代謝活動，不消耗任何能量。然而一旦進入這個模式，就得盡量不移動身體，只能靜靜的佇立在草原上。

在這樣的局勢之下，唯有星尾獸洛拉依然顯得精神奕奕，他不由得感到有些丟臉。

就在洛拉經過一隻星尾獸身旁的時候，猛然吃了一驚，因為那隻星尾獸正是自己的哥哥朗班。

朗班正閉著眼睛，忍受著飢餓，那副模樣實在令人鼻酸。

洛拉猶豫了好一會，不曉得該不該向哥哥搭話，最後洛拉鼓起勇氣喊：「朗班！是我，好久不見了！」

「這熟悉的聲音……是誰啊？」朗班依然閉著雙眼，以氣若游絲的聲音說。

「我是洛拉！你的弟弟洛拉！」洛拉強忍著淚水大喊。

朗班微微睜開雙目，愣愣的看著洛拉，彷彿看見了什麼不可思議的景象。

「真的是洛拉……還能跟你見上一面，真是太好了。我馬上就要死了。」

「大哥！你振作點！你不會死的，絕對不會死！過去你渡過了那麼多難關，這次一定也沒問題！只要再撐一陣子，一定會下雨的……」

洛拉將自己的脖子輕輕的靠在朗班的脖子上。在星尾獸之間，只有最親近的關係才會做出這樣的動作。

「嗯，我努力撐撐看。不過……我們的外殼不會變瘦，所以從外表看不出來，其實我的殼裡已經是空空蕩蕩了。我的腸、胃、內臟都萎縮了，只有心臟勉強還在跳動。你把手放在我的脖子上，就知道了。」

洛拉將手放在哥哥那滿是皺紋的細瘦脖子上，霎時吃了一驚。手掌完全感受不到哥哥的脈搏。洛拉將全部的注意力投注在手指上，摸了好一會，才感受到大約十秒一次的微弱脈動。哥哥為了降低全身細胞的機能，就連血液的輸送也已減少到勉強能維持細胞生命的程度。

「大哥，你放心。依我看來，你一定能撐到下雨的。」

明知道這只是安慰之詞，洛拉還是不得不這麼說。洛拉多麼希望這句話能夠成真。

朗班沒有回答，只是露出了寂寥的微笑。

洛拉不禁為自己的精力充沛感到可恥。為什麼自己能維持這樣的體力？當然是因為吃了白蟻。換句話說，自己早已不算是星尾獸了。如果不是星尾獸，自己到底是什麼？洛拉不知道這個問題的答案，只知道這是存活下去唯一的方法。

朗班輕輕閉上了眼睛。

洛拉靜靜離開朗班的身邊，不敢發出一點腳步聲。

大地懶梅根居住的森林，也早已全是枯樹。每一棵樹的樹幹表皮都不見了，肯定是被梅根撕扯下來充飢了吧。

森林的深處還殘留著少許綠色樹木，這一帶從前原本是溼地。洛拉在這裡發現了梅根叔叔，與高采烈的跑向牠。

「梅根叔叔，午安！好久不見了，你好嗎？」洛拉以中氣十足的聲音大喊。

但梅根叔叔只是瞪了洛拉一眼，並沒有回話，完全不像從前那個溫柔慈祥的梅根叔叔。洛拉嚇得退了兩、三步，但旋即鼓起勇氣，鉅細靡遺的說起了歌蘭高原上發生的種種事情。洛拉滿心以為梅根叔叔一定會對這些事感興趣，聽了之後心情也會好轉。

這一帶的樹木雖然還保有綠葉，但綠葉都在接近樹梢的位置。熱帶雨林的樹木有個特徵，那就是樹幹的途中不會有分枝，所有的分枝都集中在樹幹的頂端。所以除非有能力爬到最高的樹頭，否則不可能吃得到樹葉。

當初洛拉從遠方看，以為這片綠意盎然的森林裡一定有很多食物，如今走到近處，才發現這裡只有一根根宛如電線杆的高大樹木。原本溼地上的草及灌木都被吃得一乾二淨，在地面上已不可能找到任何食物了。

梅根這陣子取得食物的方法，是找一些只有手臂粗的樹木，以啃咬及推擠的方式讓樹木倒下，如此一來就能吃到樹幹頂端的樹葉。至於較粗大的樹木，就只能扯下樹皮來吃了。

但以這樣的手法取得的食物，如今也吃光了。梅根只能捧著飢腸轆轆的肚皮，任由巨大的身體癱臥在地上，心情當然好不起來。

這時又聽見洛拉朝氣十足的說話聲，當然更是怒火中燒。洛拉察覺了梅根的怒氣，一步步的往後退，心裡盤算著不如回家算了。

就在這時，由基爾帕帶頭的三隻劍齒虎突然出現了。

洛拉趕緊躲到了岩石後頭，注視著三兄妹的一舉一動。

基爾帕低聲說：「我們早就該來了。這傢伙跟那些枯瘦的動物不同，身體這麼大，肉看起來也多，至少能讓我們吃個三天。」

「哥哥，我們該怎麼進攻？我要攻擊哪裡好？」基璐璐問。

「當然是脖子。只要把我們的長牙釘在牠的脖子上，就能要了牠的命。你們在旁邊看著吧，我自己就能搞定。」

基爾帕顯得躍躍欲試。

基拉修警告弟弟，「基爾帕，這傢伙沒那麼容易解決。我們還是先觀望，再來研擬戰術吧。牠跟有蹄類動物不同，不可能拔腿逃走，所以我們不用急，大可慢慢對付。」

梅根一看見三隻劍齒虎靠近，立即站了起來。畢竟是身長超過六公尺的龐然大物，看起來威風凜凜。

基爾帕瞪著眼前的茶褐色大地懶，眼中彷彿冒出了熊熊火焰。

突然間，基爾帕快速向前衝刺。基拉修還來不及阻止，基爾帕已使盡全身力氣縱身一跳，撲向大地懶的咽喉處。

梅根為了抵禦基爾帕的猛攻，不自覺的舉起右手，朝著基爾帕奮力揮落。

梅根原本打算朝基爾帕的腦門拍上一掌，沒想到右手手掌沒有擊中基爾帕的頭部，銳利的爪子卻刺入基爾帕的胸膛，順勢割開了基爾帕的肚皮。

基爾帕跌落地面，再也站不起來了。

大量的鮮血從基爾帕的傷口噴灑而出。基拉修見狀，轉身拔腿就跑，基璐璐也跟在基拉修的身後倉皇逃走了。

梅根一時之間無法理解發生了什麼事，只能愣愣的站著不動，俯視著倒在血泊中的劍齒虎。

梅根完全沒有意料到，剛剛那一擊竟會導致這樣的結果。自己只是為了抵禦敵人的攻擊，本能的揮動了右掌而已。原來這陣子太常撕扯樹皮，爪子逐漸變形成了適合撕扯樹皮的形狀，如今已成為長度超過十五公分的兇器。原本想要打擊敵人的頭部，卻因為慢了一拍，沒有擊中頭。爪子刺入胸口，將敵人開腸剖肚，打中了敵人的致命處。

驀然間，梅根感覺到異常口渴。不知已經有多少天沒有喝水，整個身體都在渴望著水的滋潤。於是梅根趴在地上，猛吸基爾帕的身體湧出的鮮血。對這時的梅根而言，只要能夠緩解口渴的痛苦，不管是鮮血或攙毒的水都會喝下肚。

剛剛梅根對洛拉表現出不耐煩的態度，主要也是因為極度缺乏水分。喉嚨過於乾燥，就算想回話也發不出聲音。

洛拉躲在岩石後面，親眼目睹了這令人毛骨悚然的一幕，嚇得悄悄轉身逃走了。

不久之後，梅根也離開了現場，倚靠著一棵大樹坐了下來。

發了一會兒愣之後，梅根逐漸恢復了理智，剛剛發生的事重新浮上腦海。

不自覺揮落的右手爪子，割裂了朝自己撲來的公劍齒虎的腹部。如果只是這樣，還算是無可厚非。但自己接下來的行動，讓梅根打起了哆嗦。想必是極度的飢餓與乾渴，讓腦袋失去了正常的思考能力。否則，自己怎麼可能做出那麼殘酷可怕的行徑？

梅根忽然感到渾身不對勁，忍不住吐了起來。好想把那些邪惡的血液全部吐出體外。緊接著一股突如其來的寒意，令牠不停顫抖。梅根連坐著的力氣也沒了，只能癱倒在地上。身體發起了從來不曾經歷的高燒，天旋地轉，終於失去了意識。

過了一陣子，梅根恢復了意識。此時，不可思議的事情發生了。

梅根以手掌撐著地面，輕輕的坐了起來。一股奇妙的感覺湧上了心頭。此時坐起身子幾乎不費任何力氣，簡直就跟身體健康的時候沒兩樣。剛剛那個四肢疲軟、連坐著也感到吃力的身體，已不知跑到哪裡去了。

雖然腹中依然飢餓，幾乎只能以前胸貼後背來形容，精神卻感覺好多了。身體的內側似乎有一股神祕的能量正在流竄。

心臟的跳動方式也改變了，劇烈得有如正在快速跑步。

梅根將手掌貼在胸口，感受著紊亂的脈動。若是往日的自己，脈搏不管是快或慢，必定維持著一定的節奏。此時的脈搏卻變成了「一、二、三、〇、一、二、三、〇」的循環方式，每隔幾拍就會有一拍脈搏消失無蹤。除此之外，有時也會進入「噠、噠、噠、噠」的快速脈動模式，頻率甚至會達到一分鐘一百數十次。每當這種時候，梅根就會感到胸口彷彿壓了一塊重物。

簡直像是劍齒虎的血液與梅根自己的血液混合在一起，產生了排斥反應。然而原本極度衰弱的肉體能夠稍微恢復一點活力，或許也是因為肉食性猛獸的血液進入了體內。

梅根感覺彷彿有一股風暴在體內四處流竄，汙濁的黑色血液從頭頂到腳底不斷循環。一陣頭暈目眩，讓梅根不由得趴倒在大樹下。

大地彷彿開了一個大洞，裡頭有一團黑色漩渦。梅根對著那個大洞使盡力氣，不停吼叫，彷彿要將體內所有東西吐進大洞裡。但牠的精力逐漸消失，聲音也從嘶吼逐漸變成呢喃。最後牠便在呢喃聲中進入了夢鄉。

灰色的空間中出現了一隻夢魔。那夢魔坐在梅根那無盡沮喪的心頭上，一邊訕笑一邊問：「你為什麼痛苦，梅根？」

「你還問？難道你不明白嗎？我被惡魔迷惑了心智！我寧願死，也不願做出那種事！」

夢魔以譏諷的口吻說：「既然如此，你為什麼還不死？要死很簡單，但你真的想死嗎？」

「……」

「呵，回答不出來了？那劍齒虎撲過來的時候，你為什麼要殺牠？」

「我不殺牠，牠會殺了我。」

「你是為了活下去才殺牠？」

「沒錯，我當然是為了活下去才殺了牠。」

「既然如此，你為什麼又說寧願死？如果你真心想死，那不是絕佳的機會嗎？」

「我只是本能的揮出了右手，那無關我的意志。但是接下來發生的事才是問題。我竟然喝了牠的血，簡直就像是喝著積在地上的雨水。」

「你為什麼要喝牠的血？」

「是乾渴的喉嚨要求我這麼做，那也不是我的意志。」

「別再找藉口了。那是你的意志，你的求生意志對你下了那樣的命令。什麼乾渴喉嚨的要求，那只是推卸責任的說詞。一切都是求生意志對你下的命令。」

「……」

梅根的腦袋一團混亂，不知該說什麼。

「你平日不是會吃樹葉或樹皮嗎？」

「是啊，那是我的食物。」

「為了吃樹葉，你推倒了很多樹。你認為這是理所當然的，對吧？」

「想要吃高處的樹葉，這是唯一的辦法。」

「哈哈哈……」

梅根聽著夢魔的嘲笑聲，心頭湧起了一股怒火。吃樹葉有什麼好奇怪？

火紅的太陽自地平線升起。夢魔坐在太陽上，一張臉被陽光染得通紅，宛如是滿臉鮮血的吸血鬼。

「你為了吃樹葉，推倒了樹木。樹木被你推倒，當然就死了。就算是一棵樹、一根草，同樣也擁有生命。你殺死了那麼多棵活了幾十年的樹木，只為了讓自己活下去。

植物想要活下去，靠的是上天恩賜的養分，但動物就不同了。動物想要活下去，就必須吃掉其他擁有生命的生物。但是追根究柢，動物所獲得的養分也是來自於上天的恩賜。你不想死，你想活下去，對吧？既然為了活下去而吸血，何必感到自責？」夢魔以充滿譏諷的口氣說。

梅根憤怒的大吼：「上天創造了我，是讓我吃植物維持生命！吃植物過活是我的命運！我不能為了活下去而違逆命運……」

夢魔發出了一陣訕笑聲，逐漸消失在深邃的黑暗中。

清晨來臨，一群紅色的金剛鸚鵡飛進了森林。嘈雜的鳴叫聲讓梅根醒了過來。一時之間，梅根誤以為森林被鮮血染成了紅色。仔細一瞧，才發現是森林裡的一大群金剛鸚鵡，在晨曦的照耀下散發出鮮紅色光輝。

梅根站了起來，高高舉起雙手，伸了個大大的懶腰。

咦？這是怎麼回事？

梅根看見自己的手掌，霎時吃了一驚。爪子竟然變得更加尖銳了。而且更令牠吃驚的是，胸中溫和仁慈的心情都已消失，取而代之的是一股兇殘暴虐的情緒。

梅根毫不猶豫的吃起了昨天殺死的劍齒虎。或許是基爾帕的鮮血進入體內，此刻梅根已變身成為一隻肉食性猛獸。

填飽了肚子之後，梅根精神奕奕的走到乾枯的草原上遊蕩。

前方出現了五隻長頸駝。牠們看見梅根靠近，只是朝梅根瞥了一眼，並沒有任何反應。

梅根走向一隻公長頸駝。草原上的動物都知道，大地懶是個性溫馴的動物，而且生性慵懶，平時只吃樹葉，大部分的時間都在睡覺。

「梅根先生，真難得你會到草原上來，有什麼事嗎？」

公長頸駝轉頭望向梅根。但是下一秒，牠已嚇得不知所措。

梅根的眼神並不像過去那麼溫柔和善。那一對宛如正在燃燒的紅色眼珠，正投射出殘暴的目光。

公長頸駝心中害怕，轉身想要逃走。

但梅根早已舉起右手，以驚人的怪力朝著公長頸駝的長脖子使勁揮出。

公長頸駝頓時癱倒在地，脖子噴灑出鮮血。梅根喝了一點血，朝著其他早已嚇得魂飛魄散的長頸駝說：「真是美味，滋味太棒了。不過我不餓，剩下的美食就送給你們吧。」

說完這句話後，梅根就轉身離開了。

幾隻長頸駝愣愣的站著不動，過了一會兒，其中一隻長頸駝突然奔向屍體，像發了瘋一樣，開始吸飲同伴的鮮血。

事實上就在這個時期，水池裡的水因受到鯰魚妖怪的鮮血所汙染，變成了混濁的深紅色，散發出有如地獄般的刺鼻惡臭。這樣的池水不論任何動物都難以下嚥，但動物實在是渴到氣管都快阻塞了，為了活下去，只好強忍著幾乎快要窒息的痛苦，將那暗紅色的地獄池水一口口吞下肚。這座水池是動物補充水分的唯一手段，如果不喝，只有死路一條。

正因為喝了池水，每隻動物的體內或多或少都流進了鯰魚妖怪的鮮血。原本身為植食性動物的溫和性格，逐漸染上了肉食性猛獸的兇殘欲望。

因此當長頸駝看見梅根的殘酷行徑，又親眼目睹梅根喝血喝得津津有味時，早已萌生於內心的狂暴情感，開始像吹氣球一樣迅速膨脹，才會毫不猶豫的跟著喝起了同伴的血。

其他長頸駝見狀，也跟著奔向同伴的屍體。

每隻動物都正忍受著極度的飢渴，因此看見同伴欲罷不能的喝著鮮血時，其他長頸駝也喪失了理智及思考能力，不管三七二十一的全都湧向屍體。

一整群長頸駝彷彿都變成了神鷲，將那隻遭梅根殺死的同伴吃得一片肉也不剩，就連沾在枯草上的鮮血也舔得乾乾淨淨。

枯草上只剩下一具啃得光溜乾淨的骨骼，沐浴著灼熱的陽光。

但這些吃了同伴的長頸駝，不久後走起路來都變得搖搖擺擺。接著一個個摔倒在地上，一邊打滾一邊痛苦呻吟。自己的血、同伴的血，以及鯰魚妖怪的血，在牠們的血管中互相衝突激盪。

緊接著牠們感覺到一陣寒意，全身不由得打起哆嗦。這些長頸駝都是生活在全年溫度居高不下的熱帶地區，一輩子不曾感受過「寒冷」。這種全身逐漸萎縮的可怕感覺，令長頸駝不由得心裡發毛。

長頸駝的身體開始劇烈顫動，四肢抖個不停，上下顎不停輕微碰撞，發出喀喀聲響。牠們試著用力咬緊牙齒，卻徒勞無功。手腳、連接骨盆的大腿骨，以及全身上下所有關節，似乎都快要因強烈的顫抖而鬆脫。牠們再也站不起來，只能躺在地上掙扎。

過了大約一小時，牠們的身體不再顫抖，而且體溫開始迅速攀升。高燒令牠們失去了思考能力，只能讓身體緊貼著冰涼的地面，一邊呻吟一邊掙扎。

又過了一陣子，連呻吟聲也消失了。牠們失去了意識，宛如屍體一般，躺在地上動也不動。

就這麼過了一整夜，隔天在熾熱陽光的照耀下，長頸駝甦醒了過來。原本有如火烤一般的高燒也奇蹟似的消退，長頸駝們感覺全身充塞著一股全新的生命力。而且原本身為植食性動物的溫和性格，也完全被肉食性猛獸的殘暴性情所取代。

這陣子正是母長頸駝的生產期。一隻母長頸駝在這天傍晚生下了孩子，其他母長頸駝也都在三天內生產。

然而驚人的事情發生了。新生的長頸駝寶寶之中，公長頸駝全都長著向外突出的尖牙，母長頸駝的額頭上全都多了一根尖角。

自古以來，長頸駝一族便有個傳說，那就是古代的公長頸駝有尖牙，母長頸駝則有一根額頭上的尖角。據說那是因為長頸駝自古以來就是植食性動物，但體型不大，為了在遭受肉食性猛獸攻擊時能夠保護自己，所以公、母長頸駝各自擁有尖牙、尖角作為武器。但後來長頸駝的體型愈來愈大，再加上多了又粗又長的鼻子及強而有力的後腿能作為武器，不再需要的尖牙、尖角逐漸萎縮了。

然而，長頸駝發高燒的期間，鯰魚妖怪的血液中所隱含的可怕基因似乎發揮了作用，竟然讓長頸駝孩子的犬齒變成了強壯的尖牙，印證了古老的傳說。

成年的長頸駝轉變為肉食性猛獸後，雖然能以長鼻子及強壯的後腿殺死南蹄類動物，但長頸駝的牙齒不適合用來撕開獵物的皮與肉。如今這些擁有尖牙的孩子，正好肩負起這個職責。

從這一刻起，長頸駝已變身為猙獰兇猛的肉食性動物，與劍齒虎相比毫不遜色。

某一天，成了肉食性動物的梅根，在草原上發現了一隻縮著身子不動的成年星尾獸。梅根走向星尾獸，心裡期盼著那厚重的殼中應該有鮮嫩多汁的血肉。這隻星尾獸的體長超過四公尺，肩膀附近的背殼高度超過兩公尺，就連劍齒虎應該也拿牠沒轍。

梅根來到星尾獸的身邊，試著推了推背殼。原本以為應該推不動，沒想到那背殼竟然微微搖晃。梅根不禁心想，裡頭的肉或許沒有想像中那麼扎實。

星尾獸感受到危險，可能會揮舞那根末端有著尖刺的可怕尾巴。梅根原本提高了警覺，但星尾獸的尾巴只是像抽筋一樣輕輕抖了一下，便不再有任何動作。顯然這隻星尾獸連揮舞尾巴抵禦外敵的力氣也沒有了。

梅根以雙手將小山般的背殼用力往前推，沒想到竟然就這麼輕而易舉的將星尾獸推倒了。因為肌肉大幅萎縮，星尾獸的重量也變輕了許多。

梅根接著趕緊舉起鐮刀般的爪子，將星尾獸的腹部割開。從傷口流出的鮮血意外的少。梅根毫不猶豫的抓起內臟放進嘴裡。有股獨特的味道，滋味相當不錯。但黏在殼上的肌肉不但硬，而且有很多粗筋。

草原上的動物依然像亡魂一樣到處遊蕩，尋找著枯草堆中的少許青草。有些動物已經連走路的力氣也沒了，只能氣若游絲的縮起身子躺在地上。

只要梅根一靠近，每一隻動物都會做出懇求的舉動。因為大家都知道梅根叔叔是一隻溫柔善良的大地懶。

可惜如今已截然不同。梅根靠近每一隻動物，都是為了鑑定對方看起來是否美味、可口。只要是稍微有一點肉的動物，馬上就會成為梅根的食物。

梅根不知為何竟變成了比劍齒虎更可怕的猛獸，這個傳聞在動物之間迅速流傳開來。不久之後，動物看見梅根就像看見惡鬼，總是驚惶失措的轉身逃命。

梅根沉浸在過去不曾體驗過的快感之中。就連大家最害怕的劍齒虎，看到自己也會夾著尾巴逃之夭夭。

梅根得意洋洋的認為自己成了草原上的國王。回想從前的日子，就算吃樹皮填滿了肚子，依然感到飢餓不已。因為腸胃只能吸收樹皮背面的薄博一層軟皮，其他的表面硬皮都只能隨著糞便一起排泄掉。吞下太多樹皮會導致自己嚴重便祕，直腸完全阻塞的感覺，實在是苦不堪言。

接著梅根又想起了過去推倒樹木的行為。為了吃到樹木頂端的綠葉，必須費盡力氣將樹木推倒。雖然扯下綠葉塞進嘴裡的瞬間，能夠從痛苦中獲得短暫的解脫，但畢竟推倒樹木所消耗的能量與回報不成正比，最終只是搞得自己筋疲力竭。

跟那段痛苦的日子比起來，此刻簡直就像是置身在天堂樂園。過去自己從不知道，原來動物的肉是這麼美味。如今不僅不必再挨餓，而且要吃什麼動物都可以任意挑選。唯一的遺憾是動物都變得太瘦，如果維持從前的模樣不知會有多麼美味……

然而換個角度想，動物變瘦未必不是一件好事。如果動物都維持著健康的狀態，以自己的狩獵能力恐怕一隻也捉不到。

梅根獵食動物的日子又過了好幾天。

今天，想找個特別美味的傢伙來大快朵頤一番。

梅根環顧徹底乾枯的黃褐色草原，內心如此盤算著。

驀然間，梅根看見遠方有一隻母鹿及一隻小鹿，正在尋找著地面上的青草。母親看起來一副瘦巴巴的模樣，小鹿卻顯得營養充足。

小鹿將頭伸到母鹿的腹部底下，喝飽了母奶，朝氣十足的跳來跳去。

母鹿把吃下肚子的少量青草，全都轉化成了營養的奶水，餵給了自己的孩子。如果是從前那個善良溫柔的梅根，一定會因母鹿那無私奉獻的母愛而大受感動。然而如今，梅根腦中想的是完全不同的事情。

沉迷於血肉滋味且自詡為草原之王的梅根，對於母鹿的犧牲奉獻絲毫不以為意。牠舔了舔舌頭，滿腦子只想著那肥嫩健壯的小鹿吃起來是什麼滋味。

母子倆正面對另一個方向，低頭忙著在地面上翻找食物。幸好此時是逆風，不會被聞到自己的氣味。梅根躡手躡腳的走過去，沒有發出半點聲響。

小鹿離開了母鹿的身邊，突然挖掘起地面的泥土，似乎是找到了某種食物。

就在這時，長長的枯草堆中瞬間跳出了劍齒虎基拉修。

梅根心裡大喊不妙。原來那小鹿早已被劍齒虎盯上了。如今每一隻動物都瘦得像皮包骨，唯有這小鹿看起來肥嫩可口，任何肉食性猛獸當然都不會放過這樣的美食。

基拉修向前疾衝，撲向小鹿。

母鹿沒有半點猶豫，立即奔了過來，以全身的力氣衝撞基拉修。基拉修遭到母鹿撞個正著，在地上翻了一圈。

逃過一劫的小鹿嚇得往梅根的方向奔逃。梅根不由得揚起了嘴角。基拉修辛苦埋伏的結果，幫助自己不費吹灰之力獵捕到小鹿。

基拉修重新站穩了腳步，正想要追趕小鹿，猛然看見了梅根。牠恨恨不已的朝母鹿甩了一掌洩憤，轉身逃離現場。

小鹿沒有看見身後發生了什麼事，只是拚了命奔向梅根。牠勉力支撐著身體，氣喘吁吁的大喊：「梅根叔叔！快救命！救救媽媽！」

梅根坐了下來，準備要抓住宛如箭矢一般衝來的小鹿。小鹿踉踉蹌蹌的撲進了梅根的懷裡。

梅根不自覺的抱住了小鹿。

「叔叔，謝謝你！快救救媽媽！」

「乖孩子，你不用擔心，劍齒虎已經逃了。你母親倒在地上，傷勢不重。」

「啊啊，太好了。我聽說梅根叔叔是草原上最好心的動物，所以我一看到叔叔，就鬆了一口氣。我知道叔叔一定會幫助我們。話說回來，叔叔真的很厲害。就連劍齒虎看見叔叔，也會嚇得趕緊逃走。」

小鹿以尊敬與憧憬的眼神凝視著梅根。

真是太幸運了，簡直是天上掉下來的佳餚！現在，我可以好好享用了……

梅根如此想著，緊緊抓住了小鹿。正要放進嘴裡時，梅根偶然間看見小鹿的臉孔，一股難以形容的衝擊霎時傳遍全身。

小鹿的一對眼珠子如此清澈而純潔，更對梅根寄予完全的信賴，不帶有一絲一毫的懷疑。梅根見了那天真無邪的雙眸，心情驟然起伏不定。

剛剛小鹿說過的那些話，彷彿又隨著風聲在梅根的耳畔響起。

聽說梅根叔叔是草原上最好心的動物……

小鹿的聲音在梅根那殘酷而冰冷的靈魂上迴盪著，宛如一陣暖風在冰上拂過。

梅根一時驚惶失措，不敢直視小鹿的眼睛。

「謝謝你，叔叔。如果不是你，媽媽已經被劍齒虎殺死了。叔叔剛好出現在這裡，一定是天神的恩賜，我們真是太幸運了。」

小鹿的眼中含著淚水，舉起前腳，輕輕拍一拍梅根的肚子。

梅根聽見了一陣清脆的聲響。身體裡似乎有某樣東西，因為這輕微的撞擊而粉碎了。牠感覺有一股臭氣湧上了喉頭，趕緊抬頭上仰，對著天空吐出了那口氣。

原本像癌細胞一般沉甸甸的壓在心頭的東西消失了，梅根頓時感覺內心輕鬆不少。心靈中碩果僅存的少許溫柔情感，宛如清澈的泉水般湧出，療癒了遭到腐蝕的內心。

眼眶中不知不覺已積滿了淚水。

直到剛才，梅根還想要殺死手裡的小鹿，但如今那心情彷彿已成為遙遠的往事。

梅根以溼潤的雙眼望向手中的小鹿，小鹿也正以那泛著黑色寶石光澤的溼潤眼珠看著梅根，兩對眼睛互相凝視。

就在這時，因遭受基拉修攻擊而昏厥的母鹿醒了過來。比起身體的疼痛，母鹿更在意的是小鹿的安危。

母鹿凝神一看，登時嚇得差點再度昏厥。自己的孩子竟然被梅根抓在手裡。那隻兇惡的大地懶說不定正在戲弄自己的孩子，所以才沒有朝著孩子一口咬下。

母鹿強忍著痛楚，奮力站了起來。無論如何一定要救出自己的孩子。這股意志讓母鹿拖著傷腿，搖搖擺擺的走向梅根。

梅根轉頭望向為了救孩子而慢慢走過來的母鹿。母鹿心裡一定很清楚，憑自己的能耐根本救不了孩子。接近梅根的下場，只是被梅根的利爪殺害，母子一同成為梅根的食物。

如果是數分鐘前的梅根，一定會露出獰笑，準備飽餐一頓吧。此刻的梅根，卻翻轉小鹿的身體，讓小鹿的頭對準了母親的方向。

「媽媽！」小鹿大喊。

梅根放開小鹿，在小鹿的屁股上輕推。

小鹿筆直奔向母鹿。

母鹿用盡了全身力氣，再度癱倒在地。小鹿奔了過去，將臉湊向喜出望外的母鹿，在母鹿的臉上磨蹭。接著小鹿開心的跳起了舞，又朝梅根的方向點頭道謝了好幾次。

梅根默默的看著，忽然站了起來，轉身往相反的方向邁開大步。

梅根回到了熟悉的森林裡。

森林依然維持著當初的模樣。早在梅根變身為肉食性猛獸的姿態前往草原覓食前，這座森林就已是一片淒涼蕭瑟的景象，放眼望去淨是枯樹。什麼都沒變，只有自己變了。當初離開森林時，是一副削瘦的落魄模樣；如今卻是手臂、胸膛肌肉高高隆起，看起來雄壯威武。

到處都有倒塌的樹木。那些都是當初自己為了吃樹頂殘存的少量樹葉，連啃帶推弄倒的。

梅根坐在一根倒塌的樹幹上，豎起了耳朵仔細聆聽。四下一片死寂。沒有小鳥的啼叫聲，沒有蟲子在地上爬行的瑟瑟聲，也沒有枯葉飄落地面的細微聲響。但比起那枯瘦動物猶如亡魂般四處遊蕩的黃褐色草原，這裡的蕭瑟景象反而帶給梅根一股安心感。

在眾多的枯樹之間，有一棵樹木特別巨大，裸露出了紅褐色的木肌。

對了，好久沒有玩打鼓遊戲了。

梅根帶著雀躍的心情走向紅褐色大樹，順手撿起了一根粗大的枯枝，在大樹的樹幹上敲打，發出「邦邦邦」的清脆聲響。

啊，聲音還是沒變。

梅根展顏歡笑，開始變換各種不同的打擊節奏。

這棵大樹的樹幹呈空心的狀態，內側的部分早已被白蟻啃光了。樹幹的組織分為木質部及韌皮部，木質部由堅硬的纖維組織構成，內含輸送水分的管道，但中央部分的細胞都已壞死，所以往往會遭白蟻啃食，形成空心的狀態。

這類樹木的外表看起來跟一般的健康樹木完全沒有兩樣，但敲打時的聲音一點也沒有扎實感。唯有經過敲打，才能得知樹幹的內部是不是空心狀態。在熱帶雨林，像這樣的樹可說是意外的多。

這棵紅褐色木肌的樹木敲打起來非常清脆響亮，因此梅根特別喜歡。在尚未發生乾旱的綠色森林時代，梅根只要一玩起「打鼓遊戲」，各種小鳥及大型的鸚鵡都會聚集在周圍，各自發出鳴叫聲，形成熱鬧滾滾的合唱大會。

梅根敲打著樹幹，沉浸在快樂的回憶之中，久久不能自已。

半晌之後，梅根繼續朝著森林深處邁步。這時的梅根不僅一點也不感到飢餓，而且體魄強健，體重也增加了。從前那些啃樹皮充飢的日子，彷彿只是一場夢境。

梅根看見了一棵沒有樹皮的大樹，不禁伸手撫摸木肌裸露的樹幹，內心充滿了懷念。這種樹的樹皮內側有著較厚的軟皮，比起其他樹皮更能填飽肚子，所以只要是雙手可及的樹幹部位，全被自己扯下樹皮吃掉了。

真忘不了那個滋味，好吃極了。梅根一邊想著，一邊緊緊抱住了裸露的枝幹。

腹部可以感受到木肌的冰涼觸感。過了一會兒之後，梅根感覺腹部愈來愈冷，簡直像是緊貼在冰塊上一樣。

腹部的不適感令梅根趕緊放開了樹木。但那不舒服的感覺不僅沒有緩和，而且愈來愈嚴重。最後梅根趴在地上痛苦掙扎。

突然間，梅根感覺到一陣噁心，忍不住趴著將胃袋裡的東西全吐了出來。強烈的吐意一陣又一陣襲來，胃袋裡的食物吐得一乾二淨，連胃液也吐光了。梅根感覺嘴裡又苦又麻，不由得擔心等等連胃袋也會吐出來。

下腹部劇烈絞痛，彷彿有什麼不知名的生物在腸子裡頭東敲西打。梅根猛然感覺到一陣強烈的便意，下一秒稀泥般的糞便已傾瀉而出，簡直像開了水龍頭一樣，停也停不下來。

轉眼之間，胃袋及腸子裡的東西全都排得乾乾淨淨。

梅根受排泄物的惡臭所圍繞，只是愣愣的站著不動。好一會兒之後，梅根感覺全身力氣盡失，不由得癱倒在地上沉沉睡去。

當梅根醒來時，不知道已過了多久。

自枯樹枝之間灑落地面的陽光，將排泄物幾乎都晒乾了，不再有強烈的惡臭。

梅根有氣無力的站了起來。做了一次深呼吸，心情感覺舒暢平靜。體重減輕了，空腹感也回來了。失去了靠肉食得來的一切，換回了原本的面貌。

內心一片祥和，沒有半點波瀾。

梅根以右手拾起一顆大石塊，以後腳站立，將左手抵在沒了外皮的樹幹上，爪子的前端插進木肌中。接著舉起右手的石塊，朝著宛如尖刀般的左手鉤爪奮力敲擊。鉤爪從中折斷，發出了慘叫聲。半截斷爪就這麼留在樹幹上。

接著梅根將大石塊換到左手。由於爪子只剩後半截，要抓住石塊變得有些彆扭。但梅根還是設法緊緊抓住石塊，將右手抵在樹幹上，像剛剛一樣，將爪子插入木肌中。這次梅根高高舉起左手，以石塊將右手的鉤爪砸斷。斷爪插在樹幹上，閃耀著若有似無的鋒芒。

梅根以兩條後腿支撐著巨大的身體，維持著站立的姿勢，愣愣的凝視著插在木肌上的斷爪。不久前發生的往事再度浮上心頭。為了抵禦猛撲而來的劍齒虎，自己反射性的揮出右手，撕裂了牠的腹部。

接下來一連串可怕的事件依然歷歷在目。

梅根以帶著斷爪的手掌摀住了臉，一心只想抹除那些不堪入目的回憶。然後，梅根似乎下定了決心，放下手掌，轉身朝著彷彿沒有邊際的枯樹林深處緩緩邁步。

心靈異常平靜，不再有任何眷戀。

生與死之間的世界

基拉修幾乎不敢相信自己的眼睛。怎麼會有一大群長頸駝氣勢洶洶的朝自己走近，沒有露出絲毫懼意？

正當基拉修猶豫著該吃哪一隻的時候，轉眼之間，成群的長頸駝已經呈半圓形將基拉修團團圍住。帶頭的公長頸駝大聲說：「我們不少同伴都成了你的食物，現在我們要報仇了，納命來吧。」

基拉修完全沒想到長頸駝竟然敢說出這種話，惡狠狠的瞪了帶頭的公長頸駝一眼。

此時基拉修心頭又是一驚。那隻長頸駝的模樣，似乎與平常看慣了的長頸駝有些不同，嘴裡竟長著向外突出的尖牙。放眼望去，其他公長頸駝也都擁有尖牙，母長頸駝則在頭頂上長著一根角。如今的長頸駝，已完全變身成了肉食性猛獸。

為數眾多的長頸駝以咄咄逼人的氣勢朝著基拉修靠近。如果對手只有兩、三隻，基拉修還有自信能夠打贏，但一次對上這麼多隻，實在是寡不敵眾。基拉修只好擺出戰鬥的姿勢，一步一步往後退，不知不覺已退到了水池邊。

長頸駝一定會同時撲上來吧。這種時候還是先避避鋒頭才是上策。

基拉修跳進了水池裡。長頸駝並不曉得，原來基拉修是游泳高手。基拉修心想長頸駝絕對不可能追上來，正感到有些洋洋得意的時候，驚人的事情發生了。

忽然一陣激烈的嘩啦聲響，水面出現一個大洞，鯰魚妖怪探出了頭。下一瞬間，牠張開血盆大口，將基拉修吞進了肚子裡。

鯰魚妖怪遭基拉修戳瞎了一隻眼睛，傷勢非常嚴重，但並沒有死。這座水池的池底剛好長著一些能夠治療傷口的水草，鯰魚妖怪於是將水草敷在眼睛上，躲在爛泥裡靜養。如今牠的傷口已完全癒合，雖然只剩下一隻眼睛，但看東西並不成問題。

傷勢剛痊癒的鯰魚妖怪正感到腹中飢餓。草原上的動物都以為鯰魚已經死了，回到岸邊喝水。鯰魚妖怪就在此時鑽出了爛泥，正想要到水面上抓幾頭動物來充飢。

沒想到就在這個時候，水面上竟然有一隻動物在游泳，而且正是基拉修！鯰魚妖怪一看，不由得喜出望外。原本早就打定主意非向基拉修報仇不可，沒想到重出江湖的第一隻獵物就是牠！

於是，鯰魚妖怪就這麼開開心心的將基拉修吞入了腹中。

鯰魚妖怪不僅還活著，而且還吃掉了基拉修。這個消息迅速傳了開來。大家的反應並非慶幸可怕的劍齒虎基拉修已死，而是感慨以後再也無法接近水池了。一想到再也喝不到水，大家便感到不寒而慄。

任何因耐不住口渴而前往水池喝水的動物，都會成為鯰魚妖怪的食物。就算靠近岸邊的時候再怎麼放輕腳步，鯰魚妖怪還是能感受到踩踏地面時的輕微震動。至於以舌頭掬水時的細微水聲，鯰魚妖怪當然也不會放過。

自從無法喝水之後，植食性動物更是每日活在乾渴與飢餓之中。相較之下，肉食性動物絲毫不必為食物與飲水的問題而煩惱。雖然植食性動物一隻比一隻瘦，但數量眾多，只要吃下一隻，就能同時解決飢餓與乾渴的問題。

好想變成肉食性動物！

為了生存下去，這個想法成了眾多植食性動物的最大心願。

星尾獸洛拉愈來愈擔心自己的生命安危。這時的洛拉雖然也變瘦了一些，但依然非常健康，因為洛拉並沒有缺乏食物的困擾。過去大家只是對洛拉投以羨慕的目光，但最近其他動物的眼神開始逐漸帶有殺意。

這一天，一隻公長頸駝走了過來，在洛拉的身邊停下腳步。自從劍齒虎基拉修及基爾帕死了之後，原本唯一倖存的基璐璐，不久也遭到長頸駝集體獵殺，步上了哥哥的後塵。長頸駝成為歌蘭高原上最具代表性的肉食性猛獸。

公長頸駝不停朝洛拉上下打量。洛拉很清楚牠在觀察什麼。

那一對犀利的目光，並非在看洛拉的外表，而是看著厚重外殼底下的美食。柔軟的內臟、肥嫩的肌肉、充足的體液……公長頸駝肯定是一邊想像著這些畫面，一邊思考著該怎麼殺死洛拉。

公長頸駝的雙眼正投射出兇殘的目光。

洛拉不禁感到心裡發毛，趕緊舉起尾巴，以帶有尖刺的末端在地面上重重搥了一下，接著起身快步離開。

洛拉愈想愈不安，一直在盤算著該怎麼做才能保護自己的安全。偶然間，洛拉想到了大羊駝少年拉比。當初大羊駝不想成為國王基拉修的食物，趁著深夜集體逃亡了。對，這是個好主意，只要逃走就好了。洛拉下定了決心後，便立即付諸行動。

所謂的逃走，並非真的需要逃到某個陌生的地方，總之只要別讓其他動物看見自己就行了。洛拉找了犰狳姬兒來幫忙，在地底下挖掘了一個巨大的橫穴。橫穴裡有兩間房間，以通道相連。一間是犰狳姬兒的房間，另一間位置較深、較寬敞的房間則是洛拉的。洛拉在房間的地面鋪了大量的枯草，當成自己的床鋪。

每日等到天黑之後，洛拉才會在姬兒的引導下出門尋找白蟻作為食物。早在前一陣子，姬兒就已得知洛拉改吃白蟻，而且親眼目睹了洛拉挖開蟻窩吃白蟻的模樣。洛拉也不打算隱瞞，畢竟白蟻成了此刻自己維持生命的唯一食糧。

洛拉逐漸擁有了獨特的嗅覺，就算是在沒有月光的漆黑夜晚，也能靠氣味找出白蟻。而且洛拉也學會了將舌頭捲成圓筒狀，並且分泌出黏液。只要朝著白蟻群舔上一口，就能將好幾隻白蟻同時吃進嘴裡。當然若要比技術，還是遠遠比不上姬兒。

自從白天總是躲藏在洞穴裡之後，洛拉便無法親眼看見草原上發生的事情。但姬兒每天都會將外頭的情況鉅細靡遺的告訴洛拉，所以洛拉還是能知道草原上發生了哪些大事。

日子一天又一天的過去，太陽毫不留情的照耀大地。削瘦的植食性動物依然每天拖著虛弱的身軀，在茶褐色的草原上尋找著青草。雖然草的數量已少得可憐，但如果翻開枯草堆，偶爾還是能找到一、兩根。

群體生活的制度早已瓦解了。剛開始，原本還有一些親子或好友會一同行動，如今連這個現象也不復存在，每一隻動物都是獨力謀生。因為如果跟其他動物在一起，一旦發現了食物，一定會發生爭執。

許多植食性動物變身成了肉食性動物。在這樣的風潮之下，卻也有一部分的植食性動物始終唾棄嗜血、殘暴的肉食性動物，並且以身為追求和平的植食性動物為榮。

古羚正是這樣的植食性動物。牠們下定了決心，要以植食性動物的姿態堅持到最後一刻。在這樣的時局之中，有一隻古羚少年發現了新的食物來源，那就是乾枯的草根。許多乾枯的草類植物其實都擁有粗大的根莖或球根，這些都具有營養價值，只是埋在土裡看不見。尤其是球根類，有些甚至吃起來相當甘甜。有蹄類動物只要靠著堅硬的蹄，要挖出這些可食用的根並非難事。

古羚少年立即將這個大發現告訴了所有同伴。轉眼之間，這個消息已傳遍了所有堅持以植物為食的動物群。

植食性動物吃了營養價值較高的球根及根莖，迅速恢復了元氣。

廣大草原的地底下有著數不清的球根及根莖，只是過去一直沒受到注意。而且現在的植食性動物的數量已大幅減少，因此要填飽肚子綽綽有餘，根本不必費心尋找。

「外頭發生了一件很有趣的事情。」姬兒笑著把這個變化告訴了洛拉。

植食性動物恢復了奔跑的體力，草原上再也看不到一隻瘦弱的植食性動物。親朋好友開始一起行動，有些動物甚至又出現了小小的群體。

相較之下，前陣子才匆忙改吃肉的動物，卻還是大致維持著植食性動物時期的瘦削體格。如今牠們想要獵捕植食性動物來吃，卻發現獵物的奔跑能力遠遠高於自己，根本追趕不上。牠們在短時間內倉促轉變為肉食性動物，到頭來，竟發現缺乏食物的處境與從前並無多大差異。

「牠們一定很後悔，自己的決定太操之過急了。」姬兒哈哈大笑。

但過了一會兒，姬兒卻又斂起笑容，擺出了嚴肅的表情。因為接下來發生的悲慘現象，實在沒辦法當成笑話看待。

「唉，這件事說起來就讓我心情憂鬱……」姬兒一邊解釋，一邊抱怨。

原來有很多植食性動物雖然改吃肉，卻還沒有完全學會肉食性動物的習性。當遇上奔逃速度極快的獵物時，只能束手無策。為了填飽肚子，牠們只好採取了一種相當悲慘的策略。

那就是挑選剛變身為肉食性動物的南蹄類動物作為獵食的對象。換句話說，剛轉變為肉食性的動物開始互相殘殺，將自己的同伴當作食物。像這樣的悲劇，不斷在草原上演。

就在這個時期的某一天，天空忽然烏雲密布。震耳欲聾的雷聲及明亮刺眼的閃電此起彼落，天空開始落下一滴滴雨水。

雨勢愈來愈強，在草原上形成了無數的小型瀑布。

極度乾旱的茶褐色大草原，終於獲得了驟雨的滋潤。這場雨宛如是上天的恩賜，所有動物都張大了口，承接宛如生命靈藥的雨水。原本因乾燥而粗糙的體毛，吸了雨水後迅速恢復光澤。

這場大雨下了三天三夜。

洛拉藏身的洞穴也遭水淹沒。但洛拉並不在意，趕緊與姬兒一同奔出洞外，開心的喝起了雨水。過去從來沒喝過這麼美味的雨水，原本乾渴的身體有如重獲新生，帶來了無比的快感。

有些動物因為喝了太多雨水，腹部整個膨脹下垂，幾乎碰觸到地面。有些動物則因為滿肚子的水壓迫肺部而感到呼吸困難，最後倒在地上痛苦掙扎，嘴巴像水龍頭一樣不斷噴出水來。

這場大雨接著又為動物帶來了另一項上天的恩賜。

那就是地面開始長出了青草。在雨停的第三

天，原本茶褐色的乾枯草原已經搖身一變，成了放眼望去淨是翠綠嫩草的綠色草原。

堅守著植食性動物尊嚴的動物都埋頭猛嚼，像發了狂一樣將青草往肚裡吞。

事實上除了植食性動物之外，還有另外一些動物也因此而獲得了好處。那就是不久前才改吃肉的動物。牠們原本體力不足，又缺乏狩獵技巧，根本捕捉不到獵物。但如今植食性動物都忙著吃草，就算被肉食性動物咬住了屁股，也絲毫不在意。甚至有些肉食性動物將咬下來的肉未經咀嚼就急忙嚥下，竟然不小心噎死了。

植食性動物都把全部的心思放在狂吃青草上，就算屁股被咬了幾口，竟也覺得不痛不癢。

洛拉與姬兒都以為歌蘭高原終於能恢復和平，原本感到相當欣慰，沒想到和平並沒有維持太長的日子。

植食性動物吃了太多嫩草，竟然都變得過於肥胖。對肉食性動物來說，當然是最值得開心的事。從前牠們吃的都是骨瘦如柴的動物，如今這些獵物竟然都變得肥嫩可口，那種感覺就像是突然從地獄來到了天堂。

就連體力較差、那些變身不久的肉食性動物，也蒙受了這個恩惠。

在狼吞虎嚥的風氣之下，植食性動物的數量快速減少。好不容易才熬過了乾旱歲月，動物都失去了自制力，養成了有多少就吃多少的習性。

肉食性動物為了爭奪數量愈來愈少的植食性動物，相互之間發生打鬥的情況愈來愈嚴重。到了後來，就連體力較差、較不會抵抗的變身肉食性動物，也成了其他強勢肉食性動物眼中的食物。

星尾獸洛拉原本抱著看熱鬧的心情，在草原上觀察著動物的一舉一動。但如今洛拉察覺自己的生命也有危險，於是恢復了天一亮就躲進地洞裡避難的生活。從此之後，草原上的事都是從姬兒的口中輾轉得知。

又過了一陣子，最可怕的事態發生了。草原上連一隻植食性動物都沒有了。畢竟跟植食性動物相比，肉食性動物的數量實在是太多了，這可說是必然的趨勢。歌蘭高原的動物社會早已不存在自制與規律，成了名副其實的弱肉強食社會。這跟《聖經》中對世界末日的描述剛好相反，惡魔戰勝了神，歌蘭高原成了惡鬼們互相鬥爭的土地。

洛拉徹底喪失了走出洞外的動力，整整十多天不吃不喝，把自己關在巢穴裡。從前不小心跌落深坑，在深坑裡長期缺乏食物的經驗，讓洛拉獲得了長時間不進食也能存活的韌性。與其看見草原上發生的那些悲劇，洛拉寧願忍受絕食的痛苦。有時地面上傳來的哀嚎聲，會讓洛拉感到毛骨悚然。於是牠撿起小石子，塞住自己的耳朵。

又過了幾天之後，草原上竟變得異常安靜，什麼聲音也沒有了。

洛拉終於走出了洞穴。青草與枯草互相交雜的草原在豔陽的照射下，散發出綠褐色的色澤。但放眼望去，卻看不見任何動物的蹤影。洛拉凝神朝遠方眺望，只看見了一望無際的綠褐色草原，以及上頭一座座白蟻高塔，依然沒看見任何動物。

那是一幅以前從未見過的不可思議景象。即使豎起耳朵也聽不見任何聲響，彷彿整個世界已經死去。

洛拉只能愣愣的看著眼前廣大無邊的死亡草原。

「洛拉，好安靜。真是奇妙。明明有這麼多青草，卻看不見一隻吃草的動物。那些高高的白蟻塔，簡直就像是死亡世界裡的墓碑呢。」姬兒在身旁呢喃說。

「整座草原……只剩我們還活著？」

「不，應該還有一些吃蟲子維生的犰狳，也就是我的同伴。牠們的家都在地底下，被茂盛的青草遮住了，所以看不見。」

「為什麼只有吃蟲子的動物存活了下來？」

「這個嘛，大概是因為我們本來就是活在生死兩個世界之間的動物。」

「什麼意思？我不明白。」洛拉歪著腦袋問。

「嗯……白蟻絕對不會吃有生命的東西，對吧？就連青草及綠樹，也只能算是製造出白蟻食物的原料。必須等到草死了、樹倒了，變成了枯草朽木，白蟻才會吃。至於動物的屍骸，更是只有神鷲及昆蟲才會吃，白蟻是連看也不看的。你想想，光是動物屍骸的那股臭味，就跟枯草落葉的香氣完全不能比。

我們可以說，白蟻是活在植物死亡後的世界裡。換個說法，我們也可以說，白蟻活在死的世界與生的世界之間。我們這些吃白蟻的動物，也跟白蟻沒什麼不同吧。」

洛拉聽著聽著，心頭有股奇妙的感覺。雖然無法完全理解姬兒這番話，但洛拉有自己的解釋。能夠存活下來，或許是因為自己的心中原本就懷抱著一半的死亡陰影。洛拉默默的看著姬兒，忽然感覺，姬兒就像是能夠掌控生命的死神使者。

洛拉帶著宛如遊走於生死之間的心情，回到自己的巢穴內，躺在枯草鋪成的床上。

這天傍晚，外頭的景色似乎與以往有所不同。洞口隱約可見一片紅光。洛拉抱著沉重的心情再

度走出了巢穴。

洛拉抬頭一看，天空懸浮著一朵朵雲彩，象徵著雨季的正式到來。

太陽閃耀著紅澄澄的光輝，正要落入西方的地平線下。好美的一幅晚霞。長長的雲朵都染成了紅色，邊緣綻放著金光。

當初，歌蘭高原上的每一隻動物，都拖著憔悴瘦削的身體，每天望眼欲穿，等待著這一天的來臨。大家都賭上了碩果僅存的生命力，上演了一幕幕悽慘壯烈的求生之戰。最後，所有動物都敗北陣亡了，只剩下洛拉，獨自迎接了夢寐以求的終點。

一滴滴淚水自洛拉的雙眼滾滾流下，火紅的太陽在淚珠上悄悄的西墜了。一股深灰色的淒涼感如泉水般湧出，靜靜填滿了洛拉的心靈。

不久之後，太陽完全沒入了地平線下。洛拉依然看著那片因太陽餘暉而泛著深藍色光芒的草原。眼中還是看不見任何生命，一座座白蟻高塔，確實有如死者的墓碑。

洛拉轉身走進陰暗的地下橫穴，重新鑽入了深處的枯草堆內。

洛拉再也不吃任何東西。在生死之火忽明忽暗的半生半死狀態下，不斷反芻著姬兒的那句話……我們本來就是活在生死兩個世界之間的動物……

體溫愈來愈低，代謝機能愈來愈不明顯。

洛拉進入了漫長的冬眠。

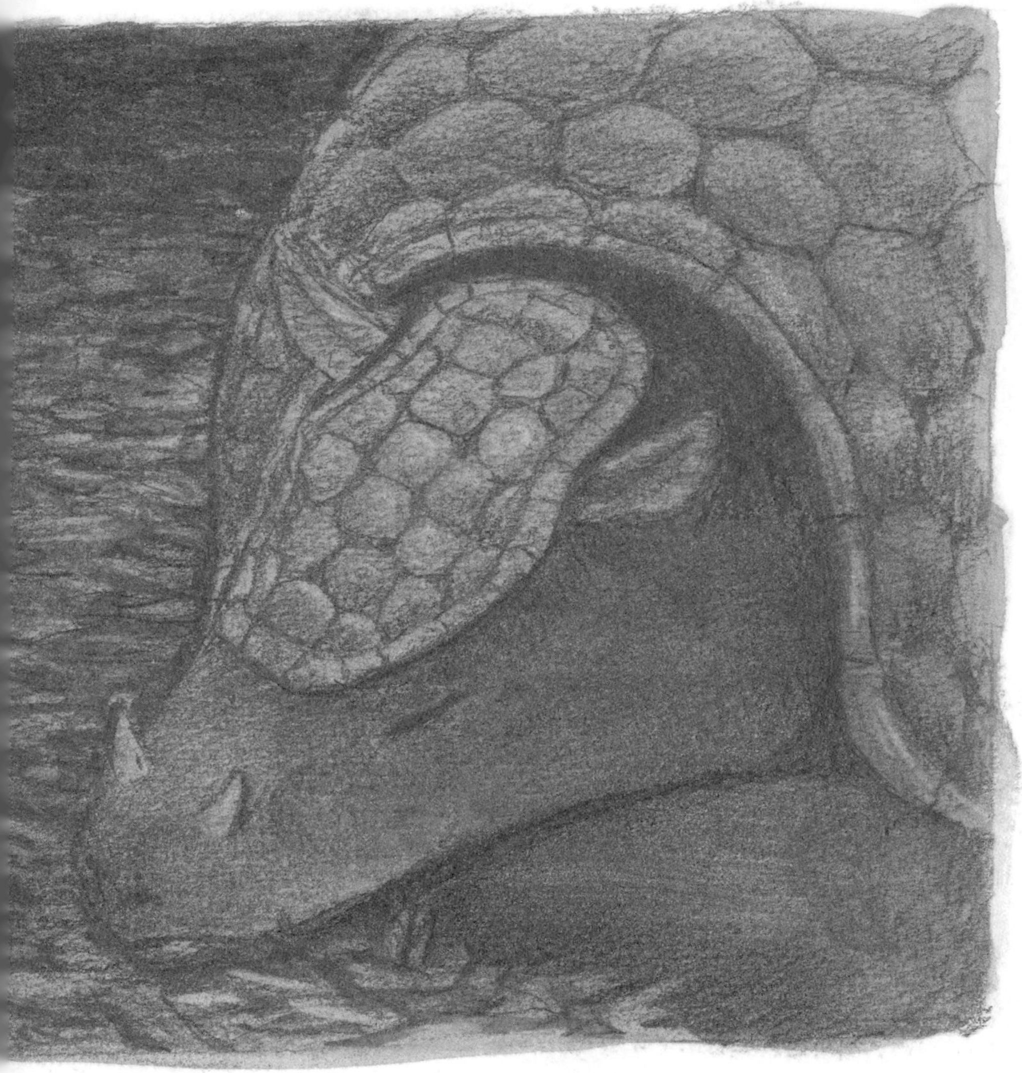

第三章

神獸洛拉

洛拉驀然睜開眼睛，結束了漫長的睡眠。到底睡了多少日子，洛拉自己也不清楚。體溫逐漸恢復，身體的代謝機能也開始正常運作。

這裡是哪裡？洛拉環顧四周。似乎已經不是當初那個陰暗的洞穴了。

壁面反射著七彩光芒，天花板也綻放著紫色光輝。左側邊還有一面牆，泛著金黃色的光澤。仔細一看，周圍的每一面牆都是由水晶所砌成。

洛拉吃驚的低頭望向身體底下的枯草，唯有這些枯草與當初進入冬眠時一模一樣。洛拉一臉茫然的左右張望，懷疑自己只是在做夢。

「神獸閣下醒了？」一隻犰狳走上前來說道。

「啊！」洛拉又驚又喜，大喊：「姬兒！太好了，妳還活著！」

「我不是姬兒，我的名字叫托頓。國王命令我照顧神獸閣下。」

洛拉從托頓的話中，隱約聽出「神獸閣下」指的是自己。問題是「國王」又是怎麼回事？一想到劍齒虎基拉修國王，洛拉不由得全身顫抖。

「國王是誰？是很可怕的動物嗎？」

托頓恭恭敬敬的回答：「國王陛下是人類，跟我們不一樣。有一天，陛下突然帶著一群臣子從天上降臨到了世間。陛下擁有與眾不同的威望，任何人見了陛下那高貴的姿態，都會真心誠意的向他跪拜。而且陛下也是位仁慈、善良的君王。」

「聽你這麼說，我就放心了。當初我們那個國王，是個天性兇殘的暴君，跟你們的國王完全不能比……對了，神獸是什麼意思？」

托頓退了一步，恭謹的說：「神獸閣下是我國的守護神，受到我們崇敬膜拜。這是國王親口說的，不會有任何人懷疑。」

洛拉閉上了雙眼。或許這就是自己的命運，多想也是無濟於事，不如欣然接納。

於是洛拉挺起了胸膛，以充滿威嚴的口吻說：「我叫洛拉……吾乃洛拉，可速告知君王。」

「遵命。能夠服侍掌管永恆生命的洛拉閣下，令我感到無上光榮。請稍事休息，我先離開一會。」

托頓說完後，朝洛拉行了一禮，離開了房間。

＊＊＊

「我的故事就到這裡結束了，謝謝你們願意花這麼多時間聆聽。

我一直期盼有一天說出這些往事，這個願望就像個疙瘩一樣，一直卡在心頭上。如今我終於再也沒有遺憾了。

但是……說完了之後，我反而不敢肯定，這些回憶到底是夢境還是現實……畢竟那已經太過遙遠。即使如此，能夠說出這個深深烙印在心中的故事，我還是感到很欣慰。

我能夠存活到今天，是因為我生活在生與死的交界處，並沒有與死的世界完全分離。現在，我終於能夠毫無牽掛的完全走進那個世界了。」

「謝謝你，洛拉閣下。我們旅行的目的終於達成了。請你繼續以神獸的身分，守護貴國的和平吧。請容我在此致上由衷的謝意。」

博士朝洛拉深深鞠躬，雪丸等其他隊員也真心誠意的行了一禮。

突然間，小百合開口問：「洛拉閣下，我猜你應該很累了，但我想問最後一個問題，可以嗎？」

「請儘管問吧。」

「我想問……關於拉比的事。我很喜歡那個大羊駝少年拉比，牠的勇氣與決斷力實在讓人敬佩。請問那一群大羊駝，最後是不是成功抵達了目的地？」

「妳問得很好。我剛剛的故事愈說愈灰暗，能以快樂的事情當作結尾，我覺得很開心。不過，這些都是從姬兒口中聽來的……」

於是，洛拉開始說起了關於大羊駝拉比的下落。

就在洛拉窩在巢穴裡不吃不喝的時期，某天，姬兒看見一隻有蹄類動物精神奕奕的走在草原上。剛開始，姬兒以為看到了幻覺，忍不住揉了揉眼睛。那動物實在長得很像自己的好朋友大羊駝拉比，但拉比怎麼可能還活著？

那動物似乎也看見了姬兒。牠停下腳步，朝著姬兒仔細凝視了一會兒，忽然像是鼓起了勇氣，朝著姬兒小跑步奔來。

果然是拉比。

「姬兒！妳是姬兒，對吧？妳還活著，真是太好了！我這次回來這裡看看，能夠遇上妳，真是太開心了！對了，洛拉呢？」

「牠也很好，只是看了太多悲慘的事情，厭倦了這個世界，所以躲在洞裡不肯出來。拉比，你當初帶著所有大羊駝離開，後來還好嗎？平安抵達了目的地嗎？當初你還是個少年，現在，你已經是精力旺盛的青年了呢。看你的模樣，我猜你的同伴應該也很平安才對……當初，你們鼓起勇氣離開歌蘭高原，真的是正確的抉擇。後來劍齒虎雖然死光了，但是好多動物為了活下去互相屠殺，整座高原簡直成了地獄。」

「我們也吃了很多苦，旅行那陣子每天都過著提心吊膽的生活，隨時可能會送命。畢竟當初我們什麼也不知道，只是聽說了旅行中的原駝一席話，就出發尋找那有如天方夜譚般青草長年不枯的理想樂園。有些同伴被落石砸死，有同伴掉落谷底，有同伴被美洲豹咬死，還曾經一整天找不到任何食物可以吃……但最讓我感到難熬的是，同伴們好幾次差點起爭執……」

原駝口中所說的那個青草一年到頭都不枯萎的理想樂園，位在海拔約四千公尺的地點。居住在那一帶的原駝都非常和善，熱情接納了大羊駝當自己的鄰居。然而，抵達那片草原的時候，大羊駝只剩下十多隻，而且全都削瘦又虛弱……

「聽說，你們離開庫斯科的時候，曾經騎乘大羊駝？牠們正是拉比那個家族的後代。」

洛拉說完這些話後，第一次瞇起眼睛，露出了微笑。

「分離的時刻到了，這是我們最後一次見面。希望你們都能平安回到日本。」

洛拉轉身走入房間深處。紫水晶與黃水晶的光芒微妙交錯，巨大的背殼上映照出了神祕的色彩。

博士、雪丸、建角、龍二及小百合默默目送神獸洛拉離去。洛拉的身體實在太龐大，簡直像是一座緩緩移動的小山。

突然間，洛拉停下腳步，高高舉起尾巴，朝著地面用力敲了一下。四周響起水晶互相碰撞的奇妙聲響，洛拉的巨大身體逐漸變得模糊，最後消失無蹤。

沉重的寧靜籠罩著五名隊員。一種既不像是悲傷又不像是淒涼的感情，像鉛塊一樣重重的壓在胸口，令大家感覺呼吸困難、頭昏眼花，幾乎快要昏厥。原來活著是一件這麼煎熬的事，明知道如此煎熬，還是非活下去不可。

龍二試著想像，自己如果活在洛拉所描述的世界，會做出什麼樣的選擇。但左思右想，心中的疑問愈來愈多。為了請博士指點迷津，龍二以沙啞的聲音問：「博士，這種事真的可能發生嗎？如果……如果像歌蘭高原那樣的大飢荒發生在人類的世界裡，會有什麼結果？」

博士露出沉痛的表情，斬釘截鐵的說：「人類也是一種動物。」

龍二一聽，頓時就像是被人從頭頂上潑了一盆冷水。博士的言下之意，顯然是當人類世界發生長期的嚴重飢荒，人類為了讓自己活下去，一定會用盡各種手段。釀成的悲劇，恐怕與歌蘭高原大同小異。

不，絕對不會……龍二的心中有另一道聲音在高聲吶喊。

就在龍二的內心一團混亂的時候，博士忽然以自言自語的口氣說：「老實說，洛拉的故事實在讓人很難相信。那完全不符合演化論的常識。植食性動物像那樣突然變成肉食性動物，以生態學的角度來看絕對不可能。但我們不能否認，這就是藏在洛拉心中關於巨型哺乳類動物滅絕的故事。話說回來……洛拉的故事……像極了世界末日與新生的神話。」

博士停頓了一下，半晌後接著說：「某位文化人類學家，在非洲內陸地區研究原始部族生活，曾經在報告中提出了這麼一段插曲……

在某個部族裡，曾經有整整三年的時間，連一滴雨也沒下，族人當作主食的玉米及香蕉都枯死了，可

以食用的野生果實及野草也都吃光了，整個部族陷入了嚴重的飢荒之中。

所有族人都餓得像皮包骨，胸口彷彿只要翻開一層皮就會看見肋骨，鼻子與嘴唇都變得扁平，眼珠子突出得彷彿隨時會掉下來，還流露出難以形容的詭異目光。大多數族人連站也站不起來，只能倒臥在紅褐色的大地上，任由陽光灼晒。

某一天，一名年輕人帶著不知從何處取得的香蕉，拄著拐杖，腳步虛浮的走了回來。

『基德爾，你終於回來了。』長老畢沙何普以沙啞的聲音說。

年輕人放下肩膀上的兩串香蕉，扔在倒臥地面的族人們之間，一句話也沒說，就這麼癱倒在地上。

幾乎快要餓死的族人們擠出最後的力氣，朝著香蕉爬去。就在三名族人的手終於摸到香蕉的時候，長老畢沙何普忽然制止了大家。長老自行折下一根香蕉，走向倒在地上的年輕人。

年輕人已經斷氣了。

長老扳開年輕人的嘴，將半截香蕉塞進去，自己吃掉了剩下的半截。接著長老躺在年輕人的身邊，同樣離開了人世。長老與年輕人過世時的表情，如此崇高而美麗。

至於那兩串香蕉，就由剩下的族人們和睦的分著吃掉了。

另外，還有這麼一段感人的插曲。

有個趴在地上的年輕人，某天突然站了起來，搖搖擺擺的往前走了幾步，又摔倒在地上。過了一會兒，他又站了起來，搖搖擺擺的往前走，同樣再度摔倒。

就這樣重複了好幾次，年輕人努力前進了大約兩百五十公尺，來到一棵枯樹邊。枯樹下倒著另一名年輕人，他緊靠著那名年輕人的身體，躺了下來。

那名在枯樹下奄奄一息的年輕人，是他的弟弟。

他躺在弟弟的旁邊，右手緊握住弟弟的左手。兩人不約而同的露出一抹微笑，就這麼牽著手，一同離開了人世。

兩人臉上帶著天真無邪的美麗笑容，有如天使一般。

那個部族的人認為天下最大的幸福，莫過於『在心愛的人身邊，以美麗的表情死去』。那位文化人類學者將這句話當成一輩子永難忘懷的珍寶及座右銘。」

說完了兩段故事之後，太子博士深吸一口氣，垂首露出沉痛的表情。

接下來隊員們之間持續了一段漫長的沉默。大家各自思索著生命的意義。

最後，雪丸打破了宛如凍結般的沉默，低聲說：「我們走吧。」

在雪丸的帶領下，一行人離開了房間。

荷拉吉的決定

歸國的日子逐漸逼近。隊員們向國王及所有王室成員、托頓、房屋主人塔蘭、他的兒子圖拉等人一一道別。啟程的前兩天傍晚，隊員們舉辦了一場惜別餐會。這天最忙碌的隊員是水獺荷拉吉，因為牠必須捕捉許多美味的魚作為餐桌上的佳餚。

餐點準備就緒，隊員們各自就座。

「怎麼沒看見荷拉吉？牠跑到哪裡去了？」雪丸問。

「好奇怪，怎麼不見了？今天牠一直忙著捉魚，但我從牠手中接下最後一尾魚，已經是好幾個小時前的事了……」猴子奇奇也歪著腦袋說。

所有隊員都就座了，唯獨荷拉吉的座位依然空著。

「我去找牠！」奇奇正要站起來，荷拉吉忽然走了進來。大家同時高聲歡呼迎接牠。一來今晚的餐會能有如此豐盛的菜餚，荷拉吉功不可沒；二來荷拉吉曾經救過小百合一命，化解了探險隊最大危機，這個貢獻可說是無人能及。

但是，荷拉吉顯得一副心事重重的模樣。牠站到自己的座位上，以雙手撐著桌面，讓身體呈垂直站立，接著緩緩環顧所有同伴，面色凝重的說：「抱歉，我來晚了。我怕心裡難過，不敢見大家的面，所以一直在外頭走來走去……」

同座的隊員們聽了，都驚愕的望向荷拉吉。

荷拉吉垂著頭，沉默了好一會，才彷彿鼓起了勇氣，抬頭面對著博士，以顫抖的聲音說：「今晚是我跟大家相處的最後一晚。這件事我猶豫了好久，現在終於下定決心了。我要留在這裡，不跟大家回日本。我已經問過凱普河裡的大水獺，牠們願意接納我當同伴。」

荷拉吉說到這裡，沒再說下去，只是低頭啜泣。

探險隊平安實現目標，今晚本來應該是開開心心的慶祝餐會，如今卻籠罩在帶了一絲感傷的沉默之中。聽了荷拉吉這麼說，隊員們一時都不知如何是好。

博士的沉痛嗓音打破了靜默。

「荷拉吉，為什麼？今天探險隊能達成目標，全靠大家同心協力。我心裡最大的期望，就是帶著所有家人平安回國。荷拉吉，能實現這個願望，全是你的功勞。你認為我們會丟下你獨自回國嗎？我們一家人就像是生命共同體，一個都不能少。荷拉吉，你必須告訴我，你想留在這裡的理由是什麼？如果你的答案無法讓我滿意，就算把你五花大綁，我也要帶你回去。」

荷拉吉抬起了頭，毅然決然的說：「博士，我非常能夠體會你的心情，所以我才煩惱了這麼久。但我最後還是決定要留下來，是這樣的……

日本每天都有大量水獺遭到獵殺。我們水獺的毛皮不僅柔軟、滑順，而且濃密又保暖。最近這幾年，日本的男人都喜歡穿披肩斗篷，和服外頭披上一件披肩斗篷確實看起來高貴優雅。最高級的披肩斗篷，會使用水獺毛皮來製作領子。附水獺毛皮領子的披肩斗篷價格愈來愈高昂，只要穿在身上，就會被視為上流人士。人類追求名利的欲望無窮無盡，這樣的風氣繼續下去，日本水獺遲早有一天會滅絕。博士，你應該很清楚，我這個推測是很有可能發生的事實。

跟日本人比起來，這個國家的人都非常長壽。超過兩百歲一點也不稀奇，有些人的年紀甚至已經超過三百歲。而且我還聽說，有些人已經獲得了長生不老的能力。最有趣的一點，是這裡的人能夠這麼長壽，主要得歸功於人口控制。博士，相信你們應該也發現了，這個國家的孩童相當少。他們擁有一套相當奇妙的機制，必須要有一名老人死亡，才會有一名嬰兒出生。

就算日本水獺滅絕了，至少還有一隻生存在安地斯山脈的深處……博士，我想要成為日本水獺曾經存在的活證據。如果可以的話，我更希望擁有無限的生命，讓日本水獺永遠沒有滅絕的一天。博士，你是動物學家，應該能體會我的心情。」

所有隊員的心中都湧起了一股莫名的感動。

博士以溫柔而堅定的語氣說：「荷拉吉，你能下這個決心，實在是非常了不起。其實我也正擔

心著日本水獺的未來。荷拉吉，你的推測確實很有可能成真。你願意一肩扛下延續物種的重責大任，我相當敬佩。」

「謝謝你，博士。能夠獲得你的認同，是我最大的喜悅，更是實現夢想的原動力。」

荷拉吉接著環顧所有隊員，以哽咽的聲音說：「雪丸先生、黑駒先生、建角先生、龍二、小百合……謝謝大家長久的照顧。奇奇，你也要多保重。」

荷拉吉說完之後，跳下了椅子，開門奔入夜色之中。

奇奇追了上去，大喊：「荷拉吉！荷拉吉！你別走！不准丟下我一個人！」

奇奇對著漆黑的門外連喊了好幾聲，最後奔到餐廳角落嚎啕大哭，淚水沾溼了地板。

整個餐廳瀰漫著悲愴的氣氛。荷拉吉竟然就這麼離開了。

好一會之後，雪丸起身說：「大家打起精神來吧。既然博士已經同意荷拉吉留下來，我們也應該要接受牠的決定。現在讓我們來乾杯，祝荷拉吉順利延續物種，也祝我們星尾獸探險隊能夠平安歸國。」

雪丸舉起葡萄酒杯，高喊了一聲乾杯。

隊員們也都舉起了杯子，但有些隊員沒有說話，有些隊員只是輕輕應了一聲「乾杯」。

小百合一口喝光了手裡的葡萄果汁，拭去眼角淚水，悄然走出餐廳。

飛向何方

隔天早上，吃完了早餐，博士突然將龍二與小百合叫到面前。

「明天我們就要出發了，現在我要送你們最後一樣禮物，跟我到外面來吧。」

龍二與小百合摸不著頭緒，帶著滿心的驚訝與期待走到了屋外。

外頭站著六隻帕烈歐大神鷲，圍繞著一個大籃子。

「在離去之前，我想讓你們從天空好好看清楚這個地方，向這塊土地說出最後的道別。黑頭鬼鴞會陪你們，不用擔心。」

博士笑嘻嘻的說。

龍二與小百合沒想到博士會送這麼棒的禮物，都開心得手舞足蹈。

「博士，謝謝。這樣我們就能毫無留戀的離開了。」

兩人道了謝之後，一同進入籃子裡。

翅膀長達六公尺的帕烈歐大神鷲同時振翅高飛，無聲無息的帶著籃子飛上了天際。黑頭鬼鴞則站在一根自籃子邊緣向外突出的桿子上。

籃子上升的速度非常驚人，地上的景色轉眼之間已小到幾乎看不見了。龍二向黑頭鬼鴞說：

「速度能不能放慢一點？地上的景色這麼渺小，簡直就像是倒著看望遠鏡，什麼也看不到。」

此時，突然一陣寒風吹來，龍二與小百合都冷得縮起了脖子。

黑頭鬼鴞以充滿懷念的眼神凝視兩人，驀然朝兩人點一點頭，張開翅膀飛走了。

兩人還來不及說什麼，籃子已鑽入了雲層之中。雲層非常厚，放眼望去白茫茫一片，連大神鷲的身影也看不見。

接著兩人感覺思緒愈來愈模糊，意識逐漸遠離。

終章

兩枚勾玉

早春的河畔寒風，輕輕拂上了龍二的臉頰。

龍二睜開雙眼，才發現自己似乎坐在河邊睡著了。眼前這是凱普河嗎？但景色看起來與凱普河截然不同。六隻帕烈歐大神鷲，到底把自己帶到了什麼地方？

河的對岸是一片竹林，這讓龍二的腦袋更加一團混亂。星尾獸的國度裡，也有這種日本常見的竹林？

「呵喀啾、喀啾喀啾、喀啾喀啾、喀啾——」

附近有一隻日本樹鶯正在高聲鳴叫。牠的叫聲有些難聽，龍二不禁笑了出來。多半是剛才學會在春天高歌的雛鳥吧。

驀然間，龍二心頭一震，整個人回過了神來。原來自己正坐在岸邊釣魚。

為什麼會回到這個地方？為什麼不是在帕烈歐大神鷲的籃子裡，或是古代納斯卡王國的某個角落？難道只是做了一場夢？但如果只是做夢，為什麼會如此真實，所有細節都記得一清二楚？

記憶宛如跑馬燈般一一浮現心頭……正當自己感慨釣不到魚的時候，忽然有一隻名叫八咫烏的奇妙大烏鴉帶來了風叔叔的邀請函。自己與小百合在故里野站坐上了狐狸公車，在竹柏站牌下車，接著又坐上前來迎接的黑駒，抵達了風叔叔的住處……組成星尾獸探險隊後，接連發生了許多驚險萬分的事情，甚至連小百合也差點送命……大家都跑到哪裡去了？猴子奇奇、雪丸先生、鼬鼠葛佩、耳朵靈通的野兔丘治……

不，絕對不是夢。那是發生在現實中的事情。龍二一時無法釐清腦中的思緒，只能怔怔的看著前方發愣。

對岸傳來了刺耳的鳥叫聲，一隻棕耳鵯正在吸著紅色山茶花的花蜜。那正是八咫烏建角即將出現前的景象。

龍二稍微轉移視線，往下游的方向望去。一隻翠鳥正站在突出於河面的樹枝上，擺出頭下尾上的傾斜姿勢，似乎隨時會衝進水裡抓魚。這也是八咫烏即將出現前，自己所看見的景象。難道一切都只是自己的幻覺？龍二愈想愈糊塗了。

啊，對了！小百合呢？

轉頭一看，小百合就在不遠處，同樣一臉茫然的看著河面。

龍二向小百合輕聲問：「小百合，妳還好嗎？」

「嗯，我很好，只是不知不覺睡著了……中間發生了好多事情……但我相信那並不是夢。對吧，龍二？」

龍二沒有回答，只是默默點頭。

接下來有好長一段時間，兩人一起凝視著河面，沉浸在各自的回憶之中。

突然間飛來一隻烏鴉，停在對岸的朴樹上。龍二忍不住喊了一聲：「建角先生？」但那隻烏鴉只是「嘎」的輕叫一聲，便振翅飛走了。

龍二一面苦笑，一面以自言自語的口氣說：「唉，我原本打算要跟大家永遠住在一起，怎麼突然被趕回來了？我實在想不出原因。小百合，妳呢？」

「我也想不透，但是……龍二，博士已經答應收你當徒弟，也答應讓我一邊幫忙龐貝娜做家事，一邊學習考古學。我們都已經是風深家的一分子，這點是絕對不會變的……或許博士有什麼特別的安排吧。」

「嗯……」龍二不經意的將手伸進褲子口袋裡，指尖碰觸到了一個硬物。

「啊！」龍二發出一聲輕呼，緊緊握住了口袋裡的那個硬物。

「怎麼了，龍二？」小百合趕緊問。

龍二掏出了口袋裡的硬物，赫然是綠色的勾玉。那晶瑩剔透的翠綠色，彷彿吸收了嫩葉的顏色。

「這證明了我們是風深家的一分子，也證明了我們不是在做夢。」

小百合也舉起了不知何時握在手裡的鮮紅色勾玉。

「嗯，妳說的沒有錯……」

龍二凝視了勾玉好一會兒，小心翼翼的將勾玉改放進外套的內側口袋。

咦？這是什麼？

口袋裡似乎放著一疊紙。取出來一看，正是當初風叔叔寫給兩人的那封信。自從龍二從八咫烏手中接過了這封信之後，就一直放在外套內側口袋裡。

兩人一看見那枚寫著兩人名字的信封，更加確信這一切都不是夢。

小百合興奮的說：「全部都是真的！我們去找了風叔叔，跟著他一起探險，這些都是真的！」

綠色的信封中放著一枚信紙，那應該是風叔叔當初寫給兩人的信。沒想到攤開一看，兩人登時驚訝得面面相覷。

龍二、小百合：

這趟帕烈歐大神鷲之旅，你們還喜歡嗎？旅行的歸途不走海路而改走空路，也挺有一番樂趣，對吧？畢竟回程的路途實在太過遙遠，相信你們對漫長的旅行應該也有點厭倦了吧。

多虧了你們的協助，這次的探險才能順利達成目的。真的十分感謝。

突然讓你們離開，是不是令你們有些不滿？但我認為你們應該先在原本的生活中，好好經營自己的人生。我相信以你們現在的能力，已經有辦法克服種種困難。等到磨練了一陣子之後，再回來與我同住也還不遲。

最後，我要幫雪丸轉達一件事。雪丸的祖先代代傳承下來的勾玉，有著不可思議的力量。

當小百合以小石子敲打紅色勾玉的時候，龍二的綠色勾玉就會發出聲音回應。相反的，如果敲打龍二的綠色勾玉，小百合的紅色勾玉也會發出聲音。還有，遇上危險的時候，只要敲打勾玉三次，雪丸身上的勾玉就會發出聲音。未來，不管你們遇上任何麻煩或痛苦的事情，相信兩枚勾玉都能幫助你們渡過難關。

過去雪丸一直想要找個好時機，告訴你們勾玉的神奇力量。沒想到還沒向你們說出勾玉的祕密，小百合就遇上了危險。對於這一點，雪丸到現在還是感到很自責，請你們原諒牠吧。

從明天開始，我希望你們打起精神，堅強的活下去，未來我們還會有重逢的一天。還有，別忘了，我們永遠都會守護著你們。

風叔叔與風深家全體

小百合撿起地上的小石子，試著在紅色勾玉上輕敲。果不其然，綠色勾玉發出了「叮叮叮」的聲音。那聲音清澈悅耳，有點像是鈴蟲的叫聲。

接著換龍二在綠色勾玉上輕敲，紅色勾玉也發出了柔美的回應聲。

兩人大為感動，目不轉睛的看著手中的勾玉。

「雪丸先生，謝謝你告訴了我們勾玉的祕密。不過，你完全沒有必要向我道歉。當時光是撫摸著勾玉，對我來說就是最好的慰藉，帶給了我無比的勇氣。因為有這枚勾玉，我才能堅定的相信你們一定會來救我。雪丸先生，不必向我道歉，反而是我該向你道謝。」

小百合凝視著手中的勾玉，說完這番話後，深深低頭鞠躬。

「小百合，接下來我要到大阪工作，妳也要到信州工作了。以後如果我感到寂寞，我會敲敲勾玉，如果妳能夠回應我，一定能讓我重新振作起精神。」

「真是個好主意。不過要是工作時口袋突然發出聲音，人家可能會以奇怪的眼神看我，懷疑我在口袋裡養了鈴蟲呢。這樣吧，我們固定每個月第一個星期日的晚上十點聯繫，好嗎？」

「好啊，那天我一定會從一大早就興奮得不得了。」龍二興高采烈的說。

「對了，我想到了一個好點子。我把我的紅色勾玉跟你的綠色勾玉交換，好嗎？兩枚勾玉就象徵著我們堅定的友情，帶著你的勾玉在身上，就好像你隨時陪在我身邊，能讓我覺得很安心。」

「太棒了，我贊成！」

兩人於是交換了勾玉，各自放進口袋裡。

「好了，我們回去吧。」

龍二將水桶裡的水倒進了河裡。釣魚的成果只有一尾小小的東氏東瀛鯉，牠一回到河裡，立即喜出望外的游向深處。

兩人從釣線上取下魚漂，捲起釣線，扛起以竹枝製成的土製釣竿，不發一語的快步踏上歸途。兩人的內心都是樂觀而開朗，充滿了平凡的希望。

龍二暗自下定了決心。

我將來一定要成為動物學家。在動物的世界裡，還存在著許多科學無法解釋的謎。星尾獸洛拉

告訴我們的故事到底是不是真的，我要靠自己的力量找出證據。還有，我不僅要保護快要因人類的濫捕而滅絕的日本水獺，將來有一天，我要再去古代納斯卡王國找荷拉吉敘舊。

小百合則在心中對著母親說話。

媽媽，我相信爸爸一定還活著。我會找到爸爸與和男，三個人重新過著幸福快樂的日子。還有，我決定當考古學家，而且是專門研究安地斯文明的考古學家。有了動物的幫助，我一定能發現很多過去沒有人發現的事蹟。我好想念牠們……奇奇、馬馬、龐貝娜……

兩個人來到了岔路上。龍二要往右邊的小徑，小百合則要繼續直行。

兩人各自輕輕一笑，不約而同的取出了口袋裡的勾玉。龍二舉起宛如紅寶石般的勾玉，小百合舉起宛如綠寶石般的勾玉，互相輕輕碰撞。

驀然間，兩枚勾玉的周圍閃出了一道圓形的彩虹，伴隨著清脆悅耳的聲響。兩人都感覺到彷彿有一道光芒，照亮了內心的每個角落。

「妳要保重身體。」

「龍二，你也是。盂蘭盆節或過年放假的時候，應該有機會見面。」

兩人揮手道別，各自以輕快的步伐踏上了回家的路。

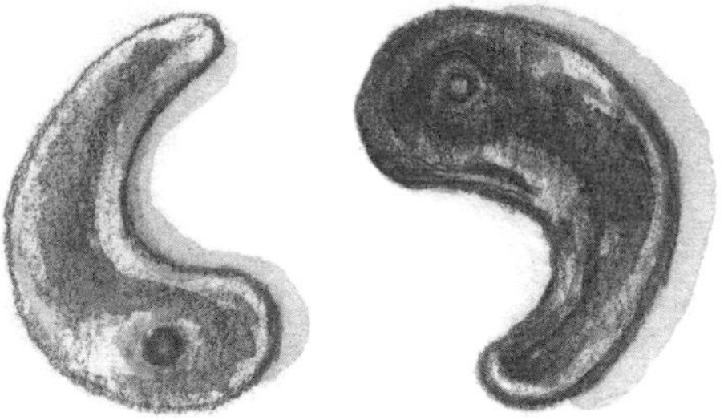

本故事的內容皆為虛構，與現實中的人物、團體及名稱無關。
此外，書中於科學及歷史的描述中，亦包含創作成分。

作者後記

終於寫完了這部長篇作品，此時，我的內心就跟星尾獸洛拉一樣鬆了口氣。這是我第一次嘗試創作這種「動物會說人話，且與人類平等相處」的幻想故事。

我長年站在科學的角度，研究靈長類動物的社會現象及行為模式。但科學無法剖析某樣東西，那就是動物的感情。因此我曾寫過一套名為「河合雅雄動物記」的系列作品，讓許多擁有豐富情感的動物在故事中登場。但是那套作品依然秉持「動物並不使用語言」的科學觀點，因此我一直希望另外再寫一部幻想作品，讓動物能夠自由對話，而且以動物的立場來說故事。

我一直深深記得一件往事。

從前有一段時間，我待在衣索比亞北部的塞米恩高地，研究獅尾狒的社會結構。當時我進入一個由獅尾狒組成的聚落，為每一隻狒狒取了名字，與牠們相處融洽。由於我跟牠們朝夕相處，平常總是會忍不住對牠們說話。當然，牠們聽不懂我說的話，所以實際上我只是在自言自語。我當時經常想，如果能像小時候愛讀的《杜立德醫生》中的劇情一樣，學會與動物交談，不知該有多好。

後來，我曾一度回到日本，大約一年半後才返回塞米恩高地。剛回到高地時，我發現狒狒都不見蹤影。於是我站在斷崖邊，朝著崖底大聲發出「喂」、「喲呼」、「嗚哇」之類的吆喝聲。那座懸崖從崖頂到崖底足足有一千公尺，我竟聽見崖底傳來了回應。這表示狒狒記得我的聲音。

過了一會兒，那些熟悉的狒狒一一爬上來，在崖邊排成了一列。剛開始，牠們多少帶了一點戒心，但後來牠們都很肯定「我就是牠們認識的那個男人」。其中有一隻小狒狒，甚至走到我面前坐了下來。

「啊，妳是阿媞格吧？最近好嗎？」我忍不住對牠說話。

阿媞格是一隻母狒狒，當初我第一次見到牠時，牠只有兩歲。阿媞格是個孤兒，或許是因為寂寞，牠很喜歡待在我身邊。我身為研究人員，必須保持中立，所以絕對不會撫摸牠或給牠食物。但即使如此，阿媞格還是清楚記得我，願意走到我身邊來。

「阿媞格，好久不見了。妳還記得我，我真開心。」我不自覺的對牠伸出了手。沒想到牠竟然也對我伸出手，於是我毫不猶豫的握住牠的手。剛好那天晴朗無雲，頭頂上有著美麗的蔚藍天空。我沐浴在耀眼的陽光下，內心有種彷彿置身夢境的感動。雖然我很希望能夠與動物交談，但在那個瞬間，我發現就算不靠語言，我們也可以互通心意。

因為這樣的契機，我才決定寫出一部關於動物的幻想故事。

本書的登場人物有能與動物自由溝通的博士、少年、少女，以及許許多多的動物。我在劇情的設定上，盡可能完美呈現每個角色的個性，並且給予每個角色一展長才的機會。寫第一部的時候，我非常樂在其中，下筆完全沒有窒礙。但是大約從小百合遭綁架開始，我動筆的速度愈來愈緩慢，不時遇上瓶頸。到了第二部，我描寫大地懶等巨大動物滅絕的場景時，更是感覺心頭沉重不已。

我是個經歷過戰爭的人，所以當我在描寫殘酷、無情又悲慘的橋段時，總是會忍不住抱頭陷入沉思。動物陷入飢餓狀態的痛苦景象，讓我聯想到「戰爭」這個永遠不曾從人類社會中消失的愚蠢惡行。據說在二戰期間喪生的日本軍人及軍眷合計多達兩百三十萬人，而且其中約有一半是餓死或病死，並非在戰場上死亡。

生活在大自然的動物，彼此間並不存在所謂的「戰爭」。本書第二部所描寫動物之間的虐殺行為，以及植食性動物變身為肉食性動物的情節，都是不可能發生在現實世界的事。實際上每個動物都只是竭盡所能的想要活下去，想要讓自己的生命發光發熱——這才是動物原本該有的姿態。

不知道各位讀者在讀了星尾獸洛拉描述的世界之後，有著什麼樣的感想？

龍二與小百合是在一九三五年三月從小學畢業。接下來他們將面臨的時代，絕對不是一個和平的時代。但我相信他們一定能對自己的未來抱持信念，熬過時代的考驗，實現心中的夢想。

最後，我想感謝為本書繪製美麗插畫的松本大洋先生，以及針對每個細節給予適當建議的福音館書店編輯部。在此致上由衷的謝意。

草山萬兔

二〇一八年三月三日女兒節

小麥田故事館 73

星尾獸探險隊

ドエクル探検隊

作　　者　草山萬兔（Mato Kusayama）
繪　　者　松本大洋（Taiyo Matsumoto）
原書裝幀　祖父江慎（Shin Sobue）+ cozfish
審　　定　林大利
譯　　者　李彥樺
封面設計　蕭旭芳
內頁編排　張彩梅
校　　對　呂佳真
責任編輯　汪郁潔

國際版權　吳玲緯
行　　銷　闕志勳　吳宇軒　余一霞
業　　務　李再星　李振東　陳美燕
副總編輯　巫維珍
編輯總監　劉麗真
發 行 人　凃玉雲
出　　版　小麥田出版
10483台北市中山區民生東路二段141號5樓
電話：(02)2500-7696　傳真：(02)2500-1967
發　　行　英屬蓋曼群島商家庭傳媒股份有限公司
城邦分公司
10483台北市中山區民生東路二段141號11樓
網址：http://www.cite.com.tw
客服專線：(02)2500-7718｜2500-7719
24小時傳真專線：(02)2500-1990｜2500-1991
服務時間：週一至週五09:30-12:00｜13:30-17:00
劃撥帳號：19863813　戶名：書虫股份有限公司
讀者服務信箱：service@readingclub.com.tw
香港發行所　城邦（香港）出版集團有限公司
香港九龍九龍城土瓜灣道86號
順聯工業大廈6樓A室
電話：852-2508 6231　傳真：852-2578 9337
馬新發行所　城邦（馬新）出版集團 Cite (M) Sdn Bhd.
41-3, Jalan Radin Anum, Bandar Baru Sri Petaling,
57000 Kuala Lumpur, Malaysia.
電話：+6(03) 9056 3833　傳真：+6(03) 9057 6622
讀者服務信箱：services@cite.my
麥田部落格　http://ryefield.pixnet.net
印　　刷　漾格科技股份有限公司
初　　版　2020年1月
初版五刷　2023年12月
售　　價　650元

ISBN 978-957-8544-23-9

國家圖書館出版品預行編目資料

星尾獸探險隊／草山萬兔作；松本大洋繪；李彥樺譯. -- 初版. -- 臺北市：小麥田出版：家庭傳媒城邦分公司發行，2020.01
面；　公分. --（小麥田故事館；73）
譯自：ドエクル探検隊
ISBN 978-957-8544-23-9（平裝）

861.59　　108019504